일제강점기 아동문학 작가와 매체

## 류덕제(柳德濟, Ryu Duckjee)

- 대구교육대학교 교수(1995~현재), 대구교육대학교 교육대학원장(2014~2015)
- 뉴저지주립대학교(The State University of New Jersey)(2004), 버지니아대학교(University of Virginia)(2012) 방문교수
- 한국아동청소년문학학회 회장(2015~2017), 국어교육학회 회장(2018~2020) 역임
- 이재철아동문학평론상 수상(2018)

**주요 논저**

「『별나라』와 계급주의 아동문학의 의미」(2010), 「일제강점기 계급주의 아동문학의 방향전환론과 작품적 대응양상 연구」(2014), 「윤복진의 아동문학과 월북」(2015), 「『신소년』의 발간 배경 연구」(2022) 등의 논문과, 『한국 현실주의아동문학 연구』(2017), 『한국 현대아동문학비평론 연구』(2021), 『한국 아동문학비평사를 위하여』(2021), 『한국 아동문학비평사 자료집(전8권)』(2019~2022) 등의 저서가 있다.

# 일제강점기 아동문학 작가와 매체

**초판 1쇄 인쇄** 2023년 2월 10일
**초판 1쇄 발행** 2023년 2월 24일

| | |
|---|---|
| **지 은 이** | 류덕제 |
| **펴 낸 이** | 이대현 |

| | |
|---|---|
| **책임편집** | 이태곤 |
| **편 집** | 권분옥 임애정 강윤경 |
| **디 자 인** | 안혜진 최선주 이경진 |
| **기획/마케팅** | 박태훈 |

| | |
|---|---|
| **펴 낸 곳** | 도서출판 역락 |
| **주 소** | 서울시 서초구 동광로46길 6-6 문창빌딩 2층(우-06589) |
| **전 화** | 02-3409-2055(대표), 2058(영업), 2060(편집) FAX 02-3409-2059 |
| **이 메 일** | youkrack@hanmail.net |
| **홈페이지** | www.youkrackbooks.com |
| **등 록** | 1999년 4월 19일 제303-2002-000014호 |

ISBN 979-11-6742-401-3 93810

*정가는 뒤표지에 있습니다.
*잘못된 책은 바꿔 드립니다.

# 일제강점기 아동문학 작가와 매체

류덕제

황순원에 대한 글만 두 편인데 그럴 만한 사정이 있다. 한국소설사에서 일가를 이룬 작가 황순원도 입문기에 여느 작가들과 마찬가지로 동요와 동화(소년소설)를 쓰면서 문학 활동을 시작하였다. 그런데 작가의 아동문학 활동 시기를 살피지 않는 현대문학 연구자들의 그간의 관행 때문에 황순원에 대한 작가론은 아주 잘못된 평가를 이어오고 있었다. 그런가 하면 발견의 선점 효과를 위해 자료를 섣불리 다룸으로써 문학사적 평가를 왜곡하는 경우도 있다. 이러한 점을 살펴보고자 논단에 쓴 소년소설 「추억」을 따로 다루느라 두 편이 되었다. 송완순은 한국 아동문학사에서 매우 중요한 작가이자 이론가이다. 그럼에도 불구하고 그에 걸맞은 연구가 이루어지지 않았다. 다른 책에 실었던 것을 다시 이 책에 포함한 것은 새로운 자료의 발굴을 바탕으로 불분명한 내용을 바로잡고 작품연보를 보완하였으며 그간의 연구성과를 반영하여 상당 부분 내용을 고쳤기 때문이다. 송완순은 한국 아동문학사에서 매우 중요한 작가이자 이론가이다. 그럼에도 불구하고 그에 걸맞은 연구가 이루어지지 않았다. 다른 책에 실었던 것을 다시 이 책에 포함한 것은 새로운 자료의 발굴을 바탕으로 불분명한 내용을 바로잡고 작품연보를 보완하였으며 그간의 연구성과를 반영하여 심히 부분 내용을 고쳤기 때문이다.

송완순은 한국 아동문학사에서 매우 중요한 작가이자 이론가이다. 그럼에도 불구하고 그에 걸맞은 연구가 이루어지지 않았다. 다른 책에 실었던 것을 다시 이 책에 포함한 것은 새로운 자료의 발굴을 바탕으로 불분명한 내용을 바로잡고 작품연보를 보완하였으며 그간의 연구성과를 반영하여 심히 상당 부분 내용을 고쳤기 때문이다.

강원도 홍천의 김춘강과 충청북도 충주의 유재형은 지역의 소년문사로서 의미 있는 문학활동을 하였다는 점에서 주목하였다. 김기주와 임인규는 각각 『조선신흥동요집』과 『조선동요집』이라는 앤솔러지를 발간하였다는 점에서 관심을 가지게 되었다. 연성흠은 동화구연에 대한 이론을 자유로이 발표하여 놀라웠는데 살피보니 번역이었다.

송완순은 한국 아동문학사에서 매우 중요한 작가이자 이론가이다. 그럼에도 불구하고 그에 걸맞은 연구가 이루어지지 않았다. 다른 책에 실었던 것을 다시 이 책에 포함한 것은 새로운 자료의 발굴을 바탕으로 불분명한 내용을 바로잡고 작품연보를 보완하였으며 그간의 연구성과를 반영하여 심히 상당 부분 내용을 고쳤기 때문이다.

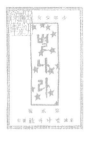

역락

　작가론과 매체에 관한 글 10편을 묶어 『일제강점기 아동문학 작가와 매체』를 내놓는다.

　제1부는 작가와 작품을 살핀 것으로, 작가론이면서 작품론인 8편의 글을 함께 묶었다. 7명의 작가를 대상으로 일제강점기의 문학 활동을 살펴보았다. '일제강점기'라 해 놓고 송완순의 경우 해방기의 아동문학론도 포함하여 논의하였다. 주된 논점은 일제강점기에 발표하였고, 해방기에 다듬고 정리한 것이어서 일제강점기의 연장선상에 놓인다.

　황순원에 대한 글만 두 편인데 그럴 만한 사정이 있다. 한국소설사에서 일가를 이룬 작가 황순원도 입문기에 여느 작가들과 마찬가지로 동요와 동화(소년소설)를 쓰면서 문학 활동을 시작하였다. 그런데 작가의 아동문학 활동 시기를 살피지 않는 현대문학 연구자들의 그간의 관행 때문에 황순원에 대한 작가론은 아주 잘못된 평가를 이어오고 있다. 그런가 하면 발견의 선점 효과를 위해 자료를 섣불리 다룸으로써 문학사적 평가를 왜곡하는 경우도 있다. 이러한 점을 살펴보고자 논란이 된 소년소설 「추억」을 따로 다루느라 두 편이 되었다.

　송완순은 한국 아동문학사에서 매우 중요한 작가이자 이론가이다. 그럼에도 불구하고 그에 걸맞은 연구가 이루어지지 않았다. 다른 책에 실었던 것을 다시 이 책에 포함한 것은 새로운 자료의 발굴을 바탕으로 불분명한 내용을 바로잡고 작품연보를 보완하였으며 그간의 연구성과를 반영하여 상당 부분 내용을 고쳤기 때문이다.

　강원도 홍천의 김춘강과 충청북도 충주의 유재형은 지역의 소년문사로서 의미 있는 문학활동을 하였다는 점에서 주목하였다. 김기주와 엄필진은 각각 『조선신동요선집』과 『조선동요집』이라는 앤솔러지를 발간하였다는 점에서 관심을 가지게 되었다. 연성흠은 동화구연에 대한 이론을 처음으로 발표하여 놀라웠는데 살펴보니 번역이었다.

　제2부는 아동문학 매체 가운데에 『신소년』과 『아이생활』을 살폈다. 『어린이』와 『별나라』도 포함했으면 더 좋았겠는데 여러 사정으로 그렇게 하지 못했다.

　모두 학회지에 발표한 것들이지만, 어느 것도 그대로 실은 것은 하나도 없다. 논문으로 발표한 후 새로 발굴한 자료가 있거나 새로운 논점이 부각된 경우 빠짐없이 반영하려고 애썼다. 그러나 아직도 자료에 대한 갈증을 다 채우지 못해 아쉬운 마음이 적지 않다. 보완하고 바로잡는다고 했지만 부족하고 놓친 점이 없지 않을 것이다. 아동문학 연구자들의 비정(批正)을 기다린다.

　이번에도 역락출판사의 신세를 진다. 이대현 사장과 편집진의 수고에 감사드린다.

2023년 1월
대명동 연구실에서 류덕제

# 차례

# 제2부 아동문학과 매체

## 2장 / 한국 근대 아동문학과 『아이생활』

# 제1부

# 작가와 작품

# 1장 / 송완순의 아동문학론*

## I. 머리말

송완순(宋完淳)은 일제강점기를 통틀어 가장 적극적으로 아동문학 논의에 참여한 사람 중의 하나였다. 개인적 논쟁이든 실제비평이든 가리지 않았고 다수의 유용하고 문제적인 이론비평도 발표하였다. 그뿐만 아니라 여러 편의 동요와 동화도 창작하였다. 해방 후에도 일제강점기의 아동문학을 평가하고 사적 전개 과정에 대한 검토를 명쾌하게 한 바 있다.

그러나 우리 아동문학 연구 현황을 둘러볼 때 송완순은 주목받지 못하고 있다. 송완순만 그런 것은 결코 아니지만, 작품이나 이론 양 측면에서 그가 남긴 업적에 견주어 볼 때 주목받지 못한 대표적인 아동문학가 중의 한 사람임에는 틀림없다. 그 이유는 무엇일까? 그가 월북한 것이 첫 번째 이유가 될 것이다. 그는 해방 후 남북이 분단되고 <국민보도연맹>에 가맹했다가 6·25전쟁 중에 자진 월북한 것으로 알려져 있다. 1988년 월북 문인들의 작품이 대거 해금 되었지만 아동문학가들은 상대적으로 주목받지 못했다. 다른 하나는 그에 대해 알려진 바가 너무 적

---

*  이 글의 원문은 「송완순의 아동문학론 연구」(『동화와 번역』 제31호, 2016.6)이다. 『한국현실주의 아동문학 연구』(청동거울, 2017)에 수록하면서 일부 내용을 보완하였으나, 새로 발굴된 자료를 바탕으로 불분명한 내용을 바로잡고 작품연보를 보완하였으며, 새로운 연구성과를 반영하는 등 대폭 수정하였다.

다는 점이다. 월북 문인의 경우 북한 자료의 도움을 받을 수도 있는데 송완순의 경우 어떤 연유인지 북한에서 발간된 자료에도 매우 제한적으로 거론될 뿐이다.

송완순은 일제강점기에서부터 해방기에 이르기까지 일관되게 계급주의 아동문학의 입장을 견지하였다. 해방 후에도 임화(林和)와 김남천(金南天) 계통의 <조선문학건설본부>(이하 '문건') 쪽이 아니라 이기영(李箕永), 한설야(韓雪野) 등과 함께 <조선프롤레타리아문학동맹>(이하 '문맹')에 가담하였던 터라 월북 후 북한에서의 위치가 더 안정적이었을 것으로 짐작할 수 있다. 그러나 실상은 그렇지 못한 듯하다. 윤복진의 경우 일제강점기에는 동심주의 혹은 민족주의적 입장에서 아동문학 작품을 발표하였고, 해방 후에 비로소 계급문학적 활동을 하였을 뿐임에도 월북 후 북한 문단에서 상당한 대접을 받았던 것에 비추어 보면 의외라 하겠다.

필자는 일제강점기 아동문학 관련 자료를 지속적으로 읽어 오다가 어렵사리 송완순의 당시 주소를 확인하고는 여러모로 그의 신원을 밝히기 위해 노력하였지만 이렇다 할 성과를 얻지 못했다. 그러다가 『별나라』의 독자란에서 조그만 단서를 찾아 좇은 결과 생년과 주소 및 신원과 관련된 약간의 정보를 확정할 수 있었다.

작가 연구의 기초이자 핵심은 작품연보와 작가연보에서 시작되어야 한다. 이 선행 작업이 이루어진 후에야 작품과 작가에 대한 분석과 해석이 가능하다. 부실한 사실 확인을 기반으로 한 해석은 잘못된 가치판단으로 이어지기 마련이다.

본 논문에서 자료를 읽고 다루는 방식은 원본비평의 수준에서 1차 자료를 충실하게 읽어 내는 데 초점을 두고자 한다. 제한된 자료이지만 가능한 범위 안에서 두루 살피고, 여러 논자들의 비평문을 교차 확인하여 사실에 접근하고자 하였다. 송완순의 필명과 문단 활동을 밝히는데 상당한 지면을 할애한 것도 이런 이유 때문이다.

송완순의 연보 작성이 완성되지 못했기 때문에 종합적인 논의를 하기에는 아직 이르다. 그렇다고 마냥 미뤄 둘 수도 없는 일이어서 미흡한 점이 여럿 있지만 아동문학가 혹은 계급주의 아동문학가 송완순의 아동문학론을 살펴보고자 한다. 일제강점기와 해방기 아동문학을 살피고자 할 때 그를 비켜 가기 어렵다는 점 때문이다. 중간 점검이라 해도 좋고 토대 마련이라 불러도 될 것이다. 본 논의를 밟고 넘어서는 후속 작업을 필자 자신과 학문공동체에 함께 기대한다.

다음은 그의 아동문학 작품을 살피는 작업이 될 것이다. 그런 후에 아동문학 이외의 작품과 비평문을 망라하여 일제강점기의 문인 송완순을 평가하는 작업이 이어질 수 있을 것이다.

## Ⅱ. 송완순과 아동문학론의 전개 양상

### 1. 송완순의 문단 활동과 필명

#### 가. 송완순의 문단 활동

지금까지 밝혀진 송완순의 연보는 매우 소략하다. 『한국현대문학대사전』에는 1907년에 충청남도 대덕에서 출생하였고, 1929년 『조선시단(朝鮮詩壇)』에 평론 「시상 단편(詩想斷片)」을 발표하면서 등단하였다고 소개되어 있다.[01] 2007년 대산문화재단과 <민족문학작가회의>가 '2007년 탄생 100주년 문학인 기념문학제'를 공동으로 개최하면서 13명의 문인

---

**01**   권영민의 『한국현대문학대사전』(서울대학교출판부, 2004)과 이재철의 『세계아동문학사전』(계몽사, 1989)의 '송완순' 항에 1907년생으로 기술되어 있으나, 아무런 근거가 없다.

들을 대상으로 삼았는데 그 가운데 송완순도 들어 있다.[02] 1907년생으로
보았기 때문이다.

그러나 다음 자료를 보면 송완순이 1907년에 출생했다는 사실에 의
문이 들지 않을 수 없다.

> ① 삼일운동의 봉기 때 내 나히는 열 살도 못 치었었다. 그런데
> 마침 서울 구경하러 상경(上京)하였엇든 덕으로 서울에서 시
> 작되어 시골로 퍼저서 종식한 이 동란을 처음부터 끝까지 견
> 문하는 행(幸)을 얻었다.[03]

> ② (동요) 「자장아기」 대전 진잠면 내동리 송원순(宋元淳) (17) (『조선
> 일보』, 1927.7.19) (밑줄 필자)

위 두 가지의 자료를 종합해 보면, 송완순의 생년은 1911년으로 보
인다.[04] 출생지인 '충청남도 대덕'은, 일제강점기 '충청남도 대전군(大田
郡) 진잠면(鎭岑面)'이 충청남도 대덕군 진잠면으로 편제되었다가 최근
대전광역시 유성구 진잠동으로 재편되었으므로 사실에 부합한다. 송완
순 본인의 기록에 따르면 "조그만 지주"[05] 집안이었고, 1926년 7월경과
1930년 5월경에는 '진잠면 내동리(內洞里)'[06]에 살고 있었음을 확인할 수

---

**02** 「님은 갔지만 문학은 남아」, 『매일경제』, 2007.5.2.

**03** 송완순, 「삼일운동의 문학적 계승자」, 『우리문학』 제2호, 1946.3, 78~79쪽.

**04** 동요 「자장아기」의 지은이가 '宋元淳'인 것은 '宋完淳'의 오식이다. 주소가 송완순의
주소와 동일하기 때문이다. 1927년에 17세이므로 환산해 보면 1911년생이 된다. 당
시 신문이나 잡지에는 대부분의 경우 세는나이로 연령 표시를 한 점을 고려하였다.
드물게 만(滿) 나이로 표시한 경우도 있는데, 그렇다면 1910년생으로 볼 수도 있다.

**05** 송완순, 「어떤 농민」, 『협동』 1947년 6월호, 53쪽.

**06** 「강남각시의론」(『신소년』, 1926년 7월호, 63쪽.)의 주소란에 '대전 진잠면 내동 송완순(大田

있는데 이 기록으로 미루어 볼 때 출생지도 같은 곳으로 보인다. 또 다른 자료에 따르면 1927년 휘문고보(徽文高普)에 입학하여 서울 안국동(安國洞)에 기거하게 되었다는 것을 확인할 수 있다.[07] 이 시기의 앞뒤로 서울과 고향 대전을 오르내린 것으로 보인다.

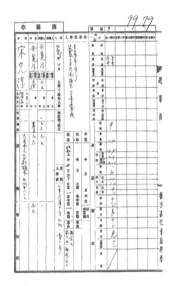 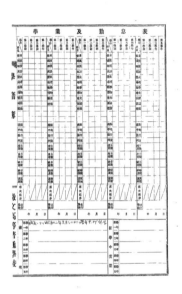

송완순의 휘문고등보통학교 학적부

鎭岑面內洞宋完淳'이라 하였고, 「조선동요의 사적(史的) 고찰(2)」(『새벗』제6권 제1호, 1930년 5월호, 94쪽.)의 말미에 "주소는 '대전군 진잠면 내동리 103번지(大田郡鎭岑面內洞里一○三番地)' 필자한테로"라 하였다.

**07** 「별님의 모임」(『별나라』1927년 5월호, 54쪽.)에 "저는 이번에 뇌둔(腦鈍)한 재질로 요행히 휘문고보(徽文高普)에 입학하얏스니 편지는 학교로 해 주십시요."라 한 데서 휘문고보에 입학한 사실을 확인할 수 있다. 휘문고보에 입학하였다는 사실을 바탕으로 휘문고등학교에 학적부를 요청하여 확인해 본 즉, 송완순의 정확한 생년월일과 학력 등을 알 수 있었다.
「담화실」(『신소년』1927년, 5월호, 60쪽.)에 "저는 서울 안국동 133 홍종학 가(安國洞一三三洪鐘學家)에 잇게 되엿습니다. (중략) 서울 안국동 송완순(安國洞宋完淳)"이라 하여 1927년경에 서울에 있었음을 알 수 있다.

송완순의 휘문고보 학적부는 이러한 궁금증을 한꺼번에 풀어 준다. 학적부에 따르면, 송완순의 생년월일은 '明治 四四年 六月 二三日'이다. 즉 1911년 6월 23일이다. 주소는 '충청남도 대전군 진잠 내동리 103(忠淸南道大田郡鎭岑內洞里一○三)'이다. '昭和 貳年 三月' 곧 1927년 3월에 '충남 진잠공립보통학교 제5학년 수료(忠南鎭岑公立普通學校 第五學年修了)' 하고, 1927년 4월 휘문고등보통학교 제1학년에 입학하였다. 입학 전 곧 진잠공립보통학교 때 상벌 사항으로는 '학업 품행 우정(學業品行優正)'으로 4회 수상을 하였다고 한다. 그런데 "病氣ニヨリ昭和二年九月三十日 ヨリ學年末マデ休學" 곧 병으로 인해 1927년 9월 30일부터 학년말까지 휴학을 하고, 이어 '昭和 三年 四月 三十日' 곧 1928년 4월 30일 제1학년 제1학기에 "家事上ノ都合ニヨリ退學ス" 곧 '가사상의 형편으로 인해 퇴학'하였다.[08] '호주'와 '보증인'은 '송관순(宋寬淳)'인데 '생도와의 관계(生徒トノ關係)'는 '형제(兄弟), 형(兄)'으로 되어 있다. 『신소년』 독자가 "대전에 게신 송완순 님! 당신은 양친도 안 게시며 그러케 글을 지으시니 나는 당신을 남모르게 부러워합니다."[09]라거나, "우리 형님도 『신소년』과 『어린이』는 언제든지 사 준다고 하엿습니다."[10]란 내용의 글과, 학적부의 호주(보증인)가 형이었던 것을 연결해 보면 휘문고보 입학 당시 이미 양친이 구몰했던 것으로 보인다.

송완순의 등단 시기는 바로잡아야 할 것이다. 일제강점기 문인의 '등단'은 여러 가지 방식으로 이루어졌었다. 대체로 신춘문예나 그에 상응하는 현상모집에 이름을 올린 경우 공식적인 문단 활동의 시작으로 치는 경우가 많은데, 그렇지 않을 경우에는 신문이나 잡지에 투고한 것

---

**08**   이상 송완순의 휘문고등보통학교 학적부에 따른 것이다.

**09**   「담화실」(『신소년』, 1926년 6월호, 66쪽.)에 '영천 안병서(永川安秉瑞)'가 쓴 글이다.

**10**   「담화실」, 『신소년』, 1926년 11월호, 61쪽.

을 기준으로 삼는다. 송완순의 작품 투고는 1925년부터 시작되는데, 그해 『신소년』에 동요 3편, 작문 2편이 선외가작으로 입선되었다. 1926년 『신소년』과 『어린이』에 동요와 소년시 5편(선외가작 1편)과 작문 2편(선외가작 1편)을 투고하였다. 「시상 단편」이 발표된 1929년 4월 이전에 발표된 작품만 하더라도 동요(소년시), 동화, 평론, 수필, 작문을 합쳐 60편이 훌쩍 넘는다. 이 가운데 현재 확인할 수 있는 작품은 1926년 2월호 『신소년』에 수록된 동요 「눈」이다.[11] 이보다 앞서 발표된 작품들이 있으나 선외가작인 점과 작품이 남아 있지 않다는 것을 고려하면 등단작은 「눈」이 될 것이다.

1926년경부터 송완순은 고향 대전(大田)에서 <소년주일회(少年週日會)>와 <대전청년동맹(大田靑年同盟)> 등의 활동을 하였다.[12] 휘문고보를 자퇴하고 대전으로 귀향하여 『조선일보』 기성(杞城), 진잠(鎭岑) 주재기자로 활동하다 1929년 10월경 사임하였다.[13] 이 시기에 『신소년』, 『별나라』, 『어린이』 등의 '독자문단'에 작품을 투고하고, 독자담화실에 참여하였으며, 현상에 응모하는 등 소년 문인으로서 활동하는 한편, 『조선일보』와 『중외일보』에 다수의 동요 작품을 발표하였다.

---

**11**  지금까지 확인된 송완순의 첫 동요 작품은 「우후조경(雨後朝景)」과 「상식」(『신소년』 1925.8)이지만 선외가작이어서 원문을 확인할 수 없다. 「눈」보다 앞서 발표된 동요 「합시다」(『신소년』 1925.12)도 마찬가지로 선외가작이어서 원문이 수록되지 않았다. 작문으로 「깃부든 그날」(『신소년』 1925.9), 「조선소년소녀에게」(『신소년』 1925.12)도 「눈」보다 앞서 발표되었지만 역시 선외가작이어서 원문이 수록되지 않았다.

**12**  「독자담화실」(『어린이』 1926년 7월호, 57쪽.)에 '대전군 진잠면 소년주일회 송완순(大田郡 鎭岑面少年週日會宋完淳)'이라 되어 있고, 동요 「싸락눈」(『중외일보』 1928.1.17) 발표 시 창작시기를 '1926.11.6'로 밝혔는데 작자는 '대전청년동맹 송완순(大田靑年同盟宋完淳)'이라 되어 있다.

**13**  「사고(社告)」(『조선일보』 1929.10.1)에 "금반 본 지국원 송완순 씨는 사정에 의하야 해임하옵고 좌기와 여히 임명하엿사오니 애독 제위는 조량(照亮)하시옵."이라 하였다.

동화를 한 장 보냇는데 웨 아니 내셧슴닛가. 작문과 동요는 행수(行數)가 좀 넘어도 좃슴닛가. 작문은 언제 보내면 그달에 납닛가. 습자(習字) 도화(圖畫)도 보내면 내여 주십닛가. 대전 송완순[14]

여러 기자 선생님! 우리 소년을 위하셔서 얼마나 노력하심닛가. 저는 한 농촌소년이올시다. 매일 우리 『신소년』을 나의 동무로 알고 『신소년』을 일평생 나의 잇지 안코 읽을 호독물(好讀物)로 작정하얏슴니다. 우리 형님도 『신소년』과 『어린이』는 언제든지 사 준다고 하얏슴니다. 그리고 여기서 글을 내서 신소년사로 보내려는 분이 게신데 독자가 아니라도 관게치 안슴닛가. 저는 그동안 쏘 좌와 여(如)히 독자를 모집하얏슴니다. 정윤성(鄭允成), 이해동(李海東), 이병석(李秉錫), 이성진(李星鎭), 소년주일회(少年週日會) 등입니다. 대전 진잠 송완순[15]

작품 투고 외에도 성진(城津) 변갑손(邊甲孫), 울산(蔚山) 박영명(朴永明), 재령(載寧) 오경호(吳慶鎬) 등과 '담화실'을 통해 표절 작품 시비를 벌이는 등 활발한 활동을 펼친다.

◀ 송(宋) 형은 변(邊) 형에게 충고한다 하얏지. 송 형은 웨 『별나라』 잡지에다 6학년 신정해(新正解)ㅅ 것을 번력해 냇슬가요.
◁ 신정해의 것을 번력해 냇는지는 알 수 업스나 번력은 좃슴니다. 홍(洪) 님도 만히 〱 번력해 보시오.
◀ 송완순 군, 군은 남의 작품을 비평하얏지요. 군은 청백한 창작가가 되어야 할 텐데 웨 정열모(鄭烈模) 선생님의 저술한 『동요

---

**14** 「담화실」, 『신소년』, 1926년 3월호, 58쪽.
**15** 「담화실」, 『신소년』, 1926년 11월호, 61쪽.

작법(童謠作法) 36혈(頁)에 기재된 것을 도적하엿나요. 그리고
도 쏘 남의 작품을……. 울산 박영명(蔚山朴永明)


◀ 오경호(吳慶鎬) 씨 매우 미안합니다. 저는 아즉 그 책을 못 사서
못 보내드린다고 본지 담화실에 투고하얏스나 안이 내여 주신
것입니다. 인제 한 권 사면 보내드리지요.
성진(城津) 게신 변갑손(邊甲孫) 형. 우리는 깨끗한 맘을 가지고
웃고 다시 지상(誌上)에서 만납시다. 압흐로 더욱 친하기를 바
랍니다. 서울 송완순[16]


◀ 울산 박영명(朴永明) 군! 나에게 한 말슴은 감사하오며 나의 앞
길에 적지 안흔 훈계올시다마는 그런 사실이 잇다면 나는 두
말 못하겟습니다. 어듸서 벗긴 걸 보앗습닛가. 『별나라』 4월호
에 「달ㅅ밤」이라고 난 것은 과연 정열모(鄭烈模) 선생의 지으신
『동요작법』을 모방(模倣)해 보앗습니다. 그러나 벗긴 일은 업
습니다. 아! 박 군! 나는 모방은 해 보앗스나 남의 글 도적질은
하지 않앗소. 그리고 일홈도 안 쓴 엇던 분은 나더러 6학년 정
해(正解)의 것을 번역하엿다니 대체 무슨 말이요? 나는 이적지
번역이 무엇인지는 한 번도 안 해 보앗습니다. 인제 번역도 해
보렵니다. 아모쪼록 박 군이나 무명씨(無名氏)나 두 분이 다 남
의 말을 하려면 쏙ㅅ이 알어 가지고 말하시기를 바랍니다. 만
일 증거될 만한 것이 업스면 그리 경솔하지 마시기를 바랍니
다. 송완순[17]


---

16  「담화실」, 『신소년』, 1927년 6월호, 50쪽.
17  「담화실」, 『신소년』, 1927년 8월호, 62~63쪽.

<조선프롤레타리아예술동맹(KAPF)>에도 참여하였다. 객관적 자료를 통해 확인할 수 없어 가맹 시기는 불분명하나 1930년 이전일 것으로 추정된다. 1930년 4월 20일 <카프(KAPF)>를 중상했다는 이유로 중앙위원회의 결의에 따라 제명당한 점과,[18] 신고송과의 논쟁에서 드러난 사실[19]로도 확인할 수 있다. 제명당한 사실과 아래의 내용으로 미루어 보면, <카프>의 미온적인 조직 활동에 대해 적극적으로 참여하여 비판하였던 것으로 보인다.

송완순 군이 복본주의(福本主義)의 배격을 쓰다가 <카푸>를 중상하엿다고 <카푸>에서 제명처분을 밧고 『중외일보(中外日報)』에 장문의 항의문을 보냇스나 당시 <카푸> 중앙간부들이 『중외일보』의 학예부에 잇섯든 관계 그것은 뽀이코트당하고 말엇다.

그들 필자도 당시 <카푸>에 관계들 갓고 잇섯든 관계로 읽을 수 잇는 것이엿든 바! 송(宋) 군의 항의문을 정당(正當)를 일치 안엇섯다.

김기진(金基鎭) 군은 ××에까지 흘젓스나 오히려 옹호하고 잇스며 정당한 이론을 발하면 중앙간부라는 권리를 가지고 무조건적으로 제명처분을 한다. 그것은 <카푸>를 위하는 행동이 아니다. 중앙간부의 명예를 위하는 행동이다 라는 것이엿다. 내가 당시에 송(宋)

---

18  「부서변경, 부내 확장 프로 예맹의 신진용-이십일 중앙위원회에서 결뎡」(『중외일보』 1930.4.22)에 따르면, "(1) 동맹원에 관한 건 규약 제18조에 의하야 좌의 맹원을 제명함 최서해(崔曙海), 정인익(鄭寅翼), 정순정(鄭順貞), 송완순(宋完淳)(駝麟)"이라 하여 카프 맹원이었다가 제명당했음을 알 수 있다.

19  구봉학인(九峰學人)의 「개인으로 개인에게-군이야말로 '공정한 비판'을(3)」(『중외일보』 1930.4.14)에 "더욱히 신(申) 군과 나는 비록 미지간(未知間)이라 할지라도 가튼 젊은 동지간(同志間)이다. 군도 '프로' 예술에 쯧 잇는 분이며 나도 역시 그러한 사람이다. 군이 '예맹원'이라면 더욱 우리는 가튼 동지로써 대하여야 한다.('예맹원'이 안힌지는 몰나)"란 진술로 보아 1930년 4월 이전에 <카프> 맹원이었던 것으로 보인다.

군을 보고 십허 하엿스며 거기에 공명하고 잇섯든 관계로 송(宋) 군을 『군기(群旗)』 시대에 갓금 맛나 보앗다.

송(宋) 군은 얌전한 여성과 갓흔 타입을 가진 젊은이요 정이 담북 잠긴 젊은 학도다.

군은 갓금 우리를 차저 산보를 청하엿다. 그리하야 한강으로 창경원으로 싸다니며 당시 <카푸>의 불활발한 행동을 타매하는 데 게을느지 안엿다.

그러나 상경한 지 2개월이 되지 못하야 나는 엇던 사건의 피의자로서 잡히여 하개(下開)하여 바린 뒤 영々 송(宋) 군의 소식을 듯지 못하엿스며 군은 지금 무엇을 하는지 글조차 발표치 앗는다.

장래에 큰소래 칠 날을 기다리여야 할 것인가 송(宋) 군아! 소식이나 주렴으나.[20] (밑줄 필자)


송완순이 <카프>에서 제명된 사정을 조금 더 자세히 알 수 있는 내용이 담겨 있다. 송완순이 민병휘(閔丙徽)를 만난 시점이 소위 '군기 사건' 시기라는 사실이다. <카프>의 기관지 『군기』가 1930년 12월 창간호를 발간한 후 불허가와 압수가 반복되다가 1931년 5월경 결국 <카프> 개성 지부(開城支部)의 손에 넘어갔으며, 이후 이적효(李赤曉), 양창준(梁昌俊), 엄흥섭(嚴興燮), 민병휘 등이 <카프쇄신동맹>을 만들어 경성의 지도부에 도전하였다. 이에 1931년 4월경 <카프> 본부는 성명서를 발표하고 이들 4인을 제명하고 개성 지부에 정권(停權) 처분을 내렸다.[21] <카프> 경성 본부에 대해 운동과 실천을 도피하는 반동적 집단이고 간부들은 최악의 개량주의자이므로 <카프쇄신동맹>을 만들어야 한다는 이른바 '군기 사건'

---

**20**   민병휘(閔丙徽), 「문단의 신인·캅프」, 『삼천리』, 1933년 10월호, 95~96쪽.

**21**   권영민, 『한국 계급문학운동 연구』, 서울대학교출판문화원, 2014, 231~238쪽.

주동자들보다 앞서 송완순은 <카프>를 비판하고 나섰던 것이다.

1931년 7월경 양창준(梁昌俊), 엄흥섭(嚴興燮), 김관(金管), 김광균(金光均), 현동염(玄東炎), 안함광(安含光), 박충진(朴忠鎭), 민병휘, 장비(張飛), 궁규성(弓奎星) 등과 함께 예술 잡지 『대중예술(大衆藝術)』을 8월 창간호로 발간하기 위해 준비를 하였다.[22] 송호(宋虎)란 이름으로 「대중예술론」을 연재했던 것과 송타린이란 이름으로 「속(續) 반대중예술론」을 연재한 것에서 대중예술론이 당시 송완순의 주요 관심사 중의 하나였던 것을 알 수 있다. 1932년 송완순은 송영(宋影), 신고송(申孤松), 박세영(朴世永), 이주홍(李周洪), 이동규(李東珪), 태영선(太英善), 홍구(洪九), 성경린(成慶麟), 김우철(金友哲), 박고경(朴古京), 구직회(具直會), 승응순(昇應順), 정청산(鄭靑山), 홍북원(洪北原), 박일(朴一), 안평원(安平原), 현동염(玄東炎) 등과 함께 건전 프로아동문학의 건설보급과 근로소년작가의 지도양성을 목표로 월간 『소년문학(少年文學)』을 발간하기로 하였다.[23]

해방 후에는 임화와 김남천 중심의 '문건'이 아니라 1945년 9월 17일 '문맹'이 결성되었을 때 중앙집행위원에 포함되어 있다. 중앙집행위원은 이기영, 한설야, 조중곤(趙重滾), 권환(權煥), 김두용(金斗鎔), 이북명(李北鳴), 한효(韓曉), 박아지(朴芽枝), 홍구, 박세영, 이동규, 박석정(朴石丁), 송완순, 안동수(安東洙), 조벽암(趙碧巖), 윤곤강(尹崑崗), 송영, 신고송, 이주홍, 정청산, 김승구(金承久), 박팔양(朴八陽), 윤기정(尹基鼎) 등이었고, 아동문학부 위원은 송완순, 이주홍, 정청산이었다.[24]

22  「예술잡지 『대중예술』을 발행」, 『조선일보』, 1931.7.24.
23  「『소년문학』 발간」, 『동아일보』, 1932.9.23.
24  <조선프롤레타리아문학동맹> 전단지(1945.9.17)

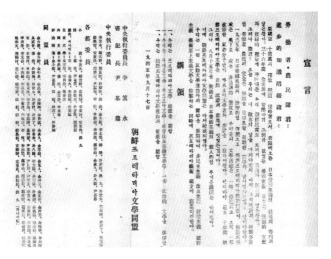

<조선프로레타리아문학동맹> 전단지, 1945.9.17.

중앙집행위원이 이 조직의 실질적인 중심부였는데, 박영희, 김기진, 김남천, 임화, 이찬(李燦) 등이 빠져 있을 뿐 1932년 안막(安漠)이 옥중에서 작성한 <카프> 조직표와 별반 다르지 않다.[25] 면면을 보면 일제강점기에 계급주의 아동문학을 주도적으로 이끌었던 아동문학가들이 대거 '문맹'에 참여하였음을 알 수 있다. 1945년 9월 30일 '문맹'을 포함한 각 분야별 조직을 통합하여 <조선프롤레타리아예술동맹>이 결성된다. 이는 구 <카프>계의 복원을 의미한다. '문건'(조선문화건설중앙협의회)이 박헌영의 '8월 테제'를 정치노선으로 수용한 조선공산당을 따르면서 민족문학을 강조한 것에 반해 '문맹'은 계급문학을 표나게 내세움으로써 노선을 달리하였다. "일체 반동문학운동과의 투쟁을 전개하며 비민주주의 개량주의 봉건주의 국수주의 예술지상주의문학을 배격하는 동시에

---

**25** 안막(安漠), 「朝鮮プロレタリア藝術運動略史」, 『思想月報』, 1932년 10월호, 51쪽.

프로레타리아예술 확립에 매진"(전단지)하겠다는 '선언'과 '강령'의 첫 머리에 "우리는 프로레타리아문학 건설을 기함"이라 못 박은 것에서 분명히 확인할 수 있다.[26] 이후 1945년 12월 6일 문화전선의 통일을 위해 '문건'과 '문맹'이 <조선문학가동맹>(이하 '동맹')으로 통합하기 위해 합동위원들이 만났는데 '문건' 측에서는 이태준(李泰俊), 이원조(李源朝), 임화, 김기림, 김남천, 안회남이, '문맹' 측에서는 윤기정, 권환, 한효, 박세영과 더불어 송완순이 참가하였다. 1946년 2월 '동맹' 주최의 조선문학자대회에 참석한 송완순은 1946년 4월 '동맹' 제4회 중앙집행위원회에서 송완순, 박세영, 윤석중 등과 함께 아동문학부 위원으로 보선(補選)되었다.[27] 이처럼 여러 활동을 하느라 해방 후에는 주로 서울에서 기거했던 것으로 보인다. 1946년 6월경의 자료에 따르면 주소가 '서울 성북동 113(城北洞一一三)'으로 되어 있다.[28]

이 시기에 송완순은 좌익의 입장을 충실히 따르고 있다. 1945년 10월에 지은 시 「무제(無題)」에서 "아아 신탁통치제!"라는 탄식에 이어 "일장기 떨어진 자리에는/낯설은 딴 기(旗)가 퍼덕이고/태극기 네 나라 기(旗) 새에 끼어/꼴도 후줄군 가슴 앞으다"[29]라고 할 때까지는 분명히 반탁의 입장이었다. 그러나 박헌영(朴憲永)의 평양 방문을 계기로 1946년 1월 4일 이후 좌익진영이 모스크바삼상회의의 결정에 따른 신탁통치를 찬성하고 나서자, 송완순도 아래와 같이 찬탁으로 입장을 바꾸었다.

---

**26**  류덕제, 「윤복진의 아동문학과 월북」, 『아동청소년문학연구』 제17호, 2015.12, 219~222쪽 참조.

**27**  「문학동맹 위원 보선」, 『자유신문』, 1946.4.15. 원문에 '尹石重'을 '尹成重'으로 한 것은 오식이다.

**28**  「문학가 주소록」, 『신문학(新文學)』 제1권 제2호, 1946년 6월호, 165쪽.

**29**  송완순, 「무제」, 『우리문학』 창간호, 1946.1, 57~58쪽.

오늘날 그들이 결사 반탁이니 절대독립이니 하며 애국은 자기들만의 전매특허적 독점사업인 것같이 떠들어대는 것은 당치도 않은 자기기만이요 대중에의 위선적 연막이다. 이렇게 함으로써 남조선 단독정부를 맨들어 가지고 독립이라는 형식하에 일제시대에 향유하던 특권을 연장 강화해 보려는 것이 본두심(本肚心)인 것이다. 그러니까 불가불 삼상(三相) 결정의 민주주의적 통일이 실행되어서는 안 된다. 그것은 곧 그들에 있어서는 멸망을 의미하는 것이기 때문이다.[30]

그러나 남한 단독정부가 수립되고 공산당에 대한 압박이 가해지자 송완순의 입지는 약화될 수밖에 없었다. 1949년 1월경까지는 박노갑(朴魯甲), 박계주(朴啓周) 등과 함께 『소년소녀소설전집』을 회현동(會賢洞)의 민교사(民敎社)에서 발간하기로 하였고,[31] 2월경 아동문학을 함에 있어서 "영욕에 도시(都是) 허심(虛心)" 해야 한다면서도 "전문(專門)은 못한다 할지라도 그것에 결정적인 비익(裨益)이 될 무엇이든지 한 가지는 꼭 남겨놓을 생각"[32]이라 하였으나 끝내 동요집이나 동화집 하나 남기지 못하였다. 대신 프리체(Friche, Vladimir Maksimovich)의 『구주문학발달사(歐洲文學發達史)』를 "일본어에서 중역(重譯)"[33]하여 출간하였다. 서문을 쓴 시기(1947.12)와 송완순이 이 책의 문제점을 비판적으로 개괄 소개한 「프리체의 방법에 관하여」를 쓴 시기(1948.3), 그리고 출간한 시기(1949.4)로 미루어볼 때 해방기의 상당 기간을 이 책과 함께하였다는 것을 알 수 있다.[34]

---

30  송완순, 「공위 유감(共委有感)」, 『신조선』, 1947. 2, 42쪽.

31  「소년소녀소설전집」(『조선중앙일보』, 1949. 1. 15), 「문화소식」(『동아일보』, 1949. 1. 16), 「소년소녀소설전집 간행」(『자유신문』, 1949. 1. 18) 그러나 실제 발간 여부는 확인되지 않는다.

32  송완순, 「나의 아동문학」, 『조선중앙일보』, 1949. 2. 8.

33  프리체(송완순 역), 『구주문학발달사』, 개척사, 1949, 8쪽.

34  프리체를 번역하고 비판적 소개를 할 정도였고, 일본의 계급문학 이론가 구라하라

1948년경, "두 아이나 중학교"[35]를 보내고 있었는데 교복, 책값, 수업료, 후원회비 등을 내지 못할 정도로 형편이 어려웠던 것으로 짐작된다.

이후 타공시국(打共時局)이 되자, 1949년 11월경 자진하여 정지용(鄭芝溶), 정인택(鄭人澤), 양미림(楊美林), 최병화(崔秉和), 엄흥섭(嚴興燮), 박노아(朴露兒) 등과 함께 <국민보도연맹>에 가맹하게 된다.[36] 이듬해 6·25전쟁이 터지고 많은 문인들이 납북 또는 월북하는 와중에 송완순도 북행의 길을 택했다.

그런데 1950년 6·25전쟁이 터지면서 문단은 다시 혼미한 상황에 빠져들었다. 이태준, 임화, 김남천, 안회남, 오장환 등의 월북 문인들이 전쟁 중에 서울에 나타났고, 많은 문인들이 납북·월북하는 사태가 벌어졌다. 이광수, 김동환, 박영희, 김진섭, 김억, 김기림, 정지용, 박태원, 설정식, 이용악, 임서하, 송완순 등이 모두 이 시기에 북행하였다. 이들의 북행을 제3차 문인집단의 월북이라고 할 수 있는데, 대부분의 문인들이 강제 납북된 것으로 알려져 있다.[37]

---

고레히토(藏原惟人), 아동문학가 기타하라 하쿠슈(北原白秋), 사이조 야소(西條八十) 등을 두루 섭렵한 것으로 보아 송완순도 일본 유학을 한 것으로 짐작할 수 있으나, 필자는 구체적인 입증 자료를 확인하지 못했다.

**35** 송완순, 「작가수첩: 풍속」, 『문학』 제7호, 1948.4, 73쪽.

**36** 「저명한 문화인의 자진 가맹(加盟)이 이채」(『동아일보』, 1949.12.1) 송완순의 경우, 「성과 다대한 전향(轉向) 결산-자수자(自首者) 무려 5만여!」(『조선일보』, 1949.12.2)에는 이름이 보이지 않는다. 대신 『조선일보』 자료에는 윤태웅(尹泰雄), 김병원(金秉遠), 이원수(李元秀), 이성표(李性杓), 박인범(朴仁範), 김철수(金哲洙), 이봉구(李鳳九), 배정국(裵正國), 황순원(黃順元), 강형구(姜亨求) 등의 이름이 더 있다. '李元秀'는 '이원수(李元壽)'의 오식으로 보인다.

**37** 권영민, 『월북문인 연구』, 문학사상사, 1989, 33쪽.

「납북 예술인과 월북 예술인」에 따르면 소설가 중에는 채정근(蔡廷根), 임서하(任西河), 송완순(宋完淳), 정인택(鄭人澤), 김소엽(金沼葉), 안회남(安懷南), 김철휴(金哲休), 시에는 이병철(李秉哲), 이용악(李庸岳), 박찬모(朴贊模), 여상현(呂尙鉉) 등이 '반역 월북'한 것으로 지목되고 있다.[38] 그러나 월북 이후 북한 문단에서도 그 활동이 분명하게 확인되지 않는다.[39]

## 나. 송완순의 필명

송완순은 남달리 많은 필명을 사용했다. 그래서 그의 필명을 확인해 둘 필요가 있다. 그래야 송완순의 원전이 확정될 수 있기 때문이다. 그가 사용한 필명은 구봉학인(九峰學人), 구봉산인(九峰山人, 九峰散人), 송구봉(宋九峰), 송소민(宋素民), 소민학인(素民學人), 호랑이, 호인(虎人), 송호인(宋虎人), 송호(宋虎), 한밧, 송타린(宋駝麟), 백랑(伯郞), 송강(宋江) 등으로 많고 다양하다.

'九峰'이 공통적으로 들어간 필명은 '九峰學人', '九峰山人(九峰散人)', '宋九峰' 등이다.

> 경외하는 신고송(申孤松) 군
> 군이 나에게 답변한 '공정한 비판을 바란다'라는 평문은 감사히 재삼 배독하얏다.[40]

---

**38**　「납북 예술인과 월북 예술인」(『민주신보』 1951.1.1) '朴贊模'는 '朴贊謨'의 오식으로 보인다.

**39**　1988년부터 1993년에 걸쳐 북한의 사회과학원주체문학연구소에서 발간한 『문학예술사전』(상,중,하)에도 송완순은 전혀 언급되지 않고 있다.

**40**　구봉학인, 「개인으로 개인에게─군이야말로 '공정한 비판'을(1)」, 『중외일보』, 1930. 4. 12.

이 글은 구봉산인이 쓴 「비판자를 비판 - 자기변해와 신 군 동요관 평(전21회)」(『조선일보』, 1930.2.19~3.19)에 대해 신고송이 「공정한 비판을 바란다 - '비판자를 비판'을 보고(전3회)」(『조선일보』, 1930.3.30~4.2)를 통해 반박하자 구봉학인이 재반박한 것이다. 구봉산인이 쓴 글을 구봉학인이 '나'라고 한 것으로 보아 두 사람은 동일인이다.

독자 제씨는 본지 본란에 20회를 거듭하야 '비판자를 비판'한 송완순(宋完淳) 군의 실로 섬세하고 친절한 고평을 보앗슬 것이다.[41]

「비판자를 비판」이란 평문은 구봉산인의 글인데 신고송은 구봉산인을 '宋完淳'이라 부르고 있다. 아래의 글은 신고송이 쓴 「새해의 동요운동」을 구봉산인이 인용한 것이다. 이 글에서 글쓴이인 구봉산인이 '군은 과연 나를'이라 하고, 그 '나'가 바로 '宋完淳'임을 밝히고 있다.

군은 과연 나를 정곡(正鵠)하게 평하야 주엇다.
"송완순은 『신소년』을 들고 나섯스나 그 시적 취재와 표현 수법이 단적인 아동의 심리를 써나 지리(支離)하고 우원(迂遠)하다."(「새해의 동요운동」)[42]

「동요의 자연생장성 급 목적의식성(전5회?)」(『중외일보』, 1930.6.14~?)은 '송구봉(宋九峰)'이 썼다.

나는 『중외일보』 6월 지상(紙上)에서 '동요의 자연생장성 급 목적

---

**41** 신고송, 「공정한 비판을 바란다 - '비판자를 비판'을 보고(1)」, 『조선일보』, 1930.3.30.

**42** 구봉산인, 「비판자를 비판 - 자기변해와 신 군 동요관 평(1)」, 『조선일보』, 1930.2.19.

의식성'에 대하야 졸론(拙論)을 발표하다가 제6회분부터 돌연 정지를 당하게 되얏다.[43] (밑줄 필자)

이 글을 쓴 이는 구봉학인이다. 그런데 '宋九峰'이 『중외일보』에 「동요의 자연생장성 급 목적의식성」을 쓴 것을 두고 밑줄 친 부분과 같이 '나는'이라 하였으므로 구봉학인과 '宋九峰'은 동일인이다.

이상으로 구봉산인과 구봉학인 및 송구봉은 동일인이고 본명은 송완순임을 확인하였다. 「토지개혁의 실제(전4회)」(『한성일보』, 1948.11.23~26)란 글의 필자가 '九峰散人'인데 '散'자가 다르지만, 해방 직후 토지개혁 등에 관한 송완순의 다른 글(「어떤 농민」)과 논지가 같아 동일인으로 보인다.

구봉산(九峰山)은 대전에 소재한 산으로 9개의 봉우리로 이루어져 붙여진 이름이다. 특히 진잠면에서 봉우리가 솟아 있다고 한다. '구봉'이 들어간 송완순의 필명들은 여기서 유래한 것이다.[44]

'宋素民'은 다음 자료를 통해 송완순임을 확인할 수 있다.

더구나 원고가 늦게 드러온 관게로 송완순 씨의 「감사의 아들」이 내호(來號)로 미루게 된 것은 참 섭섭합니다.[45]

살블 말슴은 송소민(宋素民) 씨의 「감사의 아들」, 전우한(全佑漢)

---

**43** 구봉학인, 「동요의 자연생장성 급 목적의식성 재론(1)」, 『중외일보』, 1930. 6. 29.

**44** 대전광역시 서구 문화체육관광 사이트(https://www.seogu.go.kr/sorg/content.do?mnucd= SGMENU0500211) 참조. 우지현도 송완순의 필명이 구봉산에서 유래하였다고 보았다.(「송완순 연구-송완순의 생애와 동요, 아동문학 평론활동을 중심으로」, 『동아인문학』 제35집, 동아인문학회, 2016. 6, 36쪽.)

**45** 「편집후기」, 『신소년』 1930년 3월호.

씨의 「무지개 나라」는 부득이한 사정으로 당분간 계속치 못합니다.[46]

그리고 「조선의 어린이(장편소년시)」는 목차(『신소년』 1928년 11월호)에서는 지은이를 '宋素民'이라 해 놓고 본문에는 「됴선의 어린이」(宋完淳)라 한 것을 종합해 볼 때, '宋素民'이 송완순임을 확인할 수 있다. 「(자유평단: 신진으로서 기성에게, 선진으로서 후배에게)공개반박-김태오(金泰午) 군에게」의 필자가 '素民學人'인데, 송완순의 필명 '素民'에 '九峰學人', '銀星學人'(洪銀星의 필명), '柳村學人'(柳在衡의 필명)처럼 '學人'을 붙인 것이다.

> ▶ 저는 서울 안국동 133 홍종학(洪鍾學) 가(家)에 잇게 되엿습니다. 그런데 성진(城津) 게신 변(邊) 형의 글을 보고 나는 만흔 늣김이 잇습니다. 변 군. '호랑이'는 나의 익명한 것입니다. 헌데 무엇보다도 형님의 말슴이 얌전치 못합니다. (하략) 서울 안국동 송완순.[47]

'호랑이'는 송완순의 필명임이 확인된다. '虎人'과 '宋虎人'이 송완순임을 추정할 수 있는 다른 자료로 다음을 들 수 있다.

> ▷ 송호인(宋虎人) 군 - 범 사람이니 사람도 안이요 범도 아니면? 인비인(人非人)인가. 그러나 마음은 조-커든.[48]

당대 아동 잡지 필자 가운데 '虎人'은 있어도 '宋虎人'은 보이지 않

---

**46** 「편집후기」, 『신소년』, 1930년 4월호.

**47** 「담화실」, 『신소년』, 1927년 5월호, 60쪽.

**48** K·S생, 「1934년 작가 조명대」, 『신소년』, 1934년 4-5월 합호, 32쪽.

는다. 『신소년』 편집자이거나 당대 아동문단의 사정을 잘 아는 것으로 보이는 'K·S生'이 '虎人'의 신원을 알고 있어 '宋'이란 성(姓)을 덧붙인 것으로 보여, '虎人'과 '宋虎人'은 동일인으로 추정된다. '호랑이'를 한 자로 옮겨 '虎人'이라 한 것 같다. '虎人'의 「아동예술 시평」에서는 유년, 아동, 소년의 연령 구분표를 보이고는 "이것은 임의 내가 여러 곧에서 시(試)하야 보고 고치고 한 것인데 결코 쓸데없는 작란은 않일 것이다."[49]라 하였는데, 송완순이 「'푸로레' 동요론(1)」(『조선일보』, 1930.7.5) 등에서 연령 구분을 논의한 것을 말한 것으로 보인다. '虎人'은 계급문학적 입장을 견지하고 아동문학 비평을 전개했는데 논지 등이 송완순과 같아, '호랑이'와 '虎人(宋虎人)'은 동일인으로 보인다. '宋虎'는 「대중예술론」을 쓸 때 사용한 필명인데, 송타린(宋駝麟)의 「속 반대중예술론(전18회)」(『중외일보』, 1930.6.17~7.5)과 내용 등으로 관련성이 깊어 송완순이 분명하지만, 객관적인 입증 자료를 더 찾을 필요가 있다.

'한밧'이란 필명은 『신소년』에 수록된 소년시 「시드른 무궁화」와 「어린 동무여」(이상 1927년 7-8월 합호), 동요 「병아리 서울 구경」, 「밤은 새여지도다」(이상 1928년 4월호), 「개고리」(1928년 7월호) 등의 작자에서 확인된다. 동요 「피리」의 작자로 목차에는 '한밧'이라 되어 있는데 본문에는 '송완순'이라 한 것으로 보아 '한밧'은 송완순이다. 송완순의 고향이 '대전(大田)'이므로 이를 한글로 풀어 '한밧'이라 한 것이다.

'宋駝麟'은 <카프> 중앙위원회 결정문의 "(1) 동맹원에 관한 건. 규약 제18조에 의하야 좌(左)의 맹원을 제명함. 최서해, 정인익, 정순정, 宋完淳(駝麟)"[50]이라 한 데서 송완순임을 알 수 있다. '伯郎'은 "송완순 씨

---

**49**　호인, 「아동예술시평」, 『신소년』, 1932년 9월호, 21쪽.

**50**　「부서변경, 부내 확장 프로예맹의 신진용－이십일 중앙위원회에서 결뎡」, 『중외일

는 아호를 백랑(伯郎)이라 곳치어서 행세하신다는데 쉬-서울노 한번 오시겟다고"[51]라 한 데서 '伯郎'이 송완순의 필명임을 알 수 있다. '宋駝麟'이란 필명으로는 몇 편의 글이 보이나 '伯郎'으로 발표한 글은 확인하지 못했다.

'宋江' 또한 송완순의 필명 가운데 하나다. 몇 개의 글을 교차 확인하면 '宋江'이 '宋完淳'임을 알 수 있다.

> 이저, 다시 기이(其二)를, ①이번에는 신진작가 이야기를 써 보냄니다. 그중에는 ②형의 이야기도 썼습니다. 형은 이 글을 어떠케 생각하실른지 몰라, 저는, 그중에 잘못을 말한 것이 있을지라도 조곰도 악의 갖고 쓰지는 않었읍니다.[52] (밑줄 필자)

이 글은 '宋完淳'이 신진작가의 자격으로 『조선문단』의 '신진작가 서간집' 난에 조벽암(趙碧巖), 한흑구(韓黑鷗), 양운한(楊雲閒), 김광주(金光洲), 김대봉(金大鳳), 김조규(金朝奎), 김북원(金北原), 김우철(金友哲), 민병휘(閔丙徽), 박영준(朴榮濬), 김광균(金光均), 황석우(黃錫禹) 등과 함께 실은 편지글이다. 이 글 가운데, "①이번에는 신진작가 이야기를 써 보냄니다"는 송강(宋江)의 「문예시평」(『조선문단』 제4권 제3호, 1930년 6월호, 142~149쪽.)을 가리킨다. "②형의 이야기도 썼읍니다"라고 한 것은 「문예시평」에서 『조선문단』의 발행인인 이학인(李學仁)의 「예술 도적(藝術盜賊)」(『조

---

보』, 1930.4.22.

**51** 「시단의 투사들」, 『조선시단』 제8호, 1934년 9월호, 55쪽.
송완순이 『신소년』을 편집하고 있던 시기에 "송백랑(宋伯郎) 씨의 동화 「개미와 벌」은 앞으로 엇더케 나아갈는지가 한 자미일 것"(편집국, 「편집을 맞치고」, 『신소년』, 1934년 3월호, 63쪽.)이라 한 것도 방증이 될 것이다.

**52** 「신진작가 서간집」, 『조선문단』 제4권 제3호, 1935년 6월호, 236쪽.

선문단』속간 제1호, 1935년 2월호, 73~80쪽.)에 대해 언급하였다는 내용이다. 「예술 도적」에 대해 비판하게 된 것은 박승극(朴勝極)이 이 작품을 '진보적인 작품'이라 한 것이 발단이 되었다.

> 박 군은 이학인(李學仁) 작 「예술 도적」의 어디서 진보적인 성격을 찾았다는 것인가? 이것은 그래도 덜하다.(중략) 이학인 씨가 경영하는 잡지에 쓴 글이기 때문에 이 씨 작품은 특별히 진보적 작품의 평문에 넣은 것이 않을까. 그리고 홍(洪) 씨는 여자이기 때문에 '주시(注視)'하고 그런 것이 않을까. 너무나 비진보적인 「예술 도적」은 작자가 행복스럽게도 잡지 경영자인 때문에 박승극 군의 진보적 작품 평에 참가하는 광영을 얻었고 아직 경만(敬慢)하고 서툴른 작문에 더 지낼 수 없는 「헛물 켠 사람들」은 작자가 여자인 때문에 박 군의 형안(炯眼)에 진보적으로 보인 것이었다. 그밖에 생각이 않 난다.[53]

이상으로 '宋江'이 쓴 「문예시평」에서 이학인의 「예술 도적」을 '진보적인 작품'이라 한 박승극의 「(창작월평)2월의 창작」을 비판하고 나섰고, 같은 호에 발표된 '宋完淳' 명의의 「신진작가 서간집」에서 편지의 수신인을 이학인으로 하여 '형의 이야기'도 썼는데 '악의 갖고 쓰지는 않' 았다고 해명하고 있다. 따라서 '宋江'이 '宋完淳'임을 확인할 수 있다.

> ① 그리고 카프아동문학 부원들인(뒤에는 모두 정맹원이 되었다.) 리동규, 홍구, 정청산, 구직회 등과 『별나라』지방 지사 출신들인 신인작가 김북원, 김우철, 리원우(리동우), 남궁만(량가빈), 박고경, 송순일, 강승환, 안평원, 송완순(송강)들이 많은 작품활동들

---

**53**  송강, 「문예시평」, 『조선문단』 제4권 제3호, 1935년 6월호, 143~144쪽.

을 하였다.[54] (밑줄 필자)

② 그러나 <카프>에 아동문학부가 생기면서 박세영과 송영 등 기성 작가들과 함께 <카프> 아동문학부원들인 리동규, 홍구, 정청산, 구직호 등과 진보적 아동문학 잡지인 『별나라』의 지방 지사 출신들인 신인 작가 김북원, 김우철, 리원우(리동우), 남궁만(량가빈), 박고경, 송순일, 강승한, 안평원, <u>송완순(송강)</u> 들이 많은 작품들을 창작하였다.[55] (밑줄 필자)

①은 1956년에 간행된 송영(宋影)의 글이다. 송영은 위 인용문에서 언급된 사람들과 동시대에 아동문학 활동을 했기 때문에, 그가 '송완순(송강)'이라 한 것은 송완순이 바로 송강임을 확인시켜 주는 분명한 사실이라 할 것이다. ②도 '송강'이 '송완순'임을 확인시켜 주는 간접 자료이다.

## 2. 송완순의 아동문학론과 전개 양상

### 가) 일제강점기 송완순의 아동문학론

일제강점기 아동문학 작품은 1928~9년경부터 계급적 현실인식을 보이기 시작하다가 1930년대에 들어서면서 본격적인 계급문학적 입장을 드러내었다. "1929년이 초보적 계몽적 자연발생적임에 반해서 30년은 보담 수보(數步) 전진한 목적의식적 ××의 활기에 찬 조선 아동문

---

**54**  송영, 『해방 전의 조선 아동문학』, 평양: 교육도서출판사, 1956, 28쪽.

**55**  오정애, 「1930년대 진보적 아동시문학에 대하여」, 류희정 편, 『1930년대 아동문학작품집(2)』, 평양: 문학예술출판사, 2005, 7쪽.

학 운동사상에 획선할 1년"⁵⁶이었다고 한 이주홍의 평가와 일치한다. 흔히들 '가난한 동무를 위하야 갑싼 잡지로 나오자'는 슬로건을 내걸고 1926년 6월 창간된 『별나라』가 1927년에 있었던 <카프>의 1차 방향전환과 더불어 아동문학 작품도 현저하게 계급적 현실인식을 드러냈을 것이라고 생각할 수 있겠으나 실상은 그렇지 못했다.⁵⁷

그런데 송완순의 아동문학 작품 가운데 특기할 작품이 있는데 「조선의 천재여? 나오너라-『공(功)든 탑(塔)』을 읽고」⁵⁸가 그것이다. 전체 8연 각 4행으로 총 32행의 장편 소년시이다.

**조선의 천재여? 나오너라**
**-『공(功)든 탑(塔)』을 읽고**
대전군 진잠 송완순

(전략)

조선의천재여! 어서쌜니나오너라
주린자는 울기만하고…………
불은자는 느태만하고 질알을하니
이를엇지할가 조선의천재여 —

56  이주홍, 「아동문학운동 1년간-금후 운동의 구체적 입안(1)」, 『조선일보』, 1931. 2. 13.

57  류덕제, 「일제강점기 계급주의 아동문학의 방향전환론과 작품적 대응양상 연구-『별나라』와 『신소년』을 중심으로」, 『문학교육학』 제43호, 한국문학교육학회, 2014. 4, 210~216쪽 참조.

58  『공든 탑』(신소년사, 1926. 4)은 신명균(申明均)과 맹주천(孟柱天)이 지은 책으로, 에디슨, 김정호(金正浩), 모스, 스티븐슨, 모네, 이순신(李舜臣), 마르코니, 용감한 소년, 링컨, 인류의 일대 은인, 풀턴, 콜럼버스, 이의립(李義立), 이태리 용사 등 위인들의 14가지 이야기를 담고 있다. 위인들의 업적에 감명받은 송완순이 조선에도 그런 위인이 나왔으면 하는 소망을 담아 쓴 시가 바로 「조선의 천재여! 나오너라」이다.

         ×        ×

         (중략)

어서와서 주린자를도으라

주린자배곱하서 슬피부르짓는다

이를엇저노 조선의 천재여 —

         ×        ×

         (중략)

모-든것을 새로맨들고 차저내서

'프로'의주린자를 배불니걱정업시잘살게하여라

주린 조선의 천재여 —

         ×        ×

         (중략)

'쁄즈와'의 질알을금하고

서로난화먹고 갓치난화배호게힘써라

조선의 천재여! 웨잠만자느뇨!…

         ×        ×

         (중략)

그래너이들의 그-힘으로

왼세상을한번 움직여보아라……

조선의천재여!물결갓치 나오너라

(『신소년』 1927년 1월호, 63~64쪽.)

시기상으로 1927년 초임에도 불구하고 '프로의 주린 자', '쁄즈와의
질알'과 같은 직접적인 표현을 통해 프롤레타리아와 부르주아의 계급
적 대립을 바탕으로 한 뚜렷한 현실인식을 드러내 보인다. 그뿐만 아니
라 '왼 세상을 한번 움직여 보아라'란 표현에서는 현실변혁의 소망까지

읽어 낼 수 있다. 작가나 잡지를 포함하여 계급주의적 아동문학을 본격적으로 전개하기에는 아직 제반 사회적 여건이 성숙하지 못했다고 볼 때 「조선의 천재여! 나오너라」는 일제강점기 아동문학 작품 가운데 계급의식을 직접적이고도 분명하게 표현한 작품이라는 점에서 특기할 만하다.

수필은 작가의 생각이 직접 표현되는 갈래다. 송완순의 「영춘소감(迎春所感)」에는 민족 및 계급현실이 잘 드러나 있다. 2회분은 신문의 판차에 따라 전면 삭제되거나 18행가량 삭제되었다. 삭제된 부분의 내용은 「언문신문 불온기사 개요(諺文新聞不穩記事槪要)」라는 경성지방법원 검사국 문서철 안에 「『中外日報』(迎春所感 二)」라는 문서 제목으로 일역(日譯)되어 있어 확인할 수 있다. 이 글은 '차압 중외일보 3월 30일부(差押中外日報三月三十日付)'라 하여 그 내용이 일제 당국의 기휘(忌諱)에 걸린 것으로 확인된다.


산에 가 쌍을 파고 공장에 가 기계의 노예가 되어야지만 어린 처자(妻子)의 그날그날을 간신히 넘어가는 것이다. 그야말로 1일 노동하야 백일지계를 하여야 하는 우리 '푸로레타리아'이다.

                          ×

우리도 새봄을 당하야 씨를 쑤릴려고 하야도 밧도 업고 논도 업다. 그리고 싸스ㅅ 속에서 기계의 종(노예)이 되랴 하야도 기 역시 어렵다. 그럼으로 이도저도 못하는 우리 형제자매는 결국 보ㅅ다리를 싸가지고 남부여대하야 가야지 별 수 업는 싯업시 황량한 만주를 향하야 북으로 북으로 자욱자욱이 피눈물을 흘리며 유리표박하게 되는 것이다. 아하 즐겁다든 봄을 맛나 왜? 우리는 울며불며 쏘끼어야만 하는고?-봄이 오면 우리는 더욱 슯흐고 더욱 생계가 곤란하게 되

나니. 봄아!(하략)[59] (밑줄 필자)

우리를 '푸로레타리아'로 분명히 인식하고 있다. 농사지을 땅도 없고 공장에 취업도 어려워 남부여대(男負女戴)하고 만주를 향해 유리표박(流離漂泊)하는 식민지 조선 민족이 바로 '푸로레타리아'이다. '푸로레타리아'란 현실 인식을 넘어 '자손들의 행복을 위하고 쏘한 우리들의 목전의 깃붐을 찾기 위'해 '승리의 기(旗)를 날릴 쌔쌔지 목숨을 액기지 말고 싸우자!'고 한다. 이런 내용으로 보아, 이 글의 말미에 18행가량이 삭제된 것은 일제강점기 검열 제도를 감안했을 때 필연적인 결과다. '신흥시(新興詩)'에 대한 견해를 밝힌 「시상 단편」에서는 '푸로 시(신흥시)'에 대한 입장을 밝힌다. "'맑씨스트'가 써야지만 진정한 푸로 시"라는 이성로(李城路=李學仁)의 주장을 수용하면서도 "비참한 생활현실에서 늣긴 바를 그대로 노래한 것도 훌용한 신흥시의 일종"[60]이라 하여 현실의 진실한 재현에 더 방점을 두고 있다. 송완순의 이념적 기반이 마르크스와 현실 사회주의를 실천한 러시아혁명에 있음을 분명히 밝힌 것은 소년(문예)운동의 선구자 김태오를 비판한 「공개 반박-김태오 군에게」에서다. "새 진리는 1818년에 토리-아에서 나흔 위대한 탐구자에 의하야 벌서 발견"되었다고 하였는데, 여기서 '위대한 탐구자'는 독일의 라인(Rhine) 주 트리어(Trier)에서 태어난 마르크스(Marx, Karl Heinrich: 1818~1883)임을 알 수 있다. "1917년은 이 진리의 실천적 탄생의 제일성(第一聲)을 발한 영구히 빗나는 기념할 해"라 한 것은 러시아혁명에 대한 평가인 것도 분명하다. 나아가 "새 진리의 세계적 실현을 머지 안흔 장래에 확실한

---

**59** 송완순, 「영춘소감(2)」, 『중외일보』, 1928.3.30.

**60** 송완순, 「시상 단편」, 『조선시단』 제5호, 1929.4, 13쪽.

신념을 가지고 약속"[61]하는 것을 볼 때 송완순의 견고한 계급적 이념을 확인할 수 있다.

이상 「조선의 천재여! 나오너라」, 「영춘소감」, 「시상 단편」 및 「공개 반박-김태오 군에게」 등 초기의 글들에서 송완순의 계급적 태도를 확인하였다. 이후 송완순은 일제강점기를 관통하여 계급적 입장을 견지한 채 아동문학 활동을 하였다.[62] 현실인식과 이데올로기가 직접 표현되는 비평 갈래는 작가의 입장과 태도를 바탕으로 가다듬어진 것이라 보아야 한다. 한 개인의 이데올로기가 느닷없이 돌발적으로 표출되지는 않기 때문이다.

이어서 일제강점기 송완순의 아동문학론을, 논쟁을 통한 아동문학 이론 정립, 소년운동과 프롤레타리아 아동문학론, 아동의 연령 논쟁, 동요와 동시 구분 논쟁 등으로 나누어서 살펴보겠다.

### (1) 논쟁을 통한 아동문학 이론 정립

일제강점기 송완순의 아동문학론은 논쟁으로부터 시작되었다고 해도 과언이 아니다. 송완순의 첫 번째 비평문인 「공상적 이론의 극복-홍은성 씨에게 여(與)함」은 부제(副題)에 드러나 있듯이 홍은성(洪銀星)을 비판한 것이다. 계급문학의 방향전환기에 즈음하여 소년운동과 아동문

---

**61** 소민학인, 「(자유평단: 신진으로서 기성에게, 선진으로서 후배에게)공개반박-김태오 군에게」, 『조선일보』, 1931. 3. 1.

**62** 설송아(雪松兒)는 「1932년의 조선 소년문예운동은 엇더하엿나」(『소년세계』 제3권 제12호, 1932년 12월호, 3쪽.)에서 "써베트 로시아를 상상하고 푸로레타리아만을 공연한 헛소리로 주창한 작가 일파는 ― 김우철(金友哲), 이철아(李鐵兒), 안우삼(安友三), 박일(朴一), 정청산(鄭靑山), 이찬(李燦), 한철염(韓哲焰), 홍구(洪九), 승응순(昇應順), 송완순(宋完淳), 이민(李民), 박태양(朴太陽), 홍북원(洪北原), 성경린(成慶麟), 현동염(玄東炎), 안평원(安平原) 등ㄷ"이라 하였는데, 이 또한 송완순이 계급주의적 관점으로 일관했다는 것을 방증한다.

학에 관해 가장 많은 비평문을 남긴 사람 중의 하나가 홍은성인데, 그의 「소년운동의 이론과 실제(전5회)」(『중외일보』, 1928.1.15~19)를 비판한 것이다. 재래의 소년문예 작품들은 "허구한 공상과 봉건적 노예 관념과 충군적(忠君的) 제국주의 관념"[63]에 머물러 있을 뿐, 방향전환을 맞이하였는데도 그에 부응하는 프롤레타리아 이데올로기를 담은 작품을 쓰지 않는다는 것이 비판의 이유이다. 홍은성의 소년운동 실천방안 또한 "우리의 경제 사정을 몰이해 내지 무시하고 소쁘르조우적 공론(空論)만 제출"한 것이라며 "씨의 가면을 벗겨 바리고 추상적 공상론자(空想論者)의 정체를 폭로식히어 극복"[64]하여야 한다는 것이다.

이 글을 시작으로 이후 신고송과 치열하게 논쟁적 비평을 전개한다. 「비판자를 비판-자기 변해와 신 군 동요관 평(전21회)」(『조선일보』, 1930.2.19~3.19)은 한 달간에 걸쳐 무려 21회나 연재한 것인데, 신고송이 「동심에서부터-기성 동요의 착오점, 동요시인에게 주는 몇 말(전8회)」(『조선일보』, 1929.10.20~30)과 「새해의 동요운동-동심순화와 작가유도(전3회)」(『조선일보』, 1930.1.1~3)를 통해 자신을 비판한 것에 대한 반론이다. 그러나 단순 반론에만 그치지 않고, 동요와 동시의 정의, 동요의 형식률, 아동문학의 지도자 문제 등 아동문학 전반에 걸친 이론비평이라 해도 과언이 아니다. 동시에 구체적 작품과 동시대의 작가에 대한 평가가 세밀하게 이루어진 점에서 보면 면밀한 실제비평이라 할 수도 있다. 송완순의 「비판자를 비판」에 대해 신고송이 「공정한 비판을 바란다-'비판자를 비판'을 보고(전3회)」(『조선일보』, 1930.3.30~4.2)를 통해 반론을 제기하자 이에 대해 재반박한 것이 「개인으로 개인에게-군이야말로 '공정한

---

**63** 송완순, 「공상적 이론의 극복-홍은성 씨에게 여(與)함(3)」, 『중외일보』, 1928.1.31.

**64** 송완순, 「공상적 이론의 극복-홍은성 씨에게 여함(4)」, 『중외일보』, 1928.2.1.

비판'을(전8회)」(『중외일보』, 1930.4.12~20)이다.

「동시 말살론(전6회)」(『중외일보』, 1930.4.26~5.3)은 양우정(梁雨庭)의 「동요와 동시의 구별(전3회)」(『조선일보』, 1930.4.4~6)에 대한 반론이다. 「공개반박-김태오 군에게(전2회)」(『조선일보』, 1931.3.1~6)는 김태오의 「소년문예운동의 당면에 임무(전8회)」(『조선일보』, 1931.1.30~2.10)에 대해 비판한 것이다. 김태오의 글은 표면적으로 사회의식의 교양을 우선하고 정서 함양을 부차적인 문제라 하였지만 실상은 좌우를 혼합해 놓은 내용이라는 것이다. 이를 두고 "아츰에는 복본화부(福本和夫)의 문하에 참배하고 저녁에는 홍양명(洪陽明) 군의 산하(傘下)에서 비를 피한 것이 우리 김 군"[65]이라 하여 '반동적 태도'를 비판한 것이다. 「'푸로레' 동요론(전15회)」(『조선일보』, 1930.7.5~22)은 직접 특정인을 겨냥한 논쟁이 아니라 계급주의 아동문학 이론을 정립하려고 노력한 것이지만, 당대 여러 논자의 논점이 녹아들어 있어 논쟁적 비평으로 평가해도 무리가 없다. 「동요론 잡고-연구노트에서(전4회)」(『동아일보』, 1938.1.30~2.4)도 마찬가지인데, 동요만을 따로 떼어 전반적으로 살핀 논문이다. 동심, 동요의 형식, 동요 창작의 기교와 수사, 동요와 아동교육, 동요 창작 태도로서의 환상과 현실 등 전반적인 문제를 다룬다. 특기할 것은 당대 일본의 대표적인 아동문학 이론가인 기타하라 하쿠슈(北原白秋)와 사이조 야소(西條八十)를 비판하고 있다는 점이다. 당시 문학론을 두고 '동경 문단의 한 사이클 뒤의 재현'이라 했듯이 일방적인 수용이 통례이던 우리 문단 수준에서 비판적 수용을 하려고 한 송완순의 모습은 신선한 데가 있었다.

무릇 논쟁이 그렇듯이 이상의 글들은 정도의 차이만 있지 과도한 감정의 개입으로 인해 쇄말적인 말꼬리 잡기에서부터 인신공격에 가까운

---

65    소민학인(素民學人), 「(자유평단: 신진으로서 기성에게, 선진으로서 후배에게)공개반박-김태오 군에게」『조선일보』, 1931.3.1.

상호 비난이 수반되었다. 신고송에 대해서는 "군도 '프로' 예술에 뜻잇는 분이며 나도 역시 그러한 사람"[66]이라 하여 같은 <카프> 구성원임을 확인하면서도 감정을 자제하지 못한 부분이 많았다. 때로 치열하게 '결점 찾기(finding faults)' 식의 근거 제시에 골몰해 감정적 반론을 초래한 원인이 되기도 하였다.

　그렇다고 논쟁이 부정적 모습만 드러낸 것은 결코 아니다. 주장과 반론 그리고 재반론의 형식을 띠기 마련인 논쟁은 논점 파악과 치밀한 논지 전개를 전제로 한다. 그 결과 논점의 명료화와 문제의 해결 방안 모색이 가능해진다. 「비판자를 비판」이나 「개인으로 개인에게」 그리고 「'푸로레' 동요론」 등에서 보여준 송완순의 정확한 논점 파악과 논리적인 문장력은 당대 아동문학 비평론의 수준을 일정 부분 끌어올렸다고 평가할 수 있을 것이다. 그리고 계급주의 아동문학의 이론적 정당성을 주장한 논의는 오늘날 리얼리즘 아동문학론의 토대를 구축하는 데 도움이 되었다고 평가할 만하다. 송완순이 논의의 중심에 있었던 것은 아니지만, 일제강점기의 소년운동과 소년문예운동을 전 사회운동과의 연관 관계 속에서 논의한 것은 문학 논의를 총체성의 관점에서 바라볼 수 있게 한 성과라 할 것이다. 아동의 연령 제한 문제나, 동요와 동시 및 소년시의 개념 규정과 구분 문제는 당대 아동문학의 중심 갈래에 대한 이해의 폭과 깊이를 더한 것으로 평가해도 좋을 것이다.

### (2) 소년운동과 프롤레타리아 아동문학론

　일제강점기의 "소년운동은 민족적 일 부문 운동"[67]이자 "소년운동이

---

**66**　송완순, 「개인으로 개인에게(3)」, 『중외일보』, 1930. 4. 14.

**67**　「(사설)소년운동의 지도정신 - 소년연합회의 창립대회를 제(際)하야」, 『조선일보』,

조선 민족해방운동의 하나"[68]로 간주되었다. "소년운동은 지도자로써 실제적 운동이라 하겠고 소년문학운동은 지도자로써 간접 지도운동"[69]이라는 말에서 문학이 '운동'과 분리되지 않는다는 것도 확인할 수 있겠다. '문예운동'이란 말에서 보듯이 이른바 '운동으로서의 문학'을 표방했기 때문이다. 문학이 독립적으로 존재한다기보다 계급혁명의 목표를 실현하기 위한 하나의 수단으로 인식되었고, 아동문학 또한 마찬가지였다. 아동문학과 계급주의 사회운동의 관계를 바라보는 당대 아동문학의 주요 논자들의 시각은 다음과 같다.

　　아동을 사회적으로 교육 훈련하기 위하야 '푸르칼드'의 일부문으로 제기되야 강렬한 문화전선의 일우(一隅)에 등장하는 아동문예는 사회적 사실을 예술적 수단을 통하야 아동의 특수성을 참작하고 이용하야 <u>우리의 이데올로기-를 주입하야 우리의 ×선에 인도하야 투쟁적으로 조직화하는 것</u>이 그 최(最)히 중대한 임무일 것이다."[70] (밑줄 필자)

　"무산계급 해방운동과 합류되는 소년실천운동의 투쟁 그것의 일 무기인 문예" 즉 "소년문예로서 소년들의 생활을 묘사하고 사회를 해부하고 감정을 노래하여 계급의식을 고취식히는 것이 소년문예운동의 본질인 동시에 의의가 잇는 것"[71]이란 입장이다. 다시 말해 문학은 "우리들

---

1927. 10. 17.

**68**　홍은성, 「소년운동의 이론과 실제(5)」, 『중외일보』, 1928. 1. 19.

**69**　김태오, 「소년문예운동의 당면에 임무(2)」, 『조선일보』, 1931. 1. 30.

**70**　두류산인, 「동화운동의 의의-소년문예운동의 신전개(3)」, 『중외일보』, 1930. 4. 10. '頭流山人'은 김성용(金成容)의 필명이다.

**71**　장선명(張善明), 「소년문예의 이론과 실천(2)」, 『조선일보』, 1930. 5. 17.

푸로레타리아-트의 승리를 위하야 '아지·푸로'의 역할을 연(演)하면 그만"이므로 "제일에 내용문제며 제이에 예술성(문학적 기술) 문제"[72]라는 것이다. 레닌(Lenin, Vladimir Ilich Ul·ya·nov)이 「당 조직과 당 문학」(1905)에서 문학을 프롤레타리아 혁명 사업에 있어서 '나사와 치륜(齒輪)'에 비유했던 것이나, 루나차르스키(Lunacharsky, Anatorly Vasilievich)가 '형식 제2주의(第二主義)'를 주창했던 것과 일치하는 내용이다.

소년운동과 관련된 송완순의 첫 번째 글은 앞에서 말했다시피 「공상적 이론의 극복─홍은성 씨에게 여(與)함(전4회)」(『중외일보』, 1928.1.29~2.1)이다. 소년운동이 방향전환을 맞았음에도 홍은성의 실천방안이 추상적인 공상론에 그쳤다는 비판이다. 1920년대 후반 사회운동에서 제기된 방향전환이란 "노동자 대중의 자연발생적인 경제투쟁으로부터 의식적인 정치투쟁으로의 운동 노선의 전환을 말하는 것"[73]인데 사회운동의 요구를 문학운동에서 그대로 수용한 것이다. 송완순의 「동요의 자연생장성 급 목적의식성 재론」[74]은 아동문학에 있어서 방향전환기의 모습을 살필 수 있는 글이다. 이 글은 프롤레타리아 동요에 대한 규정이라고 할 수 있는데, 송완순은 프롤레타리아 동요를 '자연생장적 동요(노농 동요)'와 '목적의식적 동요(계급 동요)'로 나눈다. 목적의식적 동요는 "의식 잇는 대인이 아동을 대상으로 하야 어쩌한 일정한 계급적 주의의 입장에서 아동을 일정한 계급적 목적투쟁에까지 동원식히기 위한 말하자면 목적의식하에서 제작하는 노래"이며 "작품 내용의 '아지프로'적임을

---

**72** 안덕근(安德根), 「푸로레타리아 소년문학론(8)」, 『조선일보』, 1930.11.4.

**73** 권영민, 『한국 계급문학운동 연구』, 서울대학교출판문화원, 2014, 114쪽.

**74** 이에 앞서 「동요의 자연생장성 급 목적의식성」이 『중외일보』에 1930년 6월 14일부터 5회 발표되었다고 하나 현재 제1회분만 확인할 수 있다.

필요"[75]로 하는 동요라는 것이다. 반면에 자연생장적 동요는 아동이 지은 것으로 현실과 공상의 양 방면을 다 담고 있으며 이를 "'푸로레타리아' 아동의 일정한 목적을 위하야 선택 선용하는 것은 전혀(라고 해도 가할 것이다) 지도자 비평가"[76]의 몫이라고 주장한다. 이 글을 발전시킨 것이면서 프롤레타리아 동요에 대해 가장 체계적이고 본격적으로 논의한 비평문이 「'푸로레' 동요론」이다. 프롤레타리아 동요론을 정립하고자 한 이론비평으로 프롤레타리아 동요의 개념 규정에서부터 동요와 동시 구분, 일제강점기 주요 이슈의 하나였던 아동문학 담당층의 연령 문제, 그리고 지도자와 비평가의 임무 등을 포괄적으로 다루고 있다. 프롤레타리아 "아동예술도 계급적 아동생활 투쟁의 일 기체(一機體)(一武器)"[77]이자 "'프로레타리아' 아동예술과 함께 동요는 전 '프로레타리아' 운동의 일환"[78]이라는 것이 기저에 깔린 이론적 기반이다. 그래서 프롤레타리아 아동은 필연적으로 부르주아 아동과 대립하게 되고 아동문학의 경우도 마찬가지라는 것이다. 그러나 "'프로레타리아' 아동들도 자연과 공상의 동요를 노래"[79]할 수 있는데 다만 아동예술 지도자와 비평가의 임무가 요구된다고 본다.

동요(모든 아동예술도)의 지도자 비평가는 동요의 모든 개성의 자연발생적 감정의 표현 속에서 전체에의 호상 관련성을 추출하야 그

---

**75**  구봉학인(九峰學人), 「동요의 자연생장성 급 목적의식성 재론(3)」, 『중외일보』, 1930. 7.1.

**76**  위의 글.

**77**  구봉학인, 「'푸로레' 동요론(3)」, 『조선일보』, 1930.7.9.

**78**  구봉학인, 「'푸로레' 동요론(14)」, 『조선일보』, 1930.7.22.

**79**  구봉학인, 「'푸로레' 동요론(12)」, 『조선일보』, 1930.7.19.

것을 변증법적으로 목적의식성에 통일식히어 일반적 전체성적 정치
투쟁의 일익에까지 진전식히어야 한다.-동요를 정치투쟁의 일익을
맨드는 것은 순전히 의식잇는 지도자 비평가만에 부여된 임무이다.[80]

(밑줄 필자)

송완순의 프롤레타리아 아동문학론은 유연한 입장이다. "'푸로레타
리아' 동요인 한에 잇서서는 순수한 민족적이 못 된"다거나 "'프로레타
리아-트'는 외국의 이민족 '프로레타리아-트'와의 제휴, 단결, 친밀은
할 수 잇서도 동족인 '부르조아지-'와는 절대로 협조할 수 업는 것"[81]이
라는 주장은 마르크시즘 문학예술론의 보편적인 언술을 따른 것이어서
내용 일변도의 경직된 문학론을 견지할 것으로 보이기도 한다. 그런데
"동요에 목적의식성을 주입식히자고 한다면 이는 동요 그것을 죽이자
는 말이나 일반"[82]이라거나 "아동예술에 잇서서는 넘우 정치광이 되어
서는 아니 된다.(대인예술도 그러타.) 그것은 정치 그것이 아인 싸닭이다."[83]
라 하는 점에서 보면 유연한 입장인 것을 확인할 수 있다.

당대 프롤레타리아 아동문학의 대표적 논자 중에 장선명이나 안덕
근 등의 논의를 보면 프롤레타리아 아동문학론은 내용 우선적이며 선명
한 계급의식에 기반을 두고 있다. 안덕근은 자연생장적 동요와 목적의
식적 동요로 나눈 송완순의 구분을 부정하면서 "무의식적으로 불려진
동요라도 푸로레타리아의 승리를 위한 싸홈에 조금이라도 도움이 될 만

---

**80**   구봉학인, 「'푸로레' 동요론(14)」, 『조선일보』, 1930. 7. 22.

**81**   구봉학인, 「'푸로레' 동요론(9)」, 『조선일보』, 1930. 7. 16.

**82**   구봉산인, 「비판자를 비판-자기변해와 신 군 동요관 평(12)」, 『조선일보』, 1930. 3. 5.

**83**   구봉학인, 「'푸로레' 동요론(9)」, 『조선일보』, 1930. 7. 16.

한 전투성이 잇다면 훌륭한 동요"[84]라 하여 당시 계급주의 아동문학론자들의 일반적 논거를 기반으로 하고 있다. 가치 있는 내용을 담고 있어도 예술성의 부여가 있어야 완전한 예술이라는 송완순의 주장에 대해서는 "푸로레타리아-트의 승리를 위하야 '아지·푸로'의 역할을 연(演)하면 그만"이며 "제일에 내용 문제며 제이에 예술성(문학적 기술) 문제"[85]라며 일축한다. <카프> 문단의 '내용·형식 논쟁'을 연상시키는데 당시 아동문학이 일반문학의 틀을 벗어나지 못했던 것과 무관하지 않다.

송완순이 말한 아동문학론의 요지는 1930년대 말경에 "내용의 완(完)과 형식의 미(美)가 가장 잘 조화한 동요야말로 훌용한 예술적 동요일 수가 잇고 생명도 길을 것"[86]이라고 한 말에 잘 드러나 있다. 그는 일제강점기 아동문학의 지배적 갈래였던 동요의 일률적 양식이라 할 '7·5조식 정형률'과 같은 '형식의 고정화'를 무엇보다 경계하였다. 동시에 "조선의 아동문학에서 이미 청산되어 버린 제 오래인 천사주의에 환퇴(還退)"한 "현금의 낙천주의는 애제부터 현실이라는 것은 인식해 보려고 하지도 안는 때문"[87]이라며 윤석중류의 아동문학을 비판하고 있다. 송완순의 아동문학론이 형식을 외면하지 않지만 내용 곧 '현실' 인식을 무엇보다 강조하고 있음을 알 수 있다.

계급주의 아동문학의 절정기라 할 1932년에 송완순은 「아동예술 시평(전2회)」(『신소년』, 1932년 8~9월호)을 잇따라 발표한다. '소(小)부르 아동문학 군(群)'의 데마고기를 박멸할 것과, 아동예술 이론 확립을 요구하고, 아동문학의 갈래로 "사상(事象)을 그 구체적 전체성에 잇어서 인식

---

**84**    안덕근, 「푸로레타리아 소년문학론(7)」 『조선일보』, 1930.11.2.

**85**    안덕근, 「푸로레타리아 소년문학론(8)」 『조선일보』, 1930.11.4.

**86**    송완순, 「동요론 잡고-연구노트에서(2)」 『동아일보』, 1938.2.2.

**87**    송완순, 「아동문학·기타」 『비판』 제113호, 1939년 9월호, 83쪽.

파악"하기 위해 '아동 장편'과 "아지테이숀적 의미"에서 "콘트나 벽소설"[88]이 필요함을 역설하였다. 이어서 "동화! 그것은 아동예술의 중추"[89]라 하여 계급주의 아동문학에서 동화의 창작과 발표에 주력해야 할 것을 요청한다. 이러한 주장의 배면에는 "아동예술에 잇어서의 모든 소부르 문학 군(群)과의 투쟁"이 중요하므로 "푸로레타리아 아동예술가 운동자는 계급적 임무의 일부로서 이에 대한 투쟁"[90]이 필요하다는 주장을 담고 있으며, 이론 확립과 갈래 탐구를 요청한 것은 그 구체적인 실천방안을 모색한 것이라 하겠다.

이상의 논의를 요약해 볼 때, 송완순의 아동문학론은 민족모순과 계급모순이 중첩된 식민지 현실에 기반을 둔 계급주의 아동문학을 추구한 것이었다. 그러면서도 예술적 형식을 외면하지 않는 이른바 '회통(會通)'의 미학을 지향하였다는 점에서 오늘날 리얼리즘 아동문학론에도 수용할 수 있는 적실한 아동문학 논의였다고 할 것이다.

### (3) 아동의 연령 논쟁

아동(소년)의 연령 제한이 문제가 되었던 것은 소년운동의 조직 문제뿐만 아니라 이와 연관되는 아동문학의 갈래 구분 때문이었다. 1924년 12월 <조선청년총동맹>은 연령 제한 문제가 가장 중요한 문제이므로 '연령제한조사연구위원회'를 조직하여 15인의 위원을 임명하고, 19개의 연령 제한 조사 연구 세목을 선정하였다.[91] 청년운동과 연계되어 있던

---

88  호인(虎人), 「아동예술 시평」, 『신소년』, 1932년 8월호, 18쪽.

89  호인, 「아동예술 시평」, 『신소년』, 1932년 9월호, 19쪽.

90  호인, 「아동예술 시평」, 『신소년』, 1932년 8월호, 14쪽.

91  「청년단체의 연령 제한 문제-조사연구위원회 조직」(『시대일보』, 1924. 12. 12)과 「청년총동맹의 연령 제한 문제-조사연구회를 조직, 각지 단체 의견 참고」(『시대일보』,

소년운동도 이 문제를 비켜 갈 수 없었다. 소년운동의 통일을 목적으로 창립한 <조선소년연합회>에서 1927년 10월 소년의 연령을 18세로 제한하자는 의견이 있었으나 결정을 보지 못하다가, 1928년 3월 25일 제1회 정기대회에서 12세에서 18세까지로 하고 지도자는 25세까지로 하였다.[92] 여기에는 여러 찬반 의견과 주장이 있었다. 홍은성은 "5세로부터 10세까지를 유년기"[93]로 "10세 이상 18세 내지 20세까지를 소년"[94]으로 하자고 하였다. 김태오는 "연령 제한을 한다 하면 만 21세"로 하되 "만 22세 이상"[95]의 경우 새로운 위원회에서 추천하여 평의원이나 고문으로 두어 지도할 수 있도록 한다는 의견을 내었다. 조문환(曹文煥)은 "국제상으로 보아서는 11세로부터 15세까지를 소년"으로 하면 좋을 것이나 "우리 조선은 특수성을 씌인 만치 그만치 아즉은 12세로부터 18세"[96]까지가 좋다는 의견이었고, 안정복(安丁福)은 연령 제한이 불필요하다며 "소년운동자의 연령 제한은 파쟁의 산물이엿든 것이 사실이요 진정한 소년운동을 위하야 취한 태도는 못 되엿든 것"[97]이라며 반대 의사를 밝히기도 하였다.

---

1924. 12. 25) 참조.

**92** 「민주중앙전권제로 조선소년총동맹-조선소년연합회의 조직 변경」, 『조선 소년 이익을 주장』(『조선일보』, 1928. 3. 27); 정홍교(丁洪敎)의, 「조선소년운동 개관-1주년 기념일을 당하야(2)」(『조선일보』, 1928. 10. 18); 방정환의 「조선소년운동의 역사적 고찰(3)」(『조선일보』, 1929. 5. 7) 등 참조.

**93** 홍은성, 「소년운동의 이론과 실제(2)」, 『중외일보』, 1928. 1. 16.

**94** 홍은성, 「소년운동의 이론과 실제(3)」, 『중외일보』, 1928. 1. 17.

**95** 김태오, 「소년운동의 당면문제-최청곡(崔靑谷) 군의 소론을 박(駁)함(6)」, 『조선일보』, 1928. 2. 16.

**96** 조문환, 「특수성의 조선소년운동-과거 운동과 금후 문제(7)」, 『조선일보』, 1928. 3. 4.

**97** 안정복, 「파쟁에서 통일로-어린이날을 압두고(중)」, 『중외일보』, 1930. 4. 23.

"소년운동은 소년의 손으로"[98] 하자면서도 연령 문제를 쉬 해결하지 못하고 이론과 실천 양 측면에서 당대 소년운동을 이끌었던 여러 논자들의 의견이 갈린 것은 일제강점기 조선의 사회운동이 지닌 특수한 성격 때문으로 보아야 할 것이다. 전 사회운동의 부문적 운동으로서 청년운동과 소년운동이 존재하고, 독립적으로 운동을 전개할 능력을 갖추지 못한 하위조직이나 세포단체를 상위조직이 지도하는 위치에 있었던 까닭이다. 이러한 사정 때문에 "30년대의 계급적 아동은 수염 난 총각" 곧 "청년적 아동"[99]이었다고 하였듯이 연령 문제는 소년운동과 소년문예운동의 성격과 실천에 커다란 영향을 미치는 것이었다.

　　송완순은 아동문학의 연령 문제를 몇 차례 다루었는데 주로 아동문학의 갈래 구분 문제를 해결하려는 노력의 일환이었다. 「'푸로레' 동요론」에서 처음 시도하였는데, 이 글은 아동을 구별하는 것에서부터 시작한다. "자(自)8세 지(至)14세까지의 아동을 '유년적 아동'이라 하고 자14세 지18세까지의 아동을 '소년적(청년기에 직면한) 아동'"[100]으로 구분하였다. 19~20세까지도 '과년 아동(過年兒童)'이란 개념으로 '아동'이라 불러도 좋다고 하였다. 2년여 뒤에 더 세분하여 다음과 같이 구분하였다.

　　　　유년(아동 일반의 제1기)　　만4세　-　7세
　　　　아동(　　〃　　제2기)　　만8세　-　13세
　　　　소년(　　〃　　제3기)　　만14세　-　17세

<hr>

**98** 「소년운동의 통일 완성-소년운동의 통일을 목적한 조선소년련합회 창립 완성, 계속하야 임시대회까지」, 『동아일보』, 1927.10.19.

**99** 송완순, 「조선 아동문학 시론-특히 아동의 단순성 문제를 중심으로」, 『신세대』, 1946년 5월호, 84쪽.

**100** 구봉학인, 「'푸로레' 동요론(1)」, 『조선일보』, 1930.7.5.

(주) 단, 우(右)는 표준년령임[101]

아동의 연령을 이렇게 구분한 것은 바로 당대의 주요 논점이었던 동요와 동시의 구분 문제를 해결하고자 한 까닭이었다. 유년적 아동의 시로 동요가, 소년적 아동의 시로 소년시가 필요하다는 주장의 근거가 연령 문제에 있었던 것이다.

(4) 동요와 동시 구분 논쟁

동요와 동시의 구분 문제는 일제강점기 문단적 논점이 된 아동문학 논쟁 가운데 하나였는데, 1930년대 들머리에 벌어진 첫 번째 논쟁이었다. 동요와 동시를 처음 구분한 사람은 아동문학계의 대표적 논자인 신고송이었다.

> 다음 정의(定義)를 가장 정당한 견해임을 말한다.
> 먼저 동요의 정의를
>     1. 동심의 노래
>     2. 동어(童語)로 부를 것
>     3. 정형률
>     4. 시적 독창성
> 이라고 하면 동시도
>     1. 동심의 노래
>     2. 동어로 부를 것
>     3. 자유율

---

**101** 호인, 「아동예술 시평」, 『신소년』 1932년 9월호, 21쪽. '우(右)는 표준연령임'에서 '우' 는 원문이 세로쓰기였기 때문에 이상의 내용(곧 연령 구분한 내용)을 가리키는 것이다.

## 4. 독창성[102]

동요와 동시의 정의를 각각 4가지 항목으로 제시하였다. 다 같은데 세 번째 항이 다르다. 동요는 정형률인데 동시는 자유율이라는 형식적 차이가 동요와 동시를 구분하는 기준이라는 것이다. 이에 대해 이병기 (李炳基)가 반론을 제기하였다. "'정형률', '자유율'의 사용은 작가 취미 여하에서 표현을 달리하는 것이지 결코 정형률이라고 동요이며 자유율 이라고 동시란 것은 아니"[103]라며, 다음과 같이 동요를 정의하였다.

> 편협한 견식으로서라도 초보 작가들에 참고나 될가 하야 동요의
> 정의(定義)를 나리여 본다.
> (1) 아동의 심성을 순진히 표현
> (2) 동어(童語)로 노래할 수 잇는 것
> (3) 허식을 버릴 것
> (4) 아동이 알 수 잇게 쉽게 표현할 것이다.[104]

결국 "동요가 동시이니짜 하필 동시라 일홈하야 자유율을 정의(定義) 로 하야 제창하지 말고서 표현을 자유율로서 하여 달라는데 본론의 의 의가 귀착"[105]된다는 것이다. 이에 대해 다시 신고송은 "요(謠)는 비교적 (본질적?) 운율적인 것임으로 정형적으로 표현된 것을 소위 동요(과거에 잇

---

**102** 신고송, 「새해의 동요운동-동심순화와 작가유도(3)」, 『조선일보』, 1930. 1. 3.

**103** 이병기(李炳基), 「동요 동시의 분리는 착오-고송(孤松)의 동요운동을 읽고(1)」, 『조선일 보』, 1930. 1. 23.

**104** 이병기, 「동요 동시의 분리는 착오-고송(孤松)의 동요운동을 읽고(2)」, 『조선일보』, 1930. 1. 24.

**105** 위의 글.

서서 우리는 그러케 해석하야 오지 아니하엿는가)이고 - 이러케 약속해 놋코 - 시(詩)는 요(謠)보다 비교적 풍부한 내포를 가젓스니 소위 자유시니 산문시 하는 의미에서 자유율로 표현된 것을 동시라고 하자는 것"[106]이라며 반박을 하였다.

이에 대해 송완순은 동요와 동시를 구분한 신고송을 비판하고 나섰다.

동요의 정의

(가) 현실적 생활을 토대로 한 동심적 노래일 것

(나) 자신의 늣김을 거줏업시 노래하는 것임으로 개인적일 것(개성이 표현되지 안흐면 동요가 아니다.)

(다) 동요로 쓰고 노래 불를 것

(라) 문자, 문구의 배치 - 짜라서 형식률도 작가 개인의 생각과 작품의 성질에 의하야 절대 자유일 것

(마) 시적이며 즉감적(卽感的)이나 그 즉감은 다만 일순간적이 아니고 항시적일 것[107]

동시(童詩)의 정의는 '전부 동상(同上)'이라며 동요가 동시고 동시가 바로 동요이므로 구별할 수 없다면서, "동요와 동시를 동일시하는 일방 '소년시'"라는 새로운 개념을 들고 나왔다. 양우정은 "동요 동시의 합동을 주장한 송 씨의 논문을 말살하자"[108]며 신고송과 비슷한 의견을 제시하였는데 그가 말한 동요와 동시의 정의는 다음과 같다.

---

106 신고송, 「동요와 동시-이 군에게 답함」, 『조선일보』, 1930. 2. 7.

107 구봉산인, 「비판자를 비판-자기 변해와 신 군 동요관 평(14)」, 『조선일보』, 1930. 3. 7.

108 양우정(梁雨庭), 「동요와 동시의 구별(3)」, 『조선일보』, 1930. 4. 6.

◆ 동요의 정의

　　1. 동심의 노래

　　2. 동어로 불을 것

　　3. 곡조가 부수(附隨)하는 정형률

　　4. 요적(謠的)(唱的) 요소를 가진 것


◆ 동시의 정의

　　1. 동심의 노래

　　2. 동어로 불을 것

　　3. 부정형음률 즉 자유율 혹은 곡조 불수(不隨)하는 정형음률

　　4. 시적 요소를 가질 것[109]


　　"요컨대 요(謠)는 반다시 정형(定形)의 음률을 요구한다는 것이요 시(詩)는 부정형(不定形)의 음률이라도 무관"[110]하다는 것이다. 이러한 양우정의 의견에 대해 송완순은 「동시 말살론」을 통해 반박한다.


　　짜라서 시(詩)와 요(謠)를 다만 음(吟)과 창(唱)과 또는 정형(定形) 형식과 자유 형식에서 구별하는 것 안히라 그 내용에 잇서서 구별하여야 한다. 즉 (가) 시(詩)는 의식적 이지적이며 다분한 추구적 미래적인데 반하야 (나) 요(謠)는 무의식적 감정적이며 다분한 즉흥적 현재적이어야 한다. 그러나 물론 피차가 독립한 별개가 아님은 물론이다. (중략)

　　그러키 째문에 우리는 동시를 필요로 하지 안흠으로써 아동을 2기로 분(分)하야 이성에 접근하면서 잇는 순수한 아동 제1기에서 거

---

**109** 위의 글.

**110** 양우정, 「동요와 동시의 구별(1)」, 『조선일보』, 1930. 4. 4.

의 완전히 탈각하야 의식도 점점 확실하야 가는 과정에 잇는 제2기
의 아동을 '소년'이라고 하야 이들에게는 '소년시'가 필요하다는 것
을 역설하는 바이다.[111] (밑줄 필자)

　형식을 기준으로 동요와 동시를 구분할 것이 아니라 내용을 기준으
로 구분하되, 동시가 불필요하기 때문에 아동을 두 시기로 나누어 제2
기의 아동에게는 소년시가 필요하다는 주장이다. 전자에게는 자연생장
적 동요를, 후자에게는 목적의식적 동요가 필요하다는 것이다. 이러한
생각은 「비판자를 비판」에서 「동시 말살론」을 거쳐 「동요의 자연생장
성 급 목적의식성 재론」과 「'푸로레' 동요론」으로 이어지는데 용어가
다소 바뀌었을 뿐 주장은 일관된다.
　박세영은 '동요작법'을 연재하면서 기타하라 하쿠슈(北原白秋)의 견
해를 좇아 동요도 아동 자유시에서 나온 것이라면서도, "글자를 맞추어
서(정형률) 쑤며 논 것이 동요"[112]라 하여 신고송이나 양우정의 주장에 동
조하였다. 하지만 억지로 글자 수를 맞출 필요는 없다고 하여 경직된 형
식론자는 아니었다고 하겠다. 박세영과 마찬가지로 직접 논쟁에 가담한
것은 아니었지만 전식(田植)과 남석종(南夕鍾)도 동요 동시의 구분에 대
한 의견을 밝혔다. "동요라는 것은 우에 말한 바와 갓치 노래니까 곡조
를 붓처 부르는 것이요 동시란 것은 어린이의 생각과 느낌을 시의 형식
을 빌어서 자유로 써낸 것"[113]이라 구분하고 이를 다시 동요는 유년요와
소년요, 동시는 유년시와 소년시로 갈랐는데, 이때 기준은 '내용'이었다.

---

**111**　구봉학인, 「동요말살론(4)」, 『중외일보』, 1930. 5. 1.

**112**　박세영, 「(소년문학강좌)동요·동시는 엇더케 쓰나(3)」, 『별나라』 제74호, 1934년 1월호, 31쪽.

**113**　전식, 「동요 동시론 소고(3)」, 『조선일보』, 1934. 1. 27.

이는 형식으로 동요와 동시를 가르고 내용으로 유년(4, 5세~11, 2세)과 소년(12, 3세~17, 8세)을 구분한 것이어서 앞의 논자들의 의견을 절충한 것으로 볼 수 있다. 남석종은 '아동시'의 개념을 정립하려는 논문에서, "동요는 아동생활을 아동어(兒童語)로 음률(音律) 조자(調子)를 마처 쓴 율조시(律調詩)요 아동자유시는 아동생활을 아동어로 표현한 무율조시(無律調詩)"[114]라 하여 신고송과 의견을 같이하였다.

자유율인가 정형률인가가 동요와 동시를 구분하는 유일한 기준이 될 수는 없겠다. 하지만 당대 논자들은 대체로 형식을 통해 구분하는 데 동의하는 듯하고, 신문과 잡지 편집자들도 작품을 구분할 때 형식에 따른 것이 일반적이었다. 따라서 당시 송완순의 주장이 두루 받아들여진 것은 아니었던 것 같다. 1963년에도 『아동문학』에서 '동요와 동시의 구분'[115]이란 주제로 박목월이 발제를 하고, 강소천, 조지훈, 김동리 그리고 최태호가 각자의 의견을 밝힌 적이 있다. 논의의 내용은 동시는 형식이 자유롭다는 것이고, 동요는 노래로 불리는 것이기 때문에 형식의 제약을 어느 정도 인정하는 것으로 요약되지만, 아무도 뚜렷하게 둘을 구분하려 하지 않았다. "동요를 동시와 구별한다는 일은 어렵기도 하고 그렇게 필요한 일 같지도 않다. 동요가 동시를 닮아가고 옮아가는 동안 동요와 동시의 구별이 차차 어렵게 되어버렸다."[116]고 한 강소천의 말로 '동요 동시 구분 문제'가 요약되었다고 하겠다.

---

**114** 남석종, 「조선과 아동시-아동시의 인식과 그 보급을 위하야(5)」, 『조선일보』, 1934. 5.25.

**115** 박목월 외, 「(특집 심포지움)동요와 동시의 구분」, 『아동문학』 제3집, 배영사, 1963년 1월호, 8~25쪽.

**116** 「동요와 동시는 어떻게 다른가」, 『경향신문』, 1963. 1. 25.

## 나) 해방기 송완순의 아동문학론

송완순은 해방공간을 어떻게 인식하고 있었을까? 수필 「해방 잡기장-거리의 풍경」, 「해방 잡기장」, 「삼일운동의 문학적 계승자」 그리고 「어떤 농민」을 통해 해방 직후 그의 내면풍경을 엿볼 수 있다. 해방 뒤 약 석 달 동안의 모습을 담은 「해방 잡기장-거리의 풍경」에는, 친일파의 애국자 둔갑, 나라 걱정보다 개인의 치부와 영달에 안달하는 세태, 패망한 일본인들의 야만 행동과 음모와 간계 및 추태에도 일본을 두둔하거나 그들의 물건을 사려고 광란하는 "쓸개 빠진, 조선 사람의 일부분자들"의 "인피수(人皮獸)의, 행동"에 "오늘날처럼 소제(掃除)의 긴급한 때가 이 나라에는 일직이 없"[117]었다며 개탄하는 모습이 보인다. 「해방 잡기장」에는 자주정신이 결여된 외세 의존적인 모습을 '친외파(親外派)'로, "과거의 친일의 전위대이든 사람이야말로 오늘의 애국자의 전위대"[118]가 되어 있는 현실을 개탄하면서 진정한 '애국자'가 무엇인지를 짚고 있다. 「삼일운동의 문학적 계승자」는 3·1운동으로 나타난 젊은 문학자들이 노동계급의 발전이 조선 민족의 전도를 밝힌다는 과학적 판단에 의해 황민화(皇民化)에 동조하지 않았던 것처럼, 해방된 조국의 민족문화 건설에 있어 "진보적인 세계관을 갓이고 민주주의 조선문학의 창건과 발전에 지도적 역할"을 하는 것이 "삼일운동의 위대한 정신도 문학상에 가장 정당히 계승"[119]하는 것임을 강조한다. 「어떤 농민」은 혼란 와중에 나라 걱정보다 조그마한 개인적 이익을 붙좇는 고향 농민을 통해 해방 후의 남쪽 현실을 걱정하는 내용이다. "토지를 무상몰수 당하지

---

117  송완순, 「해방 잡기장-거리의 풍경」, 『예술운동』 창간호, 1945년 12월호, 74쪽.
118  송완순, 「해방 잡기장」, 『여성공론』, 1946년 1월호, 89쪽.
119  송완순, 「삼일운동의 문학적 계승자」, 『우리문학』 제2호, 1946년 3월호, 87쪽.

않기 위한 애국, 권력을 연장 강화키 위한 독립, 남조선 단독정부를 위한 반탁!"을 부르짖는 남조선 지배계급의 애국, 독립, 반탁이야말로 그들의 "욕망 실현을 위한 편법에 불과"[120]하다고 본다.

이러한 인식은 아동문학에도 그대로 반영된다. 일제강점기에 계급주의 아동문학을 표방했던 『별나라』가 속간호를 발행하자, 「조선역사」(『별나라』 속간 제1호, 1945년 12월호; 속간 제2호, 1946년 2월호; 속간 제3호, 1946년 4월호)를 집필해 일제에 의해 왜곡된 우리 역사를 어린이들에게 바로 알리려고 노력하는 것 등이 그러하다.

사정이 이러하다면 해방기의 부당한 현실을 극복하는 구체적 실천 방법은 무엇일까? 일제강점기부터 계급주의 (아동)문학을 지향했던 송완순으로서는 좌익 문단 조직의 이론에 기대는 것이 자연스러웠을 것이다. 그의 아동문학론이 기본적으로 '문건', '문맹' 그리고 '동맹'의 노선을 따르고 있는 점으로 입증된다. '문건'과 '문맹'이 대립한 것은 알려진 사실이고 송완순이 '문맹' 쪽에 가담한 사실도 앞에서 밝혔다. 문단의 주도권을 잃은 '문맹' 측이 곧바로 월북한 뒤로 남쪽에 남아 있던 송완순은 대체로 '문건'과 '동맹'이 주도하는 노선을 충실하게 따르는 아동문학론을 발표하였다. 그렇다면 해방 후 송완순이 추구한 바 아동문학론의 요지는 무엇이며 전개 양상은 어떠하였는지를 살펴보도록 하자.

해방 후 송완순의 첫 번째 아동문학 관련 비평문은 「아동문학의 기본과제(전3회)」(『조선일보』, 1945.12.5~7)다. "'조선 것'을 찾고 맨드는" 것을 당면문제로 인식하고 "'일본적인 것'의 박멸과 봉건 잔재의 소탕"을 하되 "진보적인 민주〻의에 의"[121]해서 실천해야 한다는 것이 중심 요지이

---

**120** 송완순, 「어떤 농민」, 『협동』 1947년 6월호, 56쪽.

**121** 송완순, 「아동문학의 기본 과제(상)」, 『조선일보』, 1945. 12. 5.

다. 해방 후부터 비로소 좌익적 입장을 표명한 윤복진이 조금 앞서 발표한 「민족문화 재건의 핵심-아동문학의 당면 임무(전2회)」(『조선일보』, 1945.11.27~28)와 주된 내용이 비슷하다. 뒤이어 발표한 「민족문화 건설의 임무-그의 르네쌍스적 의의」도 "조선의 신문화는 봉건 유제(遺制)와 일본적 잔재를 철저히 소탕하고 민주주의 의식을 고양"[122]시키는 것을 제일 과업이라 하였다. 이는 해방 직후 계급주의 문학론을 주도했던 임화의 「현하의 정세와 문화운동의 당면임무」(『문화전선』, 1945.11.15)와 골자가 같다. 이러한 주장은 1945년 8월 18일 자로 <조선문화건설중앙협의회> 산하 <조선문학건설본부>의 아동문학위원회 명의로 한 「선언」(『아동문학』)과, 1945년 8월 31일 자로 <조선문화건설중앙협의회> 서기국에서 발표한 「문화활동의 기본적 일반방책에 관하여」(『문화전선』)에서 이미 밝힌 내용이다. 이러한 내용은 <조선공산당중앙위원회>에서 "새로 이 건설적 문화는 (중략) 그것의 본질을 규정한 '현 정세와 우리의 임무'를 이론과 실천의 전(全) 기준으로 삼어야 한다."[123]고 이미 정리한 것으로, 그 원천은 바로 박헌영(朴憲永)의 '8월 테제' 곧 「현 정세와 우리의 임무」에 있었던 것이다.[124]

이즈음 '문건' 쪽의 대표적 문인이었던 이태준, 김남천, 이원조가 <조선문학동맹> 중앙집행위원회 위원장 홍명희(洪命熹)와 나눈 대담에서도

---

**122** 송완순, 「민족문화 건설의 임무-그의 르네쌍스적 의의」, 『인민』 제4호, 1946년 3월호, 82쪽.

**123** 조선공산당중앙위원회, 「조선민족문화건설의 노선(잠정안)」, 『인민평론』 창간호, 1946년 3월호, 25쪽.

**124** 박헌영, 「현정세와 우리의 임무」, 『이정 박헌영전집 2』, 역사비평사, 2004, 47~56쪽. 해방 후 좌익 아동문학론의 전개 양상과 '8월 테제'와의 관련성은 류덕제의 「윤복진의 아동문학과 월북」(『아동청소년문학연구』 제17호, 2015, 216~222쪽.)에 자세히 밝혀져 있다.

"조선 작가의 당면과제는 봉건적 잔재를 제거하는 새로운 아동문학과 농민문학을 수립하는 것"[125]이라 한 것과 윤복진이 아동문학의 당면 임무를 '민족문화 재건의 핵심'이라 한 것을 두고 볼 때 당시 좌익들이 아동문학에 쏟은 관심을 짐작할 수 있다. 해방기 송완순의 두 번째의 비평문은 「아동문화의 신 출발」인데 내용은 앞의 것과 대동소이하다. '새로운 아동문화의 당면의 기본 과제'로 "첫재는 일본적인 것의 근멸(根滅)이며 둘재는 봉건잔재의 소탕이며 셋재는 진보적 민주주의에 의한 긍정적 건설적 정신의 함양"[126]을 들고 있다. 윤복진과 송완순의 주장은 '문건'과 '문맹'의 통합으로 이루어진 '동맹'의 조선문학자대회(1946.2.8~9)로 수렴되고 있다. 박세영이 아동문학에 관한 보고를 하였는데, 우리 아동문학이 걸어온 길을 살핀 후에 나아갈 방향을 제시하였다. 그 내용은 일본 제국주의 잔재 소탕, 봉건적 잔재 청산, 아동문학 전문 작가의 배출, 진보적 민주주의 지향 등[127]이었는데, 역시 '8월 테제'를 반영한 것이었다.

「아동문화의 신 출발」에서 특기할 것은 다음과 같은 내용이다.

이미 수개의 아동문화 단체가 신 발족해서 활동을 개시하고 있다. 소년운동 단체도 생기었다. 상서로운 일이나 활동이 적극적으로 전개되지 못하고 있는 것은 심히 유감스럽다. 현실의 혼돈 때문일 것이다. 하나 주체적으로도 어느 정도로 튼튼한지 의심스러운 점이 없

---

**125** 이태준 외, 「벽초 홍명희 선생을 둘러싼 문학 담의(談義)」, 『대조(大潮)』 창간호, 1946년 1월호, 78~79쪽.

**126** 송완순, 「아동문화의 신출발」, 『인민』 1946년 1월호, 96쪽.

**127** 박세영, 「조선 아동문학의 현상과 금후 방향」, 『건설기의 조선문학』, 백양당, 1946, 96~110쪽.

지 않다. 다른 일과도 달러서 여러 가지 이유로 나는 아동문화 단체
의 분립은 불가하다고 생각한다.
　이미 우리들의 가야할 방향은 제시되였으며 진보적 지식인은 누
구나 그것을 승인하고 있다. 그렇면 약소한 아동문화운동의 역량을
분산하는 것은 어느 모로 보아도 손해다. 사계인(斯界人)의 깊은 반성
을 바라마지 않는다.[128] (밑줄 필자)


　이 글의 말미에 작성일자가 있는데 '11월 15일'로 되어 있다. 글이 수
록된 『인민』(제2권 제1호)의 발행일자가 1946년 1월 25일이니, 1945년
11월 15일에 탈고했다는 뜻일 것이다. 송완순이 '문건'과 '문맹'을 통합
하기 위해 '문맹' 측 합동위원으로 회합한 날짜가 1945년 12월 6일이라
하였다. 이후 1946년 2월 8~9일 양일간 조선문학자대회가 열렸으나 '문
맹' 측의 이기영과 한설야는 의장에 지명되었지만 참석하지 않고 곧 월
북하였다. 하지만 송완순은 조선문학자대회에 참석하였고, 4월에 열린
제4회 중앙집행위원회에서 아동문학부 위원으로 보선되었다. 이상의
경과를 보면 송완순이 '아동문화 단체의 분립은 불가'하고 '이미 우리들
의 가야 할 방향은 제시'되었다고 판단하며 '아동문화운동의 역량을 분
산'하면 손해라고 한 까닭을 어느 정도 짐작할 수 있겠다.
　이보다 앞서 '문건'(조선문화건설중앙협의회)의 아동문학위원회 기관지
인 『아동문학』(창간호 1945.12.1)에는 임화, 이원조, 안회남 등의 글이 실려
있다.[129] 내용을 종합하면 우리말을 되찾고, 일본 제국주의 잔재를 소탕

---

**128**　송완순, 「아동문화의 신출발」, 99쪽.

**129**　임화의 「아동문학 압혜는 미증유의 임무가 잇다」, 이태준의 「아동문학에 있어서 성
인문학가의 임무」, 이원조의 「아동문학의 수립과 보급」, 안회남의 「아동문학과 현실」
등을 가리킨다.

하며, 봉건 잔재를 청산하여 과학적 창의력을 추구하고, "동심의 현실에서의 유리(遊離)를 완전히 포기하고 어데까든지 현실을 파내고 전취(戰取)하는 데서 아동문학을 비로소 한 개 훌륭한 문학으로 성립할 것"(안회남)이라는 내용이었다. 또 다른 기관지인 『문화전선』(1945.11.15 창간)에는 김남천의 「문학의 교육적 임무」가 수록되어 있다. 이는 1945년 9월 29일 '해방기념문예강연회'의 연설 원고였는데 아동문학에 대해 다음과 같은 특별한 관심이 표명되어 있다.

> 우리 문학의 교육적 임무의 가장 중요한 대상의 하나가 우리 아동이어야 한다는 그것입니다. (중략) 과거의 유치원이나 소학교에서 취해 온 아동에 대한 태도나 또는 아동문학에서 떠나서, 정확한 지식과 새로운 경험과 바른 영웅주의를 가지고 우리들이 아동을 키워나가는 한편, 그들의 창조력을 계발하고 육성하여 장래 우리 새로운 조선을 바르게 떠매고 나갈 역군을 기르지 않으면 아니 되겠읍니다. (중략) 바른 과학 지식과 옳은 경험과 리얼리즘과 로맨티시즘이 완전히 결합된 용감하고 재미난 '옛말' 동요, 동극, 동화의 창조 등등이 요망되고 있는 것입니다. (밑줄 필자)

일본제국주의와 조선 봉건세력이 결착하여 시행한 조선인에 대한 문맹정책, 문화말살정책, 민족생활 파괴정책을 극복하기 위해 문학의 교육적 임무를 설파한 이 글이 아동문학의 교육성 혹은 계몽적 입장을 강조한 것은 조금도 이상할 것이 없다. 덧붙여 봉건 잔재를 극복하기 위해 과학을 강조하고, 바람직한 현실 인식을 위해 리얼리즘을 요구하고 있다. 이는 해방 직후 문학 일반과 아동문학의 주요 기조였음을 확인할 수 있다.

조선 아동문학의 '신출발'을 모색한 후 이를 더 구체적으로 분석한 것이 「조선 아동문학 시론-특히 아동의 단순성 문제를 중심으로」(『신세대』, 1946년 5월호)이다. 부제가 가리키듯이 아동의 '단순성'을 기준으로 아동문학의 사적 흐름을 3단계로 나누어 기술하였다. 먼저 방정환 중심의 아동문학관은 아동의 단순성을 너무 단순하게 해석한 탓에 아동을 현실로부터 분리시켜 "현실생활에 별로 물들지 안은 순결무구하고 · 천진난만하고 · 무사기(無邪氣)한 · 인간으로서의 천사"로 만들어 "무지개의 나라로 승화"[130]시켰다고 보았다. 반면 1930년 전후의 계급적 아동문학자들은, 천사적 아동을 인간적 아동으로 환원시키는 데는 성공하였으나 "아동의 단순성을 무시 혹은 망각한 결과"로 "청년적 아동" 곧 "수염 난 총각"[131]으로 만들어버려 과오를 저질렀다고 평가한다. 마지막으로 1935년 전후, 계급적 아동문학이 사라지자 그 자리를 대신한 윤석중 등의 "신천사주의 아동문학"은 방정환류의 천사주의를 계승하였으나 그들이 감상적이었던 데 비해 낙천적이었던 잘못으로 인해 "지상(地上)의 천사"[132]를 만들어버렸다는 것이다. 이러한 진단 끝에 진보적 민주주의를 지향하는 현시점의 아동문학은 아동을 "초보 인간", "아름다운 인간", "미성(未成) 인간"임을 인정하고 진선미보다 위악추(僞惡醜)가 압도적으로 많은 현실 생활을 관념이 아니라 실제로 파악하여 어떻게 하면 그들이 더 행복하게 살 수 있도록 할 것인가를 구명하는 것이 목표이자 임무가 되어야 한다는 것이다.

「조선 아동문학 시론」을 다시 정리한 글이 「아동문학의 천사주의-과거의 사적(史的) 일면에 관한 비망초(備望草)」(『아동문화』, 1948년 11월호)

---

130  송완순, 「조선아동문학시론-특히 아동의 단순성 문제를 중심으로」, 『신세대』, 1946
      년 5월호, 83쪽.
131  위의 글, 84쪽.
132  위의 글, 85쪽.

다. 일제강점기 아동문학을 사적(史的) 관점에서 천사주의(순수아동주의)와 진보적 아동문학으로 구분하였다. 다시 천사주의를 둘로 나누어 방정환의 감상(感傷)과 윤석중의 낙천(樂天)으로 구별하였다. 전자가 식민지의 참혹한 현실은 인식하나 적극적 투쟁으로 발전시키지 못하고 아동을 현실에서 격리하여 관념적으로나마 행복감을 주려는 천사주의였다면, 후자는 민족적 사회현실을 무시하고 어린이는 즐거운 인생이며 즐거워해야만 하는 인물로 만들어버려 무의식중에 일본제국주의에 동조하는 역할을 하고 만 천사주의라는 것이다. 이 "낙천주의는 애제부터 현실이라는 것은 인식해 보려고 하지도 안"[133]았기 때문에 감상적 천사주의보다 낙천적 천사주의가 더 나쁘다고 보았다. 후자에는 윤석중뿐만 아니라 "일제 말기에 활약한 조선 아동문학자의 대부분 – 예컨대 노양근(盧良根), 양미림(楊美林), 최병화(崔秉和), 임원호(任元鎬), 윤복진(尹福鎭), 강소천(姜小泉), 박영종(朴泳鍾) 등 제씨 – 에게도 적용"[134]된다고 하였다. 결국 "어린이를 관념에 있어서만 미리 천사부터 만드는 데에 힘을 낭비하지 말고 어린이가 실제에 있어서 문자 그대로의 천사적인 인간이 될 수 있을, 사회의 탐구에 관한 의욕과 정열을 계발하는 데에 치중"하는 것이 해방 후 "아동문학의 알파와 오메가"[135]라는 것이다.

이즈음에 아동출판물에 대해 비판적 입장을 표명하기도 한다. 상업주의적 출판물은 박제된 신화와 봉건주의 및 국수주의에 머물러 예술과 과학 및 민주주의를 찾을 수 없고, 교화주의적 출판물은 "현실적 구체성을 옳게 파악하여 사회의 객관 정세에 상응하는 적극적인 방책을 취하

---

**133** 송완순, 「아동문학·기타」, 『비판』, 1939년 9월호, 83쪽.

**134** 송완순, 「아동문학의 천사주의」, 31쪽.

**135** 위의 글, 31쪽.

지 않고 일반적 추상성만 묵수"하려다가 "반동주의의 이용물 노릇"만 한다면서 "규탄"[136]한 것이다. 그 논지 역시 봉건 잔재를 청산하고 구체적 현실에 기반을 두어야 한다는 것으로 요약될 수 있어 지금까지 주장한 바의 연장선상에 있다고 할 것이다.

이상과 같이 해방 후 송완순이 제기한 아동문학론의 전개과정과 논지를 추려보면, 먼저 '기본 과제', '신 출발'이란 개념을 통해 해방 후 아동문학이 나아갈 방향을 모색하고 있다. 이어지는 논의에서는 '단순성'과 '천사주의'라는 개념을 기준으로 우리 아동문학의 사적(史的) 흐름을 검토한다. 그 후 내린 결론은 관념으로 천사부터 만들 것이 아니라 아동이 처한 현실을 제대로 인식하고 대응하여 실제 천사적인 인간이 될 수 있도록 하는 것이 아동문학의 목표이자 임무가 되어야 한다는 것이었다.


## Ⅲ. 맺음말

송완순은 일제강점기와 해방기를 통틀어 지속적으로 작품과 비평 활동을 전개한 아동문학가이다. 그럼에도 불구하고 지금까지 이렇다 할 연구가 없고 따라서 알려진 것도 많지 않다.

이 글에서는 송완순과 그의 아동문학론을 살펴보고자 하였다. 신문과 잡지를 두루 찾아 부족한 대로 작가연보와 작품연보를 작성하였다. 작품을 확정하기 위해서는 여러 개의 필명을 확인하는 작업이 필요했다. 대부분 명확한 증거를 찾았지만 몇몇은 합리적인 추론을 바탕으로 확인한 것도 있다.

---

**136** 송완순, 「아동출판물을 규탄」, 『민보』 제343호, 1947. 5. 29.

송완순은 1920년대 중후반부터 월북할 때까지 일관되게 계급문학적 입장을 유지하였다.

일제강점기 송완순의 비평은 논쟁을 통한 아동문학 이론 정립, 소년운동과 프롤레타리아 아동문학론, 아동의 연령 논쟁, 그리고 동요와 동시 구분 논쟁으로 구분하여 살펴볼 수 있었다. 아동문학의 형성기라 할 시기임에도 송완순은 당대 아동문학의 주요 논점을 파악하는 능력과 정확한 문장력을 바탕으로 한 논지 전개 등으로 아동문학 비평의 수준을 일정 부분 끌어올렸다는 평가를 받을 만했다. 일본 아동문학가들의 주장을 일방적으로 수용하기에 급급했던 당대 문단 수준에서 드물게 비판적으로 수용하고자 한 것도 이러한 평가를 가능하게 하였다.

해방기 송완순의 아동문학론은 '문건'과 '동맹'의 노선을 따랐다. 처음 '문맹'에 소속되었으나 단체의 분립과 아동문화 운동의 역량을 분산하는 것이 옳지 않다며 '문건'과 '동맹'의 노선을 따른 것이었다. 알다시피 '문건'과 '문맹'으로 갈라진 좌익 문학 단체가 '문건' 중심으로 통합된 것은 조선공산당의 명령에 따른 것이었고 이념적 배경은 '8월 테제'에 있었다.

해방기 아동문학이 해야 할 일은 새로운 나라의 건설과 맞물려 있었기 때문에 정치이념과 분리되지 않는 것은 당연한 결과라 할 것이다. 송완순의 아동문학론도 정치이념과 같이 봉건 유제와 일제 잔재 청산 및 진보적 민주주의 노선에 초점을 맞추고 있었다. 이를 위해 일제강점기 아동문학을 반성적으로 돌아보고 향후의 방향을 모색하는 데 주력했다. 일제강점기 아동문학을 사적으로 검토하면서 크게 천사적 아동문학과 진보적(계급적) 아동문학으로 나누었다. 천사적 아동문학은 방정환류의 감상적 천사주의와 윤석중류의 낙천적 천사주의로 다시 세분하였다. 현실을 아예 외면한 낙천적 천사주의가 더 나쁘다고 평가하였다.

남은 문제는 아동문학 작품과 비평을 연결시켜 종합적인 송완순 연구를 하는 것이다. 덧붙여 일반문학 활동도 적지 않은데 이것에 대한 검토도 필요하다고 생각된다. 대중예술, 농민예술, <카프>에 관한 글들을 면밀하게 분석하면 아동문학 연구에 도움이 될 부분이 있을 것으로 보인다.

## 송완순의 작품연보

| 작가 | 작품명 | 갈래 | 게재지 | 발표연월일 |
|---|---|---|---|---|
| 송완순 | 상식 (선외가작) (작품 불수록) | 동요 | 신소년 | 1925.08 |
| 송완순 | 우후조경(雨後朝景) (선외가작) (작품 불수록) | 동요 | 신소년 | 1925.08 |
| 송완순 | 깃부든 그날 (선외가작) (작품 불수록) | 작문 | 신소년 | 1925.09 |
| 송완순 | 조선 소년소녀에게 (선외가작) (작품 불수록) | 작문 | 신소년 | 1925.12 |
| 송완순 | 합시다 (선외가작) (작품 불수록) | 동요 | 신소년 | 1925.12 |
| 송완순 | 눈 | 동요 | 신소년 | 1926.02 |
| 송완순 | 봄 편지 | 동요 | 신소년 | 1926.04 |
| 대전 송완순 | 고향의 팽나무 | 작문 | 어린이 | 1926.05 |
| 송완순 | 부모님 생각(선외가작) (작품 불수록) | 동요 | 신소년 | 1926.06 |
| 송완순 | 김재홍(金在洪) 형님에게(선외가작) (작품 불수록) | 작문 | 신소년 | 1926.06 |
| 대전 진잠면 내동 송완순 | 강남각시의론 | 동요 | 신소년 | 1926.07 |

| | | | | |
|---|---|---|---|---|
| 대전군<br>송완순 | 그리운 벗 | 소년시 | 신소년 | 1926.12 |
| 대전군<br>진잠<br>송완순 | 조선의 천재여 나오너라<br>-「공든 탑」을 읽고 | 소년시 | 신소년 | 1927.01 |
| 대전군<br>송완순 | 추수의 소감 | 작문 | 신소년 | 1927.01 |
| 대전군<br>진잠면<br>송완순 | 봄 | 동요 | 신소년 | 1927.04 |
| 대전<br>송완순 | 달ㅅ밤 | 동요 | 별나라 | 1927.04 |
| 대전<br>송완순 | 어머니 보고지고 | 동요 | 신소년 | 1927.06 |
| 송완순 | 신소년사 기자 선생 상상기 | 수필 | 신소년 | 1927.06 |
| 송완순 | 거미줄 | 동요 | 중외일보 | 1927.06.09 |
| 송완순 | 맹꽁이 | 동요 | 중외일보 | 1927.06.24 |
| 송완순 | 해바라기 | 동요 | 중외일보 | 1927.07.15 |
| 송완순 | 자장아기 | 동요 | 조선일보 | 1927.07.19 |
| 송완순 | 라팔꼿 | 동요 | 조선일보 | 1927.07.19 |
| 송완순 | 농촌 동무들에게 | 감상문 | 신소년 | 1927.08 |
| 한밧 | 어린 동무여 | 소년시 | 신소년 | 1927.08 |
| 한밧 | 시드른 무궁화 | 소년시 | 신소년 | 1927.08 |
| 송완순 | 우산꼿 | 동요 | 중외일보 | 1927.08.18 |
| 송완순 | 느즌 여름 (27.7.3 누어서) | 동요 | 중외일보 | 1927.08.19 |
| 송완순 | 낫에 나온 달님 | 동요 | 조선일보 | 1927.08.27 |

| | | | | |
|---|---|---|---|---|
| 송완순 | 인형아기 (27.8.5 누어서) | 동요 | 중외일보 | 1927.08.28 |
| 송완순 | 매암이 | 동요 | 중외일보 | 1927.08.28 |
| 대전<br>송완순 | 거미줄 | 동요 | 조선일보 | 1927.08.30 |
| 대전<br>송완순 | 은구슬 | 동요 | 별나라 | 1927.10 |
| 송완순 | 모래성 | 동요 | 중외일보 | 1927.12.03 |
| 송완순 | 밤바람 (쓸쓸한 밤 병석에서) | 동요 | 중외일보 | 1927.12.03 |
| 대전 진잠<br>송완순 | 댕댕이 (8월 12일) | 동요 | 중외일보 | 1927.12.24 |
| 대전<br>진잠 내동<br>송완순 | 죽은 인형 (8월 5일) | 동요 | 중외일보 | 1927.12.26 |
| 송완순 | 설날 | 동요 | 중외일보 | 1928.01.09 |
| 대전<br>송완순 | 가지 말아요 | 동시 | 중외일보 | 1928.01.17 |
| 대전<br>청년동맹<br>송완순 | 싸락눈 | 동요 | 중외일보 | 1928.01.17 |
| 대전<br>송완순 | 놀애(무도곡) | 동요 | 중외일보 | 1928.01.18 |
| 대전<br>송완순 | 싀집가는 누나 | 동요 | 중외일보 | 1928.01.19 |
| 송소민 | 쪼각달 | 동요 | 중외일보 | 1928.01.21 |
| 대전<br>송완순 | 자동차 | 동요 | 중외일보 | 1928.01.21 |
| 대전<br>송완순 | 놀애 | 동요 | 중외일보 | 1928.01.21 |

| 대전<br>송완순 | 귀쏠님 | 동요 | 중외일보 | 1928.01.24 |
|---|---|---|---|---|
| 송완순 | 공상적 이론의 극복 – 홍은성 씨에게<br>여함(전4회) | 평론 | 중외일보 | 1928.01.29~<br>02.01 |
| 송완순 | 영애의 죽엄(전2회) | 동화시 | 중외일보 | 1928.020.9~10 |
| 송완순 | 영춘소감(迎春所感)(전2회) | 수필 | 중외일보 | 1928.03.29~30 |
| 한밧 | 밤은 새여지도다 | 동시 | 신소년 | 1928.04 |
| 한밧 | 병아리 서울 구경 | 동요 | 신소년 | 1928.04 |
| 송완순 | 평화의 독기 | 동화 | 신소년 | 1928.04 |
| 소민 | 누구의 죄(전2회) | 소년<br>소설 | 신소년 | 1928.04~05 |
| 송완순 | 엇던 광경 | 소년<br>소설 | 신소년 | 1928.05 |
| 송완순 | 별나라의 돌마지를 위하야 | 동요 | 별나라 | 1928.06 |
| 한밧 | 개고리 | 동요 | 신소년 | 1928.07 |
| 송완순 | 김 군에게 (6혈 삭제) | 수필 | 신소년 | 1928.07 |
| 송완순 | 피리 | 동요 | 신소년 | 1928.08~09월<br>합호 |
| 송완순 | 진실한 동무 | 우정<br>미담 | 신소년 | 1928.08~09월<br>합호 |
| 송완순 | 달리는 냄비(전5회) | 동화 | 중외일보 | 1928.10.12~16 |
| 송완순 | 병아리 경주 | 동요 | 신소년 | 1928.11 |
| 송완순 | 됴선의 어린이 | 장편 소<br>년시 | 신소년 | 1928.11 |
| 송완순 | 분홍 국화(전6회) | 동화 | 중외일보 | 1928.11.03~09 |
| 송완순 | 자장아기 | 동요 | 신소년 | 1929.01 |

| | | | | |
|---|---|---|---|---|
| 송완순 | 춘곡14수(「봄소식」, 「봄의 짜님」, 「종달새」, 「시내ㅅ물」, 「피리ㅅ소리」) | 동요 | 중외일보 | 1929.03.09 |
| 송완순 | 달어나는 달님 | 동요 | 중외일보 | 1929.03.10 |
| 송완순 | 시상 단편(황석우 편, 『청년시인백인집』) | 평론 | 조선시단 제5호 | 1929.04 |
| 송완순 | 태양의 아들 (「서시」, 「태양의 아들(속요체)」) | 시 | 조선시단 제5호 | 1929.04 |
| 송완순 | 진달내 | 동요 | 중외일보 | 1929.05.03 |
| 송소민 | 두번ㅅ재의 꿈(2)(「꿈꾼 기남이」의 속편) | 신동화 | 신소년 | 1929.08 |
| 송완순 | 달님 | 동요 | 신소년 | 1929.08 |
| 송완순 | 갈닙 | 동요 | 조선일보 | 1929.11.07 |
| 송완순 | 동무들아 나오너라 | 동요 | 조선일보 | 1929.11.07 |
| 송소민 | 무서운 돈 | 동화 | 신소년 | 1930.01 |
| 송소민 | 신진작가에 대한 문제 | 평론 | 무명탄 창간호 | 1930.01 |
| 송완순 | 뎐긔등 | 동요 | 신소년 | 1930.02 |
| 송소민 | 감사의 아들(1) - 거룩한 죽엄 | 동화 | 신소년 | 1930.02 |
| 宋完惇[137] | 널쮜기(유녀(幼女)의 노래) | 동요 | 조선일보 | 1930.02.11 |
| 송완순 | 비행긔 | 동요 | 조선일보 | 1930.02.12 |
| 송완순 | 집 보는 아희의 노래(유녀의 노래) | 동요 | 조선일보 | 1930.02.13 |
| 송완순 | 공치러 가자 | 동요 | 조선일보 | 1930.02.16 |

---

**137** '宋完淳'의 오식으로 보인다. 「집 보는 아희의 노래(幼女의 노래)」도 같은 '幼女의 노래'인 점으로 보아 송완순의 작품으로 보는 것이 옳다. 일제강점기 '송완돈(宋完惇)'이란 이름으로 작품을 발표한 예는 없다.

| 구봉산인 | 비판자를 비판 – 자기 변해와 신 군 동요관 평(전21회) | 평론 | 조선일보 | 1930.02.19~03.19 |
|---|---|---|---|---|
| 송호 | 대중예술론(전9회) | 평론 | 조선일보 | 1930.02.05~18 |
| 송완순 | 종달새 | 동요 | 신소년 | 1930.04 |
| 송타린 | 조선 '푸로' 예맹과 '푸로' 예술운동 –제일선인가 제삼선인가(전10회) | 평론 | 조선일보 | 1930.04.05~18 |
| 구봉학인 | 개인으로 개인에게 –군이야말로 '공정한 비판'을(전8회) | 평론 | 중외일보 | 1930.04.12~20 |
| 구봉학인 | 동시말살론(전6회) | 평론 | 중외일보 | 1930.04.26~05.03 |
| 송완순 | 조선 동요의 사적 고찰(2) | 평론 | 새벗 | 1930.05 |
| 송완순 | 병신된 달님 | 동요 | 신소년 | 1930.05 |
| 구봉학인 | 하얀 차돌 | 동요 | 중외일보 | 1930.05.12 |
| 송구봉 | 동요의 자연생장성 급 목적의식성 | 평론 | 중외일보 | 1930.06.14~? |
| 송타린 | 속 반대중예술론(전18회) | 평론 | 중외일보 | 1930.06.17~07.05 |
| 구봉학인 | 동요의 자연생장성 급 목적의식성 재론(전4회) | 평론 | 중외일보 | 1930.06.29~07.02 |
| 구봉학인 | '푸로레' 동요론(전14회) | 평론 | 조선일보 | 1930.07.05~22 |
| 송완순 | 반듸ㅅ불 | 동요 | 별나라 | 1930.10 |
| 송타린 | 신진 예술운동가의 임무(전9회) | 평론 | 조선일보 | 1931.02.13~21 |
| 소민학인 | (자유평단: 신진으로서 기성에게, 선진으로서 후배에게) 공개반박 – 김태오 군에게(전2회) | 평론 | 조선일보 | 1931.03.01~06 |
| 송완순 | 지주아들 까마귀 | 동요 | 신소년 | 1931.05 |
| 송완순 | 뛰엄질 | 동요 | 신소년 | 1931.06 |

| 송소민 | 코기리의 말로(상,하) | 동화 | 신소년 | 1931.09~10 |
|---|---|---|---|---|
| 송완순 | 농민예술 문제-개술적 사안 초고<br>(槪述的私案草稿)(전11회) | 평론 | 조선일보 | 1932.04.05~20 |
| 송완순 | 방울 | 동요 | 신소년 | 1932.06 |
| 호인 | 아동예술 시평 | 평론 | 신소년 | 1932.07 |
| 송완순 | 잠자는 듸딜방아 | 동요 | 신소년 | 1932.08 |
| 호인 | 아동예술 시평 | 평론 | 신소년 | 1932.09 |
| 송호 | 예술의 비상시적 ×× 시대 (삭제) | 평론 | 우리들 | 1934.02 |
| 송강 | 문예시감 | 평론 | 우리들 | 1934.03 |
| 송백랑<br>(宋伯郎) | 개미와 벌[138] | 동화 | 신소년 | 1934.03? |
| 송강 | 예술에 잇어서의 '진실'의 문제<br>(전6회) | 평론 | 동아일보 | 1934.05.04~10 |
| 송강 | (벽평론)장혁주(張赫宙) 씨의 ガルボウ | 평론 | 우리들 | 1934.04~<br>05월 합호 |
| 송완순 | 조선과 르네쌍스<br>-필요한가? 또 가능한가?(상, 하) | 논설 | 동아일보 | 1934.09.15~17 |
| 송완순 | 거리에서 | 시 | 조선시단<br>속간<br>제8호 | 1934.09 |
| 송강 | 낭만과 사실(寫實)-로맨티시슴과<br>리알리슴의 조화를 위하야(전8회) | 평론 | 동아일보 | 1934.11.30~12.9 |
| 송강 | 봄을 찾는 마음(상,하) | 수필 | 동아일보 | 1935.03.05~06 |

---

**138** "송백랑 씨의 동화 「개미와 벌」은 앞으로 엇더케 나아갈는지가 한 자미일 것이다."
『편즙을 맛치고』 『신소년』 1934년 3월호, 63쪽.)라고 하였으나 검열 때문인지 3월호에 「개미
와 벌」은 수록되지 않았고, 이후에도 수록된 것이 확인되지 않는다.

| 송강 | 문예평론의 기근(상, 하) | 평론 | 동아일보 | 1935.04.16~17 |
|------|------|------|------|------|
| 송강 | 해외문학파에 대한 수언(數言)(상, 하) | 평론 | 동아일보 | 1935.04.18~20 |
| 송강 | 문예시평 | 평론 | 조선문단 제4권 제3호 | 1935.06 |
| 송완순 | 거름마 | 동요 | 동아일보 | 1937.11.14 |
| 송완순 | 동요론 잡고 - 연구 노트에서(전4회) | 평론 | 동아일보 | 1938.01.30~ 02.04 |
| 송완순 | 호도 | 동요 | 동아일보 | 1938.02.20 |
| 송완순 | 신문팔이 | 동요 | 동아일보 | 1938.04.05 |
| 송완순 | 봄나드리 | 동요 | 동아일보 | 1938.05.15 |
| 송강 | (문예시감)사상의 상실 | 평론 | 비판 | 1938.12 |
| 송강 | 문학의 비대중성 - 부(附), 통속문학의 필요(전4회) | 평론 | 조선일보 | 1939.04.02~06 |
| 송완순 | 비누방울(유기흥 곡)[139] | 동요 | 라디오 | 1939.07.08 |
| 송완순 | 아동문학·기타 | 평론 | 비판 | 1939.09 |
| 송완순 | 아동과 영화 | 평론 | 영화연극 | 1939.11 |
| 송완순 | 쪽제비와 여호 | 동화 | 새동무 창간호 | 1945.12 |
| 송강 | 문화운동의 현단계적 과제 - 총망한 각서 초(草) | 평론 | 예술운동 창간호 | 1945.12 |
| 송완순 | 해방잡기장 - 거리의 풍경 | 수필 | 예술운동 창간호 | 1945.12 |

---

**139** 이 작품의 발표지를 확인할 수 없는데 '라디오'(1939.7.8(土) 오후 6시 30분)에 '노래공부(一) 宋完淳 謠, 柳基興 曲, 洪恩惠'에 발표된 동요이다.(『매일신보』 1939.7.7~8)

| | | | | |
|---|---|---|---|---|
| 송강 | 신청년론-특히 작금의 청년의 동향에 관하여 | 논설 | 신건설 | 1945.12 |
| 송완순 | 조선 역사(제1회) | 강좌 | 별나라 속간 제1호 | 1945.12. |
| 송완순 | 아동문학의 기본 과제(전3회) | 평론 | 조선일보 | 1945.12.05~07 |
| 송완순 | 해방 잡기장 | 수필 | 여성공론 | 1946.01 |
| 송완순 | 아동문화의 신 출발 | 평론 | 인민 | 1946.01-02월 합호 |
| 송완순 | 무제(無題) | 시 | 우리문학 창간호 | 1946.01 |
| 송완순 | (역사강좌)조선 역사(제2회) | 강좌 | 별나라 속간 2호 | 1946.02 |
| 송완순 | 삼일운동의 문학적 계승자 | 수필 | 우리문학 제2호 | 1946.03 |
| 송완순 | 민족문화 건설의 임무 -그의 르네쌍스적 의의 | 평론 | 인민 제4호 | 1946.03 |
| 송강 | 삼일운동과 8·15 사건의 의의 급 관련성 | 논설 | 신세대 창간호 | 1946.03 |
| 송완순 | 왜놈은 갓것만 | 동요 | 새동무 제2호 | 1946.04.01 |
| 송완순 | 헌사(獻辭) | 시 | 해방기념 시집 햇불 | 1946.4 |
| 송완순 | (역사강좌)조선역사(제3회) 옛사람의 살림(속) | 강좌 | 별나라 | 1946.04 |
| 송완순 | 조선아동문학 시론-특히 아동의 단순성 문제를 중심으로 | 평론 | 신세대 | 1946.05 |
| 송강 | 해소하는 공산당(상) - 신국면에 직면한 남조선 정계 | 논설 | 독립신보 | 1946.08.06 |

| | | | | |
|---|---|---|---|---|
| 송강 | 민주전선의 신전개(중)-제삼인터의 해산, 각국사정에 적응한 조직기구 | 논설 | 독립신보 | 1946.08.07 |
| 송강 | 민주전선의 신전개(하)-종파주의를 엄계(嚴戒), 발연(勃然)히 이러난 혁명적 정열 | 논설 | 독립신보 | 1946.08.08 |
| 송완순 | 공위 유감(共委有感) | 수필 | 신조선 | 1947.02 |
| 송완순 | 무 | 동요 | 우리문학 제3호 | 1947.03 |
| 송완순 | 조사(吊辭)-희생 학병을 통곡하노라 | 시 | 1946년판 조선시집 | 1947.3 |
| 송완순 | 자장노래 | 동요 | 소년운동 제2권 제1호 | 1947.04 |
| 송완순 | 기독(基督)의 국적 | 수필 | 문학평론 제3호 | 1947.04 |
| 송완순 | 숨박꾹질 | 동요 | 어린이 세계 | 1947.05.01 |
| 송완순 | 아동출판물을 규탄 | 평론 | 민보 | 1947.05.29 |
| 송완순 | 동무 | 동요 | 새동무 제8호 | 1947.05 |
| 송완순 | 어떤 농민 | 수필 | 협동 | 1947.06 |
| 송완순 | 民族文化建設の任務 -そのルネッサンス的 意義[140] (東京에서 발행) (일문) | 평론 | 민주조선 제2권 제12호 | 1947.07 |

---

**140** 『民主朝鮮』(東京: 朝鮮文化社)은 해방 직후 재일동포(조진남, 장두식, 김원기, 원용덕, 김달수)에 의해 발행된 최초의 일본어 종합잡지로 1946년 4월부터 1950년 7월까지 총 33호가 간행되었다. 「民族文化建設の任務-そのルネッサンス的 意義」는 「민족문화 건설의 임무-그의 르네쌍스적 의의」(『인민』 제4호, 1946년 3월호)를 번역한 것이다.

| | | | | |
|---|---|---|---|---|
| 송완순 | (동요와 시)나도 새나 되었으면 | 동요 | 아동문학 제3호 (속간1호) | 1947.07 |
| 송완순 | (신간서평)못난 도야지 | 서평 | 문화일보 | 1947.09.20 |
| 송완순 | 어린이의 특권 | 수필 | 현대과학 제7호 | 1947.12 |
| 송완순 | 작가수첩: 풍속 | 수필 | 문학 제7호 | 1948.04 |
| 구봉산인 (九峰散人) | 토지개혁의 실제(전4회) | 논설 | 한성일보 | 1948.11.23~26 |
| 송완순 | 아동문학의 천사주의 – 과거의 사적 (史的) 일면에 관한 비망초 | 평론 | 아동문화 | 1948.11 |
| 송완순 | 소년소설집 『운동화』를 읽음 | 서평 | 어린이 나라 | 1949.01 |
| 송완순 | 나의 아동문학 | 수필 | 조선 중앙일보 | 1949.02.08 |
| 송완순 역 | 『구주문학발달사』(Friche, V. M.) | 번역 | 개척사 | 1949.04 |

# 2장 / 김춘강의 아동문학*

## I. 머리말

일제강점기 아동문학은 소년문사들이 중심적인 역할을 하였다. 잡지와 신문의 독자란에 작품을 투고하던 사람들을 일컬어 소년문사라 하였는데, 이들 중에서 전문적인 작가로 성장한 경우가 많았다. 소년문사들에 의해 주도된 당시 아동문학을 두고 소년문예라 하였다. 소년문예는 소년문예운동이라 부르기도 하였는데, '운동'이란 말이 들어가게 된 연유가 소년운동과 관련이 깊기 때문이었다. 일제강점기의 소년운동은 청년운동 등 사회운동의 일환이었다. 소년운동은 소년회와 여러 소년운동단체를 통해 이루어졌다. 소년문예운동도 소년문예단체를 통해 전개된 예가 많았다. 소년문예운동은 대단한 호응이 있었는데, 소년문사들의 명예욕 또는 발표욕과 밀접하게 관련되었다. 작품의 주요 발표매체였던 잡지와 신문의 요청도 운동의 활성화에 크게 기여하였다.

10대 중반부터 전국의 소년 소녀들은 잡지와 신문의 독자투고 제도를 통해 다투어 동요(동시) 작품을 발표하였다. 신문의 현상문예 제도와

---

\* 2021년 현담문고에서 소장하고 있던 『아이생활』 잡지 전부를 공개하였다. 당초 이 글을 쓸 때 볼 수 없었던 다수의 김춘강 관련 자료를 『아이생활』에서 찾을 수 있어 내용을 추가하고 수정하였다.

잡지의 경우 고선자(考選者)를 두고 독자투고 작품을 선정한 것도 소년문사들의 문예활동을 부추기고 유도하였다. 신문과 잡지는 대체로 서울(경성)에 몰려 있었지만, 작품을 투고한 소년문사들의 분포는 전국적이었다. 소년회와 소년단체가 전국적으로 분포했듯이 소년문예단체 또한 마찬가지였다. 소년문사들은 서울의 발표매체에 진출하고자 하였지만, 지역에서도 다양한 형태의 발표매체를 만들어 자체 활동을 도모하였다.

이 글은 김춘강의 소년문예운동에 대해 살펴보고자 한다. 김춘강은 다량의 아동문학 작품을 창작한 것도 아니고, 널리 알려진 빼어난 작품을 발표하지도 못했다. 그가 활동했던 1930년대 초반만 두고 보더라도 아동문단의 중심적인 위치에 있었던 인물도 아니다. 따라서 아동문학사적 관점에서 크게 주목할 사람이 아닐 수도 있다. 사정이 이러함에도 김춘강에 주목하는 이유는 그가 '문학'과 '운동'이 결합된 일제강점기 소년문예운동의 특징적인 한 전형을 집약적으로 드러내 보이고 있다고 생각했기 때문이다.

김춘강은 강원도 홍천(洪川)의 극도로 가난한 가정환경에서 태어났다. 그곳에서 사립 모곡소학교(牟谷小學校)를 졸업한 것이 학력의 전부였다. 그러나 소년단체를 조직하여 주도적으로 활동하였을 뿐만 아니라, '십자가당' 활동에 가담함으로써 조선의 독립과 사회주의에 기반한 변혁을 도모하기도 하였다. 일제 당국은 이러한 김춘강을 '강렬한 민족공산주의자'로 보고 사상통제의 대상으로 압박하자, 1936년 3월 만주(滿洲)로 이주하였다.

이상의 간략한 이력을 통해 볼 때, 김춘강은 일제강점기 소년문사들의 한 전형을 보여주고 있다고 하겠다. 신문과 잡지에 작품을 발표하고, 소년문예운동을 위해 소년문사들을 규합하여 문학단체를 결성하고 잡지 발간을 도모하였다. 이는 당대 소년문사들의 보편적인 행보라 할 것이다. 나아가 소년운동과 사회운동의 연결고리 역할도 하였는데, 쉽지 않은 일을 적극적으로 수행한 밑바탕에는 굳건한 사상적 신념이 있었기 때문으로 보인다. 남궁억(南宮檍)의 민족주의 배일사상과 유자훈(劉子勳) 등의 기독교사회주의 사상이 그것이다. 김춘강에게는 일제강점기 조선 민중의 유이민화의 모습도 찾아볼 수 있다.

김춘강의 삶과 문학을 두루 살펴 그 의미를 찾아보면, 일제강점기 소년문사들의 성장과 활동 그리고 소년문예운동의 당대적 특징을 확인하는데 하나의 사례로 삼을 수 있을 것으로 본다.

## Ⅱ. 김춘강의 삶과 아동문학

### 1. 김춘강의 삶과 이력

홍천 김춘강
(『아이생활』, 1931.6)
(현담문고 제공)

1933년 11월, 김춘강은 '십자가당 사건(十字架黨 事件)'으로 남궁억(南宮檍), 유자훈(劉子勳) 등과 함께 검거되었다.[01] 이때 작성된 '신문조서(訊問調書)', '사상통제사(思想統制史)' 등 일제 당국의 문서와 『매일신보』의 '동무소식'을 종합하면, 김춘강의 신분과 이력의 대강을 밝힐 수 있다. 일제강점기의 여러 지면에는 '春岡(春崗)'이란 이름(필명)을 사용한 이가 다수 있어[02] 비정(批正)을 해야 강원도 홍천(洪川) 출

---

**01** 「홍천(洪川) '십자가당' 남궁억(南宮檍) 등 6명 기소-일명 보안법, 기타 치안법 위반, 불기소로 6명은 출감」, 『동아일보』, 1933. 12. 17.

**02** <토월회>로 활동한 박승희(朴勝喜)의 필명이 춘강(春崗)이고, 「동경(東京) 화신(花信)(전

신의 소년문사 김춘강을 확인할 수 있다. 그의 이력을 먼저 살피는 것은 삶과 문학적 활동의 연결고리를 찾아보기 위해서다.

가) 問. 本籍, 住所, 身分, 職業及年齡ハ如何.
　　答. 本籍ハ<u>江原道洪川郡西面牟谷里四〇六番地</u>
　　住居ハ本籍地ト同樣
　　身分ハ常民
　　職業ハ東拓會社洪川事業區木炭係監督
　　氏名ハ<u>金福童</u>
　　年齡ハ當十九年
　　問. 出生地及別名ハ如何.
　　答. 出生地ハ本籍地ト同樣テ別名ハ<u>金春崗, 金鮮血</u>トモ申
　　シマス.
　　(중략)

　　八歲ノ時牟谷學校ニ入學十四歲ノ時卒業, 十八歲ノ時
　　迄テハ家ニ居ッテ家事ノ手傳ヲヤリ乍ラ早稻田中學科目
　　ヲ取ッテ自習シテ昭和七年九月春川郡南面後洞所在南面
　　義塾敎員トシテ本年三月迄從事, 四月ヨリ牟谷學校臨時敎
　　員ニナリ昭和八年六月辭任, 七月ヨリ八月迄テ平壤崇實專
　　門學校ニ於テ開催シタル高等農事學院講習會ニ參席シ, 九
　　月一日ヨリ牟谷學校臨時敎員ニナリ九月末退職シテ現在
　　ノ職ニ從事シテ居リマス.[03]

　　4회)」(『조선일보』, 1923.4.15~18)의 필자가 "재(在) 동경(東京) 김춘강(金春崗)"이지만 본고에
　　서 말하는 김춘강과는 다른 사람이다.

**03**　「三·一運動一週年宣言文 配布事件·十字架黨 事件1, 十字架黨事件, 警察訊問調
　　書－金福童 訊問調書」(『한민족독립운동사자료집』 제47권, 한국사데이터베이스(db.history.go.kr)
　　(이하 『한민족독립운동사자료집』을 인용할 때는 『자료집』으로 줄이고, 인용이 많은 '警察訊問調書－金

나) 氏名 金福童

年齡 當二十一年(大正四年九月二十八日生)

職業 東洋拓殖株式會社洪川事務區小使[04]

다) 北京 東四橋子胡同 2호(현주소)

記者(현 직업)

1933년 11월 牟谷학교 不穩 敎授 사건 및 비밀결사 십자가

당 사건에 관련

1935년 1월 경성지방법원에서 보안법 위반 방조죄로 징역 6

개월 3년간 집행유예 처분을 받음

1936년 3월 滿洲로 이주

1938년 7월 奉吉線 磐谷 滿鮮日報社 磐谷지국 기자가 되었

으나 8월 초순 北中支那 특파원으로 北京에 파견

1939년 현재 滿鮮日報社 지사 기자를 겸하며 신문판매를

경영 (경력 및 활동)[05]

라) 生이 이번에 舊名 金福童이를 春岡이라 곳치고 號를 '花巖'으

로 作하엿사오니 以此 諒知하시압 (洪川 金春岡)[06] (이상 밑줄 필자)

---

福童訊問調書'는 횟수만 밝힌다.) 이 신문조서는 1933년 11월 9일 홍천경찰서에서 작성되
었다. '(중략) 이하 부분의 내용은 다음과 같다. "八세 때 모곡학교에 입학하여 14세
때에 졸업하였다. 18세 때까지는 집에서 가사를 도우면서 와세다(早稻田) 중학 과목
을 구해 자습하여 소화 7년 9월에 춘천군 남면 후동에 있는 남면의숙 교원으로 금년
3월까지 종사하였다. 4월부터 모곡학교 임시교원이 되었다가 소화 8년 6월에 사임
하고 7월부터 8월까지 평양 숭실전문학교에서 개최한 고등농사학원 강습회에 참가
하였다. 9월 1일부터 모곡학교 임시교원이 되었다가 9월 말에 퇴직하고 현재의 직
에 종사하고 있다."

**04** 「十字架黨事件(二), 地方法院, 公判調書」(『자료집』 제48권). 공판은 1935년 1월 18일 경
성지방법원에서 열렸다.

**05** 「思想統制史資料」, 한국사테이터베이스. 이 자료는 1939년에 작성되었다.

**06** 「동무소식」, 『매일신보』 1930.9.3.

위의 네 가지 인용문을 통해서, 김춘강의 본명과 필명(호), 본적과 주소, 그리고 학력과 이력 등을 확인할 수 있다.

가)에 의하면, 김춘강(金春岡)의 본명이 '김복동(金福童)'임을 알 수 있다. 1930년 9월경 이름을 '金福童'에서 '金春岡'으로 고쳤다는 것과 '화암(花巖)'이라는 자호를 지은 사실은 라)를 통해 확인할 수 있다. 가)에는 '김선혈(金鮮血)'이란 이름도 적시되어 있다.

> 問. 趙敬濟ヲ入社セシメタル入社金領收證ニハ金鮮血ト書イ
> タ印章ヲ捺シテ居ルカ其ノ理由ハ如何.
> 答. 雜誌トカ農軍社ノ關係ニハ主ニ鮮血ト云フ名前ヲ使ヒマ
> シタカ鮮血ト云フコトハ別ニ深イ意味ハアリマセヌ. 唯私
> ハ微々タル者テハアリマスカ血ヲ流シテ死ヌルコトカアッ
> テモ私ノ目的丈ケハ完全ニ果スト云フ意味テ造ッテ書イ
> タノテアリマス.[07] (밑줄 필자)

'선혈(鮮血)'은 '피를 흘리면서 죽는 일이 있다 하더라도 내 목적만은 완전히 완수한다.'는 뜻이라 하였다. 이 이름은 잡지나 <농군사(農軍社)> 관련 시에 주로 사용하였다는 것도 확인된다. 이외에 '봄뫼'란 필명도 있다. 『아이생활』의 「작품전람회-홍천(洪川) 농군사편(農軍社篇)」(1931년 11월호)에는 '봄뫼'의 「형이 그리워」(47쪽)가 실려 있다. 이원(利原)의 김명겸(金明謙=金藝池), 원산(元山)의 박병도(朴炳道), 선천(宣川)의 전식(田

---

**07** 「金福童 訊問調書」 번역하면 다음과 같다. "문(問). 조경제(趙敬濟)를 입사시킨 입사금 영수증에는 김선혈이라고 쓴 도장이 찍혔는데 그 이유는 무엇인가. 답(答). 잡지나 농군사 관계에는 주로 선혈(鮮血)이라는 이름을 사용했는데 '鮮血'이란 것은 별로 깊은 뜻은 없다. 다만 나는 미미한 사람이기는 하지만 피를 흘리면서 죽는 일이 있더라도 내 목적만은 완전히 완수한다는 의미에서 만들어 쓴 것이다."

植), 춘천(春川)의 조영일(趙英一) 등 <농군사>를 조직할 때 함께 했던 사람들 외에는 '金鮮血'과 '봄뫼' 그리고 '늣별'이 있다. '金鮮血'은 앞에서 본 대로 김춘강의 다른 이름이고, '봄뫼'는 '春岡'을 한글로 푼 것이므로 바로 김춘강이다. 김태오(金泰午)의 필명인 '雪崗'을 풀어서 '눈뫼'라고 하는 것과 같다. 이 외에도 '김CK', 'KCK', 'KPD'와 같은 영문 두문자로도 표기한 것이 있다.[08] 이는 '김춘강' 또는 '김복동'의 영문 두문자로 보인다.

가)에 따르면 김춘강의 본적은 강원도 홍천군 서면 모곡리(洪川郡西面牟谷里) 406번지이다. 그런데 김춘강이 조직한 '홍천 농군사(洪川農軍社)'의 주소가 '홍천군 서면 모곡리 410'이고, 『매일신보』에 '전래동요'를 제보할 때 밝힌 주소는 '홍천군 서면 모곡리 446 김춘강 군 보(報)'로 되어 있다. '모곡리 446번지'는 '십자가당사건 공판조서(十字架黨事件公判調書)'[09]에 따르면 남궁억(南宮檍)의 주소와 동일하다. <농군사>의 주소도 김춘강과 가까운 누군가의 집으로 보인다.[10] 나)에 의하면 1915년 9월 28일 출생하였음을 알 수 있다. 가)와 다)를 통해 그의 이력을 정리해 볼 수 있다. 8세 때인 1922년에 모곡학교(牟谷學校)에 입학하여 14세인 1928년에 이 학교를 졸업하였다. '모곡학교'는 남궁억이 강원도 홍천군 모곡리에 설립한 사립학교이다. 남궁억은 1896년 <독립협회(獨立協會)>

---

**08** 「독자와 기자」(『아이생활』 제6권 제2호, 1931년 2월호, 56~57쪽.)에 '洪川金CK', '洪川KCK', '홍천KPD'란 이름으로 『아이생활』의 값을 내려달라, 『아이생활』의 독자 어떤 소년을 대상으로 하는가 등등에 관한 질문을 하고 있다.

**09** 「十字架黨事件 裁判記錄2, 十字架黨事件(二), 地方法院－公判調書」(『자료집』 제48권)

**10** 「작품전람회－홍천 농군사 편」(『아이생활』 1931년 11월호, 47쪽.) 말미에 주소가 '홍천군 서면 모곡리 410'으로 밝혀져 있다.
홍천군 서면 모곡리 446 김춘강 군 보, 「전래동요」(『매일신보』 1930. 10. 10)와 홍천군 서면 모곡리 446 김춘강 군 보, 「전래동요」(『매일신보』 1930. 12. 15)에서 주소가 확인된다.

에 참여하였고, <독립협회>에서 간행하던 『대한황성신문』을 인수하여 1898년 『황성신문』으로 제호를 바꾼 후 1902년까지 사장으로 재임하였다. 1918년 선대의 기반이 있던 강원도 홍천(洪川)으로 거처를 옮겨, 1920년 모곡학교를 설립하고 우리 역사도 가르치며 무궁화 묘목 판매와 독립을 바라는 선전지를 배포하는 등 민족교육을 실시하였다." 김춘강은 모곡학교 재학 및 교원으로 재직 시 남궁억의 민족주의 사상의 영향을 많이 받았다. 모곡학교를 졸업한 후 와세다(早稻田)대학 중학과목 교재를 자습하였으며, 1932년 9월 춘천군 남면 후동의 남면의숙 교원, 모곡학교 임시교원, 평양숭실전문학교의 고등농사학원 강습회 참여, 다시 모곡학교 임시교원, 동양척식주식회사 홍천 사업구 고원(雇員) 등으로 재직한 것을 알 수 있다.

모곡학교 때부터 남궁억의 가르침을 받아 그를 숭배하고 그의 사상을 신조로 삼았다. 남궁억으로부터 민족주의 배일사상을 함양하도록 영향을 받은 데다, 1930년경부터 공산주의적 좌경사상을 더하게 되었다. 여기에는 예수교 감리사인 남천우(南麟祐)가 경영하는 <동신회(東信會)>에서 좌경 출판물을 빌려 애독하면서 연구하였다. 1930년 12월경, 아동문학 잡지를 통해 알게 된 경상남도 진주(晋州)의 정상규(鄭祥奎)가 결성한 <새힘사(新力社)>에 입사하려 하였으나 관할 주재소원의 저지로 성사되지 못하였다. 1931년 3월 중순경, 원산(元山) 시외에 있는 이출우검역소(移出牛檢疫所)에 취직하려 하였으나 연령 미달로 취직하지 못하고, 체류 도중 역시 아동 잡지를 통해 알게 된 박병도(朴炳道)에게 <새힘사>

---

**11**    하지연의 「한말 한서 남궁억(韓西南宮檍)의 정치·언론 활동 연구」(『이화사학연구』 제31호, 이화사학연구소, 2004, 103~121쪽.)과 오영섭의 「1930년대 전반 홍천의 십자가당 사건과 기독교 사회주의」(『한국민족운동사연구』 제33호, 한국민족운동사학회, 2002년 12월, 153~190쪽.), 「十字架黨事件(二), 警察訊問調書-南宮檍 素行調書」(『자료집』 제48권) 참조.

의 상황을 알리고 상의한 후, 1931년 5월경 <새힘사>의 강령과 규약을 참고하여 <농군사(農軍社)>를 조직하였다. "조선의 현상은 거의 농민이 차지하고 있으므로 무엇인가 단체를 만든다 하더라도 우선 농민의 힘을 이용"[12]해야 한다는 박병도의 의견에 공감해 사명을 <농군사>로 한 것이었다. 1931년 10월경(음력 9월), 김복동은 <농군사> 회원들을 중심으로 <농군독서회(農軍讀書會)>를 조직하였다. <농군독서회>는 1931년 12월경에 자진해산한 뒤 <홍춘엡윗청년회(洪春懿法靑年會)>로 발전하였다. 김복동은 이 회의 서기로 1932년 2월에서 7월 사이에 『홍춘엡윗뉴스』를 발행하였다.[13]

1933년 감리교 목사인 유자훈(劉子勳=劉福錫)과 함께 러시아 공산주의와 체코슬로바키아의 소콜(sokol) 운동[14]을 본받아, 조선을 독립시키고 기독교사회주의를 실현시키기 위해 1933년 4월 춘천(春川)에서 <십자가당>(十字架黨, 러시아명 '크레스트당')을 조직하였다.[15] 계급을 철폐하고 민주정치를 지향하므로 일본제국의 국체를 변혁하게 되고 그 결과 조선은 독립한다는 것이 당 결성의 목적이다.[16] <십자가당>의 장서위원(掌書委員)으로 활동했던 김춘강은 1933년 11월, 모곡학교의 민족주의 교육 관련과 <십자가당> 사건(十字架黨事件)을 이유로 피검되어 남궁억 등

---

**12** 「金福童 訊問調書」

**13** 이상 「金福童 訊問調書(제5회)」(『자료집』 제48권)

**14** 김세용(金世鏞), 「첵크슬로박키아의 '소-콜'운동에 대하야(전10회)」, 『조선일보』, 1929. 10.23~11.3.
임병철, 「체코슬로봐키아의 쏘-콜운동」, 『신동아』, 1933년 2월호.
「(작금의 화제)쏘콜 운동」, 『동아일보』, 1935. 10. 27.

**15** 이상 「十字架黨事件(二), 警察訊問調書-意見書」(『자료집』 제48권)와 「金福童訊問調書(제2회)」(『자료집』 제47권) 참조.

**16** 「金福童 訊問調書(제6회)」(『자료집』 제48권)

과 함께 치안유지법 위반 및 보안법 위반 방조 등의 혐의로 기소되었다.[17] 1935년 1월 31일, 경성지방법원에서 징역 6개월에 집행유예 3년의 처분을 받았다.[18] 이와 관련하여 일제당국의 문서인 김복동의 '소행조서(素行調書)'와 '신문조서(訊問調書)'에는 "농후한 민족사상을 가진 자라 개전의 가망이 없음(濃厚ナル民族思想抱持者ナレハ改悛ノ見込ナシ)"[19]이라고 기록되어 있다.

이상을 종합해 보면, "농군사, 농군독서회, 엡웟청년회로 단계적 변천과정을 밟은 것은 모곡리에서 기독교 비밀결사인 십자가당의 결성 분위기가 조성되는 데 일조한 것"으로 보이며, 여기에는 남궁억, 남천우와 유자훈 목사의 영향이 컸고,[20] 김복동이 실무적인 중심 역할을 한 것으로 보인다.

1935년 6월 27일 자로 동아일보사 춘천지국의 기자로 임명된 바 있으나,[21] 다)에 의하면, 1936년 3월 만주(滿洲)로 이주한 것을 알 수 있다. 1938년 7월 만선일보사(滿鮮日報社) 반곡지국(磐谷支局) 기자가 되었고, 8월 초순 북중지나(北中支那) 특파원으로 베이징(北京)에 파견되었으며, 1939년 당시 만선일보사 지사의 기자를 겸하며 신문 판매업을 하였다. 이후의 이력은 밝혀진 게 없다.

---

**17** 「十字架黨事件, 警察訊問調書-李起燮 訊問調書」(『자료집』 제47권)
「홍천 '십자가당' 남궁억 등 6명 기소」, 「목사 유복석 중심 비밀결사를 조직」, 「일기장에서 결사가 탄로-춘천에서 십자당 조직」(이상 『동아일보』, 1933.12.27) 등 참조.

**18** 「십자가당 판결」, 『동아일보』, 1935.2.1.

**19** 「十字架黨事件(二)-警察訊問調書, 金福童素行調書」(『자료집』 제48권)

**20** 오영섭, 「1930년대 전반 홍천의 십자가당 사건과 기독교사회주의」, 『한국민족운동사연구』 제33호, 한국민족운동사학회, 2002년 12월, 165쪽.

**21** 「근고(謹告)」, 『동아일보』, 1935.7.3.

## 2. 소년문예단체의 조직과 활동

김춘강이 조직한 소년문예단체는 <농군사>와 <농군독서회>다. <농군사>는 전 조선의 소년문사들을 결집시키고자 하였다. 이에 반해 <농군독서회>는 홍천 지역 내부에 국한된 단체였다. 두 단체 모두 문예단체이면서 소년운동단체였다. 일제강점기 소년문예운동은 "조선의 전사회운동의 일 부문운동이었고, 소년운동의 문화노선이 소년문예운동"[22]이라는 인식이 일반적이었다. "소년운동은 민족적 일 부문 운동",[23] "소년문예운동은 소년운동의 일 부문이며 한편으로 문예운동의 일 부문",[24] "소년운동은 지도자로써 실제적 운동이라 하겠고 소년문학운동은 지도자로써 간접 지도운동"[25]이라 한 데서 확인된다.

김춘강은 1930년 초부터 『어린이』, 『신소년』, 『별나라』, 『아이생활』, 『소년세계』 등 아동문학 잡지와, 『매일신보』에 다수의 동요 작품을 발표하였다. 동시에 잡지의 독자란과 『매일신보』의 '동무소식' 난을 통해 소년문사들과 활발하게 교류하였다. 1930년 8월경 아동문학 잡지의 홍서지사(洪西支社)[26]를 맡기도 해, 홍천 지역 소년활동의 거멀못 역할을 하였던 것으로 보인다. 동시에 여러 매체를 통해 단체 결성을 공지하고 특

---

**22** 류덕제, 「일제강점기 계급주의 아동문학의 방향전환론과 작품적 대응양상 연구」, 『문학교육학』 제43호, 한국문학교육학회, 2014, 184쪽.

**23** 「(사설)소년운동의 지도정신 – 소년연합회의 창립대회를 제(際)하야」, 『조선일보』, 1927. 10. 17.

**24** 두류산인(頭流山人), 「동화운동의 의의 – 소년문예운동의 신전개(4)」, 『중외일보』, 1930. 4. 11.

**25** 김태오, 「소년문예운동의 당면에 임무(1)」, 『조선일보』, 1931. 1. 31.

**26** 홍천(洪川) 지역의 전래동요를 기보(『매일신보』, 1930. 8. 3)할 때 주소를 "홍천군 서면 모곡리 소년세계 홍서지사 김복동 군 보(洪川郡西面牟谷里少年世界 洪西支社金福童君報)"라 한 데서 알 수 있다.

정인을 지목해 도움을 구하는 등 외부 활동도 활발하게 전개한 것으로 확인된다.

> 군이여! 군이 지난 5월호에 전신국(電信局)의 첫머리를 빌어 위기(威氣) 잇게도 공포한 <u>조선소년련락긔관을 설립하자는</u>(소년세계를 중심 삼아) 의견에 나도 찬성하는 일 분자(一分子)다. (중략) 그럼에도 불구하고 특히를 붓치어서 <u>채, 정, 목, 김, 이, 차(蔡, 鄭, 睦, 金, 李, 車)라고 지적</u>한 춘강(春岡) 군아. 군의 심사(心思)는 어느 입각지에 대립하고 잇섯든가? 그처럼 자칭 유명 소년작가를 택하려면 조선 두 글자를 쌔여 노코 누구〳〵 몃 사람의 련락긔관을 세우는 것이 필요치 안을가?[27]
> (밑줄 필자)

1930년 5월호 『소년세계』에 조선 소년 연락기관을 설립하자는 의견을 공지하였다는 내용이다. 단순히 공지만 한 것이 아니라 유력한 소년 문사들을 지목하여 직접 가입의사를 묻기도 한 모양이다. '채, 정, 목, 김, 이, 차'는 당시 활발하게 소년문예운동을 하던 회령(會寧)의 '채택룡(蔡澤龍)', 정평(定平)의 채규삼(蔡奎三), 후부(厚富)의 채규철(蔡奎哲), 진주의 정상규, 남해(南海)의 정윤환(鄭潤煥), 고흥(高興) 목일신(睦一信), 안변(安邊) 김광윤(金光允), 무산(茂山)의 이화룡(李華龍), 군산(群山) 차칠선(車七善), 평양 차남성(車南星) 등을 가리키는 것으로 보인다. 아래에 김춘강과 소년문사들이 교류하고 있는 실상을 확인해 보자.

> 가) 우리들끼리 서로 연락할 기관으로 소년문예잡지 하나를 맨

---

27  이원(利原) 금홍주(琴洪主), 「홍천 김춘강 군의게 여(與)함」, 『소년세계』, 1930년 9월호, 49쪽.

들엇스면 하여 위선 여러분께 의론합니다. 특히 김복동(金福童), 이화룡(李華龍), 강영환(姜永煥), 차칠선(車七善), 정상규(鄭祥奎), 정명걸(鄭明杰), 승응순(昇應順), 남응손(南應孫), 이구월(李久月), 채규삼(蔡奎三), 임계순(林桂順), 이국농(李國濃), 채규철(蔡奎哲) 제씨의 의견을 듯고 십흡니다. (충남 서산군 운산면 반달사 柳基春) (「동무소식」, 『매일신보』, 1930.6.18)

나) 소년군이니 척후대이니 하는 것은 그 강령과 주지(主旨)가 무엇입니까. 여러분 중에 아는 이가 게시면 가르처 주십시요.
(홍천 의문생) (「동무소식」, 『매일신보』, 1930.6.28)

다) 여러분! 이번에 『소년소녀동요집』을 발행하려고 원고를 모흐는 중이오니 노래를 만히 보내 주십시요. 위선 남응손(南應孫), 차칠선(車七善), 이화룡(李華龍), 김복동(金福童), 채규철 제형(諸兄)의 옥고를 기다립니다. (충남 서산군 운산면 반달사 柳基春)
(「동무소식」, 『매일신보』, 1930.9.13)

라) 현대 소년문사 제씨께 알윕니다. 군산 차칠선(車七善), 무산(茂山) 이화룡(李華龍), 안변(安邊) 김광윤(金光允), 양구(楊口) 이운룡(李雲龍), 통천(通川) 조경신(趙敬信) 외 소년잡지에 오래 전부터 문예를 실니워 주시든 형님들! (중략) 삼가 바라옵기는 자리를 좀 내 주십시요. (하략) (홍천 서면 新進生) (「동무소식」, 『매일신보』, 1930.10.10)

마) 진주(晋州) - 정상규(鄭祥奎) 형! 웨 입회원서를 불송(不送)하십닛가? 절수(切手)까지 보냇는데…… 남해(南海) 박대영(朴大永) 형님 - (중략) 목일신(睦一信) 형님은 어느 학교에 단기십닛가? 가평(加平)에 게신 원상진(元相津) 형님. 근래 소식이 듯고 십소이다. (洪川 西偶 金春岡) (「동무소식」, 『매일신보』, 1930.10.12)

바) 이해운(李海雲), 백학서(白鶴瑞), 장재수(張才守), 노춘권(魯春權), 황명식(黃明植), 신병균(申丙均). 김재영(金載英), 송병문(宋秉文),

이일상(李日相), <u>김복동(金福童)</u>, 유기묵(柳基黙), 이경진(李京震), 김효기(金孝基), 김상훈(金相勳), 김재선(金在仙), 이명주(李明珠), 이순상(李淳相), 박기룡(朴奇龍), 남응손(南應孫), 박대영(朴大泳) 제형(諸兄)이시여 – 그동안 안녕하시나이까. (중략) 동무소식란을 통하야 알니오니 소식을 알여주시기를 바라나이다. (黃海道 信川郡 文化面 西亭里 一二九番地 任鎭淳) (「동무소식」, 『매일신보』, 1930.10.30)

사) 채규철(蔡奎哲), 정명걸(鄭明杰), 이명식(李明植), 송완순(宋完淳) 제형(諸兄)의 주소를 가르쳐 주시요. 경성부 경운동에 잇는 '새벗사'는 엇더케 되엿나요. 무산(茂山) 이송월(李松月), 군산(群山) 차준문(車駿汶), <u>홍천(洪川) 김춘강(金春岡)</u> 제형 입사규정서 한 장 보내주실 수 업슬가요. (瑞山郡 雲山面 佳佐里 柳基春) (「동무소식」, 『매일신보』, 1930.11.2)

아) 시유엄한(時維嚴寒)에 귀사의 축일발전(逐日發展)하심을 앙축하오며 금반 여러 동지들의 열々하신 후원으로 하야금 『신진동요집(新進童謠集)』을 발행코저 하오나 밧부신데 미안하오나 이 사업을 살피시는 넓으신 마음으로서 귀사의 집필하시는 선생님과 밋 여러 투고자의 좌기 씨명의 현주소를 별지에 기입하야 속히 혜송하와 주심을 간절히 바라옵고 압흐로 더욱 만흔 원조를 비옵니다. 기(記) 유석운(柳夕雲), 한춘혜(韓春惠), 김상묵(金尙黙), 허용심(許龍心), 소월(小月), 정동식(鄭東植), 엄창섭(嚴昌燮), 김병순(金炳淳), 김준홍(金俊洪), 박호연(朴鎬淵), 유희각(柳熙恪), <u>김춘강(金春岡)</u> 1930년 12월 일 신진동요집준비회 김기주(金基柱) 백(白) (「동무소식」, 『매일신보』, 1930.12.12)

자) 기자 선생님 '매신동무회(每申童務會)'를 조직하여서 상호간 친목과 연락을 취할가 하오니 선생님은 어쩌하심니까. 한번 발기하여 보십시요. 쏙 바람니다. 남해(南海) 정윤환(鄭潤煥)

◀ 김춘강(金春岡), 유기춘(柳基春), 김명겸(金明謙), 오대룡(吳大龍), 박대영(朴大永) 제씨여. 요사히는 왜 그리 서신조차 업나요. 남해(南海) 정윤환(鄭潤煥) (「동무소식」, 『매일신보』, 1930.12.27)

차) 심예훈(沈禮訓), 이화룡(李華龍), 박제균(朴悌均) 여러 동무 소식 점 전해줍시요. 홍주(洪州) 김춘강(金春岡) (「별님의 모임」, 『별나라』, 1931년 1-2월 합호, 45쪽.)

카) 양상현(梁尙鉉), 김춘강(金春崗), 목일신(睦一信) 군 주소 점 통지하시요. 통천(通川) 조경신(趙敬信) (「별님의 모임」, 『별나라』, 1931년 1-2월 합호, 45쪽.)

타) 김기주(金基柱) 형님. 조선동요선집 발간을 축(祝)하옴과 김춘강(金春岡) 형님 소년운동 발간을 축(祝)하오니 매신동무회를 위하야 노력하여 주시요. (하략) (南海 鄭潤煥) (「동무소식」, 『매일신보』, 1931.2.19)

파) 만천하의 동지 제군! 깃버하십시요… 소년운동이라는(순 우리의 손으로 시키는 글을 모화 구차하나마 등사로 발간한다는 것은 임의 여러 동모에게 통지한 것) 우리의 잡지가 4월부터 발간됩니다. 만반의 준비가 잘 되엿삽니다. 이 책의 목적은 될 수 있는 대로 전선(全鮮)에 산재한 소년을 단합할냐는 것입니다. 2월 5일까지의 기한을 연기하야 좌기와 가티 원고를 모집하오니 사계에 명성이 놉흔 제씨는 닷투어 투고하심을 무망(務望)합니다.

一. 소년기관보고(연혁, 사업 현세)

一. 투고(작문, 소설, 동요, 동화, 자백)

一. 붓칠 곳 강원도 홍천군 서면 모곡리 동우문예사(東友文藝社) 내 소년운동부로―

◀ 정윤환(鄭潤煥) 군! 매신동무회는 엇지 되엿나? 좌기 제씨여― 주소통지를 복망(伏望)합니다―엄창섭(嚴昌燮), 김재영(金載英), 김기법(金基法), 외 매신(每申)에 활약하는 동모 중 지금것 주소

를 모르는 동무들 (洪川 金春岡) (「동무소식」,『매일신보』, 1931.3.5)

하) 진주(晋州) 정상규(鄭祥奎) 형님! 새힘사는 엇지 되엿나잇가? 웨 그리고 소식이 업습니까? 그리고 이주홍(李周洪) 선생님! 무산소년은 언제 나옵니까? 그리고 투고는 어느 곳으로 합니까? (洪川 金春岡) (「독자담화실」,『신소년』, 1931년 3월호, 56쪽.)

A) 윤지월(尹池月)! 박덕순(朴德順)! 유기춘(柳基春)! 이승준(李承俊)! 이순상(李淳相)! 김성도(金聖道)! 김춘강(金春岡)! 한춘혜(韓春惠)! 엄창섭(嚴昌燮)! 이한성(李漢成) 동무! 서로 알고 지냅시다. '동무소식'란을 통하야 알외오니 소식을 알녀주십쇼. 그리고 남응손(南應孫), 김병순(金炳淳), 유석운(柳夕雲), 허용심(許龍心) 동무시여! 건강하십니까? 미안하외다만은 제형(諸兄)의 주소를 알녀주시기를 바라나이다. (信川文化 任鎭淳) (「동무소식」,『매일신보』, 1931.4.17)

B) 홍천(洪川) 춘강(春岡) 동무, 오경호(吳京昊) 동무, 강노향(姜鷺鄕), 한죽송(韓竹松), 박약서아(朴約書亞), 안평원(安平原) 동무들이여! 이 독자담화실란으로던지 그러치 안흐면 통신으로라도 주소를 알니워주시오. (하략) (김명겸) (「독자담화실」,『신소년』, 1931년 5월호, 39쪽.)

C) 강영주(姜英柱), 강석균(姜石均), 강인호(姜仁鎬), 강철주(姜哲周), 허홍(許鴻), 이종순(李鍾淳), 조병화(趙炳化), 고문수(高文洙), 남응손(南應孫), 정태수(鄭泰洙), 박영하(朴永夏), 김복동(金福童) 동무들 요지음에는 소식이 업스니 엇쩐 일인가요. (하략) 수원(水原) 동대문(東大門) 외 강일룡(姜一龍) (「별님의 모임-잡보(雜報)」,『별나라』, 1931년 6월호, 47~48쪽.)

D) 유기춘(柳基春), 이고월(李孤月), 김기주(金基柱), 김춘강(金春岡) 제씨들의 발간한다는 서적은 왜 발행하지 안나? 각 잡지 신문 지상으로 번々하게 기고(寄稿)를 모집한다고 써들기만 하지

어듸 하나나 발간하나. (하략) 박대영(朴對暎) (「별님의 모임-잡보 (雜報)」, 『별나라』 제51호, 1931년 6월호, 48쪽.)

E) 김광윤(金光允) 동무 군성사(群聲社) 사건으로 얼마나 고생을 하셧슴니가. 오경호(吳庚昊) 동무여— '시우(詩友)'의 소식이 궁금합니다그려. 박정균, 김춘강(金春岡) 두 동무 퍽도 미안하게 되엿슴니다. 좀 더 기다려 주십시오. 정윤환(鄭潤煥), 정상규(鄭祥奎), 정청계(鄭淸溪), 차칠선(車七善), 이일우(李逸宇), 윤인근(尹仁根), 한태봉(韓泰鳳) 여러 동무 그동안 소식 업서 궁금합니다. (忠州 韓碧松) (「독자담화실」, 『신소년』, 1931년 11월호, 48쪽.)

F) 동무들아 『농군(農軍)』은 긔여코 못 나오고 마럿다. 그러나 우리의 모힘 농군사(農軍社)는 사럿다. 2전 절수(二錢切手) 동봉 청구하라. 규약을 보려거든. (洪川 金春岡) (「독자담화실」, 『신소년』, 1932년 1월호, 52쪽.) (이상 밑줄 필자) ('疑問生', '新進生'은 정황과 맥락으로 볼 때 김춘강이 분명하다.)


　길지만 두루 인용한 것은 김춘강의 교류 범위와 소년문사들의 면면 그리고 그들의 활동을 가늠하고자 함이다. 잡지와 동요집 발간, 상호간의 소식, 단체 결성에 관한 내용 등 다양한 소년문예운동의 실상을 엿볼 수 있다. 그뿐만 아니라 소년문사들의 분포도 조선 전체를 아우르고 있음을 알 수 있다. 이와 같은 통신과 교류를 통해 김춘강이 결성한 첫 번째 소년단체가 1931년 5월에 결성된 <농군사>이다. <농군사>의 강령과 규약은 <새힘사(新力社)>의 정상규로부터 도움을 받았다.[28] 정상규는 그의 형 정창세(鄭昌世)의 영향으로 단체 조직 경험이 있을 뿐만 아니라, 계급의식 또한 분명하였다. 김병호(金炳昊)가 정상규의 작품을 논평하면

---

28　「김복동 신문조서(金福童訊問調書)」

서, "정 군의 형이 지금 북간도에 가서 우리의 일을 위해 영웅적 전(戰) × 중에 잇는 것"[29]을 언급할 만큼 정창세는 진주(晋州) 지역의 사회주의 인사로 널리 알려져 있었다.[30] 1932년 정상규는 경기도 안성(安城)의 농우학원(農友學院) 사건으로 체포되었는데, 이는 <조선공산당경기도공작위원회준비회(朝鮮共産黨京畿道工作委員會準備會)>를 조직한 혐의였다. 이 사건으로 1932년 8월 13일, 치안유지법 위반으로 기소되어 1934년 9월 21일, 징역 3년이 언도되었고, 1936년 5월 9일이 되어서야 출옥하였다.[31] 김춘강과 정상규는 서로 만난 적도 없고 따라서 일면식이 없지만, 아동문학 잡지에 투고하면서 서로의 이름과 활동을 알게 되었다.

김춘강이 조직하였다고 하는 <동우사(東友社, 東友文藝社)>는 <농군사(農軍社)>와 어떤 관련을 갖고 있는 단체인가? 김춘강이 아동 잡지와 신문 학예란에 작품을 투고할 당시 다들 이름 앞에 당호(堂號)나 사명(社名)을 붙이기도 하므로 그도 따라서 <동우사(東友社)>란 사명을 붙였다고 한다.[32]

**29** 김병호(金炳昊), 「4월의 소년지 동요(2)」, 『조선일보』, 1930. 4. 25.

**30** 김희주, 「진주지역의 사회주의운동과 조선공산당 재건운동」, 『동국사학』 제61권, 동국역사문화연구소, 2016, 364쪽.

**31** 「秘密結社 朝鮮共産黨 京畿道前衛同盟準備會 檢擧ニ關スル件」(『思想ニ關スル情報 4』, 京高秘 제5289호, 1932.9.2)
「各種運動情況, 昭和七年 下半期 後의 重要事件 檢擧, 秘密結社 朝鮮共産黨京畿道前衛同盟準備會 檢擧」, 昭和9年 3月 治安情況, 1934년 3월. (경성지방법원 검사국 문서, 한국사데이터베이스)
「취조 한 달 만에 6명을 송국-17명 중에 11명은 석방 죽산공산당 사건」, 『동아일보』, 1932. 8. 18.
「친형 감화로 좌경한 주범-죽산학원 강사로 사상 선전, 피고 5명의 약력」, 『동아일보』, 1933. 8. 4.

**32** 「金福童訊問調書」

위 파)를 보면, <동우사(東友社)>가 곧 <동우문예사(東友文藝社)>인데 <농군사(農軍社)>와 같은 단체다. 단체의 조직 목적은 전 조선에 산재한 소년을 단합하려는 것이라 하였다. 그 방법으로 소설, 동요, 동화 등 문예작품을 바탕으로 한 잡지를 만들어 소통하는 것이었다. <농군사>를 조직할 때 직접 상의한 사람은 원산(元山)의 박병도(朴炳道)이고, 정상규가 <새힘사>에 가입하라며 보내왔던 강령을 참조하였다. 동참한 대표적인 인물들은 이원(利原)의 윤지월(尹池月), 평북 창성(昌城), 선천(宣川)의 김용묵(金龍黙) 등이다. <농군사>의 강령은 다음과 같다.

全鮮無産少年作家ヲ綱羅シテ組織スルカ
一. 無産少年作家ノ親睦ヲ圖ルコト
二. 無産少年文藝ノ創作ニ努ムルコト
三. 一切反動作品ヲ撲滅スルコト[33]

강령을 통해 볼 때, <농군사>는 문예단체임이 분명하고, 계급주의 사상에 기반을 두고 있음을 알 수 있다. 『아이생활』의 「작품전람회」(홍천 농군사 편) 서두에 작품을 발표하게 된 경위를 밝혀 놓았는데 다음과 같다.

본사는 초창립(初創立)으로 된 일 문예사(一文藝社)인 바 『농군(農軍)』이라는 잡지를 발간하랴다가 의외에 불여의한 실패로 창간호 원고 중에서 사정이 불허하는 것을 전부 생략하고 자(玆)에 수편(數篇)을 『아이생활』 지(誌) 전람회에 출품하나이다.[34]

---

**33** 「十字架黨事件, 警察訊問調書-金福童訊問調書」(『자료집』 제47권). "전 조선 무산 소년 작가를 망라하여 조직하는데, 1. 무산 소년작가의 친목을 도모할 것, 2. 무산 소년 문예 창작에 힘쓸 것, 3. 일체의 반동 작품을 박멸할 것"

**34** 홍천 농군사 편, 「작품 전람회」, 『아이생활』, 1931년 11월호, 46~47쪽.

여기에서도 <농군사>가 '일 문예사'라 하여 문예활동을 중심으로 하는 단체임을 알겠다. '동무소식' 난을 통해 '우리의 잡지가 4월부터 발간'된다고 하였던 것이 바로 『농군』이었음도 확인되었다. <농군사>의 사업이 "每月會員カラ投稿ヲ求メテ夫レテ農軍ト云フ雜誌ヲ發行シテ會員ニ發送(매월 회원에게 투고하도록 하여 그것으로 『농군』이란 잡지를 발행하여 회원에게 발송하는 것)"[35]이라 한 데서도 거듭 확인된다. 그러나 처음엔 잡지명이 『농군』이 아니라 『소년운동』이라고 알린 모양이다. <동우문예사> 명의로 '동무소식'에 공지한 것에서도 그렇고 "김춘강 형님 소년운동 발간을 축(祝)하오니"[36]라 한 데서도 확인된다. 『농군』이든 『소년운동』이든 4월부터 발간한다고 하였으나 '불여의한 실패'로 성사되지 못하였다고 하였는데 이는 경찰의 검속과 관련된 것이었다.[37] 그러나 앞의 F) 항을 보면, 『농군』이 발간되지 못했다고 곧바로 <농군사>마저 청산한 것은 아니었던 것 같다.

<농군사>의 활동이 전 조선의 소년들을 대상으로 하였다면, 1931년 10월에 결성한 <농군독서회>는 홍천 지역 내부를 위한 결사체로 보인다. 김춘강이 주도적으로 결성하였지만 이병구(李炳球)와 남궁현(南宮現)을 회장과 서기로 앞세웠다. 김춘강은 이미 주재소의 감시를 받고 있던 터라 이를 피하기 위한 것으로 보인다. 그럼에도 불구하고 김춘강이 주도적으로 발간한 『농군독서회뉴스』에는 '노농러시아의 마크'를 그려 넣을 만큼 그의 의식과 사상의 근저를 분명히 드러내 보이고 있다. <농군독서회>의 구체적인 활동은 홍천 지역 소년들과 함께 잡지를 공동구

---

**35** 「十字架黨事件, 警察訊問調書-金福童訊問調書」(『자료집』 제47권)

**36** 정윤환, 「동무소식」, 『매일신보』, 1931.2.19.

**37** 위의 글.

입하여 지식향상을 도모하자는 것이었는데, "별나라(星ノ國), 어린이(子供), 아히싱활(子供ノ生活) 등"을 읽었다고 한다.[38] 그러나 이는 표면적으로 내세운 것이고, "農軍讀書會ノ目的ハ全鮮無産靑年ヲ團結シタル結社ヲ組織シテ有産者ニ對抗シテ之ヲ打破スルト(농군독서회의 목적은 전조선의 무산청년을 단결시키는 결사를 조직하여 유산자에게 대항하여 그것을 타파한다는 것)"[39]이라고 일제 당국이 의심한 것으로 미루어 볼 때 사상·독립운동의 성격을 띤 것으로 보인다.

1931년 2월 2일 홍천의 연곡예배당(年谷禮拜堂)에서 <선혈소년군(鮮血少年軍)> 창립총회를 했다는 소식도 있다.

◀ 홍천에는 종전 동우사(東友社)라는 소년 긔관하에 동화소년회(東華少年會), 우리일쑨단, 계명군(啓明軍) 등 부분적 단체가 잇던 것이 전반(前般) 김춘강(金春岡) 씨(본 사장)의 특별한 사정으로 회장의 임(任)을 내놋차 2, 3개월간 무형한 상태이엇는대 회원의 열망으로 인하야 전기 제회를 개(皆)해산하고 후신으로 <선혈소년군>이란 모듬을 이루어 2월 2일 창립총회를 연곡예배당 내에서 개(開)하엿난대 임원 개선과 토의사항이 잇섯다 한다.(회원은 49명) (임원은 17명)

◀ 여러분 게시는 비장의 소녀단체의 상황을 좌기에 의하야 적어 보내주소서. 본 동우사에서 조선소년운동이란 책자를 발행합니다. 주저 마시고 내 지방의 빗을 내십시요.
  1. 모집 종목: 주소, 역사, 현재 상황, 사업, 사진 등
  2. 기한 급 발행일: 3월 5일까지~4월 1일에

---

**38** 「十字架黨事件, 警察訊問調書-李鳳均 訊問調書」(『자료집』 제47권)
**39** 위의 글.

3. 통지 장소: 홍천군 서면 모곡리 동우문예사(東友文藝社) 어중

(御中)[40] (밑줄 필자)

<동우사>는 <동우문예사>이고 <농군사>이기도 하다. 1931년 2월 이를 해체하고 <선혈소년군> 창립총회를 하였다는 내용이다. 『조선소년운동』이란 책자를 발간한다고 한 것은 앞에서 보았던 『소년운동』과 같은 것으로 보인다. 지역마다 동요집이나 소년운동 관련 책자를 발간한다는 광고(공지)는 많았으나 실제 얼마나 간행이 되었는지는 알 수 없다. <선혈소년군>도 김춘강의 필명인 '선혈'에서 따온 것으로 보아 그의 영향하에 있었던 것이 분명하다. 2월에 종전의 부분적 단체를 해체한 후 <선혈소년군>의 창립총회를 하였다고 했는데 연락처는 여전히 <동우문예사>이다. 그뿐만 아니라, 5월에는 <농군사>를, 10월에는 <농군독서회>를 또 조직하였다고 한다. 김춘강의 '특별한 사정' 곧 외압 때문에 기존 단체를 해체하고 새로운 이름을 지었을 뿐, '농군사', '동우문예사'와 같이 '선혈소년군'의 회원도 같은 사람이었던 것으로 생각된다.


## Ⅲ. 김춘강의 아동문학 작품과 의미

### 1. 김춘강의 아동문학 작품

일제강점기의 모든 신문은 일자별로 전부 찾아볼 수 없는 형편이고, 잡지 또한 마찬가지다. 이름만 알려져 있을 뿐 아예 존재 자체가 확인되

---

**40**  「독자구락부」, 『아이생활』, 1931년 3월호, 57쪽.

지 않은 잡지도 있고, 소재를 찾았다 하더라도 전체를 확인하는 것은 거의 불가능하다. 사정이 이러하므로 한 작가의 작품연보를 온전하게 작성하는 것은 생각과 달리 무척 어렵다. 김춘강의 경우도 마찬가지다. 지금까지 확인한 김춘강의 작품목록은 다음 표와 같다.

| 작가 | 작품 | 갈래 | 게재지 | 게재일자 |
|---|---|---|---|---|
| 홍천 김복동 | (수신국)창작에 힘쓰자 | 평론 | 별나라 | 1930.02~03월 합호 |
| 홍천 김복동 | 무궁화 외 2편 (선외가작) (작품 불수록) | 동요 | 소년세계 | 1930.06 |
| 홍천 김복동 | 정답든 벗들아 너희만 가느냐 | 작문 | 소년세계 | 1930.06 |
| 홍주(洪州) 김춘강 | (소년문단학예부고선)울 어머니 | 동요 | 매일신보 | 1930.10.10 |
| 홍천 김복동 | (소년문단학예부고선)달마지 | 동요 | 매일신보 | 1930.10.15 |
| 홍천 김춘강 | (소년문단학예부고선)닭 | 동요 | 매일신보 | 1930.10.16 |
| 홍천 김춘강 | (소년문단학예부고선)자동차 | 동요 | 매일신보 | 1930.10.21 |
| 홍천 김춘강 | (소년문단학예부고선)서울 구경 | 동요 | 매일신보 | 1930.10.21 |
| 김춘강 | 가을 | 동요 | 별나라 | 1930.11 |
| 봄뫼 | (아동작품)봄은 왔다 | 동요 | 매일신보 | 1930.12.25 |
| 김춘강 | 동물대회-평화조약 | 이야기 | 매일신보 | 1931.01.31 |
| 홍천 김춘강 | 봄노래 | 동요 | 신소년 | 1931.03 |
| 홍원(洪原) 김춘강 | 만주 가신 아버지쎄 | 편지글 | 신소년 | 1931.03 |
| 김춘강 | 아이생할의 5주년 기념을 마즈며 | 축사 | 아이생활 | 1931.03 |
| 김춘강 | 새 힘 | 작문 | 아이생활 | 1931.07 |

| 김춘강 | 이 싸홈 저 싸홈 | 동요 | 신소년 | 1931.11 |
|---|---|---|---|---|
| 김춘강 | 그럿쿠 말구 | 동요 | 별나라 | 1931.10~ 1월 합호 |
| 봄뫼 | (작품전람회 홍천농군사편) 형이 그리워 | 동요 | 아이생활 | 1931.11 |
| 김선혈 | (작품전람회 홍천농군사편) 우리 언니 | 동요 | 아이생활 | 1931.11 |
| 김춘강 | 그립은 녯날 | 동요 | 매일신보 | 1931.11.03 |
| 김춘강 | 고향 | 동요 | 매일신보 | 1931.11.15 |
| 김춘강 | 어머님 | 동시 | 매일신보 | 1931.11.18 |
| 김춘강 | 각씨들아 | 동요 | 어린이 | 1931.12 |
| 김춘강 | 농촌소년행진곡 | 동요 | 별나라 | 1931.12 |
| 김춘강 | 실근화(失根花) | 동요 | 매일신보 | 1931.12.05 |
| 김춘강 | 아참이다 | 동요 | 매일신보 | 1931.12.14 |
| 김춘강 | 영춘음(迎春吟) | 동요 | 매일신보 | 1931.12.19 |
| 김춘강 | (시)녯터 | 동시 | 실생활 | 1932.01 |
| 김춘강 | 나무짐을 지고 | 수필 | 어린이 | 1932.01 |
| 김춘강 | 판ㅅ심날 | 동요 | 어린이 | 1932.01 |

일제강점기 소년문사들의 경우 문학의 갈래인식이 뚜렷하지 않았다. 대체로는 동요(동시) 시인과 동화(소년소설) 작가로 구분할 수 있다. 그러나 엄격한 구분은 없고 동요시인이면서 동화 창작을 하고, 나아가 평론 활동을 겸하기도 했다. '문사(文士)'라는 이름에서 엿볼 수 있듯이 일반문인들도 갈래 구분이 엄격하지 않았는데, 소년문사들도 이와 유사하였다.

김춘강도 마찬가지다. 22편이 확인된 동요(동시)가 중심이었지만, 평론과 수필, 그리고 여러 형태의 잡문 등 다양한 글을 썼다. 평론은 2편을 확인하였는데 1편은 짤막한 촌평에 지나지 않고, 다른 1편은 이화룡(李華龍)의 표절을 적발한 것이었다.(『소년세계』, 1930년 5월호) 이는 이화룡이 반박한 「나의 답변 ─ 춘강생(春岡生)에게」(『소년세계』, 1930년 9월호)를 통해서 확인하였을 뿐 원문을 찾지 못했다. 일제강점기 소년문사들의 평문이라면 대개 표절을 적발하는 것들로 초보적인 실제비평이라 할 수 있는데 당시 대단히 활발했다. 김춘강의 글도 이에 해당한다.

이 외에 『매일신보』가 1930년 5월경부터 조선 전역의 전래동요를 모집하였는데, 이를 모아 훗날 김소운은 『언문조선구전민요집(諺文朝鮮口傳民謠集)』(東京: 第一書房, 1933)을 발간하였다.[41] 김춘강은 고향인 홍천(洪川)의 전래동요를 5회, 춘천(春川)의 전래동요를 2회 기보(寄報)하였는데, 김소운의 책에는 '金福童'으로 홍천(洪川) 20편(498~502쪽), '金春岡'으로 춘천(春川) 6편(495~496쪽)이 실려 있다.

창작품이라 할 수는 없어 작품목록에서 제외하였지만, 작가와 작품을 이해하는 데 도움이 될 수 있는 전래동요의 기보와 잡문 목록을 제시하면 아래와 같다.

| 작가 | 작품 | 갈래 | 게재지 | 게재일자 |
| --- | --- | --- | --- | --- |
| 홍천 김복동 | (쌀々구락부)학교는 누구를 위해 | 잡문 | 소년세계 | 1930.06 |
| 홍천 김복동 | 별님의 모임 | 잡문 | 별나라 | 1930.06 |

---

41 김소운, 「전래동요, 구전민요'를 기보하신 분에게 ─ 보고와 감사를 겸하야」, 『매일신보』, 1933. 3. 23.

| | | | | |
|---|---|---|---|---|
| 홍천 서면<br>모곡 춘강 | 동무소식 | 잡문 | 매일신보 | 1930.06.28 |
| 김복동 | 독자담화실 | 잡문 | 신소년 | 1930.07 |
| 홍천 김복동 외 5인 | 별님의 모임 | 잡문 | 별나라 | 1930.07 |
| 강원도 홍천군 서면 모곡리 446 김복동 군 보 | (홍천)(「왜가리」, 「나무가자」, 「대설이」, 「곰방대」) | 전래동요 | 매일신보 | 1930.07.05 |
| 홍천군 서면 모곡리 소년세계 홍서지사 김복동 군 보 | (홍천)(「진득아」, 「징개할멈」, 「열무김치」, 「신랑색씨」, 「시굉」, 「금잔쯰」, 「올콩」, 「골냇늬」, 「맴-맴-」, 「장타령」, 「한알대」, 「오두둑」, 「별하나」) | 전래동요 | 매일신보 | 1930.08.03 |
| 홍천군 서면 모곡리 김복동 군 보 | 전래동요(홍천)(「놀-귀쥘귀」, 「솔네잡기」, 「병아리」, 「색기서발」, 「갈가쥐」) | 전래동요 | 매일신보 | 1930.08.28 |
| 강원도 홍천리<br>생(金生) | 동무소식 | 잡문 | 매일신보 | 1930.09.03 |
| 홍천 김춘강 | 동무소식 | 잡문 | 매일신보 | 1930.09.03 |
| 홍천군 서면 모곡리 446 김춘강 군 보 | (춘천)(「파랑새」, 「잠자리」, 「방아」) | 전래동요 | 매일신보 | 1930.10.10 |
| 홍천 서면<br>신진생(新進生) | 동무소식 | 잡문 | 매일신보 | 1930.10.10 |
| 홍천 서우(西偶)<br>김춘강 | 동무소식 | 잡문 | 매일신보 | 1930.10.12 |
| 홍천 김춘강 | 동무소식 | 잡문 | 매일신보 | 1930.10.14 |
| 홍천 춘강 | 독자담화실 | 잡문 | 신소년 | 1930.11 |
| 홍천 김춘강 | 동무소식 | 잡문 | 매일신보 | 1930.11.06 |

| 홍천군 서면 모곡리 김춘강 군 보 | (홍천)(「타박네야」) | 전래동요 | 매일신보 | 1930.12.14 |
|---|---|---|---|---|
| 홍천군 서면 모곡리 446번지 김춘강 군 보 | (홍천, 춘천)(「나무타령」, 「하난 뭐? 둘은 뭐?」, 「까막까치」) | 전래동요 | 매일신보 | 1930.12.15 |
| 홍천 서면 김춘강 | (지상'어린이'간친회)모히자 | 잡문 | 매일신보 | 1931.01.01 |
| 홍천 김춘강 | 별님의 모임 | 잡문 | 별나라 | 1931.01-02 월 합호 |
| 홍천 김CK / 홍천 KCK / 홍천 KPD / 홍천 김춘강 | 독자와 기자 | 문답 | 아이생활 | 1931.02 |
| 홍천 김춘강 | 재담 | 재담 | 아이생활 | 1931.02 |
| 홍천 김춘강 | 독자와 기자 | 문답 | 아이생활 | 1931.03 |
| 홍천 김춘강 | 독자담화실 | 잡문 | 신소년 | 1931.03 |
| 홍천 KCK | ??? | 글월 | 아이생활 | 1931.03 |
| 홍천 김춘강 | 동무소식 | 잡문 | 매일신보 | 1931.03.05 |
| 홍천 김춘강 | 독자담화실 | 잡문 | 신소년 | 1932.01 |

이상 김춘강이 작품과 잡문들을 발표한 매체는 당대 주요 잡지를 망라하고 있음을 알 수 있다. 이는 모든 잡지의 고선에도 선발될 정도로 능력을 인정받았다고 볼 수도 있지만, 진영 의식이 강했던 당시 현실에서 비난의 대상이 되기도 했다. "공장과 농촌의 근로소년의 씩씩한 행동을 보혀 주는 작품을 쓰다가도 『아희생활』에는 일조(一朝)에 센티멘탈로 돌변하야 '아-텬당가신 어머니'"라며 "매명(賣名)에만 급급한 자"[42]라

---

**42**   김일암(金逸岩), 「(수신국)작품 제작상의 제문제」, 『별나라』, 1932년 2-3월 합호, 25쪽.

는 식이다. 반면에 『아이생활』에 투고한다 하더라도 "춘강(春岡) 군 역시 하나님을 노래하지 안엇슬 것"[43]이라며 두둔하기도 하고, "금년 한 해 동안 가장 씩씩하게 싸워 주신 작가 제씨",[44] "작(作)이 모다 건실하고 씀임 업는 점에서 볼 것이 잇"[45]는 작가 가운데 이름을 올리기도 하여 포폄이 갈렸다.


## 2. 김춘강 아동문학 작품의 의미

김춘강의 작품목록에 따르면, 첫 번째 글은 「창작에 힘쓰자」라는 평론문이다. 본격적인 평론에는 한참 못 미치는 간단한 촌평 수준이며, 같은 소년문사들에게 보내는 권유와 요청을 담은 글이다. 당시 소년문사들은 '명예욕(名譽慾)'과 '발표욕(發表慾)'에 끌려 남의 작품을 표절하거나 모작하여 작품을 발표하는 경우가 많았다. 작품평이나 표절을 적발하는 경우에도 직설적인 욕설에 가까운 비난을 일삼았다. 이러한 풍조를 버리고 창작에 힘쓰고 평자들도 신중한 태도를 취하라는 내용이다.

「무궁화」와 다른 2편이 『소년세계』의 선외가작으로 뽑혔으나 작품이 수록되지 않아 실체는 알 수가 없다. 비록 '선외가작'이라 해도 고선자(考選者)에 의해 선발된 작품이어서 일정한 수준을 인정받았다 할 수 있겠다. 안변(安邊)의 김광윤(金光允), 이원(利原)의 김명겸(金明謙), 김상묵(金尙默), 목일신(睦一信), 진주 <새힘사>의 손길상(孫桔湘) 등이 고선에 뽑혀 작품이 수록되었고, '선외가작'에는 남해(南海)의 박대영(朴大永), 하

---

**43**　박병도(朴炳道), 「(수신국)맹인적 비평은 그만두라」, 『별나라』, 1932년 2-3월 합호, 28쪽.

**44**　윤지월(尹池月), 「1932년의 아동문예계 회고」, 『신소년』, 1932년 12월호, 47쪽.

**45**　유운경(柳雲卿), 「동요 동시 제작 전망(21)」, 『매일신보』, 1930. 11. 27.

양(河陽)의 김성도(金聖道), 안동현(安東縣)의 이동찬(李東燦), 신창(新昌)의 박약서아(朴約書亞), 무산(茂山)의 이고월(李孤月), 남해(南海)의 정윤환(鄭潤煥) 등 익숙한 이름들과 함께 홍천(洪川) 김복동(金福童)의 이름이 올라 있다. 같은 지면의 '작문' 부문에는 「정답든 벗들아 너희만 가느냐」가 편집국의 고선에 들었는데 이고월, 경성(京城) 김기창(金基昶), 김성도 등과 함께였다. 작문 '선외가작'에 목포(木浦) 김대창(金大昌), 봉천(奉天) 김대봉(金大鳳) 등의 익숙한 이름이 들어 있다. 김춘강은 어린 나이에 '십자가당 사건'과 같은 큰 사건에 연루되어 실형을 선고받고 일제 경찰의 감시에 시달리다 만주(滿洲)로 이주하기까지 짧은 문단생활을 할 수밖에 없었다. 하지만 김춘강의 작품이 수록된 지면에 같이 이름을 올린 소년 문사들을 보면, 그의 문단 생활은 당대 또는 훗날 아동문학 또는 일반문학에서 내로라하는 작가·시인들과 대등한 수준에서 시작했다는 것을 확인할 수 있다.

「정답든 벗들아 너희만 가느냐」는 고향에서 함께 지내던 친구 '병구'와 '태우'가 서울로 공부하러 떠난 반면, 나무하다가 낫 끝에 왼발 정강이를 찍힌 "천지의 용납지 못하는 인생 갓흔 육축(六畜)에 지나지 못"(48쪽)한 나의 현실을 대비하고 있다. 그러나 대립적 현실을 드러내 보이는 것도 소홀하지 않았지만, 문학적 언어 표현에도 상당히 신경을 쓴 듯하다. 봄날의 정경을 표현함에 있어 "압산과 뒷내에 봄빗이 충만하고 천조(天造)의 전람회와 자연의 음악회는 시기를 안 어기고 전개된다."고 묘사하거나, 낫에 찔려 고통스러운 현장에서 "비명의 신을 공축(攻逐)하며 침묵을 지를 다름"(48쪽)이라고 표현하는 예 등이 그렇다. 친구들은 공부하러 떠나고 자신은 나무하러 다녀야 하는 처지인 16~7세의 감수성 예민한 나이인지라 자신의 계급적 입장에 대한 울분이 자칫 한탄과 정제되지 않은 감정풀이 언어를 쏟아내게 할 법하다. 그러나 계급적 현실인식은 분명하면서도 작품에는 비유적 언어로 간접화하거나 은유적 암시에 머문다.

일제강점기에 일반문학이나 아동문학을 막론하고, 민족현실이나 계급적 모순을 작품 속에 담아내는 것을 우선할 것인지 문학적 형상화에 치중해야 할 것인가 하는 문제는 첨예한 것이었다. 내용-형식 논쟁이 그것을 잘 나타낸다. 김춘강이 이러한 문제를 어떻게 문학적으로 다룰 것인가를 고민하고 의식했는지는 확인할 자료가 없다. 그의 작품을 통해 간접적으로 추정할 수 있을 뿐이다.

김춘강의 작품들을 개관해 보면 명시적이든 우회적이든 더하고 덜한 차이가 있을 뿐이지 대부분의 작품에는 현실인식이 드러나 있다. 그러나 그렇지 않은 작품들도 있다. 생활력 강한 어머니 모습을 그린 「울 어머니」, 병아리를 데리고 밭을 헤집으며 모이를 먹는 닭의 모습과 이를 쫓는 어린 돌이의 모습을 동심의 눈으로 그리고 있는 「닭」, 시골아이가 좋다는 서울 구경을 갔다가 소매치기만 당해 도리어 밉다는 내용의 「서울 구경」, 봄이 되어 계절의 변화에 따른 자연 정경을 읊은 「봄은 왔다」와, 꼴 베는 언니와 나물 뜯는 누나가 피리 불고 노래 부를 때 할미꽃이 춤을 추고 실버들이 무도를 하며 호응한다는 「봄노래」 등은 이렇다 할 식민지 조선 민족의 현실이나 계급적 모순에 대한 인식이 드러나 있지 않다. 「울 어머니」, 「닭」, 「서울 구경」이 모두 『매일신보』의 '소년문단 학예부 고선' 작품이어서 총독부 기관지라는 매체적 특성이 반영되었을 수도 있고, 같은 지면의 다른 작품들과 보조를 맞춘 것일 수도 있겠다.

김춘강의 작품 중 다른 하나의 경향은 「그럿쿠 말구」, 「각씨들아」, 「농촌소년행진곡」, 「아참이다」 등에서 볼 수 있듯이, 현실극복을 위해 단결과 계몽적인 각성을 촉구하는 내용의 작품들이다.

## 그럿쿠 말구

김춘강

(전략)

너와나는 언제든지 동무이닛가
동무야 네손내손 굿세게잡고
네맘내맘 한태모아 얼키잣구나
그리하야 모-든일을 서로돕자
아모렴 그러치 그러쿠말구
너와나는 언제든지 동무이닛가

(『별나라』 1931년 10-11월 합호)

슬픈 일과 기쁜 일을 함께하고 서로의 잘못을 감싸 주자고 한 뒤, 위 인용된 부분과 같이 손을 굿세게 잡고 마음을 한데 모아 모든 일을 서로 돕자는 내용이다. 「각씨들아」는 3연 각 4행으로 된 동요다. 시행을 독특하게 배열했는데, 각 연마다 2행과 3행은 들여쓰기 형태이고 1행과 4행은 내어쓰기 형태가 되도록 하였다. 독특한 시행 배열이 형식상의 차이만이 아니라 내용상 구별이 되도록 하였다. 2, 3행은 굴리고 눌러도 표정이 없고, 때리면 맞고 욕해도 무반향이며, 울고 웃으라면 일없이 웃든 각시들 모습을 그리고 있다. 반면 1행은 "각씨들아 깨여라 아츰이란다"를 반복하면서 새로운 시대의 도래를 고지하고, 4행은 각시들이 구태를 벗고 깨어나 주체적인 사람으로 각성하라는 내용이다. 1행과 4행은 반복을 통해 의미를 강조하면서도 시적변주를 통해 변화를 줌으로써 강조의 의미를 더하고 있다. '각씨들'의 각성이 필요하다는 생각을 「아참이다」에서는 '우리 동무들'과 '우리 일꾼'들로 방향을 돌리고 확대시켰다. 3행씩 3연으로 이루어진 동요인데, 각 연 1행은 정신 차리고, 용기를 내고, 씩씩하게 행동하라는 계고(戒告)이고, 각 연 2행에서 서러워 말고, 눈물 씻고, 한숨 걷고, 각 연 3행과 같이 힘껏 일하고 씨를 뿌리면 "희망잇는 압날"이 닥쳐온다는 형식적 구조다. 현실극복이라는 내용에다 형식적 세련을 꾀했다고 하겠다.

「농촌소년행진곡」은 당시 유사한 제목의 노래가 많았는데 내용도 협동과 단결을 통해 현실을 극복하자는 식의 전형적인 계몽적 성격을 띠고 있는 점이 대동소이하다. 우리는 괭이 메고 땅 파는 농군의 아들이지만 용감하고 기운찬 장래의 일꾼이므로 "가난하고 불상타고 서러만 말고" 힘써 일해 새날을 맞자는 것이다. 동요 작품만 그러한 것이 아니라 짧은 줄글에서도 이러한 내용들이 발견된다. 「모히자」에 보면, "우리는 전보다 더 만히 일하며 더 많이 배"우고 "6백만 소년이 단결"하자고 한다. 「새 힘」에서도 이와 유사한 의식을 엿볼 수 있다. 기계나 과학의 힘보다도 "식커문 팔둑! 힘 잇게 나려치는 그 광이- 아니 그 두 팔의- 새 힘을- 이길 자- 뉘리?"(58쪽)라는 데서 선동적 구호에 가까운 계몽적 독려를 읽을 수 있는 것이다. 이러한 생각은 <농군사>나 <농군독서회> 활동에서도 확인할 수 있었던 계몽의지, 현실극복 노력 등과 맞닿아 있는 것으로 볼 수 있다.

다음 유형으로 말할 수 있는 김춘강의 작품들은 민족현실과 계급대립을 내용으로 하면서 형식적 결구(結構)도 동시에 애쓴 작품들이다.

「달마지」의 경우, 1연에서 바다 건너 어려움을 뚫고 솟은 정월 보름달을 위로하러 동무들에게 달맞이를 가자고 한다. 그래서 제목도 '달마지'다. 그러나 시적 화자가 말하고자 하는 바는 2연과 3연에서 분명해진다. "삼년전에 쩌나간 언니"는 "우리엇니 잇는곳 너는알겟지"를 보면 가난으로 인한 가족이산임이 분명하다. 그러나 궁핍한 현실을 표면화하기보다 넌지시 암시해 두는 데서 멈추고 오히려 달맞이 행위를 전경화(前

景化)하고 있다. '달맞이'를 전경화한 까닭은 정작 언니에 대한 그리움을 표현하기 위한 방편임을 알 수 있겠다. 그래서 화자 자신이 달맞이를 해 주듯이 달 너도 우리 언니를 맞이해 달라며, 나의 심정을 달에게 가탁(假 託)하고 있는 것이다. 달을 맞이하는 놀이와 언니를 그리워하는 마음을 표면화했지만 이면에는 가족이산의 아픔이 배어 있는 것이다.

「자동차」도 그렇다. "빗탈길/산모롱이로/양복닙은/나으리/아사히 쌜며/찻멀미가/난다고/" 야단이라는 장면을 제시할 뿐이다. '아사히' 담배를 피우며 차를 타고 다니는 '나으리'는 일제강점기 일본인 관리이 거나 친일 조선인일 것이다. 자동차가 "다라납니다"고 하거나 나으리 가 "야단입니다"고 한 데에서 자동차를 타고 가는 나으리에 대한 부정 적 인식이 묻어난다. 이를 두고 "그다지 양복 입은 신사가 동정하고 십 흔가! 아니다. 우리는 동정할 사람이 싸로 잇다"[46]라고 한 것은 너무 표면 적인 평가다. 당대 현실을 감안할 때 동정할 사람이 따로 있다는 남석종 의 주장은 동의하지만, 그렇다고 「자동차」가 양복 입은 사람을 동정하 고 싶어 한다는 평가에는 동의할 수 없기 때문이다. 남석종은 연희전문 학교를 졸업하고 메이지대학(明治大學)을 졸업한 당대 일급의 동요 작가 이자 평론가였지만, 위의 평가는 너무 단정적이고 선입견적 기준에 의 해 재단한 것이라 하겠다.

김춘강이 당대의 현실을 제대로 인식하지 못했다면 남석종의 지적 이 옳을 것이다. 앞에서 살펴보았듯이 김춘강은 민족주의 사상과 계급 적 현실인식이 분명했고, 적극적인 현실극복 의지를 드러내 보였다. 이 러한 점은 동요(동시)가 아닌 작문이나 편지글과 같은 서사적인 글에서 는 직접적으로 표현하고 있다. "곡가(穀價)는 폭락이 되는데 다다른 물가

---

46  남석종(南夕鍾), 「매신(每申) 동요 10월평(7)」, 『매일신보』, 1930.11.19.

는 조금도 내려 주지 안코 세금은 오히려 더 늘어가니 우리들의 압길이 엇지 될 것인지 생각할사록 암담할 뿐"이라며 "사라갈 길이 망연"[47]하다고 하였다. 「만주 가신 아버지께」는 편지글인데 "아버지가 생활과 금전에 쫏기여 저를 이 집에 수양자로 두시고 만주 쪽"으로 가섯고, "저는 지금 이곳 철공장(鐵工場)"(이상 43쪽)에 다니며 받는 돈은 다 빼앗겨 "머리도 못 깍가 길"러야 하고 "신은 신도 이 집 아들의 신다 버린 운동화"(이상 44쪽)를 신을 수밖에 없는 어려운 사정을 사실적으로 표현하였다. 가난한 현실과 그로 인한 가족 해체 및 유이민화는 일제강점기 조선인의 대체적인 모습들이었는데 이러한 형편을 잘 드러냈다. '소년수필' 「나무짐을 지고」도 마찬가지다. 추운 날 나무꾼 아이가 굴뚝의 연기로 동네 형편을 가늠해 보는 내용이다. "사푼사푼 쏘다지는 부잣ㅅ집 썩 찌는 참나무 장작 연기! 그나마도 공불을 쌔는 우리집의 힘업는 연기! 아! 그 가운데도 나무 업서 불 못 쌔는 집의 맹숭맹숭한 굴뚝!"(37쪽)으로 나뉜다. 우리 집 형편은 끼니를 끓일 게 없어 공불을 때고 있어 힘없는 연기가 피어오른다. 반면에 부자집은 먹을 것이 넘쳐 떡을 찌느라 참나무장작으로 불을 지펴 힘이 있는 연기가 쏟아져 오른다. 극명한 대비. 문제는 여기서 그치지 않는다. 연기가 피어오르지 않는 굴뚝도 있는데, 땔감이 없어 불도 못 때는 집도 있기 때문이다. 동네 풍경에 이어 "어름판에는 검고 누른 양복쟁이 학생들이 스켓트를 타고 밋그러지고 팽이를 돌니고 쒸고 야단"인데 반해 하루에 "콩탕 한 그릇"(이상 37쪽)밖에 못 먹는 나와 같은 나무꾼 아이들이 너무 추워 모닥불을 쬐고 있는 궁상스런 모습이 대비된다.

앞에서도 언급했듯이 김춘강의 실제 삶은 소년 문예운동 단체 결성

---

**47**　김춘강(金春岡), 「동무소식」, 『매일신보』, 1930.11.6.

을 위해 적극적으로 노력하여 실천에 옮기고, 지역 독서회를 조직하여 선도하였다. 나아가 사회주의적 혁명을 꿈꾸었던 십자가당 사건에도 깊이 간여할 만큼 적극적이었다. 그러나 이러한 현실인식을 동요 작품에 노골적으로 드러내는 것은 삼갔다. 반면에 잡문이나 수필 등 서사적인 글에서는 계급대립적 현실을 선명하게 드러내 보이고 있다. <농군사>와 <농군독서회> 등의 강령이나 활동, 남궁억으로부터 받은 민족주의 사상, 십자가당 사건을 통해 본 그의 현실인식 등을 종합해 볼 때, 김춘강의 동요(동시) 작품에 당대 현실이 노골적으로 묘사되지 않았다고 해서 그가 식민지 현실에 대해 무관심했다고 보는 것은 단견일 듯하다. 김춘강이 체계적인 문학수업을 받지 못했지만, 문학 갈래에 대한 인식 곧 시적 장치랄까 문학적 형상화에 대한 인식을 하고 있었던 것이 아닌가 생각된다. 더 확인해 보자.

「가을」은 서북풍이 불어 밤톨이, 그리고 찬 서리가 내려 벼 이삭이 떨어지길 바라고 있다. 떨어진 밤과 이삭을 주워서 어머니께 드리겠다는 것이다. 가난이 어디서 비롯되었는지는 굳이 묘사하지 않았지만, 밤을 줍고 벼 이삭을 주워야 하는 모습을 그려 보임으로써 견뎌내기 어려운 가난한 현실을 고스란히 읽어낼 수 있게 한다. "우리 유순한 동물계에는 오직 강한 동물들이 잡아먹는 것을 철폐"[48]해 달라는 내용의 「동물대회 평화조약」도 우의적인 짧은 이야기이다. 식민지 수탈 체제하에서 신음하는 조선 농민들의 형편을 읽어 낼 수 있으나 암시적 방법으로 간접화할 뿐이다.

「이 싸홈 저 싸홈」은 2연으로 된 동요다. 1연의 내용과 2연의 내용은 각각 대비되고, 1연과 2연은 서로 간에 형식상 대구를 이루고 있다.

---

**48**  김춘강(金春岡), 「동물대회 평화조약」, 『매일신보』, 1931.1.31.

## 이 싸홈 저 싸홈

김춘강

울타리 밋헤서 싸홈이낫네
크나큰 지렁이 놀고먹다가
개아미 군사들 눈에띄여서
물고 할퀴고 큰싸홈낫네

신작노 가운데서 싸홈이낫네
부잣집 아들놈 껍적대다가
품파리 애들과 마조닥드려
때리고 을느고 큰야단낫네

(『신소년』 1931년 11월호)

1연에서 놀고먹는 "크나큰 지렁이"와 "개아미 군사들", 2연의 껍죽대는 "부잣집 아들놈"과 "품파리 아들놈"은 가진 자와 갖지 못한 자 혹은 힘이 있는 자와 힘이 없는 자로 서로 대비된다. 그래서 큰 지렁이와 개미들은 "물고 할퀴고", 부잣집 아들과 품팔이 애들은 "때리고 을느고 큰야단"(이상 47쪽)이 난 것이다. 「이 싸홈 저 싸홈」은 김춘강의 작품 가운데 계급대립을 가장 노골적으로 드러낸 것으로 평가할 수 있을 것이다. 계급대립이 가장 노골적이라는 평가를 확인하기 위해 <농군사>의 활동과 대비해 보자. 앞에서 살펴보았듯이 <농군사>의 강령에는 '무산소년문예 창작'과 '일체의 반동 작품을 박멸'한다는 것이 있어, <농군사>를 표방한 작품은 계급의식이 선명할 것으로 짐작할 수 있다.

「우리 언니」와 「형이 그리워」 두 편이 <농군사>의 '작품전람회'[49]에 발표된 김춘강의 작품이다. 「우리 언니」에서는 "동무들을 뫄놋쿠 얘기를하면서/두주먹을 쥐고서 쌍바닥을치고는"이 중심 행인데, 무슨 얘기를 하다가 왜 주먹으로 땅바닥을 쳤는지 궁금증을 불러일으킨다. 「형이 그리워」도 몰래 밤중에 마을을 떠난 형을 그리워하는 마음이 주된 정서이다. "××××등살에 진정죽겟수/소식좃차 요연해 참말죽겟수"란 대구(對句)에서, 형을 찾는 '등쌀'과 '소식'도 없는 형을 보고 싶은 마음이 등가의 감정이 된다. 복자(伏字)는 '주재소의' 정도로 읽을 수 있겠으나 이는 배경이 되고 형에 대한 그리움을 전면에 드러내고 있을 뿐이다. '작품전람회'에는 이원(利原) 김명겸(金明謙)의 「우리 아버지」에서 "젊어서 늙기까지 일만하고도/××놈쎄 쌔앗기는 장님이라오"(46쪽)라 한 것과, 원산(元山) 박병도(朴炳道)의 「더욱 밉고나」가 "쑹쑹바위 ××들이 더욱밉고나", "양복닙고 썻덕대는 ××놈들이"라 한 것, 전식(田植)의 「북간도 편지」에서 "어린아들 순복이 열살난애기/되놈한테 쫓기여 도라단기다/밥못먹어 굶어서 죽엇다고요"라 한 것에서 비유나 암시라는 문학적 장치보다는 직접적인 표현을 앞세우고 있음을 볼 수 있다. 같은 시기

---

**49** 「독자와 기자」(『아이생활』 제6권 제3호, 1931년 3월호, 60쪽.)에서 김춘강은 "선생님! 저는 농군입니다. 『아이생활』이 만일 우리도 읽을 잡지어든? 우리의게도 권리를 주십시오. 학생전람회 작품만 하지 말고 째 씨고 어리터진 우리 손에서 나오는 예술도 지상에 소개하십시오."라 하여, "한 지방소년회 가튼 데서 회장이 책임을 지고 보내주면 학생순례와 동등 대우를 하겠습니다."라는 답변을 받았다. 그 결과 '학생 작품 전람회'란 이름으로 '태화여자관'(1930년 11월호), '평양 숭현여학교'(1931년 1월호), '용강 동촌 연길학원'(1931년 2월호), '평양 숭덕학교'(1931년 4월호), '함흥 중하리 여자야학원'(1931년 5월호), '화천(華川) 광동학교'(1931년 6월호), '평양 창동소년척후대'(1931년 6월호), 대동군(大同郡) '숭봉학원'(1931년 7월호), '진남포 삼숭보통학교'(1931년 8월호), 중국 훈춘현(琿春縣) '동흥학교'(1931년 9월호)에 이어 홍천(洪川) '농군사'(1931년 11월호) 편이 발표되고 이 난은 끝을 맺었다.

에 창작된 작품을 모은 『(푸로레타리아동요집)불별』(중앙인서관, 1931)을 보면 계급적 대립과 증오감, 선동적 구호에 가까운 표현들이 노골적으로 드러나 있다. 『신소년』과 『별나라』뿐만 아니라, 방정환이 죽고 신영철(申瑩澈)이 편집을 맡았던 시기인 1931년 10월호부터 1932년 9월호까지의 『어린이』조차도 선명한 계급의식을 드러낸 동요가 태반을 넘는다.

말하고자 하는 바는 다음 두 가지다. 첫째는 <농군사> 창립의 주도적 역할을 한 김춘강보다 동참자들인 김명겸, 전식, 박병도의 작품이 더 직접적으로 계급의식을 드러내고 있다는 것이다. 둘째는 1930년대 초반 아동문단은 선명한 계급의식에 기반한 동요가 주조였는데 비해 김춘강의 작품들은 비유적이고 암시적인 표현 속에 계급의식이 내재되어 있다는 점이다.

「그립은 녯날」은 2연으로 구성된 동요인데 내용은 "우리들은 오는 세상 주인이라고" 약속을 하던 "다시못올 그녯날이 그립습니다"로 요약된다. 하지만 희망찬 약속을 했던 그 옛날이 영원히 가버려 그립다는 아쉬움이 묻어난다. 고향과 옛날이 그립다는 동요는 더 있다. 「고향」도 비록 "아버님 가시옵고 어머님 안 계"신 데다 낯선 집이 들어서는 등 달라졌지만, 고향이기 때문에 그립다는 것이다. 「녯터」 또한 3년 전 고향을 떠난 뒤, 어머님 묘지가 신작로로 변하고 우리 집이 있던 곳도 주재소로 바뀌었으며 돌아가도 반길 이 없으니, 그립지만 돌아가고 싶지 않다는 내용이다. 이 세 작품 다 표면적으론 그리움의 정서를 말하고 있지만, 희망이 사라지고 피폐해진 고향의 처지를 말하고 있고, '주재소'란 기표(記標)에서 자연스럽게 감시와 억압의 현실을 읽어내도록 한다.

「어머님」도 시적 화자인 아들이 어머니께 질문하는 형식을 취한다. 질문은 2개의 연에 걸쳐 두 가지가 있다. 1연의 질문은 가을이 와 봄에 왔던 제비도 고향 찾아 강남으로 돌아가는데, "웨? 우리에게 온 가난 슬흠은 가지 안습닛가?"라고 묻는다. 2연에는 가을이 오자 북국으로 갔던 기러기가 돌아오는데 "웨? 한번가신 아버지는 오실줄 모르시나닛가?"라며 묻고 있다. 둘 다 자연의 이치를 먼저 제시한 것은, 우리 집이 안고 있는 문제인 '가난 슬흠'도 당연히 사라지고, '한번 가신 아버지'는 의당 돌아오셔야 한다는 것을 강조하기 위함이다. 그래서 질문도 '웨?'를 문두에 두어 잘못된 현실을 강조하여 드러내려 하고 있다. 아버지가 떠난 것도 우리 집의 가난·슬픔과 무관하지 않을 것이다. 시적화자는 답을 몰라 질문한 것이 아니다. 열심히 노력해도 가난과 슬픔이 가시지 않고, 떠나가신 아버지가 귀가하지 못하는 현실을 고발한 것이라 보는 것이 맞겠다. 「어머님」과 같은 생각을 읊은 것이 「영춘음(迎春吟)」이다. 2연으로 된 동요인데 각 연이 4행으로 이루어져 있다. 1연은 봄이 올 때와 봄이 갈 때를 각 2행에 나누어 표현하고 있다. 봄이 올 때 "깃븜"도 가지고 오고, 봄이 갈 때 나의 "걱정 슬흠"도 가져 가 달라는 것이다. 2연도 이와 같은 구조다. 꽃이 지고 열매가 맺듯이 잎 또한 시간이 흘러 고운 단풍이 든다. 마찬가지로 "이 세상"도 "새 세상"으로 변하기를 바란다. "이 세상"은 시적 화자가 바라는 "죽지 안는 인생 됐스면" 하는 세상과 거리가 먼 세상이다. 그래서 꽃이 열매가 되고 잎이 고운 단풍으로 변하듯이 "이 세상"도 "새 세상"으로 변해 달라는 것이다.

「판ㅅ심날」은 빚잔치를 하는 모습이다. 현실인식도 뚜렷하지만 형식적 정제미도 돋보인다. 7·5조의 형식이 새로울 것은 없고 당시 동요의 유행하는 운율을 따랐을 뿐이지만, 율격에 어울리는 단어를 적절히 선택한 것은 돋보인다.

## 판ㅅ심날

### 김춘강

벼가두섬 쌀느말 항아리세개
동이한개 솟치둘 사발이다섯
숫갈세개 궤하나 잔그릇열개
톡톡터러 전재산 다나왓다네
논을대로 노누게 나안볼테니
당신들이 노눌건 멋대로논게

×

박첨지네 그럭게 삼십원쓴것
김동지네 작년에 십원췌쓴것
쌍임자네 쌀닷말이 닐곱말이다
빗도몽탕 요거나 노나가보게
논을대로 노나봐 나안볼테니
당신들이 노눌것 맘대로논게

(『어린이』 1932년 1월호)

궁핍하기 이를 데 없는 전 재산을 다 내놓고, 돈 빌린 것과 소작료를 모두 청산하려 하고 있다. 시적화자인 '나'는 빚을 갚을 방법이 없으니 "당신들"이 "멋대로"(맘대로) 나눠보라고 한다. "나안볼테니"라는 구절에서 보듯이 관여하지 않겠다고 한다. 봐도 어찌할 수 없다는 내면의식의 표출이기도 하지만, 자포자기적 방법을 통한 일말의 저항으로도 읽힌다. "톡톡터러 전재산"을 다 내놓으면 '나'의 다음 행보는 어떻게 될까? 소작인으로도 살아갈 수 없으니 유이민으로 전락할 것이고, 더 나아가 나라를 떠나는 디아스포라로 이어질 것이다. 이런 가난의 원인은 무엇일까? 시에서 찾아보자. 전 재산은 벼 두 섬, 쌀 너 말, 항아리 세 개, 동이 한 개, 솥이 둘, 사발이 다섯, 숟가락 세 개, 궤 하나에 작은 그릇 열 개다. 벼 두 섬과 쌀 너 말로는 빚을 갚지 않고도 한 해를 살아내기가 불가능하다. 따라서 빚을 낼 수밖에 없다. 박첨지로부터 재작년에 삼십원, 김동지에게서 작년에 십원을 빌렸던 것도 이런 사정이었을 것이다. 이것만이 아니라, 지주에게는 "쌀닷말이 닐곱말이다"란 표현에서 보듯이 장리쌀이라 닷 말을 빌려 그간 겨우 살아왔음을 알 수 있는데 이자가 붙어 일곱 말을 갚아야 한다. 자작농에서 소작농으로 전락하고 다시 유이민화하는 일제강점기 몰락한 농민의 모습을 고스란히 보여 준다. 이 절망적인 상황임에도 불구하고 화자는 울분과 증오의 언어를 동원하지 않는다. 담담한 표현이 오히려 독자의 공분을 자아내게 하는 효과를 거두었다. 문제는 참상은 잘 드러냈으나 화자의 삶에 대한 아무런 전망도 제시하지 않아 아쉽다. 백철(白鐵)이 "어쩐 광명을 보여 주는 것"[50]을 요구한 것 역시 같은 맥락으로 읽힌다. 낙관적 전망의 부재가 작품적 한계일 수도 있으나 민족 및 계급모순의 상황이 가져온 현실적 전망의 부재일 수도 있다. 김춘강이 자신의 삶의 터전인 농촌의 현실을 자주 다루었던 것 때문에, 설송아는 그를 "공장에서 농촌에서 함마 쥐고 광이 메고 용감이 일하는 근노소년"[51]으로 분류하였다. 프롤레타리아 작가, 동심주의 작가와 구분한 것이다.

　1연과 2연의 구성도 형식적 측면에서 절묘하다. 1, 2연 모두 6행씩이다. 1연 첫 3행은 보잘것없는 전 재산을 나열하는 데 썼고, 이에 대응해

**50**　백세철, 「신춘소년문예총평 - 편의상 『어린이』지의 동시·동요에 한함」, 『어린이』, 1932년 2월호, 21쪽.

**51**　설송아, 「1932년의 조선 소년문예운동은 엇더하엿나」, 『소년세계』, 1932년 12월호, 3쪽.

2연 첫 3행은 화자인 '나'로서는 갚기 버거운 그간의 빚을 병렬 제시하고 있다. 그리곤 1연과 2연의 뒤 3행은 '나'에게 빚을 준 '당신들'이 이 '전 재산'을 나눠 가지라는 것이다. 되풀이하여 의미를 강조하되 단순반복이 주는 지루함을 피하기 위해 적절한 변주로 마감했다. "논을대로 노누게"가 "논을대로 노나봐"로, "멋대로논게"가 "맘대로논게"로 변주된 게 그것이다. 화자는 '하게체'를 썼다. 빚을 받을 사람들이 함께 농사짓던 친구나 가까운 지인들이기 때문이다. 파산 상태인 '나'한테 빚을 받아 가는 그들의 행위를 야박한 처사로 여기지 않겠다며 "나안볼테니"라한 것이 이 작품의 압권이라 하겠다.

이상에서 논의한 것을 요약해 보자. 김춘강의 작품은 자연정경을 묘사하거나 현실극복을 위해 단결과 계몽적 각성을 촉구한 것도 있지만, 대개는 민족현실과 계급모순에 대해 관심을 보였다. 이 경우에도 노골적인 증오감을 표출하거나 아지프로(agi-pro)보다 내용과 형식의 조화를 꾀했다고 평가할 만하다. 신흥동요운동 곧 계급주의 동요 바람이 불던 1930년대 초반은 "푸로레타리아-트의 승리를 위하야 '아지·푸로'의 역할을 연(演)하면 그만"이며 "제일에 내용문제며 제이에 예술성(문학적 기술) 문제"[52]라고 하던 때라, 시대적 분위기를 감안하면 김춘강의 작품이 신선하게 보이는 것이다.

## Ⅳ. 맺음말

김춘강은 1930년대 초반 강원도 홍천 지역에 기반을 두고 소년문예

---

**52**  안덕근, 「푸로레타리아 소년문학론(8)」, 『조선일보』, 1930. 11. 4.

운동을 전개한 인물이다. 전국적인 소년문예단체를 결성하고자 노력하기도 하였고, 지역 내부에서 독서회를 조직해 주도적으로 활동하기도 하였다. 알다시피 일제강점기 아동문학은 작품 창작만을 강조하지 않고 문학을 통한 소년운동의 한 방식으로 전개되었다. 소년문예운동은 소년운동의 한 부문이었고 소년운동은 전 조선의 사회운동의 일환이었다. 그래서 소년문예단체 결성이 빈번했고 소년문사들 간의 교류 또한 활발했다.

김춘강의 삶과 문학활동은 분리되지 않는다. 농촌의 가난한 집안에서 태어나 사립 보통학교를 졸업하게 되는데 이 과정에서 남궁억의 민족주의 사상에 강한 영향을 받았다. 아울러 유자훈 등의 영향으로 기독교사회주의 사상도 흡수하게 되었다. 김춘강이 조직한 소년문예단체의 강령이나 활동에는 이러한 사상이 기반이 되었다. 김춘강은 20여 편의 동요 작품, 서너 편의 작문과 편지글, 그리고 평론문을 발표하였다. 이에 버금갈 정도의 분량으로 매체가 제공한 독자란에 글을 썼는데, 대체로 소년문사들 간에 소식을 전하거나 교류를 위한 것들이었다.

김춘강은 당대 아동문학의 주요 매체였던 『어린이』, 『신소년』, 『별나라』, 『아이생활』, 그리고 『소년세계』 등의 잡지와 『매일신보』 학예란 등에 고루 작품을 발표하고 있다. 성격을 달리하는 여러 매체에 두루 작품을 발표한 것이 주체성의 결여라고 매도될 수 있을 것이다. 그러나 달리 보면 뚜렷한 사상과 문학적 장치의 적절한 조화가 가져온 결과라고 할 수도 있다.

김춘강은 민족주의와 계급사상에 크게 영향을 받았지만, 동요 작품에 교훈적 내용을 앞세우거나 '아지프로'로 치닫지 않았다. 따라서 그의 작품에는 가진 자에 대한 노골적인 증오감의 표출이나 계급간의 대립을 부추기는 구호가 없다. 현실인식은 분명히 하되 비유적 표현이나 암시 등

문학적 형식과 계급의식이란 내용을 조화시키려 했다고 평가할 만하다.

이 글은 김춘강의 삶과 문학이 일제강점기 아동문학의 한 전형을 보여 준다고 판단하였다. 그래서 작품량이 많지도 않고 널리 알려진 작품도 없지만 아동문학사의 관점에서 주목해 볼 점이 있다고 보았다.

# 3장 / 황순원의 아동문학

## Ⅰ. 머리말

황순원(黃順元)의 등단작은 시 「나의 꿈」(『동광』, 1931년 7월호)으로 알려져 있다. 그러나 이 작품보다 앞서 여러 편의 작품을 발표한 사실이 밝혀지기 시작했다. 권영민의 발굴과, '황순원문학연구센터'에서 김종회 교수가 주도하여 황순원의 작품목록을 작성하고 자료를 수집하면서부터다.

초기에 「나의 꿈」을 황순원 문학의 시작으로 보았던 것은 작가 자신이 이 작품을 등단작으로 지목한 사실에 기인한 점이 크다. 다른 이유라면 「나의 꿈」보다 앞서 발표된 작품들이 하나같이 아동문학 작품인데, 이에 대한 무관심 때문일 것이다.

일제강점기 아동문학의 담당층은 소년문사들과 기성문인들로 이루어졌다. 소년문사들은 잡지의 독자투고와 신문 학예란을 통해 아동문학 작품(주로 동요)을 발표하면서 점차 기성문인으로 인정받았다. 기성문인들이란 대체로 일반문학 작가로 등단한 작가들을 말하는데, 이들 중에도 아동문학 창작 담당층으로서 상당한 역할을 한 사람들이 다수 있다. 정지용(鄭芝溶), 윤동주(尹東柱), 이태준(李泰俊), 오장환(吳章煥) 등이 그들인데, 다수의 아동문학 작품을 발표한 바 있다.

최근 이들의 아동문학에 대한 연구가 상당 부분 이루어졌다. 그런데 이들보다 더 많은 양의 아동문학 작품을 발표하였지만 지금까지 제대로 연구된 바가 없는 작가가 황순원이다.

일제강점기나 해방 후 시나 소설로써 이름을 알린 문인들 가운데에는 소위 '소년 문사'들로 동요나 동시 작품을 발표하면서 문학 활동을 시작한 예가 많다. 황순원도 예외가 아니다. 양으로만 보더라도 정지용이나 윤동주보다 훨씬 많은 양의 작품을 발표하였다. 황순원의 아동문학 작품은 동요(동시)가 대종을 이루지만 동화와 소년소설도 있다.

최근 황순원의 아동문학에 몇몇 연구자가 관심을 보이고 있다. 하지만 작품연보조차 제대로 확정되지 않아 연구 결과가 부분적이다.

이런 사정을 감안하여, 이 글에서는 황순원의 아동문학 작품연보를 확정하여 연구의 토대를 마련하고자 한다. 작품연보 작성을 위해서는, '황순원(黃順元)'이란 이름 외에 작품 발표 시 사용한 필명(筆名)들을 확인할 필요가 있다. 그간 산발적으로 필명이 조사된 바는 있었지만 종합적이면서 체계적으로 정리된 적이 없었기 때문이다. 그리고 황순원의 작품 중에는 다수의 이중게재가 있는데 작품적 완결성을 위한 개작인지 단순한 중복 발표인지도 점검이 필요하다. 황순원의 작품이 다른 사람의 이름으로 발표된 경우도 더러 있는데 그 사정도 확인해야 할 것이다.

이상의 문제를 밝히는 것만으로도 만만찮은 작업이라, 개별 작품에 대한 연구는 후속 과제로 미룬다.


## II. 황순원과 아동문학 활동

### 1. 황순원의 등단작 시비

등단작은 작가의 문학적 출발점을 확인하는 것이어서 개별 작가론에서나 문학사적 연구를 막론하고 매우 중요하다. 황순원의 등단작이 시비가 된 것은 권영민이 「새로 찾은 황순원 선생의 초기 작품들」을 발표하면서부터다. 이는 「황순원 선생의 습작시대-새로 찾은 황순원 선생의 초기 작품들」로 다시 발표되기도 하였다. 여기에서 『동아일보』에 발표된 「봄 싹」, 「딸기」, 「수양버들」, 「가을」, 「이슬」, 「봄밤」, 「살구꽃」, 「봄이 왔다고」 등 8편의 동요와 단편소설 「추억(追憶)」, 시 「7월의 추억」과 『조선일보』에 발표된 단막희곡 「직공생활」을 발굴 작품으로 제시하였다. 그동안 황순원의 첫 작품으로 "1931년 7월 잡지 『동광(東光)』에 발표한 시 「나의 꿈」"을 "공식적인 등단작으로 지목"해 왔던 터라, 이들 작품이 "초기 습작기에 이미 신문에 발표되었다는 사실은 매우 중요"[01] 하다고 할 만하다. "첫 작품 「봄 싹」(『동아일보』, 1931.3.26)"[02]이라 한 데서 보듯이 등단작 지위를 변경해야 할 사안이라 중요하다는 평가는 당연한 것이라 할 것이다. 더구나 「봄 싹」을 발표할 당시 숭실중학교(崇實中學校) 학생 시절인데, 이때 이미 기성문단에 관여하였다고 지적하였다. 『동요시인(童謠詩人)』에 참여한 것을 두고 말한 것이다. 「봄 싹」이 '첫 작품'인가는 뒤에서 확인하기로 하되, 『동요시인』 활동을 두고 기성문단에 관여한 것으로 판단한 것은 오류다. 뒤에서 자세히 살펴보겠지만 황순원이 중심이 된 동년배들의 동인지에 지나지 않았기 때문이다.

권영민의 주장에 대해 김종회는, "발굴 작품들의 발표 시기로 보면 「봄 싹」보다 1주일 먼저 1931년 3월 19일 자 『매일신보』에 발표된 「누나 생각」이란 동요가 확인"[03]되었다며 새로운 사실을 밝혔다. 김주성도

---

**01** 권영민, 「새로 찾은 황순원 선생의 초기 작품들」, 『문학사상』 제453호, 2010년 7월호, 53쪽.

**02** 위의 글, 55쪽.

**03** 김종회, 「황순원 선생 1930년대 전반 작품 대량 발굴, 전란 이후 작품도 수 편」, 『2011

김종회와 같은 의견을 밝힘으로써 등단작은 다시 바뀌게 되었다.

> 황순원문학관이 찾아낸 작품 중 「누나 생각」(『매일신보』, 1931.3.19)
> 은 「봄 싹」보다도 7일이나 앞서고, 「형님과 누나」(『매일신보』, 1931.3.29)
> 역시 「나의 꿈」 탈고 시기보다 앞선 3월에 발표됨으로써 논란을 가
> 중시킬 여지가 있다. 황순원 문학관에서 찾아낸 작품을 기준으로 보
> 면 「나의 꿈」 탈고시기인 1931년 4월 이전에 발표된 작품만 모두 8
> 편에 이른다.[04] (밑줄 필자)

「나의 꿈」보다 앞서 발표된 작품이 8편인지는 뒤에서 논의하기로 하
되, 이상의 내용을 종합하면 황순원의 첫 작품은 「누나 생각」이 된다. 그
런데 문제가 그리 간단하지 않다. 작가 자신이 「나의 꿈」 이전에 발표된
작품들을 인정하지 않는 듯하고, 일부 연구자들도 이에 동조하기 때문
이다. 황순원은 생전에 마지막 전집을 '문학과지성사'에서 간행했는데
자신의 시 작품을 추려서 정리한 뒤 다음과 같이 말한 바 있다.

> 나는 판을 달리할 적마다 작품을 손봐 오는 편이지만, 해방 전 신
> 문 잡지에 발표된 많은 시의 거의 다를 이번 전집에서도 빼버렸고,
> 이미 출간된 시집 『방가(放歌)』에서도 27편 중 12편이나 빼버렸다.
> 무엇보다도 쓴 사람 자신의 마음에 너무 들지 않는 것들을 다른 사
> 람에게 읽힌다는 건 용납될 수 없다는 생각에서다. 빼버리는 데 조그
> 만치도 미련은 없었다. 이렇게 내가 버린 작품들을 이후에 어느 호사

---

년 제8회 황순원문학제 세미나』, 2011, 28쪽.
**04**   김주성, 「황순원 습작기 시 작품의 가치」, 『2013년 제10회 황순원문학제 세미나』,
2013, 24쪽.

가가 있어 발굴이라는 명목으로든 뭐로든 끄집어내지 말기를 바란
다.[05] (밑줄 필자)

1934년, 황순원은 첫 시집 『방가(放歌)』를 출간할 때 동요(동시) 작품
은 한 편도 포함하지 않았지만, 「나의 꿈」은 포함시켰다. 「나의 꿈」을
창작할 당시는 많은 수의 동요 작품을 발표하던 시기와 겹친다. 동요는
빼고 시 작품은 포함시킨 데서 작가 나름의 뚜렷한 갈래 인식을 읽을 수
있고, '다른 사람에게 읽힌다는 건 용납될 수 없'는 것에 동요 곧 아동문
학 작품이 포함된다는 것도 확인이 된다.

'숭중 황순원(崇中黃順元)'의 「묵상(默想)」은 동시라 해도 크게 문제 될
게 없는 작품이다. 그러나 작가는 이 작품을 시(詩)로 인식하여 『(황순원
전집 11) 시선집』(문학과지성사, 1985)에 수습하였다. 그러나 다음에서 보듯
이 전면개작하다시피 수정하여 수록하였다.

### 묵상
숭중 황순원

그는 느트나무에 기대여
주먹을쥐엿다 노앗다
우러러 부르짓다 쌍을굴으다

한낮절이나 생각에 취햇든
그의 얼골은 이상히 빗낫다

---

05  황순원, 「말과 삶과 자유」, 황순원 외, 『(황순원 고희기념집) 말과 삶과 자유』, 문학과지성
사, 1985, 29쪽.

꼭 보앗네 희망의 넘침임을

- 31.11 -[06]


묵상

황순원

그는
로댕의 '생각하는 사람'은 아니다.

그는 느티나무에 기대어
한동안 허공을 쳐다보고 한동안 땅을 내려다본다.

분명히 나는 보았네
그의 창백한 이마에 맺힌 땀방울을.

(1931 십이월)[07]


황순원이 본격적으로 동요 작품을 발표하던 시기는 1931년부터 1932년에 걸쳐서이다. 이 시기에 윤복진(尹福鎭)의 『중중때때중』(무영당서점, 1931), 『양양범버궁』(무영당서점, 1932)과, 김병호(金炳昊) 등의 『(푸로레타리아동요집)불별』(중앙인서관, 1931), 윤석중(尹石重)의 『윤석중동요집』(신구서림, 1932), 『잃어버린 댕기』(게수나무회, 1933) 등의 동요집이 발간되었다. 황순원의 동요 작품도 추리면 한 권의 동요집으로 묶을 만한 분량이

---

**06** 숭중 황순원, 「묵상」『중앙일보』, 1931.12.24.

**07** 황순원, 「묵상」『(황순원전집 11)시선집』, 문학과지성사, 1985, 77쪽.

다. 그뿐만 아니라 당대 동요 작품들과 비교해 볼 때 결코 수준이 떨어지는 것도 아니다. 그러나 그는 동요집으로 묶어 출간하지 않았다. 동요 작품을 본격적인 문학으로 여기지 않은 까닭일 것이다.

황순원의 등단작에 대해 김종회는 "작가 스스로 「나의 꿈」을 내세울 만큼 이 작품에 문학적 의미를 둔 것이 사실이고 보면 굳이 이를 재론할 필요는 없"[08]다고 하였다. '내가 버린 작품들'을 재론하지 말라는 작가의 '엄중한 경고'를 따른 듯하다. 그러면서도 다음과 같이 다른 의견을 피력하기도 했다.

> 비록 초기의 습작일망정 이 작품들에는 장차 서정성·사실성과 낭만주의·현실주의를 모두 포괄하는 작가의 문학세계가 어떻게 발아하였는가를 살펴볼 수 있는 요소들이 잠복해 있고, 동시에 당대의 아동문학과 생활기록문의 특성을 짐작하게 하는 단초들이 병렬되어 있기도 하다. 그런 점에서 이 작품들을 주의 깊은 눈으로 다시 관찰해 볼 필요가 있다고 본다.[09] (밑줄 필자)

황순원의 등단작 시비는 작가로서의 출발점을 확인하는 점에서도 그렇지만, 그의 동요(동시), 동화(소년소설) 등 아동문학 작품을 공인하는 것과 관련되기 때문에 중요하다. 작가의 마음에 들고 들지 않고 여부가 등단작 규명에 영향을 미쳐서는 안 된다. 종당에 시인 혹은 소설가로 평가된다 하더라도, 한 문인이 그가 발표한 아동문학 작품을 제외하고 문인으로서의 출발을 규정한다는 것은 어불성설이다. 문인의 등단작 평정

---

**08** 김종회, 「소설가 황순원 초기 작품 4편-동요·소년시·수필 등, 작품세계 발아 엿볼 수 있어」, 『문학과사회』 제23권 제4호, 2010, 393쪽.

**09** 위의 글, 394쪽.

은 온전히 객관적 사실에 바탕을 두어야 하고, 가치 판단은 연구자의 안목에 맡겨져야 할 부분이다. 이상으로 볼 때 현재까지 확인된 황순원의 첫 작품은 「누나 생각」이 분명하다.

## 2. 황순원의 필명

작가의 필명을 밝히는 것은 매우 중요한 토대 연구에 해당한다. 한 작가의 작품연보를 확정하는 데 필수적이기 때문이다. 가령 필명의 본명을 확인하지 못할 경우 한 작가의 온전한 작품연보 작성은 불가능하게 된다. 그 결과 작품론이나 작가론은 불완전할 뿐만 아니라 왜곡된 결론에 이를 것이기 때문이다.

황순원의 필명으로 만강(晩崗) 이외에 따로 알려진 것이 없다.[10] 일제강점기 신문 학예란과 잡지를 두루 살펴보면, '晩崗' 혹은 '黃晩崗'으로 발표된 작품 4편을 찾을 수 있다. 모두 『중앙일보』에 발표된 작품으로 「바다가에서」(晩崗; 1932.1.7), 「허재비」(晩崗; 1932.1.17), 「압바생각」(晩崗; 1932.2.29), 「황소」(黃晩崗; 1932.3.20) 등이다. '岡'은 '崗'의 본자(本字)이므로 '晩崗'은 '晩岡'과 같은 이름으로 보인다. 잡지에서는 「소낙비」(晩崗; 『동요시인』 제2호, 1932년 6월호)를 확인할 수 있다. 잡지 『동요시인』은 현재 남아 있지 않지만, 고여성(高麗星=麗星)의 글에서 확인된다.[11]

황순원의 필명으로 '狂波(黃狂波)'가 있다. 김종회는 '광파(狂波)'를 확인하고도 '황순원 발굴작 목록 1'에서 이 필명으로 발표된 많은 작품들

---

**10**  「연보」, 『(황순원전집 12)황순원 연구』, 문학과지성사, 1993, 344쪽. 『한국민족문화대백과사전』이나 『한국현대문학대사전』 등 사전류에도 이외의 다른 필명은 제시하지 않았다.

**11**  여성(麗星), 「『동요시인』 총평-6월호를 넑고 나서(1)」, 『매일신보』, 1932.6.11.

을 놓쳤다.[12] 최명표도 '狂波', '黃狂波', '狂波生' 등 황순원의 필명을 근거까지 찾아 밝혔다. 하지만 "광파는 채규명(채택룡)의 호이기도 하다."며 "황순원과 그의 것을 구분해야 할 터"라며 분명하게 확인하지 않았다.[13]

일제강점기 평안북도 선천(宣川)에는 '호무사'란 소년문예단체가 있었다. 선천의 계윤집(桂潤集), 전식(田植), 전동수(田東壽), 철산(鐵山)의 유천덕(劉天德), 정윤희(鄭潤熹), 김형식(金亨軾), 그리고 원산(元山)의 오윤모(吳允模) 등이 주요 동인이었다. 1931년, '호무사'가 주최하고 매일신보사 학예부가 후원하여 '지상위안(紙上慰安) 산노리동요회'[14]가 열렸다. 미리 투고할 동요의 제목을 알렸는데, 「종달이」, 「첫녀름 아츰」, 「나가자!」 등이었다. 투고자들에게는 '주소를 쪽쪽히 쓰고 아호(雅號)와 본명을 기입'[15]할 것을 고지하였다. 서북지역 곧 평안도와 함경도 지역 소년문사들이 주로 참여하였다.

> 사회 - 자- 이제 일홈 부르겟습니다. 아호(雅號)로 부릅니다.
> ○ 강원도 고개에서 밤 주어먹는 이 오섯소
> ◇…네. 율령(栗嶺) 오윤모(吳允模)요
> ○ 평양(平壤) 밋치광이물결 오섯소?
> ◇…네. 광파(狂波) 황순원(黃順元)이요.
> ○ 철산(鐵山) 쑴 잘 쑤는 이 오섯소?

12  김종회, 「황순원 선생 1930년대 전반 작품 대량 발굴, 전란 이후 작품도 수 편」, 『2011년 제8회 황순원문학제 세미나』, 2011, 29쪽.

13  최명표, 『한국근대소년문예운동사』, 도서출판 경진, 2012, 133~137쪽.

14  「(지상위안)산노리동요회(전5회)-주최 선천 호무사, 후원 매신학예부」, 『매일신보』, 1931.6.17~21.

15  「(지상위안)산노리 동요회」, 『매일신보』, 1931.5.27.

◇…네. 몽다견인(夢多見人) 김형식(金亨軾)이요.[16] (밑줄 필자)

'아호'로 점명한다고 하였고, 황순원은 스스로 '광파'라 했다. 사회는 '호무사' 동인인 '유천덕(劉天德)'이 맡았는데 그도 황순원을 두고 '밋치광이물결'이라 한 것으로 보아 황순원의 아호를 알고 있었던 것으로 보인다.

『매일신보』의 '동무소식'에는 소년문사들 간에 표절을 적발한 투고가 많았다. 누명을 쓴 황순원이 '동무소식' 난을 통해 항의성 글을 발표한 바 있는데, 여기에서도 '광파(狂波)'가 황순원임을 확인할 수 있다.

◀ 계윤집(桂潤集) 군!
나는 표절범인 광파(狂波)라는 사람이다. 그리고 본명은 황순원(黃順元)이다. 군이 지면으로 뭇기에 대답하는 것이다. 군은 본보 본월(本月) 6일 지상에 나의게 대하여 서두(書頭)에 글도적이라고 독자제위께 알니엿다. 이것은 나에게 넘어 억울한 일이다. (중략) 부기(附記)하는 것은 일전 나의 졸작이 「형님과 누나」라는 동요가 나의 본명과 호(號)로 두 번 발표된 일이 잇다. 그러나 이것이 광파생(狂波生)에게 대하여 도적의 탈까지 쓸 이유는 업슬 것이다. (황순원)[17] (밑줄 필자)

'평양 사설 조선문단 탐정국'이란 이름으로 "17일 매신(每申) 4면에 「언니와 옵바」라는 제하에 1편의 동요가 발표되엿스니 소위 왈 탁파생(托波生) 씨의 발표한 것이다. 이것이야말로 대낮에 생사람 눈알 쌔갈 사

---

**16** 「(지상위안)산노리 동요회(1)-주최 선천(宣川) 호무사, 후원 매신학예부」, 『매일신보』, 1931.6.17.

**17** 황순원, 「동무소식」, 『매일신보』, 1931.5.13.

람이 아닌가? 황순원(黃順元) 군이 매신(每申)에 발표한 것이다. 이것을 본제(本題)인 「형님과 누나」만을 개제(改題)하고 본문은 쏙 갓치 벗겨 노핫"[18]다고 한 것에 대한 반박이었다. 내용을 확인해 보면 다음과 같다.

**형님과 누나**
새글회 황순원

아츰햇님 방긋이
　　　　솟아오를째
압마당 언덕우로
　　　　물동이니고
울누나 타박타박
　　　　올나옵니다

저녁해님 빙그레
　　　　도라를갈제
뒤산밋 곱은길로
　　　　나무짐지고
울형님 살랑살랑
　　　　나려옵니다[19]

---

**18**　평양 사설 조선문단 탐정국, 「동무소식」, 『매일신보』, 1931.4.21.

**19**　새글회 황순원, 「형님과 누나」, 『매일신보』, 1931.3.29.

### 언니와 옵바

광파생

붉은해가방긋이
　　　　솟아오를째
압마당언덕우로
　　　　물동이니고
울언니 타박⌒
　　　　올나옵니다

붉은해가핑그레
　　　　넘어를갈째
뒷동산곱은길로
　　　　나무짐지고
울옵바 살랑⌒
　　　　나려옵니다 싯[20] (밑줄 필자)

　두 작품은 밑줄 친 부분과 같이 자구상 약간의 수정이 있을 뿐인 동일 작품이다. 이 시기에 『매일신보』에 동요 작품을 발표한 이로 '托波生'은 없다. 당시 신문과 잡지에 흔했던 오식으로, '狂波生'의 오자(誤字)가 분명하다. 그렇다면 황순원의 다른 필명으로 '狂波生'이 있다는 것도 알 수 있다. '生'은 흔히 이름 뒤에 덧붙이기도 하므로 쉽게 이해된다. 그러나 복잡한 문제가 하나 있다.

---

20　광파생(狂波生), 「언니와 옵바」, 『매일신보』, 1931. 4. 17.

◀편집부의 여러 선생님! 저는 귀보 독자가 된 지도 오래 되엇습니다. 그러나 선생님들께 인사 못 들인 것이 죄송하나이다. 그런데 저의 졸작인 「봄 맞는 참새」라는 동요가 본보 25일 지면에 발표되엇습니다. 그런 것이 27일 지면에는 저의 본명으로 쏘 발표되엇습니다. 이것은 나의 잘못으로 원고 상중(相重)되여 그러케 되엇사오니 편집선생님께와 독자제위에게 서량(恕諒)을 바라는 바입니다. (黃順必)[21] (밑줄 필자)

위의 내용을 확인해 보면 다음과 같다.

### 봄 맞는 참새
광파생

오늘아츰 집웅우에
　　　　참새쎄들이
해바래기 옹긔종긔
　　　　모혀안저서
지난겨을 추윗다고
　　　　애기합니다

추운겨을 다지나고
　　　　새봄온다고
깃을드러 새집들을
　　　　쑤려대면서
봄햇볏이 짜스타고

---

21　황순필(黃順必), 「동무소식」, 『매일신보』, 1931. 5. 6.

노래합니다[22]


### 봄 맞는 참새

황순필


오늘아츰 집웅우에
　　참새떼들이
옹긔종긔 해바래기
　　모혀안저서
지난겨을 추윗다고
　　애기합니다

추운겨을 다지나고
　　새봄온다고
깃을드려 새집을
　　쑤려내면서
봄벼치 짜스타고
　　노래합니다[23] (밑줄 필자)


밑줄 친 부분과 같이 약간의 자구 수정 외에 두 작품은 완전 동일하다. 그런데 이틀 사이로 발표된 작품의 지은이는 '狂波生'과 '黃順必'로 서로 다르다. 황순원이 '狂波生'은 자신의 다른 이름이라고 먼저 밝혔

---

22　광파생(狂波生), 「봄 맞는 참새」, 『매일신보』, 1931.4.25.
23　황순필(黃順必), 「봄 맞는 참새」, 『매일신보』, 1931.4.27.

는데, 다시 황순필이 '狂波生'을 두고 자신의 이름이라고 하였으니 혼란스러운 것이다. 그런데 일제강점기를 통틀어 『매일신보』에 '黃順必'이란 이름으로 발표된 동요(동시) 작품은 「봄 맛는 참새」 이외에는 없다. 황순필은 황순원의 친동생이고, 일제강점기에 윤복진(尹福鎭) 등의 경우처럼 동생의 이름으로 작품을 발표한 다른 예도 더러 있어[24] '狂波生' 또한 황순원으로 보는 것이 맞겠다. 「잠든 거지」(狂波生; 『매일신보』, 1931.7.16)와 「잠자는 거지」(黃順元; 『아이생활』, 1931년 7월호)가 동일한 작품인 것으로 보아도 '狂波生'이 황순원임은 의심할 필요가 없겠다. '黃狂波'는 '狂波'에 황순원의 성(姓)을 덧붙인 것이어서 당연히 황순원의 필명임을 인정할 수 있을 것이다. 그리고 '黃順元'의 「격정 마세요」(『매일신보』, 1931.7.3)와 '黃狂波'의 「걱정 마세요」(『신소년』, 1931년 11월호, 46쪽.)가 동일한 작품인 점과, '黃狂波'의 「잠자는 거지」(『매일신보』, 1931.7.1)와 '黃順元'의 「잠자는 거지」(『아이생활』, 1931년 7월호)가 동일한 작품이라는 것, 그리고 '黃順元'의 「문들네꼿」(『매일신보』, 1931.4.10)과 '狂波'의 「문들레꼿」(『중앙일보』, 1932.4.17)이 동일한 내용인 것도 '黃順元'과 '(黃)狂波'가 동일인임을 입증할 근거라 할 것이다.

이상을 종합하면, 『매일신보』, 『중앙일보』, 『신소년』 그리고 『동요시인』에 '狂波(黃狂波)' 또는 '狂波生'이란 이름을 사용한 사람은 모두 황순원이라고 보는 것이 옳겠다.

'狂波'가 모두 황순원은 아니다. 『시대일보』에 '狂波' 및 '金鷄舍에서 狂波'란 이름으로 발표된 「인간살이의 선물」(1924.11.17), 「빈민굴의 생활기」(1924.11.24), 「월급 타든 날」(1924.12.22), 『매일신보』에 발표된 「신

---

**24** 류덕제, 「일제강점기 아동문학가의 필명 고찰」, 『아동청소년문학연구』 제19호, 2016, 96쪽.

유(辛酉)의 소감」(1921.1.9)은 '狂波 崔國鉉'의 작품이고, 「시가 순회기」(1925.10.8), 「여로의 잡감(전3회)」(1925.10.9~11)은 '醴泉 鄭狂波'의 작품이다. 『조선일보』에 '狂波生', '狂波', '崔狂波' 등의 이름으로 발표한 「서유잡감(西遊雜感)」, 「북로편편(北路片片)」 등은 1920년, 1923년에 발표한 작품인지라 나이로 보더라도 1915년생인 황순원의 작품일 리가 없고, 성씨마저 '崔'이므로 황순원과는 무관한 게 분명하다.

1930년대에 '關鳥', '黃關鳥', '황관조'란 이름으로 다수의 동요 작품을 발표한 이가 있다.

> 황관조(黃關鳥) 또는 관조(關鳥)란 필명으로 작품을 발표한 이가 황순원일 개연성이 있다. 당시 황 씨 성을 가지고 동시를 발표한 이로 황찬명(黃贊明)이 있으나 5편의 작품 발표에 그치고 있어서 그의 다른 필명으로 보기 어렵다. 반면, 황순원이 동시 작품을 집중 발표할 1931년에 바로 이어진 1932년에 들어 황관조 또는 관조의 이름으로 된 동시 작품이 자주 보이는 점으로 미루어, 황순원이 또 다른 필명을 써서 동시 작품을 발표하지 않았나 하는 의구심을 가질 수 있다. 앞으로 사실 여부를 가릴 자료의 확보가 필요하다.[25] (밑줄 필자)

박경수의 주장인데, 일제강점기 신문에 발표된 동요(동시) 작품을 망라해서 살펴본 적이 있는 바, 직관적으로 '關鳥'가 '黃順元'일 개연성이 있다는 주장이다.

1930년대 초반 '황' 씨 성을 가진 이로 동요 작품을 발표한 사람은, '荒土香', '黃聖秀', '黃順萬', '黃順必', '황성숙', '黃元福', '黃贊明', '黃春'과 '黃順元', '(黃)關鳥' 등이 있다. 이 가운데 주로 『매일신보』에 작

---

**25** 박경수, 『아동문학의 도전과 지역맥락』, 국학자료원, 2010, 228쪽.

품을 발표한 사람은 '黃順元', '黃闊鳥'가 가장 많다. 다른 사람의 경우 많아야 5편 내외다. '黃順萬'은 황순원의 첫째 동생이고, '黃順必'은 둘째 동생이다. '黃順萬'의 작품은 「가랑닙」과 「눈사람」 두 작품이 확인되는데, 「눈사람」이 발표된 지면에는 '黃順必'의 「봄 맛는 참새」도 동시에 게재되었다. 1932년경, '평양 숭실(崇實)'에 재학 중인 '黃聖秀'는 『매일신보』에 2편의 작품을 싣고 있을 뿐이다. 곡천(谷泉) 황찬명(黃贊明)은 황순원의 숙부(叔父)다. 황순원의 작품을 표절한 적이 있음을 고백하기도 하였다.

편집 선생님! 기간(其間) 안녕하십닛가? 그리고 여러 동무쩨서도 강건한지요? 그런데 한마듸 말삼드릴 것은 본월(5월) 1일 동요란에 「봄바람」이라는 동요가 나의 호 곡천(谷泉)으로 발표되엿습니다. 그리고 본월 6일에는 본명으로 「누나 생각」과 「할미쏫」이라는 동요가 쏘 발표되엿습니다. 이것은 나의 작품이 아니라 나의 질(姪)인 황순원 군의 작품인데 내가 군에게 물어보지도 안코 내 일홈으로 본보에 투고하엿든 것이 발표되엿싸오니 편집 선생님과 여러 동무쩨서는 이놈을 용서하서서 순원(順元) 군의 작품으로 알어주시기를 바랍니다. 더욱이 「할미쏫」이라는 것은 전일 순원(順元) 군의 일홈으로 발표되엿든 것이올시다. 서량(恕諒)을 바랍니다. (황찬명)[26] (밑줄 필자)

황순원의 첫 작품인 「누나 생각」과 열흘 뒤에 발표된 「할미쏫」을 표절하여 발표한 것이다. 그 외에 『매일신보』에 「고양이와 쥐」(1932.4.21), 「봄」(1932.5.15), 「고향」(1932.5.17), 「강아지」(1932.5.21), 「봄바람」(谷泉; 1931.5.1), 「달」(谷泉生; 1931.5.7), 「송아지」(谷泉生; 1932.4.16), 「고동」(谷泉生;

---

**26** 황찬명(黃贊明), 「동무소식」, 『매일신보』, 1931.5.13.

1932.5.17) 등 8편의 작품을 발표하였을 뿐이다. 황찬명과 황순만 그리고 황순필은 황순원의 지근거리에서 함께 동요 창작 등 소년 문예활동을 한 것으로 짐작된다. 그러다 명예욕과 발표욕으로 별다른 문제의식 없이 그중 작품 창작에 능력을 보인 황순원의 작품을 적당히 수정하여 자신들의 이름으로 발표하기도 한 것이 아닌가 싶다.

본명으로는 한두 편의 작품을 발표하고, 30편이 넘는 작품을 '關鳥'라는 필명으로 발표한다는 것은 가능성이 희박하다. 따라서 다수의 동요 작품을 발표하던 사람이 같은 지면에 동일인의 작품을 게재하기 곤란한 점 때문에 '關鳥'라는 필명을 사용한 것이라 보는 것이 자연스럽다.

1930년대 평양(平壤)을 중심으로 한 소년문예단체 가운데 황순원이 관여한 것은 <새글회(평양새글회)>, <글탑사> 그리고 <동요시인사> 등이다. 「수양버들」(『동아일보』, 1931.6.7)은 '평양글탑사 關鳥'의 작품인데, 「봄 싹」(『동아일보』, 1931.3.26)의 지은이는 '평양글탑사 황순원'이다. 일제 강점기 소년문예단체는, 김춘강(金春岡)의 예에서 보듯이 투고자 "이름 위에 당호를 붙이거나 사명을 붙(名前ノ上ニ堂號ヲ附ケタリ又ハ社名ヲ附ケタリシマスカラ)"[27]이는 경우가 흔했다. <글탑사> 또한 이 이름으로 활동한 사람이 신문과 잡지를 통틀어 '關鳥'와 '黃順元' 이외에는 더 이상 확인되지 않는 것으로 보아, 이 두 사람은 동일인이며 <글탑사>는 임의로 붙인 이름이 아닌가 생각된다.

이들을 동일인으로 보는 근거는 『동요시인』에서도 발견된다. 『동요시인』은 <동요시인사>에서 발행한 동인지이다. 창간호(5월호)가 1932년 4월 초에, 2호(6월호)는 1932년 5월, 제3호(7-8월 합호)가 1932년 8월

---

**27** 국사편찬위원회 한국사데이터베이스, 「金福童訊問調書」, 『韓民族獨立運動史資料集 47』

초 등 도합 4호가 발간되고 폐간되었다.[28] 이 잡지는 남궁랑(南宮琅=南宮人), 황순원, 김조규(金朝奎), 고택구(高宅龜), 김동선(金東鮮=金桐船), 전봉남(全鳳楠), 이승억(李承億), 박태순(朴台淳), 손정봉(孫正鳳) 등이 발기하였고, 황순원의 권유로 양춘석(梁春錫=春夕)이 편집 겸 발행인을 맡았다고 한다. 기사에 따라 김대봉(金大鳳=金抱白)이 포함되기도 한다. 양가빈(梁佳彬)의 말에 따르면, "동인(同人)을 비롯하야 일반 투고가들의 작품을 지면이 허하는 한까지는 안데판단적으로 실"었다고 한다. '안데판단'은 프랑스어 '앵데팡당(Indépendants)'에 해당하는 일본어 'アンデパンダン'으로, 무심사 전람회(無審査展覽會)라는 뜻인데 '투고 작품을 심사 없이 수록한다.'는 의미로 보면 될 것이다. 신진뿐만 아니라 "양주동(梁柱東), 김안서(金岸曙), 황석우(黃錫禹), 박고경(朴古京), 이규천(李揆天), 전춘호(田春湖), 채송(蔡松), 한태천(韓泰泉) 외 수 씨의 지도적인 논문도 호마다" 실었다고 한다.[29]

고여성(高麗星)이 『동요시인』(제2호)을 읽고 쓴 평론[30]에 의하면, 위의 동인들 이외에도 다수의 소년문사들 이름이 보인다. 황순원의 경우 제2호에만 한정해도 「소낙비」(晩崗), 「동생아」(黃順元), 「엄마 참말인가요」(狂波)를 서로 다른 이름으로 싣고 있다. 그런데 같은 호에 「봄밤」이란 작품을 투고한 이는 바로 '關鳥'다. 『동요시인』의 경우 "동인의 대개는 호마다 멧 편식의 원고나 썻슬 뿐이고 멧멧 개인의 손으로 『동요시인』

28  「(신간소개)동요시인(5월 창간호)」(『동아일보』, 1932.4.6), 「(신간소개)동요시인(6월호)」(『조선일보』, 1932.5.22), 「(신간소개)동요시인(7-8월 합호)」(『동아일보』, 1932.8.7), "창립된 지 불과 1개년의 역사와 제4호까지의 잡지를 세상에 내노코 『동요시인』 활동도 종막을 내리우고 말엇다."(양가빈, 『동요시인』 회고와 그 비판(2), 『조선중앙일보』, 1933.10.31) 참조.

29  양가빈, 『동요시인』 회고와 그 비판(1), 『조선중앙일보』, 1933.10.30.

30  여성(麗星), 『동요시인』 총평－6월호를 닑고 나서(전7회), 『매일신보』, 1932.6.10~17.

을 조종하얏든 만큼 명실 동인잡지에 불과"[31]하다는 데서 단서를 찾아볼 수 있다. 동인들이 몇 편씩 작품을 수록하였다는 사실과, 몇몇 개인이 『동요시인』을 조종하였다면 발행인인 양춘석과 그를 발행인이 되도록 권유한 황순원이 이에 해당할 가능성이 크다. 동요시인사는 "평양 신진 문예청년들로 조직"[32] 되었으니 중심인물이 주도하였을 것이다. 동요시인사의 주소는 "평양부 경창리(景昌里) 20번지"[33]이다. 그런데 이 주소는 황순원의 주소와 일치한다.

> ◀ 노익형(盧翼炯) 형님! 감사하나이다. 변々치 못한 사람의 주소
> 까지 물어주시니까. 제의 주소는 평남 평양부 경창리 이십 번
> 지올시다. 서로 주소만 알어두지 말고 끈임업시 통신이 잇기를
> 바랍니다. (黃順元)[34] (밑줄 필자)

이러한 추정과 사실 확인을 종합해 볼 때, 주요 동인들의 경우 아무래도 여러 편의 작품을 수록하였고, 같은 이름으로 여러 편의 작품을 싣는 것을 꺼려 여러 가지 필명을 사용했을 가능성이 크다.

<글탑사>, <동요시인사> 등의 동인 활동에서 '關鳥'는 황순원과 겹친다. '黃順元' 또는 '狂波'란 이름으로 작품을 발표할 경우 작품의 말미에 '柳京서', '浿城서', '西京에서' 등을 자주 붙였다. '유경', '패성', '서경'은 모두 평양(平壤)의 다른 이름이다. '關鳥'의 경우 「달」의 말미에 '浿城서'라 한 바 있다. '패성(浿城)'은 흔히 쓰는 단어가 아니어서 다른

---

**31** 위의 글, 1933.10.31.

**32** 「동요시인사 창립」, 『동아일보』, 1932.2.22.

**33** 「평양에서 『동요시인』 발간─투고를 환영한다고」, 『조선일보』, 1932.2.11.

**34** 「동무소식」, 『매일신보』, 1931.6.11.

동요 작가가 쓴 예를 찾기 어렵다. '黃順元'의 이름으로 발표한 「칠성문(七星門)」, 「송아지」, 「고동」의 말미에 '浿城(에)서'라 하였고, '狂波'란 이름으로 발표한 「아침」의 말미에도 '浿城서'라 하여 이 또한 '관조(關鳥)'가 '광파(狂波)', '황순원(黃順元)'과 같은 사람이라는 근거 중의 하나라 할 수 있을 것이다. 그리고 '關鳥'의 아동문학 작품 활동 시기도 황순원과 같이 1931~1932년 전반에 국한된다.

방증 자료로 볼 수 있는 것을 하나 더 덧붙이면, 황순원을 잘 아는 고여성(高麗星)이 '關鳥'의 「봄밤」을 두고 "음수율의 폐해 무익 내지는 도리혀 작품에 손실을 초래하는 것을 잘 이해"[35]한 것이라 하였다. 황순원의 작품 가운데 「봄샘물-현동요의 음률구속에서 버서나며」(狂波; 『중앙일보』, 1932.3.14)와 「비오는 밤-구속음률을 쩌나서」(狂波; 『중앙일보』, 1932.4.4) 두 편의 부제(副題)가 '구속음률(拘束音律)' 탈피에 관한 것이다. '關鳥'나 '狂波'란 필명으로 발표한 작품을 통해, 황순원은 당시 동요의 지나친 음수율 중심의 음률 구속으로부터 탈피할 것을 고민했다고 볼 수 있다. 이상과 같은 이유를 종합해 볼 때, '(黃)關鳥'는 황순원의 다른 필명으로 보인다.


### 3. 황순원의 아동문학 작품연보

황순원의 아동문학 작품을 확정하기 위해 작품연보를 작성하려면 몇 가지 어려움에 맞닥뜨리게 된다. 모든 작품연보가 그렇듯이 다양한 발표매체를 모두 확인해야 하는 어려움인데, 이는 연구자의 노력으로 극복해야 하고 또 할 수 있다. 문제는 비평이나 기사 등을 통해 작품 발

---

**35** 여성(麗星), 「『동요시인』 총평-6월호를 닑고 나서(3)」, 『매일신보』, 1932.6.14.

표 사실은 확인되나 매체의 산일(散佚) 때문에 작품의 실체를 확보할 수 없는 경우이다. 둘째는 일제강점기 대부분의 문인들이 그렇듯이 여러 개의 필명을 사용한 경우 이를 확인하는 작업의 어려움이다. 덧붙여 당시 출판계에서 흔했던 오식(誤植)의 감별 또한 만만찮은 작업을 요구한다. 셋째는 갈래에 대한 판단이다. 작가 자신과 매체 편집자 그리고 연구자가 내용이나 형식으로 보아 시(詩)나 소설(小說)이라고 할 때 아동문학의 범주에서 제외되어야 한다. 대체로는 분명하지만 부분적으로 모호한 것이 없지 않다.

황순원의 작품이 수록된 매체 가운데 『동요시인』이 있음은 앞에서 보았다. 창간호(1932년 5월호)에만 해도 "동요의 감상(작법강화), 동요, 동화 60여 편 만재"[36]라 하니 황순원의 작품 또한 다수가 있을 것이나, 잡지 소재가 밝혀지지 않아 현재로선 그 전모를 알 수 없다. 제2호(1932년 6월호)에 수록된 황순원의 작품은 간접적으로 '만강(晩崗)의 「소낙비」, 황순원의 「동생아」, 관조의 「봄밤」, 광파의 「엄마 참말인가요」' 등 4편이 확인되나 원문은 역시 알 수 없다.[37] "창립된 지 불과 1개년의 역사와 제4호까지의 잡지를 세상에 내노코 『동요시인』 활동도 종막"[38]을 내렸다고 하는 데서 제4호까지 발간된 것을 알 수 있을 뿐이다. 이를 모두 확인하면 황순원의 더 많은 작품을 찾을 수 있을 것이다.

갈래 난에 표시한 '동요' 혹은 '동시'는 당대 신문과 잡지 등 매체의 표기를 따랐다. 표기가 없을 경우 당대의 관행을 따라, 정형률을 유지하면 '동요' 그렇지 않으면 '동시'라 하였다. '소년시', '소년소설', '소년수필' 등은 해당 매체의 표기를 따랐다. 논란의 여지가 있는 것은 '동시'

---

**36** 「(신간소개)동요시인(5월 창간호)」, 『조선일보』, 1932. 4. 8.

**37** 여성(麗星), 「『동요시인』 총평－6월호를 넑고 나서(전7회)」, 『매일신보』, 1932. 6. 10~17.

**38** 양가빈(梁佳彬), 「『동요시인』 회고와 그 비판(2)」, 『조선중앙일보』, 1933. 10. 31.

로 분류한 「묵상(默想)」이다. 「묵상」은 내용으로 보아 동시라 해도 무리가 없을 것이나, 뒷날 전면 개정하여 『(황순원전집 11) 시선집』에 수록하였기 때문에 시라고 할 수도 있을 것이다. 「불어진 칼을 드나니」(『중앙일보』, 1932.4.3)는 소년시의 범주에 포함할 수도 있겠으나, '신시(新詩)'라 명기한 해당 매체의 의견을 고려해 제외하였다.

「단시(短詩) 삼편(三篇)(「바람」, 「저녁」, 「달빛」)」(『매일신보』, 1931.5.15)은 내용이나 형식을 종합해 '동시'로 분류하였다. 이 작품의 말미에는 '-이 3편의 시를 낫모르는 김재승(金在勝) 형님씌 드리나이다-'라 하였다. 말미의 추기는 '영암(靈巖) 김재승(金在勝)'이 「봄비 오는 날」(『매일신보』, 1931.4.29)이란 잡문 말미에 '-이 글은 새글회 형님들께 올립니다-'라 한 것에 대한 응답임을 알 수 있다. 황순원은 <새글회>의 동인으로 중심적 역할을 하였고, <새글회>가 소년문예단체인 점을 두고 볼 때, 이 작품들을 아동문학의 범주에 포함하는 것이 옳다고 판단된다.

'황순원의 필명' 항에서 밝혔지만, 김종회는 '황순원 발굴작 목록 1'에서 '狂波(黃狂波)'란 이름으로 발표된 많은 작품들을 하나도 수습하지 않았다. 황순원의 초기 동시에 주목한 강정구 또한 김종회의 목록을 그대로 따랐기 때문에 작품연보 작성에 아무런 진전이 없다. 김종회가 '판독불가'라 하여 10편의 동요와 시를 제시해 놓았는데,[39] 판독이 가능함에도 확인하지 않았을 뿐만 아니라 오류까지 그대로 답습하고 있다. 「눈 내리는 밤」(『중앙일보』, 1932.2.28)은 황순원이 아니라 '黃聖秀'의 작품인데

---

**39** 김종회(『황순원 선생 1930년대 전반작품 대량 발굴』)가 원문을 확인할 수 없다고 했던 「졸업일」(31쪽)도 확인이 되고, '판독불가'(36쪽)라 했던 10편의 시(동요), 「송아지」, 「새봄」, 「눈 내리는 밤」, 「밤거리에 나서서」, 「새로운 행진」, 「거지애」, 「밤차」, 「찻속에서」, 「고독」, 「무덤」도 모두 확연하게 판독할 수 있다.

김종회의 오류를 답습하였다.[40]

최명표는 황순원의 필명으로 '狂波', '黃狂波', '狂波生' 등이 있다고 확인하였으나, '黃狂波', '狂波生'이란 이름으로 발표된 작품은 수습하였지만 '狂波'란 이름으로 발표된 작품은 수습하지 않았다. '狂波'를 '채규명(채택룡)'이라고 본 것이다. 참고로 채택룡의 문집에는 '狂波'란 이름으로 발표된 작품이 전혀 수록되어 있지 않다.[41]

오식의 문제는 여러 번의 교차 검토를 거치면 대개 확인이 된다. '關 ▇', '關烏'는 '關鳥'의 오식이 분명하다. 『매일신보』에 발표된 「석양」(1932.3.10), 「눈」(1932.4.14), 「심술쟁 언니」(1932.4.19), 「봄달」(1932.5.12)의 지은이가 '關烏'이지만 '關鳥'의 오식이다. 앞에서도 지적했듯이 관오(關烏)의 「눈」(關烏;『매일신보』, 1932.4.14)과 '관조(關鳥)'의 「눈」(關鳥;『매일신보』, 1932.5.4)이 동일작인 데서 알 수 있다. '晩岡'과 '晩崗'은 오식이라기보다 같은 글자를 달리 표기한 것이라 보면 될 것이다.

『어린이』, 『신소년』, 『아이생활』 등 황순원이 작품을 발표한 바 있는 잡지의 경우, 결락된 호수가 적지 않아 이들이 발견되면 황순원의 아동 문학 작품은 더 늘어날 가능성이 높다. 현재까지 확인된 황순원의 아동 문학(동요와 동시, 소년소설, 희곡, 소년수필) 작품은 총 126편에 달한다.

동요와 동시가 122편, 소년소설이 2편, 희곡 1편, 소년수필 1편이다. 발표 당시 작가명은 黃順元(황순원, 황순원), 狂波(黃狂波, 狂波生), 晩崗(黃

**40**  강정구, 「1930년대 초반의 황순원 동요·동시에 나타난 순수성 고찰」, 『한국아동문학연구』 제30호, 한국아동문학학회, 2016.5.
강정구, 「1930년대 황순원의 초기문학에 나타난 순수성 고찰」, 『비평문학』 제62호, 한국비평문학회, 2016.12.
강정구·김종회, 「1930년대의 황순원 동요·동시와 그 영향-순수문학의 기원과 형성을 중심으로」, 『한국아동문학연구』 제31호, 한국아동문학학회, 2016.12.

**41**  채택룡, 『채택룡문집』, 연변인민출판사, 2000, 306~315쪽.

晩崗), 關鳥 등이 있다. 黃順元(黃순원, 황순원)이란 이름으로 70편, 狂波(黃狂波, 狂波生)란 이름으로 16편, 晩崗(黃晩崗)이란 이름으로 5편, 關鳥(黃關鳥, 황관조)란 이름으로 35편이 확인된다. 도표로 나타내면 다음과 같다.

| 작가 | 작품명 | 갈래 | 수록지명 | 발표연월일 |
|---|---|---|---|---|
| 새글회 황순원 | 누나 생각 | 동요 | 매일신보 | 1931.03.19 |
| 평양 글탑사 황순원 | 봄 싹 | 동요 | 동아일보 | 1931.03.26 |
| 새글회 황순원 | 형님과 누나 | 동요 | 매일신보 | 1931.03.29 |
| 새글회 황순원 | 할미꽃 | 동요 | 매일신보 | 1931.03.29 |
| 황순원 | 추억(전3회) | 소년소설 | 동아일보 | 1931.04.07~09 |
| 황순원 | 문들네꽃 | 동요 | 매일신보 | 1931.04.10 |
| 황순원 | 달마중 | 동요 | 매일신보 | 1931.04.16 |
| 광파생 | 언니와 옵바 | 동요 | 매일신보 | 1931.04.17 |
| 새글회 황순원 | 북간도 | 동요 | 매일신보 | 1931.04.19 |
| 광파생 | 봄 | 동요 | 매일신보 | 1931.04.24 |
| 광파생 | 봄 맞는 참새 | 동요 | 매일신보 | 1931.04.25 |
| 황순원 | 버들개지 | 동요 | 매일신보 | 1931.04.26 |
| 평양 새글회 황순원 | 비오는 밤 | 동요 | 매일신보 | 1931.04.28 |
| 황순원 | 봄날 시골길 | 동요 | 매일신보 | 1931.04.29 |
| 황순원 | 버들피리 | 동요 | 매일신보 | 1931.05.09 |
| 황순원 | 부모님 생각 | 동요 | 매일신보 | 1931.05.12 |
| 황순원 | 칠성문(七星門) | 동요 | 매일신보 | 1931.05.13 |

| 황순원 | 단시 3편<br>(「바람」, 「저녁」, 「달빗」) | 동시 | 매일신보 | 1931.05.15 |
|---|---|---|---|---|
| 황순원 | 우리 학교 | 동요 | 매일신보 | 1931.05.17 |
| 황순원 | 개골이 | 동요 | 매일신보 | 1931.05.19 |
| 황순원 | 하날 나라 | 동요 | 매일신보 | 1931.05.22 |
| 황순원 | 이슬 | 동요 | 매일신보 | 1931.05.23 |
| 황순원 | 별님 | 동요 | 매일신보 | 1931.05.24 |
| 황순원 | 할연화 | 동요 | 매일신보 | 1931.05.27 |
| 황순원 | 시골 저녁 | 동요 | 매일신보 | 1931.05.28 |
| 황순원 | 할머니 무덤 | 동요 | 매일신보 | 1931.06.02 |
| 황광파 | 물오리 | 동요 | 매일신보 | 1931.06.02 |
| 황순원 | 살구꼿 | 동요 | 매일신보 | 1931.06.05 |
| 평양 글탑사<br>관조 | 수양버들 | 동요 | 동아일보 | 1931.06.07 |
| 황순원 | 나 | 동요 | 매일신보 | 1931.06.07 |
| 황순원 | 회상곡 | 동요 | 매일신보 | 1931.06.09 |
| 황순원 | 봄노래 | 동요 | 매일신보 | 1931.06.12 |
| 황순원 | 갈닙 쪽배 | 동요 | 매일신보 | 1931.06.13 |
| 평양 황순원 | 종달이 | 동요 | 매일신보 | 1931.06.18 |
| 황순원 | 거지 아희 | 동요 | 매일신보 | 1931.06.19 |
| 평양 황순원 | 첫녀름 아츰 | 동요 | 매일신보 | 1931.06.19 |
| 황광파 | 우리 형님 | 동요 | 매일신보 | 1931.06.20 |
| 평양 황순원 | 나가자 | 동요 | 매일신보 | 1931.06.21 |

| 황순원 | 외로운 등대 | 동요 | 매일신보 | 1931.06.24 |
|---|---|---|---|---|
| 황순원 | 우리 옵바 | 동요 | 매일신보 | 1931.06.27 |
| 황순원 | 소낙비 | 동요 | 매일신보 | 1931.06.27 |
| 황순원 | 도회의 번민 | 소년수필 | 신소년 | 1931.06 |
| 황순원 | 종소래 | 동요 | 매일신보 | 1931.07.01 |
| 황광파 | 잠자는 거지 | 동요 | 매일신보 | 1931.07.01 |
| 황순원 | 단오 명절 | 동요 | 매일신보 | 1931.07.02 |
| 황순원 | 격정 마세요 | 동요 | 매일신보 | 1931.07.03 |
| 황순원 | 수양버들 | 동요 | 매일신보 | 1931.07.07 |
| 황광파 | 고향길 | 동요 | 매일신보 | 1931.07.07. |
| 황순원 | 딸기 | 동요 | 매일신보 | 1931.07.11 |
| 광파생 | 잠든 거지 | 동요 | 매일신보 | 1931.07.16 |
| 황순원 | 여름밤 | 동요 | 매일신보 | 1931.07.19 |
| 황순원 | 딸기 | 동요 | 동아일보 | 1931.07.19 |
| 황순원 | 모험 | 동요 | 매일신보 | 1931.07.21 |
| 황광파 | 첫여름 | 동요 | 매일신보 | 1931.07.28 |
| 황순원 | 잠자는 거지 | 동요 | 아이생활 | 1931.07 |
| 황순원 | 수양버들 | 동요 | 동아일보 | 1931.08.04 |
| 새글회 황순원 | 시골 밤 | 동요 | 매일신보 | 1931.08.29 |
| 황순원 | 버들개지 | 동요 | 매일신보 | 1931.09.05 |
| 황순원 | 꼿구경 | 동요 | 매일신보 | 1931.09.13 |
| 숭중 황순원 | 가을 | 동요 | 동아일보 | 1931.10.14 |
| 황순원 | 이슬 | 동요 | 동아일보 | 1931.10.25 |

| 황광파 | 걱정 마세요 | 동요 | 신소년 | 1931.11 |
|---|---|---|---|---|
| 황순원 | 나는 실허요 | 동요 | 신소년 | 1931.11 |
| 황순원 | 가을비 | 동요 | 아이생활 | 1931.11 |
| 황순원 | 송아지 | 동요 | 중앙일보 | 1931.12.23 |
| 숭중 황순원 | 묵상 | 동시 | 중앙일보 | 1931.12.24 |
| 만강 | 바다가에서 | 동요 | 중앙일보 | 1932.01.07 |
| 만강 | 허재비 | 동요 | 중앙일보 | 1932.01.17 |
| 황관조 | 못난이 | 동요 | 매일신보 | 1932.02.16 |
| 황순원 | 새봄 | 동요 | 중앙일보 | 1932.02.22 |
| 관조 | 어린 참봉 | 동요 | 매일신보 | 1932.02.24 |
| 관조 | 농부의 노래 | 동요 | 매일신보 | 1932.02.24 |
| 관조 | 별 하나 | 동요 | 매일신보 | 1932.02.26 |
| 황순원 | 나그네 | 민요 | 중앙일보 | 1932.02.28 |
| 만강 | 압바 생각 | 동요 | 중앙일보 | 1932.02.29 |
| 관조 | 봄이라고 | 동요 | 매일신보 | 1932.03.09 |
| 관조 | 석양 | 동요 | 매일신보 | 1932.03.10 |
| 황순원 | 봄밤 | 동요 | 동아일보 | 1932.03.12 |
| 광파 | 봄 샘물-현 동요의 음률구속을 버서나며 | 동요 | 중앙일보 | 1932.03.14 |
| 관조 | 봄마지 | 동요 | 매일신보 | 1932.03.15 |
| 황순원 | 살구꽃 | 동요 | 동아일보 | 1932.03.15 |
| 황만강 | 황소 | 동요 | 중앙일보 | 1932.03.20 |
| 황관조 | 어린 동생 | 동요 | 매일신보 | 1932.03.27 |

| 관조 | 봄 싹 | 동요 | 매일신보 | 1932.03.29 |
|---|---|---|---|---|
| 관조 | 집 직히는 날 | 동요 | 매일신보 | 1932.03.30 |
| 관조 | 봄바람 | 동요 | 매일신보 | 1932.03.31 |
| 관조 | 정월보름 | 동요 | 매일신보 | 1932.04.01 |
| 관조 | 헌 벤쏘곽 | 동요 | 매일신보 | 1932.04.02 |
| 관조 | 달 | 동요 | 중앙일보 | 1932.04.03 |
| 광파 | 아침 | 동시 | 중앙일보 | 1932.04.03 |
| 광파 | 비 오는 밤-구속음률을 써나서 | 동요 | 중앙일보 | 1932.04.04 |
| 황순원 | 봄이 왔다고 | 동요 | 동아일보 | 1932.04.06 |
| 관조 | 봄소식 | 동요 | 매일신보 | 1932.04.09 |
| 황순원 | 어머니! | 동시 | 중앙일보 | 1932.04.10 |
| 황순원 | 버들피리 | 동요 | 중앙일보 | 1932.04.10 |
| 황순원 | 고동 | 동요 | 중앙일보 | 1932.04.10 |
| 관조 | 무서운 꿈 | 동요 | 매일신보 | 1932.04.12 |
| 관조 | 외로운 밤 | 동요 | 매일신보 | 1932.04.14 |
| 관조 | 눈 | 동요 | 매일신보 | 1932.04.14 |
| 광파 | 할미꼿 | 동요 | 중앙일보 | 1932.04.17 |
| 광파 | 문들레꼿 | 동요 | 중앙일보 | 1932.04.17 |
| 관조 | 심술쏜 언니 | 동요 | 매일신보 | 1932.04.19 |
| 관조 | 우리 집의 봄 | 동요 | 매일신보 | 1932.04.21 |
| 관조 | 도회의 저녁 | 동요 | 매일신보 | 1932.04.25 |
| 황순원 | 졸업일 | 소년소설 | 어린이 | 1932.04 |

| 황순원 | 언니여- | 소년시 | 어린이 | 1932.05 |
|--------|---------|--------|--------|---------|
| 관조 | 겨을 밤 | 동요 | 매일신보 | 1932.05.01 |
| 관조 | 희망 | 동요 | 매일신보 | 1932.05.02 |
| 관조 | 눈 | 동요 | 매일신보 | 1932.05.04 |
| 관조 | 봄 달 | 동요 | 매일신보 | 1932.05.12 |
| 관조 | 방학날 밤 | 동요 | 매일신보 | 1932.05.22 |
| 관조 | 아츰 | 동요 | 매일신보 | 1932.05.30 |
| 관조 | 할미꼿 | 동요 | 매일신보 | 1932.06.02 |
| 관조 | 쌔여진 병 | 동요 | 매일신보 | 1932.06.12 |
| 관조 | 할미꼿 | 동요 | 매일신보 | 1932.06.12 |
| 관조 | 우리 형님 | 동요 | 매일신보 | 1932.06.15 |
| 황관조 | 새벽달 | 동요 | 매일신보 | 1932.06.15 |
| 관조 | 눈쓰는 녀름 | 동요 | 매일신보 | 1932.06.16 |
| 황순원 | 직공 생활(단막)(전3회) | 희곡 | 조선일보 | 1932.06.27~29 |
| 만강 | 소낙비 | 동요 | 동요시인 | 1932.06 |
| 황순원 | 동생아 | 동시 | 동요시인 | 1932.06 |
| 관조 | 봄밤 | 동요 | 동요시인 | 1932.06 |
| 광파 | 엄마 참말인가요 | 동시 | 동요시인 | 1932.06 |
| 황순원 | 봄노래 | 동요 | 신동아 | 1932.06 |

## 4. 황순원 작품에 대한 표절 논란과 당대의 평가

황순원의 작품에서 밝혀두어야 할 것은 이중게재와 표절의 문제이다. 일제강점기 아동문단에 빈발했던 이중게재 문제는 일차적으로는 작자 자신이 작품의 질적 개선을 목적으로 개작한 것일 수 있다. 내용이나 형식 곧 운율 등의 문제로 수정 후 재수록한 것들이 여기에 해당한다. 반면 작자의 발표욕 혹은 명예욕 때문에 개작과 무관하게 중복으로 게재한 경우도 적지 않다. 같은 작품을 여러 매체에 투고한 결과 동일한 작품이 그대로 발표되는 경우이다. 오늘날과 달리 교차 확인이 어려운 점을 이용해 작자 자신이 동일작을 서로 다른 시기에 다른 매체에 재투고하는 경우도 있었다. 황순원이 이중게재한 작품의 구체적 사례는 다음과 같다.

「형님과 누나」와 「언니와 옵바」는 같은 작품이다. 시제(詩題)가 바뀌고 약간의 자구 수정이 있다.

### 형님과 누나
새글회 황순원

아츰햇님 방긋이
　　솟아오를쌔
압마당 언덕우로
　　물동이니고
울누나 타박타박
　　올나옵니다
　　　　×
저녁해님 빙그레
　　도라를갈제
뒤산밋 곱은길로
　　나무짐지고
울형님 살랑살랑

나려옵니다

(『매일신보』 1931.3.29)


## 언니와 옵바

광파생

붉은해가방긋이
　　솟아오를째
압마당언덕우로
　　물동이니고
울언니타박〰
　　올나옵니다
　　　×
붉은해가핑그레
　　넘어를갈째
뒷동산곱은길로
　　나무짐지고
울옵바살랑〰
　　나려옵니다 씃

(『매일신보』 1931.4.17) (밑줄 필자)


　「할미꼿」(새글회 황순원)과 「할미꼿」(광파)도 같은 작품이다. '작년도'
가 '지난해도'로 수정되어 있을 뿐이다. 이 작품을 자구만 약간 수정해
표절한 것이 황찬명(黃贊明)의 「할미꼿」이다.

## 할미꼿

새글회 황순원

무덤엽양지쪽에
　　피인할미꼿
담숙히머리숙여
　　얼골감추고
벌나븨차저옴을
　　붓그러해요
　　　　×
작년도늙엇드니
　　올해도늙어
언제나일홈만은
　　늙어잇지만
마음만은젊어서
　　우슴만웃소

（『매일신보』, 1931.3.29）（밑줄 필자）

## 할미꼿

광파(狂波)

무덤엽 양지쪽에
　　피인 할미꼿
담숙히 머리숙여
　　얼골 감추고
벌나븨 차저옴을

붓그러 해요
··· ◇　◇ ···


지난해도 늙엇드니
올해도 늙어
언제나 일홈만은
늙어 잇지만
마음만은 젊어서
우슴만 웃소

(『중앙일보』 1932.4.17) (밑줄 필자)


## 할미꼿

황찬명


분묘엽양지쪽에
피인할미꼿
담숙히머리숙여
얼골감추고
벌나븨차저옴을
붓그러해요
×
년전도늙엇드니
이봄도그래
언제나할미꼿은
늙어잇지만
마음만은젊어서

아양부리죠

(『매일신보』, 1931.5.6) (밑줄 필자)

「문들네꽃」(黃順元; 『매일신보』, 1931.4.10)과 「문들레꽃」(狂波; 『중앙일보』, 1932.4.17)도 동일 작품이다. 「버들개지」(黃順元; 『매일신보』, 1931.4.26)와 「버들개지」(黃順元; 『매일신보』, 1931.9.5) 역시 동일 작품이다. '『엇지하여 늙엇나』돌녀주엇네'(4.26)가 '엇지하여 늙엇나 너훌거리네'(9.5)로 수정되었고 그 외는 미세한 글자 수정이 있을 뿐이다. 「버들피리」(黃順元; 『매일신보』, 1931.5.9)와 「버들피리」(黃順元; 『중앙일보』, 1932.4.10) 또한 미세한 자구 수정만 있을 뿐 같은 작품이다. 『중앙일보』 수록 작품은 편집상의 오류로 첫째 연 셋째 행의 뒷부분인 '엇재안오나'가 결락되어 있다. 「시골 저녁」(黃順元; 『매일신보』, 1931.5.28)과 「시골 밤」(새글會 黃順元; 『매일신보』, 1931.8.29)도 같은 작품이다. 1연 2행의 '법국새'가 '올뱀이'로 바뀐 것만 다르다. 「잠자는 거지」(黃順元; 『매일신보』, 1931.7.1), 「잠든 거지」(狂波生; 『매일신보』, 1931.7.16), 「잠자는 거지」(黃順元; 『아이생활』, 1931년 7월호, 54쪽.)는 드물게 동일작을 비슷한 시기에 세 번이나 반복해서 발표하였다. 3연 첫 행의 '둥근햇님'(7.1)이 이후 '햇빗츤(햇빗은)'으로 바뀐 정도이다. 「걱정마세요」(黃順元; 『매일신보』, 1931.7.3)와 「(특선동요) 걱정마세요」(黃狂波; 『신소년』, 1931년 11월호, 46쪽.), 「수양버들」(黃順元; 『매일신보』, 1931.7.7)과 「수양버들」(黃順元; 『동아일보』, 1931.8.4), 그리고 「짤기」(黃순원; 『매일신보』, 1931.7.11)와 「딸기」(黃順元; 『동아일보』, 1931.7.19)도 동일작이다.

「눈」(關烏; 『매일신보』, 1932.4.14)과 「눈」(關鳥; 『매일신보』, 1932.5.4)도 동일작이다. 이 작품은 2행 1연의 두 개 연으로 된 작품이어야 결구(結構)가 맞다. 그런데 1연은 2행이지만 2연이 3행으로 되어 있어, 뒤의 「눈」(5.4)은 2행으로 수정하여 운율과 형식상 정제미를 갖추게 하였다.

동요 「버들개지」와 소년소설 「추억(追憶)」은 당대에도 표절 의혹이 제기된 바 있다. 아래에서 당대에 제기되었던 황순원의 표절 논란을 살펴보도록 하겠다.

일제강점기 아동문단에서는 표절이 빈발했는데, 오늘날과 같이 표절에 대한 죄의식이 크지 않았던 것이 가장 큰 이유였다. 그리고 매체의 원고난과 소년문사들의 발표욕이나 명예욕이 결합한 것 또한 한몫하였다.[42]

「버들개지」(『매일신보』, 1931.4.26)와 「버들개지」(『매일신보』, 1931.9.5)는 앞에서 동일한 작품임을 확인하였다. 일부 자구를 수정하였으므로 개작이라 할 수도 있을 것이다. 그런데 문제는 이 작품이 정명걸(鄭明杰)의 「운암 햇날의 버들」과 비슷하다며 표절 의혹이 제기된 것이다.

▶ 황순원 군의 「버들개지」─ 전번에 황 군이 『소년조선』지(소화 3년 7월호)에 박홍제(朴弘濟) 씨가 쓴 소설 「어엽뿐 희생」을 「추억」으로 개제(改題)하야 자기의 창작처럼 버저시 발표한 것을 엇던 동무가 발견하고 동무소식란을 통하야 황 군을 몹시도 공격해 준 일이 잇섯다. 여긔에 이 작품도 『소년조선』지(昭和 四年 三月號)에 정명걸(鄭明杰) 군이 쓴 「운암 햇날의 버들」과 비슷하다는 것이다. (중략)
황 군의 이 작품은 평을 그만두고 제군의 생각에 막기여 버린다. 황 군도 다시금 반성하여 보라. 창작에 힘쓰기를 진심으로 권고한다.[43] (밑줄 필자)

---

**42** 류덕제, 「일제강점기 아동문학의 표절 양상과 원인」, 『한국 현실주의 아동문학 연구』, 청동거울, 2017, 120~226쪽.

**43** 백학서(白鶴瑞), 「매신(每申) 동요평─9월에 발표한 것(2)」, 『매일신보』, 1931.10.16.

원문을 확인해 보자.

### 운암 햇날의 버들
정명걸

시냇집에 큰처녀 버들의처녀
한자두자 존머리 갈갈이푸러
어름거울 노코서 단장하다가
그만이도 아차차 잠이들엇네

사르르 눈쪄보니 온머리백발
누가볼싸 북그러 잠잠잇다가
뒷집에 솔총각도 백발이니라
자긔신센 다닛고 방긋우섯네

(『소년조선』 1929년 3월호)

### 버들개지
황순원

버들개지 아씨는
　　　버들의처녀
초록치마 저고리
　　　쌔끗이닙고
물결거울 압헤서
　　　맵시내다가

자긔몰내 살근이
  잠이들엇네

다음봄에 눈쓰니
  윈머리휜털
누가볼가 붓그려
  머리숙이니
압집총각 솜나무
  칭々하여서
‘엇지하여 늙엇나’
  돌녀주엇네
  주 = 윈머리휜털이라는 것은 곳핀 것

(『매일신보』, 1931.4.26)

판박이로 동일한 작품은 아니나, 시상(詩想)이 비슷하고 표현 어구가 닮아 표절 의심을 받을 만하다. 황순원의 첫 작품은 1931년 3월 17세 때인 숭실중학교 학생 시절 발표한 「누나 생각」이다. 「버들개지」는 「누나 생각」을 발표하고 한 달 남짓 뒤에 발표한 것이다. 일제강점기 소년문사들이 막 문필 활동을 시작한 연령대와 대체로 일치한다. 명예욕과 발표욕이 표절 유혹을 부추겼을 것으로 보인다.

소년소설 「추억(追憶)」(『동아일보』, 1931.4.7~9) 또한 표절 의혹이 제기되었다. 간도(間島)의 김해림(金海林)이 적발하였는데, 그 내용은 다음과 같다.

◀ 미지의 동우(同友) 순원(順元) 군! 군이 매신(每申) 지상을 통하야 끈임업시 동요를 써 줌에는 이국산하의 청의족(靑衣族)으로 벗 삼어가는 모-든 동무들은 날로 진전되여 가는 현하 조선소

년문단의 동요계를 축하하는 동시에 군의 장래를 촉망할 싸름
이다. 친애하는 미지의 벗 순원 군! 군이 멧 달 전 『동아일보(東
亞日報)』 지상을 통하야 「추억」이란 제목하에 소년소설을 쓰
지 안엇나? 그 소설을 꿋짜지 본 나는 멧 해 전에 『새벗』인가?
『소년조선』인가?' 하여튼 소년잡지에서 「희생(犧牲)」이란 소
설을 본 것과 죽음도 틀님업는 것을 깨달을 쌔 「희생」의 원작
자가 군이 아니엿음은 명백함에도 불구하고 군이 웨? 전자의
작 그대로 제목을 곳처 전재하엿을가 하는 것이 의문이엿다.

(하략) (間島 南陽城에서 金海林)[44] (밑줄 필자)

김해림의 지적이 있고 한 달여 뒤에, 앞의 인용에서 보았듯이 백학서
(白鶴瑞)도 "박홍제(朴弘濟) 씨가 쓴 소설 「어엽쓴 희생」을 「추억」으로 개
제하야 자기의 창작처럼 버저시 발표한 것을 엇던 동무가 발견하고 동무
소식란을 통하야 황 군을 몹시도 공격해 준 일"이 있었다고 한 바 있다.

김해림이 「희생」이라고 한 작품은, <근우회(槿友會)>를 창립한 정종
명(鄭鍾鳴)의 아들 박홍제(朴弘濟)가 쓴 「어엽쓴 희생」(『소년조선(少年朝鮮)』
제4호, 1928년 6~7월 합호, 1928.7.1 발행, 15~24쪽.)이다. 「어엽쓴 희생」과 「추
억」은 '명식'을 '영일'로 '뎡희(정희)'를 '경숙'으로 등장인물의 이름을
바꾼 것과, 지명과 학교 이름을 서울 교외 P고보에서 평양의 모 중학교
로 바꾼 것 이외에는 동일하다. 서술상 문장의 첨삭이 더러 있을 뿐 플
롯과 서사는 완전 동일하다. 김해림의 말마따나 '죽음도 틀님업'다 해도
과언이 아니다. 「형님과 누나」를 둘러싼 표절 논란에는 같은 '동무소식'
난을 통해 반론했던 황순원이 「추억」에 관한 김해림의 지적에는 아무런
대응이 없었다. 사실상 표절을 시인한 것이다. 따라서 이 작품을 황순원

---

**44** 김해림, 「동무소식」, 『매일신보』, 1931.9.9.

의 작품이라 할 수 없다. 더구나 권영민이 "황순원 선생의 첫 번째 소설은 이번에 발굴한 단편소설 「추억(追憶)」이라고 할 수 있을 것"[45]이라 한 평가도 철회되어야 한다. 권영민이 「추억」을 '황순원 선생의 첫 번째 소설'이라 한데 비해, 최배은은 "황순원의 첫 작품 「추억」"이라 하고 "연보의 오류를 바로잡"[46]는다 하였다. 첫 작품이 아니므로 연보의 오류를 바로잡을 일도 없고, 따라서 이 또한 철회되어야 할 주장이다.

설송아(雪松兒)는 일제강점기의 아동문학가들을 다음과 같이 세 부류로 나누었다. 첫째 프롤레타리아 아동문학가이고, 둘째 근로소년을 대변하는 아동문학가, 셋째는 "자연과 춤추며 깁분하소 슲흔하소 본 대로 늣긴 대로 자유롭게 아름답게 고웁게 어엽부게 끄리김 없이 그려 내여 운전해 나온 일파(一派)"[47] 곧 동심주의 아동문학가이다. 이 가운데 황순원을 동심주의 아동문학가로 분류하였다. 첫째와 둘째가 엄격하게 구분되지 않는 점과, 해당 부류로 분류된 아동문학가들에 동의하기 어려운 점 등이 있다. 황순원의 경우도 작품 전체를 꼼꼼히 살펴보면 설송아의 분류를 그대로 따르기 어렵다. 다수의 작품이 동심을 그린 것들이지만 그에 상응할 정도로 당대의 현실을 날카롭게 포착한 작품들이 다수 있기 때문이다. 따라서 황순원은 곧장 동심, 순수라고 등식화하는 것은 잘못된 선입견에서 비롯된 것이다. 그렇다고 이를 두고 '계급주의 경향의 작품'이라 평가한 강정구의 시각 또한 지나치다.[48] 1930년대 『별나

**45** 권영민, 「새로 찾은 황순원 선생의 초기 작품들」, 『문학사상』 제453호, 2010, 57쪽.

**46** 최배은, 「황순원의 첫 작품 추억 연구」, 『한국어와 문화』 제12집, 숙명여자대학교 한국어문화연구소, 2012, 105쪽.

**47** 설송아(雪松兒), 「1932년의 조선소년문예운동은 엇더하엿나」, 『소년세계』 제3권 제12호, 1932년 12월호, 3쪽.

**48** 강정구, 「1930년대 초반의 황순원 동요 동시에 나타난 순수성 고찰」, 『한국아동문학

라』, 『신소년』, 『어린이』에 발표된 동요(동시)와 동요집 『불별』에 수록된 계급주의 동요(동시)작품에 견주어 보면 지나친 확대해석임이 분명하다.


## Ⅲ. 맺음말

소설가로 잘 알려진 황순원은 소년문사 시절 다수의 아동문학 작품을 남겼다. 동요(동시)가 대부분이지만, 소년소설과 희곡도 있어 왕성하게 아동문학 활동을 한 것으로 확인된다.

황순원의 아동문학에 대한 연구를 통해 다음 몇 가지를 명확하게 밝혔다. 지금까지 논란이 되었던 황순원의 등단작을 분명히 하였다. 다음으로 황순원의 작품 전모를 확인하기 위해서는 그가 사용했던 필명을 밝혀야 했다. 황만강(만강), 황광파(광파, 광파생), 그리고 황관조(관조) 등이 황순원의 필명임을 확인하였다.

이를 바탕으로 황순원의 아동문학 작품을 목록화하여 전모를 확인할 수 있도록 하였다. 작품연보를 통해 볼 때, 황순원은 지속적으로 작품을 개작하여 다듬었고 더러는 단순히 이중게재한 것도 없지 않았다. 당대 소년문사들에게 흔한 일이었듯이 황순원도 다른 사람의 작품을 표절한 사례가 있다. 이를 분명히 밝혀야 하는 이유가 있다. 소년소설 「추억」이 표절 작품임에도 작가론적 또는 작품론적으로 과중평가되어 지나치게 의미가 부여된 것을 바로잡아야 하기 때문이었다.

이상과 같은 연구결과는 향후 황순원의 아동문학을 연구할 때 중요한 토대가 될 것이다. 나아가 황순원의 작가론 연구에도 상당한 영향을

연구』 제30호, 한국아동문학학회, 2016.5.

미칠 것으로 판단된다. 황순원의 아동문학 작품에 대한 구체적 연구는 후속 작업을 약속한다.

# 4장 / 황순원의 소년소설 「추억」

## I. 머리말

한 작가를 온전히 평가하기 위해서는 무엇보다 먼저 그 작가의 모든 작품에 대한 면밀한 자료 조사가 필수적이다. 언제 무슨 작품을 발표했는지에 대한 객관적 사실을 확인하지 않고 해석하거나 평가하는 것은 오류 가능성이 높다.

지금까지 황순원에 대한 연구는 1931년 7월에 발표한 시 「나의 꿈」을 등단작으로 친다. 그러나 이는 황순원이 남긴 아동문학 작품을 확인하지 않은 탓이다. 황순원의 아동문학 작품은 1931년 3월에 발표한 동요 「누나 생각」을 시작으로 1932년 6월에 발표된 「봄노래」까지 도합 120편이 넘는다. 따라서 「나의 꿈」보다 4개월이나 앞서 발표한 작품이 있는 마당에 「나의 꿈」을 등단작이라 하는 것은 옳지 않다.

소설을 기준으로 할 때 황순원의 첫 작품은 1937년 7월에 발표한 「거리의 부사(副詞)」로 보는 것이 일반적이었다. 그러다 권영민이 1931년 4월에 발표된 「추억」을 발굴해 황순원의 첫 번째 소설이라 하였다. 6년이나 앞서 발표한 소설이므로 시기로 볼 때 이 주장은 당연한 것으로 보였다. 이어서 최배은은 「추억」을 황순원의 첫 작품으로 자리매김하면서 나아가 연보의 오류를 바로잡아야 한다고 주장하였다.

이러한 주장은 객관적 사실인 작품의 발표 시기를 바탕으로 판단한 것이어서 아무런 문제가 없는 것처럼 보인다. 그러나 황순원의 소년소설 「추억」이 표절 작품이라면 이러한 판단은 유지될 수 없다. 「추억」은 박홍제의 「어엽쁜 희생」을 표절한 작품이다. 인명과 지명을 바꾸었을 뿐 모티프나 서사의 전개가 완전 동일하다.

황순원의 등단작 시비나 연보 수정은 황순원 연구나 나아가 한국문학사 서술에 있어 중요한 문제가 될 수 있다. 이 논문은 이러한 문제의식에서 「추억」의 실상을 밝히고자 한다. 그리고 「추억」의 발굴을 토대로 새롭게 해석한 논의들이 타당한 것인지를 살펴보고자 한다.

## II. 황순원의 발굴 작품과 소년소설 「추억」

### 1. 황순원의 발굴 작품과 등단작 시비

황순원의 전집은 여러 차례 발간되었다. 최후의 정본은 문학과지성사의 『황순원 전집(전12권)』(1985)이라 할 수 있다. '황순원 전집'은 작품은 1~11권에 담고, 작가에 대한 연구를 12권에 담았다. 12권에 수록된 「연보」는 작가연보와 작품연보를 겸한 것인데 가장 자세한 것으로 볼 수 있다. 「연보」에 따르면 첫 작품은 1931년 7월 잡지 『동광』에 발표된 시 「나의 꿈」으로 되어 있다.[01] 1937년 7월 잡지 『창작』(제3호)에 발표된 단편소설 「거리의 부사(副詞)」는 첫 소설 작품이다. 이 연보에는 황순

---

**01** 오생근 외, 『(황순원전집 12)황순원 연구』(문학과지성사, 1985)와 이태동이 편찬한 『황순원』(서강대출판부, 1997), 김종회가 편찬한 『황순원』(새미, 1998) 및 최근의 박사학위 논문인 노승욱의 「황순원 문학 연구」(서울대 대학원 문학박사 학위 논문, 2010.2) 등은 모두 「나의 꿈」을 등단작으로 치고 있다.

원의 아동문학 작품이 모두 빠져 있다.[02] 황순원의 단편소설을 대상으로 '동심 의식'을 연구한 박사학위 논문도 동시(동요)와 소년소설을 검토하지 않았다.[03]

나는 판을 달리할 적마다 작품을 손봐 오는 편이지만, 해방 전 신문 잡지에 발표된 많은 시의 거의 다를 이번 전집에서도 빼버렸고, 이미 출간된 시집 『방가(放歌)』에서도 27편 중 12편이나 빼버렸다. 무엇보다도 쓴 사람 자신의 마음에 너무 들지 않는 것들을 다른 사람에게 읽힌다는 건 용납될 수 없다는 생각에서다. 빼버리는 데 조그만치도 미련은 없었다. 이렇게 <u>내가 버린 작품들을 이후에 어느 호사가가 있어 발굴이라는 명목으로든 뭐로든 끄집어내지 말기를 바란다.</u>[04] (밑줄 필자)

전집을 간행할 때 작품 선정에 직접 관여해, '발굴이라는 명목'으로 '내가 버린 작품들'을 더 이상 언급하지 말라고 했다. 작가의 말 때문인지 그의 아동문학 작품은 지금까지 별로 주목하지 않았다.

근년에 권영민은 「새로 찾은 황순원 선생의 초기 작품들」과 이를 수정해 「황순원 선생의 습작시대-새로 찾은 황순원 선생의 초기 작품들」[05]을 발표하였다. 여기에 「봄 싹」(『동아일보』, 1931.3.26), 「딸기」(『동아일

---

**02** 「연보」, 오생근 외, 『(황순원전집 12)황순원 연구』, 문학과지성사, 1993, 344~359쪽.

**03** 정수현, 「황순원 단편소설의 동심의식 연구」, 연세대학교 대학원 박사학위논문, 2004.

**04** 황순원, 「말과 삶과 자유」, 황순원 외, 『(황순원 고희 기념집)말과 삶과 자유』, 문학과지성사, 1985, 29쪽.

**05** 권영민, 「새로 찾은 황순원 선생의 초기 작품들」(『문학사상』 제453호, 2010, 7월호, 51~85쪽.), 권영민, 「황순원 선생의 습작시대-새로 찾은 황순원 선생의 초기 작품들」(『2011 제8회

보』, 1931.7.19), 「수양버들」(『동아일보』, 1931.8.4), 「가을」(『동아일보』, 1931.10.14), 「이슬」(『동아일보』, 1931.10.25), 「봄밤」(『동아일보』, 1932.3.12), 「살구꽃」(『동아일보』, 1932.3.15), 「봄이 왔다고」(『동아일보』, 1932.4.6) 등 동요 8편과 단편소설 「추억(追憶)(전3회)」(『동아일보』, 1931.4.7~9), 희곡 「직공 생활(전3회)」(『조선일보』, 1932.6.27~29), 시 「7월의 추억」(『동아일보』, 1935.8.21)을 발굴 작품으로 제시하였다. 「나의 꿈」을 "공식적인 등단작"(53쪽)으로 치는데, 「봄 싹」과 「추억」이 「나의 꿈」보다 앞서 발표되었다고 함으로써 사실상 「봄 싹」을 등단작으로 내밀었다. 그리고 「추억」을 "황순원 선생의 첫 번째 소설"(57쪽)이라 함으로써 「거리의 부사」가 첫 번째 소설이라는 종래의 통설을 깼다.

권영민의 작업 이후 본격적으로 동요 작품을 발굴해 알린 것은 김종회의 「황순원 선생 1930년대 전반 작품 대량 발굴, 전란 이후 작품도 수편」[06]을 통해서다.

> 비록 초기의 습작일망정 이 작품들에는 장차 서정성·사실성과 낭만주의·현실주의를 모두 포괄하는 작가의 문학세계가 어떻게 발아하였는가를 살펴볼 수 있는 요소들이 잠복해 있고, 동시에 당대의 아동문학과 생활기록문의 특성을 짐작하게 하는 단초들이 병렬되어 있기도 하다. 그런 점에서 이 작품들을 주의 깊은 눈으로 다시 관찰해 볼 필요가 있다고 본다.[07]

---

황순원문학제 세미나』, 2011, 7~25쪽.)

**06** 김종회, 「황순원 선생 1930년대 전반 작품 대량 발굴, 전란 이후 작품도 수 편」, 『2011년 제8회 황순원문학제 세미나』, 2011, 27~36쪽.

**07** 위의 글, 29쪽.

'내가 버린 작품들'을 다시 끄집어내지 말라는 '엄중한 경고'를 받들어 새로 발굴한 아동문학 작품을 '작가의 전체 작품목록에 추가로 편입시키는 일은 별반 뜻이 없어 보'(28쪽)인다고 하면서도, 71편이나 되는 발굴 작품을 그저 사장시킬 수는 없었던 모양이다. 발굴 작품들이 황순원 문학의 '발아'와 '당대의 아동문학'의 특성을 짐작할 수 있는 것들이란 이유를 들어 '주의 깊은 눈으로 다시 관찰'하였다. 김종회는 「봄 싹」보다 "1주일 먼저"(28쪽) 발표된 「누나 생각」(『매일신보』, 1931.3.19)이 있다며 「누나 생각」을 등단작으로 수정하였다.

이어서 김종회, 강정구, 김주성 등은 발굴 작품을 대상으로 하여 황순원의 초기 작품 및 아동문학 작품에 대해서도 일정한 검토를 하였다.[08] 이후 필자가 '만강(晩岡)', '광파(狂波)', '관조(關鳥)' 등의 필명을 살펴 126편에 이르는 아동문학 작품연보를 작성해 알렸다.[09] 황순원의 아동문학을 종합적으로 살펴본 글이어서, 「추억」에 대한 자세한 분석 없이 표절이라는 사실과 황순원의 '첫 번째 소설'이 될 수 없다는 것만 밝혔다.

표절 작품 「추억」을 빼면 「거리의 부사」가 '첫 번째 소설'이란 타이틀을 되차지할 수 있을까? 「추억」을 빼더라도 「거리의 부사」보다 5년 이상 앞서 발표된 소년소설 「졸업일」(『어린이』, 1932년 4월호, 57~59쪽.)이 있다. 현재까지 「졸업일」은 다른 작품을 표절한 사실이 밝혀지지 않았다. 따라서 「졸업일」이 황순원의 '첫 번째 소설'이 된다.

---

08  강정구, 「1930년대 초반의 황순원 동요·동시에 나타난 순수성 고찰」(『한국아동문학연구』 제30호, 2016, 29~50쪽.), 강정구, 「1930년대 황순원의 초기문학에 나타난 순수성 고찰」(『비평문학』 제62호, 2016, 7~30쪽.), 강정구·김종회, 「1930년대의 황순원 동요·동시와 그 영향-순수문학의 기원과 형성을 중심으로」(『한국아동문학연구』 제31호, 2016, 69~91쪽.) 참조.

09  류덕제, 「황순원의 아동문학 연구」, 『국어교육연구』 제65호, 2017.

## 2. 소년소설 「추억」과 표절

1920~30년대 아동문단에는 표절 작품이 많았다. 동시에 표절을 적발하는 일도 적지 않았다. 『동아일보』의 '문단탐조등(文壇探照燈)', 『매일신보』의 '동무소식', 아동문학 잡지 『어린이』, 『신소년』, 『별나라』 등의 '독자통신, 담화실, 수신국'과 같은 독자란에는 심심찮게 표절을 적발한 독자투고가 실렸다. 「추억」이 표절작이라는 사실은 당시 동년배의 소년 문사들에 의해 먼저 적발되었다.

① ◀미지의 동우(同友) 순원(順元) 군! 군이 매신(每申) 지상을 통하야 쯴임업시 동요를 써 줌에는 이국산하의 청의족(靑衣族)으로 벗 삼어 가는 모-든 동무들은 날로 진전되여 가는 현하 조선 소년문단의 동요계를 축하하는 동시에 군의 장래를 촉망할 짜름이다. 친애하는 미지의 벗 순원 군! 군이 멧 달 전 『동아일보』 지상을 통하야 「추억(追憶)」이란 제목하에 소년소설을 쓰지 안엇나? 그 소설을 쯧까지 본 나는 몃 해 전에 『새벗』인가? 『소년조선』인가? 하여튼 소년잡지에서 「희생(犧牲)」이란 소설을 본 것과 죽음도 틀님업는 것을 깨달을 째 「희생」의 원작자가 군이 아니엿음은 명백함에도 불구하고 군이 웨? 전자의 작 그대로 제목을 곳처 전재하엿을가 하는 것이 의문이엿다.

　그러면 군의 작 「추억」 그 소설의 주인공인 영일(英一)이란 소년이 자기 삼촌과 가티 평양 모중학교 2학년에 입학하야엿다는 것과 꼿다운 처녀의 사진을 몰내 간직하엿든 것이 담임 선생의 손에 들어가게 되여 사무실에 불녀가서 부정학생이란 책망을 듯고 집에 돌아가서 쓴 것이 사실을 고백한 자서전이엿다. 영일은 그다음 날 학교 ㄨ장 선생한테 그 글을 보내엿다.

교장 선생은 여러 학생 압헤서 그 글을 낭독하엿다. 그 글에 씨운 것을 대강 말하면 영일이 세 살 쌔에 자기집(상점)의 큰 화재가 일어나서 2층 침실에 자고 잇는 영일이와 영일의 누이(5세)와 그리고 식모로 잇는 전경숙(全敬淑)이란 여자가 어미 업는 아해를 재우고 잇다가 불의지변을 당하야 경숙 그는 자기 한 몸을 불 가운데 희생하여 영일을 구원하고 영일의 누이까지 구원하려다가 불행이도 불 가운데서 죽고 만 영일의 잇지 못할 은인의 사진을 자기 삼촌에게서 엇게 되어 날마다 시마다 쓰내어 보앗다는 그러한 것을 쓴 것이 죽음도 틀님업슴에야 엇지하랴?

　　미지 순원 군! 사람은 정당한 양심의 보지자(保持者)이다. 그리하야 그 양심을 더럽히지 안흐려는 것이 사람으로서의 찬양할 아름다운 점이다. 창작연한 군의 표절 작품에 대하야 군을 미워할려는 것도 아니다. 다만 압흐로 현하 조선소년문예에 입각한 군의 전로(前路)에 도음이 될가 하야 아니 참다운 동우(同友)가 되어 주기를 빌며 군에게 일언으로써 충고를 여(與)하노니 절실한 반성이 잇기를 기대한다. (간도 남양성에서 김해림)[10]

② ◀황순원(黃順元) 군의 「버들개지」 = 전번에 황 군이 『소년조선』지(昭和 3년 7월호)에 박홍제(朴弘濟) 씨가 쓴 소설 「어엽뿐 희생」을 「추억」으로 개제하야 자기의 창작처럼 버저시 발표한 것을 엇던 동무가 발견하고 동무소식난을 통하야 황 군을 몹시도 공격해 준 일이 잇섯다.[11] (이상 밑줄 필자)

①에서 김해림(金海林)은 기억이 불분명해 작품명을 「희생」이라 하

---

**10**　김해림, 「동무소식」, 『매일신보』, 1931.9.9.

**11**　백학서(白鶴瑞), 「매신(每申) 동요평 -9월에 발표한 것(2)」, 『매일신보』, 1931. 10. 16.

였고, 게재지를『새벗』인지『소년조선』인지 정확히 알지 못했다. 하지만 작품의 내용은 정확하게 제시하였다. ②에서 백학서(白鶴瑞)가 이 사실을 재확인하면서 작품명을 정확하게 밝혔고 게재지도 분명히 하였다.

「어엽쓴 희생」[12]은 박홍제(朴弘濟)가 18세 때 발표한 작품이다. 박홍제는 <근우회(槿友會)> 중앙집행위원장을 지낸 정종명(鄭鍾鳴)과 대한병원 통역관 박 모(朴某) 사이에서 1911년에 태어났다.[13] 1925년 잡지『소년운동』을 창간하려 하였고, 1927년 정홍교(丁洪敎)가『소년조선』을 창간할 때 집필 동인으로 참가하여 편집을 맡았다.『조선소년뉴스』의 편집도 맡으면서,[14] 1926년 11월경부터 1928년 4월경까지『조선일보』,『동아일보』,『중외일보』 등 신문과 잡지『소년조선』에 다수의 동화, 소년소설과 평론을 발표하였다. 동화 「써도는 새(전10회)」(『조선일보』, 1927.10.29~11.13), 동화 「로빙훗트(전7회)」(『조선일보』, 1928.3.25~4.6), 동화 「반쪽이(전3회)」(『동아일보』, 1926.11.20~23), 동화 「보리 한 알」(『중외일보』, 1926.12.2), 소년소설 「기연(전2회)」(『소년조선』, 1928년 2~3월호), 동화 「토끠의 쬐(전2회)」(『조선일보』, 1928.3.17~18), 동화 「돌쇠의 쬐」(『소년조선』, 1928년 4월호), 소년소설 「어엽쓴 희생」(『소년조선』, 1928년 6-7월 합호), 소년소설 「정의」(『소년조선』, 1928년 10월호), 소년소설 「우정」(『소년조선』, 1929년 1월호), 소년소설 「세멘트 통」(『소년조선』, 1929년 4-5월 합호) 등과, 평론으로는 「운동을 교란하는 망평망론(妄評妄論)을 배격함─적아(赤兒)의 소론을 읽고」(『조선일보』, 1927.12.12)가 있다. 당대 아동문단의 신고송(申孤松), 과목동인(果木洞人=연성흠), 궁정동인(宮井洞人=홍은성) 등과 달리 "예술과 운동의 교호작용이 업는 예술은 무용(無用)"하다는 관점에서 '적아'의 주장을 논박하는 내용이다. 여기에

---

**12** 박홍제, 「어엽쓴 희생」, 『소년조선』 제4호, 1928년 6-7월 합호, 15~24쪽.

**13** 정종명, 「빈궁, 투쟁, 고독의 반생」, 『삼천리』 제2호, 1929년 9월호, 35쪽.

**14** 홍은성(宮井洞人), 「11월 소년잡지 (1)」, 『조선일보』, 1927.11.27.

박홍제의 문학관이 잘 드러나 있다. 예술은 그 사회와 그 계급의 문화운동이기 때문에 그 사회와 계급을 떠나서는 존재하지 않는다는 관점이다. 1928년에는 승응순(昇應順)이 창립한 소년 문예단체 <글꽃사>의 동인으로 가담하였다.[15] 1930년 4월에 있었던 5월 메이데이 격문 사건으로 서대문형무소와 김천(金泉) 소년형무소에서 복역하였다. 이 사건 기록에 따르면 정일송(鄭一松)이란 가명도 사용했던 것으로 확인된다.[16] 정종명은 아들을 투사로 만들려고 하였으나 박홍제는 "시나 동요나 소설을 쓰는 것에 열중"[17]하였다고 한다.

「여엽쁜 희생」이 게재된 『소년조선』의 발행일이 1928년 7월 1일 자이므로 1931년 4월 7일부터 9일까지 3회에 걸쳐 『동아일보』에 연재된 「추억」보다 3년 가까이 앞선다. 두 작품이 표절 관계에 있다면 우선 발표된 시기로 보아 「추억」이 「어엽쁜 희생」을 표절한 것이다.

두 작품의 내용은 어떤지 살펴보자. 아래와 같이 화소(話素)를 분석해 두 작품이 어떻게 동일한지 확인해 보겠다.

### 「추억」과 「어엽쁜 희생」의 화소

|  | 황순원의 「추억」 | 박홍제의 「어엽쁜 희생」 |
|---|---|---|
| 현재1 | ① 생도들이 놀려 영문을 모르는 영일이는 얼굴이 붉어짐 | ① 동무들이 비웃어 명식이는 얼굴이 새빨개짐 |

---

**15** 승응순(昇曉灘), 「조선소년문예단체 소장사고(消長史稿)」, 『신소년』, 1932년 9월호, 27쪽.

**16** 思想에 關한 情報綴 第6冊: 不穩文書 撒布事件ニ關スル件, 京鍾警高秘 제9075호, 京城 鍾路警察署長, 1930.6.14.

**17** 정종명, 「아버지 인물평 아들의 인물평-박홍제 평, 내가 실현하는 문인 되자 노력」, 『삼천리』 제4호, 1930년 1월호, 20~21쪽.

| | | |
|---|---|---|
| 현재1 | ② 방과 후 담임선생님의 호출로 사무실로 불려 갔으나, 영일은 이유를 모름 | ② 방과 후 주임선생님의 호출로 교원실로 불려갔으나, 명식은 까닭을 모름 |
| | ③ 선생님이 사진첩을 꺼냈는데, 어여쁜 처녀의 반신이 있음 | ③ 선생님이 사진을 꺼냈는데, 누렇게 바랜 사진에 어여쁜 계집애의 얼굴이 있음 |
| | ④ 학교 규칙이 엄격한데, 어린 학생이 여자의 사진을 갖고 다니는 것이 문제라 함 | ④ 학교 규칙이 엄중한데, 조그만 학생이 여자의 사진을 갖고 다니는 것이 문제라 함 |
| | ⑤ 낭하(廊下)의 동급생들이 비웃어 영일의 얼굴은 붉은 물감을 들인 듯함 | ⑤ 유리창 밖에서 학생들이 비웃어 명식의 얼굴이 빨개졌다 파래졌다 함 |
| | ⑥ 영일이 해명하려 하나, 선생님은 변명을 안 들어도 된다고 함. 공부도 잘하고 조행(操行)도 좋으니 이후 이런 사진으로 동무들의 놀림을 받아서는 안 된다고 훈교(訓敎)함 | ⑥ 명식이 해명하려 하나, 선생님은 말을 안 들어도 된다고 함. 공부도 잘하고 품행도 좋은 학생이 이런 사진으로 동무들의 의심을 받아서는 안 된다며 훈계함 |
| | ⑦ 세 번째 해명하려고 하였으나 말이 안 나옴. 여자의 사진을 갖고 다니는 이유가 있을 것이지만 앞으로 주의하라며 선생님은 사진을 돌려줌 | ⑦ 세 번이나 해명하려고 하였으나 말이 안 나옴. 사진을 갖고 다니는 까닭이 있겠지만 이번만 용서한다며 선생님이 사진을 돌려줌 |
| 과거 | ① 영일 16세 때, 작은아버지가 평양으로 이사함. 촌 학교를 떠나 보결 입학시험을 거쳐 평양 ××종교 중학교 2학년에 입학함 | ① 아저씨가 서울 교외로 이사함. 명식은 편입시험을 거쳐 촌 학교에서 서울 교외 P고등보통학교 2학년에 입학함 |
| | ② 주머니에 넣어둔 사진을 누가 선생님께 갖다 드렸는지 궁금함 | ② 주머니에 넣어둔 사진을 누가 선생님께 갖다 드렸는지 궁금함 |
| | ③ 집에 돌아온 영일은 무엇인지를 공책에다 열심히 씀 | ③ 집에 돌아온 명식은 무엇인지를 공책에다 열심히 씀 |

| | | |
|---|---|---|
| | ④ 이튿날 평양 ××종교중학교 500여 명 생도들은 대강당에 모임 | ④ 이튿날 서울 교외 예수교 경영학교인 P고등보통학교 500여 생도들은 강당에 모임 |
| | ⑤ 교장은 강설(講說) 대신 노트를 꺼내 읽음 | ⑤ 교장은 설교 대신 공책을 꺼내 읽음 |
| | ⑥ 1911년 12월 어떤 날 밤 평양 ××리 이층집에 불이 남 | ⑥ 1917년 2월 어느 날 밤, S 정 이층집에 불이 남 |
| | ⑦ 19세 식모 전경숙이 구원을 요청함 | ⑦ 18살 하인 정희(뎡희)가 구원을 요청함 |
| | ⑧ 주인은 석유 상점을 운영하는데 부인은 사망함. 5세 여아와 3세 남아를 경숙이가 돌봄 | ⑧ 주인은 석유 장사를 하는데 부인은 사망함. 5세 여아와 3세 남아를 정희가 돌봄 |
| | ⑨ 불은 아래층 난로에서 발화했는데, 주인은 급히 뛰어나가다가 부상을 당함 | ⑨ 불은 아래층 전방에서 났는데, 집주인은 금고에 돈을 꺼내려 아래층으로 감 |
| 과거 | ⑩ 소방대가 왔으나, 석유에 불이 붙어 소용이 없음 | ⑩ 석유 가게 궤짝에 불이 붙어 소방대는 손도 못 댐 |
| | ⑪ 남자들은 외투를 벗고 여자들은 털목도리를 벗어 창 밑에 깔아놓고 뛰어내리라 하나, 두 아이 때문에 혼자만 뛰어내리지 못함 | ⑪ 사나이는 외투를 벗고 여자는 목도리를 풀어 땅 위에 쌓아 놓고 뛰어내리라 하나, 두 어린애 때문에 혼자만 뛰어내리지 못함 |
| | ⑫ 경숙이 요를 내려보내자 사람들이 네 귀를 잡고 있음. 경숙이 3세 남아를 요 위로 던짐 | ⑫ 정희가 이불을 내려보내자 사람들이 네 귀퉁이를 잡고 있음. 정희가 어린애 하나를 이불 위로 던짐 |
| | ⑬ 두 번째 아이는 땅에 떨어져 큰 부상을 당함 | ⑬ 두 번째 아이는 이불 밖으로 떨어짐 |
| | ⑭ 마지막으로 경숙이 시가(市街)로 떨어짐 | ⑭ 마지막으로 정희가 땅에 떨어짐 |
| | ⑮ 3세 남아만 살고, 부친, 5세 여아, 경숙이 모두 사망함 | ⑮ 3세 남아만 살고, 집주인, 5세 여아, 정희 모두 사망함 |

| | | |
|---|---|---|
| 과거 | ⑯ 3세 남아는 숙부댁에서 자람. 12년이 흘러 15세 소년이 되었을 때 동네 존장으로부터 경숙의 희생을 알게 됨 | ⑯ 3세 남아는 아저씨 집에서 자람. 10년이 지나 13세 때 주위 사람들로부터 당시 이야기를 듣고 정희의 희생을 알게 됨 |
| | ⑰ 16세 때 집안을 청소하다가 17~8세 된 처녀의 반신 사진을 발견하고, 은인 경숙인 줄 알게 됨 | ⑰ 10세 때 여름, 정희의 고향을 찾아가 부모로부터 사진을 구해 고이 간직함 |
| | ⑱ 은인 경숙에게 감사하는 마음이 떠나지 않게 해 달라고 기도함 | ⑱ 은인 정희에게 감사하는 마음이 떠나지 않게 해 달라고 기도함 |
| 현재2 | ① 낭독을 마친 교장은 2학년 생도 영일을 불러내, 지금까지 낭독한 글을 쓴 사람도 영일이고 경숙이의 구원을 받은 어린아이도 영일임을 밝힘 | ① 교장은 낭독을 마치고 2학년 명식이를 불러내, 지금까지 읽은 이야기를 쓴 사람도 명식이고 정희에게 구원을 받은 소년도 명식이임을 밝힘 |
| | ② 영일이가 은인 경숙의 사진을 갖고 다니는 까닭을 설명한 후, 엄격한 학교 규칙과 무관하게 영일이가 경숙의 사진을 갖고 다니는 것을 허락함 | ② 명식이가 은인 정희의 사진을 갖고 다니는 까닭을 설명한 후, 학교 규칙은 엄정하나 명식이가 정희의 사진을 갖고 다니는 것을 허락함 |

이상 화소 분석을 통해 살펴본 것처럼, 「추억」과 「어엽쓴 희생」의 차이는 등장인물의 이름과 지명이 다르고, 서술상의 표현이 조금 다르다는 것밖에 없다. 「추억」의 주인공은 '영일(英一)'이고 「어엽쓴 희생」은 '박명식'이다. 은인은 각각 '전경숙(全敬淑)'과 '뎡희'(정희)로 다르다. 사건의 배경은 '평양 ××종교중학교'와 '서울 교외 예수교 경영 P고등보통학교'로 다르다.

「추억」첫 부분          「어엽쓴 희생」첫 부분

　「추억」과 「어엽쓴 희생」은 둘 다 이틀 동안에 벌어진 현재의 사건을 다루고 있다. 규칙이 엄격한 학교에 여자 사진을 갖고 다니는 주인공이 친구들로부터 놀림을 당하고 그 결과 선생님으로부터 주의를 받게 된다는 내용이다. 알고 보니 그럴 만한 사정이 있어 사진을 소지하는 것을 허락한다는 것이 '현재' 사건의 전부다. 현재에 벌어진 간단한 사건은 과거의 이야기를 둘러싼 액자 구실을 할 뿐이므로 서사 내용이 풍부할 이유가 없다. 사건의 발단과 갈등의 정점은 '현재1'의 화소 7개로 정리할 수 있고, 결말은 '현재2'의 화소 2개로 요약된다. 주된 서사는 '과거'의 이야기다. '과거' 시점의 18개 화소는 등장인물과 지명이 다를 뿐 이야기의 내용은 동일하다. 이상 '현재1', '과거', '현재2'와 같은 서사 구조와, 시점의 이동, 그리고 27개의 화소로 비교한 내용을 살펴보면, 「추억」과 「어엽쓴 희생」은 실질적으로 동일한 작품임을 알 수 있다.

　27개의 화소 이외에 구체적인 서술 부분에서도 동일한 것이 허다하다. 교무실로 불려 가 사진에 대해 추궁당하자, "선 선 선생님!"(「추억」, 1)하는 부분과 "서…서 서-ㄴ생님"(「어엽쁜 희생」, 16쪽.)하며 무언가 말을 하려고 하는 부분, 선생님이 용서를 하고 앞으로 사진을 갖고 다니지 말라고 할 때도, "세 번재 입을 열랴고 하엿으나 혀(舌)가 그의 마음대로 잘 돌아가지 않앗다."(「추억」, 1)라고 한 것과 "세 번이나 입을 열 쩬∧ 하엿스나 혀가 잘 도라가지 아니하엿다."(「어엽쁜 희생」, 16쪽.)고 한 부분, 사진을 돌려받고 "두 눈에서는 구슬 같은 눈물"(「추억」, 1)이 맺힌 것과 "두 눈에는 이슬 갓흔 눈물"(「어엽쁜 희생」, 16쪽.)이 빛난 것, 선생님께 제대로 해명하지 못하고 집에 돌아와 다음날 교장 선생님이 읽는 '과거' 부분을 공책에 쓸 때, "손은 쩔렷스나 연필(鉛筆)은 활살 다라나듯이"(「추억」, 1)라 표현한 것과 "손은 흥분된 마음과 가치 쉬지 안코 쩔니여 잇섯스며 철필은 살가치"(「어엽쁜 희생」, 18쪽.)라 표현한 것, '과거' 부분의 첫 부분도 "불이다." "불이야-?"(「추억」, 2)라 한 것과 "불이야!" "불이야!"(「어엽쁜 희생」, 19쪽.)로 시작하는 것, 불이 난 집에서 첫 번째 아이를 아래로 던진 후, "일 초! 이 초! 삼 초!"(「추억」, 2), "-일 초-이 초-삼 초-사 초-"(「어엽쁜 희생」, 21쪽.)로 모두 마음을 졸이는 장면을 시간을 재는 것으로 표현한 것, 그리고 화소 ⑮번과 ⑯번 사이에 교장 선생님이 낭독을 잠깐 멈추며 '현재' 시점으로 잠깐 이동하는 것(「추억」, 3; 「어엽쁜 희생」, 23쪽.) 등 표현상의 측면과 서사 구조의 측면에서 여러 가지가 동일하다는 것을 알 수 있다.

다만 소설의 세부 짜임은 「추억」이 더 잘 가다듬어져 있다. 「어엽쁜 희생」은 몇 가지 오식(誤植)으로 보이는 것 때문에 서사의 개연성과 작품의 완결성이 조금 흐트러졌다. 명식이가 13세 때 '정희'의 희생을 알게 되었다고 해 놓고선 바로 이어 '열 살 째 여름'(23쪽)에 직접 '정희'의 집을 찾아가 사진을 얻었다고 해 인과관계의 선후가 맞지 않는다. 또 '정희'의 이름이 뒷부분에 '덩숙'(정숙)으로 오기가 되기도 하였다. 이에 반해 「추억」은 이 부분이 자연스럽게 전개된다. '영일'이 15세 때 '경숙'의 희생을 알게 되었고 16세 때 집 청소를 하다가 '경숙'의 사진을 발견하였는데, 그 사진은 삼사 년 전 숙부가 '경숙'의 집에 가서 얻어 온 것으로 처리하였다.

## 3. 소년소설 「추억」의 의미와 문학사적 평가

소년소설 「추억」을 포함하여 동요 8편과 희곡 1편, 그리고 시 1편 등 황순원의 작품을 처음 발굴한 권영민은 황순원 연구나 한국문학사 서술에 있어 중요한 의미를 가질 수도 있는 다음과 같은 평가를 하였다.

> 그동안 우리 문단에서는 황순원 선생의 문필 활동이 1931년 시 창작활동으로부터 시작되었다고 알려져 왔다. 첫 작품으로는 1931년 7월 잡지 『동광(東光)』에 발표한 시 「나의 꿈」을 꼽고 있으며, 이 시를 선생의 공식적인 등단작으로 지목해 오고 있었던 것이다. 그러나 앞의 조사에서 확인할 수 있는 것처럼 황순원 선생은 「봄 싹」이라는 동요와 소설 「추억」을 「나의 꿈」에 앞서 발표하고 있다. 특히 초기 습작기에 이미 시뿐만 아니라 소설과 희곡도 창작했음을 알 수 있다. 그러므로 시 창작으로 문필활동을 시작했다고 그 범위를 한정할 필요가 없어졌다. (중략) 황순원 선생의 첫 번째 소설은 이번에 발굴한 단편소설 「추억(追憶)」이라고 할 수 있을 것이다.[18] (밑줄 필자)

그간 황순원 연구의 결론은 「나의 꿈」이 등단작이고, 「거리의 부사」

---

18  권영민, 「새로 찾은 황순원 선생의 초기 작품들」, 『문학사상』 제453호, 2010년 7월호, 53~57쪽.

가 첫 번째 소설이며, "시인에서 출발하여 단편소설 작가로 자기를 확립했고 이어서 장편소설 작가로 발전"[19]하였다는 것이 일반적이었다. 새로운 작품을 발굴한 권영민이 볼 때 지금까지의 통설을 크게 수정해야 할 필요가 있었던 것이다. 「나의 꿈」에 앞서 동요 「봄 싹」(『동아일보』, 1931.3.26)이 등단작인 것처럼 한 것은 「누나 생각」(『매일신보』, 1931.3.19)을 보지 못한 탓이라 하더라도, 「추억(전3회)」(『동아일보』, 1931.4.7~9)을 두고 '황순원 선생의 첫 번째 소설'이라고 한 것은 일견 타당한 평가로 보였다. 그러나 앞에서 살펴보았듯이 「추억」은 표절 작품이므로 '첫 번째 소설'이란 타이틀을 획득할 수 없다. 최배은이 "황순원의 첫 작품 「추억」"이라고 한 것 또한 면밀한 자료 조사를 하지 못한 탓이다. "연보의 오류를 바로잡"[20]아야 한다고 의미를 부여하였는데, 「추억」이 결락된 연보를 바로잡는다는 의미라면 맞는 말이지만, 「추억」을 등단작으로 해야 한다는 의미로 한 말이어서 이 또한 옳지 않다.

「추억」의 발굴에 기대어 권영민은 '시 창작으로 문필활동을 시작했다.'고 하는 통설을 바로잡아야 한다고 평가한 것은 옳은 주장일까? 앞에서 살펴보았듯이 소년소설 「졸업일」과 희곡 「직공생활」이 첫 소설로 알려진 「거리의 부사」보다 5년여 앞서 발표되었으므로 「추억」을 빼더라도 이러한 평가는 유지될 수 있을 것이다.

최배은은 「추억」을 황순원의 '첫 작품'이자 황순원 작품의 '시원'이라고까지 자리매김하였다.

---

**19** 김종회, 앞의 글, 30쪽.

**20** 최배은, 「황순원의 첫 작품 「추억」 연구」, 『한국어와 문화』 제12집, 숙명여자대학교 한국어문화연구소, 2012, 105~127쪽.

「추억」은 황순원이 17세 때 『동아일보』에 발표한 소설로 그의 첫 작품이다. 청소년 시절의 습작품이지만 주제나 모티프에 있어서 황순원 작품의 시원이 된다.[21] (밑줄 필자)

'황순원 작품의 시원'이란 이후 황순원 소설에 나타나는 특징적인 속성의 시초이자 근원이 「추억」에서 배태되었다는 뜻이다. 그 근거로 소극적이고 내면적인 남성 인물과 적극적인 여성 인물, 모성을 통한 구원 모티프 등을 황순원 작품의 공통적인 특성으로 정리하고 그 근원이 「추억」에서 비롯된다는 것이었다. 최미선도 최배은과 유사한 주장을 하였다. 「추억」은 "황순원이 가장 먼저 쓴 산문 작품"이며 "첫 단편소설 「거리의 부사」(1937년 7월)보다 무려 6년 전"[22]에 발표된 작품이라며 문학사적 자리매김에 의미를 두었다. 작중인물 '경숙'의 희생적 모성애를 갈망하는 '영일'의 모습을 "경계 지대에 위치한 미성인 소년들이 보여 주는 특징적인 행동 양상"(26쪽)으로 설명하였을 뿐 아니라, "「추억」에서 보여 준 '모성지향성'은 이후 황순원의 많은 작품에서 거의 전략적으로 반복"(35쪽)된다며 『카인의 후예』와 비교가 가능하다고 보았다. 그 결과 「추억」과 같은 "소년소설은 작가의 창작활동 전체에 기여하였다는 사실"(46쪽)이라고 평가해 최배은의 '시원'론과 맥을 같이 하였다.

이러한 평가를 그대로 받아들인다면 「추억」은 황순원 연구의 주요한 이정표가 되는 작품일 것이다. 그러나 「추억」은 원작자 박홍제의 작품을 표절한 작품이므로, '모성을 통한 구원 모티프' 또한 황순원 작품만이 갖고 있는 특성이라고 할 수 없는 것이다. 개별적인 특성처럼 보이

---

**21** 최배은, 「한국 근대 청소년소설의 형성과 이념 연구」, 숙명여자대학교 대학원 박사학위논문, 2013, 86쪽.

**22** 최미선, 「황순원 소년소설과 경계성의 의미 고찰」, 『한국문학논총』 제81집, 2019, 20쪽.

지만 기실 보편적인 속성일 따름이다. 따라서 이를 황순원 작품에만 나타나는 특성이라고 할 것이 아니라, 보편적인 속성이 황순원의 작품에도 나타난 것으로 보는 것이 더 타당한 입론일 것이다.

김용희는 소년소설 「추억」과 「졸업일」을 다루면서 "한 작가의 일관된 의식의 소산이며 작가적 의식의 연장선상에 놓인 작품이어서 간과되거나 폄하되어서는 안 되는 일"[23]이라 하였다. 그간 아동문학 작품이 간과되는 연구 풍토에 대해 반성을 촉구하는 의미여서 타당한 주장으로 읽힌다. 그러나 「추억」이 표절 작품임을 밝힌 뒤에 쓴 논문인데도 이렇게만 평가하고 지나간 것은 적절하다 하기 어렵다.

온전한 작가론은 한 작가의 작품 활동에 대한 면밀한 자료 조사를 기반으로 해야 한다. 시인이나 소설가로 알려진 작가의 경우라 하더라도 대개 아동문학 작품인 습작기의 문학작품을 간과할 경우 황순원의 경우와 같은 오류가 빚어질 수 있다. 선행연구에서 표절 작품임을 밝혀 놓았음에도 불구하고 후속 연구가 오류를 되풀이하는 것은 하루빨리 고쳐져야 할 일이다.

## III. 맺음말

황순원의 소년소설 「추억」이 발굴되자 첫 소설 작품이라거나 황순원의 연보를 수정해야 한다는 주장이 나왔다. 그도 그럴 것이 지금까지 황순원의 첫 소설 작품으로 알려진 「거리의 부사」보다 무려 6년가량 앞서 발표되었기 때문이다. 등단작으로 알려진 시 「나의 꿈」보다도 3개월

---

**23**    김용희, 「황순원 소년소설의 아동문학사적 의미」, 『한국아동문학연구』 제37호, 2019, 86쪽.

가량 발표 시기가 빠르다. 사정이 이렇다 보니 황순원 개인뿐만 아니라 한국문학사에도 일정 부분 영향을 끼칠 만한 발굴이 아닐 수 없다.

지금까지 시 「나의 꿈」을 등단작으로, 소설 「거리의 부사」를 첫 소설 작품으로 자리매김한 황순원 연구는 수정되어야 한다. 「나의 꿈」보다 앞서 발표된 동시(동요) 작품만 해도 40편이 넘는다. 「거리의 부사」가 첫 소설 작품이란 평가도 옳지 않다. 표절 작품인 「추억」을 빼더라도 「졸업일」(『어린이』, 1932년 4월호)이 「거리의 부사」보다 5년가량 앞서 발표되었기 때문이다.

이 글의 요지는 소년소설 「추억」이 황순원의 첫 소설 작품이라거나 황순원의 작품연보를 수정해야 한다는 문학사적 가치평가는 잘못되었다는 것을 확인하고자 하는 것이다.

황순원의 「추억」은 박홍제의 「어엽쁜 희생」을 표절한 작품으로 확인되었다. 첫째 내용상으로 화소가 동일하다. 둘째 형식상의 서사 구조도 액자 형태로 동일하다. 셋째 표현상의 동일성도 여러 군데서 확인된다. 이와 같이 내용과 형식, 그리고 구체적인 표현까지 동일하다면, 작품의 발표 시기로 볼 때 1931년 4월에 발표된 「추억」이 1928년 7월에 발표된 「어엽쁜 희생」을 표절한 것임은 이론의 여지가 없다.

「추억」이 '황순원의 첫 소설 작품'이라는 평가는 외적인 형식으로만 보면 객관적 사실일 수 있다. 하지만 '첫 소설 작품'과 같은 가치평가는 연대기적 사실만으로 주어지는 것이 아니다. 창작을 전제로 하고 그 가운데 가장 이른 시기에 발표된 작품이라야 얻게 되는 문학사적 가치평가인 것이다. 이런 점에서 「추억」은 황순원의 첫 소설 작품이라 할 수 없고, 따라서 '첫 소설 작품'이라고 연보를 수정할 까닭이 없다. 연보를 수정한다면 지금까지 방치했거나 외면했던 그의 아동문학 작품을 포함하는 일이 우선되어야 할 것이다.

# 5장 / 유재형의 아동문학

## Ⅰ. 머리말

유재형(柳在衡)은 일제강점기에 아동문학 활동을 한 작가들 중에 비교적 많은 양의 작품을 남겼다. 시, 소설, 비평 등 여러 갈래를 섭렵하였는데, 아동문학만 보더라도 동요(동시, 소년시 포함), 소년소설(꽁트 포함), 아동문학 비평 등 다양하다. 그 가운데 동요가 가장 많은 비중을 차지한다.

동요 작품의 편수로만 본다면 당대 아동문단의 우이를 잡았던 신고송(申孤松)과 맞먹을 정도다. 아동문학에 관한 실제비평도 4편이나 된다. 『조선일보』와 『동아일보』에 발표된 작품들을 찾아 읽으면서 작품에 대한 구체적인 평가를 시도한 것들이다. 신고송, 송완순(宋完淳), 홍은성(洪銀星), 김태오(金泰午), 남응손(南應孫) 등 일부를 빼면 이 또한 적지 않은 실적이다. 동요작법류의 제작비평을 제하면, 이주홍(李周洪)과 윤복진(尹福鎭)이 각 1편을 발표하였고 윤석중(尹石重)은 아예 없는 것에 비해 보면 분명해진다.

작품 수가 많지는 않지만 소년소설도 발표하였다. 동심을 놓치지 않으면서도 일제강점기라는 사회현실을 제대로 반영했다는 점에서 보면 일정 수준 이상의 작품으로 평가할 만하다.

유재형은 1925년경부터 10여 년에 걸쳐 작품 활동을 했다. 그러나 작품의 대다수는 1930년에 집중적으로 발표되었다. 게다가 해방 후 남한에 남아 있었는데도 작품 활동을 이어가지 않았던 점이 그를 주목하지 않게 했던 한 요인이라고 할 수 있다. 지금까지 유재형은 아동문학 연구자의 관심에서 떠나 있었다. 작품연보나 작가연보가 작성된 적도 없다.

이 글은 유재형의 아동문학을 평가해 보기 위한 것이다. 아무도 손대지 않은 작가인 점에서도 그렇지만, 일제강점기 아동문학의 한 성취라는 가치평가가 가능하다는 점에서 연구대상으로 삼을 필요가 있었다. 동심주의와 계급주의가 각각 한 극단으로 치달을 경우 기교에 치중하거나 이념을 앞세울 공산이 크다. 이 둘의 바람직한 결합은 쉽지 않지만 추구해야 할 가치다. 유재형은 이를 위해 노력했다. 그가 이러한 가치를 실천함에 있어 으뜸가는 전범이거나 가장 우수한 성취를 이루었다고 단언할 수는 없다. 하지만 이러한 경향을 뚜렷이 인식하고 형상화하기 위해 노력했다는 것은 분명한 사실이다.

이러한 평가를 확인하기 위해 그의 문단 활동을 재구(再構)하고, 비평을 통해 문학관을 추출하고자 한다. 그리고 그의 문학관이 어떻게 작품에 반영되었는지를 확인해 보고자 한다. 유재형의 아동문학을 살피는 것이 목적이므로, 30여 편의 시와 수필 등은 이 글의 논지를 확인하거나 보완하는 데 필요할 경우 원용하기로 하겠다.

## II. 유재형의 활동과 아동문학

### 1. 유재형의 활동

유재형은 아동문학가, 언론인, 그리고 교육자였다. 1907년 충청북도

유재형, 『문예광』 창간호, 1930.2

진천군 문백면 봉죽리(鎭川郡文白面鳳竹里)에서 출생하여 1927년 청주공립농업학교를 졸업하였다. 졸업 후 진천군 이월면의 서기 겸 기수로 임용되었고, 1931년 제천군 농회 기수로 근무하다 1934년 5월 사임하였다. 1934년부터 1939년에 걸쳐 조선총독부는 농림국(農林局) 산하에 '미생산비 조사에 관한 사무(米生産費調査ニ關スル事務)' 부서를 신설하고 전국 13도에 걸쳐 조사를 실시하였다. 충청북도의 경우 6개 군에 걸쳐 조사원을 투입하였는데 유재형은 진천(鎭川) 지역 조사원으로 활동하였다.[01]

한편 1930년 2월 14일 자로 중외일보사 진천지국 기자로 취임하였다.[02] 1930년 4월 7일 자로 동아일보사 진천지국 기자로 취임하여 그해 11월 27일 자로 의원해직되었다.[03] 1930년 진천의 신명야학(新明夜學)이 무산아동을 대상으로 교육할 때 조선성공회 신부 임인재(任寅宰) 등과 함

---

**01** 「충북 산미(産米) 조사지 6군(郡)을 결정-강습 맛친 조사원의 손으로 세밀한 조사에 착수」(『매일신보』, 1934.6.23)와 조선총독부 농림국 미생산비 조사(米生産費調査)에 관한 사무 촉탁에 관한 직원록(국사편찬위원회, 한국사데이터베이스) 참조.

**02** 「사고(社告)」(『중외일보』, 1930.2.14)와 「지국(支局) 사고(社告)」(『중외일보』, 1930.5.18)

**03** 「사고」(『동아일보』, 1930.4.7)에 "기자 유재형(柳在衡) 우(右) 취임함 동아일보사 진천(鎭川)지국"이라 하였고, 「사고」(『동아일보』, 1930.10.5)에 "기자 유재형 우(右) 취임함 동아일보사 진천지국"이라 하였으며, 「근고(謹告)」(『동아일보』, 1930.11.29)에 "기자 방인희(方仁熙) 임(任) 기자 기자 유재형 의원해직 소화(昭和) 5년 11월 27일 동아일보사 진천지국(鎭川支局)"이라 하였다.

께 무보수로 가르쳤다.[04] 1932년 3월 17일 유영(劉寧)과 혼인한 사실이 기사화된[05] 것으로 보면 앞의 활동과 지위 등으로 지역에서는 상당한 명망가였던 것으로 추정된다.

해방 후 <조선건국준비위원회> 충주지부에서 등사판으로 보도지(報道紙)를 발간하는 일을 담당하였다. 이 일을 계기로 1946년 3월 충주중학교에서 국어교사로 임용되어 교직 생활을 시작하였으며, 1952년 4월부터 1961년까지 충주고등학교에 근무했다.[06]

유재형은 본명 유재형과 필명 유촌(柳村),[07] 유촌학인(柳村學人)[08] 등으로 작품을 발표하였다.

## 2. 유재형의 아동문학

지금까지 유재형의 첫 작품으로 1928년 11월에 발표한 「새벽에 올린 기도(祈禱)」와 「낙엽」을 들고 있다.[09] 그러나 이보다 앞서 동요 「밝은 달」과 시 「황혼이 오는 전원」 그리고 「하야 술회(夏夜述懷)」 등을 발표하

---

**04** 「신명야학(新明夜學) 성황」, 『동아일보』, 1930. 9. 25.
　　　「진천(鎭川) 신명야학-칠인 교수로」, 『동아일보』, 1930. 10. 8.

**05** 「신랑 신부」, 『매일신보』, 1932. 3. 14.

**06** 한국향토문화전자대전: 디지털 충주문화대전(http://www.grandculture.net/)과, 2018년 유종호(유재형의 아들) 전 대한민국예술원 회장으로부터 확인한 내용이다.

**07** 유재형의 「조선일보 9월 동요(2)」(『조선일보』, 1930. 10. 9)에 "한 가지 첨언할 것은 유촌(柳村)의 일홈으로 발표된 동요는 필자의 작품"이라 하여 '柳村'이 '柳在衡'임을 밝혀놓았다. 류덕제, 「일제강점기 아동문학가의 필명 고찰」(『아동청소년문학연구』 제19호, 2016. 12, 119~120쪽.) 참조.

**08** 「문예광(文藝狂) 집필가 방명」, 『문예광』, 창간호, 1930. 2, 2쪽.

**09** 유재형에 관해 『인물지』(충청북도, 1987), 『충주시지』(충주시, 2001)와 『한국향토문화전자대전』(http://www.grandculture.net/) 등에서 이렇게 소개하고 있다.

였다. 1928년에는 『조선일보』의 신춘 현상문예에 「무산아동의 야학 교수로 부호와 격투하던 쾌극」이 당선되기도 하였다. 이렇게 보면 동요 「밝은 달」이 유재형의 첫 작품이라고 해야 옳다.

유재형은 1930년 한 해 동안 작품의 대부분을 발표하였다. 시와 소년소설 및 아동문학 평론도 여러 편 발표하였지만 동요가 가장 많다. 1931년 이후부터는 아동문학 작품에서 시, 수필, 콩트(掌篇小說), 단편소설 등으로 옮겨갔다. 스스로 시, 소설, 평론을 오가는 것을 "명예욕에 달뜬 참으로 성실티 못한 타락된 행동"[10]이라고 질타했으면서, 당시의 보편적인 경향을 그도 따랐다.

1933년에는 『매일신보』 신춘 현상문예에서 '단편소설' 「귀농(歸農)」이 1등으로 당선되었다. 이후 작품이 뜸하다. 1934년부터 1939년까지 조선총독부 농림국의 미(米) 생산비 조사에 관한 사무 촉탁으로 일하게 된 것과 관련이 있는 것으로 보인다. 일제강점기에 발간된 문학 매체들이 온전하게 보존되지 못하고 산일된 경우가 많아 더 발굴될 가능성은 있으나, 현재로서는 1935년 5월에 발표된 수필 「맥령·보·기타(麥嶺·洑·其他)」 이 외에는 더 이상의 작품을 찾을 수 없다.[11]

김기주가 동요 앤솔러지 『조선신동요선집(朝鮮新童謠選集)』(평양: 동광서점, 1932.3)에 유재형의 작품 「가을밤」(『조선일보』, 1930.9.20 동일 작품)과 「기다리는 옵바」를 수록하였다.

## 가. 아동문학 비평과 문학관

유재형의 아동문학을 살피면서 비평을 앞세운 것은 그의 아동문학

---

**10**    유재형, 「(불평과 희망)성의 업는 지도자」, 『중외일보』, 1930.3.7.

**11**    1938년 『동아일보』 신춘현상 '한시(漢詩)' 부문 선외가작으로 당선된 「유화(榴花)」의 작자가 '柳村生'이어서 유재형으로 볼 수도 있으나 확인이 어렵다.

관(문학관)을 확인하기 위해서다. 아동문학에 관한 유재형의 비평은 4편이 있다. 「조선일보 9월 동요(전2회)」, 「'아츰이슬'=작자로서」, 「조선 동아 10월 동요(전3회)」, 그리고 「조선, 동아 양지(兩紙)의 신춘당선 동요 만평(전3회)」 등이다. 일반문학에 관한 것으로는 「포석(抱石)의 『낙동강』-목적의식의 방황(전2회)」과 「(불평과 희망)성의 업는 지도자」가 있다.

「포석의 '낙동강'-목적의식의 방황」은 조명희(抱石 趙明熙)의 「낙동강」(『조선지광』, 1927.7)을 비판적으로 살펴본 평문이다. 「낙동강」은 발표되자 곧바로 팔봉 김기진(八峰 金基鎭)이 "제2기에 선편(先鞭)을 던진 우리들의 작가가 나타난 것"[12] 같다고 고평을 하였다. 프롤레타리아 문학은 제1기인 자연생장기에서 제2기인 목적의식기로 방향전환을 선언한 바 있는데 바로 그 제2기의 작품이라는 것이다. 반면 조중곤(趙重滾)은 "자연생장기의 작품으로는 성공햇달는지 몰으겟스나 제2기 목적의식기의 작품이라고는 아모래도 할 수 업슬 것 갓다."[13]며 팔봉과 의견을 달리했다. 유재형은 조중곤의 의견에 가까웠다. "독자의 감정만은 격동시켯스나 목적의식은 의연(依然)히 방황하고 말엇다."[14]고 한 것이다.

비평은 논자의 이념을 직접적으로 드러내는 글쓰기 방식이다. 「낙동강」에 대한 유재형의 평문으로 보면 그의 문학적 태도는 목적의식의 전취를 우선하는 것으로 보인다. 윤복진(김수향)에 대해 평가한 것을 보면, 기교를 높이 평가하면서도 사회·정치적 의식의 부족을 들고 있는 것으로도 확인된다.

---

**12**  김기진, 「시감 2편(時感二篇)」, 『조선지광』, 1927년 8월호, 11쪽.

**13**  조중곤, 「『낙동강』과 제2기 작품」, 『조선지광』, 1927년 10월호, 13쪽.

**14**  류촌학인, 「(문예작품독후감)포석(抱石)의 『낙동강』-목적의식은 방황」, 『조선일보』, 1929. 10. 10.

김수향(金水鄉) 군의 「말탄 놈도 썻덕……」 정치적 가치를 제외하고 예술적 가치에서 본다면 9월 내에 발표된 본보 동요 중 상승(上乘)이라 아니할 수 업다. 세련된 기교에 감탄하며 금후로는 심각미 잇는 작품을 내여주기 바란다.[15]

윤복진(尹福鎭) 군의 「나는나는 실혀요」 과연 우리들은 근로하는 소년소녀가 되어야 할 것이다. 이런 의미로 이 동요의 착상과 능숙한 기교를 시인하면서도 어듸인지 부족을 늣게게 한다. 그것은 서울에 유학하는 부화(浮華)한 학생남녀와 근로하는 농촌의 소년소녀와의 대조 즉 계급적 관조에 잇서 넘어도 피상적 개념적에 흠(欠)이 잇지 안흔가 한다. 좀 더 구상적으로 묵어운 인상과 심각미를 독자에게 주도록 의식적으로 일보전진이 잇스면 한다.[16]

김수경(金水卿) 군의 「주먹 강아지」 매우 자미잇는 그리고 재기발발(才氣潑潑)한 노래이다. 이 1편으로 작자의 섬광적(閃光的) 재질을 능히 엿볼 수 잇다. 이 작자에게 의식전환이라든가 비약을 바란다는 것은 거의 무모의 짓으로 본다.[17]

윤복진(尹福鎭) 군의 「영감영감야보소!」 이 작(作) 역시 석동(石童), 수향(水鄉) 등 제군의 작(作)과 한가지로 표현 기교에 잇서 동요계의 일단계를 압서 잇는 것이 속일 수 업는 사실이다. 우리가 이분들에게

---

**15**　유재형, 「조선일보 9월 동요(2)」, 『조선일보』, 1930.10.9. 「말탄놈도 썻쩍 소탄놈도 썻쩍」(『조선일보』 1930.9.27)을 가리킨다.

**16**　유재형, 「조선, 동아 10월 동요(1)」, 『조선일보』, 1930.11.6. 「나는 나는 실혀요」(『조선일보』 1930.10.1)을 가리킨다.

**17**　유재형, 「조선, 동아 10월 동요(3)」, 『조선일보』, 1930.11.8. '金水卿'은 '金水鄉'의 오식이고, 「주먹강아지」는 (유치원동요)「주막집강아지」(『동아일보』 1930.10.19)를 가리킨다.

다른 무엇을 희망 또는 요구한다는 것은 무모에 갓가운 일이 아닐는
지. 그야 하여튼 사회적 정치적 평가를 별문제로 한다면 10월 분 동
아보상(東亞報上)의 동요 중에서는 상승(上乘)이라 아니 할 수 업다.[18]

(이상 밑줄 필자)

'상승', '세련된 기교', '능숙한 기교', '섬광적 재질', '표현 기교에 잇
서 동요계의 일단계를 압서 잇는 것' 등의 표현으로 윤복진(김수향)을 높
이 평가하고 있다. 그러나 마냥 칭찬만 하는 것이 아니다. '어듸인지 부
족'하고 '계급적 관조에 잇서 넘어도 피상적 개념적에 흠'이 있으므로,
'의식전환'을 통해 '심각미 잇는 작품'을 내놓으라고 요청한다. 한 마디
로 '예술적 가치'는 높이 평가하지만 '사회적 정치적 평가'는 그렇지 않
다는 것으로 요약된다. 유재형이 말한 '심각미 잇는 작품'이란 어떤 작
품을 말하는 것인가?

　　그리고 내용을 일운 사상은 무산아동의 대중성을 포유(抱有)한
사회적 정치적 가치 여하를 운위함은 무론(毋論)이다. 즉 '푸로레타
리아'의 '이데오르기'를 파악햇느냐 안헛느냐가 나의 기대하는 비평
의 대상이다.
　　그러나 현재 일간지면을 무대로 하고 생산되는 대개가 소위 제
2기라는 목적의식의 작품을 발견하기에 곤란한 것은 동요작가들의
거개 공인(共認)하는 사실일 것이다.[19] (밑줄 필자)

---

**18**　유재형, 「조선, 동아 10월 동요(3)」, 『조선일보』, 1930.11.8. 「영감 영감 야보소 에라 이
　　놈 침줄가」(『동아일보』, 1930.10.30)를 가리킨다.

**19**　유재형, 「조선, 동아 양지의 신춘 당선동요 만평(상)」, 『조선일보』, 1931.2.8.

프롤레타리아 이데올로기의 파악 여부가 바로 심각미를 갖추었는가를 가르는 비평 기준이다. 달리 사회 정치적 가치로도 표현된다. '무산아동의 대중성을 포유'한다는 것은 다음 인용에서 해명된다.

> 동요에 잇서 집단적 계급의식을 고취 선양하고 투쟁의식 투쟁수단을 내용으로 한 순전한 정치적 아지·푸로의 동요일지라도 그곳에 예술적 가치가 결여되엿다면 동요로서의 효과와 역할을 다 못한다고 본다. 그것은 아동은 대인과 상이하야 모다 순진한 감정 즉 동심을 통하여야만 그 노래로 하야금 노래할 수도 잇고 춤을 출 수도 잇고 모다 만히 확대 전파 감염될 수 잇기 째문이다.[20] (밑줄 필자)

정치적 아지·푸로의 동요라 하더라도 '예술적 가치'가 있어야 동요로서의 효과와 역할을 다할 수 있다. 아동들에게 '확대 전파 감염'되도록 하는 것이 대중성의 확보일 텐데 그것은 '동심'을 통해야만 한다. 이와 같은 동요관은 유재형이 "예술적 정치적 가치의 이원론에 입각"[21]해 있다고 한 것과 연결된다.

> 현실생활과 괴리된 종교적 비과학적 동심은 '푸로레타리아' 사회에는 잇슬 수 업는 일이며 잇다 하야도 그것을 '쑤르조아' 사회의 잔재물로 매장 소탕시키는 것이 우리들의 취할 태도이며 쏘한 임무의 하나이다.[22] (밑줄 필자)

---

**20**   유재형, 「조선일보 9월 동요(2)」, 『조선일보』, 1930. 10. 9.

**21**   유재형, 위의 글.

**22**   유재형, 「조선, 동아 10월 동요(3)」, 『조선일보』, 1930. 11. 8.

유재형이 말한 동심은 현실생활과 동떨어지거나 비과학적이어서 안 된다. 프롤레타리아 사회이기 때문이다. 그래서 현실 괴리, 비과학적 동심이 있다면 부르주아 사회의 잔재이므로 매장하고 소탕하는 것이 아동문학가들의 취할 태도이자 임무라고 본다.

습작기의 문학청년들을 인도할 지도자들에게 "감흥—힘—사회성 등의 제 요소"[23] 곧 생명 있는 문학을 요구한 바 있다. 여기서 말한 감흥, 힘, 사회성도 앞에서 말한 현실생활에 밀접한 과학적 동심과 프롤레타리아 이데올로기라는 개념과 연결되는 것으로 봐야 할 것이다.

이상의 논의를 요약하여 유재형의 표현을 빌려 말하면, 예술적 가치와 정치적 가치의 조화로운 결합을 추구하는 것이 그의 문학관이라 하겠다. 일제강점기의 아동문학 작가들이 당대 아동이 처한 시대현실을 올바르게 인식하고 독자대상인 아동들의 각성을 도모하는 것을 목적으로 하더라도 그 수단이 문학임을 고려할 때 이는 올바른 인식이라 평가할 수 있다.

유재형의 이러한 입장은 "자연생장기에서 목적의식적으로에 비약"을 하고 있는 우리 동요운동에서 "가치를 상실한 지가 임의 오랜 것"[24]이란 남궁랑의 비판을 받았다. 예술적 가치 운운할 시점이 아니라는 말이다. 그러나 동심주의에 안주하는 것도 문제지만 의식과잉의 작품들 또한 독자들의 호응을 얻을 수 없다는 점에서 유재형의 관점은 평가되어야 할 것이다.

**23** 유재형, 「(불평과 희망)성의 업는 지도자」, 『중외일보』, 1930. 3. 7.

**24** 남궁랑(南宮浪), 「동요 평자 태도 문제-유(柳) 씨의 월평을 보고(3)」, 『조선일보』, 1930. 12. 26.

## 나. 동요와 현실인식

일제강점기 유재형의 동요(동시, 소년시 포함)는 43편이 확인된다. 유재형의 동요를 한마디로 말하면 정치적 가치라고 했던 현실인식과 예술적 가치라는 동심의 결합을 추구한 것이라고 평가할 수 있다. 일반문학에서도 그랬지만 아동문학에서도 내용과 형식의 문제가 논의된 적이 있다.[25] 현실인식과 동심을 기계적으로 내용과 형식으로 환치할 수는 없을 것이다. 하지만 이 문제는 아동문학가들의 논쟁거리였다. 현실인식과 동심의 조화로운 결합은 일제강점기 동요가 추구할 가장 바람직한 모습일 것이다.

유재형의 첫 작품은 1925년 1월에 발표한 동요 「밝은 달」이다.

### 밝은 달
유재형

달아달아밝은달아
다른스람모르지만
천지만물밝혀쥬는
밝은너는알터이지
<u>우리동무불상할줄</u>
자세자세알터이지
<u>학교공부못하지만</u>
네빗마는나도밧네

(『매일신보』, 1925.1.18) (밑줄 필자)

---

**25** 류덕제, 「1930년대 계급주의 아동문학론의 전개양상과 의미」, 『한국현실주의 아동문학 연구』, 청동거울, 2017, 100~103쪽 참조.

가난 때문에 학교 공부도 하지 못하는 불쌍한 사정을 4·4조의 운율에 담아 하소연하고 있다. '우리 동무 불상할 줄'이나 '학교 공부 못하지만' 등에서 시적 화자가 처한 현실이 드러나 있다. 스스로는 물론이고 부모조차 해결해 주지 못하는 불쌍한 현실을 달에게라도 호소하는 어린이다운 발상이다. 달이 아무런 해결책을 제시해 주지 못할 것이란 점에서 보면 현실도피적 동심주의 작품이 아닌가 할 수도 있다. 그러나 어느 한 구절에서도 생활주변의 현실을 떠나지 않았고, 환상적 방식으로 문제해결을 도모하지도 않았다.

일제강점기에 계급주의 아동문학을 주창한 작가였던 신고송(申孤松)의 첫 작품 「우테통」(『어린이』, 1925.11)이나 송완순(宋完淳)의 첫 작품 「눈」(『신소년』, 1926.2)[26]에도 동심은 드러나 있지만 힘든 현실을 담아내지는 못했다. 「밝은 달」은 유재형의 향후 작품이 나아갈 방향을 예고한다. 현실인식을 기저에 깔고 있으면서 동심에서 벗어나지 않는 모습이다. 유재형의 아동문학 비평을 통해 이미 확인한 내용이다.

현실의 모순에 대해 문제의식을 갖고 해결책을 모색하는 것을 현실인식이라 한다. 그 범주는 무엇이 문제인가를 아는 데서부터 계급투쟁을 통해 모순을 타파하는 것까지 포함될 것이다. 유재형의 동요 작품 중에 계급투쟁은커녕 이렇다 할 현실인식이 뚜렷이 드러나지 않은 작품들도 여럿 있다. 「바둑돌」, 「개고리」, 「저녁 바람」, 「목동의 피리 소래」, 「매암이」, 「허재비」, 「산짤기」, 「가을밤」(『조선일보』, 1930.9.20), 「그리운 언니」,

---

**26**  지금까지 확인된 송완순의 첫 동요 작품은 「우후조경(雨後朝景)」과 「상식」(『신소년』, 1925.8)이지만 선외가작으로 원문을 확인할 수 없다. 「눈」보다 앞서 발표된 「합시다」(『신소년』, 1925.12)도 마찬가지로 선외가작이어서 원문이 수록되지 않았다. 작품으로 「깃부든 그날」(『신소년』, 1925.9), 「조선소년소녀에게」(『신소년』, 1925.12)도 「눈」보다 앞서 발표되었지만 역시 선외가작이어서 원문이 수록되지 않았다.

「아츰 이슬」,[27] 「자근 언니」, 「나무닢」 등이다.

### 매암이

유촌

오리나무가지에
　　매암이울고
　　　◇
해마다녀름마다
　　잘도울지요
　　　◇
감아니올라가서
　　잡아네릴가
　　　◇
그늘밋잔듸에서
　　듯고잇슬가
　　　◇
나무를흔들어서
　　쫏처버릴가
　　　◇
잡으면못쓰지요
　　애처럽지요
　　　◇
듯는건좃치만도

---

**27**　「아츰이슬」은 홍연파(洪淵波)의 작품으로 발표되었다. 그러나 「아츰이슬=작자로서」
(『동아일보』 1930.11.2)를 통해 유재형이 자기 작품임을 밝혔다.

길이느저요

◇

쫒치면다라나니
　그도못써요

◇

아서요그만둬요
　저대로둬요

（『조선일보』 1930.8.29）（밑줄 필자）


　매미가 우는 걸 보고 잡을지 듣고 있을지 쫓아버릴지를 묻고는 그대로 두라고 답한다. 그 까닭은 애처롭고 길이 늦어지고 달아나기 때문이다. 어린이다운 질문과 답에 동심이 잘 묻어난다. 게다가 7·5조의 율격이어서 노래로 부르기도 알맞다. 이 작품은 제재나 묻고 답하는 시상의 전개 방식 그리고 표현어법 등에서 당시 조선에서도 널리 불렸던 「가나리야」(かなりや)[28]를 연상시킨다. 이학인(李學仁＝牛耳洞人)과 최청곡(崔靑谷)이 번역한 바 있는데, 특히 최청곡의 역문(譯文) "아서요 말어요 그건못써요"와 유사해[29] 영향이 있었던 것으로 보인다. 그러나 「가나리야」가 다소 환상적인데 반해 「매아미」는 아동의 생활 주변에서 벗어나지 않는다는 차이점이 있다. 다른 작품들도 바둑돌, 개구리, 허수아비, 산딸기, 그리운 언니, 나뭇잎 등 아동의 생활 주변에서 제재를 택해 그들의 일상

---

**28** 사이조 야소(西條八十)의 『가나리야』는 1918년 『赤い鳥』(11월호)에 처음 발표되었다. 『赤い鳥』의 전속 작곡가였던 나리타 다메조(成田爲三)가 이 동요에 곡을 붙여 1919년 『赤い鳥』(5월호)에 악보와 함께 발표하자 전국적으로 애창되었다.(大阪國際兒童文學館 編, 『日本兒童文学大事典』, 大日本圖書株式會社, 1994, 310쪽.)

**29** 우이동인, 「동요연구(3)」(『중외일보』 1927.3.23)와 西條八十 作, 崔靑谷 譯, 「가나리야(童謠)」(『중외일보』 1928.8.22) 참조.

생활을 노래하고 있다. 그리고 어느 것 하나 환상으로 처리한 것이 없다. 유재형이 '현실생활과 괴리된 종교적 비과학적 동심'은 매장하고 소탕시켜야 한다고 했던 시각이 여기에서 확인된다.

아동의 현실생활에서 취재하고 노래하는 데서 보다 직접적으로 현실의 문제를 인식해 나가는 작품도 여럿 있다.

개미가 "서로서로 안고서" 먹을 것을 옮기는 모습을 그리다가, "옵바 언니 하는일/나도 나도 할래요"(「개미」)라고 하면 오빠와 언니가 하는 일이 무엇인지 상상력을 요구한다. 개미가 힘에 부쳐 서로 안고서 공동의 목적을 위해 노력하듯이 나도 오빠와 언니가 하는 일을 함께 돕겠다는 것이다. 따라서 오빠와 언니가 하는 일은 쉬운 일이 아니어서 힘을 모아 협력해야 하는 일임을 알 수 있다. 유재형의 다른 작품에서 '모임', '소년회'[30]라는 단어로 표현된 소년 결사체를 말하고자 한 것이다. 계급주의 문학론자들은 사회운동의 일 부문 운동으로 문예운동을 상정하였다. 문예운동의 부문운동으로 아동문학(소년문학)이 있게 된다. 청년회는 소년회를 지도하였는데, 청년회의 '아저씨'나 '오빠'가 '조합소년부'의 어린이를 지도하는 위계다. 「개미」는 이런 관점으로 읽을 수 있다.

자연의 정경이나 동물의 모습을 그리다가 작품의 어딘가에서 비유적 표현이나 비약을 통해 작가의 의식을 드러내기도 한다. 목동의 노래와 달구경하는 모습에서는 얼핏 자연의 정경이나 목가적인 동심을 읊고 마는가 싶지만, "풀 비여 소에 주는 목동"(「목동의 노래」)과 "공장 가신 누나"(「달」)가 나오면서 노동하는 소년 소녀의 모습을 연결시킨다. 어린 송아지와 아기가 울고 있는 모습에서도 "무정한" 어미소와 어머니를 두고 "밧가리 갓나요/논가리 갓나요"(「송아지」)라거나 "뒤ㅅ집으로 보리방아

---

**30**　유재형, 「실제(失題) 2편」, 『조선일보』, 1930.6.1.

싸러갓나요/압밧흐로 보리이삭 주으러갓나요"(「어린 아기」)라 하여 노동과 가난한 현실을 담아내는 것을 잊지 않는다. 「새ㅅ별」에서는 아버지, 어머니, 오빠, 온 가족이 노동하는 농촌의 현실을 담아내기도 한다. 무지개를 하늘에 놓은 다리에 비겨 달나라, 별나라에 가고 싶은 동심을 드러내다가도, 이내 "헐버슨 우리아기 저고리"(「무지개」)를 지었으면 하는 현실로 돌아온다. 가을바람 불고 벌레 우는 소리로 가을 정경을 노래하다가, "(××)밧는 사람의 식은피를 슬케할"(「가을 행진곡」)이라거나, 수수밭에 새 보러 가는 언니와 산 너머 풋나무를 하러 간 오빠를 소환한다.(「가을 맞는 세 식구」) 「동모 놀다가면」에서는 우리 집에 온 동무들이 자고 가라고 손목을 잡아도 어두운 길을 더듬으면서 돌아간다는 내용이다. 그 까닭은 대접할 게 하나도 없기 때문이다. 가난 때문에 동무들한테 '미안'하고 동시에 그냥 가버려서 '서운'한 감정이 고스란히 드러난다. 「푸른 솔밧」에서도 어릴 적 병정놀이를 하던 푸른 솔밭은 우리들의 "매저진 쑴"이 있고 그 꿈이 자라난 곳이지만, '푸른솔밧 그솔밧 잇도안해요'라고 하여 꿈이 사라진 현실로 돌아온다. 왜 솔밭이 사라지게 된 것인지 숨은 의미를 해석할 상상력을 요구한다. 현실의 벽을 넘지 못하고 우리들의 꿈이 허망하게 사라졌다는 것으로도 읽을 수 있겠고, 시간이 흘러 땔감으로 솔밭이 사라진 황량한 농촌의 모습을 연상할 수도 있겠다. 「가을밤」(『조선일보』, 1930.9.27)은 노래로 부르기 좋은 전형적인 7·5조의 작품이다. "가을밤 외로운밤 달도밝은밤"은 외적 정경이면서 '외로운 밤'이라는 데서 화자 정서가 포함되어 있다. 귀뚜라미의 울음을 누가 그리워서 우는 것 같다고 한 것은 화자의 정서를 귀뚜라미에 가탁(假託)한 것이다. 3연의 "너울면 만주가신 옵바생각에" 화자가 눈물이 나고 잠을 못 이루는 것이다. 일제강점기임을 감안하면 만주(滿洲)의 함의가 가족 이산(離散)뿐만 아니라 민족적 슬픔을 함축하고 있음을 읽어 내야 할 것이다. 가난이나 또 다른 이유로 오빠는 만주로 갔을 것이기 때문이다. 물레방아가 돌아가는 모습에서 "오막사리 순이네 저녁쌀"과 "햇배잡은 돌이네 장볼거리"(「물네방아」)를 연상한다. 오막살이에 살며 당일 저녁거리를 장만해야 하는 순이네와 햇벼를 찧어야만 하는 돌이네는 그 이면에 가난이 내재되어 있다. 물레방아는 가난을 드러내는 장치다. 「동전 두 푼」(『동아일보』, 1930.10.16; 『조선일보』, 1930.10.23)에는 심부름 값으로 동전 두 푼을 얻은 어린아이가 떡, 딱지, 딱총을 살까 선택의 즐거운 고민에 빠져 있다. 그러나 곧장 야학 다니는 언니 연필을 사 주겠다며 생각을 바꾼다. "쓰다쓰다 버린연필 어더가지고/야학가는 우리언니"의 처지가 생각난 것이다. 가난은 세월보다 더 빨리 인간을 성숙시킨다. 야학과 몽당연필은 가난의 객관적 상관물이다. 아침부터 장에 가서 밤이 되어도 돌아오지 않는 오빠를 걱정하는 「기다리는 옵바」도 한 가정의 가난한 일상을 담고 있다. "나무 지고 좁쌀 팔러 장에 가신 후" 밤이 늦도록 돌아오지 않는 점을 눈여겨볼 필요가 있다. 나무를 해 장에 가서 팔아야 가족들의 먹을거리를 장만할 수 있다. 오빠의 늦은 귀가는 나무가 팔리지 않았기 때문일 것이다. 그리고 나무를 팔아 사 올 먹을거리가 쌀도 아니고 좁쌀이다. 가난한 살림살이에 가족부양을 위해 애쓰는 오빠의 모습이 여실히 드러난다.

지금까지 보았던 동요들과 달리 강화된 현실인식을 바탕으로 한 작품들도 많다. '공장', '소년회'가 자주 노출되고, 계급대립과 증오감도 표출된다.


실제(失題) 2편

유재형


하나

산에는 산새
들에는 나븨
산새는 노래부르고
나븨는 춤출새
영순이는 공장으로
영남이는 소년회로
씩씩한 보조(步調)!
귀여운 경륜(經綸)!
압날을 요지경으로 보는듯하고나


　　둘
아츰에는 조(粟)밥으로
왼종일을 광이로
쌈흘리고도라오니
저녁밥이 조죽일세
　　　○
모기가 쐬이는 등잔불쓰고
동모의집 차저가니
아즉 일넛나
　　　○
누어서 기다리니
창박게 쿵쿵소리
반가운마음에 이가삼쮜네
　　　○
서로서로 하로의 피로(疲勞)를 속삭이고
갓가히올 모임을 꿈여갈새
아 ── 우리들의 마음은 굿세여가네

(『조선일보』 1930.6.1) (밑줄 필자)

산새와 나비는 노래 부르고 춤추지만, 영순이와 영남이는 공장으로 가고 소년회 활동을 하는 대조적인 모습을 보여 준다. 온종일을 땀 흘려 일해도 아침저녁 조밥과 조죽으로 때우는 현실도 잘 드러나 있다. 그러나 이 작품은 어려운 현실을 제시하고 대조적인 모습을 부각하는 데 초점이 있지 않다. 힘든 노동으로 피로하지만 현실을 타개하기 위한 계획이나 포부(경륜)가 있다. 다가올 모임을 조직하는데 보조가 씩씩하고 가슴이 뛰며 마음이 굳세어진다. 재미있는 그림을 보는 장치인 요지경을 보는 듯하다는 데서 미래를 낙관적으로 전망하고 있는 것도 알 수 있다. 「나의 노래」에서 "저 갈 길을 것는 동무들의 변함업는 그 보조"가 부럽고, "동무와 경륜을 가티 하고 모일 쌔" 가장 즐겁다고 한 것과 맥락이 같다. 「공장 언니」도 매일 열 시간씩 어린 손이 부풀도록 실을 켜는 언니의 모습을 그리고 있다. "가난사리/배곱흐니/공장을갓지"에서 굶주림 때문에 어린 나이에 부모와 고향을 떠나 "죽지 못해" 공장으로 가는 농촌의 현실을 읽을 수 있다.

**녀름방학**

　　　유촌

우리는
어제부터
방학이란다

한달을
무엇하고
집에잇슬가

돈잇는
너희들은
잘도놀겟지

아츰엔
일즉부터
공들을치고

저녁엔
시내가에
고기낙그고

밤에는
동모들과
노래도하고

틈타서
매부(妹夫)집에
놀러도가지

그러나
나는나는
일도만탄다

아츰과
저녁으로
쇠꼴베오고

폭양(暴陽)에
쌈흘리며
밧도맨단다

늬들은
녀름방학
즐거운방학

이몸은
녀름방학
일만흔방학

『조선일보』 1930.8.24) (밑줄 필자)

　　너희들이 공치고 고기 낚고 노래하며 친척 집에 놀러 갈 수 있는 것
은 '돈 잇는' 집 자식이기 때문이다. 내가 아침저녁 쇠꼴 베고 땡볕에 밭
매는 까닭은 가난하기 때문이다. 그래서 너희들에게는 '즐거운 방학'이
지만 나는 '일 많은 방학'이다. 여름방학은 객관적인 사실이지만 처한
입장에 따라 정반대의 인식이 있다. 「명절」도 마찬가지다. 너희들은 "새
옷입고 송편먹고 쮜여놀지만", "우리들은 헌옷에다/집신을신고//뒷산
으로 지게지고/나무간단다"라고 하여 대비가 선명하다.

**가난한 동모들의 가을노래**
　　　　　　　　유촌

　(전략)
만은곡식 저곡식을

누가다먹고
배부르고 살찌리는
누구인가요
부모들은 농사짓고
탄식을하니
조와하고 길거하리
누구인가요

(『조선일보』 1930.9.20)

우리 부모 땀 흘려 농사지어 풍년이 들었지만 도리어 탄식을 한다. 배부르고 살찐 사람과 좋아하고 즐거워할 이는 우리 부모가 아니기 때문이다. 지주와 소작인 간에 내재하는 가진 자와 못 가진 자의 대립이 뚜렷하다. "논스마지기부치는" "늙은것" 보고 "머리에 쇠쏭조차마르지 안흔 중대강이녀석"까지 거침없이 반말을 하는 것을 두고 "넘어도 심하구려!"라며 공분(公憤)을 토하는 「늙은 농부를 대신하야」도 소작인의 비애를 노래한 것이다. 「새 쫓는 노래」에서는 참새 떼에게 가난한 우리 집 조밭 곡식을 까먹지 말고, 윗녘 마을 부잣집 밭으로 가라고 한다. 가난한 집 곡식을 까먹으면 "주둥이가 상해서 피가흘너요"라며 으름장을 놓는다. 반면 부잣집 곡식을 까먹으면 "배불느기 부자가 안달하지요"라며 조롱하고 있다. 가난한 우리에게는 동정적이지만 배부른 부자에게는 적대감을 갖고 있는 화자의 심리를 읽을 수 있다. 앞에서 살핀 「명절」도 적대감을 드러낸 작품이다. 명절에 대한 서로 다른 처지를 밝힌 뒤, 그런데 너희들이 자랑하고 까불면 "울긋붉은 새옷에다/쏭칠을하지"라며 적대감을 노골적으로 드러내고 있다. 동심을 노래하면서도 은근히 빈부격차, 계급대립을 드러내 보이던 것에서 한 걸음 더 나간 모습이다.

쑹쑹보

유촌

배불느기 쑹쑹보가 지나를 가오
양복에다 안경쓰고 단장을 집고
쎗싹쎗싹 뒷둥뒷둥 양돼지 거름

우숩어요 쑹쑹보 저배좀보오
고기먹고 술을먹고 배가불럿지
쌍을잡고 돈노리해 배가불럿지

『조선일보』 1930.10.24) (밑줄 필자)


　가진 자에 대한 적대감이 조롱으로 표현되었다. '배불느기 쑹쑹보'
는 일제강점기 동요에서 무산아동이 가진 자를 부정적으로 표현하는 대
표적인 단어다. 조롱의 이유는 정당하지 못한 부의 축적 때문이다. '쌍을
잡고 돈노리해'는 전집(典執)과 겸병(兼倂) 그리고 고리대금이라는 부의
축적과정을 압축적으로 표현한 것이다. 1주일쯤 앞서 발표한 「쑹쑹보」
는 내용이 같으나 밑줄 친 마지막 행이 빠져 있다.[31]

---

**31**　「쑹쑹보」(『동아일보』 1930.10.16)는 다음과 같다. '뒷둥뒷둥'이 '뒷동뒷동', '우숩어요'가 '우
　수어요', '쑹쑹보'가 '쑹쑹쟁이'로 표기된 정도의 차이가 있다.

쑹쑹보
　진천 유촌

배불느기
쑹쑹보가
　지나를가오

주먹에 힘을 길러 "미운놈들 생기거든 째려주랸다"(「주먹」)고 하는 것
도 계급 간의 대립에서 비롯된 것은 물론이다. '미운 놈'은 "일안하고 밥
만먹는 그놈들", "이세상에 저만아는 그놈들"(「미운 놈」)이다. 싸움을 하
고 울면 어리석고 못난이라고 어머니가 말씀하시지만 "남한테- 지기실
혀 쌈도하지요/설어운일 복밧치면 울음울지요"라고 하는 아이들다운
감정의 대립이 있다. 주요한은 「미운 놈」에 대해 "단순한 무기교다. 신
기, 웅대, 비장…… 중 아모것도 없는 산문"[32]이라 혹평하였다. 유재형의
이 작품만이 아니라 이와 같은 작품이라면 주요한은 작가와 작품에 상
관없이 낮게 평가하였을 것이다. '산문'이라고까지 한 데는 '기교'가 없
는 것에 대한 비판이다.

1927년경부터 계급문학은 이른바 '방향전환론'이 주창되었지만 아
동문학에서 작품적 대응이 이루어지지 못했다. 1920년대 말부터 시작

---

○
양복에다
　안경쓰고
　　단장을집고
○
쎗싹쎗싹
　뒷동뒷동
　　양돼지거름
○
우수어요
　쑹쑹쟁이
　　저배좀보오
○
고기먹고
　술을먹고
　　배가불럿지

**32** 　주요한, 「동요 월평」, 『아이생활』, 1931년 1월호, 47쪽.

하여 1930년에 들어서서야 본격적으로 계급대립, 증오감 또는 적대감을 표출하는 계급주의 동요 작품이 발표되어 방향전환론이 작품으로 실천되었다.[33] "30년은 보담 수보(數步) 전진한 목적의식적 ××의 활기에 찬 조선 아동문학사상에 획선(劃線)할 1년"[34]이라 한 당대의 평가로도 확인된다. 현실인식에 초점을 맞춘 내용 중심의 작품들이 우선시되자 동심과 형식은 부차적인 것으로 치부되었다. 주요한은 이를 지적한 것이고 일면 옳은 말이다. 그러나 어린이를 천사로 만들고 말았던 아동문학에 대한 당대의 비판을 수렴한 대안이라 보긴 어렵다.

당시 계급주의 문학자들 내부에서도 "소년작품에다 강렬(强熱)한 푸로레타리아 의식을 주입식힌다는 것은 무리"[35]라는 온건론과, "푸로레타리아-트의 승리를 위하야 '아지·푸로'의 역할을 연(演)하면 그만"이라며 "제일에 내용문제이며 제이에 예술성(문학적 기술) 문제"[36]라는 강경론이 길항하고 있었다. 문학은 작품으로 말해야 한다. 작품으로 형상화되지 못한 주장은 공허하다. 현실에 대한 고민도 없이 예술만 운위하는 것 또한 잘못이다. 유재형의 작품에는 이 두 주장이 공존하고 있다. 그러나 현실에 대한 고민은 있었지만 수준 높은 예술성을 동반했는가에 대한 평가는 유보적이다.

유재형의 동요에는 소년의 포부와 계획이 배면에 깔려 있거나 노출되는 경우가 많다. 전망의 제시라 하겠다.

---

**33** 류덕제, 「일제강점기 계급주의 아동문학의 방향전환론과 작품적 대응양상 연구-『별나라』와 『신소년』을 중심으로」, 『문학교육학』 제43호, 한국문학교육학회, 2014, 212쪽.

**34** 이주홍, 「아동문학운동 1년간-금후 운동의 구체적 입안(1)」, 『조선일보』, 1931.2.13.

**35** 이동규(李東珪), 「동요를 쓰려는 동무들에게」, 『신소년』, 1931년 11월호, 15쪽.

**36** 안덕근(安德根), 「푸로레타리아 소년문학론(8)」, 『조선일보』, 1930.11.4.

# 어머니!

유재형

(전략)

어머니! 아아 어머니!

나는 지금에야 내 길을 내가 차졋고 내가 거러야 할 것을 알고 잇습니다. 내 길은 첫거름이 쉬우나 다음 거름이 더듸고 거칠고 몹시도 험합니다.

(중략)

어머니!

우리들의 길은 엇더케 거러야 하느냐고 무르신다면 대답하겟습니다. 선듯 대답하겟습니다. 우리들의 적은 힘을 한데 뭉쳐서 태양(太陽) 가튼 큰 덩어리로 이 지구(地球) 우를 굴리며 나가는 것이라고요. 정의(正義)를 바라고 나가는 그 길이라고요.

어머니!

그리하야 우리들은 가는 길에 모-든 암흑(暗黑)을 부시고 자유(自由)와 평화(平和)와 사랑을 씨쑤리며 위대한 창조(創造)의 길을 닥고 말 그 길 우에 서서 잇습니다.

(하략)

『조선일보』 1930.10.4) (밑줄 필자)

시의 앞머리에, 어릴 적엔 장수나 도 닦는 중이 되겠다고 하였는데 그 길은 틀렸고 망상이라고 하였다. 그 까닭은 "한 사람의 힘으로 적(敵)을 익일 수 업"고 "법당(法堂)에 쑤러안저 이 세상 죄악(罪惡)과 재화(災禍)를 건지랴 하되 제 한 몸도 구할 수 업"기 때문이라 하였다. 그래서 적은 힘을 뭉쳐 정의를 바라고 나가는 길을 찾았고, 자유와 평화와 사랑의 씨를 뿌릴 창조의 길을 닦고 말겠다는 각오를 다지고 있다. 시 「광명이 오도다」에서는 '친구여'를 연달아 호명하면서 같은 포부를 밝힌다. "그대도 일즉부터 사랑과 자유와 평화를 엇기 위하야 거리로 이향(異鄕)으로 헤매지 안핫는가"라고 묻고는 "광명이 오도다"로 마무리하면서 낙관적인 미래 전망을 펼쳐 보이고 있다.[37] '사랑과 자유와 평화'는 「어머니!」에서도 추구할 목표로 제시한 바 있어 이 시기 유재형의 의식의 저변을 관류하고 있었던 것으로 보인다. 전체 10연으로 된 '소년 산문시' 「기럭이 나르면」에서는 '감옥'에 간 '동모'가 나온다.

### 기럭이 나르면

유재형

사랑하는 동모야 ―

기럭이 나르면 생각나는고나 ―

네가 ××으로 간 후 몇칠 지난 후인가보다 나는 하로밤을 새워가며 생각하엿다. 그리하야 늬가 감옥으로 가게 된 것이 도로혀 당연코 일하는 우리들은 이 압흐로 수업시 너의 뒤를 짜으는 동모가 열다을 것을 아러 내엿고나 우리들의 길을 쑬키 위한 희생(犧牲) 그것을 앗기고서는 도저히 바랄 수 업는 일인 것을 내 싸는 새로운 발견 가티 알고 깃버하든 일 아 아 깃버하든 일 (9연)

『조선일보』 1930.11.4) (밑줄 필자)

---

**37** 조선총독부 경무국 도서과에서 1930년 1월부터 3월까지 『동아일보』 『조선일보』 『중외일보』 등 세 신문에 실렸던 시와 동요 중 (1) 조선의 독립(혁명)을 풍자하여 단결투쟁을 종용한 것, (2) 총독 정치를 저주한 배일적인 것, (3) 빈궁을 노래하고 계급의식을 도발한 것을 적발한 바 있다. 「광명이 오도다」는 (1) 항에 해당한다고 분류하였다. (朝鮮總督府警務局圖書課, 「諺文新聞の詩歌」, 13~15쪽, 단대출판부, 『쎄앗긴 책』, 1981)

「어머니!」, 「광명이 오도다」와 같이 이 작품도 호명하는 방식을 택했다. 누구를 간절하게 부르는 것은 그가 하소연의 대상이거나 문제해결의 동반자이기 때문이다. 1연에서는 '동모'와 즐겁게 지내던 기억을 환기한 후, 2~5연에 걸쳐 가난과 울분을 드러낸다. 조밥조차 제대로 먹지 못하고 월사금이 없어 비웃음을 받았던 기억, 상급학교 진학을 하지 못한 원망을 잊을 수 없는데 서울로 유학 갔던 동무가 여름방학에 내려와서는 본척만척하던 때의 울분, 꽃이 피고 새가 노래하던 봄날 점심도 못 먹고 저녁조차 굶은 나를 불러 콩나물죽을 나눠 먹었던 친구에 대한 기억들이다. 그러나 가난과 계급적 대립을 드러내고 울분을 표출하는 데서 멈추지 않는다. 6연부터 10연까지는 '미래의 희망'을 품고 '북으로' 갔던 친구가 고국으로 돌아와 '소임'을 하는 과정을 그린다. 그 일은 '우리들의 길을 뚫키 위한 희생(犧牲)'이 필요하였고 그 결과 '동모'는 '감옥'으로 가게 된다. 그러나 '압흐로 수업시 너의 뒤를 싸으는 동모가 열다을 것'이므로 절망과 좌절은 없다. 건강하게 '다시 맛나는 그날'을 기다린다고 했기 때문이다.

유재형의 작품은 기본적으로 가난을 밑바탕에 깔고 있다. 그로 인해 주리고 상급학교 진학도 못하며 나아가 가진 자에 대한 증오감도 표출하고 있다. 그러나 어디에도 좌절하는 법은 없다. 산문시 「어머니!」와 「기럭이 나르면」에서 확인하였다. 경륜 곧 희망과 포부가 있고 희생을 감내하면서 목표를 향해 나아가는 동무들이 있다. 공장과 소년회로 가는 영순이와 영남이를 두고 '씩씩한 보조/귀여운 경륜'(「실제 2편」)이라 하였고, 「나의 노래」에서는 '저 갈길을 것는 동무들의 변함업는 그 보조가 부러웁다'거나 '동무와 경륜을 가티하고 모일째 나는 한업시 질거웟노라'고 한다.

이런 생각은 동요만이 아니다. 시 「광명이 오도다」에서 이미 보았듯이, 여타 시에서도 자유, 정의, 사랑, 희생, 열정, 청춘 등의 시어(詩語)를 발견하는 일은 어렵지 않다. 유재형의 시에 일관되게 흐르는 의식이자 정서다. 부모와 아내 그리고 자식도 없고, 재물과 명예 지위도 없지만 걱정과 탄식만 하지 않고 어두운 이 세상을 박차고 나갈 '열정'이 있다고 한다.(「방랑자의 노래」) 자유와 평화, 정신의 양식, 인생의 환희도 한때 그렸지만 "농촌의 동무가 물결치는 곳/공장의 동무가 속삭이는 곳"(「출발의 노래」)으로 가 새로운 출발을 하려고 한다. 그래서 청춘을 새 시대의 사자라고 부른다.(「새 세기의 사자(使者) 너는 청춘이다」)

공장과 소년회를 거쳐 검열을 뚫고 '감옥'이 문면에 노출되었다. '다시 맞나는 그날'도 함축적이자 암시적이다. 이러한 시적 표현들이 단지 가난, 계급모순에 대한 저항 차원만은 아니다. 계급모순과 민족모순이 중첩되는 식민지 조선의 문제에 대한 인식이 없고서는 불가능한 표현들이다. 자유와 평화 사랑, 창조의 길, 광명 등의 표현들도 이런 연장선상에서 이해해야 할 것이다. 전망을 제시하지 않는 현실주의 문학은 무의미하다. 그러나 과장된 전망은 허위의식에 가깝다. 산문정신의 표현인 소년소설을 통해 동요에서 보았던 전망이 어떠한 것인지 확인해 보자.

### 다. 소년소설과 시대현실

유재형의 서사(敍事) 갈래 작품으로는 '소년소설' 2편, '콩트' 또는 '장편소설(掌篇小說)' 3편, 그리고 '단편소설' 1편이 있다. '소년소설'로는 「옵바는 언제나 오시나」와 「어머니와 쌀」이 있고, '콩트'로 「시집가는 봉희」, '장편소설(掌篇小說)'로 「도적 마즌 아츰」과 「김호령(金呼令)」이 있고, '단편소설'로 「귀농(歸農)」이 있다. 「시집가는 봉희」와 「귀농」은 작중인물의 연령과 관심사 등으로 볼 때 소년소설이라 해도 무방하다.

앞의 동요에서도 가난이 밑바탕에 깔려 있는 것을 보았는데, 소년소설 또한 마찬가지다. 「시집가는 봉희」는 17살짜리 시골 두메에 사는 봉희가 시집을 가게 되어 이웃집 순이와 이별의 정을 나누는 이야기다. 표나게 가난이 전경화되지는 않았으나 두메산골의 모습이 가난을 암시한다. 「옵바는 언제 오시나」는 구차한 살림살이를 대놓고 앞세운다.

> 살림사리라고 아버지가 도라가시고 또 옵바쎄서 다니시든 조합을 나오신 후로부터 두부 장사를 하야 겨우 아침 조밥(粟飯) 저녁 죽(粥)을 쓰리는 아조 말 못 되게 구차한 살림사리에 몸이 지치고 마음이 상할 대로 상하신 어머니의 근심과 걱정은 한 겹 두 겹 더하엿습니다.
>
> (「옵바는 언제나 오시나(1)」, 『조선일보』 1930.4.26) (밑줄 필자)

아버지가 돌아가시고 가족 부양을 책임져야 할 오빠가 직장을 그만둔 후 어머니가 두부장사를 하는 딱한 사정이다. 집을 나가 3년째 돌아오지 않는 오빠가 무슨 일을 하는지는 몇 가지 사건과 대화, 일기장을 통해 짐작할 수 있다. 순사가 들이닥쳐 수색을 하는 일, "○○사건"(2회, 1930.4.27) 때문에 조합을 그만둔 일 등이 있었다. 오빠의 일기장에는 "미들 수 잇는 동무―언약을 끗까지 직히는 동무가 필요"하다며 양적 증가도 필요하나 "질적(質的)으로 단합(團合)"해야 한다거나, "영순이의 고생은 나의 고생 나의 고생은 널리 이 나라 사람의 고생이다. 나는 영순이의 고생을 덜어주기 위하야 일을 하여야 하겟다"(이상 4회, 1930.4.29)는 구절이 있다. 영순은 "술이 두터운 붉은 표지한 책!"(1회, 1930.4.26)을 읽던 "옵바의 가슴 속에 무슨 싼 생각과 싼 계획이 잇섯든 것"(2회)이라 짐작한다. 오빠는 개인과 가족을 넘어 민족 또는 사회와 관련된 일을 도모하는 것이 분명하다. '○○사건'과 같은 복자 처리로 보아 오빠는 사상

사건 연루자일 가능성이 크다. 월사금을 제때 못 내고 상급학교 진학을 하지 못한 것을 원망하는 개인적 욕망 범주에 머물던 영순은 오빠를 이해하고 서서히 동조하게 된다.

> 이리하야 어머니께서는 날이 갈사록 더욱더욱 근심과 걱정이 더
> 하야 가는 한 엽흐로는 나는 도로혀 어듸인지 마음 한구석에 먼 압
> 날을 귀엽게 질거웁게 바라보는 싹이 잇는 듯하엿습니다. 이와 함께
> 어머니를 위로하는 마음 어머니를 가엽게 여기는 마음이 날로날로
> 두터워젓습니다. 틈이 잇는 대로 전날에 옵바께서 읽으시든 잡지도
> 읽어 보고 알기 쉽게 쓴 책도 읽고 하엿습니다.(4회) (밑줄 필자)

시종 오빠를 이야기하지만 중심인물은 영순이다. 따라서 주목해야 할 점은 영순의 변모다. 오빠를 보는 시각이 원망과 한탄으로부터 이해와 믿음 그리고 기대로 변모된다. 영순의 변모에 영향을 미친 이는 오빠다. 오빠가 매개적 인물로서 기능한 것이다. 이른바 헤겔(Hegel)의 문제적 개인이다.[38] 그러나 의식의 각성은 엿볼 수 있으나 마냥 기다릴 뿐 실천 행동은 나타나지 않는다.

「어머니와 쌀」과 「귀농」에서는 일보 진전된다. 「어머니와 쌀」에서는 의식의 각성에 이어 행동으로 실천하는 진숙을 만나게 된다. 민며느리 생활로부터 도망쳐 읍내 제사공장에 들어간다. 아침 6시에 일어나 고치에서 실을 뽑기 시작해 저녁때는 기운 없이 공장문을 나선다. 그래도 "요전에 잇든 그 생활"보다 고되지 않고 "괴로움 가튼 것은 썩 줄"었다고 한다. 육체적으론 공장노동이 힘들지만, 시어머니 될 이의 구박과 매

---

38  김윤식, 「문제적 인물의 설정과 그 매개적 의미」, 『한국 근대문학사상 비판』, 일지사,
    1978, 244~266쪽.

질, 어머니가 자신을 팔았다는 것에 대한 미움 등 정신적 고통이 컸던 민며느리 생활보다는 덜 괴롭다는 것이다. 봉건적 인습의 문제를 자각하게 하고 행동으로 실천하도록 영향을 미친 문제적 개인은 야학에서 진숙을 가르쳤던 안 선생이다. "조선의 문어지는 백성의 쌀로 만흔 짐이 잇고 묵어운 사명(使命)이 잇다"는 것을 명심하게 하였던 것이다.(「어머니와 쌀(완)」, 1930.9.16) 야학은 1930년 진천에서 무산아동 80여 명을 모아 가르친 유재형의 경험과 관련된다. 그 자신 야학에 매우 정성을 쏟은 듯하고 의의도 크게 평가한 것 같다.[39] 따라서 야학과 교사는 유재형의 작품에서 주요 모티프가 된다.

오빠가 영순을 각성시키고, 야학의 안 선생이 진숙의 앞길을 제시하였다면, 「귀농」에서 '나'의 귀농을 결심하게 만든 이는 H 선생이다. 청년시대에 "××주의자로 해외에 명성"(3회, 『매일신보』, 1933.1.14)을 날렸던 분이다.

> …… 지금 중학을 졸업해서는 옛날과 달나서 호구책도 구하기가 어렵고 또 중학을 졸업하고 상급학교를 가지 못할 바에는 먹고살 토지를 팔아서까지 졸업장을 밧을 필요는 업겟네. 군으로서는 보통 상식을 엇을 수 잇는 긔초지식은 가지고 잇으니가 농촌에 도라가 농사를 지며 한엽흐로 무지한 동족을 위하야 게몽하는 것이 차라리 의미 잇는 생활이겟네. (「귀농(3)」) (밑줄 필자)

유재형의 여타 소년소설 주인공에 비해 '나'는 절대빈곤 상태에 놓

---

**39** 「신명(新明)야학 성황」(『동아일보』, 1930.9.25), 「진천 신명야학-칠인 교수로」(『동아일보』, 1930.10.8) 등의 기사와, 신춘문예 당선작인 「무산아동의 야학 교수로 부호와 격투하던 쾌극」(『조선일보』, 1928.1.1) 참조.

인 것은 아니다. 충분한 여유가 없을 뿐이다. H 선생이 해외에 명성을 날리던 때와 달리 매우 현실적인 진단을 바탕으로 귀농을 권유하고 있다. 이 작품은 수필 「이향(異鄕)에서」를 통해 농촌의 현실, 귀농, 계몽 등에 대해 설파한 내용을 고스란히 반영하고 있다. 「귀농」의 '나'는 바로 "지도임무를 지식층에서 구하고 쏘 지식군으로는 학창을 나오는 청년으로 하야금 계몽의 책임을 부여(附與)"한 지도자에 해당한다. "귀농운동으로 출발하는 청년 사도(使徒)의 이상이 뇌리에 부유하는 기분적이며 환상적"이어서는 안 되고, "현실을 정확히 파악하고 모-든 수난을 돌파하며 향진하는 무명의 은예자(隱翳者)"만이 "진실한 지도자"라는 것이다.(이상 「이향에서(2)」, 『매일신보』, 1932.5.14) 「귀농」의 '동무 K군'은 '인데리 룸펜'(「귀농(2)」, 1933.1.13)이 되었는데 이는 "감상적 정렬에 취하야 긔분행동에 허맨"(「귀농(3)」) 것이다. 「이향에서(2)」에서 말한 "기분적이면서 환상적"인 지도자에 해당한다.

「어머니와 딸」과 「귀농」이 그가 비판했던 「낙동강」을 넘어섰는지는 단언하기 어렵다. 「어머니와 딸」에서 봉건적 인습에 저항하고 계급모순을 극복하기 위한 진숙의 당찬 실천은 평가받아야 할 것이다. 「귀농」의 '나'가 진실한 지도자가 될 것인지는 암시만 되어 있다. 동요에서 보였던 의식과잉 혹은 과장된 전망처럼 보였던 것들은 많이 차분해지고 구체화되었다. 현실은 그렇지 못한데 시와 소설에서만 이상의 실천가능성을 고창하는 허위의식이란 비판은 충분히 피할 수 있겠다.


## Ⅲ. 맺음말

일제강점기에 유재형은 90여 편의 작품을 남겼다. 아동문학 작품으로는 동요가 43편, 소년소설이 4편, 비평이 4편, 수필이 1편 확인된다. 갈래가 다양하고 작품 수가 적지 않음에도 불구하고 지금까지 연구자들의 관심이 닿지 않아, 작가연보나 작품연보조차 작성된 바 없다.

이 글의 목적은 일제강점기 유재형의 아동문학을 살펴보는 것이다. 먼저 유재형의 활동과 아동문학에 대해 개괄적으로 살펴보고, 비평과 동요 그리고 소년소설을 분석해 보았다. 먼저 비평을 통해 유재형의 문학관을 확인하였다. 현실인식을 기본으로 하되 동심을 벗어나지 않는 것, 곧 정치적 가치와 예술적 가치의 결합을 추구하였다. 이런 생각은 그의 작품에 그대로 반영되었다. 동요 작품에는 아동의 현실생활을 그린 것, 현실생활에서 가난과 노동 등을 인식한 것, 그리고 강화된 현실인식을 바탕으로 계급적 문제와 민족적 문제가 동시에 존재함을 인식하고 전망을 제시하려 한 것 등으로 구분해 볼 수 있다. 소년소설의 현실인식은 더 직접적이고 문제를 해결하기 위해 행동으로 실천하는 인물을 창조했다. 문제적 인물의 매개적 역할을 통해 주 인물의 각성과 행동적 실천이 이루어졌다. 이 과정에서 야학과 교사는 주요 모티프로 기능하였다.

동요와 소년소설을 통해 검열에도 불구하고 소년회, 감옥, 인습 타파, 집 떠난 오빠, 지도자 등의 시어와 개념을 반복적으로 노출시키고 있다. 이는 계급모순과 민족모순이 중첩되는 일제강점기의 현실에 대한 인식과 저항 그리고 식민지 공권력의 탄압을 암시하는 것이다.

요약해 보면, 일제강점기 유재형의 아동문학은 그가 비평에서 밝혔던 것처럼 정치적 가치와 예술적 가치의 결합을 추구하였다. 문학론과 작품적 대응양상은 대체로 일치하지만 계급모순과 민족모순에 대해 관심이 더 많이 쏠렸던 것으로 정리할 수 있겠다.

## 유재형의 작품연보

| 작가 | 작품 | 갈래 | 발표지 | 게재일자 |
|---|---|---|---|---|
| 유재형 | 밝은 달 | 동요 | 매일신보 | 1925.01.18 |
| 유재형 | 황혼이 오는 전원 | 시 | 매일신보 | 1927.06.19 |
| 유재형 | 하야술회(夏夜述懷) | 시 | 매일신보 | 1927.06.19 |
| 유재형 | (신춘현상당선)무산아동의 야학 교수로 부호와 격투하던 쾌극(快劇) | 잡문 | 조선일보 | 1928.01.01 |
| 유재형 | 낙엽 | 시 | 조선시단 | 1928.11 |
| 유재형 | 새벽에 올닌 기도 | 시 | 조선시단 | 1928.11 |
| 유재형 | 가을밤 | 시 | 조선시단 | 1928.12 |
| 유재형 | 바다가에서 부른 노래 | 시 | 청년시인백인집 | 1929.04 |
| 유재형 | 출발의 노래 | 시 | 조선일보 | 1929.05.28 |
| 유재형 | 어머니! | 시 | 조선일보 | 1929.10.04 |
| 류촌학인 | 포석 조명희의 낙동강 - 목적의식의 방황(전2회) | 평론 | 조선일보 | 1929.10.09~10 |
| 유재형 | 병상시(病床詩) 2편 | 시 | 동아일보 | 1929.11.10 |
| 유재형 | 무수 | 시 | 동아일보 | 1929.11.16 |
| 유재형 | 고독자의 노래 | 시 | 조선일보 | 1929.12.25 |
| 유재형 | 창조 | 시 | 동아일보 | 1930.01.26 |
| 유재형 | 광명이 오도다 | 시 | 동아일보 | 1930.01.28 |
| 유재형 | 춘일 잡음(春日雜吟) | 시 | 조선시단 | 1930.01 |
| 유재형 | 습작시에서 1 | 시 | 문예광 | 1930.02 |

| 유촌학인 | 습작시에서 2 | 시 | 문예광 | 1930.02 |
|---|---|---|---|---|
| 유재형 | (불평과 희망)성의 업는 지도자 | 평론 | 중외일보 | 1930.03.07 |
| 유재형 | 옵바는 언제나 오시나(전4회) | 소년소설 | 조선일보 | 1930.04.26~29 |
| 유재형 | 광명으로의 길 | 시 | 조선일보 | 1930.05.02 |
| 유재형 | 무직자의 고백 | 시 | 조선일보 | 1930.05.25 |
| 유재형 | 출발의 노래 | 시 | 조선일보 | 1930.05.28 |
| 유재형 | 실제 2편(失題二篇)(하나, 둘) | 동시 | 조선일보 | 1930.06.01 |
| 유재형 | 구름이 써 가자면 바람이 부러야지 | 시 | 조선일보 | 1930.06.10 |
| 유재형 | 나의 노래 | 시 | 조선일보 | 1930.07.01 |
| 유재형 | 개미 | 동요 | 중외일보 | 1930.07.03 |
| 유재형 | 목동의 노래 | 동요 | 중외일보 | 1930.07.08 |
| 유재형 | 달 | 동요 | 중외일보 | 1930.07.08 |
| 유재형 | 바둑돌 | 동요 | 중외일보 | 1930.07.08 |
| 유재형 | 송아지 | 동요 | 중외일보 | 1930.07.08 |
| 유재형 | 어린 아기 | 동요 | 중외일보 | 1930.07.08 |
| 유재형 | 개고리 | 동요 | 중외일보 | 1930.07.17 |
| 유재형 | 새ㅅ별 | 동요 | 중외일보 | 1930.07.21 |
| 유재형 | 공장 언니 | 동요 | 중외일보 | 1930.07.29 |
| 유재형 | 무지개 | 동요 | 중외일보 | 1930.07.31 |
| 유촌 | 녀름방학 | 동요 | 조선일보 | 1930.08.24 |
| 유촌 | 저녁바람 | 동요 | 조선일보 | 1930.08.27 |
| 유촌 | 목동의 피리소래 | 동요 | 조선일보 | 1930.08.28 |

| 유촌 | 매암이 | 동요 | 조선일보 | 1930.08.29 |
|---|---|---|---|---|
| 유재형 | 산중음 2편(山中吟二篇)(기1, 기2) | 시 | 조선일보 | 1930.09.05 |
| 유촌 | 허재비 | 동요 | 조선일보 | 1930.09.05 |
| 유재형 | 그날 밤 | 시 | 중외일보 | 1930.09.06 |
| 유재형 | 무상(無常) | 시 | 중외일보 | 1930.09.06 |
| 유촌 | 산딸기 | 동요 | 조선일보 | 1930.09.06 |
| 유촌 | 가을 행진곡 | 시 | 조선일보 | 1930.09.07 |
| 유촌 | 가을 맞는 세 식구 | 동요 | 조선일보 | 1930.09.07 |
| 유재형 | 어머니와 딸(전7회) | 소년소설 | 조선일보 | 1930.09.07~16 |
| 유촌 | 황혼 | 시 | 조선일보 | 1930.09.11 |
| 유재형 | 동모 놀다 가면 | 동요 | 조선일보 | 1930.09.17 |
| 유촌 | 푸른 솔밧 | 동요 | 조선일보 | 1930.09.17 |
| 유촌 | 인생 | 시 | 조선일보 | 1930.09.17 |
| 유촌 | 가난한 동모들의 가을 노래 | 동요 | 조선일보 | 1930.09.20 |
| 유촌 | 새 쫏는 노래 | 동요 | 조선일보 | 1930.09.20 |
| 유촌 | 가을밤 | 동요 | 조선일보 | 1930.09.20 |
| 유촌 | 그리운 언니 | 동요 | 조선일보 | 1930.09.22 |
| 유촌 | 고적(孤寂) | 시 | 조선일보 | 1930.09.26 |
| 유촌 | 가을밤 | 동요 | 조선일보 | 1930.09.27 |
| 유재형 | 어머니! | 산문시 | 조선일보 | 1930.10.04 |
| 유촌 | 명절 | 동요 | 조선일보 | 1930.10.07 |
| 유촌 | 물네방아 | 동요 | 조선일보 | 1930.10.08 |
| 유재형 | 조선일보 9월 동요(전2회) | 평론 | 조선일보 | 1930.10.08~09 |

| | | | | |
|---|---|---|---|---|
| 유재형 | 아츰이슬 | 동요 | 조선일보 | 1930.10.09 |
| 유촌 | 동전 두 푼 | 동요 | 동아일보 | 1930.10.16 |
| 유촌 | 쑹쑹보 | 동요 | 동아일보 | 1930.10.16 |
| 유재형 | 그 여자의 고백 | 시 | 조선일보 | 1930.10.17 |
| 유촌 | 동전 두 푼 | 동요 | 조선일보 | 1930.10.23 |
| 유촌 | 쑹쑹보 | 동요 | 조선일보 | 1930.10.24 |
| 유촌 | 무엇을 할가 | 동요 | 동아일보 | 1930.10.27 |
| 유재형 | 늙은 농부를 대신하야 | 시 | 조선일보 | 1930.10.31 |
| 유재형 | 주먹 | 동요 | 신소년 | 1930.11 |
| 유재형 | 미운 놈 | 동요 | 신소년 | 1930.11 |
| 유재형 | 추음 4장(秋吟四章) | 시 | 조선일보 | 1930.11.01 |
| 유촌 | 「아츰이슬」=작자로서 | 평론 | 동아일보 | 1930.11.02 |
| 유재형 | 기럭이 나르면(전2회) | 소년<br>산문시 | 조선일보 | 1930.11.02~04 |
| 유촌 | 자근 언니 | 동요 | 동아일보 | 1930.11.03 |
| 유촌 | 나무닢 | 동시 | 동아일보 | 1930.11.03 |
| 유재형 | 조선 동아 10월 동요(전3회) | 평론 | 조선일보 | 1930.11.06~08 |
| 유재형 | 새 세기의 사자(使者) 너는 청<br>춘이다 | 시 | 조선일보 | 1930.12.02 |
| 유재형 | 방랑자의 노래 | 시 | 조선일보 | 1930.12.25 |
| 유재형 | 순(瞬)의 감정(獨訴, 善惡, 싸움) | 시 | 조선일보 | 1930.12.27 |
| 유재형 | 어머니는 모르지요 | 동요 | 별나라 | 1931.01-02월<br>합호 |

| 유재형 | 조선·동아 양지(兩紙)의 신춘당<br>선동요 만평(전3회) | 평론 | 조선일보 | 1931.02.08~11 |
|---|---|---|---|---|
| 유재형 | 상아탑 시절 | 시 | 조선일보 | 1931.03.26 |
| 유재형 | 시집가는 봉희 | 콩트 | 조선일보 | 1932.01.08 |
| 유재형 | 도적 마즌 아츰 | 장편소설<br>(掌篇小說) | 중앙일보 | 1932.03.13 |
| 유재형 | 기다리는 옵바 | 동요 | 조선신동요<br>선집 | 1932.03 |
| 유촌 | 가을밤 (30.9.20 작품과 동일) | 동요 | 조선신동요<br>선집 | 1932.03 |
| 유재형 | 이향(異鄕)에서(전2회) | 수필 | 매일신보 | 1932.05.13~14 |
| 유촌 | 초하(初夏)의 감정 | 수필 | 조선일보 | 1932.05.18 |
| 유재형 | 김호령(金呼令) | 장편소설 | 중앙일보 | 1932.11.14 |
| 유재형 | 귀농(전4회)(신춘문에 1등당선) | 단편소설 | 매일신보 | 1933.01.12~15 |
| 유촌 | (5월수필)맥령·보·기타<br>(麥嶺·洑·其他) | 수필 | 동아일보 | 1935.05.17 |

# 6장 / 김기주의 『조선신동요선집』*

## Ⅰ. 머리말

일제강점기의 아동문학은 동요 전성기였다 해도 과언이 아니다. 지역으로 보면 두만강 접경 지역에서부터 제주도에 이르기까지 전국을 망라했다. 작가들은 소년문사들이 대부분인데 나중에는 기성작가로 발전해 간 경우가 많았고, 더러는 이름이 알려진 기성작가가 동요 창작을 한 경우도 있었다.

동요가 전성시대를 이룬 것은 몇 가지 요인이 잘 조합된 까닭이었다. 소년문사들의 발표욕과 명예욕, 우후죽순 생겨 난 아동문학 매체들과 신문 학예면의 투고 요청, 그리고 작곡이 되어 널리 노래로 불리게 됨으로써 전파효과가 커진 것 등이 상승작용을 한 것이었다.

조선을 병탄한 후 『대한매일신보』를 개제하여 조선총독부 기관지로 발간하였던 『매일신보』(1910)와 3·1운동 이후 창간된 『조선일보』(1920), 『동아일보』(1920), 『시대일보』(1924), 『중외일보』(1926), 『중앙일보』(1931),

---

\*    이 글은 「김기주의 『조선신동요선집』 연구」(『아동청소년문학연구』 제23호, 한국아동청소년문학학회, 2018)를 기반으로 하여 Ⅱ장 1절 다 항 『日本童謠集』의 영향'을 추가하여 대폭 수정하였다. 추가한 내용은 『김기주의 조선신동요선집』(역락, 2020)에 실었던 내용을 바탕으로 한 것이다.

『조선중앙일보』(1933) 등은 '학예면'을 두어 아동문학 작품의 발표 매체로서의 역할을 톡톡히 하였다. 아동문학 잡지로는 『어린이』(1923), 『신소년』(1923), 『아이생활』(1926), 『별나라』(1926) 등을 위시한 수많은 잡지들이 아동문학 발표 매체로서의 기능을 충실히 수행했다. 아동문학 잡지를 표방하지 않은 잡지들도 다수의 아동문학 작품을 게재할 수 있게 하였다.

이들 신문과 잡지들은 독자투고를 요청하였는데 그 까닭은 늘어난 지면에 비해 작가가 모자란 탓이었다. 소년문사들의 발표욕과 매체들의 투고 요청이 맞아떨어지면서 작품 발표가 급증하였다. 1920년대부터 시작된 독자들의 투고가 1930년대 전반에는 절정을 이루었다.

소년문사들이 쉽게 접근할 수 있는 갈래는 단연 동요였다. 동요는 창작하기 쉬운 갈래라기보다 필력이 달리는 독자들이 쉽게 접근할 수 있는 것으로 보았던 것 같다. 발표된 작품들이 대개가 동요인 것을 보더라도 알 수 있다.

사정이 이렇다 보니 여러 차례 동요선집 또는 동요집을 발간하려고 하였고, 실제 몇 권이 발간되기도 하였다. 발간된 동요집 혹은 동요선집은 대개 다음 세 가지 형태가 있었다. 하나는 개인 동요집이나 몇 사람이 함께 동인지 형태로 발간한 것이다. 둘째는 전래동요나 동화를 수집하여 발간한 것이다. 셋째는 당대의 창작동요를 대상으로 작가와 작품을 선별하여 발간한 동요선집(童謠選集)이 있다. 일정한 시기에 걸쳐 여러 사람의 동요 작품을 광범위하게 수집한 후 편자의 관점에 따라 선별한 앤솔러지(anthology) 형태의 책이다.

동요선집의 발간은 개인 명의로 발간한 것과 <조선동요연구협회>와 같이 단체를 구성하여 발간한 경우도 있다. 개인이나 단체가 동요선집을 편찬하려고 여러 번의 시도가 있었던 것으로 확인되나 대개는 이렇다 할 결과물을 내지 못하고 유야무야되고 말았다. 광범위한 작품 수집과 정리 작업이 생각만큼 쉽지 않았던 까닭으로 보인다.

이 글은 일제강점기의 동요선집 가운데 김기주의 『조선신동요선집(朝鮮新童謠選集)』을 살펴보고자 한다. 지금까지 『조선신동요선집』에 대해서는 신문의 신간소개와 서평을 통해 발간 사실과 간략한 소개만 있었다. 일제강점기 창작동요를 대상으로 한 다른 동요선집들에 대해서도 이렇다 할 종합적인 연구가 진행된 바는 없지만 부분적인 연구는 있었다. 그러나 『조선신동요선집』은 학문적 검토가 전혀 이루어진 바가 없다.

이 글은 『조선신동요선집』을 학계에 알리고자 하는 것을 첫 번째 목적으로 삼는다. 누가 언제 편찬하였고 어떤 작품이 실렸는지 등 객관적 서지사항을 살펴보고, 선집의 의의와 한계를 평가해 보고자 한다. 이를 위해 『조선신동요선집』보다 앞뒤에 발간된 동요선집들과 비교해 보도록 하겠다. 다른 동요선집들을 포함한 종합적인 연구는 차후 새로운 논문을 통해 밝히도록 하고, 이 글에서는 『조선신동요선집』을 살피는 데 초점을 두고자 한다.


## Ⅱ. 『조선신동요선집』의 양상과 의의

### 1. 『조선신동요선집』의 발간 경위와 수록 작품

#### 가. 『조선신동요선집』의 발간 경위

1932년에 발간된 『조선신동요선집』에 앞서 발간된 동요선집은 경남 남해(南海)의 정창원(鄭昌元)이 편찬한 『동요집』(삼지사, 1928.9.5 발행)과, <조선동요연구협회>가 편찬한 『조선동요선집』(박문서관, 1929.1.31 발행)

이 있다. 『동요집』에는 창작동요 92편, 동화시 3편, 동요극 1편이 수록 되어 있고, 『조선동요선집』에는 91명의 창작동요 180편(유지영(劉智榮)의 「농촌의 사시(四時)」를 4편, 이정구(李貞求)의 「동요일기」를 2편으로 계산하면 184편) 이 수록되어 있다.

1926년 <청구소년회>에서 『조선소년소녀동요집』, 1927년 장미사 에서 동요집 『장미꽃』, 개성(開城) <고려소년회>에서 동요집 발간, 대 구(大邱) 등대사(燈臺社)에서 『가나리아의 노래』(이후 『파랑새』로 책명 변경), 1930년 유기춘(柳基春)이 『소년소녀동요집』 등을[01] 발간한다고 하였으나 실제 발간 여부는 확인되지 않는다.

1927년에 1922년경부터 1927년경까지 소년소녀들이 창작한 동요 150여 수를 모은 『소년동요집』(신소년사)과 조선총독부 편수서기 이원규 (李源圭)가 『아동낙원』(조선동요연구회)이란 동요 동시집을 발간하였다 하 나 현재 실물을 확인할 수 없다.[02]

『조선신동요선집』 이후 발간된 동요선집도 여러 권이 있다. 박기혁 (朴璣爀)이 편찬한 『색진주(色眞珠)』(활문사, 1933.4.25)는 이름을 밝히지 않 은 소년문사들의 작품 80편과 한정동(韓晶東), 정지용(鄭芝溶), 방정환(方

---

**01** 「동요집 발행-청구소년회에서」, 『매일신보』, 1926.5.13.

　　「동요집 『장미꽃』 원고모집-장미사에서」, 『매일신보』, 1927.5.13.

　　「동요집 발행-고려소년회(高麗少年會)에서」, 『조선일보』, 1927.3.14.

　　「창작동요모집」, 『소년계』 제2권 제5호, 1927년 5월호, 19쪽.

　　「(어린이 소식) 등대사(燈臺社) 동화집」, 『동아일보』, 1927.6.3. '동화집'은 '동요집'의 오식 이다.

　　「동무소식」, 『매일신보』, 1930.9.13.

**02** 「소년동요집」, 『신소년』, 1927년 6월호.

　　「(신간소개) 아동낙원(兒童樂園)」, 『동아일보』, 1927.7.6.

　　「(신간소개) 동시동요집 아동낙원(鳥卷)」, 『중외일보』, 1927.7.7.

定煥), 정열모(鄭烈模), 유지영(柳志永), 윤극영(尹克榮) 등의 작품 20편을 합해 도합 100편의 창작동요가 실려 있다. 이 외에 전래동요 14편, 외국 동요 15편이 더 있다. 소년문사들의 작품 80편에는 간단한 비평을 덧붙여 놓은 것이 특징이다. 임홍은(林鴻恩)이 편찬한 『아기네동산』(아이생활사, 1938)에는 33편의 동요(동요곡)가, 『조선아동문학집』(조선일보사출판부, 1938)에는 57편의 창작동요가 수록되어 있다.

『조선신동요선집』의 편자는 춘재(春齋) 김기주(金基柱)다. 『조선신동요선집』의 겉표지에는 "春齋 金基柱 編", 속표지에는 "春齋 編"이라 한 데서 확인된다. 춘제(春齊)로 표기된 바가 있으나 '春齋'의 오식이다.[03] 김기주의 출생지는 평안남도 평원군 청산면 구원리(平安南道 平原郡 靑山面 舊院里)다. 『매일신보』가 전래동요를 모집할 당시 평안남도 평원 지역의 전래동요를 기보(寄報)할 때와 「동무소식」에서 김기주가 밝힌 주소다.[04]

1920년대 김기주의 활동은 다양하다. 1920년 7월 10일 창립된 <평원청년구락부(平原靑年俱樂部)>의 총무로 선임되었다.[05] 당시 전국적으로 청년운동이나 소년운동이 활발하게 전개되었는데 김기주도 출생지인 평원에서 같은 활동을 하고 있었다. 1923년에는 민립대학 발기인으로 참여하기도 하였다.[06] 1920년 6월 한규설(韓圭卨), 이상재(李商在) 등 100명이 <조선교육회설립발기회>를 개최하면서 민립대학 설립운동이 시작되었다. 1922년 1월 <조선민립대학기성준비회>를 결성하고, 1923년

03  「문예광 집필가 방명」(『문예광(文藝狂)』 창간호, 1930년 2월 10일 발행, 2쪽.)에 "金基柱 春齊 平南 平原"이라 하였다. 『조선신동요선집』의 표지에는 "春齋 金基柱 編", 속표지에는 "春齋 編"이라 되어 있다.

04  「전래동요(平原)」(『매일신보』, 1930.9.24), 「동무소식」(『매일신보』, 1930.12.25).

05  「평원(平原)청년구락부」, 『동아일보』, 1920.7.17.

06  「민대 발기인(民大發起人)-또 네 곳에서 선발」, 『동아일보』, 1923.2.18.

3월 29일 발기인 1,170명 중 462명이 참석한 가운데 조선중앙기독교청년회관에서 3일간에 걸쳐 총회를 개최하였다. 그러나 조선총독부의 탄압으로 실패하고 말았다. 당시 『동아일보』는 사설과 기사를 통해 민립대학 설립운동을 뒷받침했다.[07] 1924년 6월 22일에는 평원군 숙천명륜당(肅川明倫堂)에서 열린 '유림강연회(儒林講演會)'에서 강연을 한 바 있다.[08] 학력은 확인되지 않는다.

일제강점기에 창가(唱歌)를 극복하고자 한 신흥동요운동이 활발하게 전개되자 1920년대 후반부터 1930년대 초반까지 신문들은 앞다투어 동요를 게재하였다. 이 시기 소년문사들 중에는 일시적으로 몇 편의 작품을 발표하고는 이후 활동이 확인되지 않는 경우가 허다하였다. 여기에 견주어 보면 김기주의 창작활동은 적지 않은 편이다. 현재까지 동요 36편, 시 2편, 평론 1편, 잡문 1편을 창작한 것과, 전래동요 8편을 기보(寄報)한 것이 확인된다.

김기주의 작품 활동은 여러 매체에 걸쳐 있다. 『조선일보』에 10편, 『매일신보』에 24편, 『동아일보』와 『중앙일보』에 각 1편, 잡지 『소년조선』에 3편, 『문예광』에 2편 등이 실려 있다. 『조선신동요선집』에 3편의 동요가 수록되어 있는데 「봄동산」은 당초 발표된 매체를 찾지 못했다. 여러 신문과 잡지에 작품을 발표하였지만, 당대 대표적인 아동문학 잡

---

07 김호일, 「일제하 민립대학 설립운동에 대한 일고찰」(『중앙사론』 제1호, 한국중앙사학회, 1972), 우윤중, 「민립대학 설립운동의 주체와 성격-민립대학기성준비회를 중심으로」(성균관대학교 사학과 석사논문, 2016.2), 「민립대학준비회 포고문」(『조선일보』, 1922.12.7), 「(사설)민립대학에 대한 각지의 열성-철저를 희망」(『동아일보』, 1923.1.14), 「(사설)민립대학 발기총회 회원 제씨에게」(『조선일보』, 1923.3.17), 「금일 민립대학 발기총회-하오 1시부터 종로청년회관에서」(『동아일보』, 1923.3.29), 「(사설)민립대학 기성회와 행정당국-당국에 일고를 촉(促)하노라」(『조선일보』, 1923.9.7), 「한국민족문화대백과사전」 참조.

08 「(집회와 강연)유림강연회」, 『시대일보』, 1924.6.26.

지 『어린이』, 『신소년』, 『아이생활』, 『별나라』에서는 전혀 작품이 발견
되지 않는다.(이들 잡지는 결락본이 많아 현재 확인 가능한 것을 대상으로 한 판단이
다.) 작품 활동 기간은 1928년부터 1941년까지에 걸쳐 있으나, 중심 활
동기간은 1930년부터 1932년까지 2년 반 정도가 된다.

김기주의 작품은 당대 평자들로부터 크게 관심을 받은 것 같지 않다.
남석종(南夕鍾), 정윤환(鄭潤煥), 김병하(金秉河) 등[09]이 총평을 할 때 언급
을 하기는 했다. 그러나 작가에 대한 당대의 활동 및 평판과 작품의 질
적 수준이 선별의 기준이 되었을 동요선집에는 자신이 편찬한 『조선신
동요선집』을 제외하고는 어디에도 그의 작품이 수록된 예가 없다. 해방
후에 발간된 정태병(鄭泰炳)의 『조선동요전집 1』[10]에 「잔물ㅅ결」과 「가
을ㅅ밤」 2편이 수록되어 있어 당대적 관심과는 달랐다.

일제강점기 동요 작가 가운데는 웬만한 필력을 갖춘 경우 다수의 평
론을 발표하였다. 동요집을 편찬할 정도라면 더더욱 그러하다. 그러나
김기주의 평론은 단 한 편이 확인된다. 경남 남해(南海)의 정윤환(鄭潤煥)
이 쓴 「1930년 소년문단 회고(전2회)」(『매일신보』, 1931.2.18~19)에 대한 반
박문 「1930년에 대한 '소년문단 회고'를 보고-정윤환 군에게 주는 박문
(駁文)(전2회)」(『매일신보』, 1931.3.1~3)이 그것이다. 집필 이유는 "권위 잇는
이론의 수립을 옹호하기 위"[11]해서라 하였다. 그렇다면 정윤환의 글에
무슨 잘못이 있다는 것인가? 다음과 같이 지적하였다.

---

**09** 남석종의 「매신(每申) 동요 10월 평(4)」(『매일신보』, 1930.11.15), 정윤환의 「1930년 소년문
단 회고(2)」(『매일신보』, 1931.2.19), 김병하의 「박물(博物)동요연구-식물개설편(16)」(『조선중
앙일보』, 1935.2.24), 「박물동요연구-식물개설편(20)」(『조선중앙일보』, 1935.3.9)

**10** 정태병, 『조선동요선집 1』, 신성문화사, 1946.

**11** 김기주, 「1930년에 대한 '소년문단 회고'를 보고-정윤환 군에게 주는 박문(2)」, 『매일
신보』, 1931.3.3.

도라보건대 과거 1930년에 우리 소년문단은 다른 부문보다 비교적 얼마즘 새로운 발전의 이채를 발휘하야슴에도 불구하고 습관적 구형(舊型)의 언사(言詞)로서 언필칭 침묵이니 퇴보니 밉살스럽게 써들며 맹목적 소주관에 편견으로 장황하게 그야말노 웅필(雄筆)을 휘두름에는 누구나 보는 사람으로 하여금 불앙(不怏)한 감상과 요절(腰折)의 통탄을 마지안이하여슬 것이다. 만일 정(鄭) 군의 호언한 바와 사실이 갓다면 얼마나 우리의 문단의 정경(情境)이 비참하고 불행할 것이랴. 그러나 그것은 정 군의 경박한 태도와 편협한 소주관적 견지에서 나려 본 무식이 우리 1930년의 문단을 그러케 억울한 탈을 씨운 것이지 결코 정 군의 경솔한 행동 그대로의 침묵과 퇴보를 현출한 그것은 안이엿다.[12] (밑줄 필자)

1930년대 초반의 소년문단을 두고 침묵과 퇴보라 한 정윤환의 평가는 분명 정확하다 하기 어렵다. 1930년에 들면서 동요는 더 많은 작가들이 출현하여 작품 양이 늘어난 것이 사실이라, '침묵과 퇴보'란 평가와는 오히려 반대다. 정윤환의 비평문은 동요 부문을 '지도자', '기성작가', '신진작가'로 나누고, 동화 부문은 '소설계'라 하여 당대 작가들을 망라하다시피 논평하였다. 글의 말미에 "지도자이고 작가이고 너무나 소년문예운동에 무책임하다"[13]라고 한 것과 같이 대체로 부정적인 평가로 귀결되었다. 평가의 근거가 뚜렷이 제시된 것은 없고 인상비평적인 호오(好惡)만 구분하였다. 이는 비단 정윤환에게 있어서만 그러했던 것이 아니므로 당대 비평의 수준을 말한다 할 수 있다. 공격에는 반박이 있게

---

**12** 김기주, 「1930년에 대한 '소년문단 회고'를 보고-정윤환 군에게 주는 박문(1)」, 『매일신보』, 1931. 3. 1.

**13** 정윤환, 「1930년 소년문단 회고(2)」, 『매일신보』, 1931. 2. 19.

마련인데, "전식(田植), 김기주(金基柱), 이화룡(李華龍) 군들의 난필적 동요가 혹 보힌다"라고 하여 신진작가로 분류된 김기주는 '난필적 동요'를 쓰는 유치한 수준으로 평가된 것이다. '난필적'이란 "되나 안 되나 발표하는 작품"이란 뜻이다.[14] 김기주가 유일한 비평문을 쓴 것에는 자신에 대한 부정적 평가에서 촉발된 반박의 성격이 없지 않았다. 일제강점기 문단의 비평이 대체로 논쟁 형태였는데 그 양상은 부정적 평가와 그에 대한 당사자의 반박 형태로 전개된 것이 많았다. 김기주의 경우, 논쟁이 감정싸움으로 비화된 점이 있으나, '권위 있는 이론의 수립'이란 명분을 빌어 정윤환을 공박할 만하였다. 그만큼 정윤환의 글은 사실 확인이 되지 않은 데다, 논리가 거칠고 인상적 평가에 머물렀던 까닭이었다. 정윤환이나 김기주는 이 한 편 이외에 더는 비평문을 쓰지 않았다.

앞에서 여러 사람이 동요집을 발간한다 하였으면서도 결국 유야무야되고 만 경우를 언급하였다. 김기주도 동요집을 발간하기 위해 아동문학 잡지나 신문에 작품 투고를 요청한 것은 다른 사람의 경우와 비슷하였다. 김기주는 여러 차례에 걸쳐 신문과 잡지의 독자란을 통해 작품 모집을 알렸다.

> ◀ 시유엄한(時維嚴寒)에 귀사의 축일발전(逐日發展)하심을 앙축하오며 금반 여러 동지들의 열々하신 후원으로 하야금 『신진동요집』을 발행코저 하오나 밧부신데 미안하오니 이 사업을 살피시는 넓으신 마음으로서 귀사의 집필하시는 선생님과 밋 여러 투고자의 좌기(左記) 씨명의 현주소를 별지에 기입하야 속히 혜송(惠送)하와 주심을 간절히 바라옵고 압흐로 더욱 만흔 원조를 비옵니다.

---

**14**  정윤환, 위의 글.

기(記)

유석운(柳夕雲) 한춘혜(韓春惠) 김상묵(金尙默)

허용심(許龍心) 소월(小月)　　정동식(鄭東植)

엄창섭(嚴昌燮) 김병순(金炳淳) 김준홍(金俊洪)

박호연(朴鎬淵) 유희각(柳熙恪) 김춘강(金春岡)

1930년 12월 일 신진동요집준비회 김기주 백[15]


　처음 작품을 모집한다는 것을 알린 것은 위의 인용문으로 1930년 12월이다. 김기주 자신이 자주 투고를 하던 『매일신보』의 독자란인 「동무소식」을 통해서였다. "귀사의 집필하시는 선생님과 밋 여러 투고자"들이라며, "유석운, 한춘혜, 김상묵, 허용심, 소월, 정동식, 엄창섭, 김병순, 김준홍, 박호연, 유희각, 김춘강"[16] 등 12명에게 전달해 달라고 하였다. 이들 12명은 그 당시 『매일신보』에 왕성하게 투고를 하던 사람들이었다.

　동요집의 이름은 여러 번 바뀌었다. 위 인용문에서 보듯이 처음에는 '『신진동요집』'이었다. 그러나 열흘쯤 뒤에는 "여러 선생님들의 요구"라며 '조선동요선집'으로 개제한다고 알렸다.[17] 그런데 <조선동요연구협회>가 이미 같은 이름으로 동요선집을 발간한 바 있다. 그래서인지 1931년 신년 초두에 "여러 동무들을 본위로 순진한 심정에서 울너 나온 참된 노래를 널니 모아서 전조선동요집"[18]을 편집하겠다고 밝혀 동요

---

**15**　일기자, 「동무소식」, 『매일신보』, 1930. 12. 12. '좌기 씨명'이라 한 것은, 당시 신문이 오른쪽에서 왼쪽으로, 위에서 아래로 조판되었기 때문에 오늘날 '아래'에 놓인 부분은 당시에는 '왼쪽'에 위치해 있기 때문에 한 말이다.

**16**　일기자, 「동무소식」, 『매일신보』, 1930. 12. 12.

**17**　김기주, 「동무소식」, 『매일신보』, 1930. 12. 25.

**18**　김기주, 「친밀: 지상 '어린이' 간친회-주최 매일신보사 학예부(제2일)」, 『매일신보』, 1931. 1. 3.

집의 이름이 다시 바뀌었다. 이후에도 몇 번 동요집의 이름이 바뀌었다. 1931년 2월 25일에 그간 모은 원고를 당국에 제출하여 검열을 받을 때는 다시 동요집의 이름이 '조선동요선집'으로 되돌아갔다.[19] 같은 시기에 『아희생활』에는 다시 제일 처음의 이름이었던 '신진동요집'으로 환원해 어리둥절하게 만들었다. 이름이 뒤죽박죽 바뀌는 것도 그렇고, 원고 수집을 마감하여 당국에 검열을 받기 위해 제출하였다고 해 놓고 다시 "'신진동요집'은 가장 여러 동무들의 신망이 높을 터이오니 일반 동무들은 서로서로 주옥을 앗기지 말고 좌기 당소(當所)로 빨니 투고하야 당선의 영광"[20]을 받으라고 하였기 때문이다.

우여곡절 끝에 책명은 "新" 자를 더해 최종적으로 '조선신동요선집'이 되었다. 1932년 3월 8일 자로 납본을 한 것으로 확인된다. 1932년 3월에 평양(平壤)의 동광서점(東光書店)에서 발행하였다.[21] 책의 편집 체제는 표지, 속표지, 서문, 목차, 본문으로 되어 있다. 겉표지에는 책명을 도안글자로 세로 표기하였고, 속표지에는 책명, 편자, 출판사(출판지)와 발간 시기인 '1932·봄'을 밝혀 놓았다. 이 외에도 겉표지와 속표지에 거듭 '제1집'임을 밝힌 것으로 보아 제2집, 제3집 등 후속하여 발간할 의도가 있었던 것으로 보인다. 『조선동요선집』도 '1928년판'이라 하여

---

19  김기주, 「동무소식」, 『매일신보』, 1931.2.27.

20  김기주, 「독자구락부」, 『아희생활』 제6권 제2호, 1931년 2월호, 61쪽.

21  당시 『조선신동요선집』 발간과 관련된 사실을 전한 기사는 다음과 같다.
「출판일보」(『동아일보』, 1932.3.24)에 "3월 8일(火) 납본"이라 하고, '조선문'으로 된 책 가운데 "조선어동요선집 제1집 김기주"라 하였다. 책명의 '語'는 '新'의 오식이다.
「(신간소개)조선신동요선집 제1집」, 『동아일보』, 1932.5.3.
주요한, 「독서실-『조선신동요선집 제1집』 김기주 편」, 『동광』 제34호, 1932년 6월호.
김병호, 「『조선신동요선집』을 읽고」, 『신소년』, 1932년 7월호.
「컬럼비아 대학 조선도서관 기증도서-본사 서무부 접수」(『동아일보』, 1932.9.7)에 기증도서 여럿 가운데 "1. 조선신동요선집 1책 평원군 청산면 구원리 김기주"라 하였다.

"매년 발간의 계획"이 있었으나 재정문제와 간부가 지방에 있는 관계 등으로 성사되지 못하였다.[22] 『조선신동요선집』도 후속 발간이 없었는데 비슷한 이유였을 것으로 보인다. 서문으로는 최청곡(崔靑谷)과 홍난파(洪蘭坡)의 서문에 이어 김기주의 자서(自序)가 있다. 최청곡이 "우리들 세상에 가장 크고 위대하고 가치 잇는 수확(收獲)"이며 "우리들 조선에서 가장 듬은 사업"이라 하였고, 홍난파는 "재래의 모든 작품을 정리헤볼 필요"가 있는 터에 "시기에 가장 득의(得宜)한 것"이라 칭찬하며 추천하였다.[23] 이어 10면에 달하는 목차와, 한 면에 한 작품씩 203편의 동요를 203면에다 벌려놓았다.

겉표지                    속표지

**22**  김태오, 「소년문예운동의 당면에 임무(3)」, 『조선일보』, 1931. 1. 31.
      김태오, 「동요예술의 이론과 실제(5)」, 『조선중앙일보』, 1934. 7. 6.

**23**  최청곡, 「서(序)」, 김기주 편, 『조선신동요선집 제1집』, 평양: 동광서점, 1932. 3, 1쪽.
      홍난파, 「서(序)」, 김기주 편, 『조선신동요선집 제1집』, 평양: 동광서점, 1932. 3, 2쪽.

현재 이 책은 국내 공공도서관에는 소장된 곳이 없는 것으로 보인다. 개인 장서는 확인이 어렵고 공개되지도 않는다.[24] 1931년경 미국 컬럼비아대학(Columbia University)에서 '조선도서관(朝鮮圖書館)'을 개관하려 하자 『동아일보』가 이에 호응하여 기증도서를 수집하였는데, 그 목록에 김기주의 『조선신동요선집』 1책도 포함되어 있다.[25] 그러나 현재 컬럼비아대학 도서관에는 이 책이 소장되어 있지 않고, 시카고대학(The University of Chicago) 도서관에 1책이 소장되어 있다.[26]

## 나. 『조선신동요선집』의 수록 작가 및 작품

『조선신동요선집』에는 123명의 작품 203편이 수록되어 있다. 목차에도 작가와 작품을 제시하였고, 본문에도 작품마다 작가를 밝혀 놓았다. 작가의 출생지 혹은 현 주거지는 밝혀 놓지 않았다. 경남 남해(南海)에서 정창원(鄭昌元)이 편집 발간한 『동요집』과 <조선동요연구협회>가 편찬한 『조선동요선집』의 경우와 조금 다르다. 『동요집』의 경우 목차와 본문 양쪽 모두 작가명을 전혀 밝히지 않았다. 『조선동요선집』은 편집위원 7인의 경우에는 목차와 본문에 모두 작가명과 출생지를 밝혀 놓았지만, 다른 사람의 경우 목차에만 작가명과 출생지를 밝혀 놓았다.

---

**24**  하동호(河東鎬)의 「현대문학 전적(典籍)의 서지고(書誌攷) – 1919~45년을 중심으로」(『한국근대문학의 서지연구』, 깊은샘, 1981, 29쪽.)에 "김기주 편: 조선신동요집 제1집(1932.3)"이라고 소재를 확인하였다. 책명은 "조선신동요선집 제1집"의 오식이다. 필자는 일제강점기 동요 작가인 유재형(柳在衡, 柳村, 柳村學人)의 아들인 유종호 교수로부터 사본을 입수하였는데, 아쉽게도 후반부 일부가 탈락된 파본이었다.

**25**  「컬럼비아 대학 조선도서관 기증도서 – 본사 서무부 접수」, 『동아일보』, 1932.8.7.

**26**  http://pi.lib.uchicago.edu/1001/cat/bib/6110474에서 확인할 수 있다. 시카고대학 도서관에 『조선신동요선집』이 소장되어 있는 것을 알게 되어 그 대학 최경희 교수의 도움을 받아 전문을 확인할 수 있었다.

동요선집은 편자의 의도와 무관하게 정전(正典, canon)으로서의 역할을 하게 된다. 따라서 당대 작가와 작품 중에서 작가에 대한 평판과 작품의 질적 수준 및 의의 등을 선정기준으로 가려 뽑아야 한다. 『조선신동요선집』의 선정기준이 타당한가 여부는 주관적 편향을 방지하기 위해 앞서 발간된 『동요집』과 『조선동요선집』, 이후 발간된 『색진주』, 『조선아동문학집』 등과 비교하는 방법으로 평가해 보도록 하겠다.

특히 『조선동요선집』은 편자들의 권위나 수록 작가와 작품의 양 등에서 주된 비교의 대상이다. 『조선아동문학집』은 6년여 뒤에 발간된 것이어서 더러 대상 작가와 작품이 달라 신중하게 비교하여야 한다. 『동요집』과 『색진주』는 작가명과 발표 매체를 전혀 밝혀 놓지 않았다. 비교를 위해 당대의 신문과 잡지를 두루 살펴, 『동요집』은 총 96편 가운데 72편, 『색진주』는 총 80편 가운데 52편을 확인할 수 있었다. 그 결과 『동요집』은 대부분의 작품이 1927년 10월부터 1928년 4월까지 6개월 동안 발표된 작품이다. 김병호의 「봄비」(『조선일보』, 1928.4.19)만 제외하면 수록 작품이 전부 『동아일보』와 『중외일보』에 국한되어 있다.[27] "조선 아동교육계에 동요의 향상보급을 철저코저 하야 사도(斯途) 선진작가들의 작품과 본사 동인들의 작품으로써 편찬한 것"[28]이라 한 것으로 보아, 다수의 작품들이 매체에 발표되지 않은 동인들의 작품으로 보인다. '동요의 향상보급을 철저'하게 하고자 하였다면서 시기와 매체를 임의로 한정한 것과 수록된 작가들의 면면을 살펴보아도 생소한 이름이 많아 비교 자료로서는 제한적이다. 『색진주』의 경우 1924년 2월경부터

---

**27** 서덕출(徐德出)의 「봄편지」(『어린이』, 1926년 4월호; 『동아일보』, 1927.10.12)도 『동아일보』에서 찾은 것 같다. 윤명희(尹明熙)의 「실비」(『중외일보』, 1929.3.5)는 책이 발간된 이후에 발표된 것이다. 동인들의 작품 중에서 찾아 수록하였기 때문으로 보인다.

**28** 정창원, 「머리말」, 『동요집』 삼지사, 1928, 1쪽.

1930년 11월까지 근 7년여에 걸쳐 있고, 당대의 대표적인 작가들이 대체로 수습되어 있다. 발표 매체도 신문과 잡지를 두루 포함하고 있으나, 『신소년』, 『별나라』, 『아이생활』 등 주요 아동문학 잡지가 빠져 있는 점은 아쉽다. 이상과 같은 점을 고려하여 『조선동요선집』을 주요 비교 대상으로 삼고, 여타 동요선집은 필요에 따라 부수적으로 참고하도록 하겠다.

먼저 『조선신동요선집』에 작품을 올린 작가들부터 살펴보자. 작가와 작품은 밀접한 관계가 있으므로 적절한 작품이 선정되었는가도 아울러 살펴보도록 하자.

당대 아동문학 매체들에서 이름이 생소하거나, 그다지 활발하게 활동했다고 보기 어려운 작가들이다. 강성일(姜成一), 강영근(姜永根), 고영직(高永直), 김덕환(金德煥), 김미동(金美東), 김상호(金尙浩), 김웅렬(金雄烈), 김장연(金長連), 김종봉(金鍾奉), 김창신(金昌臣), 남문룡(南文龍), 마하산(馬霞山=馬龍錫), 박애순(朴愛筍), 박영호(朴英鎬), 서이철(徐利喆), 신영균(申永均), 오석범(吳夕帆), 유상현(劉祥鉉), 윤용순(尹用淳), 윤태영(尹泰榮), 이병익(李炳翊), 이영수(李影水), 이윤월(李允月), 장문진(張文鎭), 장영실(張永實), 조매영(趙梅英), 최창화(崔昌化), 한영주(韓英柱), 호성원(胡聖源) 등이다. 다른 동요선집에는 전혀 이름이 올라 있지 않았다. 당대 아동문학 매체들을 두루 살펴도 두세 편 안쪽의 작품을 발표하거나 많아야 10편 전후의 작품을 발표한 이들이다. 여러 매체에 걸쳐 장기간 활발한 활동을 했다고 하기 어렵다. 작품 본위로 선정했다면 작품 발표 횟수나 활동 여부가 걸림돌이 될 이유는 없으나, 작품 본위라 하더라도 이들의 작품이 딱히 우수하다 하기 어렵다.

생소한 이름의 작가와 발표 매체를 찾기 어려운 작품이 선집에 수록된 까닭은 어느 정도 예견된 일이었다. 작품 수집의 방법 때문이다. '발간 경위'에서 살폈듯이 『조선신동요선집』은 당초 신문과 잡지 등의 독자란을 통해 선집 발간을 공지한 후, 전국의 소년문사들이 자선(自選)한 작품을 제공 받았다. 아동문학 매체들을 면밀하게 확인해도 발표된 사실을 확인할 수 없는 작품들이 상당수에 이르는데 대체로 미발표 자선 작품이 아닌가 싶다.

2편 이상의 작품을 수록한 작가는 편자가 비중을 고려한 것으로 봐야 할 것이다. 김기주(金基柱=春齋=金春齋)(3), 김병호(金炳昊)(2), 김영수(金永壽)(2), 김유안(金柳岸)(2), 김태오(金泰午)(2), 남궁랑(南宮琅=南宮人)(5), 마춘서(馬春曙)(2), 목일신(睦一信)(2), 박팔양(朴八陽=金麗水)(2), 방정환(方定煥)(4), 서덕출(徐德出)(3), 선우만년(鮮于萬年)(2), 송완순(宋完淳)(4), 신고송(申孤松)(6), 안평원(安平原)(2), 유도순(劉道順)(2), 유재형(柳在衡=柳村)(2), 유희각(柳熙恪)(2), 윤극영(尹克榮)(4), 윤복진(尹福鎭=金貴環=金水鄕)(9), 윤석중(尹石重=石重)(8), 이원수(李元壽)(5), 이정구(李貞求)(3), 장효섭(張孝燮=물새)(5), 전봉제(全鳳濟)(2), 정명걸(鄭明杰)(2), 조종현(趙宗泫)(2), 주요한(朱耀翰)(3), 천정철(千正鐵)(2), 최순애(崔順愛)(2), 최인준(崔仁俊)(2), 최청곡(崔靑谷)(2), 탁상수(卓相銖=늘샘)(2), 한정동(韓晶東)(9), 한태천(韓泰泉)(3), 허문일(許文日=許三峯)(3), 홍난파(洪蘭坡)(2) 등 37명이다. 윤복진과 한정동이 9편, 윤석중이 8편, 신고송 6편, 남궁랑, 이원수, 장효섭이 각 5편, 방정환, 송완순이 각 4편 등이다.

『조선동요선집』에는 한정동이 7편, 고장환, 이정구가 각 6편, 유도순, 윤극영, 윤복진이 각 5편, 방정환, 신재항, 윤석중, 장효섭, 정지용, 지수룡(池壽龍)이 각 4편, 곽노엽(郭蘆葉), 김상헌(金尙憲), 김석영(金奭泳), 김영일(金永一), 김태오, 박을송, 서덕출, 선우만년(鮮于萬年), 송완순, 우태형(禹泰亨), 이동찬(李東贊), 이명식(李明植), 최신복(崔信福=崔泳柱), 허문일이 각 3편을 수록하고 있다. 한정동, 고장환, 유도순, 윤극영, 신재항, 정지용 등은 편집위원이기도 하지만 당대 문단의 평판으로 보아도 다수의 작품을 수록한 것에 이론의 여지가 없다. 다만 신재항의 경우 소년운동에 주력한 것은 분명하나 작품으로 이만한 평가를 받을 것인지는 의문이다. 김상헌, 김석영, 김영일, 선우만년, 우태형 등은 활동에 비해 상대적으로 과중평가된 것으로 보인다.

특히 『조선동요선집』에는 신고송과 이원수가 빠졌다. 『조선신동요선집』에는 신고송 6편, 이원수 5편의 동요가 수록되어 있다. 『조선아동문학집』을 편찬하는 데 주요 역할을 했던 윤석중은[29] 신고송의 「골목대장」과 「진달래」, 이원수의 「아침노래」, 「어디만큼 오나」 등을 찾아 실었다. 『조선신동요선집』에도 이들 작품이 수록되어 있다.

이해하기 어려운 것은 『조선신동요선집』에 김계담(金桂淡), 김영희(金英熹=金石淵=山羊花), 김재철(金在哲), 박세영(朴世永), 박아지(朴芽枝=朴一), 정열모(鄭烈模=살별=醉夢), 신재항(辛在恒), 우태형(禹泰亨), 이동찬(李東贊), 이명식(李明植), 이석봉(李錫鳳=李久月), 지수룡(池壽龍), 최신복(崔信福=崔泳柱=赤豆巾=靑牛生=草童兒=푸른소) 등이 아예 수록되지 않은 점이다. 앞서 발간된 『조선동요선집』에는 이미 이름을 올리고 있어 누락시킨 까닭이 궁금하다.

반면 『조선동요선집』에서 빠진 유력한 작가들의 작품을 살펴 수록한 것은 김기주가 동요선집 편찬자로서 나름 세심한 주의를 기울인 것으로 평가해야 할 것이다. 고삼열(高三悅), 김광윤(金光允), 김남주(金南柱), 김대봉(金大鳳), 김동환(金東煥), 김사엽(金思燁), 김유안(金柳岸), 김청파(金靑波), 남궁랑(南宮琅), 남응손(南應孫=南夕鍾), 마하산(馬霞山=馬龍錫), 모기윤(毛麒允=毛鈴), 소용수(蘇瑢叟), 송순일(宋順鎰), 송창일(宋昌一), 승응순(昇

29  윤석중, 『어린이와 한평생』, 범양사출판부, 1985, 169쪽.

應順=昇曉灘), 신고송(申孤松), 안평원(安平原), 양우정(梁雨庭), 엄흥섭(嚴興燮), 염근수(廉根守), 유재형(柳在衡=柳村), 유지영(柳志永), 유천덕(劉天德=鐵山兒=劉菊朶=劉霞園), 유희각(柳熙恪), 윤지월(尹池月=尹池越), 이경로(李璟魯=李虎蝶), 이대용(李大容), 이동규(李東珪), 이원수(李元壽), 이정호(李定鎬), 이헌구(李軒求=李求), 전덕인(全德仁), 전봉제(全鳳濟), 정명걸(鄭明杰), 정상규(鄭祥奎), 정인섭(鄭寅燮), 정지용(鄭芝溶), 정홍교(丁洪敎), 조종현(趙宗泫=趙血海=趙灘鄕), 차준문(車駿汶=車七善), 채규삼(蔡奎三), 최경화(崔京化), 최신구(崔信九), 최청곡(崔靑谷=崔奎善), 탁상수(卓相銖=늘샘), 하도윤(河圖允), 한인택(韓仁澤), 한춘혜(韓春惠=韓海龍), 한태천(韓泰泉=韓璟泉) 등이다.

　『조선동요선집』과 마찬가지로『조선신동요선집』에서도 남응손, 승응순, 엄흥섭, 염근수, 유지영, 정지용, 하도윤, 현동염 등을 수록하였지만 과소평가된 경우다. 그 외의 작가들은 대체로 활동 시기로 인해『조선동요선집』에서 누락된 경우인데, 활동 기간이나 작품의 양 그리고 당대의 평가로 볼 때 이들은 동요선집에 당연히 수록되어야 할 작가들이다.『조선신동요선집』보다 뒤에 나온 동요선집들조차 이들을 간과하였다. 다른 동요선집에서 다 이들을 놓친 것은 거꾸로 김기주의 안목과 노력을 엿볼 수 있게 하는 대목이다.

　『조선동요선집』에서 강중규(姜仲圭)(1), 고복만(高福萬)(1), 곽노엽(郭蘆葉)(3), 김기진(金基鎭)(1), 김만기(金萬玘)(1), 김상헌(金尙憲)(3), 김상회(金相回)(1), 김석영(金奭泳)(3), 김수영(金壽泳)(1), 김옥순(金玉順)(1), 김옥진(金玉珍)(1), 김은관(金殷寬)(1), 김응천(金應天)(1), 김전옥(金全玉)(1), 김창신(金昌臣)(2), 김채언(金采彦)(1), 동중선(董重善)(1), 문병찬(文秉讚)(1), 신순석(申順石)(1), 안병서(安秉瑞)(2), 안병선(安柄璇)(1), 안정복(安丁福)(1), 오계남(吳桂南)(1), 육민철(陸敏哲)(1), 윤복향(尹福香)(2), 이경손(李慶孫)(1), 이동찬(李東贊)(3), 이병윤(李丙潤)(2), 이석채(李錫采)(1), 이원규(李源圭)(1), 임정희(林

貞姬)(1), 정욱조(鄭旭朝)(1), 최봉하(崔鳳河)(2), 최영애(崔永愛)(1), 최춘향(崔春香)(1) 등의 이름을 볼 수 있다. 일제강점기 아동문단에서 곽노엽, 윤복향, 이동찬 등의 이름이 알려져 있으나 이들의 작품이 2~3편씩 수록될 정도로 비중이 컸는가는 다시 생각해 볼 필요가 있다. 김기진, 문병찬, 안정복 등은 문단 혹은 소년운동에 널리 이름을 알렸으나 동요 창작에 이렇다 할 성과를 낸 것은 아니었다. 김상헌은 김억(金億)의 아들이라는 연고[30] 때문인지 지명도나 작품 활동에 비해 3편이 올라 있고, 김석영은 1920년대 초반 몇 편의 작품이 확인될 뿐이며, 최신복(3), 최순애(2), 최영애(1) 등 최 씨 3남매가 모두 선정되었을 뿐 아니라 그 비중 또한 가볍지 않은 것도 선뜻 이해하기 어렵다. 그 외는 대체로 이름조차 생소한 작가들이다. 정욱조는 보통학교 4학년으로 12세의 소녀다. 일본에서 인형 환영가를 모집할 때 3,853명이 응모하여 그 가운데 1등 당선된 것이 「인형노래」인데 그걸 실었다.[31] 문제는 원작이 일본어(日本語)로 된 작품이라는 것과, 당대 신문과 잡지의 수많은 당선작들을 제대로 살피지 않은 점에 비추어 볼 때 올바른 선정인가 의문이다.

김성도(金聖道=어진길), 김우철(金友哲), 박고경(朴古京=木古京=朴春極=朴順錫=각씨탈), 박영하(朴永夏=朴映河=朴英彩), 이주홍(李周洪=向破=香波=芳華山=旅人草), 황순원(黃順元=狂波) 등은 어느 동요선집에도 이름이 없다. 활동시기로 보아 『조선동요선집』에는 누락될 수도 있었겠으나 『조선신동요선집』에는 수습할 수 있었던 것으로 보여 아쉽다.

다음은 작가와 작품의 배열 방법을 보자. 『조선신동요선집』은 다른

---

**30** 우이동인(牛耳洞人=李學仁)의 「동요연구(2)」(『중외일보』 1928.11.14)에 윤복진의 「장례」, 김상헌(金尙憲)의 「봄비 내리는 법」(「봄비 내리는 밤」(『중외일보』 1928.3.27)의 오식), 현동염(玄東濂)의 「아버님」을 인용하면서, "(김상헌 군은 김억 씨의 장남인 것을 말해 둔다.)"고 밝혔다.

**31** 「시평(時評)-인형노래」, 『조선일보』 1927.3.1.

동요선집과 다르다. 『조선동요선집』은 '이상 본 협회 제1회 간사'라 하여 고장환(6), 김태오(3), 신재항(4), 윤극영(5), 유도순(5), 정지용(4), 한정동(7) 등 7명의 작품 도합 34편을 앞에다 배치한 후, 약간의 흐트러짐이 있지만 작가별 가나다순으로 배열하였다. 『색진주』는 80편을 무작위로 배열한 다음, 한정동, 정열모, 방정환, 김동환, 진장섭, 염근수, 정지용, 유지영(柳志永), 윤극영 등 '시인'들의 경우 따로 작품을 배열하였다. 다른 동요선집은 이렇다 할 기준이 없다.

이에 반해 『조선신동요선집』은 작가별 배열을 하지 않았다. 여러 편의 작품을 수록한 작가라 하더라도 단 한 명도 2편 이상을 한곳에 모아놓은 경우가 없다. 그렇다고 무작위로 늘어놓은 것은 더더욱 아니다. 주요한(朱耀翰)은 『조선신동요선집』의 작품 배열을 두고, "작품들은 대개 춘하추동별로 갈라 놓"아 "교육용으로 쓰려 하는 이에게는 좋은 참고서"[32]가 된다고 하였다. 명시적으로 계절별 배열임을 드러내지 않았고, 작품에 따라 계절 구분을 하기 어려운 것도 있으나, 주요한의 말마따나 "대개" 계절별로 나누어 수록한 것은 분명하다.

제목에서 계절이 드러난 경우도 있고 내용을 통해 계절을 알 수 있는 경우도 있다. 제목이나 내용에 계절이 뚜렷이 드러나 있지 않은 경우도 있으나, 특정 계절이 시작된 이후 지난 계절의 노래가 이어지는 경우는 없다. 가령 63면에 수록된 김영수(金永壽)의 「녀름」은 분명 계절상 여름 노래에 해당한다. 「이른 봄」, 「봄노래」, 「고향의 봄」, 「봄」, 「봄이 온다고」, 「봄편지」, 「봄동산」, 「봄비」, 「봄밤」, 「봄노래」, 「봄」, 「봄비」, 「봄바람」, 「봄바다」, 「봄날의 선물」, 「봄의 노래」 등과 같이 제목에서 분명 봄

---

32  주요한, 「독서실-『조선신동요선집 제1집』, 김기주 편」, 『동광』 제34호, 1932년 6월호, 93쪽.

의 노래임을 알 수 있는 동요는 모두 63면 이전에 수록되어 있다. 「종달새」, 「버들피리」, 「한식날」, 「할미꽃」, 「제비야」, 「버들개비」, 「갈닙피리」, 「진달네」 등과 같이 내용상 봄의 노래임을 알 수 있는 동요들도 63면 이후에는 발견되지 않는다. 여름이나 가을, 겨울을 노래한 동요도 마찬가지여서 동요의 배열이 계절에 따른 것임을 분명히 알 수 있게 한다.

이러한 방식은 김태오의 『설강동요집(雪崗童謠集)』(한성도서주식회사, 1933.5.18)에서 그 예를 볼 수 있다. 계절별로 '봄의 나라', '여름의 나라', '가을의 나라', '겨울의 나라' 외에 '희망의 나라'와 '기쁨의 나라'로 묶었다. 이와 유사한 예로는 일제강점기에 곤충학자로 이름을 떨쳤던 김병하(金秉河)의 「박물 동요 연구-식물개설 편」(『조선중앙일보』, 1935.1.26~3.21)(신문의 부재로 연재가 정확히 언제 끝이 났는지는 불명확하다.)에서 찾을 수 있다. 김병하는 10여 년 동안 동식물 관련 동요 1,280편을 수집하여 동물과 식물로 가르고, 69종이나 되는 식물편을 44과(科)로 분류하여 학명(學名)과 일본명(日本名)까지 조사하였다. 예를 들어 '앵도과(櫻桃科)'에 '매화', '살구', '복숭아'로 나누고, 안송(安松)의 「매화꽃」, 양춘룡(陽春龍)의 「밤매화」, 최흥길(崔興吉)의 「살구나무」, 황순원(黃順元)의 「살구꽃」, 이승억(李承億)의 「살구」, 조종현(趙宗鉉)의 「복숭화꽃」을 제시하였다. 동요를 인용한 후에는 내용의 해설 혹은 간단한 감상을 덧붙였다.[33] 동요의 시적 수준보다는 식물을 읊은 동요인가 여부가 선정의 우선적인 기준이었으나, 동요에 대한 관심과 수집 및 분류에 따른 노력은 대단해 치하할 만하다.

김태오나 김병하도 그렇지만 김기주는 나름대로 편찬자로서 작품을 배열하는 데도 일정한 노력을 기울였다고 할 것이다. 동요선집을 편찬

---

**33** 이상은 김병하, 「박물동요연구-식물개설편(1~2)」(『조선중앙일보』, 1935.1.26~27) 참조.

하는 일은 당대 문단의 평판이나 작가적 위치, 그리고 작품의 수준을 엄정하게 살펴야 하는 어려운 작업이다. 동요선집 편자로서의 노력과 안목이란 기준으로 볼 때 김기주가 다른 동요선집 편자들보다 상대적으로 더 인정받아야 한다고 본다. 아동문학사적 관점에서 당대 문단의 평판이나 작가적 위치를 제대로 반영하였기 때문이다.

### 다.『日本童謠集』의 영향

『조선신동요선집』과 『니혼도요슈(日本童謠集)』(이하 '일본동요집')를 비교해 보고자 하는 것은 영향 관계를 알아보고자 함이다. 『조선신동요선집』이나 『조선동요선집』(1929) 어디에도 『일본동요집』에 관한 직접적인 언급은 없다. 그러나 일반문학도 그렇듯이 당시 아동문학 또한 일본의 영향이 컸다. 동요와 관련해 창작방법이나 동심에 대한 이론적 기반을 일본의 작가들에게서 찾는 경우가 대부분이었다. 기타하라 하쿠슈(北原白秋), 사이조 야소(西條八十), 미키 로후(三木露風), 노구치 우조(野口雨情), 하마다 히로스케(濱田廣介), 시로토리 세이고(白鳥省吾) 등은 당시 조선의 동요 작가들이 아동문학과 관련된 논의를 전개할 때 자주 호출하였던, 일본 다이쇼 시기(大正期)의 대표적인 동요 시인들이었다. 이런 사정을 두고 볼 때, 『일본동요집』은 당시 조선에서 『조선동요선집』이나 『조선신동요선집』 등을 간행하는데 자극제가 되었거나 참고 대상이 되었을 것은 분명하다. 따라서 이를 비교해 보는 것은 상당한 의미가 있다고 생각된다.

『일본동요집』은 동일한 이름으로 두 차례 간행되었다. 둘 다 <도요시진카이(童謠詩人会)>(이하 '동요시인회')가 편집하여 신초샤(新潮社)에서 간행하였다. <동요시인회>는 1918년 아동잡지 『빨간새(赤い鳥)』가 간행된 지 7년째인 1925년 5월 3일 발회식을 가진 동요 시인들의 대동단결

단체다. 발회식을 가진 후 한 달 남짓 지난 1925년 6월 17일에 첫『일본동요집』이 간행되었고, 두 번째『일본동요집』은 1926년 7월 7일에 간행되었다. 1925년판『일본동요집』은 출판 과정의 물리적 시간만 생각해도 발회식 이전에 간행 작업을 착수해 상당 부분 진척되어 있었다고 보아야 할 것이다.

1925년에 간행된 것은 그냥『일본동요집』이라 하였으나, 1926년에 간행된 것은『일본동요집-1926년판』이라 하였다. 1925년에 간행된 것은 기타하라 하쿠슈(北原白秋)가 쓴 서문에 "다이쇼(大正) 14년, 서력 1925년에 있어서, 우리들은 일본에 있어서 최초의 일본동요집의 연간 제1집 1924년판을 상재한 것이다."라 하여 '1924년판'인 것처럼 되어 있다. 그러나 이듬해인 1926년에 발간된 것이 발간된 해를 기준으로 '1926년판'이라 한 것으로 따져보면 '1925년판'이라 해야 옳을 것이다.

『일본동요집』(1925)은 따로 편집위원을 밝히지도 않았고, 따라서 특정인의 작품을 전면에 배치하지도 않았다. 성명을 고주온준(五十音順)에 따라 33명의 작품 127편을 수록하였다.

『일본동요집』(1926)의 부록에는 '동요시인회 청규(童謠詩人會淸規)'가 있다. 이에 따르면 가와지 유코(川路柳虹), 기타하라 하쿠슈(北原白秋), 사이조 야소(西條八十), 시로토리 세이고(白鳥省吾), 다케히사 유메지(竹久夢二), 노구치 우조(野口雨情), 미키 로후(三木露風) 등 7명이 '심사편찬위원'이었다. '심사편찬위원'의 역할은 '편집 및 회원의 전형'을 맡는 것이다. 강연회와 음악무용회의 개최와 관련하여 '실행위원'을 두었는데, 가와지 유코, 시로토리 세이고, 다케히사 유메지, 하마다 히로스케(濱田廣介), 후지타 겐지(藤田健次) 등 5인을 두었다. 1926년 당시 <동요시인회>의 전체 회원은 43명이었다.『일본동요집』(1926)은 38명의 작가들 작품 128편과, 26명의 입선 작품 각 1편씩 26편을 합해 도합 154편을 싣고 있다.

심사편찬위원 7인의 작품 33편을 앞에다 배치하였다. 심사편찬위원의 작품은 4편에서 5편을 수록하였다. 이어서 31명의 작품 95편을 1편에서 5편까지 수록하였다. 심사편찬위원이든 그 외의 작가든 어느 경우도 5편을 넘는 경우는 없다.

『일본동요집』(1925)은 부록으로 '童謠年鑑: 明治三十一年~大正十三年'을 두었다. 1898년부터 1924년까지 '동요연감'을 작성한 것으로, 매년 월별로 주요 작가의 작품과 발표 매체를 밝혔다. 『일본동요집』(1926)에는 부록으로 '童謠作品表: 大正十四年度'를 붙여 놓았다. 『일본동요집』(1925)에서 1898년부터 1924년까지 동요 목록을 제시하였기 때문에, 1925년도분만 월별로 작가와 작품, 그리고 발표매체를 기록해 둔 것이다.

이 작업은 보기보다 품이 많이 드는 작업이다. 누가, 언제, 무슨 작품을, 어디에 발표했는지를 일일이 확인하여 기록하여야 하기 때문이다. 시간이 지나면 자료의 소실 등으로 더 많은 시간과 노력을 기울여도 이와 같은 사적 연대기(史的年代記)를 작성하기가 어려워진다. 『일본동요집』 두 권을 통해 일본 아동문학사에 있어 동요 부문은, 적어도 1925년까지는, 대체로 어느 작가가 무슨 작품을 언제, 어디에 발표했는지를 확인할 수 있게 되었다. 두 권의 『일본동요집』을 간행한 후, <동요시인회>는 대동단결을 표방하였음에도 불구하고 좀처럼 보조를 맞추지 못해 더 이상의 진전을 보지 못하고 소멸하고 말았다.[34]

『조선동요선집』(1929)을 발간한 단체는 <조선동요연구협회(朝鮮童謠研究協會)>다. 1927년 9월 1일에 창립되었다. "1. 우리는 조선소년운동의 문화전선의 일 부문에 입(立)함, 1. 우리는 동요의 연구와 실현을 기하고

---

**34**　「童謠詩人會」, 大阪国際児童文学館, 『日本児童文学大事典(第二卷)』, 大日本図書株式会社, 1993, 446쪽.

그 보급을 도(圖)함"[35]을 강령으로 하였다. 『조선동요선집』(1929)은 <조선동요연구협회>의 "첫 사업"이었다. 매년 발간을 계획하여 '제1집'이라 하였으나, 김태오에 따르면 "경비 문제"[36]와 "간부 된 사람이 지방에만히 재주(在住)하는 관계로 사업의 발전이 여의치 못"[37]해 중단되고 말았다. 이즈음에 김기주가 동요선집을 발간하겠다며 두루 작품을 수집하는 것을 알게 된 김태오는 당시 다음과 같이 부정적인 반응을 보였다.

근간 평남 평원(平原)에서 몇 사람의 발기로 『조선동요선집』을 발행하겠다고 원고를 청하며 그 수집에 노력한다고 한다. 그러나 나는 거긔에 찬의를 표할 수 없다. 웨? 그것은 동요운동에 뜻 둔 신진작가들은 단연히 한데 집중하여 운동을 통일적 —— 조직적으로 해 가지 않으면 아니 된다. 운동의 씩씩한 전개를 위하여는 고립 —— 소당분립(小黨分立) 이것은 필연적으로 요구치 않기 때문이다. 적어도 『조선동요선집』이라면 조선을 대표한이만큼 —— 동요운동의 최고 본영인 동 협회의 통과 없이는 안 될 것이다. 그럼으로 해회(該會)를 적극적으로 지지하는 동시에 전 역량을 한데 집중되기를 기대하는 바이다.[38] (밑줄 필자)

'동 협회'와 '해회'는 <조선동요연구협회>를 가리킨다. 김태오가 부정적인 반응을 보인 데에는 고립·소당분립이 아니라, 통일적·조직적 동요운동을 통해 전 역량을 집중해야 한다는 것이 그 이유다. 김태오의

35    김태오, 「소년문예운동의 당면에 임무(3)」, 『조선일보』, 1931. 1. 31.
36    위의 글.
37    김태오, 「동요예술의 이론과 실제(5)」, 『조선중앙일보』, 1934. 7. 6.
38    김태오, 「소년문예운동의 당면에 임무(3)」, 『조선일보』, 1931. 1. 31.

이와 같은 주장의 밑바탕에는 그간의 소년운동을 보아 온 그의 생각과 관련이 될 것이다. 1927년 7월 30일 <조선소년연합회>를 통해 그간의 자연발생적인 소년운동이 중앙집권적 체제로 통합되었으나 완전한 통일과 집중을 이룬 것이 아니었다. 당시 문예운동(동요운동)은 사회운동(소년운동)의 일 부문 운동으로 생각했다.

<조선동요연구협회>에서 『조선동요선집』(1929) 제1집을 발간할 때 편집위원 중의 한 사람이었던 김태오의 입장에서는, 제1집에 이어 제2집, 제3집을 연이어 발간하기를 원했으나 제1집을 발간한 이후 더 이상의 진전이 없는 것을 못내 아쉬워하던 터였다. 이러한 작업은 통일적·조직적으로 해도 버거운 일인데 지역에서 한두 사람이 발간하겠다고 하는 것이 탐탁지 않았을 것이다.

『일본동요집』을 발간한 <동요시인회>도 대동단결을 내걸었지만 2년을 채 넘기지 못하고 해체된 것은 조직의 단결이 흐트러졌기 때문이다. 당시 조선의 소년운동도 오랜 노력 끝에 형식적으로는 <조선소년연합회>(이후 <조선소년총연맹>)라는 중앙집권체제를 표방하였지만 내용적으로는 통일적·조직적인 체제의 결속을 충실하게 이루지 못하였다. 소년운동과 밀접한 연결관계에 있던 <조선동요연구협회> 또한 결집된 역량을 지속하지 못하고 말았던 것이다.

『일본동요집』의 작가와 작품 선정의 적정성은 별론으로 하더라도, 『조선동요선집』과 『조선신동요선집』이 『일본동요집』의 '동요연감'이나 '동요작품표'와 같이 사실을 확인하여 기록하고자 한 점을 참조하였더라면 하는 아쉬움이 크다.

## 2. 『조선신동요선집』의 의의와 한계

　『조선신동요선집』은 아동문학사적 측면에서 의의도 크고 많지만 한계 또한 없지 않다. 먼저 의의를 살펴보자.

　첫째, 장기간에 걸쳐 작가 선정과 작품 수집을 광범위하게 함으로써 동요선집 편찬의 목적에 부합하는 당대 동요 문학의 성과를 담아냈다. 『조선신동요선집』은 123명의 작품 203편을 수록하고 있다. 양적 규모나 질적 수준에 있어 근접한 비교 대상인 『조선동요선집』이 91명의 동요 180편을 수록하고 있는 점을 보더라도 상대적으로 우위에 있음을 알수 있다. 92편의 『동요집』, 100편의 『색진주』, 그리고 31명의 동요 57편을 수록하고 있는 『조선아동문학집』 등과 견주어 보면 단연 돋보인다. 수록 작품의 발표 시기는, 1922년 9월에 발표된 방정환의 「형제별」부터 김기주의 「가을밤」, 김동환의 「추석날」, 유천덕의 「소의 노리」 등 1931년 10월경까지 9년여에 걸쳐 고루 선정하였다. 3년 정도 앞서 발간된 『조선동요선집』은 1925년 3월부터 1928년 6월경까지 3년여에 걸쳐 있고, 1년 정도 뒤에 발간된 『색진주』는 1925년 2월경부터 1930년 11월경까지 약 5년 반 정도의 기간에 걸쳐 있다.

　『동요집』은 동요선집으로선 가장 먼저 발간되었다는 점만으로도 아동문학사적 의의를 가질 수 있다. 그러나 대체로 1927년 10월부터 1928년 4월까지 6개월 정도의 기간에 국한하였다. 발표 매체도 『조선일보』에 수록된 1편을 제외하면 모두 『동아일보』와 『중외일보』 두 신문에 한정하였고, 아동문학 잡지에 수록된 작품은 하나도 없다. 출처가 확인되지 않은 작품들은 아마도 동인들의 미발표 작품으로 짐작된다. 기간과 매체의 한정으로 인해 스스로 아동문학사적 가치를 감소시켜 버렸다.

　『조선신동요선집』은 수록 작품의 발표 매체 측면에서 보아도 가장 다양하다. 총 203편 중 필자가 발표매체를 확인한 작품은 155편인데, 『어린이』54편, 『조선일보』38편, 『동아일보』19편, 『신소년』8편, 『중외일보』5편, 『매일신보』4편, 『별나라』3편, 『아이생활』2편, 『새벗』2편, 『소년조선』2편 등이다.[39] 이 외에도 『음악과 시』, 『부인(婦人)』 등에서 각 1편, 출처가 확인되지 않은 작품 가운데에는 홍난파의 『조선동요백곡집』에서 가져온 것으로 보이는 12편이 확인된다. 일제강점기 주요 신문과 이른바 4대 아동문학 잡지를 망라하고 있다. 『조선동요선집』은 『동아일보』, 『중외일보』, 『조선일보』, 『어린이』, 『별나라』, 『신소년』, 『소년계』 등 수록 매체가 비교적 다양하나, 일제강점기 동요 발표 매체로 크게 기여한 『매일신보』가 빠진 점과 『조선일보』가 상대적으로 적은 것은 매체 선정이 편중되었다는 비판을 피하기 어렵다.[40]

둘째, 동요선집 편찬자로서 비평적 관점을 비교적 잘 유지했다. 작가와 작품을 선정함에 있어, 당대의 평판과 작가 활동 및 작품의 수준을 감안한 것으로 보인다. <조선동요연구협회>라는 문단적 조직으로 7명의 편집위원이 발간한 『조선동요선집』에서조차 누락한 김대봉, 김유안, 소용수, 송창일, 신고송, 유재형, 유천덕, 이원수, 정상규, 조종현, 한춘혜 등 작품 활동이 활발했던 작가들을 놓치지 않고 챙겼다. 방정환의 「형제별」, 박팔양의 「까막잡기」, 한정동의 「소곰쟁이」, 「갈닙피리」, 이정구의 「가을밤」, 이원수의 「고향의 봄」, 윤석중의 「집 보는 아기노래」, 「낮에 나온 달님」, 「우리 애기 행진곡」, 윤복진의 「기럭이」, 「동리의원」, 「은

---

**39**  신문과 잡지 가운데 결락된 부분이 있고, 필자가 확보한 잡지들 가운데도 호수가 빠진 부분이 많아, 정확한 수록 편수를 산정한 것이라 할 수 없지만 대체적인 분포를 가늠할 수는 있다. 중복게재된 것은 앞서 게재된 것만 산정하였다.

**40**  『조선동요선집』에 수록된 작품은 86편만 매체를 확인하였다. 아마도 자선 작품의 투고를 많이 반영한 결과가 아닌가 싶다.

행나무 아래서」, 윤극영의 「반달」, 유지영(柳志永)의 「고드름」, 신고송의
「골목대장」, 서덕출의 「봄편지」, 최순애의 「옵바 생각」 등 당대의 평판
이나 후대의 평가에 비추어 보더라도 작품적 수준을 인정할 수 있는 동
요들을 빠뜨리지 않고 수습하였다. 주요한(朱耀翰)의 「종소리」(『아이생활』
제58호, 1931년 1월호)를 선정한 것도 평가할 수 있을 것이다. 나름대로 작
가 및 작품적 수준을 감안한 데다 민족의식을 고취시키고자 한 생각도
가미된 것으로 보인다. 그 결과 일제 검열에 의해 전문 삭제가 되었다.[41]

이는 김기주가 당대 아동문단과 동요 작품을 면밀하게 살피고 있었
고 상당한 수준의 감식안을 가진 편자였다는 것을 말한다. 김기주의 비
평적 감식안을 엿볼 수 있는 것으로 다음과 같은 예를 더 들 수 있다.
「눈쓰는 가을」은 『어린이』(제6권 제6호)에 수록된 것으로 지은이가 '徐夕
波'다. '徐夕波'를 방정환이라고 한 주장도 있었으나,[42] 『조선신동요선
집』에서는 서덕출(徐德出)로 확인했다. 서덕출의 유고집인 『봄편지』(자유
문화사, 1952)에 이 작품이 수록되어 있고, 서덕출이 남긴 원고 뭉치에도
이 작품이 포함되어 있는 것으로 보아,[43] 김기주가 서덕출의 작품이라 비
정(批正)한 것이 맞는 것 같다. 『조선동요선집』에서 「할미꽃」을 '홍난파'
의 작품이라 한 것도, 김기주는 윤극영(尹克榮)의 작품으로 바로잡았다.

---

**41** 「不許可差押 及 削除 出版物 目錄－出版法ニ依ルモノ治安之部」(『朝鮮出版警察月報』
제31호, 1931.3.19)에 따르면 "단행본 삭제" 처분을 받았다. 그 내용을 보면, 주요한(朱耀
翰)의 「종소리」의 내용에 관한 것으로 아래와 같다.

| 朝鮮新童謠選集「第一輯」全 | 童謠 諺漢文 | 六.三.一九 削除 | 平南 | 金基柱 |
|---|---|---|---|---|

전체 3연인데, 다음과 같은 3연의 내용이 민족의식을 고취시킨 것으로 지목되어 삭
제 처분을 받은 것으로 보인다. "새해의종소리를 울게하랴면/어린동무다와서 손을
잡어라/붉은하늘향하야 소리칠때면/이천만가슴마다 울려가리라"

**42** 염희경, 『소파 방정환과 근대 아동문학』, 도서출판 경진, 2014, 504쪽.

**43** 한정호 엮음, 『서덕출전집』, 도서출판 경진, 2010, 39쪽.

홍난파가 자신이 편찬한 동요곡집인 『조선동요백곡집』에서 윤극영이 원작자임을 밝힌 것으로써 확인이 되었다.[44] 「동리사람」은 1931년 『동아일보』 신춘현상에 1등으로 당선된 동요이나 응모자가 주소 성명을 밝히지 않아 '실명씨(失名氏)'로 발표되었다.[45] 김기주는 '실명씨'를 '강영근(姜永根)'으로 작가명을 찾아 놓았다.

셋째, 평원(平原)이라는 지역적 제약을 극복하고 출간하였다는 점이다. 지역적 제약이란 크게 세 가지로 나눌 수 있다. 하나는 평원이란 군(郡) 지역에서 신문과 잡지 등 다양한 매체를 두루 확인하는 작업이 여간 어렵지 않았을 것이다. 둘째는 평양(平壤)이라 하지만 출판경비 조달과 조판 등 출판 관련 여러 문제 또한 어려움이 많았을 것이다. 마지막으로 재정적인 경비 문제다. 김기주는 이 세 가지 문제를 나름대로 극복한 것이다. 『조선동요선집』 편찬의 한 당사자였던 김태오는 "간부 된 사람이 지방에 만히 재주(在住)하는 관계"[46]와 "경비(經費) 문제"[47]로 동요선집 발간이 계속되지 못하고 침체상태에 빠져 있다고 한 바 있다. 이에 비하면 김기주가 감당하였을 어려움은 훨씬 더 컸을 것임을 알 수 있다.

김병호는 『조선신동요선집』에 대한 논평에서 "평양이라는 지방적 불편을 늣기면서" 편집 출판한 것에 대해 "대단한 정력과 고심한 배있"[48]다며 칭찬하였다. 일제강점기의 출판 사정을 감안해 보면 서울이 아닌 지방에서 책을 출간한다는 것이 몹시 어려웠을 것임은 불문가지

---

**44** 조선동요연구협회, 「목차」, 『조선동요선집』, 박문서관, 1929, 21쪽. 홍난파가 지은 『조선동요백곡집(상편)』에 「할미꽃」은 '윤극영(尹克榮) 원작, 홍난파 편곡'이라 밝혀 놓았다.

**45** 「당선동요발표, 1등 실명씨 동리사람」, 『동아일보』, 1931.1.3.

**46** 김태오, 「동요예술의 이론과 실제(5)」, 『조선중앙일보』, 1934.7.6.

**47** 김태오, 「소년문예운동의 당면에 임무(3)」, 『조선일보』, 1931.1.31.

**48** 김병호, 「조선신동요선집을 읽고」, 『신소년』, 1932년 7월호, 18쪽.

다. 윤복진이 대구 무영당서점(茂英堂書店)에서 『중중때때중』, 『양양범버 궁』, 『돌아오는 배』 등 3권의 동요곡집을 발간하면서 모두 등사본으로 출간했던 사실에 견주어 보면 그 어려움을 쉽게 짐작할 수 있다. 1939년 발간한 동요곡집 『물새발자옥』만 활자본으로 서울 교문사(敎文社)에서 발간했을 뿐이다.

의의라고 평가한 것을 뒤집어 보면 한계가 될 수 있는데, 다음과 같은 것을 들 수 있겠다.

첫째, 많이 모으려는 의욕 때문에 섭치를 골라내지 못한 점을 들 수 있다. 당대에도 이런 비판이 있었다. "그저 평평범범(平平凡凡)한 제목과 내용의 것을 만히 주어 모은 것"[49]이라거나, "유명무명을 막론하고 작품 본위로 하야 엄선주의"[50]라는 기준을 지키지 못했다는 평가가 그것이다. 아마도 김기주는 앞서 발간된 『조선동요선집』을 의식하였을 것이다. 그리고 '제1집'이라 한 것으로 보아 이어서 제2집, 제3집을 발간할 요량이었던 것으로 보인다. 그러자면 엄선된 작품을 수록하는 것도 중요하지만 망라해 "동요연감"[51]의 성격도 감당하고자 하였을 것이다. 그 결과 '엄선'과 '망라'가 상충되는 부분이 생겨 포폄(襃貶)이 공존하는 결과를 빚었다고 하겠다.

둘째, 계급적 경향의 작가와 작품이 상대적으로 소홀하게 취급된 점도 한계로 지적될 수 있다. 1920년대 말부터 1930년대 초반까지 이른바 방향전환 이후 아동문단은 계급적 경향성이 강했다. 이와 같은 객관적 사실과 달리 계급주의 아동문학 작가와 작품의 비중이 적다면 당대 아

---

**49** 김병호, 위의 글, 18쪽.

**50** 주요한, 「독서실『조선신동요선집 제1집』김기주 편」, 『동광』 제34호, 1932년 6월호, 93쪽.

**51** 주요한, 위의 글.

동문학을 정확하게 반영했다고 보기 어렵다.『조선동요선집』에서 배제하였던 김병호, 송완순, 신고송, 양우정을 수습한 것으로 반론을 삼을 수도 있겠으나 계급성이 강한 작품들은 빠졌다. 박세영, 정청산, 이주홍, 이구월 등『(푸로레타리아동요집)불별』의 작가들이 대거 빠진 것이 그 예다.

> 더구나 그것의 무의식적 불조아 아동들의 잠고대 소리 공상적 불조아 동심적의 것밧게는 아무것도 없다. 캐캐묵은 다 매장하고 말어질 것들을 들추어내어서 신선집이란 미명을 부친 것이다. 더구나 우서운 것은 우리의 몇몇 동무(비교적 의식적 작품 행동을 다하엿고 작품이 있는데도 불구하고)의 것을 뽑아 너흐되 가장 불조아적 비게급적으로 편집한 것이다. 적어도 선집이라면 좀 더 작가적 가치를 공인할 수 있는 이의 것과 있는 작품을 정선하야 어느 정도의 수준과 목적을 달(達)해 주지도 않고 그저 나열, 줍어 모은 것밧게는 아모 볼 것이 없을 출판한 춘재 김기주 씨의 의도가 나변(那邊)에 있는가를 찾어낼 수가 없어서 의심을 거듭하는 것이다.[52]

김병호가 "경향적 일단을 엿보여 준 것은『불별』"이라 한 것으로 보아 위와 같은 평가가 왜 나왔는지 알 수 있을 것이다. 김병호의 말이 절대적으로 옳은 기준이라서가 아니라 김기주가 당대의 사회적, 시대적 상황을 간파하고 그가 정립한 동요관이 어떤 것인지를 묻는 평가여서 일정 부분 귀담아들을 필요가 있는 것이다.

셋째, 표절 작품을 수록한 것도 한계로 지적될 수 있을 것이다. 시대적 상황을 감안할 때 표절 작품을 가려내는 일이 쉽지 않았지만, 동요선집이 정전으로서의 역할도 한다는 점을 감안할 때 유의했어야 할

---

**52**    김병호,『『조선신동요선집』을 읽고』,『신소년』, 1932년 7월호, 19쪽.

일이다. 최진필(崔鎭弼)의 「도는 것」은 윤복진의 「도는 것」(『중외일보』, 1927.4.28)[53]을, 박백공(朴白空)의 「봄노래」(『소년조선』 제5호, 1928년 5월호, 19쪽.)는 김청엽(金靑葉)의 「봄놀애」(『중외일보』, 1928.3.7)를 표절한 것이다. 한정동의 「소곰쟁이」(『동아일보』, 1925.3.9)는 당대에 표절 논란이 커 문단적 관심사였음에도 수록되었다.[54]

## Ⅲ. 맺음말

일제강점기 아동문학은 동요 전성기였다 해도 과언이 아니다. 소년 문사들의 명예욕과 발표욕, 아동문학 매체들과 신문 학예면의 투고 요청, 동요 작곡을 통한 전파효과의 상승 등이 결합된 결과였다.

동요가 많이 창작되면서 앤솔러지 성격의 동요선집도 발간되었다. 일제강점기의 동요선집은 정창원의 『동요집』, <조선동요연구협회>의 『조선동요선집』, 김기주의 『조선신동요선집』, 박기혁의 『색진주』 등을

---

**53** 「도는 것」은 1929년 홍원(洪原) 박인걸(朴仁傑)의 『조선일보』(1929.1.1) 신춘문예 당선작 「도는 것」, 「눈오는 날」, 「겨울 허재비」 중 한 편이기도 하다.

**54** 홍파(虹波), 「당선동요 '소금장이'는 번역인가」(『동아일보』, 1926.9.23), 문병찬, 「소금쟁이를 논함-홍파 군에게」(『동아일보』, 1926.10.2), 김억, 「소곰쟁이'에 대하여」(『동아일보』, 1926.10.8), 한정동, 「(문단시비)소곰쟁이는 번역인가?」(전2회)(『동아일보』, 1926.10.9~10), 한병도, 「예술적 양심이란 것」(『동아일보』, 1926.10.23), 최호동, 「소금쟁이'는 번역이다」(『동아일보』, 1926.10.24), 우이동인, 「글도적놈에게」(『동아일보』, 1926.10.26), 김원섭, 「소곰장이를 논함」(『동아일보』, 1926.10.27), 홍파, 「소곰장이를 논함'을 닑고」(『동아일보』, 1926.10.30), 편집자, 「소금장이' 논전을 보고」(『동아일보』, 1926.11.8), 박일봉, 「예술적 양심」(전3회)(『중외일보』, 1926.12.6~9) 등이다.
류덕제의 「일제강점기 아동문학의 표절 양상과 원인」(『한국현실주의 아동문학연구』, 청동거울, 2017, 120~226쪽.)에 표절 양상을 종합적으로 정리해 놓았다.

들 수 있다. 이 가운데 수록 작가와 작품의 수나 동요의 질적 수준 등을 종합적으로 고려하면『조선동요선집』과『조선신동요선집』이 대표적인 선집이 될 것이다.

동요선집의 편찬은 여러 매체에 발표되는 동요를 오랜 기간 두루 섭렵해야 하는 일이어서 끈질긴 노력이 필요하다. 아울러 수많은 동요 가운데서 정전에 해당하는 유의미한 작품을 선정해야 하기 때문에 남다른 안목 또한 필요하다.

이 글은 김기주의『조선신동요선집』에 대해 살펴본 것이다. 지금까지『조선신동요선집』은 발간 사실만 알려졌을 뿐 학계에 보고된 바가 없다. 동요선집으로써의 성취와 한계를 객관적으로 규명하기 위해 가장 근접한 규모의『조선동요선집』과 비교하는 방법을 취하였고, 다른 동요선집들과도 견주어 보았다.

『조선신동요선집』은 수록 작가나 작품의 수에 있어 다른 동요선집보다 규모가 크다. 작품의 원 출처를 확인해 본 바, 일제강점기 주요 신문과 잡지를 두루 살펴 작품을 선정하였음을 알 수 있다. 작가와 작품을 선정함에 있어, 당대의 평판이나 평가를 반영하기 위해 노력한 것도 알 수 있다.

『조선신동요선집』의 의의와 한계는 다음과 같이 정리된다. 의의로는 작가 선정과 작품 수집의 광범성, 발표 매체의 다양성, 지역적 한계의 극복, 정전적인 작품 선정의 안목 구비 등을 들 수 있다. 한계로는 섭치라 할 작품을 일부 포함한 점, 계급적 경향의 작가와 작품이 상대적으로 홀대되었다는 점과, 몇몇 작품은 표절작인데 이를 간과한 것 등이다.

## 김기주의 작품연보

| 작가 | 작품 | 갈래 | 발표지 | 게재일자 |
|---|---|---|---|---|
| 평원 김기주 | 거 | 동요 | 소년조선 | 1928.08 |
| 평원 김기주 | 아츰 | 동요 | 소년조선 | 1928.09 |
| 평원 김기주 | 거믜 (『소년조선』 작품과 동일작) | 동요 | 새벗 | 1928.09 |
| 평원본(平原本) 김기주 | 산양 | 동요 | 소년조선 | 1929.01 |
| 김기주 | 무지개 | 동요 | 조선일보 | 1929.07.13 |
| 평원 김기주 | 아츰 | 시 | 학생 제1권 제6호 | 1929.09 |
| 김기주 | 농촌의 황혼 | 시 | 문예광 창간호 | 1930.02 |
| 김기주 | 동무여! | 시 | 문예광 창간호 | 1930.02 |
| 김기주 | 할미꼿 | 동요 | 조선일보 | 1930.04.15 |
| 김기주 | 개고리 | 동요 | 조선일보 | 1930.04.15 |
| 김기주 | 즐거운 봄 | 동요 | 조선일보 | 1930.04.17 |
| 김기주 | 우리 애기 | 동요 | 조선일보 | 1930.05.16 |
| 김기주 | 잔물결 | 동요 | 조선일보 | 1930.08.21 |
| 김기주 | 반듸불 아가씨 | 동요 | 매일신보 | 1930.09.06 |
| 김기주 기보(寄報) | 평원: (솔개미/목욕노래/명주돌듸/산수/우리엄마/형데/센 늙은이/찰떡) | 전래 동요 | 매일신보 | 1930.09.24 |
| 김기주 | 시냇물 | 동요 | 매일신보 | 1930.10.12 |
| 김기주 | 락엽! | 동요 | 매일신보 | 1930.10.12 |
| 김기주 | 외가 가신 어머님 | 동요 | 매일신보 | 1930.10.19 |

| 평원 김기주 | 시계 | 동요 | 매일신보 | 1930.10.26 |
|---|---|---|---|---|
| 김기주 | 은이슬 | 동요 | 매일신보 | 1930.10.28 |
| 김기주 | 잔물결 | 동요 | 매일신보 | 1930.11.14 |
| 김기주 | 뒷집 주북이 | 동요 | 매일신보 | 1930.11.14 |
| 김기주 | 빗쌤이 | 동요 | 조선일보 | 1930.11.21 |
| 김기주 | 눈 | 동요 | 매일신보 | 1930.11.23 |
| 김기주 | 눈 | 동요 | 매일신보 | 1930.11.26 |
| 김기주 | 부자 아들 | 동요 | 조선일보 | 1930.11.28 |
| 김기주 | 소리개 | 동요 | 매일신보 | 1930.12.16 |
| 김기주 | 기럭이 | 동요 | 매일신보 | 1930.12.17 |
| 김기주 | (동요 4편)귀쑤람이 | 동요 | 매일신보 | 1930.12.18 |
| 김기주 | (동요 4편)서리 | 동요 | 매일신보 | 1930.12.18 |
| 김기주 | (동요 4편)눈솟 | 동요 | 매일신보 | 1930.12.18 |
| 김기주 | (동요 4편)코스머스 | 동요 | 매일신보 | 1930.12.18 |
| 김기주 | 저녁 햇님 | 동요 | 매일신보 | 1930.12.19 |
| 김기주 | 펑펑이 | 동요 | 매일신보 | 1930.12.20 |
| 평원군 김기주 | 친밀(親密) | 잡문 | 매일신보 | 1931.01.03 |
| 김기주 | 봄 | 동요 | 매일신보 | 1931.01.22 |
| 평원군 청산면 구원리 김기주 | 독자구락부[55] | 잡문 | 아이생활 | 1931.02 |

---

**55**  "동무들이여- 깃버하시요. 그리고 닷투어 투고하시요. 이번 새로운 방책으로 발행코
저 하는 '신진동요집'은 가장 여러 동무들의 신망이 놉흘 터이오니 일반 동무들은 서

| 김기주 | 1930년에 대한 '소년문단 회고'를 보고-정윤환 군에게 주는 박문(전2회) | 평론 | 매일신보 | 1931.03.01~03 |
|---|---|---|---|---|
| 김기주 | 가을밤 | 동요 | 조선일보 | 1931.10.24 |
| 춘재 | 할미꽃 | 동요 | 조선신동요선집 | 1932.03 |
| 김춘재 | 가을밤 | 동요 | 조선신동요선집 | 1932.03 |
| 춘재 | 봄동산 | 동요 | 조선신동요선집 | 1932.03 |
| 김기주 | 봄비 | 동요 | 중앙일보 | 1932.04.25 |
| 평원 김기주 | 봄 | 동요 | 조선일보 | 1932.04.26 |
| 김기주 | 새봄의 노래 | 동요 | 조선일보 | 1932.05.17 |
| 김기주 | 할미꽃(김기주 요, 박태현 곡) | 동요 곡 | 동아일보 | 1940.06.09 |
| 김기주 | 개고리 | 동요 | 매일신보 | 1941.05.19 |
| 김기주 | 잔물ㅅ결 | 동요 | 조선동요전집 | 1946.04.10 |
| 김기주 | 가을ㅅ밤 | 동요 | 조선동요전집 | 1946.04.10 |
| 김기주 | 시계(김기주 요, 김영환 곡) | 동요 곡 | 조선동요백곡선 (상권) | 1946.10.01 |

로서로 주옥(珠玉)을 앗기지 말고 좌기 당소로 쌜니 투고하야 당선의 영광을 갓티 밧으십시요. 평원군 청산면 구원리 김기주"(61쪽)

# 7장 / 연성흠의 동화구연론

## Ⅰ. 머리말

연성흠은 1924년경부터 1940년경까지 동화회와 라디오방송을 통해 꾸준히 동화구연을 하였다. 가장 왕성하게 동화구연을 한 시기는 1927년부터 1929년까지의 3년간에 집중되었다. 본인이 관여하였던 소년회뿐만 아니라 다른 소년회의 초청을 받아 동화구연을 한 예도 많았다. 동화구연을 한 작품은 자신의 창작도 있고, 안데르센, 톨스토이 등 외국작가의 작품을 번역한 것도 있었다.

동화구연의 소감이나 여행담을 담은 글은 방정환(方定煥)이나 김태오(金泰午) 등이 발표한 바 있다. 그러나 동화구연의 이론과 실제에 대해 깊이 있게 논의한 것은 1929년에 발표된 연성흠의 「동화구연 방법의 그 이론과 실제」가 유일하다. 본인이 동화구연에 참여하면서 이론의 필요성을 절감하였을 것이고 구체적인 방법을 정리할 필요가 있어 이 글을 발표한 것으로 보인다.

일제강점기 아동문학 분야에서 가장 인기 있던 동화구연에 대해 이론적으로 정리하는 일은 그리 간단한 것이 아니다. 더구나 전체 19회분이나 되는 연재분을 다 모으면 책 한 권 분량이 될 만한 내용의 글을 발표한 것은 당시로서는 놀라운 성과라 아니 할 수 없다.

필자는 일제강점기 아동문학 비평사를 집필하기 위해 비평문을 모으고 내용을 분석하는 한편 비평의 원천탐색에도 주목해 왔다. 구체적인 작가와 작품을 대상으로 하는 실제비평을 제외하고 대부분의 평자들은 일본 작가(비평가)의 이론에 기대고 있었다. 인용의 수준을 넘어서 아예 번역(초역)한 경우가 많았는데, 번역이나 초역임을 밝힌 경우도 있지만 그렇지 않은 경우도 없지 않았다. 연성흠도 몇 편의 안데르센론을 발표했는데 일본 논자의 것을 번역한 사실을 밝혔다. 당시 조선의 형편으로 볼 때 아동문학의 지반을 다지는 데 있어 인용이나 번역은 불가피한 측면이 있다. 근대적 학문이 제대로 정착되지 못한 상태였기 때문이다. 아동문학도 문학이론의 수입을 통해 개념의 확립이나 작법론을 가다듬었는데, 대체로 그 원천은 앞서 근대화를 이룬 일본에서 가져왔다.

이 글은 연성흠의 동화구연 활동을 살펴보고, 「동화구연 방법의 그 이론과 실제」의 원천탐색을 하는 것이 목적이다. 원천탐색을 하는 것은 일차적으로는 번역인지 초역인지 또는 인용인지를 밝히는 작업이다. 하지만 단순히 번역 여부를 밝히는 데만 머물러서는 안 된다. 수용 과정에서 어떤 굴절이 있고 수용자의 주체적인 인식은 무엇인지를 살피는 일이 요긴하다. 모든 문화 수용은 이식의 과정이면서 동시에 문화접변 현상을 거쳐 주체화되기 때문이다.

## II. 연성흠과 동화구연론

### 1. 연성흠의 동화구연 활동

연성흠(延星欽)은 본명뿐만 아니라 호당(皓堂=皓堂學人), 과목동인(果

木洞人) 등의 필명으로 100여 편이 훌쩍 넘는 아동문학 작품과 10여 편에 이르는 아동문학 평론을 발표하였다. 1922년경 「애인의 죽엄」 등을 시작으로 하여 연성흠의 창작활동이 시작되었다. 아동문학 작품으로는 본인이 처녀작이라고 한 「붉은 쌀기꼿」(『동아일보』, 1923.11.25)[01]을 시작으로 1937년경까지 『동아일보』, 『시대일보』, 『중외일보』, 『매일신보』, 『조선일보』 등 신문과 『별나라』, 『어린이』, 『신소년』, 『소년조선』, 『새벗』, 『별건곤』 등 잡지에 발표한 것만 확인해도 동화가 110여 편에 이른다.[02] 연성흠이 편찬한 『세계명작동화보옥집』(이문당, 1929.5)에는 본인이 앞서 신문과 잡지에 발표한 17편의 동화가 수록되어 있다. 12편은 중국, 프랑스, 덴마크, 이탈리아, 영국, 일본, 독일 등의 동화를 직접 번역한 것이고 5편은 조선(朝鮮)의 동화다. 1927년 「앤톤 체호프론」을 비롯하여 안데르센(Andersen, Hans Christian), 하우프(Hauff, Wilhelm) 등의 아동문학가론과 아동문학 매체 비평 등 10여 편의 평론도 발표하였다. 1936년 말경부터 1941년경까지는 『야담』과 『월간 야담』 등의 잡지에 근 30편에 이르는 야담을 발표하기도 하였다.

1920년경부터 연건동(蓮建洞)에 야학 강습소로 배영학원(배영강습소)을 설립하여[03] 아동교육에 힘을 쏟았다. 1924년 6월 주간(主幹)으로 아동

---

**01** 이 작품을 자신이 편저한 『세계명작동화보옥집』(이문당, 1929)에 수록하면서 제목을 「새 쌝안 쌀기꼿」으로 고치고, '1922 11월 24일 처녀작 동아일보 소재(所載)'라 하였다. (29쪽) 실제 『동아일보』에 발표된 일시도 1923년 11월 25일 자 6면이라 착오가 있다.

**02** 최근 박주혜는 "연성흠 작가의 위상을 찾는 것을 목표"로 한다면서 『어린이』와 『신소년』에 수록된 11편의 작품을 대상으로 하여 "연성흠이 발표했던 아동문학 작품들 십여 편을 모두 분석 대상"으로 한다고 하였다. (박주혜, 「연성흠의 아동문학 연구」, 『아동청소년문학연구』 제28호, 2021, 216쪽.) 기초적인 자료조사가 제대로 이루어지지 않았음을 알 수 있다.

**03** 「(모임)창립 기념 축하」(『동아일보』, 1925.7.10)에 "시내 련건동 명진소년회관(蓮建洞明進少年會館) 안에 잇는 배영강습소(培英講習所)에서는 십일일 하오 일곱시 반부터 그 소년

문학 잡지 『어린 벗』을 등사판으로 발간하였고,[04] 바로 이어 8월에는 어린벗사의 후원을 받아 장무쇠(張茂釗)와 함께 <명진소년회>를 조직하여 고문을 맡았다.[05] 10월에는 문화유산 보존에 이름이 높은 전형필(全鎣弼)의 땅을 기증받아 <명진소년회>의 회관으로 '명진소년관'을 건립하였고,[06] 소년관에는 500여 종의 도서를 갖춘 도서관을 개설하여 아동 100여 명을 수용할 만하였다고 한다.[07]

일제강점기의 동화구연(童話口演, 口演童話)은 전국적인 행사였다. 실

<hr />

회 회관 안에서 배영강습소 창립 오주년 긔념 축하회를 열리라더라."라고 한 데서, 배영학원이 1920년에 창립되었음을 알 수 있다.

**04** 「어린벗(제1권 제1호)」(『동아일보』 1924.6.2) "정가 금10전, 소년소녀의 볼 만한 잡지. 발행소 경성부 연건동 332 어린벗사"

「어린벗(창간호)」(『조선일보』 1924.6.5) "등사판제(謄寫版製)로 그 내용은 「어린벗아 깃버하자」, 「불상한 남매」(동화), 「자미잇는 과학의 이약이」, 「조선역사 이약이」, 「자미잇고 하기 쉬운 어린이 기술법(奇術法)」, 기타, 갑은 한 권에 10전, 파는 곳은 경성부 연건동 222 어린벗사에셔)"

「어린벗(제1호)」(『매일신보』, 1924.6.7) "본지는 연성흠 씨의 주간인 소년소녀잡지인대 「어린벗아 깃버하자」를 권두언으로 하고 이슬(동요), 불상한 남미(동화), 자미잇는 과학이약이, 조선역사이약이, 알아두어야 할 이과이약이, 사자와 산톡기(동화), 자미잇고 하기 쉬운 어린이 기술법(奇術法) 등 기타 (발행소 경성부 연건 3동 어린벗사 정가 10전)"

**05** 「명진소년회」(『동아일보』 1924.8.26) "부내 충신동(忠信洞) 유지 청년 장무쇠(張茂釗) 씨의 발긔와 련건동(蓮建洞) 「어린벗」사 후원으로 <명진소년회(明進少年會)>를 조직하얏는데 일반 소년의 입회를 크게 환영한다 하며 사무소는 충신동 일백구십일 번디의 사호(忠信洞 一九一番地의 四號)요 그 소년회 규측 중 중요한 조목과 임원은 다음과 갓다고. 1. 회원은 18세 이하의 소년에 한함, 1. 회원의 체육 장려를 목적하며 회람도서실을 두고 회원의 독서력을 증진케 하기를 목적함, 1. 다른 소년단체를 될 수 잇는 대로 호상부조하며 시々로 현히 소년에게 유익한 사업을 시행함, 1. 회원은 회비로 매월 10전을 본회에 납부함, 1. 매월 회보를 발행하야 회원에게 무료 반포함, 임원은 회장 장무쇠(張茂釗), 고문 연성흠 외 기타 임원 수명"

**06** 「명진소년관은 신축공사에 착수」(『동아일보』 1924.10.26), 「명진소년관-그뭄경에 락성」(『조선일보』 1924.10.27) 참조.

**07** 「명진소년 도서-이십일일 개관」, 『조선일보』 1924.12.26.

연동화(實演童話)라고도 하는데, 어린이들을 모아 놓고 이야기를 들려주는 방법을 이르는 것이다.[08] 조선에서는 '동화회(童話會)'란 이름으로 불렸다.

동화구연의 첫 기록은 1913년 9월 이와야 사자나미(巖谷小波)가 조선과 만주를 아울러 1개월여간의 동화구연을 한 것이 처음이다.[09] 이어 1922년 5월부터 7월말까지 오키노 이와사부로(沖野岩三郎)가 역시 조선과 만주로 동화구연 여행을 하였으며, 다시 이와야 사자나미는 1923년 6월에 약 1개월간, 1930년 5월과 12월에도 조선에 동화구연 여행을 왔다.[10] 방정환 등 조선 사람의 동화구연은 1922년경에 처음 시작된 것으로 보인다.[11]

동화구연과 관련된 책으로는 피득(彼得)이 역술한 『동화연구법(Story Telling)』(조선주일학교연합회, 1927.4)과 심의린(沈宜麟)의 『실연동화(實演童話) 제1집』(이문당, 1928.5) 그리고 탐손이 짓고 강병주(姜炳周) 목사가 기록한 『신선동화법(新撰童話法)』(조선야소교장로회총회종교교육부, 1934.5) 등이 있다. 이 책들은, "학예회나 동화회 때에 실지로 출연하야 본 바 중에서 가장 환영을 밧든 동화 몃 가지를 모아, 순전한 화방체(話方體)로 글을 써서,

---

**08** 大阪国際児童文学館 編, 『日本児童文学大事典』 제2권, 東京: 大日本図書株式会社, 1994, 355쪽.

**09** 이때의 사정은 「실패와 성공(失敗と成功)(巖谷季雄, 『我が五十年』 東京: 東亞堂, 1920, 313~318쪽.)에 수록되어 있다. '巖谷季雄'은 '이와야 사자나미(巖谷小波)'의 본명이다.

**10** 오타케 기요미(大竹聖美), 「近代 韓日 兒童文化教育 關係史 研究(1895~1945)」, 연세대학교 대학원 교육학과 박사학위 논문, 2002.8, 부록 2 근대 한일아동문화교육 관계사 연표 참조.

**11** 1922년 7월 28일 개성 동부유년주일학교, 인천 엡윗청년회 문학부의 동화회 개최 소식과, 1922년 9월 4일 방정환이 <천도교소년회>에서 개최한 것으로 미루어 본 것이다. 조은숙, 「식민지 시기 '동화회' 연구-공동체적 독서에서 독서의 공동체로」 『민족문화연구』 제45호, 고려대학교 민족문화연구원, 2006.12, 226쪽.

위선 시험적으로 제1집을 편찬"<sup>12</sup>하였다거나, '듣는 이야기와 사람의 행동'의 관계를 살피고 '동화가의 태도'와 '동화하는 법'(강병주)을 논의하고 있는 점, '동화가의 태도'와 '동화하는 법의 실제 문제'를 다루고 있는 점 등을 볼 때, 당시의 동화구연 요구에 부응하여 짓거나 역술한 것으로 보인다.

동화구연 기록으로는 방정환과 김태오, 이원규(李元珪), 이정호(李定鎬), 이종수(李鍾洙) 등의 글이 있는데 이를 통해 당시의 사정을 살펴볼 수 있다. 방정환의 「나그네 잡긔장(전4회)」(『어린이』, 1924년 2월호~1925년 5월호)은 1924년 1월부터 3월까지 충남 홍성(洪城), 경남 마산(馬山), 개성(開城), 대구(大邱), 부산(釜山), 김천(金泉), 인천(仁川)을 순회하며 동화회를 가진 경험을 담았다. 마산에서 이은상(李殷相), 개성에서 정병기(丁炳基), 강영호(康永호), 박홍근(朴弘根), 마해송(馬海松), 대구에서 엄필진(嚴弼鎭), 이근무(李根武), 인천에서 정순철(鄭淳哲) 등을 만나거나 동행한 사실도 알 수 있다. 방정환(方小波)의 「연단진화(演壇珍話)」(『별건곤』 제33호, 1930년 10월호)에 따르면, 동화회를 위해 1929년에는 전국 79곳, 1930년에는 84곳을 다녔다고 한다. 김태오(金泰午)의 「서북 지방 동화 순방기(전3회)」(『아희생활』, 1927년 11월호~1928년 2월호)는 1927년 8월 10일부터 30일까지 신의주(新義州), 의주(義州), 안둥현(安東縣), 선천(宣川), 정주(定州), 안주(安州), 평양(平壤), 황주(黃州), 사리원(沙里院), 신천(信川), 재령(載寧), 해주(海州), 인천(仁川)을 거쳐 경성으로 돌아오는 여정이었다. 이원규(李元珪)의 「순회동화를 맛치고」(『소년세계』, 1932년 1월호)와 「순회동화 30일간(2)」(『소년세계』, 1932년 2월호)은 충남과 전북 지방을 순회하며 동화회 연사로

---

12  심의린, 「머리말」, 『실연동화 제1집』, 1~2쪽. '話方體'란 '이야기하는 방식·태도, 말투'란 뜻의 일본어 하나시카타(話方) 형식이란 말이다.

서 보고 느낀 바를 적은 글이고, 이정호의 「어린이들과 옛날이야기, 어떤 이야기를 들려줄가?(전4회)」(『조선중앙일보』, 1934.2.19~22)는 동화구연의 방법과 효과를 개괄적으로 밝히고 있다. 제1회 전조선동화대회는 중앙보육학교 동창회가 주최하고 『조선일보』 학예부가 후원하여 1934년 3월 2일부터 3일까지 경성 장곡천정공회당(長谷川町公會堂)에서 열린 동화구연대회였다. 이종수의 「전조선 현상 동화대회를 보고서(전3회)」(『조선일보』, 1934.3.6~8)와 이정호의 「중·보 동창회 주최 동화대회 잡감, 동창회, 연사, 심판자 제씨에게(전13회)」(『조선중앙일보』, 1934.3.9~27)는 이 동화대회를 보고 난 뒤의 소감이자 평가를 담은 글이다.[13]

　따로 기록을 남기지는 않았지만, 당시 신문 기사를 보면 여러 사람들이 전국에서 '동화회'란 이름의 동화구연에 참여한 사실을 확인할 수 있다. 연성흠도 그중 한 사람이다. 연성흠은 아동문학과 소년회 활동에 남다른 노력을 기울였다. <명진소년회>의 1주년 기념일에는 방정환(方定煥), 윤극영(尹克榮), 정순철(鄭淳哲) 등을 초빙하여 동요 동화회를 개최하여 멀리 양주(楊州), 고양(高陽) 등지의 농촌소년들도 방문하였다고 한다.[14] 1927년 4월에 소년운동에 뜻을 둔 연성흠, 박상엽(朴祥燁), 이석근(李石根), 박장운(朴章雲), 박노일(朴魯一) 등이 동인이 되어 <별탑회>를 조직하였는데 사무소는 배영학교 안에 두었다.[15] <별탑회>는 매주 한 번씩 동화회를 개최하였는데, 연성흠을 비롯한 동인들뿐만 아니라 이정호(李定鎬), 장무쇠(張茂釗), 안준식(安俊植), 최병화(崔秉和), 고익상(高翊相), 송영(宋影), 박세영(朴世永) 등 당대의 쟁쟁한 아동문학가들이 참여하였다.[16] 이

---

**13**　류덕제, 『한국현대아동문학비평론 연구』, 역락, 2021, 157~161쪽.

**14**　「명진소년회의 1주년 기념」, 『시대일보』, 1925.8.23.

**15**　「(단체소식)별탑회 발기」, 『조선일보』, 1927.4.20.

**16**　「(어린이소식)정기 동화회」(『동아일보』, 1927.8.5), 「별탑회 주최 정기동화회」(『조선일보』,

외에도 <백의소년회(白衣少年會)>, <천도교소년회(天道敎少年會)>, <조선
소년연합회(朝鮮少年聯合會) 경성소년연맹(京城少年聯盟)>, <애우소년학우
회(愛友少年學友會)>, <동아소년군(東亞少年軍)>, <조선아동예술연구협회
(朝鮮兒童藝術研究協會)> 등의 동화회에도 초빙될 만큼 연성흠은 당시 동
화구연에 이름이 나 있었다.[17]

　　연성흠의 동화구연 내역을 정리해 보면 아래와 같다. 『조선일보』,
『동아일보』, 『중외일보』, 『매일신보』 등 당대 신문기사를 통해 확인한 내
용이다. 연성흠 중심으로 정리하였고 작품명이 알려진 경우에는 밝혔다.

|  |  |
|---|---|
| 1924.9.23 | <명진소년회> 주최 동화회 「개고리와 왕녀(王女)」 |
| 1925.3.29 | <명진소년회> 주최 연성흠 동화구연 |
| 1925.8.14 | <명진소년회> 주최 연성흠 동화구연 |
| 1927.5.7 | <별탑회>(배영학교) 제1회 동화회 연성흠 |
| 1927.5.15 | <별탑회>(배영학교) 제2회 동화회 「발자최를 차저서」 |
| 1927.5.21 | <별탑회>(배영학교) 제3회 동화회 「피리(笛)의 힘」 |
| 1927.5.28 | <별탑회>(배영학교) 제4회 동화회 「세 신하」 |
| 1927.6.11 | <별탑회>(배영학교) 제6회 동화회 「은혜 갚흔 고양이」 |
| 1927.6.25 | <별탑회>(배영학교) 제8회 연성흠 동화구연 |

---

1928.4.8), 「별탑회 주최 정기동화회」(『중외일보』, 1928.4.21), 「'별탑회' 주최 특별동화 동요
회」(『매일신보』, 1929.2.7) 등 참조.

**17**　<백의소년회>의 「백의소년회 동화대회」(『조선일보』, 1928.1.14), 「백의소년회 1주년 기
　　념」(『조선일보』, 1928.12.8), 「어린이날 기념동화회-백의소년회에서」(『조선일보』, 1930.5.4),
　　<군산어린이회> 초청 「별탑회원 출발」(『매일신보』, 1928.8.13), <천도교소년회>의 「추석
　　동화대회」(『조선일보』, 1928.9.28), 「동화대회」(『조선일보』, 1930.5.4), <경성소년연맹>의 「소
　　년애호주간-경성소년련맹 주최 알에 경성 각처에서 거행할 터」(『동아일보』, 1928.12.8),
　　<동아소년군>의 「무산아동 위해 동화회 개최」(『동아일보』, 1932.5.31), <조선아동예술연
　　구협회>의 「어린이날 축하, 금야 청년회관에서」(『동아일보』, 1936.5.2) 등 참조.

| | |
|---|---|
| 1927.6.26 | <애우소년학우회> 광화지부(시천교당) 동화대회 연성흠 동화구연 |
| 1927.7.2 | <별탑회>(배영학교) 제9회 동화구연 연성흠 |
| 1927.7.8 | <별탑회>(배영학교) 제10회 동화회 연성흠 |
| 1927.7.23 | <별탑회>(배영학교) 제11회 동화구연 연성흠 |
| 1927.8.5 | <별탑회>(배영학교) 제12회 동화회 연성흠 |
| 1927.8.26 | <별탑회>(배영학교) 정기 동화회 |
| 1927.9.10 | <별탑회>(배영학교) 추석놀이와 동화회 「추석이야기」 |
| 1927.11.1~4 | 천도교 포덕일(布德日) 동화 「눈뜬 장님」 |
| 1928.1.14 | <백의소년회> 제1회 동화대회 「아리바바 이야기」 |
| 1928.4.22 | <별탑회>(명진소년회관) 정기동화회 연성흠 |
| 1928.6.23 | <별탑회>(배영학교) 정기동화회 연성흠 |
| 1928.8.13 | <별탑회>(군산어린이회 초청 군산, 이리, 전주) 동화회 연성흠 |
| 1928.9.27 | <천도교소년회> 추석 동화대회 「밤에 우는 돌」 |
| 1928.12.8 | <백의소년회>(광희문예배당) 동화대회 연성흠 |
| 1929.2.14~2 | <별탑회>(천도교기념관: 2.14) 동화회 연성흠 |
| 1930.4.19 | <명진소년회> 동화회 연성흠 |
| 1930.5.4 | <천도교소년회>(천도교기념관) 동화회, 「용감한 소년」 |
| 1930.5.4~5 | <백의소년회>(동화학원, 입정학원) 동화회 연성흠 |
| 1932.5.31 | <동아소년군본부>(신당학원) 동화회 연성흠 |
| 1936.5.2 | <조선아동예술연구협회>(중앙기독교청년회강당) 동화회, 「칠색의 마(七色의馬)」 |

그리고 경성방송국의 라디오를 통해서도 오랫동안 동화구연을 하였다. 경성방송국은 1927년 2월 16일 첫 방송전파를 발사하였는데, 동화

구연은 개국일부터 '아동 시간' 프로그램에 들어 있었다. 첫날 히라야마 겐준(平山賢順)의 「명(命)의 유(油)」로 시작하여, 조선의 아동문학가들만 추려보면, 이정호(李定鎬)의 「옥희와 딸기」(17일), 방정환의 「백조가 된 왕자」(21일), 고한승의 「백조가 된 왕자」(23일) 등으로 이어지다가 27일에 연성흠이 「복수한 귀」로 참여하게 된다. 이로써 연성흠은 개국 초기부터 동화구연 방송에 참여했음을 알 수 있다. 경성방송이 조선에 거주하는 일본인들의 문화 욕구에 부응하고 조선인들을 식민지 체제에 순응하도록 교화하는 수단으로 설립한 것이어서, '아동 시간'에 경성사범부속소학교 오이시 운페이(大石運平) 등 일본인들의 참여가 많았다. 조선인들로는 방정환, 이정호, 고한승(高漢承), 한석원(韓錫源), 장무쇠(張茂釗), 민병희(閔丙熙), 최청곡(崔靑谷), 이원규(李元珪), 고장환(高長煥), 김남주(金南柱), 유도순(劉道順), 진장섭(秦長燮), 송영(宋影), 윤백남(尹白南), 박누월(朴淚月), 이준흥(李俊興), 안준식(安俊植), 이헌구(李軒求), 심의린(沈宜麟) 등이 나누어 맡았다. '아동 시간'은 동화 이외에 동요, 동화극 등도 번갈아 방송되었고, 일본인들의 참여가 많았다는 점을 감안하면, 연성흠의 경성방송 동화구연 출연은 방정환, 이정호에 버금갈 정도로 많았던 셈이다.

### <표 1> 연성흠의 경성방송국 동화구연 작품목록

| 일자 | 동화구연 작품 | 일자 | 동화구연 작품 |
|---|---|---|---|
| 1927.02.27 | 복수(復讐)한 귀(鬼) | 1929.02.03 | 혼(魂) 불르는 적(笛) |
| 1927.06.04 | 소년필경(筆耕) | 1929.02.21 | 소영웅 |
| 1927.08.16 | 신선이 된 사람 (神仙になった人) | 1929.04.01 | 이상한 상자 |
| 1927.08.27 | 아사(餓死)한 연(鳶) | 1929.04.18 | 햇님과 달님의 이야기 (태양과 달 이야기) |

| | | | |
|---|---|---|---|
| 1927.09.22 | 연작동화 「?」(제1회) | 1928.12.21 | 마법의 적(笛) |
| 1927.10.10 | 맹인(盲人) | 1929.05.07 | 날르는 가방 |
| 1927.11.07 | 이상(不思議)한 비금(秘琴) | 1929.05.22 | 이상한 그림 |
| 1927.11.23 | 마법의 외투 | 1929.05.31 | 효자 만석(萬石) |
| 1927.12.27 | 욕(慾)장이 김 서방 | 1929.08.23 | 불상한 색기호랑이 |
| 1928.01.12 | 거룡(巨龍)을 죽인 소녀 | 1929.11.19 | 정직한 심(心) |
| 1928.01.22 | 일하기 시려하는 초부(樵夫) | 1929.12.15 | 소년 발명가의 이야기 |
| 1928.01.28 | 용감한 소년(장무쇠, 연성흠) | 1930.01.17 | 아버지의 원수(怨讐) |
| 1928.02.15 | 토(兎)와 구(龜)의 후일담 | 1930.02.15 | 아름다운 복수(復讐) |
| 1928.03.02 | 돼지가 된 아해(兒孩) | 1930.08.18 | 선량 제일(善良第一) |
| 1928.03.14 | 아름다운 마음 | 1931.07.17 | 오(烏)와 신병(新兵) |
| 1928.04.13 | 주인을 위하야 | 1931.07.18 | 동화 강좌 |
| 1928.04.25 | 천치(天痴)의 기계(奇計) | 1934.08.25 | 탁목조(啄木鳥) |
| 1928.05.23 | 말하는 거북 | 1935.01.04 | 거지가 된 왕자 |
| 1928.06.26 | 동화 | 1935.03.18 | 화수분 연적(硯滴) |
| 1928.08.05 | 욕심쟁이 | 1935.04.16 | 이상한 금방울 |
| 1928.09.15 | 야읍석(夜泣石) | 1936.02.25 | 이상한 피리 |
| 1928.10.01 | 새의 소리를 들은 사람 | 1936.06.25 | 동화 |
| 1928.10.13 | 빩안 짤기꽃 | 1937.02.13 | 새빨간 딸기꽃 |
| 1928.11.15 | 구조(鷗鳥) | 1940.04.22 | 아름다운 마음 |
| 1928.12.07 | 이상(不思議)한 나라 | 1940.06.04 | 애국(愛國)의 고아(孤兒) |

연성흠의 동화구연 레퍼토리는 대개 자신이 창작한 동화이거나 번

역한 것이 많았다. 위의 동화구연 레퍼토리 외에도 「동화와 문학과의 관계」(1927.9.9), 「세계 위인의 유년시대, 김덕령(金德齡) 장군의 이야기」(1929.7.12~13) 등의 강연에도 참여하였다.

이상으로 짚어보면, 당대 동화구연의 제1인자라 할 수 있는 방정환과 같은 자리에 초청되기도 하였고, 안준식, 이정호, 최병화, 윤극영, 정순철, 송영, 박세영 등 아동문학의 중심적인 인물들과 같은 반열에 있었음을 알 수 있다. 이와 같은 동화구연 활동의 연장선상에서 동화구연에 대한 이론적 탐색의 필요성을 인식하고 발표한 것이 「동화구연 방법의 그 이론과 실제」라 할 것이다.

## 2. 연성흠의 「동화구연 방법의 그 이론과 실제」의 원천과 번역 양상

연성흠의 「동화구연 방법의 그 이론과 실제」는 『중외일보』에 도합 19회에 걸쳐 발표되었다. 「동화구연 방법의 그 이론과 실제(전1회)」(『중외일보』, 1929.7.15)를 발표한 후 무슨 사정인지 두 달여 뒤에 「동화구연 방법의 그 이론과 실제(전18회)」(『중외일보』, 1929.9.28~11.6)를 발표하였다. 앞의 1회와 뒤의 18회는 중복 없이 이어지는 내용이다.

「동화구연 방법의 그 이론과 실제」는 연성흠의 독창적인 이론이 아니다. 일본의 대표적인 동화구연가 중 한 사람인 기시베 후쿠오(岸邊福雄)의 『お伽噺仕方の理論と實際』(東京: 明治の家庭社出版, 1909)를 번역한 것이다.[18] 연성흠의 동화구연에 대해 처음 자세하게 다룬 김경희는 "실제 사례를 통하여 동화구연 이론을 펼치고 있다는 점"을 들어 연성흠의

---

**18** 김광식은 「식민지기 재조 일본인의 구연동화 활용과 전개양상」(『열상고전연구』 제58집, 2017.8, 18쪽.)에서 연성흠이 기시베 후쿠오의 책을 축약 번역한 것이라 하였다.

동화구연 이론이 의미가 있다고 하면서 번역임을 밝히지 못하고, "일본의 영향 관계를 면밀하게 살피는 것을 과제"로 남긴다고 하였다.[19]

기시베 후쿠오는 이와야 사자나미(巖谷小波), 구루시마 다케히코(久留島武彦)와 더불어 "구연동화의 3대가(三羽烏)"[20]로 불렸다. 후쿠오는 유아교육의 입장에서 구연동화를 시작하여 "동화구연 이론서로서는 효시"[21]라고 하는 『お伽噺仕方の理論と實際』를 저술하였다. 후쿠오의 구연동화를 두고 우치야마 겐조(內山憲尙)는 "굉장히 섬세하고 신경질이 지나칠 정도로 꼼꼼"(29쪽)하다고 하였고, 마쓰미 스케오(松美佐雄)는 "구루시마 다케히코가 위압적인 태도를 취하는 기분이고, 기시베 후쿠오는 설명적으로 나아가는 기분"[22]이라며 둘을 구분하였다.

「동화구연 방법의 그 이론과 실제」는 『お伽噺仕方の理論と實際』의 전역(全譯)이 아니라 부분 번역이지만 거의 대부분을 번역한 것이다. 둘의 목차를 비교해 보면 다음과 같다.

**19** 김경희, 「연성흠의 '동화구연 방법의 이론과 실제'」, 『국문학연구』 제21호, 국문학회, 2010, 217쪽.

**20** 大阪国際児童文学館 編, 『日本児童文学大事典』 제1권, 東京: 大日本図書株式会社, 1994, 239쪽.
內山憲尙, 『日本口演童話史』, 文化書房博文社, 1972, 31쪽. "사자나미, 다케히코, 후쿠오가 우리나라 동화구연에 진력한 점은 대단하다고 하지 않을 수 없다. 이 세 사람은 '동화계의 3대가'라는 말을 듣고, 사자나미의 동화구연(오토기바나시 구연)의 영향을 받았으나, 삼인삼색의 독자적인 구연 방식으로, 우리나라 구연동화 세계의 선도자로서 이 길에 힘썼다.(小波、武彦、福雄がわが国の童話口演の上に尽した点は大としなければならない。この三人は童話界の三大家と言われ、小波のお伽話口演の影響を受けていたが、三人三様の独自の話しぶりにより、わが国の口演童話の世界の先達として、この道につくした。)"라고 하였다.

**21** 內山憲尙, 「岸辺福雄」, 內山憲尙 編, 『日本口演童話史』, 東京: 文化書房博文社, 1972, 34쪽.

**22** 大阪国際児童文学館 編, 『日本児童文学大事典』 제1권, 東京: 大日本図書株式会社, 1994, 240쪽.

## <표 2> 연성흠의 번역과 岸邊福雄의 원문 대조표

| 연재<br>번호 | 연성흠 | | 岸邊福雄 |
|---|---|---|---|
| 1 | 동화는 최면술적 육아법(7.15) | | 一. お伽噺は催眠術的の育兒法 |
| | | | 二. 何故に子供はお伽噺を好むか |
| | | | 三. 同じ話を幾度も聽きたがるは何故か |
| 1 | 아동은 엇지하야 동화를 조화하는가(9.28) | | 四. 子供は如何なるお伽噺を好むか |
| 2~3 | 조선동화와 서양동화(10.1~2) | | 五. 日本のお伽噺と西洋のお伽噺 |
| 3~4 | 교육상 엇더한 동화를 취할가(10.2~3) | | 六. 教育上如何なるお伽噺をとるべきか |
| 5~6 | 동화구연자의 먼저 준비할 것(10.4~5) | 總論 | 七. お伽噺を話すものの下稽古 |
| 6~7 | 동화구연자의 복장(10.6~9) | | 八. お伽辯士の服裝は如何 |
| 7~8 | 등단하기 전 준비(10.9~10) | | 九. 演壇に上る前の用意 |
| 8~9 | 연단에 올은 일순간(10.10~12) | | 十. 演壇に上った一瞬時 |
| 10 | 청중이 싯그럽게 써들 째 등단은 엇더케 할가(10.13) | | 十一. 聽衆が飽きて騷々しい時の登壇は如何にするか |
| 11~13 | 말과 목소리(10.16~19) | | 十二. お伽噺の言葉と聲 |
| 13~14 | 담화 중 인물의 위치(10.19~20) | | 十三. 譚の中の人物の位置は如何にして定めるか |
| | | | 十四. 物の賣り聲と身振りの眞似 |
| 14~17 | 형용 몃 가지(10.20~11.2) | | 十五. お伽噺の身振りの十四種 |

| | | | | 一. 新桃太郎 |
|---|---|---|---|---|
| | | | 話方の實際 | 二. 犬少尉 |
| | | | | 三. 勇ましき姉妹 |
| | | | | 四. あはれな金二郎 |
| 17 | | 동화에 회사(誨辭)가 필요할가(11.2) | | 一. お伽噺には訓辭を要するか |
| 17 | | 동물을 인격화하는 시비에 대하야 (11.2) | | 二. 動物を人格化する批難につき |
| | | | | 三. 子供の比喩は天から下迄的 |
| 18 | | 아동이 울도록 감동시키는 이점(11.6) | | 四. 兒童を泣く程感動さす利弊 |
| | 참고사항일속 | | 要言一束 | 五. 譚の主人公に敬稱をつけよ |
| 18 | | 동화 중에 노래를 삽입하는데 대한 가부(11.6) | | 六. 譚の中に唱歌を入れる可否 |
| 18 | | 담화의 구절은 엇더케(11.6) | | 七. 談話の句切は如何にするか |
| | | | | 八. 表情の模範人物とは何か |
| 18 | | 청중을 엇더케 웃켜야 할가?(11.6) | | 九. 如何にして聽衆を笑はすか |
| 18 | | 참혹한 이약이는 엇더케(11.6) | | 十. 慘刻なる譚は如何に話すか |
| | | | | 十一. 身分の上下と眼のつかひ方 |

　원문의 2절 '어린이들은 왜 동화를 좋아하는가(何故に子供はお伽噺を好むか)'와 3절 '같은 이야기를 몇 번이나 듣고 싶어 하는 것은 왜일까(同じ話を幾度も聽きたがるは何故か)', 14절 '물건 파는 소리와 형용의 흉내(物の賣り聲と身振りの眞似)'는 번역하지 않았다. '아동은 엇지하야 동화를 조화하는가(9.28)'는 편집상의 오류로 다른 것과 달리 제목이 본문 속에 들어 있다. 그리고 제목만으로 보면 기시베 후쿠오의 '二. 何故に子供はお伽

噺を好むか'를 번역한 것으로 보일 수 있는데, 본문을 확인해 보았더니, '四. 子供は如何なるお伽噺を好むか'(아동은 어떠한 동화를 좋아하는가)를 번역한 것이어서 착오가 있었다.

'조선 동화와 서양 동화'는 '일본의 동화와 서양의 동화(日本のお伽噺と西洋のお伽噺)'가 원문이다. '일본(日本)'을 '조선(朝鮮)'으로 바꾸었을 뿐 내용은 대부분 동일하다.

<표 3> '조선동화와 서양동화' 부분의 원문 비교

| | 연성흠 | 岸邊福雄 |
|---|---|---|
| ㉮ | 그러나 ⓐ일본의ㅅ 것은 아해(兒孩)들이 활동하는 것이 적고 태반이 노파나 노야(老爺)입니다. 그리고 이야기의 줄거리는 여러 가지이지마는 그 말미는 "그 가튼 일을 하면 그가티 벌을 밧는다." 하고 끗을 막어버린 것이 만습니다. | 然るに、ⓐ日本のは子供が出て活動するのは少なくて多くは爺さん婆さんである。ⓑ花咲爺は元より、かちへ山でも、舌切り雀でも、瘤取りでも、皆老人が出て來る。そして、話の筋はいろいろあるが、其末尾は、"さういふ事をすると、さういふひといめに合ふぞ"と云ふに終って居る。 |
| ㉯ | 서양동화는 적극적이지만은 조선의 동화는 소극적의 것이 만습니다. 조선 사람은 그런 것을 하면 벌을 밧는다 하야 "벌을 밧는다"는 것으로 낫분 짓을 못하게 하랴는 폐단이 잇습니다. 이것이 즉 소극적 교육법입니다. 이것은 오늘날까지의 조선 사람 기질이 역시 보수적이엿기 때문에 시대사조를 표시하는 것이라고 볼 수 잇습니다. | 西洋のは積極的であるが日本のは消極的である。日本人は、それをすると罰が當る、これをすると罰が當ると、しきりに"罰が當る"と云ふて、惡事をさせないやうに躾けをする癖がある。これが即ち消極的の教育法である。これまでの日本人の氣質が矢張り保守的であったから、ⓒお伽噺の類までが時代思潮を表はして居るのである。 |

ⓑ를 보면, "「하나사카지지이」는 원래부터, 「가치카치야마」에서도, 「시타키리스즈메」, 「고부토리」에서도, 모두 노인이 나온다."라고 한 부분을 번역하지 않았다. 뒤에 다시 살피겠지만, 연성흠은 이 글을 번역하

지 않고 자신이 집필한 것으로 하였기 때문에 일본 작품을 언급한 부분은 번역에서 모두 뺐다. ⓒ의 '오토기바나시류까지'도 일본의 문학 갈래를 지칭하므로 역시 번역에서 빼 버렸다.

　ⓝ를 보면, "서양동화는 적극적이지만 일본의 동화는 소극적이다. 일본인은 그것을 하면 벌을 받는다, 이것을 하면 벌을 받는다고, 자꾸 '벌을 받는다.'고 말하며, 나쁜 짓을 하지 않도록 교육을 하는 버릇이 있다. 이것은 곧 소극적 교육법이다. 지금까지 일본인의 기질이 보수적이었기 때문에, 오토기바나시류까지 시대사조를 표출하고 있는 것이다."라는 것이 기시베 후쿠오의 원문 내용이다. 연성흠의 번역 부분은 '일본(인)'을 모두 '조선(사람)'으로 바꾸었다. ⓐ에서 '日本のは'를 '일본의ㅅ 것은'으로 그대로 번역한 것은 연성흠의 실수다. 본인이 집필한 것처럼 했기 때문에 ⓝ에 견주어 보면 '조선의ㅅ 것은'으로 했어야 할 것이다.

　동화구연의 실제(話方の實際)는 전혀 번역하지 않았다. 기시베 후쿠오의 원문에는 「新桃太郎」, 「犬少尉」, 「勇ましき姉妹」, 「あはれな金二郎」 등 4편의 작품을 싣고, 동화구연에 필요한 형용(身振り)과 주의(注意)를 자세하게 덧붙였다.

　원문의 '要言一束'은 전체 11항목 중에 4항목을 번역하지 않았는데, 3절 어린이의 비유는 하늘에서 땅까지처럼(子供の比喩は天から下迄的), 5절 이야기의 주인공에게 경칭을 붙여라(譚の主人公に敬稱をつけよ), 8절 표정의 모범인물이란 무엇인가(表情の模範人物とは何か), 11절 신분의 상하와 눈의 사용법(身分の上下と眼のつかひ方)이 그것이다. '要言一束'은 독립된 장절(章節)이 아니라, '總論'에 덧붙여져 있는 것이다. '요언 1~5'는 각각 '총론 1~5'의 말미에, '요언 6'은 '총론 7', '요언 7'은 '총론 9', '요언 8'은 '총론 10', '요언 9'는 '총론 12', '요언 10'은 '총론 13', '요언 11'은 '총론 14'의 말미에 덧붙여져 있다. 길이는 6~12줄가량으로 짧다. 내용

은 '총론'의 내용과 연결되는 것이어서 연성흠처럼 따로 떼어놓은 것은 부적절하다.


## 3. 연성흠의 동화구연론 번역과 의미

연성흠의 번역은 다음과 같은 특징을 보인다.

첫째, 전문(全文) 번역이 아닐 뿐만 아니라, 번역한 부분도 축자(조) 번역을 하지 않았다. 앞절의 '표 2'에서 보다시피 몇 개의 절(節)은 번역하지 않았고, 번역한 절 중에도 덧붙이거나 생략 또는 압축 요약하기도 하는 등 본문과 달리 바꿔 번역한 부분이 여러 군데가 있다. 동화의 분류와 아동이 좋아하는 것을 번역한 부분을 통해 확인해 보자.

<표 4> 연성흠과 岸邊福雄의 동화 분류와 아동의 선호 부분 대조표

| 연성흠 | 岸邊福雄 |
|---|---|
| 유아에게(특히 십이삼세 이하의 아동) 들려줄 이약이 즉 동화를 분류하야 보면 다음과 갓습니다. | 幼い兒に聞かす話、即ち童話を分けて見ると、 |
| 1. '이소프'와 가튼 우화 | 一. イソップの如き偶話もあり。 |
| 2. 「해와 달」이약이 「흥부놀부」이약이 가튼 이약이로 전해 나려오는 민족적 동화 | 二. 桃太郎花咲爺の如き、云つぎ話し傳へられた民族的童話もあり。 |
| 3. 서양동화를 골자로 하야 번안 혹은 개작된 동화 새로 창작된 문학적 취미가 포함된 창작동화 | 三. 近頃切りにお伽噺の題の下に作るゝ文學的趣味に富んだ假作話もあり。 |
| 4. 역사를 근거로 하야 지은 역사전기 | 四. 一の谷合戰とか川中島の戰とか金時とか曾我兄弟とか二宮金次郎などの歷史傳記のもあり。 |

| | |
|---|---|
| 5. 개(犬)의 이약이나 나무이약이 석탄이 나 배(舟) 이약이 가튼 서물담(庶物譚) | 五. 犬の話とか林檎の話とか水の話とか 軍艦の話の如き庶物談もあり。 |
| (이 외에 주로 십칠팔세 된 아동에게 들녀줄 이약 이로는 현실에 입각한 현실적 동화가 잇습니다.) | |
| 유아에게 들녀줄 이약이로 이상의 다섯 종류 중에서 그들이 제일 조화하는 것을 기록하자면 다음과 갓습니다. | さて、此の五つの内で幼い兒はいづれ を好むかと云ふに。 |
| ㄱ. 동물이나 식물이나 무엇을 물론하고 인격화식히여 사람과 맛찬가지로 서 로 이약이를 하게 되는 것에 큰 흥미 를 갓습니다. | A. 總てのものを人格化して、犬でも馬 でも、石でも木でも、人間同樣に口 をきいて話をするやうなものに多く の興味を持つ。 |
| ㄴ. 어린 사람이 중심이 된 이약이. 이약 이의 주인공이 어린 사람인 것을 조 와합니다. | B. 子供が中心となつて居るものがよ い。桃太郎の話が歡迎せらるゝに は、尙他にも種々理由があるが子供 が中心としてある所が、幼兒に歡ば れる點の一つである。 |
| ㄷ. 이약이 속에 나오는 인물이 적은 것 을 조화하는데 이는 대화하는 경우 에 3인 이상이 일시에 이약이를 하 면 혼잡하야 정신이 얼쩔쩔해지는 까닭입니다. | C. 譚の中に出る役者は、なるべく少な いがよい。對話する場合に、三人以 上一時に話すと、幼兒には混雜して 全く分らなくなる。 |
| ㄹ. 아모리 교육적 동화라도, 넘우 쌕쌕 하거나 억세어서는 못씁니다. 마치 회충과자와 가티 달어서 먹기 조케 맨들어 가지고 회충을 업새게 하는 것이 좃습니다. | D. よしや教育的のものでも、餘りに、 その鋒先が知れては譚が窮屈になっ ていけない。丁度セメン菓子のやう に、甘い菓子だと歡んで喰べさせ て、そして蚘蟲を下□やり方がよ い。 |
| | E. 一口噺、落語のやうな、尙説明を加 へなければ分らぬやうなものでない のがよい。 |

| ㅁ. 넘우 극도로 학대를 밧는 이약이나 참혹하게 살해를 당하는 것 가튼 잔혹한 이약이는 안 하는 게 좃습니다.(1회: 9.28) | F. いぢぬられたとか殺されたと云ふやうな幼兒が恐がるのはさけるがよい。あくまで樂天的のがよい。(이상 18~20쪽) |
|---|---|

원문에 없는 것을 덧붙인 것으로, '이 외에 주로 십칠팔 세 된 아동에게 들녀줄 이약이로는 현실에 입각한 현실적 동화가 잇습니다.'가 있다. 연성흠은 '幼い兒'를 '유아'로 번역했는데, '유아'는 1세부터 6세까지의 어린아이를 뜻한다. 일본의 아동복지법[23]에도 1세부터 학령기까지라 해서 동일하다. '소년'은 소년법에서 18세까지의 사람을 가리키며, 일본에서도 아동복지법에 소학생부터 18세까지를 가리키고 있다. 원문의 내용이 '유아'에 국한하고 있다고 판단한 연성흠은 당시 조선의 아동문학이 주된 독자 대상으로 삼는 '십칠팔 세 된 아동'을 따로 언급하지 않을 수 없었을 것이다. <조선소년연합회>를 <조선소년총동맹>으로 개칭할 때 밝힌 '소년'의 연령은 "12세 이상 18세까지로 제한함"[24]이라 하였는데, <조선소년연합회>에 깊이 관여하였던 연성흠으로선 당시 조선의 사정을 감안하여 이와 같은 내용을 덧붙일 수밖에 없었던 것으로 보인다.

둘째, 일본 작품명, 인명, 역사적 사실 등은 모두 조선의 작품이나 인명으로 바꾸고, 바꾸는 것이 여의치 않을 경우 번역하지 않고 빼 버렸다.

'표 4'에서 동화를 분류한 것 가운데 '二'항 「모모타로(桃太郞)」와 「하나사카지지이(花咲爺)」와 같은 일본의 유명한 옛이야기는, 우리나라의

---

**23** 일본의 '兒童福祉法'은 1947년에 제정되었지만, 제2차 세계대전 이전에 있었던 '少年救護法', '兒童虐待防止法', '母子保護法'을 통합한 것이다. 中村强士, 「兒童福祉法」, 『日本大百科全書(ニッポニカ)』 小学館 참조.

**24** 「조직체를 변경한 <조선소총동맹>의 첫 중앙집행위원회의 결의」, 『동아일보』, 1928. 3.28.

「해와 달」이나 「흥부 놀부」 이야기로 바꾸었다. '四'항의 '이치노타니노 갓센(一の谷合戰 = 一の谷の戰い)', '가와나카지마노다타카이(川中島の戰)', '긴토키(金時)', '소가교다이(曾我兄弟)', '니노미야긴지로(二宮金次郎)' 등은 일본 역사상의 사건이거나 인물에 관한 것이다. 연성흠의 번역에서는 이를 모두 번역하지 않고 그냥 '역사를 근거로 하야 지은 역사전기'라고 만 하였다. '표 4'에서 아동의 선호 부분 가운데 'E'항의 '히토쿠치바나 시(一口噺), 라쿠고(落語)와 같이, 자세한 설명을 붙이지 않아도 이해할 수 있는 것이 좋다.'고 한 부분 역시 아예 번역하지 않았다. '사소한 이야기' 또는 '아주 짤막하고 우스꽝스러운 이야기'를 뜻하는 '히토쿠치바나시(一口噺)'와, '만담(漫談)'을 뜻하는 '라쿠고(落語)'는 일본의 이야기 양식 이다.

이런 예는 도처에 나타나는데 몇 가지 예를 더 들어 보면 다음과 같다.

'표 2' 총론 '十二'항의 'お伽噺の言葉と聲' 부분에, "모모타로가 개, 원숭이, 꿩을 인솔하여 오니가시마를 정벌하러 나섰습니다.(桃太郎が犬、猿、雉子を引き連れて鬼ヶ島の征伐にでかけた。)"(岸邊福雄, 57쪽.)라고 한 원문 을, 연성흠의 번역 '말과 목소리'에서는 "왕자가 신하를 인솔하고 아귀 성(餓鬼城)을 정벌하기 위하야 출발하얏습니다."(11회, 10.16)라고 번역하 였다.

'교육상 엇더한 동화를 취할가'(3회, 10.2)에는 방정환(깔깔박사)의 「쇠 부랑할머니」(『어린이』, 1929년 3월호)를 예시 작품으로 제시하였는데(3회, 10.2), 원문에는 일본의 만담(落語)인 「유야노하나시(유야방)(湯屋の話(湯屋番))」(岸邊福雄, 28~29쪽.)가 실려 있다. '아동이 울도록 감동시키는 이점'(18 회, 11.6)에는 「가슴에 핀 홍목단」[25]이란 이야기를 듣고 우는 아동이 많다

---

25 「(애화)가슴에 픠인 홍목단」(『어린이』 제3권 제10호, 1925년 10월호, 58~67쪽.)으로 연성흠의

고 했으나, 원문에는 「犬少尉」, 「男ましき姉妹」, 「二宮金次郎」(岸邊福雄, 21쪽.) 등 일본 작품의 특정 부분을 듣고 눈물을 흘린다고 하였다.

그리고 '일본 옷(和服)'(岸邊福雄, 41쪽.)은 '평복(平服)'(6회, 10.6)으로, 등장인물의 이름인 '우메키치(梅吉)'(岸邊福雄, 59쪽.)와 '자메(茶目)'(岸邊福雄, 63쪽.)는 각각 '복동(福童)'(11회, 10.16)과 '복길(福吉)'(18회, 11.6)로 바꾸었다. 원문의 '교과통합 신체창가(敎科統合新體唱歌)'(岸邊福雄, 59쪽.)는 조선 노래[26]로 교체하여 예시하였다.(12회, 10.17) 조선에서 동화구연하기 좋은 곳으로 중앙청년회관, 공회당, 광희문예배당, 숭일동예배당을 들고, 힘드는 곳으로는 시천교당, 천도교기념관을 꼽았는데(13회, 10.19), 원문은 '도쿄 간다 청년회관(東京の神田の靑年會館)'이 구연하기 좋은 곳이고, '긴키칸(錦輝館)'(岸邊福雄, 60~61쪽.)은 힘든 곳으로 예시한 것을 조선의 현장에 맞춰 바꾼 것이었다.

이상과 같이 일본의 문학 갈래나 작품명, 작품 내용, 인명(人名)과 지명(地名) 등을 번역에서 빼거나 조선의 것으로 바꾼 것은 「동화구연 방법의 그 이론과 실제」가 번역한 것이 아니라 연성흠 자신이 집필(창작)했다고 밝힌 데 따른 것이다.

> (필자 부기) 이상으로써 쓰랴든 것은 대강 다- 쓴 모양입니다. 특히 구연방법 실제에 들어가서 동화 몇 편을 써 가면서 표정과 구연에 대한 주의를 부기해 내려가랴 하엿사오나 넘우 지루한 것도 갓고 시간도 업서서 간단하나마 이것으로 싯을 맺고 다음 기회에 짜로히 상세히 써 볼가 합니다.(18회, 11.6) (밑줄 필자)

---

작품이다.

**26** 일제강점기에 『보통학교창가집』에 수록되었던 작사·작곡자 미상의 <학도가>와 윤극영의 <반달>이다.

'쓰려던 것은 대강 다 쓴 모양'이라거나, '다음 기회에 따로 상세히 써 볼까' 한다고 해 자신이 집필하였음을 분명히 하려고 하였다. 연성흠은 안데르센에 관한 글을 발표할 때는 번역임을 밝히고 출처를 분명히 댔다. 「안더-슨 선생의 동화 창작상 태도(전6회)」(『조선일보』, 1927.8.11~17)에 대해 "안더-슨 선생을 알려는 이나 이미 알고 연구하는 이의 참고나 될가 하야 京大 교수 田中 씨의 논(論) 전문을 역(譯)한 것"[27]이라거나, 「영원의 어린이 안더-슨전(전40회)」(『중외일보』, 1930.4.3~5.31)을 연재하면서 "필자는 蘆谷 씨의 저서에 거(據)하야 이것을 초(抄)한 것임을 명언"[28]한다고 하였던 것이다. 안데르센에 관한 매우 전문적인 내용을 스스로 집필했다고 할 경우 신뢰하지 않을 가능성이 커 번역임을 밝힌 것으로 볼 수 있다. 그러나 동화구연에 관한 것은 일부 사실만 빼거나 바꾸면 번역한 사실을 감추고 자신이 집필한 것으로 할 수 있다고 판단한 모양이다. 그리고 당시 문단에서는 번역과 표절에 대해 비판하면서도 문화의 수용과 교육적 효과란 측면에서 묵인하는 분위기도 있어 번역한 사실을 밝히지 않은 것에 대해 별다른 문제의식을 갖지 않았을 수도 있다.

'표 2'의 '話方の實際'를 하나도 번역하지 않은 것도, 번역이 아니라 자신의 집필로 감추기 위한 것과 관련된다. 원문의 작품은 「新桃太郎」, 「犬少尉」, 「勇ましき姉妹」, 「あはれな金二郎」 등 모두 일본 작품이다. 작품마다 동화구연을 하는데 필요한 '형용(身振り)'을 부기해 놓았다.

---

**27** 연성흠, 「안더-슨 선생의 동화 창작상의 태도(6)」, 『조선일보』, 1927.8.17.
경성제국대학 교수 다나카 우메키치(田中梅吉)의 「アンデルセンの童話創作上の態度」(『文教の朝鮮』, 1926년 2월호)를 번역한 것이다.

**28** 연호당(延皓堂), 「영원의 어린이 안더-슨전(1)」, 『중외일보』, 1930.4.3.
아시야 로손(蘆谷蘆村)의 『永遠の子どもアンダアゼン』(東京: コスモス書院, 1925)의 전문 번역이다. 중간에 군데군데 번역하지 않은 부분이 일부 있다.

「新桃太郎」에서 그 사례를 찾아보면 다음과 같다.

　　たゞの桃太郎のお話をしますと云へばそんなものなら知って
居るから聽きたくないと耳をお厭て(**身振** 兩手で兩耳を押へる)しまは
れるでありませうしそれでは舊桃太郎のお話をしますと云へば
おやへ、古い桃なんか虫がついて居て喰べられりやしないと。聽
かない先に顏を(**身振** しかみ顏をする)しかめて、しまはれますから。
それで、一つ思ひきつで新桃太郎と云ふ題を拵へたのであります
から、お譚は相變らず古.いのです。[29] (밑줄 필자)

「모모타로」 이야기를 알고 있다고 듣지 않으려 한다는 대목에서 밑
줄 친 부분과 같이 "형용. 양손으로 양쪽 귀를 누른다."라거나, "찡그린
얼굴을 하다."라고 동화구연자가 취해야 할 동작을 적어 놓았다. 「新桃
太郎」에만 82개의 형용(身振り)을 첨기해 놓았다. '형용'뿐만 아니라 '주
의(注意)'할 내용도 덧붙여 놓았다.

　　お爺さんもお婆さんも喜んで(**注意** こゝで二人は喜んでと話すと、幼
兒には分らなくなる)桃から生れたのだから桃太郎と云ふ名をつけて
可愛がりました。[30] (밑줄 필자)

할아버지와 할머니가 모모타로를 얻고는 기뻐한다는 대목에서 '여
기에서 두 사람은 기뻐한다고 말하면, 유아에게는 알 수 없게 된다.'라
는 주의사항을 덧붙여 놓았다. 유아의 이해력을 감안하여 '할아버지와

---

**29**　岸邊福雄, 앞의 책, 89쪽.

**30**　위의 책, 93쪽.

할머니'라고 해야지 '두 사람'이라고 하면 누군지 알 수 없으므로 반드시 '할아버지와 할머니'를 밝혀서 말하라는 뜻이다. 이러한 '주의'가 7개나 있어, 기시베 후쿠오는 「新桃太郎」 한 작품에만 도합 89개의 '형용'과 '주의'를 달아 놓았다.

연성흠이 일본 이야기를 그대로 옮길 수가 없었던 첫 번째 이유는, 「동화구연 방법의 그 이론과 실제」를 집필한 것처럼 했기 때문이고, 둘째는 조선의 이야기로 대체하자니 작품을 골라 동화구연에 필요한 대목마다 '형용'을 부기하는 일이 만만찮았기 때문이다. 그래서 '구연방법 실제에 들어가서 동화 몇 편을 써 가면서 표정과 구연에 대한 주의를 부기해 내려가랴 하엿사오나 넘우 지루한 것도 갓고 시간도 업'다며 다음 기회에 쓰겠다고 핑계를 댄 것이다.

동화구연은 형용(몸짓)과 함께 실감 나는 목소리로 이야기를 하는 것이다. 그래서 얼굴 표정과 손짓·발짓·몸짓 등을 구체적으로 설명하거나 보여 줄 필요가 있다. 따라서 글로 설명하는 것과 더불어 그림으로도 보여 주었다면 더욱 효과적이었을 것이다.

<표 5> 형용의 실례

| 연성흠 | 岸邊福雄 |
|---|---|
| =어머니는 그만 돌아가시고=<br>(비애의 표정) 목소리는 적고 얏게 또 느리고 묵업게. 얼골은 압흐로 약간 숙이고. 눈은 스르르 감ᄉ고 입은 가만히 담을고. 몸은 상체를 압흐로 조곰 굽히고. 손은 좌수(左手)를 편 체 좌편에 대이든지 좌편 귀에다 약간 대이고. 발은 두 발을 다-모읍니다. (15회, 10.23) | とうへ母さんはなくなり。<br>(悲哀の身振り) 聲 小さくして調子低く、且つ緩く重く。顔 俯向さなげ首になる。目 靜に閉る。口 自然に閉る。體 上體を少しく前に傾ける。手 左手を開さたるまゝ左の目にあてるか左の小鼻にあてる。足 兩足を揃へる。(岸邊福雄, 77쪽.) |

岸邊福雄, 76쪽

연성흠의 번역은 기시베 후쿠오의 원문과 대체로 일치한다. 다만 '손(手)'은 다소 차이가 난다. "왼손을 편 채 왼쪽 눈에 대거나 왼쪽 콧방울에 댄다."고 한 원문이 '비애(悲哀)'를 표현하는 형용으로 더 적절하다.

'비애의 표정(悲哀の身振り)'에는 왼쪽과 같은 그림이 제시되어 있다. 기시베 후쿠오의 저서에는 각 '형용(身振り)'마다 그림을 제시해 놓았다. 연성흠이 '형용 몇 가지'라 한 부분은 '동화의 형용 14가지(お伽噺の身振り十四種)'가 원제목이듯이 14가지의 형용을 그린 그림이 제시되어 있다. 동화구연에서 형용은 매우 중요한 것이므로, 연성흠도 그림까지 제시하였더라면 동화구연을 공부하려는 사람들에게 더욱 도움이 되었을 것이다.

지금까지 연성흠의 「동화구연 방법의 그 이론과 실제」에 대해 주로 비판적인 시각에서 살펴보았다. 그러나 동화구연이 활발했던 당시 조선의 사정을 감안하면 체계적인 이론의 구축이 요긴하였을 것이다. 그럼에도 불구하고 너나없이 활동은 많았지만 이렇다 할 이론 마련에는 등한했다. 이러한 전후 사정을 두고 볼 때 비록 번역이지만 동화구연 이론을 알리고자 한 노력은 평가할 만하다. 그리고 직역을 통한 단순 수용이 아니라 나름대로 조선의 독자 대상을 감안하여 일본 작품을 조선의 이야기와 노래로 대체하고 지명과 인명을 고친 것은 주체적 인식의 소산이라 할 수 있다. 불필요하다고 생각하는 것은 생략하거나 원문에 없는 것을 보태는 것도 마찬가지다.

'표 4'의 '三'항의 원문 "近頃切りにお伽噺の題の下に作らるゝ文學的趣味に富んだ假作話もあり."(岸邊福雄, 18쪽.)에서 '假作話'를 허구

로 지어진 이야기이므로 이를 '창작동화'로 번역하였다. 당시 조선에는 없는 갈래였던 오토기바나시(お伽噺)는 경우에 따라 '동화'(1회, 7.15; 1회, 9.28 등), '옛날이야기'(1회, 7.15) 또는 '동화구연'(5회, 10.4) 등으로 번역하였다. 오토기바나시(お伽噺, 御伽噺)는 공상을 내용으로 하는 민담(民話), 어린이들에게 말해 주는 문예적인 이야기의 의미인데, 중세에 오토기슈(御伽衆)가 귀인의 무료함을 달래기 위해 들려준 이야기가 원래의 뜻이다.[31] 연성흠은 전체의 맥락을 고려해 '동화구연'으로 하되 경우에 맞게 '동화'나 '옛날이야기' 등을 적절하게 사용하였다.

"문학사의 모든 시대가 외국문학의 자극과 영향과 모방으로 일관되었다 하야 과언이 아닐 만큼 신문학사란 이식문화의 역사"라 하면서도 "새로운 문화의 창조는 좋은 의미이고 나쁜 의미이고, 양자의 교섭의 결과로서 제3의 자(者)를 산출하는 방향"[32]이라고 한 임화(林和)의 말처럼, 연성흠은 동화구연에 관한 이론을 단순한 수용이 아니라 굴절(屈折)의 방법을 택해 주체적으로 받아들인 것이라 할 수 있다.


## III. 맺음말

일제강점기에 연성흠은 소년단체의 동화회와 경성방송국의 '아동시간'을 통해 오랫동안 동화구연 활동에 참여하였다. 방정환이나 이정호에 버금갈 정도의 활동을 한 그가 동화구연의 이론과 실제에 관한 글을

---

31   大阪国際兒童文学館 編, 『日本兒童文学大事典(2)』, 大日本図書株式会社, 1994, 334
     쪽. '오토기슈(御伽衆)'는 '슈쿤(主君)이나 다이묘(大名)의 곁에서 말 상대를 하는 사람,
     또는 그 관직'을 이른다.
32   임화, 「신문학사의 방법」, 『문학의 논리』, 학예사, 1940, 827쪽과 831쪽.

발표하였는데, 「동화구연 방법의 그 이론과 실제」가 그것이다. 이 글은 우리나라에서 처음으로 동화구연의 이론과 실제를 살핀 글이다. 도합 19회에 걸쳐 동화구연에 관한 여러 가지 내용을 200자 원고지 160여 매 분량에 담고 있다. 이론과 실제에 걸쳐 12항목을 논한 다음, 동화구연의 실제에 대해 7개의 참고사항으로 설명하였다. 동화구연에는 형용(몸짓)이 중요한데 비애, 실망, 공포, 경악, 탄원, 사색, 결단, 감사, 분노, 제지, 조소(嘲笑), 희열, 해학, 감탄 등 14가지나 되는 자세한 설명을 덧붙여 놓았다.

그러나 이 글은 연성흠이 집필한 것처럼 했지만, 실은 기시베 후쿠오의 저서 『お伽噺の仕方の理論と實際』(東京: 明治の家庭社, 1909)를 발췌·번역한 것이다. 번역한 부분도 직역한 것이 아니라, 일본의 작품명, 인명과 지명 등은 조선의 것으로 대체하고 불가피한 것은 번역하지 않았다. 「모모타로(桃太郞)」나 「하나사카지지이(花咲爺)」와 같은 일본의 유명한 옛이야기는 「해와 달」이나 「흥부놀부이야기」로 바꾸었다. '오토기바나시(お伽噺)'는 '동화' 또는 '옛날이야기'로 바꾸고, '假作話'와 같은 것은 재치있게 '창작동화'로 바꾸었지만, '히토쿠치바나시(一口噺)'나 '라쿠고(落語)'와 같은 일본 고유의 갈래 명칭이 들어 있는 경우 번역하지 않았다.

기시베 후쿠오는 「新桃太郞」, 「犬少尉」, 「勇ましき姉妹」, 「あはれな金二郎」 등 4편의 작품을 대상으로 하여 구체적인 형용(身振り)을 부기하였고 주의사항도 군데군데 덧붙여 놓아 실제 동화구연을 하는 사람들에게 도움을 주고자 하였다. 그러나 연성흠은 이 부분을 전혀 번역하지 않았다. 아마도 「동화구연 방법의 그 이론과 실제」를 자신이 집필한 것처럼 위장한 것이 드러나지 않도록 하기 위한 것이었거나, 조선의 작품을 선정해 구체적인 형용과 주의사항을 부기하는 일이 여의치 않았던 까닭으로 보인다.

그러나 다른 한편으로 보면 연성흠의 노력에 일정한 평가를 할 부분도 있다. 1922년경부터 1930년대에 걸쳐 당시 조선에서는 수많은 사람들이 동화구연을 하였고 독자(청중)들의 호응이 컸다. 그러나 이렇다 할 이론서나 구체적인 구연 방법에 관한 안내서조차 없는 형편이었다. 연성흠은 이러한 사정을 타개하기 위해 기시베 후쿠오의 저서를 저본으로 하되, 조선의 사정을 감안하여 동화구연의 이론과 실제를 설명하고자 하였다. 새로운 문화의 창출은 "양자의 교섭의 결과로서 제3의 자(者)를 산출하는 방향"이라고 한 임화의 말처럼 앞선 외국의 문화를 이식하면서도 주체적인 노력을 통해 수용하려고 노력한 점은 일정한 평가를 할 만하다.

# 8장 / 엄필진의 『조선동요집』

## Ⅰ. 머리말

『조선동요집』은 1924년 12월에 발간된 우리나라 '최초의 동요집(민요집)'으로 알려져 있다. 창작동요집과 전래동요집을 통틀어 첫 번째 동요집인 것은 이론의 여지가 없는 듯하다. 『조선동요집』은 전래동요집이다. 서언(序言)에 보면 전국 13도에 걸쳐 중요한 지방의 고래로부터 유행하는 동요를 채록하였다고 밝히고 있다.

일제강점기에 조선총독부와 여러 관변 학자들은 조선의 설화와 민요를 수집하는 데 노력을 기울였다. 다카하시 도루(高橋亨)의 『조선 이야기집(朝鮮の物語集)』(1910), 다카기 도시오(高木敏雄)의 『조선교육옛이야기(新日本教育昔噺)』(1917), 미와 다카키(三輪環)의 『전설의 조선(伝説の朝鮮)』(1919), 다지마 야스히데(田島泰秀)의 『온돌야화(溫突夜話)』(1922), 조선총독부의 『조선동화집(朝鮮童話集)』(1924), 나카무라 료헤이(中村亮平)의 『조선동화집(朝鮮童話集)』(1926) 등이 1920년대까지 간행된 책들이다.

조선인으로서 어려운 여건을 이겨 내고 전국의 전래동요를 직접 채록하여 『조선동요집』을 간행하였다는 것은 높이 평가받아 마땅하다. 다수의 동요를 포함하고 있는 김소운의 『언문조선구전민요집』의 경우 『매일신보』 지면을 통해 전국에서 투고한 작품을 제보자와 채집지를 밝히고 책으로 간행하였다. 수록 작품이 2,375수나 되는 방대한 민요 수집의 결과물이지만 '최초'라는 명예는 80수를 모은 엄필진에게 넘겨주어야 했다. 둘 다 전승문학의 수집이란 공통점이 있지만 간행 시기로 볼 때 『조선동요집』이 9년가량 앞서기 때문이다.

지금까지 『조선동요집』은 별다른 검토 없이 엄필진이 10여 년에 걸쳐 전국을 돌아다니며 직접 동요(민요)를 수집·채록한 것으로 기정사실화하였다. 그래서 '최초의 동요집'이란 명예로운 타이틀을 얻게 된 것이다. 그런데 '최초의 동요집'이란 타이틀에 걸맞게 직접 수집(蒐集)하고 채록(採錄)한 것인지에 대한 검토는 한 번도 없었다.

민요와 같은 전승문학은 특성상 바로 그 시기에 채록해 두지 않으면 인멸되고 만다. 그래서 시간과 노력을 들여 채록한 '동요집(민요집)'은 창작이 아니라도 그 가치를 인정받는 것이다. 『조선동요집』에 부여된 '최초의 동요집'이란 문학사적 평가도 현지 수집과 채록의 수고를 거쳐 이룩한 성과라고 보았기 때문일 것이다.

이 글은 『조선동요집』에 수록된 작품들이 엄필진의 직접 채록에 의한 것인가에 대한 의문에서 시작한다. 직접 채록한 것이 아니고 채집지도 임의로 고친 것이라면 『조선동요집』과 엄필진이 얻고 있는 문학사적 평가의 상당 부분은 수정되어야 할 것이다.

그리고 수록 작품의 성격 곧 '동요'라 할 수 있는가 하는 갈래의 문제와, 『조선동요집』의 아동문학사적 의미도 살펴보고자 한다.

## Ⅱ. 『조선동요집』의 채록과 의미

### 1. 『조선동요집』 수록 전래동요의 채록자

『조선동요집』은 우리나라에 전해오던 전래동요 80편을 모아 1924
년 12월 15일 자로 발행한 '최초의 동요집'(민요집)이다. 『조선동요집』
에 수록된 '동요'에는 작품마다 전승지역(채집지)을 밝혀 놓았다. 같은
'동요'라 하더라도 전승문학의 특성상 채집지에 따라 가사의 내용은 차
이가 있다. 따라서 채집지를 밝혀 놓았다는 것은 특정 지역에 전승되는
'동요'란 의미가 되어 직접 채록의 방증이 된다. 『조선동요집』 '서언'에
도 "본서에 채록(採錄)한 바 동요는 북으로 함경북도 남으로 경상남도시
지 13도의 각 중요한 지방에서 고래(古來)로 유행하는 것"[01]이라 하였는
데, '본서에 채록한 바'라 하여 직접 채록을 내세웠다. 이 책이 나오자 당
대 신문들은 다음과 같은 반응을 보였다.

> ① ◀조선동요집(엄필진 편)  민요와 동요의 부활이 조선의 시형(詩
> 形)과 정신을 찾기에 가장 절실한 이째에 『조선동요집』이 출
> 현한 것은 편자의 명견(明見)과 공로를 먼저 사례하지 안을 수
> 가 업다. 한데 이러한 말은 등롱망촉(登隴望蜀)일지는 몰으나
> 우리는 편자에게 좀 더 고심하야 재래의 것에 수정을 더하야
> 형식과 어구를 곳처 면목을 새롭게 하엿스면 하고 십다.(발행
> 소 경성 종로 2의 9번지 진체 경성 6946번 창문사 정가 금40전 150페지)[02]

---

**01**   엄필진, 「서언」, 『조선동요집』, 창문사, 1924, 1쪽.

**02**   「(신간소개)조선동요집(엄필진 편)」, 『동아일보』, 1924. 12. 19. '登隴望蜀'은 '득롱망촉(得隴
望蜀)'의 잘못이다.

② 김천공립보통학교 훈도 <u>엄필진 씨는 다년간 조선아동교육계</u>
<u>에 참고가 될 만한 조선 고유의 동요 수집에 급々하든</u> 바 근경
(近頃)에 편찬을 종료하야 거(去) 12월 15일에 출판 발행하얏
는대 편찬의 범위인즉 북으로 함경북도, 남으로 경상남도까지
13도의 각 중요한 지방에셔 고래로 유행하든 동요와 우(又)는
서양의 동요를 수집한 것임으로 소학(小學) 정도의 아동의게
참고가 될 쑨 아니라 가정에도 상비할 유일의 호서(好書)임으
로 발행한 지 불과 기일(幾日)에 독자의 호평을 박(博)하야 초
판이 장진(將盡)되얏다는대 발매소는 경성 종로 2정목 창문사
(彰文社)이오 분매소는 경성 활문사서점(活文社書店), 김천 입천
서점(金泉立川書店)이며 책가는 40전이라더라.[03] (이상 밑줄 필자)

①의 민요와 동요의 부활이 조선의 시형과 정신을 찾는다고 한 것
은 사라져가는 우리 시가의 원형을 보존할 수 있게 했다는 의미로 읽힌
다. 재래의 것에 수정을 더하라는 것은 새로운 시형을 창출하라는 말인
듯하나 전승가요의 채록 방법으로는 거리가 있는 말이다. ②에는 엄필
진이 다년간 조선 고유의 동요 수집에 급급하다고 하였다. '급급하다'는
'한 가지 일에만 정신을 쏟아 다른 일을 할 마음의 여유가 없다.'는 뜻이
니 엄필진이 직접 전래동요를 채록하였다는 뜻이다.

『조선동요집』에 대해 처음 해설을 한 임동권도 다음과 같이 1914년
경부터 약 10년간에 걸쳐 채집하였을 것으로 보았다.

민요 동요의 채집이란 하루 이틀의 단시일에 이루어지는 것이
아니고 오랜 시일을 두고 각방(各方)에서 채집하여야 하기 때문에

---

**03** 「(신간소개)조선동요집」『매일신보』, 1925.1.14.

『조선동요집』이 나오기까지에는 오랫동안 채집하는 기간이 있었을 것으로 추측된다. 더욱히 『조선동요집』은 동요집이라고는 하였으나 내용에 있어서는 민요를 망라하였고 채집지도 한 지역에 국한된 것이 아니라 거의 전국에 걸쳐 자료가 수록되어 있는 것으로 미루어 보아 저자는 오랫동안 전국을 여행하면서 자료를 모은 것으로 생각된다. 즉 채집 기간을 10년이라고 가정한다면 1914년경의 국치(國恥) 직후의 격동기에서부터 착수되었을 것으로 믿어진다.[04] (밑줄 필자)

전국을 여행하면서 직접 채록하였고, 책 발간 시기로부터 역산하여 1914년경부터 민요 수집에 착수하였을 것이라고 보았다. 그뿐만 아니라, "여가만 있으면 전국을 두루 여행하여 동요 채집에 전념하여 가사에는 별로 관심이 적어 집에서는 책망을 듣는 일도 있었다."[05]고까지 하여 직접 채록을 기정사실화하였다. 김선풍도 마찬가지로 "실제 현장을 통해 수집된 자료임을 짐작케 한다."[06]고 하여 엄필진이 직접 채록하였다는 주장을 뒷받침하였다. 최근 엄필진의 이력을 자세히 밝히고 『조선동요집』의 작품을 분석한 김종헌도 임동권의 주장을 따라 직접 채록을 받아들였다.[07]

여기에서 엄필진의 이력에 대해 먼저 간략히 살펴보자. 엄필진은 1894년 4월 16일 충청북도 황간(黃澗)에서 태어나 대구공립농업학교를 졸업하였다. 졸업 직후부터 '대구농업학교 졸업생 엄필진' 명의로 『매

**04** 임동권, 「엄필진 저 조선동요집 해설」, 『한국민속학』 제8호, 한국민속학회, 1975. 12, 117쪽.

**05** 위의 글, 118쪽.

**06** 김선풍 편, 『한국민요자료총서』, 계명문화사, 1991.

**07** 김종헌, 「일제강점기 아동문학가 엄필진과 『조선동요집』 연구」, 『우리말글』 제83호, 2019, 313쪽.

일신보』에 「봉축 매일신보(奉祝每日申報)」(1914.8.13), 「거농림지론(擧農林學之論) ᄒ야 권고 반도청년(勸告半島靑年)」(1915.7.15) 등을, '경상북도 상주군 엄필진' 명의로 「축 공진회(祝共進會)와 가정 박람회(家庭博覽會)」(1915.10.20)를 발표하였다.[08] 『매일신보』가 신문 안에 '부녀신문'난을 신설하자 거기에 발맞춰 신문을 봉축하고, 1915년 9월 11일부터 10월 30일까지 경복궁(景福宮)에서 열린 조선물산공진회를 보고 조선총독부와 천황폐하를 찬양하는 노래를 읊었다. 조선물산공진회는 일제가 조선을 강제 병합한 후 조선이 진보하고 발전했다는 것을 전시하려는 의도에서 개최한 것이었다.

엄필진은 1912년경부터 충남 공주(公州) 공립보통학교의 '대용교원'[09]으로 교직에 들어가, 1917년 10월에 시행한 소학교 및 보통학교 교원 시험에 합격하였다.[10] 이후 1918년 3월 12일 자로 '조선공립보통학교 부훈도'로 임명되어,[11] 1930년까지 경상북도 김천(金泉) 공립보통학교 훈도를 지냈고, 1930년부터 1934년까지 선산군(善山郡) 고아(高牙) 보통학교, 1934년부터 1936년까지 부계(缶溪) 보통학교 훈도 겸 교장, 1936년부터

---

**08** 앞의 두 편 글은 각각 '믹일신보쳔세만만세', '大農業國 林業道 養蠶郡 畜産面 副業里 一統 一戶 農夫方 每日新報社 御中'이란 운에 맞춰 '믹일마다 바리는것/일향오는 믹일신보/신긔ᄒ고 조흘세라/~', '大東半島 우리同胞/農商工士 四業中에/~'와 같은 시를 덧붙였고, 뒤는 바로 '奉祝ᄒ오 奉祝ᄒ오 万腔血誠 奉祝ᄒ오/總督府가 開設되야 新政施設 實行後로/五個星霜 지닛도다 經世濟民 大事業은/多年努力기다려야 目的貫徹ᄒ지라도/過去五年短歲月로 治平惠澤各道普及/半島山下 面目一新 朝鮮統治 基礎確立(중략)共進ᄒ세 共進ᄒ세 萬里千程 共進ᄒ세/博覽ᄒ세 博覽ᄒ세 千態万象 博覽ᄒ세/天皇陛下 万々歲요 總督萬歲國民万歲//로 끝을 맺었다.

**09** 메이지(明治) 33년(1900) '소학교령(小學校令)'에 의해, "구제 소학교에서 교원자격증이 없이 근무한 교원"을 가리킨다.

**10** 「小學校及普通學校教員試驗合格者」, 『朝鮮總督府官報』 제1606호, 1917.12.12.

**11** 「敍任及辭令」, 『朝鮮總督府官報』 제1680호, 1918.3.15.

1939년경까지 영덕군(盈德郡) 지방 교화주임으로 재직하였다.[12] 1927년 초부터 1928년 말경까지 16편의 동화를 신문에 발표하기도 하였다.[13] 엄필진이 1924년 12월 31세에 『조선동요집』을 발간할 때까지 공주에서 대용교원을 한 것을 제외하면 주로 경상북도 김천, 선산, 영덕 일원에서 교직생활을 한 것을 알 수 있다.

『조선동요집』에 수록된 동요를 보면 북으로는 함경북도 회령(會寧)과 평안북도 의주(義州)에서부터 남으로는 전라남도 목포(木浦)와 경상남도 통영(統營)까지 말 그대로 전국에 걸쳐 있다. 현직 교사로 재직하고 있으면서 당시의 교통이나 숙박 등 제반 여건을 고려했을 때 전국의 동요를 직접 채록할 수 있었을까 의문이 든다. 엄필진의 직접 채록에 의문을 제기한 앞선 연구도 있다. 김제곤은 "같은 지역의 자료가 여러 편 수록되지 않은 점으로 보아 직접 채집한 것은 아닌 듯하다."[14]고 한 바 있다. 구체적인 사실을 적시하지는 못하였으나 이 의문은 매우 합리적이다. 임동권의 말처럼 가사를 돌보지 않고 전국을 여행하며 10여 년 동안 채록에 매달렸다면 왜 각 지역의 민요를 풍성하게 수록하지 않았을까 하는 의문이 들지 않을 수 없다.

아래 표는『조선동요집』에 수록된 동요(민요) 작품의 출처를 밝힌 것이다.

---

**12** 「직원록 자료」와「조선총독부시정 25주년 기념표창자 명감」, 한국사데이터베이스 참조.

**13** 류덕제의 「대구·경북지역 아동문학」(『한국현실주의 아동문학 연구』, 청동거울, 2017, 249쪽.)에 작품목록이 제시되어 있다. 이 외에도 일본어로「사모암의 불가사의(紗帽岩の不思議)」,「청룡과 황룡(靑龍と黃龍)」등의 전설을『文教の朝鮮』에 발표하였다.

**14** 김제곤, 「1920~30년대 번역동요 동시 앤솔러지에 대한 고찰」,『아동청소년문학연구』제13호, 2013, 155쪽.

| 가번 | 『조선동요집』제목 | 수록면 | 『조선동요집』 수록 작품의 출처 |
|---|---|---|---|
| 01 | 자장가(滋長歌)(朝鮮) | 1~3 | |
| 02 | 놀너 가자(京城) | 3~4 | |
| 03 | 어린 애기(馬山) | 4~5 | |
| 04 | 노리기(羅州) | 5~6 | 강동진(姜鎭東), 장성(長成) 나주(羅州) 유행 동요, 제목 임의 (『동아일보』, 1923.11.11) |
| 05 | 별(太田) | 6~7 | |
| 06 | 물방아(水車)(江界) | 7~9 | 벽파(碧波), 강계(江界) 지방 유행 동요, 제목 임의 (『동아일보』, 1923.11.25) |
| 07 | 베 짜는 어머니(春川) | 9~10 | |
| 08 | 초성달(初生달)[15](固城) | 10~11 | |
| 09 | 아가 아가(忠州) | 11~14 | 개성(開城) 조홍연(趙弘淵), 송도에서 다년 유행하든 동요, 제목 임의 (『동아일보』, 1923.9.16) |
| 10 | 달궁 달궁(橫城) | 14~15 | |
| 11 | 붕어신랑(大邱) | 15~16 | |
| 12 | 雨(비)(京城) | 16~18 | 경성(京城) 노해용(盧海容), 동요 「비」 (『동아일보』, 1923.7.22) |
| 13 | 달팡이(蝸牛)(仁川) | 18~19 | |
| 14 | 아리랑 〜(尙州) | 19~20 | |
| 15 | 싀집살리(熊川) | 20~21 | 임병규(任炳奎), 웅천(熊川) 지방 유행동요, 제목 임의 (『동아일보』, 1923.11.11) |

---

**15**  오해천(吳海天)의 「초생달」(『중외일보』 1927.2.18)이 이 노래와 완전 동일하다.

| 16 | 문(門) 열어라(開城) | 21~23 | 정화(貞和)여자보통학교 13세 안흥윤(安興潤), 개성(開城)에서 유행하는 동요, 제목 임의 (『동아일보』, 1923.9.9) |
| --- | --- | --- | --- |
| 17 | 명쥬이기(宣川) | 23~25 | 선천(宣川) 현촌(賢村) 계순탄(桂順坦), 「명쥬애기」 평북 처녀가 흔히 부르는 동요 (『동아일보』, 1923.9.23), (『동아일보』, 1923.9.30) |
| 18 | 할미꽃(高陽) | 25~26 | |
| 19 | 나는 실소(北靑) | 26~30 | 리형원, 북청(北靑) 지방에 유행하는 동요, 제목 임의 (『동아일보』, 1923.11.18) |
| 20 | 달(月)(全鮮) | 30~32 | |
| 21 | 나븨(蝶)(晋州) | 32~33 | |
| 22 | 내 어머니 젓맛 (成川) | 33~35 | |
| 23 | 숫곱노리(金泉) | 35~36 | |
| 24 | 싀집을낭 가지 마오(咸興) | 36~38 | 김종호(金鍾浤), 함흥(咸興) 유행 동요, 제목 임의 (『동아일보』, 1923.11.25) |
| 25 | 春景(海州) | 38~39 | |
| 26 | 청포장사(全州) | 39~40 | 이성홍(李聖洪), 「파랑새」 (『동아일보』, 1923.11.25) |
| 27 | 바늘(昌原) | 40~42 | 경성(京城) 강경영(姜慶永), 창원(昌原) 지방에서 유행하는 동요, 제목 임의 (『동아일보』, 1923.11.4) |
| 28 | 미나리(安岳) | 42~43 | 안악(安岳) 영흥(永興)학교 여학생 최영신(崔永信), 서선(西鮮) 지방에서 유행하는 동요, 제목 임의 (『동아일보』, 1923.11.11) |
| 29 | 외쌀아기(殷栗) | 43~50 | 은률군 서부면 고암리(殷栗郡西部面古巖里) 김건의(金乾儀), 은률(殷栗) 지방 동요, 제목 임의 (『동아일보』, 1923.11.18) |

| 30 | 장아(蜻蜒)[16] (京城) | 50 | |
|---|---|---|---|
| 31 | 기럭이(龍山) | 50 | |
| 32 | 울지 마라(義州) | 51 | |
| 33 | 밤(栗)(淸州) | 51~53 | 경성(京城) 이재근(李在根), 청주(淸州)에서 유행하는 동요, 내용 전부, 제목 임의 (『동아일보』, 1923.10.28) |
| 34 | 쾌지랑칭칭노네(大邱) | 53~55 | 무언자(無言者), 경북에서 유행하는 동요 (지방동요란; 『동아일보』, 1923.10.7) '원너리칭칭'을 '쾌지나칭칭노네'로 개사함 |
| 35 | 어린 동생(水原) | 55 | |
| 36 | 댕기(永同) | 56~57 | 영동(永同) 외흘음, 계산(稽山)에서 유행하는 동요, 제목 임의 (『동아일보』, 1923.9.23) 「댕기」 (『동아일보』, 1925.1.28) |
| 37 | 뎜심고리(陰城) | 57~58 | 박상규(朴相圭), 음성(陰城) 지방 동요, 제목 임의 (『동아일보』, 1923.11.18) |
| 38 | 저긔 가는 저 나븨(茂朱) | 58~59 | |
| 39 | 조곰〳〵 더 살더면(平壤) | 59~62 | 평양 경상리(慶上里) 정학영(鄭學永), 평양 어린 처녀들이 하는 동요, 제목 임의 (『동아일보』, 1923.11.4) |
| 40 | 봄(春)(保寧) | 62~63 | |
| 41 | 석류(石榴) 한쌍(麗水) | 63~64 | 곽은덕(郭恩德), 여수(麗水) 지방 처녀들이 부르는 동요, 제목 임의 (『동아일보』, 1923.11.25) (1,2 중 2의 내용) |
| 42 | 년셰 놉흔 탓(龍川) | 64~66 | 장춘강(張春岡), 용천(龍川) 어린이들이 불으는 동요, 제목 임의 (『동아일보』, 1923.11.11) |
| 43 | 형님 온다(鎭南浦) | 66~67 | |

---

**16** '청정(蜻蜓)'(잠자리)의 오식이다.

| 44 | 곳노래(昌原) | 67~69 | 경성(京城) 강경영(姜慶永), 창원(昌原) 지방에서 유행하는 동요, 제목 임의 (『동아일보』, 1923.11.4) |
|---|---|---|---|
| 45 | 비가 오네[17] (平康) | 69~70 | |
| 46 | 베틀노래(西鮮) | 70~73 | 안악(安岳) 영흥(永興)학교 여학생 최영신(崔永信), 서선(西鮮) 방적여공(紡績女工) 동요, 제목 임의 (『동아일보』, 1923.11.11) |
| 47 | 금비둘기(慶南) | 73~74 | 최용규(崔鎔圭), 경남에서 유행하는 동요, 『동아일보』, 1923.11.11 |
| 48 | 달마지(公州) | 74 | |
| 49 | 명막이(蝦蟆) | 74~76 | |
| 50 | 기럭아(京城) | 76~77 | |
| 51 | 주먼이(平原) | 77~78 | 석대산생(石大山生), 평원(平原) 지방에 유행하는 동요, 내용 전부, 제목 임의 (『동아일보』, 1923.11.18) |
| 52 | 쑬-쑬(橫城) | 78~80 | |
| 53 | 쌈 말고 잘 노라라 (白川) | 80~83 | |
| 54 | 줌치(囊)(安東) | 83~86 | |
| 55 | 파랑시(馬山) | 86~87 | |
| 56 | 봄(京城) | 87 | |
| 57 | 쏭(桑)(湖南) | 88~89 | 경성(京城) 이재근(李在根), 호남(湖南)에서 유행하는 동요, 제목 임의 (『동아일보』, 1923.10.28) |

---

**17** 안악(安岳) 우태형(禹泰亨)의 동요 「비가 오네」(『중외일보』 1927.4.14)와 내용이 동일하다.

| 58 | 기쏭불(螢火)(元山) | 89~90 | 김승영(金承泳), 「(선외가작)오랑캐꼿」(『동아일보』, 1923.5.27)[18] |
|---|---|---|---|
| 59 | 달구재비(金泉) | 90~92 | |
| 60 | 편지 오네(永同) | 93~94 | 영동(永同) 외흘음, 계산(稽山)에서 유행하든 동요, 제목 임의 (『동아일보』, 1923.10.21) |
| 61 | 가지 마라(伊川) | 95~98 | 이천(伊川) 이연포(異蓮圃), 이천(伊川) 유행 동요, 제목 임의 (『동아일보』, 1923.11.11) |
| 62 | 날 찻거든(宜寧) | 98~100 | 의령(宜寧) 이종모(李鍾模), 의령(宜寧) 지방 동요, 제목 임의 (『동아일보』, 1923.11.25) |
| 63 | 잠(奉化) | 100~101 | 경북 봉화군(奉化郡) 봉양(鳳陽)학술강습회 박상흠(朴相欽), 봉양(鳳陽) 실 잣는 동요, 제목 임의 (『동아일보』, 1923.11.25) |
| 64 | 싸치(京城) | 101~102 | |
| 65 | 옥동쳐자(玉童處子)(馬山) | 102~104 | |
| 66 | 청실홍실(慶州) | 104~105 | |
| 67 | 손이 와서(木浦) | 105~106 | 곽은덕(郭恩德), 여수(麗水) 지방 처녀들이 부르는 동요 (『동아일보』, 1923.11.25) (1, 2 중 1의 내용) |
| 68 | 노랑 싸치(統營) | 106~107 | 이성홍(李聖洪), 「노랑 싸치」(『동아일보』, 1923.11.25) |
| 69 | 오실낭가(光州) | 107~109 | 강진동(姜鎭東), 호남(湖南) 유행 동요, 제목 임의 (『동아일보』, 1923.11.11) |
| 70 | 눈(雪)(會寧) | 109~111 | 김승영(金承泳), 「(선외가작)오랑캐꼿」(『동아일보』, 1923.5.27)[19] |

---

**18**　『동아일보』 '본사 일천호 현상 당선(本社一千號紀念懸賞當選)' 선외가작.

**19**　『동아일보』 '본사 일천호 현상 당선(本社一千號紀念懸賞當選)' 선외가작.

| 71 | 쌀 나거든(咸安) | 111~121 | 군북(郡北) 이홍식(李弘植), 함안(咸安) 지방 동요, 제목 임의 (『동아일보』, 1923.11.18) |
| 72 | 애 어멈아(鐵原) | 121~122 | 이천(伊川) 이연포(異蓮圃), 이천(伊川) 유행 동요, 제목 임의(『동아일보』, 1923.11.11) |
| 73 | 장모(丈母)(蔚山) | 123 | |
| 74 | 념불선(念佛船)(東萊) | 123~126 | 동래군 동래면 복천동(東萊郡東萊面福泉洞) 이인선(李仁善), 동래(東萊) 지방 유행 동요, 제목 임의 (『동아일보』, 1923.11.18) |
| 75 | 어서 가자(海州) | 126~129 | |
| 76 | 봄이 되면(淸津) | 129~130 | |
| 77 | 원의 아들(河東) | 130~132 | 의령(宜寧) 이종모(李鍾模), 의령(宜寧) 지방 동요, 제목 임의 (『동아일보』, 1923.11.25) |
| 78 | 영화(榮華)로세(金山) | 133~134 | 경성(京城) 강경영(姜慶永), 창원(昌原) 지방에서 유행하는 동요, 제목 임의 (『동아일보』, 1923.11.4) |
| 79 | 속쏩밥(京城) | 135~138 | 이형월(李螢月), 「숫곱노리」 (소년소녀란; 『동아일보』, 1923.9.2) |
| 80 | 안빈락도가(安貧樂道歌)(朝鮮) | 138~140 | |

　『조선동요집』에 수록된 동요(민요) 작품의 출처는 위의 표와 같다. 신문과 잡지를 두루 확인하였으나 모두 『동아일보』에 국한된다. 당시 『동아일보』는 1923년 8월 19일경부터 12월 1일경까지 약 4개월간에 걸쳐 '지방동요란(地方童謠欄)'을 통해 각 지방에서 유행하는 동요를 투고 받았다. 투고된 모든 동요에는 투고자의 이름과 전승 지역이 밝혀져 있다. 동요의 제목은 없는데, 구전민요나 전래동요의 경우 대개 제목이 따로 없는 것이 일반적이다.

엄필진은 이 '지방동요란'에 게재된 작품 가운데 상당량을 투고자의 이름을 제거하고 임의의 제목을 붙여 자신이 채록한 것처럼 무단 전재하였다. 필자가 확인한 것은 도합 40편이다. 필자가 확인하지 못한 것도 있을 수 있으므로 이 숫자는 더 많아질 수 있다. 40편 가운데 36편은 모두 '지방동요란'에 게재된 것으로 전래동요(민요)다. 그러나 4편은 창작 동요임에도 불구하고 전래동요인 양 채집지를 표시하여 『조선동요집』에 수록하였다.

제보자의 이름을 뺀 것뿐만 아니라 전승 지역을 임의로 바꾼 것도 있다. 7편은 전승 지역을 바꾸었고, 3편은 범위를 달리했다. 이를테면 '서선(西鮮) 지방에서 유행하는 동요'를 '안악(安岳)'으로 한정한 것과 같다. '지방동요란'에 표시된 전승 지역과 동일하게 표시한 것은 26편이다.

다른 제보자의 작품을 활용하면서 제보자의 이름을 밝히지 않는 것과 전승 지역을 임의로 수정하는 것을 어떻게 보아야 할까? 일제강점기에 가장 많은 민요를 수록한 김소운의 『언문조선구전민요집』과 비교해 보자.

김소운은 1929년부터 『매일신보』에 근무하면서 '전래동요'와 '구전민요'를 제보받았다. '전래동요'는 1930년 5월 10일 자부터 1931년 12월 11일 자까지 약 1년 6개월간, '구전민요'는 1930년 10월 23일 자부터 12월 21일 자까지 약 2개월에 걸쳐 모집하였다. 이보다 앞서 일본에 체류할 때도 조선인 노동자들을 통해 민요와 동요를 채록(1924~1929년 채집)하여 『조선민요집(朝鮮民謠集)』(東京: 泰文館, 1929)을 간행한 바 있다.

이래 10년간 그는 자기 자신 주림과 헐벗음과 싸화 가면서도 빈약한 전낭(錢囊)을 털어 그것으로 과실과 술을 준비하야 '大井町' '蛇窪' 등 동경(東京) 빈민구곽(貧民區廓)에 조선 노동자를 우중에 심방하며 쏘는 차중에서 우연히 발견한 동포에게 향리의 민요를 들려주기를 청하는 등 무릇 그가 봉착한 왼갖 기회를 이용하여 그는 일의전심 조선민요 채집에 몰두하엿다. 이리하야 그는 위선 일역본(日譯本) 『조선민요집』을 시장에 내여노핫다.[20]

이 『조선민요집』과 앞에서 말한 전국의 독자들로부터 제보받은 민요(동요)를 보태고, 손진태(孫晉泰)와 다나카 하쓰오(田中初夫) 등의 자료 협조를 받아 발간한 것이 바로 『언문조선구전민요집(諺文朝鮮口傳民謠集)』(東京: 第一書房, 1933.1)이다. 이 책은 제보자와 전승 지역(채집지)을 빠짐없이 밝혔다.

1929년 6월 29일 자 『매일신보』에는 경성제국대학 법문학부 조선어학문학연구실에서 민요를 모집하면서 제시한 자세한 기준을 담은 기사가 실렸다. 채집지를 군(郡), 면(面)으로 구분하고, 민요를 13가지로 구분하였으며, 가창자(歌唱者)의 성명·주소·직업·연령을 적을 것과, 민요와 관련되는 전설과 작자명, 민요를 노래할 때의 악기의 반주 유무, 가사는 충실히 청취할 것(보통학교 조선어독본에 의해 정확히 철자(綴字)할 것, 구두점을 붙이고, 방언에는 주석을 달 것 등), 민요의 율조(애조, 쾌조, 골계조, 우미, 활발 등), 음보가 있으면 기록할 것 등 8가지를 주문하였다.[21]

『매일신보』를 통해 '전래동요 모집'과 '구전민요 모집' 공지를 하면서 김소운도 채록과 관련하여 다음과 같은 안내를 하였다.

20　박태원(朴泰遠), 「언문조선구전민요집 – 편자의 고심과 간행자의 의기」, 『동아일보』, 1933.2.28.
　　'일역본 『조선민요집』'은 김소운 역(金素雲 譯)의 『朝鮮民謠集』(東京: 泰文館, 1929)을 가리킨다.
21　「문학 연구자료로 조선 민요를 수집, 수촌산곽(水村山郭)의 순진한 향토 가요를 – 성대(城大)문학연구실에서」, 『매일신보』, 1929.6.29.

(전략)

가. 반더시 재리의 동요라야 합니다.

나. 한 자라도 곳치지 말고 귀로 들은 그대로만 쓰시되 알지 못하는 구절은 씌여 두시오.

다. 노릐에 나타나는 쌍 일홈 사람 일홈은 간단히 주(註)를 달고 그 노릐의 전하는 지방과 노릐할 째의 정경을 아는 대로 긔록하시오.[22] (밑줄 필자)

'구전민요 모집'은 "규정은 전래동요와 갓습니다."[23]라 하였고, 덧붙여 "노래 일흠과(륙자백이면 륙자백이 농부가면 농부가라고-) 전하는 지방 노래 부를 째의 정경"[24]을 기록해 달라고 주문하였다. 조선어학문학연구실의 기준보다는 간단하지만 충실한 기록, 고유명사에는 주를 달 것, 그리고 전승 지역과 노래할 때의 정경을 기록해 달라는 것 등은 공통되는데, 채록의 기초라 할 것들이다. 김소운이 모집할 때 주문했던 것과 같이 『언문조선구전민요집』에는 모집한 동요와 민요의 제보자 이름과 채집지를 밝혔다. 책을 낸 후에 보고와 감사를 표시하기도 하였다.[25] 제보자와 채집지를 밝히는 것이 왜 중요한지 다음과 같은 경우를 보자.

필자의 기억하는 바로는 ①약 20년 전 모보(某報)에서, 각 지방 유행 동요(물론 민요를 포함하는 것이지만 그째의 제목이 이러하엿다.)를 위한 특설난이 잇서 필자도 중학 상급에 재적햇슬 당시 고향인 이천(伊川)

---

**22** 「전래동요 모집」, 『매일신보』, 1930. 5. 6.

**23** 「구전민요 모집」, 『매일신보』, 1930. 9. 23.

**24** 「구전민요 모집」, 『매일신보』, 1930. 10. 5.

**25** 김소운, 「'전래동요, 구전민요'를 기보하신 분에게-보고와 감사를 겸하야」, 『매일신보』, 1933. 3. 23.

우리 할머니와 동리 할머니 아즈머니들의 입에서 직접 필사한 적이 잇섯다. 그리하야 그중 한두 편은 대정(大正) 13년에 간행된 엄필진 저(嚴弼鎭著)의 『조선동요집』(창문사 판)에 물론 채집지를 이천(伊川)으로 하야 그대로 채록되어 잇섯다. 무릇 민요란 어느 한 지방에 한해서만 구전되는 것이 아니겟지만, 천견으로나마 그것이 전 조선적으로 구전되엇고 쏘 되고 잇는 ②갓흔 노랠지라도 본래가 구전이라 거기 연대의 경과와 구전된 사회와 지방의 방언에 싸라 다소의 변화가 생겻슬 것을 맛당이 짐작할 수 잇다.

그럼에도 불구하고 이즘 출판된 민요집을 잠시 엿보건대 거기 가장 책임 잇는 양 박혀 노흔 채집지라는 데 대하야 문외한의 의심을 사게 함은 무슨 싸닭일까. ③손쉽게 한 예를 들면 내 고향에 몃 대의 선조를 가지고 고향에 나서 고향에서만 살다가 별세하신 우리 할머니의 입에서 들은 노래(전기 동요집에 수록된)가 한 구절도 거이 틀님업시 남선 모 지방을 그 채집지로 하야 수록되어 잇다.[26] 그러면 이 채집이란 확실히 저자 자신이 한 것일까. 그러치 안으면 가장 신임할 만한 양심 잇는 기고가가 자기 지방 토백이의 입에서 들엇다는 증거를 확실히 세웟는가. 혹은 이상과 갓흔 채집가의 저술이나 쏘 그의 수집한 재료에만 의거한 것일까. 자못 의아스러운 일이다. 더구나 황해도 사투리와 강원도 북부의 특유한 사투리가 뒤석긴 당시의 우리 고향 이천(伊川)과 남선(南鮮) 영남과는 언어를 위시하야 모든 교섭이 너무나 적엇다.[27] (밑줄 필자)

위 ①은 『동아일보』의 '지방동요란'을 가리킨다. 여기에 이 글을 쓴

---

**26**  이하윤이 '異蓮圃'란 이름으로 제보한 「61. 가지 마라(伊川)」(『조선동요집』 95쪽.)가 「795. 내 어머니(경상북도 尙州)」(『언문조선구전민요집』 221~222쪽.)로 수록되어 있는 것을 두고 하는 말이다.

**27**  이하윤, 「(一日一人)민요의 채집지 문제」, 『매일신보』, 1939.7.6.

이하윤(異河潤)은 '이연포(異蓮圃)'란 필명으로 '이천 유행의 동요'(『동아일보』, 1923.11.4)와 '이천 유행 동요'(『동아일보』, 1923.11.11)란 이름으로 두 번 제보하였다. 그 가운데 11월 11일 자 제보한 노래의 일부(다북다북 다북네야/이삭머리 종종짰코/)가 엄필진의 『조선동요집』에 61번 「가지 마라」(伊川)로 수록되었다. 그런데 이 노래가 김소운의 『언문조선구전민요집(諺文朝鮮口傳民謠集)』(東京: 第一書房, 1933)에 가번(歌番) 795번 「내 어머니」(경상북도 尙州)(221~222쪽)란 제목으로도 수록되어 있다. 제보자는 '상주군 내서면 신촌리 정재선(鄭在璇)'이다.[28] 이를 두고 '우리 고향 이천과 남선 영남과는 언어를 위시하야 모든 교섭이 너무나 적엇다.'며 채록자와 채집지에 따라 ②와 같이 민요가 다를 수밖에 없는데도 가사가 동일한 것에 대해 채집지에 대한 의문을 제기한 것이다.

엄필진은 『동아일보』 '지방 동요란'에 게재된 민요를 『조선동요집』에 전재하면서 채집지를 임의로 바꾸어 전승 지역을 표시한 경우는 다음과 같다.

9번 「아가 아가」(충주)는 개성(開城) 조홍연(趙弘淵)이 '송도(松島)에서 다년 유행하든 동요'라며 제보한 것과 표기상의 작은 차이를 빼면 가사가 일치한다. 노래가 길어 일부만 제시해 비교해 보겠다.

| 개성 조홍연, '송도에서<br>다년 유행하든 동요' | 『조선동요집』 「아가 〜」(忠州) |
| --- | --- |
| 아가 〃〃 우지마라<br>썩을주랴 밥을 주랴<br>썩도실코 밥도실코<br>내어머니 젓만주소 | 아가 〜 우지마라<br>餠(썩)을주랴飯(밥)을 주랴<br>썩도실코밥도실코<br>내어머니乳(젓)만주소 |

---

**28** 상주(尙州)의 「가지 마라」(경북 상주군 내서면 신촌리 鄭在璇 君 報)는 1930년 7월 25일 자 『매일신보』에 수록되었다.

| 너아버지 장거리로 | 네아바지市場(장거)리로 |
|---|---|
| 네신사러 가섯단다 | 네靴(신)사러가섯단다 |
| 너오라버니 장거리로 | 네오라버니장거리로 |
| 너먹을엿 사러갓다 | 너먹을飴(엿)사러갓다 |
| (이하 생략) | (이하 생략) |

　개성 조홍연과 『조선동요집』에 수록된 민요의 가사는 동일하다. 가사 전체를 비교해 보면 미세한 표기상의 차이를 빼면 완전 동일하다. 『조선동요집』의 '飴(엿)'은 일본어의 후리가나(振り仮名)처럼 한자 '飴' 자 위에 한글 '엿'을 올려놓은 형태다. "조선문과 한문을 혼용하야 남녀노소를 물론하고 어느 정도일지라도 애독에 편의케 하"[29]기 위해 '조선문'으로 된 원문을 고쳐 '한문'을 병기하는 방식을 택했다. "민요(동요: 필자)는 자체 그대로가 '노래'이"고 "형식과 정신이 한가지로 '노래'로 된 것"[30]이라, 한자음으로 읽으면 운율조차 맞지 않게 된다는 점에서 읽는데 편리하게 한다는 것은 민요의 속성을 이해하지 못한 처사라 할 것이다.

　(1) 채집(採輯)은 채집으로 창작은 창작으로 할 것. (중략) 특히 채집이라는 중에는 대부분이 본연의 미를 손실(損失)한—그것이다. 물론 민요나 동요 중에는 수사(修辭)나 구조가 너머도 난잡한 곳도 업지 안코 쏘 토화(土話)로 기재되여서 다른 지방 사람으로는 알아보기 힘든 곳도 적지 안타. 그러나 가요의 진정한 미는 거기에 잇는 것이니 결코 수정(修訂)의 붓을 가하여서는 아니 된다. 알기 힘든 방언에는 주해(註解)를 달 것이고 문법상으로나 수사상으로 착오된 곳이 잇다면 그에 대하여는

**29**　엄필진, 「서언」, 『조선동요집』, 창문사, 1924, 1쪽.

**30**　김소운, 「서(序)」, 『諺文朝鮮口傳民謠集』, 東京: 第一書房, 1933, 5쪽.

자기의 의견을 부기하도록 할 것이다.[31] (밑줄 필자)

엄필진의 경우 본문에 한자를 쓰고 후리가나(振り仮名) 식으로 원래 노래를 밝혀 놓고 있어 수정했다고 보지 않을 수도 있다. 그러나 '가요의 진정한 미'를 일정 부분 훼손한 것은 분명하다. '주해를 달'거나 '의견을 부기'하면 될 일이지 본문을 수정할 일은 아니었던 것이다. 아마도 제보자의 노래를 그대로 옮기기 뭣해 의미 전달을 핑계로 한자를 덧붙여 쓴 것이 아닌가 싶다.

민요는 여러 지방에서 전승되었기 때문에 개성 지방의 조흥연이 '송도(松都)에서 유행하던 동요'라 했다 하더라도 '충주(忠州)' 지역에서 전승되지 말란 법은 없다. 그러나 지역에 따라 가사의 내용이 일부라도 다르거나 방언의 차이라도 있게 마련이다. 황해도 신천(信川)에서 채집된 「아가 아가」와 비교해 보자.

### 아가아가

아가아가 우지마라
썩을주랴 밥을주랴
썩도실코 밥도실코
내어머니젓만주소
네어머니
뒷동산에 진주서말
압동산에 산호세말
그진주가 싹이나면

---

**31**   양명(梁明), 「문학상으로 본 민요 동요와 그 채집」, 『조선문단』, 1925년 9월호, 88쪽.

오매드라

죽은나무 가지에서

싹이나면 오매드라[32]


　'뒷동산에 진주서말/압동산에 산호세말/그진주가 싹이나면/오매
드라/'와 같은 구절은 『조선동요집』과 조홍연의 노래에도 뒷부분에 나
온다. 이렇듯이 모티프는 유사하되 전승 지역과 가창자나 채집자에 따
라 가사의 내용이 다르게 마련이다. 『언문조선구전민요집』의 '청주(淸
州)' 항에는 11수의 민요가 수록되어 있지만 「아가 아가」는 없다.

　『조선동요집』과 조홍연의 가사가 내용이 동일하다는 것은 앞서 제
보한 조홍연의 노래를 『조선동요집』이 전재한 것으로 볼 수밖에 없다.
그런데 엄필진은 전승 지역을 '송도'에서 '청주'로 임의로 바꾸어 놓았
다. 제보자(채록자)의 이름을 밝히지 않은 것은 물론이다.

　26번 「청포장사」(전주)는 이성홍(李聖洪)이 '합천(陜川) 지방 동요'라
며 3편을 제보한 것 중 하나인 「파랑새」(『동아일보』, 1923.11.25)란 작품이
다. 이를 「청포장사」로 제목을 바꾸고 전승 지역을 전주(全州)로 한 것
이다. 『언문조선구전민요집』에서 전주 지역 민요 142편을 수록하고 있
으나 「청포장사」(파랑새)는 없다. 18번(京城)과 232번(扶餘)이 「파랑새」
와 가사가 동일하다. 노래 내용의 연고지인 전주로 전승 지역을 임의로
고친 것으로 보인다. 같은 난에 이성홍이 제보한 「노랑 까치」(『동아일보』,
1923.11.25)는 68번 「노랑 까치」로 전재하면서 전승 지역을 임의로 통영
(統營)으로 바꾸어 놓았다.

---

**32**　「전래동요」(신천(信川), 황해도 신천군 문화면(文化面) 서정리(西亭里) 129 임진순 군 보
(任鎭淳君報)『매일신보』, 1930.7.5) 이 노래는 『언문조선구전민요집』에 임진순의 채록임
을 밝혀 가번(歌番) 1536번으로 그대로 수록되었다.

안악(安岳) 영흥(永興)학교 최영신(崔永信)이 '서선(西鮮) 지방에서 유행하는 동요'라며 제보한 것은 28번 「미나리」(安岳)로, '서선(西鮮) 방적(紡績) 여공 동요'라 한 것은 46번 「베틀노래」(西鮮)로 수록하였다. 동일한 사람이 제보한 것을 하나는 제보자의 주소를 좇아 '안악'으로 하고, 다른 하나는 제보자가 말한 '서선(西鮮)'으로 표시한 것이다. 이와 비슷한 경우는 여럿 있다. 의령(宜寧) 이종모(李鍾模)가 같은 지면에 '의령 지방 동요'로 제보한 것을 하나는 62번 「날 찾거든」(의령)으로, 다른 하나는 77번 「원의 아들」(河東)로, 각각 의령과 하동으로 전승 지역을 나누어 놓았다. 경성(京城) 강경영(姜慶永)이 같은 지면에 '창원(昌原) 지방에서 유행하는 동요'로 제보한 것도 마찬가지다. 하나는 44번 「꽃노래」(창원)라 하고, 다른 하나는 78번 「영화(榮華)로세」(釜山)라 하여 전승 지역을 임의로 창원과 부산으로 나눈 것이다. '여수(麗水) 지방에서 유행하는 동요'라며 두 편을 제보한 곽은덕(郭恩德)의 경우도 같은 경우다. 하나는 41번 「석류 한 쌍」(麗水)으로, 다른 하나는 67번 「손이 와서」(木浦)로 전승 지역을 나누어 놓았다. 『언문조선구전민요집』의 '목포' 항에는 7편의 민요가 수록되어 있는데 이 노래는 없다. 강원도 이천(伊川)의 이연포(異蓮圃=異河潤)가 '이천(伊川) 유행 동요'라며 제보한 동요를 하나는 61번 「가지 마라」(伊川)로, 다른 하나는 72번 「애 어멈아」(鐵原)로 전승 지역을 달리했다.

전승 지역을 바꾸었다고 하긴 그렇지만 범위를 한정한 경우도 있다. 69번 「오실낭가」(光州)는 강진동(姜鎭東)이 '호남(湖南) 유행 동요'로 제보한 것을 '광주'로 전승 지역을 한정한 것이다. 『언문조선구전민요집』에는 '광주' 지역 민요가 수록되어 있지 않다.

34번 「쾌지랑칭칭 노-네」(大邱)는 무언자(無言者)가 '경북에서 유행하는 동요'로 제보한 것과 유사하다. 받는소리인 '쾌지나칭칭 노-네'를 '무언자'는 '원너리청청'이라 한 것을 빼면, 전체 내용은 동일하다. 그리고 노래의 마지막에 "이 원너리청々 곡은 그 지방 어린 아가씨들이 만히 모혀서 원형으로 둘너서서 손을 마주 잡고 한아식 번가라 가며 한 귀절식 불읍니다. 지금으로 말하면 '원무곡' 비슷한 것이지요."(無言者; 『동아일보』, 1923.10.7)라 한 것과, "이것은 대구를 중심하야 경북에서 유행하지 아니하는 곳이 업스며 차(此) 지방의 어린 아가씨들이 만히 묘여서 원형으로 둘너서셔 손을 마주 잡고 한아식 번가라 가면셔 한 귀절식 불으는 것이니 지금 현세의 원무곡과 방불하니 조곰도 천(賤)한 것이 아니오 더욱더욱 조장할 것이로다."(엄필진; 「쾌지랑칭칭 노-네」, 55쪽.)라 한 것도 비슷하다. 『언문조선구전민요집』에는 이 노래가 '대구' 지역이 아니라 상주(尙州) 지역 민요(803번)로 수록되어 있다. 803번 노래는 '처자들의 노든 자리 명주댕기 안짜젓든가'에서 끝이 나지만, 무언자와 『조선동요집』은 여기에 두 구절이 더 들어가 있다. 그리고 803번 노래는 메기는소리인 '하늘에는 별도만타'에 이어 받는소리인 '쾌지랑칭칭 노-네'가 이어지는 구조이다. 그런데 무언자와 『조선동요집』은 '쾌지랑칭칭 노-네'(원너리칭칭)가 앞서고 이어서 '하늘에는 별도만타'가 뒤따르는 구조로 동일하다.

　　『조선동요집』에는 창작동요를 전래동요로 둔갑시킨 경우가 있다고 했는데, 그 실상은 다음과 같다. 『동아일보』 '본사 1천호 기념 현상'에 '선외가작'으로 당선된 김승영(金承泳)의 「오랑캐꼿」(『동아일보』, 1923.5.27)을 임의로 떼어 하나는 58번 「螢火(기똥불)」(元山)로, 다른 하나는 70번 「雪(눈)」(會寧)으로 발표하였다. 발표 지면에는 김승영에 대한 어떤 정보조차 없음에도 불구하고, 한 사람의 작품을 원산(元山)과 회령(會寧) 지방으로 나누고, 현상 당선작을 전래동요로 둔갑시키기까지 한 것은 이해하기 어렵다. 창작동요를 전래동요로 바꾸어 놓은 것은 이 외에도 더 있다. 12번 「비(雨)」(京城)는 경성(京城) 노해용(盧海容)의 창작동요 「비」(『동아일보』, 1923.7.22)를 경성 지방의 전래동요로 바꾸어 놓은 것이다. 79번 「속숍밥」(경성)은 『동아일보』의 '소년소녀란'에 진성봉(陳聖鳳)의 「황혼」, 하정생(夏晶生)의 「비가 와야」와 함께 게재된 이형월(李螢月)의 창작동요 「숫곱노리」(『동아일보』, 1923.9.2)를 경성 지역 전래동요라며 수록하였다.

이상과 같이 40편의 작품은 『동아일보』의 '지방동요란'과 아동란 및 현상 작품에서 무단 전재하였음을 확인하였다. 그렇다면 나머지 40편은 엄필진이 직접 채록한 것일까?

우선 1번 「자장가」(全鮮), 20번 「달(月)」(全鮮), 80번 「안빈락도가」(朝鮮)는 굳이 특정 지역을 찾아 채록하지 않아도 되는 노래다. 전 조선에 유행하던 노래였기 때문이다. 11번 「붕어신랑」(大邱), 14번 「아리랑 아리랑」(尙州), 23번 「숫곱노리」(金泉), 34번 「쾌지랑칭칭 노-네」, 83번 「줌치(囊)」(安東), 59번 「달구재비」(金泉), 63번 「잠」(奉化), 66번 「청실홍실」(慶州) 등도 마찬가지로 보인다. 엄필진의 학교 소재지나, 근무처, 혹은 인근 지역이어서 굳이 현지답사를 통해 채록하지 않아도 가능한 노래들이다.

나머지 30편에 이르는 노래들도 직접 현지답사를 통해 채록하지 않았을 것이란 합리적 의심이 가능하다. 민요 수집의 취지를 이해하고 10여 년에 걸쳐 전국을 답사했다면 채집지가 60여 곳 남짓에 그칠 이유가 없다.[33] 생활근거지인 영남 지역에서 수천 리 떨어진 함경북도까지 가서 회령(會寧)과 청진(淸津), 함경남도의 북청(北靑)과 함흥(咸興)에 국한할 이유가 없다. 인근 지역을 빠뜨릴 까닭이 없는 것이고, 채집지로 선택한 곳에서도 1편씩만 채록했다는 것 또한 믿기 어렵다. 현직 보통학교 교사

---

**33** 『조선동요집』에는 경성(7), 김천(2), 대구(2), 마산(3), 영동(2), 의주(2), 창원(2), 해주(2), 횡성(2), 전선(全鮮)(3)(朝鮮 포함), 53곳은 각 1편씩 수록하였다.

로 동요 보급 또는 동요를 활용한 교육의 필요성을 깨닫고 신문과 잡지, 그리고 여러 경로를 통해 두루 모은 것으로 보는 것이 합리적이라 생각된다.

## 2. 『조선동요집』 수록 작품의 성격

『조선동요집』의 성격을 규명해 보고자 하는 것은 과연 이 책이 '동요집'인가 하는 의문 때문이다. 범박하게 말해 모두 민요라고 해도 크게 이의를 제기할 사람은 없다. 그러나 편자가 굳이 '민요집'이라 하지 않고 '동요집'이라 한 데는 그만한 이유가 있다고 보아 그 성격을 규명해 보고자 한다.

동요와 민요는 어떻게 구분되는가? 일제강점기 당대의 논자들은 어떤 기준을 갖고 있었는지 참고하여 구분해 보고자 한다. 일제강점기에 민요 연구에 많은 공을 들인 이학인(李學仁, 필명 牛耳洞人)은 '민요'의 개념을 다음과 같이 정의하였다.

> 민요는 민족이라고 하는 일 개체의 사상 감정을 갓티하는 사람들 사이에서 발효한 순진한 감정 급(及) 정서를 표현한 민중의 가요인데 이 가요는 어느 째를 물론하고 그 시대 인심에 공명을 야기하고 그들이 통절한 감촉을 밧는 문학이며 음악이다.[34]

이어서 민요를 '표현 형태상', '표현 주체의 주객 관계'에 따라 다음과 같이 분류하였다.

---

[34]  우이동인, 「민요연구(2)」, 『중외일보』, 1928.8.5.

표현 형태상의 분류로는 4부문으로 열거할 수 잇스니

1. 에는 이요(俚謠)요

2. 에는 유행가(流行歌)요

3. 에는 동요(童謠)요

4. 에는 창작민요(創作民謠) 등이다.[35]

(중략)

동요에 대하야 말해보자. 동요는 어린이들이 부르는 노래이니 어린이도 민족 중의 일 분자이니까 <u>동요는 어린이의 민요다.</u>[36]

(중략)

이제는 이만하고 표현 주체의 주객 관계로의 분류에 대하야 말하여 보자. 여긔에는 두 가지로 구분할 수 잇스니 하나는 서사민요(敍事民謠)요 하나는 서정민요(抒情民謠)이니 조선 서사민요로는 춘향전 심청전 등 외 추풍감별곡, 과부가 등 몇 가지가 잇다. (중략) 서사민요는 사건을 서술한 것이요 서정민요는 정서 급(及) 감정을 서술한 것이란 것만 알아두면 그만이다.[37] (밑줄 필자)


「춘향전」, 「심청전」 등을 서사민요라 한 것은 오늘날의 분류에 부합하지 않는다. 요지는 민요라는 범주 안에 이요(俚謠) 곧 잡가(雜歌)와 동요(童謠)가 포함된다는 것이다. 유행가는 널리 불리는 측면을 고려한 것이기 때문에 그 속성을 갖고 분류한 것이라 하기는 어렵다. 서사민요와 서정민요는 서사 곧 이야기의 유무로 구분하고 있다. 여기서 동요라 한 것은 물론 전래동요를 가리킨다. 동요가 민요에 포함된다는 것은 충분히 수긍할 수 있는데, 그러면 민요 중에 어떤 것을 동요라 해야 할 것인가?

---

**35**   우이동인, 「민요연구(13)」, 『중외일보』, 1928. 8. 18.

**36**   우이동인, 「민요연구(15)」, 『중외일보』, 1928. 8. 21.

**37**   우이동인, 「민요연구(16)」, 『중외일보』, 1928. 8. 22.

전래동요의 개념으로는 김태준(金台俊)을 참고할 수 있다. 그는 동요가 예전에는 정치 사회의 변동을 예언하는 참요(讖謠)로 생각되었으나, 참요 이외의 의미도 있다고 하였다.

> (전략) 동요는 예언적 의미가 업는 아동의 가요란 말에 사용되엿다. 아동의 가요 즉 어린이의 노래란 말이다. 물론 이 속에는 민요에서와 가티 자연적으로 고인(古人)의 유산으로 전해 오는 동요도 잇고 시인의 창작에서 나온 동요도 잇다. 이는 야만인도 소박한 노래가 잇다 함을 원시 가요의 절에서 말하엿거니와 예술적 감수성이 풍부한 어린이들은 흡사히 명랑한 봄 하늘에 종달새가 노래 불으지 안코는 참을 수 업는 것처럼 자연의 사물에 접할 적마다 반다시 감수되는 예술적 충동에 못 이겨 스스로 읊조리게 되는 것이니 다른 민요와 틀니는 점은 그 민요가 순진하고 숭고하고 아동성이 잇고 어운(語韻)까지 음악적이어서 동요 유희로 될 수 잇는 데 잇다.[38] (밑줄 필자)

요약하면 순진하고 숭고하고 아동성이 있고 어운까지 음악적이어서 동요 유희로 될 수 있는 아동의 노래가 동요다. 동심을 바탕으로 한 아동의 노래는 내용적인 측면을 가리키는 것이고 음악적이라는 말은 율격을 뜻해 형식적인 측면을 지칭한다고 볼 수 있겠다. 동요(민요)의 율격은 4음보 형식이고, 『조선동요집』에 수록된 작품들도 대체로 여기에서 벗어나지 않는다. 따라서 수록 작품의 성격을 밝히고자 할 때 형식보다는 내용을 기준으로 해야 할 것이다.

동심을 바탕으로 한 아동의 노래라는 기준으로 볼 때, 베 짜는 어머니의 모습이나 시집살이를 내용으로 하는 것을 동요라 하기 어렵다. 장

---

**38**　김태준, 「(조선가요개설: 68)동요편(13)」, 『조선일보 특간』, 1934. 3. 21.

모(丈母)에게 술을 권하는 노래와 딸을 키워 시집 보내면서 혼수를 살피고 결혼 풍경을 노래한 것도 마찬가지다. 우이동인은 『조선동요집』에 간간이 민요가 수록되어 있다고 하였는데, 이상과 같은 관점을 갖고 구분한 것으로 보인다.

> 그러나 『조선동요집』을 전부 훑터보면 오착(誤錯)된 것과 결함된 부분이 적지 안타. 무엇이냐 하면 동요와 민요를 확실하게 구별하야 노치 못한 실수이다. 즉 『조선동요집』이면은 동요만 모엿서야 될 터인데 조선 민요가 간간이 석기여 잇다는 것이다. 「영화롭게」, 「일아 이들」, 「쌀나커든」, 「편지오네」, 「쏭」, 「주머니」, 「꼿할애」, 「밤」, 「싀집살이」 등은 전부 순전한 민요다. 만약에 이 『조선동요집』을 향토 문학 연구자의 연구 재료를 수집한 것이면 모르지만 아동들에게 말하려고 한 것이면 너머나 부주의하지 안엇나 한다. 필자는 현재 『조선민요집』을 간행하려고 계획 중에 잇지만 동요는 동요, 민요는 민요란 것을 명백하게 구별하지 안으면 안 된다. 그러지 안코 동요집에다가 민요를 석거노으면은 단순한 아동들의 머리에 민요도 동요로 인식하게 되면 그에서 더 큰 오착이 업다고 생각한다.[39] (밑줄 필자)

우이동인은 「영화로세」, 「원의 아들」, 「쌀 나거든」, 「편지 오네」, 「쏭」, 「주면이」, 「꼿노래」, 「밤」, 「싀집살이」를 민요로 보았다. 「안빈락도가」는 엄필진 자신이 "조선 대표적의 민요로써 취미가 다(多)하니라."라고 하여 이미 '민요'임을 밝혔다.

가사의 내용을 고려하면, 이 외에도 6번 「물방아(水車)」, 7번 「베 싸는 어머니」, 10. 「달궁달궁」, 19번 「나는 실소」, 27번 「바늘」, 29번 「외쌀아

---

**39**  우이동인, 「동요연구(9)」 『중외일보』, 1928. 11. 28.

기」, 34번 「쾌지랑칭칭노네」, 39번 「조곰 조곰 더 살더면」, 46번 「베틀 노래」, 54번 「줌치(囊)」, 67번 「손이 와서」, 73번 「장모(丈母)」, 74번 「념불선(念佛船)」도 동요라고 하기에는 적절하지 못하다. 그리고 1번 「자장가」는 어른들이 아이를 재울 때 부르는 노래로, 아이는 노래의 대상일 뿐이라 동요라 할 수 있을지 의문이다. 이런 관점에서 보면 9번 「아가 아가」도 마찬가지다. 배가 고파 우는 아기를 달래면서 어머니의 모습을 그려 나가는 어른의 노래일 뿐이다. 이 외에도 어린이가 대상으로만 그려진 것은 많다.

이러한 점 때문에 우이동인뿐만 아니라, 고정옥은 서명과 달리 '민요집'[40]이라 하였고, 임동권도 '구비 민요집'[41]이라 한 것은 적절한 판단이라 하겠다. 다만 보통학교에 재직하고 있던 편자가 교육상 필요한 자료를 구해 책으로 편찬한 것이어서 동요집이란 명칭을 쓴 것으로 보인다.


## 3. 『조선동요집』의 아동문학사적 의미

『조선동요집』의 (아동)문학사적 가치는 '최초의 동요집'이라는 평가에 있다. 고정옥(高晶玉), 임동권(任東權), 김선풍과 최근에 전계영이 평가한 바는 다음과 같다.

엄필진 씨 편 『조선동요집』은 1924년 12월에 간행된 것이며, 그 가운데는 서명(書名)과 딴판으로 상당량의 민요가 섞여 있다. 조선

---

**40** 고정옥, 『조선민요연구: 원시예술로서의 민요 일반과 서민문학으로서의 조선 민요』, 수선사, 1949, 82쪽.

**41** 임동권, 「엄필진 저 조선동요집 해설」, 『한국민속학』 제18호, 한국민속학회, 1975, 117~118쪽.

최초의 민요집이다.[42]

　엄필진 저 『조선동요집』은 1924년 12월 15일에 경성부 서대문
정 창문사(彰文社) 발행으로 한국 최초의 구비 민요집이다. (중략) 한국
의 민요 동요는 매우 엄선한 듯 전승 민요들이 첫선을 보였고 첫 민
요집이란 점에서 사적(史的)인 가치가 있을 뿐 아니라 자료로서도 훌
륭한 것이다.[43]

　본서(『조선동요집』: 필자)는 비록 동요집이라고는 하나 서명과는 달
리 상당량의 전승민요가 섞여 있다. 동요와 전승민요를 합해 80수
가 수록되어 있고, (중략) 저자는 천진난만한 동심의 소유자였음이 분
명한데, 서명을 『조선민요집』이라고 해도 좋을 것을 굳이 『조선동요
집』이라고 제목을 단 까닭도 거기 있엇던 게 아닐까 추단해 본다.[44]

　엄필진의 1910년대부터의 동요 수집과 『조선동요집』 간행은 당
대 지식인(문인)들이 지녔던 인식보다 진일보한 것으로 여겨진다. 즉
어린이에 대한 애정과 관심, 그리고 그들의 교육을 위한 방편으로서
민요를 수집하고 출간까지 한 것을 통해, 그가 지녔던 '어린이에 대
한 인식과 중요성'은 매우 선각자적 위치에 있었음을 알 수 있다.[45]

(이상 밑줄 필자)

---

**42**　고정옥, 『조선민요연구: 원시예술로서의 민요 일반과 서민문학으로서의 조선 민요』,
　　　수선사, 1949, 82쪽.

**43**　임동권, 「엄필진 저 조선동요집 해설」, 『한국민속학』 제18호, 한국민속학회, 1975,
　　　117~118쪽.

**44**　김선풍, 「『민요총서』를 엮으면서」, 『한국민요자료총서』 계명문화사, 1991, 3쪽.

**45**　전계영, 「20세기 전반기 민요집 편찬 목적 및 체재에 대한 고찰-조선동요집, 언문조
　　　선구전민요집, 조선민요선을 중심으로」, 『어문론총』 제70호, 한국문학과언어학회,
　　　2016. 12, 287쪽.

『조선동요집』(1924)이 동요를 다수 포함하고 있는 『언문조선구전민요집(諺文朝鮮口傳民謠集)』(1933)이나 동요 238수를 싣고 있는 『구전동요선(口傳童謠選)』(1940)보다 더 주목받을 점은 수록하고 있는 작품 수가 아니라, 뒤의 두 저술보다 더 빨리 편찬되었다는 점이다. 『조선동요집』이 뒤의 두 저술보다 약 9년에서 16년가량 간행 시기가 앞서기 때문에 '최초의 동요집'이란 명예로운 타이틀을 얻게 된 것이다.

그런데 전래동요집에 대해 '최초의 동요집'이라는 평가를 할 때에는 책의 편자(編者)가 채록(採錄)하고 수집(蒐集)한 노력을 평가하는 의미가 내포되어 있다. 오랜 시간의 노력을 요하는 작업이어서 누구도 도전하기 쉽지 않은 일을 여러 가지 여건이 불비한 사정임에도 가장 이른 시기에 낸 성과이기 때문에 그만한 가치 부여를 한 것으로 봐야 옳을 것이다. 『조선동요집』에 대한 고정옥과 임동권, 그리고 김선풍과 전계영의 평가는 엄필진이 오랜 기간 직접 채록한 것임을 전제로 한 것이다. 그러나 앞에서 살펴보았듯이 직접 채록과는 거리가 멀고, 채집지 또한 임의로 기록한 경우가 있다. 남의 채록을 인용했으면 채록자와 채집지를 그대로 밝혀야 함에도 불구하고, 엄필진은 남이 채록한 것을 자신이 채록한 것처럼 하였을 뿐만 아니라, 채집지 또한 임의로 기록하였다.

간행 시기에 방점을 놓고 보면 엄필진의 『조선동요집』이 전래동요를 수집·편찬한 우리나라 '최초'의 동요집인 것은 분명하다. 문제는 '최초'로 간행된 사실만을 들어 그 가치를 평가하기에는 이상과 같은 문제점이 있다는 점이다. 문학사는 연대기가 아니다. 따라서 간행 시기가 앞선다 하더라도 그 책의 내용을 살펴 온전한 문학사적 평가를 내려야 할 것이다.

다만 당시는 오늘날처럼 표절이나 인용의 개념이 명확하지 않았던 점을 참작한다면, "조선아동교육계에 동요를 보급"코자 했다거나, "차

종(此種)의 서적이 일책(一册)도 출현치 아니한 금일에 동요 연구자료의 일종으로 편집"⁴⁶하였다는 노력은 일정 부분 인정되어야 할 것이다.

『조선동요집』이 출간된 후인 1925년 1월부터 2월까지에 걸쳐 다음과 같은 동요(민요)가 『동아일보』에 게재되었다. 2번 「놀러가자」(2.6)('2번'은 『조선동요집』 가번이고, '2.6'은 『동아일보』 게재일로 1925년 2월 6일을 가리킨다. 이하 동일), 3번 「어린 애기」(1.30), 7번 「베 짜는 어머니」(2.11), 10번 「달궁 달궁」(1.30), 13번 「달팽이」(2.6), 22번 「내 어머니 젓맛」(1.28), 23번 「손곰노래」(1.30), 40번 「봄이 왔네」(1.26), 49번 「명막이」(1.26), 54번 「주머니」(1.28), 55번 「파랑새」(2.11), 56번 「봄」(2.4), 64번 「까치」(2.4), 66번 「청실홍실」(2.4), 72번 「애 어멈아」(2.4), 75번 「어서 가자」(2.11), 76번 「봄이 되면」(1.28) 등이다. 이상 17편은 전승 지역을 밝히지 않았다는 것과 제목과 내용이 일부 표기상에 차이가 있는 정도만 다를 뿐 『조선동요집』 수록 동요와 완전 동일하다.

해방 후에 간행된 『조선민요집성』⁴⁷의 「조곰 조곰 더 살더면」(39번), 「원의 아들」(77번), 「나는 싫소」(19번), 「영화로세」(78번), 「옥동처자」(65번), 「편지 오네」(60번), 「석류 한 쌍」(41번), 「줌치노래(2)」(54번 「줌치(囊)」), 「염불선」(74번), 「명주애기」(17번), 「달구재비」(59번) 등 11편도 『조선동요집』과 제목과 가사가 완전 동일하고 전승지역도 일치한다.

이상의 동요(민요)는 가사의 내용이 동일한 점, 일반적으로 민요에는 제목이 없는데 제목이 있는 것과 그 제목이 서로 일치하는 점, 전승 지역을 밝힌 경우 서로 동일한 점 등으로 미루어 볼 때 『조선동요집』에 수록된 것을 인용한 것이 분명하다. 『조선동요집』은 동요(민요)를 수집하

---

**46**　엄필진, 앞의 책, 1~2쪽.

**47**　김사엽·최상수·방종현 공편, 『조선민요집성(朝鮮民謠集成)』, 정음사, 1948.

여 처음 책으로 발간함으로써 편찬 의도와 무관하게 일종의 저본 역할을 한 것이다. 1920년대 후반부터 이른바 동요 전성시대가 도래하자 신문 매체가 동요 보급에 활용한 점이나, 후대의 민요집에 토대 자료로서의 역할을 하였다는 점이 그렇다.

## Ⅲ. 맺음말

엄필진의 『조선동요집』을 두고 지금까지 "첫 민요집이란 점에서 사적(史的)인 가치가 있을 뿐 아니라 자료로서도 훌륭한 것"이라고 하는 평가가 일반적이었다. 이와 같은 문학사적 가치평가는 직접 채록하였거나, 그렇지 못할 경우 엄격한 채록의 기준에 따라 채록한 채록자의 실명과 채집지(전승 지역)를 밝혔을 경우에 얻게 되는 찬사일 것이다.

그러나 확인해 본 바 다음과 같은 사실을 확인할 수 있었다. 첫째 엄필진의 직접 채록이라 하기 어렵다. 상당량의 작품은 남의 채록을 채록자의 이름을 빼고 자신이 채록한 것처럼 무단 전재한 것이었다. 둘째 민요 수집에 있어 채집지(전승지역)를 분명하게 밝혀야 함에도 불구하고 임의로 바꾼 것이 많다. 민요는 같은 노래라 하더라도 채록자와 전승 지역(채집지)에 따라 크고 작은 차이가 많다.

따라서 지금까지 엄필진의 『조선동요집』이 얻었던 문학사적 평가는 일정 부분 수정해야 옳다. 가장 이른 시기에 간행되었다는 사실에 너무 의미를 부여한 나머지 곧바로 문학사적 가치를 고평하는 것은 옳지 않다. 직접 채록을 기정사실화하고, 채집지를 확인하지도 않은 상태에서 내린 '최초의 동요집(민요집)'이라고 한 문학사적 가치평가는 부당하기 때문이다.

다만 이러한 종류의 책으로서 최초로 발간된 동(민)요집인 것은 논란의 여지가 없다. 흩어져 있던 동요(민요)를 모아 책으로 간행함으로써 신문 매체가 동요 보급을 할 수 있도록 한 점, 후대의 민요 수집에 토대 자료로서의 기능을 한 점 등은 그 공을 인정받아야 할 것이다.

제2부

아동문학과
매체

# 1장 / 『신소년』의 발간 배경

## I. 머리말

『신소년』은 일제강점기 아동문학의 주요 잡지인데도 아직 실체가 제대로 밝혀지지 못했다. 자료의 산일과 『신소년』에 대한 원본비평의 부족 그리고 『신소년』과 관련된 인물들에 대한 연구의 미진 등이 가장 큰 이유일 것이다.

『신소년』의 총 발행 호수는 명확하지 않다. 발간 햇수를 기계적으로 계산해 보면 127권이 간행되어야 한다. 그러나 삭제, 압수, 불허가 등 검열로 인해 두 달 치를 합해 발간하기도 했고, 휴간한 경우도 적지 않다. 현재까지 필자가 확인한 것만도 휴간 및 합호 발행이 각 6회가량 확인되고 압수된 적도 있어, 실제 발간은 이보다 적게 발간된 것이 분명하다.

현재 『신소년』은 이주홍문학관, 서울대학교도서관 그리고 현담문고가 가장 많이 소장하고 있다. 이들을 다 모으면 85권가량이 확인된다. 이 가운데 이주홍문학관과 서울대학교도서관 소장본은 대체로 공개가 되었으나, 현담문고본은 아직 공개가 되지 못했다.

자료가 모두 공개되면 발행인과 편집인, 인쇄인 등 서지적 사항이 분명하게 된다. 더불어 필자들의 모습도 더 자세히 확인할 수 있다. 나아가 '사고(社告)'나 '독자담화실', '소년신문' 난 등을 통해 신소년사 내부의 사정을 밝혀낼 실마리를 찾을 수도 있을 것이다.

필자는 현재 74권의 『신소년』을 확인했다. 창간호를 비롯해 간접적으로 살펴본 것도 4~5권이 되니 어지간히 80권 정도를 확인한 셈이다. 이를 바탕으로 『신소년』의 창간과 그 주역, 『신소년』 발간과 관련된 사람들, 『신소년』의 이념적 기반과 변모 양상 등을 살펴보고자 한다.

지금까지 『신소년』에 관한 논의 중에는 오류나 불필요하다시피 한 것들이 있었다. 『신소년』의 이념적 바탕이 민족주의냐 계급주의냐와 같은 논의는 따지고 보면 불필요한 논의다. 사실확인이 어려운 탓에 발행인에 대한 오류도 있었고, 『신소년』 발간과 관련하여 주요 인물의 신원과 역할이 제대로 논의되지 못한 잘못도 있었다.

『신소년』의 모든 자료가 확보된다 해도 우리가 궁금해하는 의문의 전부가 말끔히 해소되리란 보장은 없다. 그래서 필자는 지금까지 확보한 『신소년』 잡지와 관련 자료를 바탕으로 그간에 잘못 알려진 사실관계를 찾아 바로잡고자 한다. 『신소년』의 사주(社主) 이중건(李重乾)과 관련한 것들은 새로운 사실을 밝히는 것에 해당할 것이다. 이 과정에서 객관적인 자료를 바탕으로 사실을 밝히되, 자료가 부재(부족)할 경우 더러 합리적 추론을 통해 사실을 규명하려고 한다.


## II. 『신소년』을 만든 사람과 계급주의

『신소년』의 발간 배경을 살펴보기 위해서는 신명균으로부터 시작해야 한다. 대부분의 기간 그가 '편집 겸 발행인(편집인)'이었고 다량의 글을 발표했을 뿐만 아니라 직접 독자들과의 소통도 담당했기 때문이다. 그리고 필자와 편집원 등의 섭외나 <조선교육협회> 등 신소년사와 관련된 단체와의 연결고리 역할을 하는 점에서도 그렇다. 그러나 이 글에서는 신명균에 대한 새로운 사실을 찾는 데 주안점을 두지 않는다. 신명균의 삶과 이력에 대해서는 이미 상당 부분 밝혀졌기 때문이다.[01] 이 글에서는 신명균을 연결 고리로 해서 누가 『신소년』 발간과 관련이 되는가를 알아보려고 한다.

## 1. 『신소년』의 발행인과 편집인

『신소년』의 창간 당시 발행인으로 다니구치 데이지로(谷口貞次郎)를 들고 있다.[02] 그러나 창간호 판권지를 확인해 보니 창간 당시 발행인은 쓰지 순지□(辻俊次□)다.[03] 현담문고 소장본을 보았는데 원본 상태가 좋지 않아 끝 글자 하나를 판독하지 못했다. 쓰지가 제2호의 발행인도 맡았는지는 확인하지 못했으나 제3호부터는 다니구치 데이지로(谷口貞次郎)가 분명하다.[04] 다니구치가

『신소년』 창간호, 1923년 10월호
(현담문고 제공)

**01** 박용규의 「일제시대 한글운동에서의 신명균의 위상」(『민족문학사연구』 제38권, 민족문학사학회, 2008.12), 원종찬의 「원종찬의 한국 아동문학사 탐방(4) 중도와 겸허로 이룬 좌우합작: 1920년대 아동잡지 『신소년』」(『창비어린이』 제12호, 2014.6)과 『『신소년』과 조선어학회』(『아동청소년문학연구』 제15호, 한국아동청소년문학학회, 2014.12) 등이 대표적이다.

**02** 최덕교의 『한국잡지백년 2』(현암사, 2005, 253쪽.), 원종찬의 『『신소년』과 조선어학회』(『아동청소년문학연구』 제15호, 한국아동청소년문학학회, 2014.12, 113쪽.), 조은숙의 「신소년」(『한국근대문학해제집 IV』 국립중앙도서관, 2018, 65쪽.) 등에서 확인된다.

**03** 쓰지 순지로(辻俊次郎)로 추정되나 확인이 필요하다.

**04** 최덕교, 앞의 책, 253쪽.

1925년 1월까지 발행인인 것은 분명하나 2월호와 3월호는 잡지 미확인으로 불분명하다. 1925년 4월호부터 1926년 10월까지는 다카하시 유타카(高橋豊)가 편집 겸 발행인을 맡았다. 1926년 11월호부터 종간호인 1934년 3-4월 합호까지는 신명균이 편집 겸 발행인이었다.

창간 당시 편집인은 김갑제(金甲濟)였는데 1924년 7월호까지 이어졌다. 1925년 1월호부터 1926년 10월까지는 신명균이 편집인을 맡았다. 다카하시가 편집 겸 발행인을 맡았던 기간 동안 따로 신명균이 편집인을 맡고 있다. '편집 겸 발행인'은 대표 명의에 대해 관례로 표기한 것 같고, '편집인' 신명균이 실질적인 역할을 한 것으로 보인다.

창간 당시부터 1924년 8월호까지 신소년사의 주소는 '경성부 관훈동 130번지'였으나, 1924년 10월호부터 '경성부 가회동(嘉會洞) 23번지'로 바뀐다.[05] 이 주소는 신소년사가 <조선교육협회> 건물로 이사하기 전인 1928년 6월호까지 이어진다.

창간 당시 발행인이자 '이문당(以文堂) 대표' 쓰지 슌지□(辻俊次□)의 주소는 '관훈동 130번지'였고, 뒤를 이어 발행인이 된 다니구치의 주소 또한 동일하다. 그러나 판권지를 확인할 수 있는 1925년 1월호의 발행인 다니구치의 주소는 '경성부 태평통(太平通) 2정목 95번지'로 바뀐다. 짐작건대 다니구치의 이 주소는 신소년사의 주소가 '관훈동'에서 '가회동'으로 바뀐 1924년 10월경부터였을 것이다. 1925년 4월호부터 확인되는 다카하시의 주소는 '경성부 앵정정(櫻井町) 2정목 134번지'였는데, '편집 겸 발행인'을 그만둔 1926년 10월까지 이어진다.

『신소년』 창간 당시 발행소는 '이문당'이 분명하다. 그런데 출판사의

---

**05** 「(신간소개)잡지 신소년」(『동아일보』, 1924. 10. 19) "우아한 삽화를 비롯하야 자미잇는 동화, 사담, 지리 기타 소년신문, 독자문단 등으로 백화난만한 듯한 10월호가 발행되엿다. (발행소 경성부 가회동 23번지 정가 15전)"

대표가 발행인을 맡는 것이 관례였던 당시 '이문당 대표'는 '쓰지 슌지 □(辻俊次□)', '다니구치 데이지로(谷口貞次郞)' 그리고 '다카하시 유타카 (高橋豊)' 등으로 바뀐다. 그렇다면 출판사 '이문당'의 실제 대표는 누구 였던가 궁금하지 않을 수 없다.

김갑제는 1921년 12월부터 경성부 관훈동 130번지에 '이문당'이란 출판사를 등록한다.[06] 이때 김갑제의 주소는 경성부 권농동(勸農洞) 185 의 3번지이다. 1925년 3월 20일 김갑제는 '이문당'이라는 상호를 폐지 하고, 1925년 3월 27일 자로 경성부 관훈동 130번지에 '주식회사 이문 당'이란 상호를 등기하였다. 도서출판과 판매 및 관련 부대사업을 목적 으로 한 것이었다.[07] 주식회사로 변경 등기한 것은 어떤 연유인지 불분명 하나, 1925년 1월 19일 이문당에 불이 나 전소(全燒)한 것과 관련이 있 지 않나 싶다.[08] 김갑제가 '이문당 주인'인 것은, 1923년 '토산애용부인 회(土産愛用婦人會)'에 종이를 기부하거나, 1924년 구세군의 구제활동에 동정금을 기부할 때, 그리고 1925년 1월 19일 '이문당'에 불이 나 전소 할 때의 신문 보도에 한결같이 '이문당 주인 김갑제'라 한 것으로도 확 인된다.[09] 이후 김갑제는 이문당에서 손을 뗀 것으로 보인다. 회사 조합 자료 조사를 보면 1925년 8월까지만 해도 김갑제가 이문당의 이사(理事) 로 포함되어 있었으나, 1927년 6월 조사 결과를 보면 김갑제의 이름이

---

06 「상업 급 법인 등기」,『조선총독부 관보』제2808호, 1921년 12월 21일.

07 「상업 급 법인 등기」,『조선총독부 관보』제3814호, 1925년 5월 5일.

08 「관훈동에 화재-십구일 오후 열한시 오분, 관훈동 책사 이문당에서, 이문당 전소, 양복점 연소(延燒)」(『조선일보』, 1925.1.20), 「이문당 전소!-재작야 관훈동 대화(大火), 우 층에서 발화하야 이문당과 양복덤 하나를 불살나 바렷다」(『매일신보』, 1925.1.21) 참조.

09 「부인회(婦人會)에 기부」(『동아일보』, 1923.5.11), 「구세군(救世軍) 구제에 찬동하는 김갑제 씨-오십원 긔증」(『조선일보』, 1924.12.24), 「관훈동에 화재-십구일 오후 열한시 오분, 관 훈동 책사 이문당에서, 이문당 전소, 양복점 연소」(『조선일보』, 1925.1.20) 참조.

빠져 있는 것으로 확인된다. 이보다 앞서 '조선총독부 관보'에는 1926년 1월 31일 이문당의 취체역 해임 및 신규 임용이 있는데 김갑제의 이름이 보이지 않는다.[10]

이문당의 주인이 김갑제라면 쓰지, 다니구치, 다카하시 등 일본인들을 '이문당 대표'라 한 것을 어떻게 이해해야 할까? 이는 사업의 편의상 일본인의 명의를 빌린 것으로 보인다. 잡지를 발간하는 데 자금을 대는 출판사의 대표라면 잡지와 관련하여 어떤 방식으로든 관여를 하게 마련이고 그 흔적은 잡지의 사고(社告)나 편집후기에 남게 마련이다. 그러나 『신소년』의 전 지면을 샅샅이 훑어봐도 이들 일본인의 관여는 보이지 않는다. 이들뿐만 아니라 '이문당 주인'이자 창간 당시 '편집인'이었던 김갑제 또한 잡지 『신소년』에 어떤 글도 발표하지 않은 것으로 보아 이름만 '편집인'이었지 실제 '편집인'으로서의 역할은 누군가 다른 사람의 몫이었다고 봐야 할 것이다.

이상에서 논의한 것을 바탕으로 신소년사의 주소 변동, 『신소년』의 발행인과 편집인, 인쇄인의 변동 상황을 표로 제시해 보면 다음과 같다.

| 신소년사의 주소 변동 | 경성부 관훈동(寬勳洞) 130번지, 이문당 내(창간호~1924년 9월호) → 경성부 가회동(嘉會洞) 23번지(1924년 10월호~1928년 5월호) → 경성부 수표정(水標町) 42번지 <조선교육협회> 내(1928년 7월호~1933년 7월호) → 경성부 안국동(安國洞) 153번지, 중앙인서관(1933년 8월호~1934년 4-5월 합호) | ※ 1925년 2월호, 3월호 잡지 미확인<br>※ 1933년 9월호부터 1934년 1월호까지 잡지 미확인 |
|---|---|---|
| 『신소년』의 편집인 변동 | 김갑제(金甲濟)(창간호~제2권 제7호(1924년 7월호) → 신명균(申明均)(1925년 1월호~1926년 10월호) → 다카하시 유타카(고교풍(高橋豊)(1925년 4월호~1926년 10월호)(편집 겸 발행인) | |

**10** 「상업 급 법인 등기」, 『조선총독부 관보』 제4086호, 1926년 4월 6일.

| | | |
|---|---|---|
| 『신소년』의 발행인 변동 | 쓰지 슌지□(辻俊次□)(창간호~제2호?) → 다니구치 데이지로(谷口貞次郎)(제2호?~1925년 1월호) → 다카하시 유타카(高橋豊)(1925년 4월호~1926년 10월호) → 신명균(1926년 11월호~1934년 4-5월 합호)(편집 겸 발행인) | ※ 1925년 2월호, 3월호 잡지 미확인 |
| 『신소년』 인쇄인 변동 | 노기정(魯基禎)(창간호~ ) → 심우택(沈宇澤)(1924년 3월호~7월호) → 김칠성(金七星)(1925년 1월호) → 이병화(李炳華)(1925년 4월호~1933년 8월호) → 최학준(崔學俊)(1934년 2월호~9월호) → 유국종(劉國鍾)(1934년 4-5월 합호) | ※ 1933년 9월호부터 1934년 1월호까지 잡지 미확인 |

그렇다면 『신소년』의 실질적인 '편집인'은 누구였을까? 『신소년』 제2호와 제3호를 아직 확인하지 못했으나, 현재 확인 가능한 제4호(1924년 1월호)를 통해 어느 정도 추정이 가능하다. '신년 특별 대현상(大懸賞)'으로 '현상 그림 맞쳐 내기'가 있는데 11명의 인물 그림이 있다. 김석진, 이호성, 최병주, 김재희, 진서림, 신명균, 문징명, 맹주천, 김갑제, 김세연, 박승좌 등이다. 이호성, 신명균, 맹주천을 빼면 낯선 이름들인데, 『신소년』 창간 당시 필자로 자주 등장한 사람들이다.

현상 그림 맞쳐내기, 『신소년』, 1924년 1월호, 57쪽

김석진(金錫振)은 1915년 경성고등보통학교를 졸업하였는데, 이호성과 동기였다.[11] 1916년 4월 경성고등보통학교 사범과를 졸업하고,[12] 1916년 4월부터 조선공립소학교 훈도로 임명되었다.[13] 이호성(李浩盛)은 1915년 4월 경성고보를 졸업하고,[14] 1916년 3월 경성고보 사범과를 졸업한 후,[15] 1917년부터 1922년까지 경기도 다동공립보통학교 훈도, 1923년부터 1935년까지 수송보통학교 훈도를 지냈다. 맹주천(孟柱天)은 1916년 4월 경성고보 본과를 졸업하고,[16] 1918년부터 1921년까지 독도(纛島)(뚝섬)공립보통학교 훈도, 1922년부터 1925년까지 재동공립보통학교 훈도 등을 역임하였다. 김석진과 이호성 그리고 맹주천은 같은 시기 경성고보를 다닌 인연이 있고, 맹주천은 신명균이 1914년부터 1922년까지 8년간 독도공립보통학교에서 교편을 잡았던[17] 기간의 상당 부분 같이 근무했다. 박승좌(朴勝佐)와 최병주(崔炳周)도 1915년 4월 경성고보 사범과를 졸업하여,[18] 김석진, 이호성, 맹주천과 같은 시기에 같은 학교를 다녔다. 박승좌는 1915년 4월부터 조선공립소학교 훈도로 임명되었고, 최병주는 1915년부터 1919년까지 춘천공립보통학교 훈도, 1922년부터 1923년까지 어의동공립보통학교 훈도, 1924년부터 1931년까지 청운공립보통학교, 교동보통학교, 포천보통학교 훈도를 역임하였다.

---

11    「관립학교 졸업생」, 『조선총독부 관보』 제805호, 1915년 4월 13일.

12    「관립학교 졸업자」, 『조선총독부 관보』 제1111호, 1916년 4월 20일.

13    「서임(敍任) 급 사령(辭令)」, 『조선총독부 관보』 제1097호, 1916년 4월 4일.

14    「관립학교 졸업생」, 『조선총독부 관보』 제805호, 1915년 4월 13일.

15    「관립학교 졸업자」, 『조선총독부 관보』 제1111호, 1916년 4월 20일.

16    위의 글.

17    국사편찬위원회 한국사데이터베이스 '신명균' 부분 「직원록 자료」 참조.

18    「관립학교 졸업생」, 『조선총독부 관보』 제805호, 1915년 4월 13일.

김세연(金世涓)은 1913년부터 1918년까지 경성여자공립보통학교, 『신소년』 창간 즈음인 1919년부터 1927년까지는 매동공립보통학교 훈도로 재직하였다.[19] 김재희(金載熙) 또한 1914년 4월 조선공립보통학교 훈도로 임명되어,[20] 강원도 고성공립보통학교 훈도를 시작으로 『신소년』 창간 즈음인 1923년부터 1926년까지 경기도 어의동공립보통학교 훈도로 재직하였다. 문징명(文徵明)은 1912년 5월 조선공립보통학교 부훈도로 임명되어,[21] 『신소년』 창간 당시인 1919년부터 1923년까지 경기도 어의동공립보통학교 부훈도, 1924년부터 1930년까지 군자보통학교 훈도를 역임하였다. 진서림은 1916년 3월 경성고보 훈도로 서임되어,[22] 경성고보, 경성사범, 개성제이공보, 대구여고보 훈도 등을 지냈다.

이상과 같이 11명의 '신소년 사원 일동'은 모두 학교 훈도였고, 김석진, 이호성, 맹주천, 박승좌, 최병주 등은 동기 혹은 선후배로 경성고보를 졸업하여 서로 아는 사이였던 것으로 보인다. 맹주천이 1897년생이고 이호성이 1898년생으로 확인되며 대부분 1915년에서 1916~7년경 훈도로 임명된 것으로 보아 비슷한 연배로 보인 반면, 1889년생인 신명균과는 10년 안쪽의 연령 차가 있다. 앞의 현상 그림에도 한가운데 한복 차림이 신명균인 점으로 보아 '신소년 사원 일동' 중에 신명균이 중심이 되어 『신소년』 창간을 주도한 것으로 보인다.

『신소년』 창간호 필진을 보자. 익명의 「신소년을 첨 내는 말슴」에 이어, 백남규(白南奎)가 「신소년의 압길을 비노라」라는 축사를 쓰고, 정열모(鄭烈模)가 「어린 동무들」을 쓴 것 빼고는 모두 위에서 말한 '신소년

---

**19** 한국사데이터베이스 「직원록 자료」 참조.

**20** 「서임 급 사령」, 『조선총독부 관보』 제502호, 1914년 4월 6일.

**21** 「서임 급 사령」, 『조선총독부 관보』 제521호, 1912년 5월 24일.

**22** 「서임 급 사령」, 『조선총독부 관보』 제1096호, 1916년 4월 1일.

사원 일동'이 맡았다. 표지와 삽회(揷繪)부터 「(영남동요)노-네」, 「(만화)소년야행군 기(記)」, 편집후기에 해당하는 「편집 가방」 등을 김석진이 맡았고, 진서림이 「황금의 종」, 「바보 사자(獅子)」 그리고 「수수썩기」, 신명균이 「(사담)김정호(金正皥) 선생」, 「(모험소설)어머니를 차저 삼만리」, 맹주천이 「반병의 물」과 「불효의 효행」, 문징명이 「병 속의 알 사람」, 김세연이 「굿둘암이 타령」, 이호성이 「포교(捕校)의 쇠」, 김재희가 「내외 통신」을 맡았다.

『신소년』의 필진은 "십수 년간 보통교육에 종사하야 실제적 경험이 풍부하고 연구가 심오하신 각 학교 선생님"[23]들인 '신소년 사원 일동'이 한동안 전담하다시피 했다. 그러나 이들은 1924년 1월(진서림)에서 1926년 9월까지(박승좌) 글이나 삽화, 만화를 싣다가 그만두었다. 맹주천(1928년 8-9월 합호)과 이호성(1929년 1월호)은 그나마 5년이상 계속하여 집필하였다. '사원'은 아니었지만 곧 『신소년』의 필진으로

정열모, 『동요작법』, 신소년사, 1925

영입된 사람으로 심의린(沈宜麟)과 정열모를 들 수 있다. 1914년 4월 신명균과 김갑제는 조선공립보통학교 훈도로 임명되었고,[24] 심의린은 재동공립보통학교 훈도를 시작으로 교직에 있어 신명균과 잘 아는 사이로 보인다. 정열모(鄭烈模)는 1915년 평안북도 자성(慈城)공립보통학교를

---

**23** 「(광고)월간잡지『신소년』」, 『조선일보』, 1923. 10. 16; 10. 21.

**24** 「서임 급 사령」, 『조선총독부 관보』 제502호, 1914년 4월 6일.

시작으로 하여 1921년부터 독도공립보통학교 훈도를 지낸 신명균과 같은 학교에서 근무한 인연이 있다.[25] 『신소년』에 영입된 정열모는 동요 고선[26]을 맡고, "일본 동경에 게신 정지용(鄭芝鎔) 씨가 우리 잡지를 위하여 매월 동요를 쓰시게 되"기 전까지 "우리 잡지에 동요를 써 온 지가 만 2년"[27]이나 되도록 동요 창작의 모범을 보였고, 신소년사에서 『동요작법』(1925.9)을 펴내 소년문사들의 동요 창작 능력을 길러주기에 애를 썼다. 이후에도 취몽(醉夢), 살별 등의 필명을 섞어 쓰며 동요, 여행기, 소년소설, 번역 동화 등을 실어, 1930년 4월호까지 붓을 놓지 않았다. 정열모는 "같은 학교에 다니는 관계상 또 나를 조선어강습회에 인도한 관계상 주산(珠汕) 신명균(申明均) 씨가 제일 친근하"[28]다고 할 만큼 가까운 관계라 일찌감치 영입되어 중심적인 역할을 한 것으로 보인다.

## 2. 신명균과 이중건

앞에서 『신소년』 창간의 주도적 역할은 신명균이 했다고 하였다. 창간 당시 '편집인'이자 출판사 이문당의 주인이었던 김갑제는 어떤 역할을 하였을까? 『어린이』, 『별나라』, 『아이생활』 등 아동잡지들은 『신소년』과 내용과 편집 체제가 유사했는데, 유독 『신소년』만의 특징이 있

---

25  정열모는 1921년부터 독도공립보통학교 훈도로 근무했는데, 신명균은 1914년부터 1922년까지 그 학교에 재직하였다. 한국사데이터베이스「직원록 자료」참조.

26  승응순(昇應順)이 '작문과 동요는 어느 선생님이 꼳으십닛가'라고 묻자, '작문은 맹주천 선생님이 보시고, 동요는 정열모 선생님이 보십니다.'(「담화실」, 『신소년』 1925년 12월호, 56쪽.)

27  정열모, 「고별」, 『신소년』 1926년 12월호, 28쪽.

28  정열모, 「주(周) 선생과 그 주위의 사람들」, 『신생(新生)』 제2권 제9호, 1929년 9월호, 9쪽.

주산 신명균〔서기(書記) 신명균〕
1927년 보성전문학교 졸업앨범

다면 그것은 '입학시험 문제와 해답'을 싣고 있다는 점이다. 그뿐만 아니라 지면의 서적 광고 중 다수를 입학시험준비서로 채우고 있었는데 그 출판사가 또한 이문당이었다. 김갑제도 1914년 3월 경성고보 임시교원양성소를 졸업하고 충남 비인(庇仁)보통학교 등지에서 훈도로 재직한 바 있다. 김갑제가 출판사 이문당을 설립한 것은 잡지 『신소년』에 초점이 있는 것이 아니라 서적 출판업에 관심이 있었던 것으로 보인다. 그 가운데도 판로가 보장된 입시문제집을 출판하고 학령기 소년들이 많이 보는 『신소년』을 통해 광고 효과를 노렸던 것이 아닌가 싶다. 김갑제가 이문당에서 물러난 뒤인 1925년 1월호부터 이문당의 서적광고가 『신소년』 광고란에서 사라지고, '문우당', '신구서림'의 입시문제집으로 대체되었다.

잡지 발간은 필자를 동원하고 내용을 편집하는 업무와 발간 비용을 대고 잡지 판매를 감당하는 일이 대종을 이룬다. 필자를 동원하고 편집하는 일은 신명균이 맡았던 것으로 확인하였으나 재정 부담과 판매를 담당했던 사람은 누구인가?

> 우리 『신소년』도 벌서 일곱 살이란 나흘 맛게 되엇습니다. 7년이란 세월이 쌀으다면 쌀으지만 길다면 길다고도 할 수 잇습니다. 애독자 여러분 중에서도 창간호를 익던 13세의 어린 소년이 벌서 20세의 성년이 되엇슬 것이오 보통학교 6년생이던 이가 벌서 중등학교를 마치고 엇던 대학 전문학생이니 혹은 실사회에 나서 활동하는 일군이 되엇슬 이도 만흘 줄 생각합니다. (중략)

우리들의 발원은 이러하엿습니다. "우리 조선 사람도 잘살랴면 모다 유식한 사람이 되어야 할 것이오 모다 유식한 사람이 되랴면 글을 배우고 글을 일글 줄 알어야 할 것이올시다. 그 글을 배우고 익는데 소용되는 책을 공급하자." 는 것이올시다.

이것이 우리들의 발원이엿습니다. 우리 『신소년』과 『소년총서』도 그 발원의 일단으로 생겨난 것이올시다. 귀여운 우리 소년소녀들의 독서열을 고취하자는 것이올시다. 그리고 무식덩어리로 되어 잇는 남녀 일군들을 위하야 『노동교과총서』의 발행에 말과 힘을 오로지하엿고 우리글을 사람사람이 쓰고 익는데 쉽고 편하며 규칙 잇는 글이 되게 하기 위하야 『한글』을 만드러 왔습니다. 세종대왕의 훈민정음 원본의 발행 가튼 것은 여간한 애와 힘을 쓴 것이 안입니다. (중략)

지금으로부터 6년 전 어느 가을인가 합니다. 지우(志友) 신(申) 선생과 쇠하고 조그만 활판기계 한 대와 활자 몃 만 자를 사드리고 '펜' 한 개 원고지 몃 장 가진 것이 우리들의 살림 미천이엇습니다.

그러나 그것을 가지고 엇더케 합닛가. 나제는 싸로 하는 일이 잇섯고 밤이면 글을 쓰고 여가에는 쏘 일을 하엿습니다. 오늘까지 그러합니다. "세상에 되는 일도 업고 안 되는 일도 업다"는 것이 우리들의 쓰라린 경험이엇습니다. 우리 신소년사를 중심하고 제 밥 제 옷을 먹고 입으면서 만흔 힘과 애를 태우신 이들이 부지 수십명이엇습니다. (중략)

우리들은 소거름으로 한 자국 한 자국 압흘 나가면서 소지소망 (所志所望)을 실현하여 보겟습니다. 그중에도 강한 쯧과 든々한 미듬을 갓게 하는 것은 신명균(申明均), 이희석(李喜錫) 두 선생이 게심이니 그네의 숭고한 인격과 부단한 성열(誠熱)은 나로 하여곰 완(頑)을 염(廉)케 하고 타(懶)를 입(立)케 할 쑨이올시다.[29]

---

**29** "頑을 廉케 하고 懶를 立케 할 쑨이올시다."는 미련하고 둔한 것을 예리하게 하고 나

나란 사람은 어느 시골 궁벽한 촌 빈한한 가정에서 생장한 일 무명소년이올시다. 나히는 소년을 지냈슬 망정 맘과 행동은 철업고 고집 센 소년이올시다.[30] (밑줄 필자)

이 글을 쓴 사람은 익명 'ㅈㄱ생'이다. 이를 밝혀내려면 본문 중에서 실마리를 찾아야 한다. '6년 전 어느 가을'이면 이 글을 쓴 1929년 1월로부터 기산할 때 1923년 가을이 된다. 『신소년』이 창간된 1923년 10월과 부합한다. '지우(志友)'는 '뜻이 굳은 친구'쯤으로 풀이되는데, '신(申)선생'이라 했으니 신명균(申明均)이 분명하다. 글쓴이 '나'와 '지우 신명균'이 『신소년』 발간을 '쇠하'였다는 것도 시기상 일치한다. 이것만으로는 불분명한데, 강한 뜻과 든든한 믿음을 갖게 하는 두 선생 '신명균과 이희석'에서 실마리를 풀어야 할 것 같다. 그리고 '나'는 '어느 시골 궁벽한 촌 빈한한 가정에서 생장'했다는 것도 단서가 될 것이다. 무엇보다 'ㅈㄱ'은 이름자와 관련이 있는 것이다. 1929년경부터 『신소년』을 편집했던 이주홍의 회고를 보자.

그러나 그렇게 벽돌집이 많은 서울의 한복판에 위치를 하고 있었는데도 신소년사는 허물어질 듯한 고가(古家) 한 간에 자리를 잡고 있는 인쇄소를 겸한 빈약한 잡지사이던 것이었다. (중략) 편집담당이라고는 했지만 월급 한 푼 없이 밥은 사주(社主)인 이중건(李重乾) 선생 댁에 가서 먹고 오고, 잠은 잡지의 편집실이자 제본실(製本室)인 삼척냉돌에서 잤다.
오동지섣달이라도 양말 한 켤레 살 돈이 없어서 맨발로 자전거

태해 누운 것을 일으켜 세울 뿐이라는 뜻으로 보인다.
30  ㅈㄱ생, 「소년의 기왕(既往)과 장래」, 『신소년』, 1929년 1월호, 52~54쪽.

를 타고 밥을 먹으러 화동(花洞) 꼭대기에까지 올라가면, 어떤 땐 발이 얼어서 자전거의 페달이 잘 안 밟혀질 때가 있었다.³¹ (밑줄 필자)

신소년사는 '인쇄소를 겸한 빈약한 잡지사'라고 한 것과 'ㅈㄱ생'이 말한 신소년사의 '살림미천'이 연결된다. 무엇보다 신소년사의 사주가 '이중건'이라는 사실이다. "이중건 씨 경영의 신소년사는 다수한 서적과 잡지를 간행하는 중 우리 어문에 더욱이 많은 공헌"³²이 있었다고 회고한 이윤재(李允宰)의 기억과도 일치한다. 사주의 집은 화동에 있었고 신소년사와는 상당한 거리가 있었던 모양이다. 이주홍이 신소년사에 입사할 무렵인 1929년경에는 수표동 42번지 <조선교육협회> 건물 안에 있었고, 1933년 8월경부터 안국동 153번지에 있었기 때문에 화동까지는 제법 거리가 있었던 것이다. '월급 한 푼 없'다는 것과 '제 밥 제 옷을 먹고 입'었다는 것도 연결된다.

「소년의 기왕과 장래」의 필자 'ㅈㄱ생'은 바로 이중건으로 보인다. 『신소년』의 창간과 신소년사의 활동 그리고 신명균과 이희석이 '나' 곧 사주 이중건에게 강한 뜻과 든든한 믿음을 준다고 한 것과, 'ㅈㄱ'이 '중건'의 머리글자로 보이기 때문이다. 이중건(1890~1937)은 경상남도 함안군(咸安郡) 여항면(艅航面) 출신이라 'ㅈㄱ생'이 말한 '어느 시골 궁벽한 촌'에 해당한다. '~올시다.' 식의 독특한 문투도 이중건임을 방증한다. 『신소년』에 '이중건'을 밝히고 쓴 글은 「첫재 몸뎡이 건강부터」이다.

'건전한 정신은 건전한 몸뎅이에 잇다.'는 격언(格言)과 가치 우

---

**31**　이주홍, 『격랑을 타고』, 삼성출판사, 1976, 284~285쪽.

**32**　이윤재, 「한글 운동의 회고(4)」, 『동아일보』, 1932. 11. 2.

리가 장래에 훌륭한 사람이 되랴면 몬저 몸덩이 건강부터 크게 주의
하여야 할 것이올시다. 그런데 우리 소년들은 대체로 얼골비치 창백
하고 핏기가 적으며 활긔가 업는 것 갓습니다. 이것은 먹는 것과 운
동이 부족하다던가 그 박게 여러 가지 이유가 잇슬 것이올시다.(하
략)[33] (밑줄 필자)

이러한 글투는 글쓴이가 밝혀져 있지 않은 『신소년』 창간호의 권두
언에서도 발견된다.

우리 조선은 3백만의 소년을 가젓습니다. 우리는 충심으로써 여
러분 소년을 사랑하며 또 존경(尊敬)하나이다. 장래 새 조선의 주인
이 될 사람도 여러분 소년이요 이 조선을 마터서 다스려 갈 사람도
여러분 소년이올시다. 우리 조선이 꼿답고 향기로운 조선이 되기도
여러분 소년에게 달렷고 빗나고 질거운 조선이 되기도 여러분 소년
에게 달렷습니다. 여러분 소년은 우리 조선의 목숨이요 인간의 빗치
올시다.[34] (밑줄 필자)

이상으로 볼 때, 『신소년』의 경영은 창간 당시부터 이중건이 맡은 것
으로 보인다. 활판기계와 활자 몇 만 자를 사들인 것과 창간 당시 신소
년사의 주소가 '관훈동 130번지' 김갑제의 이문당인 것은 현재로서는
분명하게 밝힐 자료를 찾지 못했다. 이중건과 신명균이 『신소년』을 발
간하기로 하고, 인쇄 기계와 활자를 샀으나 그것만으로는 부족해 친분
이 있던 김갑제의 이문당을 활용했을 것으로 추정된다.

---

**33**　이중건, 「(소년에 대한 바람)첫재 몸덩이 건강부터」, 『신소년』, 1930년 1월호, 22~23쪽.

**34**　「『신소년』을 첨 내는 말슴」, 『신소년』, 1923년 10월호, 1쪽.

이중건은 1910년 서울 중동학교를 졸업하고 일본으로 가 도요대학(東洋大學) 영문과를 졸업하였다. 이후 함안에 대종교(大倧敎)를 전도하면서 조국광복을 위해 민족 주체사상을 앙양하고자 하였고, 고향에 동명학교를 세워 조선어 교육과 민족정신을 북돋자 일제 경찰의 감시가 심해 서울에서 출판을 통한 독립운동에 투신하기로 하였다.[35] 이희석(李喜錫: 1892~1950)도 함안군 출신인데, 중동학교를 졸업하고 이중건이 설립한 동명학교 교사를 하다가 함안에서 3·1운동을 주도하였다.

1926년 7월에 창간된 잡지 『함안(咸安)』은 재경 <함안학우회>의 친목 동인지인데 편집인이 이희석이고 편집 겸 발행인은 신명균이며 인쇄인은 이병화(李炳華)이다.[36] 이 잡지가 신소년사인쇄부에서 간행되었기 때문에 『신소년』을 맡고 있던 신명균과 이병화의 이름이 들어간 것이다. 앞에서 살펴본 것처럼 신명균은 1925년 1월호(1924년 10월호부터 추정)부터 『신소년』의 편집인을 맡았고, 이병화는 1925년 4월호(2, 3월호 확인 못함)부터 인쇄인을 맡고 있었던 터라 1926년 7월에 신소년사에서 발간한 『함안』의 판권지에 이들의 이름이 들어간 것이다. 1926년 7월경 <함안학우회>의 회원 명단에, 이중건, 이병화, 이희석, 이병석(李炳奭)이 모두 신소년사에 재직하고 있는 것으로 되어 있다.[37]

이중건과 이희석은 친구 사이라 한다. 이희석은 『신소년』에 2편의 글을 썼다. 그중 「본사 사원 이승구(李昇九) 씨를 곡(哭)함」에는 이승구가 "금년 봄부터 우리 '노동교과총서'를 발행하기 위하야 사(社)"[38]에 왔다고 하였다. '노동교과총서(노동총서)' 또는 '노동야학교과서'는 신소년사

---

**35** 『아라의 얼과 향기: 인물편』, 함안군 문화공보실, 1985, 82쪽.

**36** 최덕교, 『한국잡지백년 2』, 현암사, 2005, 428쪽.

**37** 위의 책, 431쪽.

**38** 이희석, 「본사 사원 이승구(李昇九) 씨를 곡(哭)함」, 『신소년』, 1929년 1월호, 23쪽.

가 "조선교육협회(朝鮮教育協會)와 힘을 아울러 노동총서(勞働叢書)를 완성"[39]한 것인데, 『노동독본(전3권)』, 『노동산술(전2권)』, 『한자초보』, 『국어초학(전2권)』, 『노동이과』, 『농업초보』 등을 가리킨다. 슬하에 혈육이 없던 이중건(본관 여주(驪州))은 집안 아우 이승구(李昇九)의 아들 병표(炳杓)를 양자로 삼았고, 이희석(본관 인천(仁川))은 이중건의 사후(死後) 병표를 자신의 딸과 혼인시켰다. 해방 전 병표는 이병화와 함께 강원도 김화(金化)에 살았으나 이후 북한 치하가 되어 소식이 끊겼다고 한다.[40]

이병화는 이중건의 집안 조카로 도쿄(東京) 유학도 함께 하였으며,[41] 1925년 신소년사의 인쇄인이 되어 1933년 8월호까지 맡았다. 인쇄인이면서도 1925년 1월호에 동화 「소가 되는 목지」를 시작으로 역사, 전기, 과학 등 30여 편에 이르는 다방면의 글을 『신소년』에 발표한 주요 필자이기도 하였다. 이병석은 『신소년』에 「목숨내기의 경주(아메리카)」(1926년 10월호)란 1편의 글을 발표했는데, 3주년 기념 세계동화 8편 중의 하나였다.

이주홍의 증언에 따르면, 이중건은 "국어학자 신명균(申明均) 선생과 절친(切親)한 사이로, 거세시(去世時)까지 모든 일을 같이 했"고, 『신소년』 발행에 대해 "항상 자기는 뒤에 숨어 신명균(申明均)을 발행인으로 앞세웠"[42]다고 한다. 이희승(李熙昇)도 "늘 신명균 씨와 같이 다니며, 열열했"[43]다고 증언하였다. 이중건은 노부모를 모시는 부인과 떨어져 숙사(宿舍)에서 여러 사람과 함께 기거하였으며, 숙사에는 신소년사(중앙인서관)에

---

**39** 「급고」, 『신소년』, 1930년 10-11월 합호.

**40** 이병선, 「백헌 이중건 선생의 행적」, 『지일은 극일의 길 - 일본을 바로 알자』, 아세아문화사, 2003, 540~541쪽.

**41** 이병선, 위의 글, 536쪽.

**42** 이병선, 위의 글.

**43** 이병선, 위의 글.

서 일하는 사람들과 임시로 와서 밥을 먹는 식객들이 많았다고 한다.[44] 이주홍이 밥을 먹으러 간 화동 꼭대기의 집이 바로 이 숙사로 보인다.

1927년 2월 8일 자로 『한글』을 창간했는데 신소년사에서 간행하였다. 통권 9호(1928년 10월호)를 내고 종간했는데, 동인은 권덕규, 이병기, 최현배, 정열모, 신명균 등 다섯 사람이었다. 모두 주시경(周時經)의 제자였다. 『한글』 창간호의 필자로는 이들 5인 외에 「세종대왕과 훈민정음」을 쓴 이중건이 유일하게 포함되었다. <조선어학회> 기관지 『한글』 창간호(1932년 5월호)부터 제10호(1934년 1월호)까지 발간한 것도 이중건의 중앙인서관이었다. <조선어학회>의 『한글』을 다시 "이중건의 희생적인 힘"[45]으로 간행하게 된 것은 신명균의 주선이 있었다. 「세종대왕과 훈민정음」을 써 동인지 『한글』을 장식해 주었다며 속간하는 잡지에도 글을 하나 써 달라고 하는 식으로 은근히 압박을 가해 승낙을 받았다는 것이다.[46]

1922년 <조선교육협회>가 인가를 받고, 6월 15일 제2회 정기총회를 통해 선출한 이사 명단에 이중건, 이희석, 신명균, 정열모, 최현배 등이 올라 있는 것을 볼 수 있다.[47] 1929년 10월 31일 <조선어사전편찬회> 창립 시 이중건은 최현배, 신명균, 정열모 등과 함께 발기인으로 참여하여, 총회에서 위원으로 선임되었고 상무(경리)를 맡기도 하였다. 이중건이

---

44  이병선, 위의 글, 538쪽.

45  최덕교, 『한국잡지 백년 3』, 현암사, 2005, 383쪽.

46  리원주, 『(장편실화소설)민족의 얼』, 평양: 문학예술종합출판사, 2001, 144~145쪽. 리원주는 이윤재(李允宰)의 차남이다. 조재수, 「백헌 이중건 선생을 기리며」, 『한글새소식』 제450호, 2010년 2월호, 15~16쪽.

47  「조선교육협회에서 정기총회 개최-지난 십오일 그 회관 안에서, 노농교과서도 발행」, 『동아일보』, 1928.6.18.

<조선교육협회>나 <조선어사전편찬회>에 관여하게 된 것은 그의 민족주의적 이념에 부합한 것이기도 하겠지만 신명균과의 관계를 빼놓을 수 없을 것이다.

### 3. 신명균과 이상대

『신소년』의 '『신소년』 사원 일동'에도 이름이 언급되지 않았고, 사주 이중건과 관계가 깊은 함안 사람 중에도 이름이 없지만, 『신소년』에 60편 가까운 글을 쓴 사람으로 이상대(李尙大)가 있다. '사원 일동'에 이름이 없는 창간 초기 필자들도 몇 가지 검색을 하면 대개 신원이 확인되나, 이상대란 이름은 전혀 검색조차 되지 않아 실명이 아닌 것은 분명하다.

최근 최시한은 이상대가 신명균의 필명이라고 하였다.[48] 1925년 8월호 「바다」의 필자가 이상대인데 목차에는 신명균으로 되어 있다는 사실과 문체의 유사성을 근거로 들고 있다. '소년에 대한 바람'(1930년 1월호)이란 특집 중 이상대의 「새해에 새바람」에 "어느듯 40의 광음을 당하고 보니"라 한 것을 들어 1889년생인 신명균이 1930년이면 만 40세가 된다는 점도 동일인이라는 근거로 들었다. 문체는 보기에 따라 다르게 볼 수도 있고, 1890년생 이중건이나 1892년생인 이희석도 세는나이로 치면 40세라 할 수 있어 이는 근거로써 충분치 않다. 그리고 같은 글에서 "다맛 4, 5년래로 지극히 작은 정성이나마 이 『신소년』에 붓을 잡게 되"었다고 한 것도 이상대가 신명균이 아닌 역근거가 될 수 있다. 이상대가 『신소년』에 처음 쓴 글은 「서경덕 선생」(1925년 4월호)이라, 1930

---

**48** 최시한, 최배은, 김선현, 『항일문화운동가 신명균』, 한국학중앙연구원출판부, 2021, 67~72쪽.

년으로부터 5년 전이니 위의 언급에 부합한다. 그러나 신명균은 1923년 창간호부터 쉼 없이 글을 써 왔기 때문에 이는 이상대와 신명균이 동일인이 아니라는 근거가 될 수 있는 것이다. 하지만 같은 글의 필자가 본문과 목차에 다른 이름으로 표기된 것은 본명을 확인하는 방법 중의 하나라 이상대가 신명균의 필명이라 할 유력한 근거로 삼을 만하다. 다만 이러한 예가 딱 한 번뿐인 것은 오식(誤植)일 수도 있어 확정하기는 조심스럽다. 특집 '소년에 대한 바람'에 신명균과 더불어 이상대의 글이 동시에 실려 있다는 점도 이상대와 신명균이 같은 사람이 아니라는 근거가 될 수 있다. 이는 최시한도 언급한 내용인데, 그럼에도 불구하고 그는 이상대가 신명균이라는 결론에 도달하였다. 그러나 『신소년』 지면을 면밀히 살펴보면 이상대와 신명균이 동일인이 아니라는 근거를 여럿 찾을 수 있다.

독자 김상회(金相會)가 "기자 선생님 중 이상대(李尙大) 씨의 주소가 알고 십습니다."라고 하자, "본사 내에 게십니다."[49]라고 답하였다. 태천(泰川)의 선우만년(鮮于萬年)이 "백천(白泉) 님은 누구십닛가"라고 묻자, "백천 님은 이상대 선생이올시다."[50]라고 답하였다. 여기서 이상대의 필명은 '백천'이라는 것과 신소년사 내의 필자라는 것이 확인된다. 1929년 7-8월 합호 편집과 관련하여, "신 선생님은 경북(慶北) 이재민구제회 일로 눈코 뜰 사이 업시 도라단이시게 되고 이상대(李尙大) 선생님은 또 달은 일로 왓다갓다 하시어 누가 『신소년』을 맨들 사람이 잇는가 말이야."[51]라고 한 것은 신소년사 안의 인물인 '덤벙이박사'다. '덤벙이박사'

**49** 「담화실」, 『신소년』, 1926년 2월호, 55쪽.

**50** 「담화실」, 『신소년』, 1927년 1월호, 70쪽.

**51** 덤벙이박사, 「담화실」, 『신소년』, 1929년 7-8월 합호, 43쪽.
1928년 대한재(大旱災)로 경북 일대에 16만 명의 이재민이 발생하자, 40여 명의 유지는 이즈음 신소년사에 입사한 이주홍으로 보이는데, 사내의 사정을 잘 아는 '덤벙이박사'가 신명균과 이상대가 서로 다른 일로 바빠 『신소년』을 편집하지 못했다고 한 것은 두 사람이 동일 인물이 아니라는 증거가 된다. 1929년 12월호에는 「내용을 고치고 발행기일을 정확히 하기로」란 사고(社告)가 있다. 1928년 1~3월호를 휴간하고 1929년에도 10~11월호를 휴간한 뒤인 터라 새로운 각오를 다지면서 공지를 한 것이다. 그 내용은 다음과 같다.

> 우리 『신소년(新少年)』이 여러분의 동무가 되어온 지 벌서 일곱 해올시다. 그러나 요지음 와서는 이거슬 맨들어낸 이들의 겨름과 잘못으로 하여 쏙쏙 다달이 내지도 못하는 데다가 내용까지 보잘것이 업서서 여러분의 바라심을 만분의 일이라도 맛춰들이지 못한 것은 새삼스러이 말할 것도 업습니다. (중략) <u>또 우리 일을 전력으로 보살펴주시든 이상대 어른이 수년 동안 다른 길로 헤매시다가 지금부터 쏘다시 이 잡지를 맨드는 데 힘을 오로지 하기로 되섯습니다.</u> 우리들은 무엇보다 든든하고 깁버합니다.(3쪽) (밑줄 필자)

이 글을 쓴 사람은 이중건으로 보인다. 신소년사의 사정을 밝힌 데다, 앞에서 말한 '~올시다.' 식 문투로 볼 때 그렇다. 사주 이중건이 이상대가 '수년 동안 다른 길로 헤'맸다고 하였다. 1930년 2월호 「독자담화실」의 '상(尙)'은 이상대로 보이는데, "참 오래간만에 뵈오니 반갑습니다. 여러분들을 위하여는 정성 잇는 대로 다해 밧치겟습니다. 〔상(尙)〕"(52

---

들이 <조선교육협회>에 모여 <경북기근구제회>를 조직하였다. 그중 이희석(李喜錫), 신명균(申明均), 유진태(俞鎭泰) 등의 이름이 있다.(「사회 각 방면 망라 경북기근구제회」, 『조선일보』, 1929. 4. 29)

쪽)이라 하여 이상대가 '오래간만'에 『신소년』 편집에 임하고 있음을 보여준다. '수년 동안'을 최소한으로 잡아 1927년부터 1929년까지 신명균의 행적을 살펴보자. 『신소년』에 수록된 글만 14편이고 단행본으로 『천일야화(아라비얀나이트)』(신소년사, 1929.5)를 발간하였다. 이상대는 7편의 글을 발표하였다. 1928년에 3편, 1929년에는 11월호까지 한 편의 글도 발표하지 않았다. 이 시기에 신명균은 '담화실'의 질문이나 요청에 답을 하고 있어,[52] 『신소년』 편집을 방치하고 '수년 동안 다른 길로 헤'맸다는 사람이 신명균일 수는 없다.

항일지사 백천 이희석 선생 추모비
함안면 함성중학교 뒷편 비봉산 자락

신소년사의 중심인물은 이중건과 신명균 그리고 이희석이다. 이상대가 신명균이 아니라면 이중건일 가능성이 있으나, 특집 '소년에 대한

---

52  1928년 7월호 울산 서덕출(徐德出)의 요청에 정열모와 더불어 못 만나 아쉽다는 답을 하고 있다.(65쪽)

바람'에 '이중건'이란 실명으로 「첫재 몸덩이 건강부터」란 글을 썼는데 이상대도 특집에 참여한 것으로 보아 이상대가 이중건일 가능성은 낮다. 그렇다면 남는 것은 이희석이다. 이중건의 호는 백헌(白軒)이다. 백천(白泉)과 어떤 연결고리를 찾음직하다. 이희석은 함안에서 3·1운동에 가담한 후 일제 경찰에 쫓기는 몸이 되어 피신하면서 '강상대(姜相大)'로 변성명을 하였다고 한다.[53] '강상대'와 '이상대'에서도 유사성을 찾을 수 있다.

함안군에서는 독립운동과 민족 계몽을 위해 몸 바친 이희석을 기리기 위해 추모비를 건립하였는데 함성(咸城)중학교 뒷편 비봉산(飛鳳山) 자락에 있다. 그 비석의 전면에는 '抗日志士 白泉李喜錫先生追慕碑'라 새겨져 있다. 이희석은 자가 우범(禹範)이고 호는 백천(白泉)이며 강상대(姜相大)라는 이명을 쓰기도 했고, 흰뫼(힌뫼)란 필명도 사용한 것으로 보인다.[54] 함안군 가야면 검암리 사람으로, 3·1운동이 일어나자 함안읍 장날인 3월 19일 독립선언서를 등사하고 태극기를 제작하여 비봉산에서 고천제(告天祭)를 지낸 후 군중들과 함께 관청과 주재소를 습격하다 체포되어, 1919년 12월 부산지방법원 마산지청에서 징역 6월형을 언도 받았다고 한다.[55] 이러한 사정으로 일제의 감시를 당하는 처지가 되자 변성명하

---

**53** 『아라의 얼과 향기: 인물편』 함안군 문화공보실, 1985, 84쪽.

**54** 백천의 「소년 산술유희술」(1926년 7월호, 8-9월 합호)과, 힌뫼의 「소년 산술유희술」(1927년 5월호, 6월호)은 같은 난인데 필자가 '백천'과 '힌뫼'라 같은 사람으로 보인다.

**55** 「이희석」, 『한국민족문화대백과사전』 참조. 『아라의 얼과 향기: 인물편』(함안군 문화공보실, 1985, 84쪽.)과 '디지털 함안문화대전'의 '이희석' 항에는 징역 6년형을 언도 받고 호송 도중 탈주하여 10년간 피신 생활을 했다고 하나 이는 과장이다. 1927년 3월경 이희석은 동아일보사 함안지국장을 맡고 있는 점(「사고」, 『동아일보』, 1927.3.3), 월남 이상재 선생 장의위원 중에 이희석의 이름이 보이는 점(「고 월남 선생 장의 휘보」, 『동아일보』, 1927.4.3), 그리고 <조선교육협회>의 이사 명단에도 이중건, 신명균, 정열모 등과 함께 이름을 올리고 있는 점(「조선교육협회에서 정기총회 개최」, 『동아일보』, 1928.6.18) 등으로

여 신소년사에서 잡지 『신소년』뿐만 아니라 노동총서, 소년총서 등 민족 계몽을 위한 출판 사업과 한글운동에 몸을 바친 것이다. 이상대(李尙大)는 바로 이중건과 뜻을 같이한 친구이자 사돈인 이희석인 것이다.

『신소년』에는 운재학인(雲齋學人), 우재(禹齋), 일의도인(一意道人) 등의 필명으로 훈사(訓辭)와 「두 돌을 마즈며」(1925년 10월호)와 같은 기념사 등을 쓴 사람도 한사람으로 보이고 이희석이 아닐까 하는 심증이 있으나 객관적인 증빙자료를 찾지는 못했다.


## 4. 『신소년』의 계급주의적 경향

『신소년』은 어떤 성격의 잡지인가에 대한 논란이 있다. 『신소년』의 주요 인물 세 사람, 신명균, 이중건, 이희석은 독립만세운동을 실천하고 민족 계몽을 위한 출판 사업을 하며 우리 말을 지키기 위해 애를 쓴 사람들이라 민족주의자가 분명하다. 그래서 이들이 중요한 역할을 한 『신소년』을 두고, '민족주의 아동잡지'[56]라고 하는 것은 어쩌면 당연한 말이 될 것이다.

하지만 일정 기간을 두고 보면 『신소년』이 계급주의적 경향성을 강하게 드러낸 것 또한 분명한 사실이다. 이러한 객관적 사실을 인정하면서도 『신소년』은 '민족주의 아동잡지'라고 하면, 『신소년』의 스펙트럼이 협소화되고 만다. 민족주의는 민족의 독립과 통일을 기본 이념으로 한다. 계급주의도 민족의 독립을 추구했다는 점에서 민족주의와 대척적

---

볼 때 징역 6년형과 10년 피신 생활은 사실에 부합하지 않는다.

**56** 장만호, 「민족주의 아동잡지 『신소년』 연구-동심주의와 계급주의의 경계를 넘어서」, 『한국학연구』 제43호, 고려대학교 한국학연구소, 2012.12.

인 개념으로 설정하는 것은 적절하지 않다. 그러나 일제강점기 계급주의 문학자들은 식민지 지배국가인 일본의 무산계급과는 연대하면서도 조선의 부르주아지와는 적대적이었다는 점에서 보면, 계급주의와 민족주의는 구분된다.

『신소년』과 『별나라』가 계급주의적 경향성을 강하게 드러낸 것은 사실이나, 10여년 동안 발행된 전 기간이 그랬던 것은 아니었다. 논란 없이 계급주의 아동잡지라고 알려진 『별나라』도 창간 초기 3~4년간은 『어린이』와 별반 다를 게 없었다. 창간 당시 "가난한 동무를 위하야, 갑싼 잡지로 나오자"[57]라고 하였지만 이는 계급주의적 이념을 드러낸 것이 아니라 그야말로 값을 싸게 해 가난한 동무들도 잡지를 읽을 수 있게 하자는 것이었다. 『어린이』, 『아이생활』이 10전, 『신소년』이 15전인데 비해 『별나라』는 5전이었다. 1920년대 창간된 아동 잡지들이 대체로 "소년의 취미증장, 학교교육의 보충교양(또는 보충교재)"[58]을 목적으로 하였는데, 『별나라』도 마찬가지였으나 계급적 이념을 분명히 드러낸 것은 <카프>의 제2차 방향전환과 발을 맞춘 1929~30년을 지나면서부터다.[59] '동심주의' 잡지라고 하는 『어린이』도 신영철(申瑩澈)이 편집할 때인 1931년 10월호부터 1932년 9월호까지 약 1년간은 계급주의적 경향을 보여 준 바 있다. 따라서 성급한 범주화는 실상을 왜곡할 뿐이고, '동심주의', '계급주의', '민족주의'가 동일선상에서 비교할 수 있는 개념 또한 아니다.

---

**57** 편집국, 「별나라는 이러케 컷다-별나라 6년 약사」, 『별나라』, 1931년 6월호, 4쪽.

**58** 홍은성, 「소년운동과 그의 문예운동의 이론 확립(3)」, 『중외일보』, 1927. 12. 14.
김태오, 「정묘 일년간 조선소년운동(1)-기분운동에서 조직운동에」, 『조선일보』, 1928. 1. 11.

**59** 류덕제, 「『별나라』와 계급주의 아동문학의 의미」, 『국어교육연구』 제46호, 2010, 313~319쪽.

『신소년』은 언제부터 누구의 영향으로 계급주의적 경향성을 드러내 보였을까? 권환의 소년소설 「아버지(전3회)」(1925년 7월호~9월호), 「언밥(凍飯)」(1925년 12월호), 「마지막의 우슴(전3회)」(1926년 2월호~4월호)과 송완순의 소년시 「조선의 천재여? 나오너라-『공든탑』을 읽고」(1927년 1월호) 등에서 계급의식이 드러난 것은 분명하나 이 시기를 계급주의로 전환한 기점이나 변곡점으로 보기는 어렵다. 이주홍은 "1929년이 초보적 계몽적 자연발생적임에 반해서 30년은 보담 수보 전진한 목적의식적 ××(투쟁: 필자)의 활기에 찬 조선 아동문학운동사상에 획선(劃線)할 1년"[60]이라고 했고, 승응순은 "1929년, 1930년은 조선 소년문학이 생긴 이래로 중대한 변혁을 일운 해"이며 "자연생장기로 잇든 소년문예의 동산에 태풍을 일으키고 가는 곳마다 장송(葬送)과 분열과 비판"[61]을 일으켰다고 했다. 이와 같은 당대의 평가는 그 시기의 아동문학을 면밀히 살펴보면 사실에 부합하는 것임을 알 수 있다.

이러한 변화는 시대적 추세였다. 『신소년』의 편집인은 대부분의 기간 동안 신명균이었으나 편집 실무에 참여한 사람들 중에 계급주의 아동문학가들이 많았던 것도 『신소년』의 계급주의적 경향성에 영향을 미친 것으로 볼 수 있다. 여기에는 신명균과 이중건, 이희석 등 『신소년』의 중심인물들이 묵인했거나 나아가 동조한 측면도 있을 것이다. 홍구가 쓴 「주산 선생」에 그러한 단서가 있다.

> 선생은 우리와 주의나 사상이 같지는 않었다. 그러나 젊은 사람
> 이 품은 사상에는 반대를 않 한다는 것보다도 당연히 갖어야 된다고

---

**60**  이주홍, 「아동문학운동 1년간-금후 운동의 구체적 입안(1)」, 『조선일보』, 1931. 2. 13.
**61**  승효탄, 「조선소년문예단체소장사고」, 『신소년』, 1932년 9월호, 28쪽.

하시며 갖인 사람이 똑바른 사람이며 이 세대에 맞인 사람이며 그
사상을 버리고 무슨 사상을 갖을 것이 있겠느냐고까지 말씀하시는
것을 본 적이 있다.[62]

'젊은 사람이 품은 사상'은 계급주의다. 주산 신명균은 계급주의자가
아니면서도 계급주의를 버리고 무슨 사상을 가질 수 있겠느냐고 하였다
는 것이다. 이를 뒷받침하는 것으로 공산주의자 김태준(金台俊)과 중앙인
서관에서 조선문학전집을 편집했을 뿐만 아니라, 그의 주선으로 1940년
10월경 대표적인 공산주의자 박헌영(朴憲永)과 만나 회담을 하기도 했
다. 신명균은 민족운동이 원칙이나 "공산주의 운동도 적절하다"고 하여
박헌영과 반제·반파시즘 공동투쟁 방안을 논의한 것으로 보인다.[63] 중
앙인서관에서 대중총서 제1집으로『사회주의 개론』을 간행하고, 신명
균의 이름으로『카프시인집』(집단사, 1931.11)을 발행한 것과 <카프>의 대
표적인 작가 한설야(韓雪野)가 신명균의 죽음을 소재로 하여「두견」(『인문
평론』, 1941.4)을 쓴 것은 신명균이 계급주의 사상에 열린 사람이었음을 방
증한다고 볼 수 있을 것이다. "사상의 차이를 조금도 늣길 수 없는 진정
한 협동자"[64]였다고 회고한 사회주의자 이관술(李觀述)의 진술 또한 신명
균의 입지를 읽을 수 있게 하는 대목이다.

편집인 신명균 외에 '편집원'으로 일한 사람들 중 '젊은 사람'으로
는 송완순, 이주홍, 이동규, 엄흥섭, 김병호, 전우한, 홍구 등을 들 수 있

---

62    홍구,「주산(珠汕) 선생」,『신건설』, 1945년 12-1월호, 48쪽.

63    京城鍾路警察署,「被疑者訊問調書(金台俊 第1回)」,『자료1 별책』, 1941. 12. 14, 689~691
    쪽, 이애숙의「일제말기 반파시즘 인민전선론-경성콤그룹을 중심으로」(『한국사연구』
    제126호, 2004.9, 227쪽.)에서 재인용.

64    이관술,「반제 투쟁의 회상」,『현대일보』제24호, 1946.4.17.

다. 이주홍은 1929년부터 5년간 『신소년』의 편집을 맡았다.[65] 『신소년』에 '덤벙이박사'가 처음 등장한 것이 1929년 7-8월 합호이다. 「소과대학 개교」를 알리면서인데, 같은 호 「담화실」에서 7-8월 합호 편집을 '나와 둘'이 맡았다고 하였다.

신 선생님은 경북이재민구제회 일로 눈코 뜰 사이 업시 도라단이시게 되고 이상대(李尙大) 선생님은 또 달은 일로 왔다갓다 하시어 누가 『신소년(新少年)』을 맨들 사람이 잇는가 말이야. 그래서 나를 불러다가 『신소년(新少年)』을 더 충실(充實)히 맨든다드니 헹…… 하고 나는 한숨을 쉬고, 7월호는 언제나? 하얏드니 '애 이것 봐라 수가 잇다.' 하는 생각이 별안간 나서 2월호부터인지 힘을 쓰시는 송(宋)님을 붓잡어오지 안헛겟나. 그리지 안하도 보아주실 분을 쓰러오기까지 하야서는 미안한 일이지만. 그래서 7월호 전부를 나와 둘이 맛하 보앗네. 송(宋) 님은 병이 중함으로 매우 욕을 보시엇스나 거의 송(宋)님의 손으로 7월호를 맨들엇스니 감사한 일이야 어쩌튼 여러분은 2월호부터 송(宋)님 힘으로 『신소년(新少年)』을 간신〳〵히나마 어더 읽게 된 모양이야. -살-작 들으니까. 그러나 9월호부터는 신 선생님도 틈이 게실 터이니까 송(宋)님이나 나도 좀 마음을 노코 태평세월을 노래하겟네. (중략) 인제 옥천(沃川) 전우한(全佑漢) 선생과 진주(晋州) 게신 엄흥섭(嚴興燮), 김병호(金炳昊) 선생 외 새로 나오신 시인 여러분이 원고를 보내시게 되얏스니 여러분은 다 가티 감사를 들이세. (하략) 덤벙이박사.[66] (밑줄 필자)

**65** 이병선, 「백헌(白軒) 이중건(李重乾) 선생의 행적」, 『지일은 극일의 길-일본을 바로 알자』, 아세아문화사, 2003, 536쪽.
이주홍, 『격랑을 타고』, 삼성출판사, 1976, 282쪽.

**66** 「담화실」, 『신소년』, 1929년 7-8월 합호, 43~44쪽.

여기서 '송(宋)님'은 송완순(宋完淳)을 가리킨다. 신명균이 "이 8월호는 여러 가지의 밧분 일로 말미암아 송님이 병중에도 불구하고 전부 마타 하"(44쪽)였다고 증언하였다. 송완순은 대전군 진잠(鎭岑)보통학교를 마치고 1927년 경성 휘문(徽文)고등보통학교에 입학하였으나 병으로 휴학하였다가 1928년 자퇴하였다. 1929년 7-8월 합호의 편집후기에 해당하는 '뒤ㅅ말슴'에는 '素'란 이름으로 "아즉 미숙한 탓과 알른 몸으로 간신히 편즙을 마"쳤다고 하였다. '素'는 송소민(宋素民)인데 송완순의 필명이다. 위 인용문에 따르면 송완순은 1929년 2월경부터 편집 실무를 맡은 것이다. '덤벙이박사'는 이즈음 신소년사에 입사하게 된 이주홍이 아닌가 싶다. '옥천 전우한(全佑漢) 선생과 진주 게신 엄흥섭(嚴興燮), 김병호(金炳昊) 선생 외 새로 나오신 시인 여러분이 원고를 보'낸다는 것도 '덤벙이박사'가 이주홍이라는 추론을 방증하는 것이다. 두 사람은 『신소년』에 전혀 글을 발표하지 않다가 이주홍과의 친분으로 글을 싣게 된 것이기 때문이다.[67]

◀ 언젠가도 무러볼랴고 하엿습니다만은 동요(童謠)는 어느 선생
  님이 선(選)하심닛가. (삼숭학교(三崇學校) 김동촌(金東村), 삼장
  (三長) 글벗사 이소암(李小岩))

---

**67** "그때에 충천의 대망을 품고서 서울에 뛰어 올라온 사람은 나 말고도 당시에 권위 있었던 잡지 『조선지광(朝鮮之光)』에 소설 「흘러간 마을」이 당선된 엄흥섭(嚴興燮)과 조선일보 신춘문예 시부에 당선된 손풍산(孫楓山) 등이 속속 서울로 올라왔다."(이주홍, 『격랑을 타고』, 283쪽.)
「여름방학 지상좌담회」(『신소년』 1930년 8월호)의 참석자가 엄흥섭, 손풍산, 김병호, 신고송, 이구월, 늘샘(탁상수), 양창준, 이주홍인 것도 이주홍이 『신소년』의 편집을 맡아 보면서 이들이 필자로 활동하게 된 것이다.

◁ 모다 이주홍(李周洪) 선생(先生)님이 선(選)합니다. 긔[68] (밑줄 필자)

이주홍은 독자투고 동요를 고선하기도 하면서 1929년 중반부터 종간 때까지 편집원으로 근무한 것으로 확인된다.

『신소년』편집원에 철아(鐵兒) 이동규(李東珪)도 있다. "이동규는 소화(昭和) 7년 7월경 당시 동 피고인의 근무처 경성부 수표정 잡지사 『신소년』사무소에서 신고송의 권유로 <카프>가 서상(敍上) 불법의 목적을 유(有)함을 알고도 차(此)에 가입"[69]했다고 하였다. 여기에서 1932년 7월경 이동규는 신소년사에 근무하고 있었다는 것을 알 수 있다. 이 시기에 신소년사에서 발간한 『소년소설육인집』(신소년사, 1932.6)의 서문 「이 적은 책을 조선의 수백만 근로소년 대중에게 보내면서」는 '여러 작가를 대신하야' 이동규가 썼다. 이 또한 당시 이동규가 신소년사에 재직하고 있었다는 방증 자료가 될 것이다.

> "그런데 선생님! 신소년사는 왜 나오시게 되엿나요?"
> 뒷산에 올라 바윗돌에 가즈란이 안즌 긔자는 씨에게 물엇다. 하도 궁금하길래!……
> "사정이 잇서 나왔습니다. 그리지 안어도 몸이 약해서 좀 정양(靜養)하려는 터인데 —— 잘되엿지요. 뭐? 고요히 방안에 누어서 사색이나 하고 생각나면 창작이나 하렵니다."[70] (밑줄 필자)

1934년 4-5월 합호 『신소년』에 실린 글이라 1934년경에는 이동규

---

68  「독자담화실」, 『신소년』, 1930년 7월호, 45쪽.

69  「신건설 사건 예심 종결서 전문(2)」, 『동아일보』, 1935.7.3.

70  본사 A기자, 「아동문학작가(2) 이동규 씨 방문기」, 『신소년』, 1934년 4-5월 합호, 22쪽.

가 신소년사를 그만두고 나왔다는 것을 알 수 있다. 1934년 2월호의 「자유담화실」에 이동규가 편집을 그만두었는가 묻자, "동규 동무는 편집은 그만두어도 『신소년』에 글은 씁니다."(48쪽)라고 해 1934년 초에 신소년사를 그만둔 것이 확인된다. 그렇다면 언제부터 이동규가 『신소년』 편집을 하였을까? 박태일은 "1932년부터 신소년사에 들어가 편집일을 보다 1934년에 나왔다."[71]고 했는데, 아무런 근거를 제시하지는 않았다. 신소년사에 있었던 홍구(洪九)는 이동규에 대해 "군은 현재 『신소년』 편집에 다대한 노력을 하고 잇다."[72]고 하였다. 1932년 8월호에 발표된 글이니 '현재'는 그즈음으로 보면 될 것이다.

> 이동규(李東珪) 씨 『신소년』 편집에 얼마나 분주하십닛가. 신년호에는 선생의 노력의 흔적이 보입니다. 될 수 잇는대로 중간 독물(讀物)도 만히 실려 주십시요. 과학에 대한 것이라든지 상식에 대한 것 가튼 것, 무산동무들에게는 그들의 지식을 넓히기 위하야 그런 것도 절대로 필요합니다. 〔오산(烏山) 금곡(金谷) 장기세(張基世)〕[73] (밑줄 필자)

1933년 3월호에 실린 것이라 이때까지는 편집을 맡고 있었던 것이 확인된다. 이동규는 1925년 10월호 독자란(통신)부터 『신소년』에 글을 발표하기 시작하였다. 이후 작문과 동요 등을 발표하였으며, 1930년 6월호에는 연작소설 「불탄 촌(제2회)」이 기성 대우로 실린다. "이번에 승응순 군이 쓸 차레이엿스나 군에게 사정이 잇서서 내가 쓰게 되엿습니

---

**71** 박태일, 「1930년대 한국 계급주의 소년소설과 『소년소설육인집』」, 『현대문학이론연구』 제49권, 현대문학이론학회, 2012.6, 190쪽.

**72** 홍구, 「아동문학 작가의 프로필」, 『신소년』, 1932년 8월호, 27쪽.

**73** 「독자통신」, 『신소년』, 1933년 3월호, 53쪽.

다."(작품 말미, 37쪽.)라고 하였다. 당초 1회 태영선, 2회 승응순(昇應順), 3회 최인준(崔仁俊), 4회 성경린이 쓴다고 공지를 한 바 있었는데,[74] 약속한 연작소설의 필자가 못 쓰게 되자 사내에 있던 이동규가 대신 쓴 것으로 보인다.

'『신소년』 주간 이동규'는 1932년 1월 31일 서대문경찰서 고등계원에게 검거되면서 가택수색까지 당했는데 출판법 위반 때문이라 하였다.[75] 『신소년』은 1931년 7월호부터 부쩍 검열이 심해져 동요의 일부가 삭제되기 시작한다. "8월호의 첫 번 원고는 검열 중 전부 통과되지 못하고 두번재 임시호를 맨들럿다가 그것도 대부분 삭제되어 셋재 번 추가 검열을 맞기 때문에 자연 느저저서 부득이 8-9월 합호"[76]로 하게 되었다. 10월호에는 일본의 계급주의 아동문학가 마키모토 구스로(槇本楠郎)의 동화 「임금님과 력사」를 이동규가 번역해 싣고자 했으나 검열로 못 싣게 되었다. 11월호 역시 이동규의 강좌 「노동」이 무려 43행이나 삭제되고 이동규의 소설 「어머니와 딸」을 포함해 민병휘와 안평원의 작품이 게재불가 처리되었다. 그러다가 "12월호와 신년호 원고 전부는 부득이한 사정으로 못 나오게 되엿다."[77] 신년 임시호에도 윤철의 「1932년을 맞으며 소년문예운동에 대해서」의 뒷부분이 삭제되고, 이동규의 「잉여로동」을 포함한 여러 강좌와 이동규의 벽소설 「그들의 형」과 오스트리아의 계급주의 작가 뮤흐렌(Zur Mühlen, Hermynia)의 동화 「장미나무」 등을 포함한 여러 소설도 모두 삭제되었다. 이러한 경과를 보면, 이동규가 출판법 위반으로 검거된 것은 1932년 1월호 『신소년』 때문만이 아니라,

---

**74** 「독자담화실」, 『신소년』, 1930년 4월호, 53쪽.

**75** 「『신소년』 주간 피착(被捉)」, 『중앙일보』, 1932. 2. 6.

**76** 「사고(社告)」, 『신소년』, 1931년 8-9월 합호.

**77** 「사고(社告)」, 『신소년』, 1932년 1월호. (신년 임시호)

1930년 중반부터 『신소년』 편집을 주시한 결과로 보는 것이 타당하다. 이상과 같은 사정을 종합할 때 이동규가 『신소년』 편집에 참여한 것은 늦어도 1930년 중반쯤으로 보인다.

엄흥섭, 최병화(崔秉和), 전우한(全佑漢), 김병호(金炳昊)도 『신소년』 편집에 힘을 보탰다. 1929년 당시 편집을 맡고 있던 송완순이 쓴 아래와 같은 글에서 확인된다.

> 그리고 이 뒤부터는 엄흥섭(嚴興燮), 최병화(崔秉和), 전우한(全佑漢), 김병호(金炳昊) 씨 외 여러 어른들이 여러분을 사랑하시는 마음으로 늘- 힘서 주실 것입니다.[78]

전우한은 필명이 전춘파(全春坡)인데, "내가 얼마 동안 『신소년』의 편집을 도웁고 잇슬 쌔"[79]라고 한 것으로 보면, 엄흥섭, 김병호 등과 같은 시기에 편집원으로 활동했던 것이 확인된다. 이들이 『신소년』에 작품을 싣기 시작한 것도 1929년 7-8월 합호 이후부터이고 「여름방학 좌담회」 (1930년 8월호)와 『불별』에 이들이 포함된 것도 편집에 일정 부분 참여한 것과 관련이 된다고 하겠다.

> (전략) 한글학자인 주산 신명균 선생 주재하에 펴낸 각종의 한글학 서적과 고전문학의 정리 보급을 위한 신명균, 김태준(金台俊) 교열의 '조선문학전집'을 계속 발간해 국문학에 이바지한 바도 컸다.
> 이 전집의 편집은 소설 쓰던 홍순열(洪淳烈)이 맡고 있었는데, 한

---

**78**　송완순, 「뒤ㅅ말슴」, 『신소년』, 1929년 7-8월 합호, 51쪽.

**79**　전춘파, 「평가(評家)와 자격과 준비-남석종 군에게 주는 박문(駁文)(4)」, 『매일신보』, 1930. 12. 11.

사(社)에 있어 같이 문학의 길을 걷고 있었던 것이 인연이 되어서 1936년에 둘이가 창간해 낸 것이 순문예잡지 『풍림(楓林)』이었다.[80]
(밑줄 필자)

'홍순열'은 '홍구(洪九)'의 또 다른 필명이다. '조선문학전집'은 신명균이 주재하여 중앙인서관(신소년사)에서 『시조집』(이병기 교열), 『소설집(1, 2)』과 『가사집』(김태준 교열) 등을 간행했는데 이때 편집을 담당한 이가 홍구였다는 것이다. 1931년 말경부터 동요, 아동극, 평론, 소년소설(동화) 등 다양한 갈래의 글을 『신소년』에 싣고 있고, 동요 선평(1934년 3월호, 50~54쪽.)까지 맡고 있기도 하며, 이동규가 중심이 되어 펴낸 『소년소설육인집』에 「도야지 밥 속의 편지」를 수록하고 있는 점 등으로 미루어 보아 홍구도 『신소년』 편집원으로 참여했을 것으로 보인다.

권환(權煥: 1903~1954)이 편집원으로 참여했는지는 불분명하나 그가 『신소년』과 깊은 관련이 있는 것은 분명하다. <카프> 제2차 사건 곧 신건설사 사건으로 검거되어 예심종결시 주거가 '경성부 안국동 중앙인서관 『서울시보』 기자'[81]로 되어 있다. 『서울시보』는 "우리 전 인구의 반을 차지한 부인(婦人)과 그의 8할인 노동자 농민들의 문화적 계몽을 위"[82]해 유진태, 김정설, 신명균, 이중건, 이희석 등이 발기하여 창간한 주간 신문이다. 1934년 6월부터 이듬해 1월경까지 30호 넘게 발행했는데 이 시기에 적을 둔 것이다.

『서울시보』는 '중앙인서관 서울시보'에서 보듯이 신소년사에서 간행했는데, 권환이 기자로 재직했다는 것은 어떤 연고일까? 권환은 일본

---

80    이주홍, 『격랑을 타고』, 삼성출판사, 1976, 286쪽.

81    「신건설 사건 예심 종결서 전문(1)」, 『동아일보』, 1935.7.2.

82    「(광고) 서울시보」, 『조선일보』, 1934.6.9.

야마가타(山形)고등학교에 재학 중이던 1925년에 본명 권경완으로 소년 소설 「아버지」(7~9월호)를 발표하였고, 1926년 4월 교토제국대학에 입학한 후 동화, 소년시, 감상문, 강좌 등 10여 편이 넘는 글을 『신소년』에 실었다. 1930년 1월호의 '소년에 대한 바람' 특집에는 이극로, 이중건, 신명균, 정열모, 신영철, 이상대 등 <조선어연구회> 및 『신소년』의 중진들과 나란히 훈사를 싣고 있다. 가난한 집 아이가 부잣집이나 양반집 아이에게 굴복하지 말 것과 맹목적 순종심을 버리라고 하여 다른 사람들과는 다른 계급적 성격을 분명히 하였다.[83] <카프> 중앙위원으로 계급문학운동의 볼셰비키화를 주장했던 권환인 만큼 1930년대 『신소년』의 권두언과 강좌란을 통해 계급의식을 주입하기에 노력했다. 권두언을 통해 "우리들의 목소리가 수만흔 공장 안에 가득차게 넓다란 농촌에 흠뻑 젓게!" 부르짖자고 외친다.(「(권두언)부르짖자! 나아가자!」, 1932년 1월호, 2~3쪽.) 강좌는 계급의식이 두드러져 여러 편이 수록되지 못하거나 부분 삭제를 당했다. 권두언과 강좌는 잡지의 기조를 결정짓는 것이어서 권환이 잡지 편집의 중심 역할을 했다는 말에 다름 아니다.

권환의 아버지 권오봉(權五鳳)은 안희제(安熙濟)의 백산상회에 관여하면서 독립운동을 한 민족주의자였다. 권환의 '휘문고보 생도 학적부'의 신앙란에 '대종교'[84]라 한 것도 눈여겨볼 필요가 있다. 이중건의 재종형 이연건(李鍊乾: 1881~1945)은 대종교 나철(羅喆)의 수제자인데 안희제와 신명균, 이중건, 이희석 등도 모두 대종교의 중요 인물이었다. 안희제의 영어 통역은 이중건이 맡고 일본어 통역은 신명균이 맡았다고 해[85] 이들

---

83    권경완, 「할 수 업스면 그다음이라도」, 『신소년』, 1930년 1월호, 25~26쪽.

84    이장렬, 「권환 문학 연구」, 경남대학교 박사학위논문, 2004.2, 11~12쪽.

85    이병선, 앞의 글, 538쪽.

의 관계를 짐작케 한다. 이중건의 부인 권재복(權載福)이 창원군 진전면 (鎭田面) 사람인데 권환과 동향이다. 이상 권환의 부친과 안희제, 그리고 이중건과 신명균으로 연결되는 점, 대종교와 동향 등 중첩되는 관계로 그가 『신소년』(중앙인서관, 서울시보)에 참여한 것으로 보인다.

1930년대 『신소년』이 계급주의적 경향성을 보인 데는 송완순, 이주홍, 이동규, 엄흥섭, 김병호, 전우한, 홍구, 권환과 같은 계급주의 문학자들이 편집원으로 참여한 까닭으로 보아야 할 것이다. 이중건, 신명균, 이희석 등의 묵인과 동조가 있었던 것은 물론이다.


## Ⅲ. 맺음말

『신소년』의 창간(발간)을 주도한 사람이 누구인지, 발행인으로 이름을 올린 일본인들은 어떠한 역할을 했는지, 주요 필자 이상대가 누구인지, 그리고 1930년대에 들어 계급주의적 경향성을 보인 까닭은 무엇인지 등을 살펴보았다.

『신소년』의 창간은 신명균이 중심이 되어 학교 훈도들을 필자로 하고, 이중건이 경영을 맡으면서 성사되었다는 것을 확인했다. 초기 발행인 쓰지, 다니구치, 다카하시 등은 『신소년』을 발간함에 있어 실질적인 역할이 없어 사업의 편의상 이름만 올린 것으로 추정된다. 편집인 김갑제도 실질적인 역할이 확인되지 않기는 마찬가지다. 『신소년』의 편집은 신명균이 주도했고 경영은 「소년의 기왕과 장래」 등의 여러 자료를 근거로 할 때 이중건이 맡았던 것으로 보인다. 이중건은 신소년사(중앙인서관)를 운영함에 있어 고향의 집안사람들인 이병화, 이승구, 이병석 등과 친구 이희석의 도움을 받았다.

『신소년』의 대표적인 필자 중 한 사람인 이상대는 신명균으로 오인되기도 했으나, 확인해 본 바 이희석의 필명임을 밝혔다. 이중건이나 이희석은 삼일운동 당시 함안에서 만세운동을 펼칠 만큼 민족의식이 강했고 신명균 또한 한글운동이나 비타협적 민족주의자로서 의기가 투합한 것으로 보인다. 신명균과 이중건은 민족주의자이면서도 사회주의 사상을 열린 마음으로 수용하였다. 그 결과 1930년대 『신소년』이 시대의 추세를 따라 계급주의적 경향성을 강하게 드러내게 되었다. 여기에는 『신소년』의 편집원으로 활동한 송완순, 이주홍, 이동규, 엄흥섭, 김병호, 전우한, 홍구 그리고 권환 등 계급주의 문학자들의 역할이 컸다.

# 2장 / 한국 근대 아동문학과 『아이생활』

## Ⅰ. 머리말

한국 근대 아동문학의 시작은 언제부터인가? 이 질문은 간단한 듯하면서도 꽤 복잡한 문제를 내포하고 있다. '근대'가 무엇이며, '아동문학'의 개념을 어떻게 규정할 것인가에 대한 논란이 있을 수 있기 때문이다. 이 글에서는 '근대 아동문학'이라 했으면서도 이러한 문제는 건너뛰기로 한다.

1910년 국권이 피탈된 후 일제의 무단통치(武斷統治)가 문화정치(文化政治)로 바뀐 것은 삼일운동 덕분이다. 이 시기를 전후하여 우후죽순 신문과 잡지가 발간되었고, 아동문학 잡지가 다수 발간된 것도 바로 이 시기이다. 이른바 '3호 잡지'라 하여 발간되었는가 싶은데 이내 사라진 잡지도 많았다. 흔히 4대 아동문학 잡지라 하여 『어린이』, 『신소년』, 『아이생활』[01] 그리고 『별나라』를 꼽는다. 무엇을 기준으로 4개를 추렸는지 궁금하나 아마도 발행기간이 10여년 이상 지속되었고 문단에서 그 영

---

**01** 『아희생활』이란 제호로 창간하였으나, 1930년 11월호부터 『아이생활』로 바꾸었다. (주요섭, 「(본지 역대 주간의 회술기)『아희생활』을 『아이생활』로-1930년 11월호부터」, 『아이생활』, 1936년 3월호, 59쪽.) 이 글에서는 모두 '아이생활'로 통일하되, 인용을 할 때는 당시 표기를 따르도록 하겠다.

향력이 컸던 것을 감안해 선정한 것으로 보인다.

1923년 3월 『어린이』가, 이어서 6월에 『신소년』이 발간되었다. 1925년 11월에는 『새벗』이, 1926년에 3월에 『아이생활』, 그리고 6월에 『별나라』가 발간되었다. 『아이생활』을 제외하고 이들 잡지는 1930년대 중반에 모두 폐간되었다. 매체가 사라지자 자연 아동문학은 침체하게 되었고, 아동문학의 부흥을 부르짖는 소리가 높았다.[02] 침체기에도 1933년 6월에 평양(平壤)에서 『아이동무』가 나와 3년을 버텼으나 지역적 한계를 벗어나지 못했고, 1935년 1월 『소년중앙』이 발간되었으나 7호를 내고는 폐간되었으며, 1936년 3월 『가톨릭소년』이 만주국 간도(間島)에서 발간되었지만 이 또한 지역적 한계를 벗어나지 못한 데다가 강압에 못 이겨 2년 반 정도 버티다가 폐간하였다. 1937년 4월 조선일보사에서 『소년』을 발간하여 근 4년을 버텼다. 신문의 학예면도 아동문학의 장(場) 역할을 톡톡히 하고 있었으나 이 역시 1935년 중반을 전후해 시들해진 상태였다.

일제강점기 아동문학 잡지 가운데 최장수 잡지를 꼽으라면 단연 『아이생활』이다. 1926년 3월부터 시작해 1944년 1월호까지 통권202호(?)[03]를 발간하고 폐간되었으니 발행 호수만 해도 다른 잡지의 서너 배가 되기 때문이다. 이 글은 일제강점기 최장수 아동문학 잡지였던 『아이생활』에 대해 창간 배경, 필자와 독자, 민족주의와 친일 문제 등으로 나누

---

**02** 신고송(申孤松), 「아동문학 부흥론-아동문학의 르네쌍쓰를 위하야(전5회)」, 『조선중앙일보』, 1936. 1. 1~2. 7.

**03** 발행된 잡지 실물을 확인하고, 실물을 확인하지 못한 것은 신문 기사를 통해 발행 여부를 살펴 매긴 호수다. 『아이생활』의 통권 호수 매김도 오류가 있고, 필자 또한 착오가 있을 수 있어 앞으로 정확한 확인이 필요하다. 최덕교는 『한국잡지백년 2』(현암사, 2004)에서 '통권218호'라 했고 오영식은 『아이생활』 목차 정리」(『근대서지』 제20호, 2019. 12)에서 '통권194호'라 하였으나, 둘 다 착오가 있다.

어 개괄적으로 살펴보려고 한다. 자료의 제한으로 한계가 있으나 가급적 실증적인 자료 탐색을 기본으로 하면서 가능한 범위 안에서 비교대상을 찾아 견주어 보도록 하겠다.

## Ⅱ. 한국 근대 아동문학의 전개 양상과 『아이생활』

### 1. 아동문학 매체의 출현과 『아이생활』

본격적인 아동문학의 출발기라 할 수 있는 1920년대 아동문학 매체의 발간 양상은 다음과 같이 정리할 수 있다. 천도교를 배경으로 방정환(方定煥)이 주도한 『어린이』는 개벽사에서 1923년 3월 20일 자를 창간호로 발행하여 1935년 3월호(통권122호)를 끝으로 폐간되었다. 이어서 『신소년』은 1923년 10월호를 창간호로 하여 1934년 4-5월 합호까지, 『별나라』는 1926년 6월호를 시작으로 1935년 2월호(통권80호)까지 발행한 후 폐간되었다. 1925년 11월 창간호를 발행한 『새벗』은 5년여를 발행하고 1930년 6월호(?)를 마지막으로 종간된 것으로 보인다. 1929년 10월 창간호를 발행한 『소년세계(少年世界)』는 1933년 3월호부터 『신세계(新世界)』로 개제하여 1935년 2월호까지 발행한 것으로 확인된다. 대부분의 잡지들이 폐간될 시점에 새로 창간된 잡지가 있다. 『아이동무』(1933년 6월호~1936년 2월호)가 그것인데 경성(京城)이 아니라 평양에서 발행되었다. 발행인은 1905년 9월 미국 북장로회 교육선교사로 조선에 온 윤산온(尹山溫: McCune, George Shannon)인데, 잡지 발행 당시 평양숭실전문학교 교장으로 재직하고 있었다. 조선중앙일보사에서 1935년 1월에 『소년중앙』 창간호를 발행했으나 그해 7월호(통권7호)를 발간하고 폐간되었고, 1936년 1월호를 창간호로 발간한 『동화(童話)』는 1937년 5-6월 합호(통권14호)를 내고 폐간되었으며, 가톨릭을 배경으로 간도(間島)에서 발행한 『가톨릭소년』은 1936년 3월부터 1938년 8-9월호(통권28호)까지 발행하고 폐간되었다. 폐간을 분명히 밝힌 유일한 잡지가 바로 『가톨릭소년』인데, 폐간 이유를 밝히지 않아도 알 것이기 때문에 밝히지 않겠다고 하면서도 "이러한 일이 없기를 애를 썼고 진력을 해 왔으나 그러나 대세에는 부득이 하는 수 없"[04]다고 해 일제의 강압 때문임을 알 수 있게 하였다. 폐간호임에도 신자, 단체, 학교, 기관 등 『가톨릭소년』의 발전을 축하하는 광고가 6면이나 되어 폐간이 갑작스러웠던 듯하다. 1937년 4월에 조선일보사에서 발행한 『소년』은 1940년 12월호(통권45호)까지 발행한 후 폐간되었다.

1920년대 중반 우후죽순 생겨난 잡지는 대체로 생명이 길지 못해 창간호가 종간호가 되는 경우도 없지 않았고, 3호를 넘지 못해 '3호 잡지'[05]란 말도 있었다. 재정적인 뒷받침이 되지 않았고 필자난까지 겹친 데다가 일제의 탄압이 컸던 탓으로 보인다.

1931년 만주사변(滿洲事變)을 시작으로 15년 전쟁하의 식민지 조선은 전시동원 체제에 편입되었고, 파시즘으로 치달은 일제는 조선인을 황민화(皇民化)하기에 혈안이 되었다. 신사참배를 강요하고 1937년 10월에 황국신민의 서사(皇国臣民ノ誓詞)가 제정되었고, 1938년 2월에는 징병제의 정지작업으로 지원병제가 시행되었다. 1940년 2월부터 창씨개명이 실시되었고, 이후 대륙 병참 기지를 위해 저임금과 장시간 노동을

---

**04** 배광피(裴光被), 「본지 폐간사」, 『가톨릭소년』, 1938년 8-9월호. 배광피(Appelmann, Balduin)는 가톨릭소년사 사장으로 독일인 신부다.

**05** 유백로(柳白鷺), 「소년문학과 리아리즘-푸로 소년문학운동(1)」, 『중외일보』, 1930. 9. 18.

강화하고 지하자원을 약탈하였다. 1939년 일본 국내의 노동력 부족을 보충하기 위해 '모집'이란 이름으로 강제연행을 하다가 1944년에는 '징용(徵用)'으로 나아갔다. 이처럼 15년 전쟁하의 조선에 대한 모든 정책은 '전력증강'을 주축으로 전개되었다.[06]

이와 같은 정세하에서 일제의 강압적인 검열과 압박도 잡지 발행의 어려움을 더했다. 자세한 내막은 앞으로 더 밝혀야겠으나 기독교를 배경으로 했음에도 『아이동무』가 오래 버틸 수 없었던 것은 지역적 한계에다가 윤산온이 신사참배를 거부하다 1936년 3월 21일 강제출국된 것과 관련된 것으로 보인다.[07] 『소년중앙』은 발행사인 조선중앙일보사의 재정적 곤란과 무관해 보이지 않는다. 재정적 여건이 비교적 좋고, 수완이 좋은 윤석중(尹石重)을 편집자로 앉힌 점 등으로 일제 말기의 여러 가지 어려움에도 불구하고 4년 가까이 버틴 『소년』은 오히려 이례적이라 할 만하다. 1940년 8월 11일 자를 마지막으로 모(母) 기업이라 할 수 있는 『조선일보』가 폐간되었음에도 4개월여를 더 버텼다. 일제의 식민지 통치 방식에 어그러지지 않았던 잡지 편집 방침이 어려운 시기에 장수할 수 있었던 요인 중에 하나가 아니었던가 싶다.

아동문학의 4대 잡지라 한 『어린이』는 천도교(天道敎)가 배경이 되었고, 『신소년』과 『별나라』는 각각 이중건(李重乾; 신명균(申明均))과 안준식(安俊植)이 운영하던 신소년사(新少年社; 중앙인서관(中央印書館))와 별나라사라는 인쇄소가 든든한 뒷배가 되었다. 하지만 『별나라』와 『신소년』은 계급주의 아동문학을 표방한 이후 수시로 검열의 표적이 되었다. 걸핏하면 삭제, 불허가, 압수를 반복해 두 달 치를 합쳐 합호(合號)나 임시

---

**06**    宮田節子, 「朝鮮統治政策」, 日本大百科全書(ニッポニカ) 참조.

**07**    김승태, 박혜진 편, 『내한 선교사 총람: 1884-1984』, 한국기독교역사연구소, 1996, 367쪽. (이하 이 책을 인용할 때는 '선교사'로 표시하고 쪽수를 밝히도록 하겠다.)

호를 발간하기 일쑤였다. 이들 두 잡지는 직간접적으로 <카프(KAPF)>의 지도를 받았는데 <카프>가 1차, 2차 방향전환을 거친 뒤인 1920년대 말경부터 노골적인 계급적 대립에 기반한 작가의 작품을 실었고 그 결과는 일제의 알뜰한 검열의 표적이 되었던 것이다. 『어린이』도 신영철 (申瑩澈)이 편집을 맡은 시기(1931년 10월호부터 1932년 9월호까지)에는 『별나라』나 『신소년』과 크게 다를 바 없었고 당연히 검열을 피할 수 없었다.

『아이생활』의 창간은 조선인 목사들과 선교사들의 협력으로 이루어졌다. 창간호에 실린 「아희생활의 출세」와 「『아이생활』 10주년 연감」 (『아이생활』, 1936.3, 부록)을 통해 확인해 보자.

> 『아희생활』이 나오게 된 까닭
> 이 본이 될 『아희생활』은 한두 사람의 힘으로 나오게 하지 못할 것이올시다. <u>작년 가을에 경성에서 모힌 죠선쥬일학교대회에 오섯든 쯧이 갓흔 여러분 선생님들이 죠선 아희들의 부르지지는 소래를</u> 듯고 깁히 늣기든 졍(情)이 발하야 한번 『아희생활』을 내일 의론을 말하매 다수한 어른들이 서로 도아서 『아희생활』을 내기로 하엿고 이 쇼식이 온 죠션에 퍼짐을 좇차 <u>동정하시는 분이 각 곳에서 불닐 듯하야</u> 지금은 이백여 명의 찬동자(讚同者)를 엇게 되고 짜라서 이-귀하고 복스러온 『아희생활』이 우리 아동게에 나오게 되엿습니다.[08]
> (밑줄 필자)

---

**08** 큰실과, 「아희생활의 출세」, 『아이생활』 창간호, 1926년 3월호, 1쪽. 「한국 근대 아동문학과 『아이생활』」(『근대서지』 제24호, 2021, 570쪽.)에서 '큰실과'를 정인과(鄭仁果)로 추정하였는데 당시 아이생활사의 사장이었기 때문에 창간사를 썼을 것으로 보았다. 그러나 창간호 당시 주간(편집인)이었던 한석원(韓錫源)의 필명일 수도 있다는 점을 덧붙여 둔다.

1925년 가을 조선주일학교대회에 참석한 여러 선생님들이 『아이생활』을 창간하기로 발기하였고, 200여 명의 찬동자가 도와 잡지 발간이 가능했다는 요지이다.

「『아이생활』 10주년 연감」의 '1. 본지 출세의 사회적 동기', '2. 창간 당시의 산파 역원(役員)', '3. 본사 조직 당시의 회고', '4. 초창시의 본사 직원' 등은 「아희생활의 출세」에서 밝힌 내용보다 더 소상하다. 글을 쓴 '편자(編者)'는 "사장과 초대시(初代時) 주간인 한석원 씨의 구술과 그타(他) 기록"[09]을 바탕으로 하였다고 밝혔는데, '편자'는 당시 주간이었던 최봉칙(崔鳳則)이고 '사장'은 정인과(鄭仁果)를 가리킨다.

『아이생활』을 창간한 동기로 "조선 소년소녀들의 읽을 만한 서적이 없음"(연감, 5쪽.)을 이유로 들고 있다. 어떤 '읽을 만한 서적'을 말하는가? 50만에 이르는 조선 교인(敎人)들이 사회적으로 비판을 받기 시작하고 교회 내부적으로도 부패의 싹이 보이는 시점이라 앞으로 교회의 후계자인 어린이들이 세상의 악에 물들지 않고 교회나 사회생활에 더욱 건실한 정신을 닦도록 하는 데 도움이 되고자 어린이들의 읽을거리를 제공하자는 것이었다. 이어서 '창간 당시의 산파역을 다한 동인 제씨'란 항목에 『아이생활』 창간을 위해 노력한 인사들의 명단이 나온다.

> 2. **창간 당시 산파역을 다한 동인(同人) 제씨** - 본지를 내놓기 위한 당시의 고심은 말로 다할 수 없었읍니다. 생각은 좋으나 사업에 따르는 재정문제를 해결하기는 용이한 일이 아니었읍니다. 그 당시에 본사를 창립하기에 많은 노력을 한 이들로는 선교사로 허대전(許大殿), 곽안련(郭安連) 양(兩) 박사와 장홍범(張

---

09 최봉칙, 「본지 창간 10주년 연감」, 『아이생활』, 1936년 3월호, 부록 5쪽. (이하 '연감'으로 표시하고 쪽수만 밝힌다.)

弘範), 강병주(姜炳周), 김우석(金禹錫), 석근옥(石根玉), 이순기(李舜基), 이석락(李晳洛) 제씨며 특히 창간 당시 주간이든 한석원 선생 이 모든 분들은 본지를 나오게 한 산파역의 수고를 한 이들이오 그 배후에서 노력을 아끼지 아니한 분들도 여러 분이 십니다.

3. **본사 조직 당시의 회고** - 1925년 10월 21일로 동(同) 28일까지 경성에서 열린 제2회 조선주일학교대회 직후에 이상에 술(述)한 모든 정세에 의하야 당시 <조선주일학교연합회> 사무실인 종로 2정목(丁目) 12번지에서 정인과, 한석원, 장홍범, 강병주, 김우석, 석근옥 제씨가 회합하야 아희생활사 창립발기회로도 열고 재정에 대하야는 1주(株) 5원식(式)으로 출연하는 정신을 기초로 하야 발기위원 제씨가 책임적으로 각 분담활동하야 사우(社友)를 모집하기로 하고 사장에 정인과 씨, 주간에 한석원 씨로 선임하야 소년소녀 월간잡지의 간행을 촉진키로 한 것입니다. 이듬해 즉 1926년 3월 10일로서 만반 준비가 다 되어 편집인에 한석원 씨 발행인 미국인 나의수 씨의 명의로 소년소녀 월간잡지 『아희생활』 제1호 창간호를 세상에 내놓기로 되었읍니다. 그리고 사(社) 조직 내에 있어는 사우 전체로 총회가 있고 총회를 대표한 10주(株) 이상 사우로 이사회가 되고 이사회에서 간부 직원을 선임케 된 것입니다. (연감, 5쪽.) (밑줄 필자)


이상을 정리해 보면, 1925년 10월 말경 제2회 조선주일학교대회를 마치고 정인과, 한석원, 장홍범, 강병주, 김우석, 석근옥 등 조선인 목사들이 모여 『아이생활』 창간 발기회를 열었다. 산파역으로는 선교사 허대전(Holdcroft, James Gordon)과 곽안련(Clark, Charles Allen), 조선인 목사 장홍범, 강병주, 김우석, 석근옥, 이순기, 이석락, 한석원 등이었다.[10] 『아이생활』 창간은 조선인 목사들이 주도하고, <조선주일학교연합회>(이하 '<연합회>')의 선교사들이 참여해 이루어진 것이다. 김태오(金泰午)도 "정인과, 한석원, 김태오 외 수 씨의 발기로 『아이생활』이 출세"[11]하게 되었다고 한 바 있다.

'생각은 좋으나 사업에 따르는 재정문제를 해결하기는 용이한 일이 아니'어서, 창간 비용은 우선 사우를 모집하여 해결하고자 하였다. 창간호의 '아희생활사 주주 명부'(1926년 2월 28일 현재)를 보면, 184명의 주주(교회 포함)가 463주를 약정하였고, 1926년 3월 말일까지를 기준으로 한 통권 2호(1926.4)의 '아희생활 사우 방명'을 보면, 전국을 망라해 233인 559주(株)로 늘었다.[12] 주금(株金)을 내기로 약정한 사우는 점차 늘었는데, 1926년 4월말까지는 295명이 694주를 약정하였고, 1926년 5월 말까지는 393명이 810주를 약정하였다.[13] 1936년 3월호에 게재된 '사우

---

**10** 이상 언급된 인물들은 모두 <조선주일학교연합회>와 관련이 있다. 먼저 1911년 <연합회>가 결성되었을 때 8명의 선교사와 현순(玄楯), 윤치호(尹致昊), 한석원, 남궁혁(南宮爀), 홍병선(洪秉璇) 등 5명의 조선 대표가 있었다.(김득룡, 「한국주일학교사 연구」, 오영호 편, 『전국 주교 30년사』, 대한예수교장로회 전국주일학교연합회, 1985, 44쪽.) 평양신학교에 주일학교 사법과를 두게 한 대표적인 인물이 장홍범이었고, 함남노회의 이순기, 안주노회의 석근옥, 경안노회의 강병주 등은 각 노회가 평양신학교에서 공부하게 한 인물들이다.(위의 글, 46쪽.) 평양신학교 종교교육과 제1회 졸업생으로 강병주, 강학린, 김우석, 송관범, 안병한, 장홍범, 이석락, 석근옥, 장연수(張延洙), 차재명이 있다. 이때 교수는 나부열(羅富悅), 곽안달(郭安達), 허대전, 정인과였다.(「(사진)평양신학교 종교교육과 제1회 졸업」,『아이생활』, 1927년 7월호, 표지 이면) '곽안달'은 '곽안련'과 동일인이다.

**11** 김태오, 「소년문예운동의 당면에 임무(2)」, 『조선일보』, 1931. 1. 30.

**12** 「아희생활사 주주 명부」(『아이생활』 창간호, 1926년 3월호, 40~46쪽.)와 「아희생활 사우 방명」(『아이생활』, 1926년 4월호, 48~50쪽.) 참조. 「아희생활사 주주 명부」에는 189명이 484주를 약정했다고 되어 있으나(46쪽) 명단을 일일이 세어 보니 184명 464주로 확인되었다.

**13** 「아희생활 사우 방명」(『아이생활』, 1926년 5월호, 57~61쪽.)과 「아희생활 사우 방명」(『아이생

방명 일람표'(연감, 6~12쪽.)에는 사우가 769명이고 주금을 불입하기로 한 주식은 총 1,786주이며 불입 횟수는 총 1,016회에 이른다.[14]

(其一) 理事諸氏의面影

송관범          원한경          허대전          김건후
     김태오          정인과          나의수
차재명          김병희          김우석          이석락

1927년 3월 당시 『아희생활』 이사들(현담문고 제공)

1926년 5월말까지 정리한 「아희생활 사우 방명」(1926.6)은 창간 초기 사우들 명단과 주금 약정액을 볼 수 있는 마지막 자료이다. 이 자료

─────────────
활』 1926년 6월호, 51~56쪽.) 참조.

**14** 이상의 통계는 「아희생활 사우 방명」(1926년 6월호, 51~56쪽.)과 「사우 방명 일람표」(1936년 3월호, 6~12쪽.)에 게재된 사우의 총수를 합산하고, 약정된 주금과 인원을 곱셈하여 합산한 것이며, 불입 횟수도 표기된 인원에 따라 일일이 헤아린 것이다. '1주금 5원(一株金五圓)'(1926년 6월호, 51쪽.)이라 하였는데, 1주를 약정하고 3회 불입한 사람이 있는가 하면, 원한경(元漢慶)과 정인과는 둘 다 20주를 약정하고 각각 2회와 1회 불입하여(1936년 3월호, 부록 6쪽.) 이 자료만으로는 전체 사우의 주금 불입 총액이 얼마인지는 정확히 계산하기 어렵다.

에 따르면, 이사(理事) 자격을 갖는 10주 이상 약정자는 14명인데 전원 조선인이다. 창간 발기인과 산파역으로 언급된 인물들의 약정액은 다음과 같다. 정인과 20주, 한석원과 이석락 10주, 이순기와 김우석 6주, 강병주, 김태오, 장홍범 5주, 석근옥 2주이고 선교사 나의수(羅宜壽: Nash, William L.)와 안대선(安大善: Andersen, Wallace Jay)이 5주, 도마련(都瑪連: Stokes, Marion Boyd)과 허대전은 2주를 약정하였으나, 곽안련은 약정하지 않았다. 1926년 6월호에는 '아희생활사 직원' 명단이 실려 있는데, "사장 정인과, 편집부원 한석원, 나의수, 이석락, 이보식(李輔植), 재정부장 정인과, 차재명(車載明), 이순기, 감사 장홍범, 최흥종(崔興琮)"(56쪽)이다. 최흥종은 6주, 차재명은 5주, 이보식은 3주를 약정하였다.

창간 초기 선교사 나의수가 발행인이었으나 『아이생활』 지면을 봐도 아이생활사 경영과 관련된 아무런 역할이 보이지 않는다. 대체로 그 역할은 사장 정인과가 맡고 있다. 1주년 기념호(1927.3)에 처음 제시된 이사 명단을 보면, 김건후, 이석락, 나의수, 허대전, 김우석, 정인과, 원한경(元漢慶: Underwood, Horace Horton), 김병희(金炳禧), 김태오, 송관범, 차재명, 강병주, 강학린(姜鶴麟), 장홍범, 석근옥, 한덕리(韓德履), 오순애(吳順愛), 안병한(安秉翰), 곽권응(郭權膺), 이순기, 이병두(李炳斗), 이관모(李寬模) 등 이어서, 약정자와 약정액이 늘었음을 알 수 있다.

사우들의 현황을 마지막으로 볼 수 있는 자료는 1936년 3월호의 '사우 방명 일람표'(연감, 6~7쪽.)인데, 이사(理事)로는 원한경과 정인과가 각 20주, 허대전, 나의수, 한석원은 각 10주, 목사 또는 신도인 김건후(金健厚), 석근옥, 장홍범, 김창제(金昶濟), 차재명, 허봉락(許奉洛), 송관범(宋觀範), 이석락, 강병주, 이순기 등이 각 10주다. '사우 방명 일람표'의 말미에는 "이상 제씨의 후원은 창간 당시에 큰 원동력"(연감, 12쪽.)이었다고 해, 『아이생활』 창간 당시 사우금이 재정의 밑바탕이 되었음을 알 수 있다.

창간 당시 언급된 선교사로는 허대전과 곽안련이 있다. 허대전은 미국 북장로회 선교사로 1911년 4월부터 <연합회>를 조직하는 데 이바지하였고, 1920년부터 1932년까지 <연합회> 상임 총무를 맡았다. 곽안련도 미국 북장로회 선교사로 한국 선교 기간(1902~1941) 동안 문서선교에 주력했는데, 저서 중 일곱 권이 주일학교와 관련된 것이었고, <연합회> 잡지에도 관여하였으며 총무 일도 맡아보았다.[15]

선교사 이외의 조선인들은 목사이거나 교회와 밀접하게 관련된 이들이었는데,[16] 이들 역시 <연합회>와 관련이 있었다. 대부분의 기간 사장을 맡아 『아이생활』 발간에 주도적인 역할을 한 정인과는 1923년부터 <연합회>의 부총무를 맡아 허대전과 손발을 맞추었는데, 선교사들로부터 "인기 있고 유능한 설교자이며 지혜롭고 헌신적인 지도자"[17]라는 평가를 받았다.

이상에서 살펴본 바, 『아이생활』의 창간은 <연합회> 소속 조선인 목사들이 발기하여 일부 선교사들이 참여하고, 조선인 사우들의 주금으로 이루어졌다는 것을 알 수 있다. 이후 자료는 조선인 사우와 선교사들의 동참이 확대되었다는 것을 보여준다. 그러나 사우들은 약정한 주금을 제대로 불입하지 않았고 따라서 재정상황이 좋지 않았던 것으로 보인다. 초기 『아이생활』 지면을 보면, 사장 정인과(영업국)의 명의로 사우 주

---

**15**  Harry A. Rhodes(최재건 역), 『미국 북장로교 한국선교회사』, 연세대학교출판부, 2009, 429~432쪽 참조. 김승태, 박혜진 편, 『내한 선교사 총람: 1884-1984』, 한국기독교역사연구소, 1996, Clark(207쪽), Holdcroft(305~306쪽) 참조. 박용규 역, 「곽안련 선교사 60년 회고록(Memories of Sixty Years)」, 『신학지남』 제238호, 1993년 12월호 참조.

**16**  평양신학교 종교교육과 제1회 졸업생으로 강병주, 강학린, 김우석, 송관범, 안병한, 장홍범, 이석락, 석근옥, 장연수, 차재명 등이 있고, 이때 교수로는 나부열, 곽안달(곽안련), 정인과, 허대전 등이었다. (『아희생활』 1927년 7월호 참조)

**17**  Harry A. Rhodes(최재건 역), 앞의 책, 431쪽.

巨 禹 班 輯編

반우거 (『아이생활』 1931년
3월호) (현담문고 제공)

금 불입을 독촉하는 사고(社告)가 여러 차례 반복되고 있는 것을 볼 수 있다.[18] 사우금을 불입하면 『아이생활』 잡지를 무료로 보내드린다는 특전을 내세우기도 하였다.

　1927년 후반에 들어 아이생활사는 부채가 쌓이고 재정 형편이 더 나빠졌다. 사우금을 모금해 창간하였으나, "추후로 재정상 곤란으로 사장은 인쇄비로 해서 자가(自家)에 집행(執行)의 난관을 치르면서도 본지의 계속 발전을 위하야 백방으로 끝까지 노력"(연감, 12쪽.)하였다는 데서 재정 문제가 심각했음을 알 수 있다. 1927년 10월 6일 경성 피어선학원(皮漁善學院)에서 <연합회> 제6회 총회가 열렸는데, 『아이생활』을 <연합회>에 인계하기로 하였다. 그러나 기존에 있던 이사회는 그대로 두고, 사장은 정인과, 발행인은 허대전, 일체 사무는 허대전, 정인과, 곽안련 3명에게 위임하며, 부채(負債) 8백원과 매월 유지비용 50원은 총회 때까지 대여하고, 회계는 예시(禮是)가 맡기로 하였다.(연감, 12쪽.) 예시[또는 예시약한(禮是約翰): Lacy, John Veer]는 미 감리회 선교사로 1926년부터 30년까지 <연합회> 총무를 맡고 있었기 때문에(선교사, 338쪽.) 『아이생활』이 <연합회>로 인계되는 마당이라 그 회의 총무가 회계를 겸하게 된 것으로 보인다.

　『아이생활』은 <연합회>뿐만 아니라 <조선야소교서회>(朝鮮耶蘇敎書

---

**18** 　사장 정인과의 「사우들의게 드리는 말삼」(『아이생활』 1926년 4월호, 50쪽.), 「사우들의게 드리는 말삼」(『아이생활』 1926년 5월호, 61쪽.), 「사우들의게 드리는 말삼」(『아이생활』 1926년 6월호, 23쪽.), 「바라는 말슴」(『아이생활』 1927년 7월호, 65쪽.), 「본샤 샤우들의게 올님」(『아이생활』 1927년 10월호, 19쪽.)과 아희생활사영업국의 「바라는 말삼」(『아이생활』 1927년 4월호, 31쪽.) 등으로 여러 차례 독촉하였다.

會: The Christian Literature Society of Korea)(이하 '<서회>')의 도움도 받아야 했다. 1929년 10월 9일 <연합회> 제8회 총회에서는 『아이생활』에 관해 <서회> 총무인 반우거(班禹巨: Bonwick, Gerald William)[19]와 교섭하기로 하였다. 반우거는 호주 출신 영국 구세군 사관으로 내한하여 1910년 10월 구세군을 떠나 <서회> 총무로 취임하였다.[20](선교사, 174쪽.) 1928년 안식년을 맞은 반우거는 토론토의 캐나다부인선교연합회의 몽고메리(Mrs. Montgomery)에게 조선아동문화사업을 위한 원조금을 청해 1930년부터 매년 700원의 보조금을 약속받았고, 같은 해 가을 미국 뉴욕 만국선교연합회 중 부인 및 아동기독교문화사업협회장 플로렌스 타일러 부인(Mrs. Florence Tyler)으로부터 매년 300달러를 약속받게 되었다. 1928년 말 조선으로 귀국한 반우거는 새로운 아동 잡지를 내는 대신, 『아이생활』 당국자와 『아이생활』지의 내용을 쇄신하기로 하여 사륙판(四六版)을 국판(菊版)으로 하고 지질은 우량품 삽화 등을 많이 넣기로 하였다. 1930년 10월 3일 <연합회> 제9회 총회에서 아이생활사 사장 정인과와 <서회> 총무 반우거가 교섭하여 『아이생활』에 대해 합동 경영하기로 하였다.(연감, 13쪽.)

그 결과 <연합회>는 매년 6백원, <서회>는 매년 1천 8백원을 판출(辦出)하기로 하고, 편집은 <서회> 사무실에서, 영업은 <연합회> 사무실에서 취급하며, 회계는 <연합회>의 회계가 겸하기로 하였다. 1929년 10월호부터는 <서회>의 반우거가 『아이생활』의 발행인이 되어 1936

---

**19** 반우거의 <서회> 활동과 관련한 것은, 홍승표의 「일제하 한국 기독교 출판 동향 연구: '조선예수교서회'를 중심으로」(연세대학교 대학원 신학과 박사학위 논문, 2015) 참조.

**20** 이상정, 「구세군사관학교 100년사」(『구세군사관학교 100주년 기념논문집 2』, 구세군사관학교, 2010, 34~36쪽.)와 Harry A. Rhodes(최재건 역), 앞의 책, 402쪽 참조.

년 7월호까지 재임하였다.[21] 통권 9호부터 편집인을 겸했던 정인과는 합동 경영 이후에도 편집인으로 계속 남게 되었다. <연합회>와 <서회>는 각각 2명씩 위원을 선임하였는데 <연합회>에서는 허대전과 정인과를, <서회>에서는 반우거와 기이부(奇怡富) 부인(Mrs. Cable, Elmer M.)이 선임되었다. 이 외에도 <서회> 측에서 김동길(金東吉)을 추천해 '아가페지'(아가차지)의 글과 삽화를 담당하기로 했다.

초기의 '이사회'는 1930년대 중반 '위원회'로 바뀌었다. 위원은 중요사항을 결정하였는데 조금씩 변화가 있다. 1934년 10월 17일 <연합회> 제13차 총회에서 정인과, 도마련, 석근옥을 위원으로 하고, <서회>에서는 백낙준(白樂濬), 반우거, 김보린(金保麟)을 선임하였다. 1935년 2월 19일에 개최된 위원회[22]에서는 <연합회>의 좁은 방에서 <서회>의 넓은 방으로 사무실을 이전하는 문제를 사장 정인과에게 교섭하도록 하여 성사시켰다. <서회>는 1911년 2층 사옥에서 점차 늘어나는 서적 요구에 맞춰 반우거와 서로득(徐路得: Swinehart, Martin Luther)이 노력해 1931년 6월 4층 건물을 완성시켜 <연합회>와 <서회>뿐만 아니라 아이생활사, 종교교육사 등이 입주하게 되었다.[23]

아이생활사의 재정이 사우금 형태에서, <연합회>와 <서회>의 도움으로 안정적인 기반이 마련되었는가 했으나, 1936년 10월경에 이르러

---

**21** '사우들의게 드리는 말삼' 형식의 사우금 독촉 사고(社告) 혹은 감사 인사는 1929년 9월호 이후로는 보이지 않는데, <연합회>와 <서회>가 합동 경영하게 된 후 재정적인 어려움에서 벗어나게 된 까닭으로 보인다.

**22** 이때 위원 명단은 다음과 같다. "본사 위원회 면영: 위원장 백낙준 박사, 사장 정인과 선생, 주간 최봉칙 선생, 김보린 선생, 반우거 선생, 도마련 박사, 석근옥 목사, 아가차지 김동길 선생, 동화 최인화(崔仁化) 군"(『아이생활』 1935년 3월호)

**23** '한국교회사 게시판'(Http://www.1907revival.com/bbs/view.html?idxno=4438)의 'Bonwick, Gerald William' 항과 Harry A. Rhodes(최재건 역), 앞의 책, 402쪽 참조.

두 단체는 잡지 경영상 부족금 분담 후원 요청을 거절하였을 뿐만 아니라 종래까지 해 오던 후원 관계도 그만두기로 하였다. 여기에다가 "비싸진 인쇄비와 광고 요금 감소와 구월호 발매 정지 이 세 가지 사정으로 해서 작으많지 적자 기호가 일천여원"[24]에 이르게 되었다.

『아이생활』 지면을 꼼꼼하게 살펴보면 다른 잡지와 달리 광고가 많다. 『어린이』, 『신소년』, 『별나라』에도 광고가 실렸지만 대체로 서적 광고였다. 그것도 개벽사, 중앙인서관, 별나라사 등 자사(自社) 혹은 발행사의 서적에 대한 광고가 대부분을 차지하고 위치도 잡지의 서두나 말미에 배치하였다. 그러나 『아이생활』은 자사 서적뿐만 아니라 타사의 잡지와 서적 광고도 많지만, 약품, 과자, 악기, 여관, 항공, 상점, 회사, 출판사 등 광고 품목도 다양할 뿐만 아니라 잡지 본문에도 군데군데 광고를 실었다. 광고료가 매달 40원이 되었다고 하니[25] 잡지 발간에 일정한 영향을 미쳤음이 분명하겠다. 1935년 3월호에는 「본사 위원회」(35쪽) 내용이 실려 있는데, 1934년도 연말 결산 내역을 보면, 수입 총계가 5,446원이고 지출 총계가 5,414원이다. 매달 광고비가 40원이었다면 1년간 480원이 되니 광고비가 아이생활사의 상당한 재원이 되었음을 짐작할 수 있다.

덧붙여 『아이생활』 지면을 자세히 보면 거의 매호 지분사(支分社)의 신설 소식을 알뜰하게 전하고, 모집하는 사고(社告) 또한 빠짐없이 게재하고 있다. 그 결과 북으로는 함경북도 회령(會寧)에서 남으로는 마산(馬

---

**24**  정인과, 「(사설)본지 창간 11주년을 맞으면서」, 『아이생활』, 1937년 3월호, 27쪽. 여기서 '구월호'는 1936년 9월호를 말한다. 베를린올림픽에서 금메달을 딴 손기정 특집호를 준비했으나 발매정지를 당해 1936년 9-10월 합호를 발간하게 되었다.(「아이생활 9월호 압수」, 『매일신보』 1936.9.3)

**25**  정인과, 위의 글에 "매삭 계속 광고 40원이 중지되어"(27쪽)라는 구절이 있다.

山)과 광주(光州)에 이르기까지 전국적인 판매망을 갖추게 되었고, 해외로는 만주(滿洲) 용정촌(龍井村)과 도쿄(東京) 그리고 하와이(布哇)에까지 지분사가 설치되었다. 위탁서점까지 합해 총 311개의 지국이 설립되었는데(연감, 18쪽.) 이는 『아이생활』을 지속적으로 발간할 수 있게 한 재정적인 밑거름이 되었다. 지분사 설치는 잡지 판매망의 구축이자 독자 확보일 뿐만 아니라 잡지의 지속적인 발간이라는 영업의 측면에서도 중요한 전략이었던 셈이다.

<연합회>와 <서회>의 후원이 중단되자, 다시 창립이사들로부터 주금을 받고, <장로교총회종교교육부>로부터 출채(出債)를 하였으며,[26] <뉴욕부인회>와 <캐나다선교회>의 후원을 <서회>를 통하지 않고 직접 받도록 조율하는 등으로 난국을 타개하게 되었다. 그러나 1935년경부터 조선총독부는 신사참배를 강요하였는데 선교사들이 설립한 기독교계 학교는 신사참배를 거부하였다.[27] 이는 종교적 신념과 배치되었기 때문에 대부분의 선교사들이 수용할 수 없었던 것이다.[28] 이에 총독부는 1937년경부터 선교사들을 추방하기 시작해 1940년까지는 대부분 강제 귀국하도록 하였다.[29] 그리고 <서회> 총무로 오래 활약을 하면서 『아

---

**26** 1935년 9월 6일 제24회 조선예수교장로회총회가 평양에서 개최되었는데, 총회장에 아이생활사 사장 정인과가 당선되었다. 이러한 점이 『아이생활』의 재정난 타개에 총회가 돕게 된 연고로 보인다. (「본사 사장 정인과 씨 장로회총회장 피선」, 『아이생활』, 1935년 10월호, 28쪽.)

**27** 「신사참배 문제로 교회교(教會校)측과 협의」, 『조선일보』, 1935. 10. 8.

**28** 「참배 거부 문제로 평남도 태도 강경-4교장에게 금후 태도 회답 요구, 교리상으로 신중 연구」, 『동아일보』, 1935. 11. 24.

**29** 발행인이었던 허대전은 신사참배를 반대하고 1940년 1월 귀국하였고(306쪽), <서회> 설립에 노력한 서로득은 1937년(488쪽), 도마련은 1940년(483쪽)에 강제 귀국당하였다.(『내한 선교사 총람』 참조)

이생활』 발행에 많은 기여를 했고 캐나다와 미국에서 후원금을 끌어왔던 반우거가 1938년 은퇴 후 귀국한 마당이었다. 『아이생활』은 여러모로 재정적인 어려움을 겪고 있었던 것으로 보이는데 여기에 대응한 것이 <아이생활사후원회>였다. 1941년 함경남도 함주군의 이세보(李世保)가 후원회를 조직한다면서 1년 회비로 1원을 납부할 것을 제안하였다.[30] 아이생활사에서는 이 후원회를 창간 당시 사우금과 같은 성격으로 생각했다.[31] 이후 후원회원 방명(芳名)을 『아이생활』 지면에 잇달아 게시하면서 장동근(張東根), 이종성(李鍾星) 등이 가입을 권유해 점차 회원이 늘게 되었다. 후원회가 처음에는 독자들의 자발적인 운동으로 시작되었으나 이후 아이생활사와 직간접적인 연결하에 활동이 이어졌다. 회원에게는 『아이생활』을 무료로 송부하고, 자유롭게 투고할 수 있게 특전을 내세운 점은 독자들만의 의사로는 불가능한 것이다. 아이생활사의 김창훈(金昌勳)이 지역으로 출장을 나가니 그를 통해 입회수속을 하라는 공지가 게재되기도 하였고,[32] 신입회원을 많이 모집한 것에 대해 '아이생활사 김창훈' 명의로 감사 인사를 한 점[33] 그리고 <아이생활사후원회> 김창훈의 주소가 아이생활사의 주소인 '경성부 서대문정 2정목(丁目) 89'와 동일한 것에서도 확인된다. 발기인은 임인수(林仁洙), 이세보(李世保), 이종성(李鍾星), 목해균(睦海均), 장시욱(張時郁), 정인환(鄭麟煥), 김창훈 등이었

---

**30**  「우리면회실」, 『아이생활』 1941년 4월호, 30쪽.

**31**  「편집을 마치고」(『아이생활』 1941년 5월호, 32쪽.)에 "어린 동모들의 전정(前程)에 유의(有意)하신 분들이 동서남북에 일어난 때가 대정(大正) 14년 지금으로부터 17년 전입니다. 1년에 1원, 5월, 10월을 내여 오늘 이때까지 쌓아 논 돈 없이 지난 3월에 만 16주년을 마지한 것입니다."라고 한 데서 확인된다. '大正十四年'은 1925년이다.

**32**  아이생활사후원회, 「독자 여러분께」, 『아이생활』 1943년 7-8월 합호, 21쪽.

**33**  「우리 면회실」, 『아이생활』 1943년 11월호, 20쪽.

다.[34] "후원회원란을 설(設)하야 회원의 원고를 따로 취급하겟사오며 동시에 종래까지의 일반투고는 금후부터 후원회원에게 한하기로 함"[35]이란 대목에서 아이생활사의 재정적인 측면에서의 절박한 사정을 읽을 수 있다. 발기인인 이종성이 "아이생활사에 뼈저린 사실"[36]이라거나, 김창훈이 "본사의 물심양면에 긍(亘)하는 고통 (중략) 동정치 않고는 견디지 못할 궁경(窮境)"[37]이라는 데서 잘 드러난다. 그 후원금은 '편집비',[38] '출판비'[39]에 보조한다는 것으로 보아 1940년대에 접어들면서 『아이생활』의 재정적인 상태가 매우 어려웠음을 알 수 있겠다.

지금까지 논의한 내용을 바탕으로 『아이생활』 발행과 관련하여 <연합회>와 <서회> 그리고 선교사들의 역할을 정리해 보자.

이렇듯 '조선예수교서회', '조선주일학교연합회'라는 기독교 단체가 잡지 발간의 배경이 되고 선교사 및 목사가 발행과 편집을 담당한 것으로 보아 『아이생활』은 처음부터 '문서선교(文書宣敎, literature mission work)'를 지향하는 잡지였음이 분명하다.[40] (밑줄 필자)

『아이생활』 발행의 배경이 <연합회>와 <서회>이고 선교사와 목사가 발행인과 편집인을 맡고 있음을 들어 '잡지 발간의 배경'이라고 보

34  「아이생활 후원회 소식, 발기인 방명」, 『아이생활』, 1943년 6월호, 13쪽.

35  「고(告)」, 『아이생활』, 1943년 6월호, 13쪽.

36  이종성, 「우리면회실」, 『아이생활』, 1943년 6월호, 27쪽.

37  아이생활사후원회 김창훈, 「독자제씨에게」, 『아이생활』, 1943년 10월호, 22쪽.

38  「아이생활 후원회 소식」, 『아이생활』, 1943년 6월호, 13쪽.

39  아이생활후원회, 「소식」, 『아이생활』, 1943년 9월호, 21쪽.

40  박영지, 「어린이 잡지 『아이생활』의 창간 주도세력 연구-『아이생활』 발간에 참여한 미국 기독교선교사 집단을 중심으로」, 『아동청소년문학연구』 제24집, 2019.6, 207쪽.

았다. 그러나 『아이생활』 창간부터 1927년 10월 이전까지와 1936년 10월경부터 폐간이 될 때까지 <연합회>와 <서회>는 아이생활사를 후원하지 않았다. 『아이생활』이 발행된 총 17년 11개월 중 약 10년 정도 인적·물적 후원을 하였으므로 '배경'인 것은 맞지만, 전 기간을 통틀어 '배경'이 되었다고 하는 것은 잘못된 주장이다.

『아이생활』의 발행인은 어떠한 위치인가? 창간호의 판권지를 보면 편집인 한석원, 발행인 나의수로 되어 있다. 흔히 사장이 발행인이 되는 것이 일반적인데 『아이생활』의 경우 그렇지 않았다. 창간호부터 1938년 5월호까지 『아이생활』의 발행인은 나의수, 허대전, 도마련, 허대전, 반우거, 노해리(魯解理: Rhodes, Harry Andrew), 허대전, 안대선 등 선교사들이 맡았다. 그러나 창간호부터 폐간 때까지 대부분의 기간 동안 사장은 정인과가 맡고 있다.[41] 그는 한 번도 발행인이었던 적이 없다. 창간호부터 1주년 기념호(1927.3)까지 발행인을 맡았던 나의수는 사설(社說)이나 발행 또는 인사와 관련된 어떤 글이나 의견을 밝힌 적이 없다. 오랜 기간 발행인을 맡았던 반우거도 『아이생활』 지면에 다수의 글을 실었지만 아이생활사의 운영에 관한 글(사고 등)은 싣지 않았는데, 이는 허대전, 도마련, 노해리, 안대선에게도 마찬가지로 적용되는 사실이다. 1938년 3월호 『아이생활』에 사장 정인과의 사진을 싣자, 조선총독부는 <수양동우회> 사건으로 구속되었음에도 전과 다름없이 그를 발행인으로 경영하는 점에 대해 경고를 하였다. 아이생활사가 "법적 단속의 편법으로 미

---

**41** 『아이생활』지 문면에 '사장 정인과'란 명의가 마지막으로 확인되는 것은 「아이생활사 이사 방명」(『아이생활』 1942년 1월호, 표지 이면)이 마지막이다. 1938년 6월호부터 '편집 겸 발행인'으로 장홍범이 선임되었는데 여기에는 일제의 압박이 있었다. 그간 편집인과 발행인은 구분되었는데 이때부터 1940년 10월호까지 편집인과 발행인을 통합하였다. 그리고 '사장 장홍범'이란 명의가 처음 등장하다가 1940년 11월에 다시 '사장 정인과'로 되돌아간다.

국인 안대선을 발행인으로 속간 중(法的取締ノ便法トシテ米人安大善ヲ發行人トシテ續刊中)"[42]이라고 본 것이다. 이를 통해서 볼 때에도 선교사는 명목상 발행인이었을 뿐 실질적으로는 '사장'(정인과)이 그 역할을 맡고 있었다는 것을 알 수 있다.

아이생활사의 사장 정인과의 역할은 다음과 같은 내용을 보면 더욱 분명해진다. '아희생활사 사장 정인과' 명의로 「깃분 소식」(1926.4), 「사우들에게드리는 말씀」(1926.4, 5, 6), 「독자에게 드리는 말삼」(1926.11) 등 잡지와 관련한 소식, 주금 납부 독촉, 독자 관리 등 아이생활사의 실질적인 업무를 주관하고 있다. 초기뿐만 아니라 1940년 11월호에도 '사장 정인과, 주간 한석원'이고, '사장 정인과' 명의로 발표한 「본지 발전의 재출발 ―옛 주간 한석원 씨를 재영(再迎)하면서」(1940.11)에서 보듯이, 말기에도 인사 문제를 직접 챙기고 있음을 알 수 있다. 이를 통해 볼 때 비록 <연합회>와 <서회>로부터 재정적인 후원을 받아 오랜 기간 잡지를 발간했지만, 잡지 『아이생활』의 실질적인 운영은 정인과가 맡았다고 보는 것이 옳다. 그리고 잡지 『아이생활』 편집의 주된 책임은 주간(主幹)에게 있는 법인데, 전체 발행 기간 내내 모두 조선인이 맡았다. 한석원(1926.3~12; 1940.11~1944.1), 송관범(1927.2~1929.12), 전영택(1930.1), 이윤재(1930.2~8), 주요섭(1930.9~1931.12), 최봉칙(1932.1~1938.2), 강병주(임홍은, 임원호)(1938.3~5), 장홍범(임원호)(1938.6~1940.10) 등이다.[43]

---

**42** 「雜誌子供ノ生活社ニ關スル件」, 사상에 관한 정보 9, 1938.5.3. 한국사데이터베이스 참조.

**43** 최봉칙 이후 강병주와 장홍범, 한석원의 경우 불분명한데, 이들이 편집인이면서 주간일 가능성이 높다. 괄호 안의 인물들은 실질적인 편집사무를 본 사람들일 가능성이 크다. 1926년 11월호부터 1938년 2월호까지 편집인은 정인과이지만 주간은 정인과가 아니었다.

지금까지 논의한 사실로 미루어 볼 때, 『아이생활』의 발행에 있어 <연합회>와 <서회>, 그리고 선교사들의 도움이 있었던 것은 분명한 사실이지만, 잡지 창간과 경영 및 잡지 편집의 주도권은 조선인 목사와 신도들에게 있었던 것으로 정리해야 할 것이다.

## 2. 『아이생활』의 필자와 독자

집필진의 구성을 알아보는 것은 잡지의 성격을 파악하는 지름길이다. 『아이생활』에는 창간 주체인 목사와 신자, 선교사 그리고 저명한 문인들뿐만 아니라 전국의 소년문사 곧 독자들도 필자로 참여하였다.

먼저 『아이생활』 발간의 중심적인 역할을 한 주간(主幹)부터 보자. 주간은 한석원, 송관범, 전영택(田榮澤), 이윤재(李允宰), 주요섭(朱耀燮), 최봉칙, 강병주, 장홍범, 그리고 다시 한석원이 맡은 것으로 보인다.[44] 한석원(큰샘: 창씨명 西原錫源) 목사는 창간 당시 주간이었고 첫 동화책 『눈꽃』의 저자이지만[45] 두어 편의 짧은 글 외에는 발표한 글이 없는데, 일제강점기 말에 다시 주간을 맡아 일제당국의 요구에 부합하는 논설을 다수 썼다. 송관범 목사는 일시 '어린 가단'의 고선(考選)을 맡기도 했고 잡지의 사설이나 권두어 등 몇 편의 글을 남겼다. 주요섭은 본명과 더불어 양평심(梁平心=平心), 요섭(遙攝), 여심(餘心), 주먹 등의 필명으로 과학, 동

---

**44** 최봉칙까지는 「본지 역대 주간의 회술기」(『아이생활』 1936년 3월호, 57~59쪽.)로 분명하게 밝힐 수 있으나, 그 이후는 불분명하다. 판권지의 '편집인'이 반드시 '주간'이 아니기 때문이다.

**45** 「우리면회실」(『아이생활』 1943년 11월호, 20~21쪽.)에 독자인 강계(江界) 한신경(韓信京)이 "조선에서 처음 난 동화책, 동요책의 이름과 저자 씨명"을 묻자, "한석원 저 새동무 문고 『눈꽃』 대정 9년 9월 일 새동무사 발행"이라고 답했다.

화, 아동극, 아가차지란 등에 여러 편의 글을 남겼다. 아버지 주공삼(朱孔三) 목사의 영향이 있었겠지만, 형 주요한(朱耀翰)은 월평(月評)을, 여동생 주송은(朱頌恩)은 몇 편의 과학과 『아라비안나이트』에서 가져온 「어부와 귀신」(1931.2~8)을 연재하였다. 전영택 목사는 문인이기도 한 까닭에 '어린 가단'의 고선자(考選者)로 활동하기도 하였고, 아동극(성극), 동화, 기타 다수의 글을 발표하였다. 주간 가운데 가장 다양하면서도 많은 글을 발표한 이는 최봉칙이다. 평양 숭덕(崇德)학교와 연희전문을 졸업하고 <중앙기독교청년회(YMCA)>의 청년학관 교원을 지낸 기독교인이었다. 묵봉(墨峯), 묵봉산인(墨峯山人), 묵봉아(墨峯兒), 먹뫼 등의 필명으로 동화, 미담, 감상, 기도, 구미(歐美) 문인 소개, 그리고 주간으로서의 권두어나 사고 등 다양한 종류의 글을 남겼다. 강병주는 성경동화(동화), 축사뿐만 아니라 목사답게 기도문도 실었고, '한글목사'란 별칭에 걸맞게 「한글 받침법」 등 한글 관련 글을 여러 편 발표하였다. 장홍범은 초기에 종교적 성격의 글을 몇 편 실었으나, 편집 겸 발행인을 맡았을 때는 오히려 침묵하였다.

『아이생활』은 여러 차례 집필자들을 소개하였다. 「본지 내용 혁신에 대하야 새로 집필하실 대가들」(1928.11)에는 이광수(李光洙), 세전(世專) 이용설(李容卨), 전영택, 연전(延專) 백낙준, 동아일보사 주요한, 동래 일신 여학교 이영한(李永漢), 세전(世專) 전흥순(全興純), 소년척후대장 김기연(金基演), 방인근(方仁根), 유도순(劉道順) 등이 포함되어 있다. 1929년 1월호에 '집필 동인'으로 밝힌 사람은 앞에서 언급된 사람을 빼고, 김태영(金台英), 이윤재, 허봉락, 박인관(朴仁寬), 이용도(李龍道), 강명석(姜明錫), 최상현(崔相鉉), 이보식(李輔植), 배덕영(裵德榮), 오재경(吳在京), 고장환(高長煥), 최봉칙, 정재면(鄭載冕) 등이 추가된다. 1933년 1월호에도 '집필동인'이 제시되어 있는데, 이광수, 이윤재, 백낙준, 이용설, 주요한, 주요섭,

전영택, 방인근, 이은상(李殷相), 이덕봉(李德鳳), 박용철(朴龍喆)의 이름이 보인다. 1936년 3월호 「본지 창간 만 10주년 기념 지상 집필인 좌담회」에 참가한 사람들은 중앙보육의 김태오, 고장환, 청주 청남학교 최창식(崔昌植), 동아일보사 홍효민(洪曉民=洪銀星), 감리교총리원 임영빈(任英彬), 간도 윤영춘(尹永春), 조선일보사 함대훈(咸大勳), 연전 도서관장 이묘묵(李卯黙), KSSA 허봉락과 구성서(具聖書), 방인근, <극예술연구회> 이헌구(李軒求), 세전(世專) 이용설, 이태준(李泰俊), 동아일보사 서항석(徐恒錫), 화랑도 연구가 박노철(朴魯哲), 경신(儆新)학교 김건(金鍵), <연합회> 최인화(崔仁化) 등이다. 같은 호의 「집필 선생 여러분의 얼골 일부」에도 여러 작가들이 소개되었는데 겹치는 사람을 빼면, 최규남(崔奎南), 유광렬(柳光烈), 서은숙(徐恩淑), 유재순(柳在順), 박은혜(朴恩惠), 최창남(崔昶楠), 박용래(朴龍來), 모기윤(毛麒允), 신동욱(申東旭) 등이 추가된다.

『아이생활』 지면에서 자주 볼 수 있는 이름 가운데 문인으로서는 이하윤(異河潤), 정인섭(鄭寅燮) 등의 <해외문학파>와 이헌구(李軒求), 함대훈(咸大勳), 김광섭(金珖燮), 서항석(徐恒錫), 박용철(朴龍喆), 김상용(金尙容), 조희순(曹喜淳), 유치진(柳致眞) 등 <극예술연구회> 회원들이 자주 필자로 등장한다. 아동문학가가 아니므로 작품을 싣지는 않고 기념사나 축사를 할 경우 자주 호출되었다. 이들은 『신소년』과 『별나라』에서는 거의 찾아볼 수 없는 이름들이다. 이는 『아이생활』의 입지를 보여주는 것이기도 하고, 오랜 기간 주간을 맡았던 최봉칙의 영향이기도 하다. 최봉칙은 <극예술연구회>의 공연에 여러 차례 배우로 참여하였고,[46] 기관지 『극예술』의 집필자 명단에도 이름을 올리고 있어[47] 이들과 밀접한 관계를 맺고 있

---

**46** 「극연의 대공연 금야 7시부터 - 인사동 조선극장에서」, 『동아일보』, 1933.11.28.

**47** 「극연에서 『극예술』 발행」, 『동아일보』, 1934.3.29.

었기 때문이다.

『아이생활』은 문서선교의 일환으로 발간된 잡지라 종교적 색채가
짙었다.[48] 때맞춰 꽃주일 기념호, 조선주일학교대회 기념호, 크리스마스
특집호, 어린이주일 특집호 등 종교 관련 특집호를 마련하였다. 이뿐만
아니라 기도문, 성경 동화, 성극(聖劇), 절제회 등 기독교적 내용의 글이
매호 빠짐없이 실렸다. 이에 대한 당시 평자들의 평가를 보자. 당시 아동
잡지에 대한 매체 비평에 나섰던 신고송(申孤松)은 『아이생활』을 두고,
"기독교에 톡톡히 물들린 잡지"[49]라 했고, 과목동인(果木洞人=연성흠)도
"야소교 냄새"가 난다며 거리를 두었다. 홍은성(洪銀星=宮井洞人)은 가장
비판적이었다.

> 야소교 아동 기관지인 만큼 넘우나 종교취(宗敎臭)가 나서 못쓰겠
> 다. 천도교에서 하는 『어린이』와는 넘우나 정신이 노골화하지 안는
> 가. 더 말하자면 사회 운운하고 야비하게 "하나님 아버지시여!"를 그
> 대로 써내 놋는 잡지와 마찬가지다. 표지부터 양인(洋人) 아동의 그림
> 이다. 이러한 그림 외에는 너흘 그림이 그러케 업슬가. 그들의 심사
> 를 뭇고 십다.[50] (밑줄 필자)

천도교(天道敎)를 배경으로 하였지만 『어린이』가 종교적 냄새를 노
출하지 않은 것과 비교해 '너무나 정신이 노골화' 하였다고 비판하였다.

---

**48** 이재철은 "애당초 선교를 염두에 둔 기독교 포교지적인 색채가 농후"(이재철, 『한국현대
아동문학사』 일지사, 1976, 113쪽.)하다거나, "강한 기독교적 배경으로 폐간까지 선교지적
성격으로 일관"(이재철, 『세계아동문학사전』 계몽사, 1989, 220쪽.)했다고 보았다.

**49** 신고송, 「9월호 소년잡지 독후감(5)」, 『조선일보』, 1927.10.6.

**50** 궁정동인, 「11월 소년잡지(3)」, 『조선일보』, 1927.11.29.

이어 정인과의 동화 「왕궁을 지은 대담한 청년」에 대해서도 "싱겁기가 한량이 업다."고 깎아내렸고, 이후에도 "넘우 종교적 색채를 씌우지 말"[51]라거나, "너무나 종교덕(宗敎的), 적극(積極) 진출에 자미업"[52]다고 충고하였다. 『아이생활』에 우호적인 김태오는 "기독교 냄새"에 대해 "잘 요리하여 그것이 체증이 생기지 않고 잘 소화되도록 하기에 노력"하라거나, "『아이생활』, 『어린이』는 도덕적 종교적 함양과 민족의식을 너허 주기에 힘쓰는 자최가 잠재"[53]해 있다며 방어적인 평가를 내린다.

적아(赤兒)는 "『아희생활』은 우리 쯧에 어글어진 잡지이니까 애저녁에 그만두겟다."[54]며 평가 대상에서 제외하였고, 『별나라』와 긴밀한 관계인 송영(宋影)은 "『아이생활』 가튼 종교의 선전도구"[55]라 매도하였으며, 박병도(朴炳道)는 "『아이생활』은 우리에게 잇서서 배척하지 안흐면 아니 될 원수의 잡지"[56]라 하였고, 고문수(高文洙)는 "『아이생활』은 종교 긔관지로 쑤르조아 경향"[57]을 보인다며 적대감을 표출하였다. 이들은 계급주의 아동문학에 동조하는 이들임을 알 수 있다. 1930년대 중반 아동문학의 부흥을 기대하면서 신고송은 "기독교에서 경영하는 『아이생활』이 종교적 안전지대에서 하등의 폭풍우에도 조우하지 않고 있"[58]다고 한

---

**51**  홍은성, 「소년잡지 송년호' 총평(4)」, 『조선일보』, 1927. 12. 22.

**52**  홍은성, 「소년문예 월평」, 『소년세계』, 1930년 8-9월 합호, 11쪽.

**53**  김태오, 「소년운동의 회고와 전망-1934년의 과제(하)」, 『조선중앙일보』, 1934. 1. 15.

**54**  적아, 「11월호 소년잡지 총평(3)」, 『중외일보』, 1927. 12. 5.

**55**  송영, 「32년 문단 전망-어쩌케 전개될까? 전개시킬까? 문단 제씨의 각별한 의견(5) 전기적(前期的) 임무를 다하야…」, 『동아일보』, 1932. 1. 5.

**56**  박병도, 「(수신국)맹인적 비평은 그만두라」, 『별나라』, 1932년 2-3월 합호, 27쪽.

**57**  고문수, 「(독자평단)『어린이』는 과연 가면지일까?-『어린이』에게 오해를 삼는 자에게 일언함」, 『어린이』, 1932년 5월호, 36쪽.

**58**  신고송, 「아동문학 부흥론-아동문학의 루네쌍쓰를 위하야(2)」, 『조선중앙일보』,

바 있다. 식민지 민족의 현실을 외면하고 '안전지대'에서 종교적 색채만 강조하였다는 점을 지적한 것이다. 민족적 혹은 계급적 내용을 자주 실은 『신소년』이나 『별나라』, 심지어 『어린이』까지도 수시로 불허가, 삭제, 압수를 당한 것에 비추어보면 상대적으로 『아이생활』은 '안전지대'에 있었다고 할 만하다.[59]

당시 아동문학 잡지의 이념적 풍경화를 잘 드러내는 다음 장면을 보자. 『아이생활』 독자가, "소년계 잡지인 『별나라』는 우리 『아이생활』과 동지입니까?"라고 묻자 기자는 다음과 같이 답변하였다.

소년잡지라는 부류에서는 동지입니다. 우리는 종교를 아편이라거나 유년주일학교를 나쁜 것이라고는 하고 신의 유무를 재판한다는 그러한 기사가 거기에는 실린 것을 보앗습니다. 그러나 우리 『아

---

1936. 1. 3.

**59**  『아이생활』은 1928년 4월호의 2주년 기념 축사 중 이학봉(李學鳳)의 「죠선 어린이들의게」가 "당국의 기휘에 촉하야 삭제"되었고, 1929년 1월호에는 이승원(李昇遠)의 「새해를 맞고 무근해를 도라보면서-한배검님께 대한 나의 참회」, 「고무풍선」, 낙루(洛淚)의 「앵이 선생? 나는 신문쟁이(2)-빈민굴의 비애」가 "당국에 뎌촉되는 사건"(43쪽)으로 삭제되었으며, 1929년 5월호에는 최상현의 「고향을 생각함」(1929년 1월호부터 연재)이 삭제되었다. 1932년 3월호(6주년 기념호)와 1933년 4월호와 7월호와 1934년 7월호와 1936년 9월호는 압수처분을 받아 임시호를 발간했다.

문한별의 『검열, 실종된 작품과 문학사의 복원』(고려대학교 민족문화연구원, 2017)의 부록 "4. 『불허가 출판물 병 삭제 기사 개요 역문』 수록 처분 목록, 5. 「언문 소년소녀 독물의 내용과 분류」 수록 처분 목록, 6. 『불온 소년소녀 독물 역문』 수록 처분 목록"(331~374쪽)에서 아동문학 잡지의 개략적인 검열 양상을 확인할 수 있다.

한국사데이터베이스가 제공하는 『조선출판경찰월보』, 「불허가 출판물 및 삭제 기사 개요」, 「불온 소년소녀독물」, 「언문소년소녀 독물의 내용과 분류」 등의 자료에 따르면, 『어린이』는 26회, 『신소년』은 24회, 『새벗』은 12회, 『별나라』는 42회나 삭제, 압수, 불허가 등의 검열을 받은 반면에 『아이생활』은 2회에 지나지 않는다. 이 통계는 객관적인 실체라기보다 같은 조건에서 확인한 것이라 개략적인 비교는 가능하다.

이생활』은 그런 말을 아니 하니 그러한 점에서만은 동지(同志)라기 보다 이지(異志)라고나 해둘가요. (기자)"[60] (밑줄 필자)

『아이생활』의 집필자들은 목사와 선교사 그리고 신도가 대다수를 차지하였다.[61] 게재된 글에는 소속을 밝힌 부분이 있어 이를 통해 확인해 보자. 목사들로는 <연합회>(KSSA=조선SSA)의 구성서(具聖書), 허봉락, 정태희(鄭泰熙), <기독교청년회>(YMCA)의 현동완(玄東完), 홍병선, 이순기(함흥), 종교시보사의 주운성(朱雲成), 장로회교육국의 강병주, 감리교총리사 양주삼(梁柱三), 감리교총리원의 전영택과 임영빈, 감리교교육국의 유형기(柳瀅基)와 이항신(李恒信), 감리교신학교의 황애시덕(黃愛施德), 협성신학교의 김창준(金昌俊), 기독신보사의 전필순(全弼淳), 『종교교육』 주간 최봉칙, <서회>의 최상현, <면려(勉勵)청년회연합>의 이대위(李大偉) 그리고 이용도 목사 등의 이름이 자주 등장한다.

다양한 글을 많이 발표한 <면려청년회연합>의 최창남(崔昶楠=上黨城人)(청주),[62] <조선여자절제연합회>의 김보린, 장정심(張貞心), 이효덕(李孝德), <서회>의 김동길 등은 신도들이다. 기독교계 학교 관계자들로는 숭전(崇專)의 이훈구(李勳求)와 채필근(蔡弼近), 경신학교(儆新學校)의 김건(金鍵), 배재(培材)고보 이경렬(李庚烈), 이화(梨花)여고보 김창제, 배화(培花)여고보 이만규(李萬珪)와 김윤경(金允經), 정신(貞信)여학교 김원근(金瑗根)

60  「독자와 긔자」, 『아이생활』, 1933년 10월호, 49쪽.

61  1931년 1월호 『아이생활』에는 '1931년 종교교육운동에 일대 역할로 강호 독자 제위의 친우가 되시는 본지 집필인 제씨'라 하여 <조선주일학교연합회>가 발간한 월간 잡지 『종교교육』의 필진 84명을 소개하였는데 『아이생활』 지면에서 보던 필자들과 대부분 겹친다.

62  전순동 편, 『근당 최창남의 아동문학 50선』(엘엠피서원, 2019)과 전병호, 「근당 최창남의 아동문학 연구」(『한국아동문학연구』 제36호, 2019.6) 참조.

과 손진수(孫珍洙), 재령 명신학교(明新學校) 한영진(韓永鎭), 선천(宣川) 신성(信聖)학교 장이욱(張利郁), 연전 유억겸(俞億兼)과 이묘묵, 세전(世傳) 이용설과 오긍선(吳兢善), 이전(梨專) 김활란(金活蘭), 협성실업학교 김여식(金麗植), 경성보육학교 독고선, 영생(永生)고보 김관식(金觀植) 등이 있는데, 목사나 신도들이었다.

『아이생활』 지면에서 확인할 수 있는 선교사들을 망라해 보면 다음과 같다. 먼저 『아이생활』의 발행인으로, 창간호부터 1927년 3월호까지 발행인을 맡았던 미국 북장로회의 나의수, 이어 발행인을 맡은 허대전(1927.4~1929.9; 1937.1~6), 1928년 5월호부터 7월호까지 발행인이었던 도마련, 1929년 10월호부터 1936년 7월호까지 가장 오랫동안 발행인이었고 영국 구세군 사관으로 내한해 <서회> 총무를 맡았던 반우거, 그의 뒤를 이어 1936년 8월호부터 12월호까지 발행인을 맡았고 『조선기독교회약사』(조선야소교서회, 1933)와 『미국 북장로교 한국선교회사』(최재건 역, 연세대학교출판부, 2009) 등의 저술을 남긴 미국 북장로회의 노해리, 1937년 7-8월 합호부터 1938년 5월호까지 발행인을 맡았던 미 북장로회의 안대선 등이 있다. 이 중에서 3편가량의 글을 남긴 허대전과 <연합회> 총무 명의로 한 번 새해 축사를 남긴 도마련,[63] 과학, 동화, 기독교 관련 글을 70회가 넘게 발표한 반우거를 제외하면 나의수, 노해리 그리고 안대선은 한 편의 글도 남기지 않았다.

그 외의 선교사들은 대부분 한두 번 기념 축사를 남겼을 뿐이다. 하지만 『아이생활』과 직접적인 관련이 없는 그들이 축사(기념사)를 쓴 것만으로도 잡지의 성격이 어떠한지를 잘 드러낸다고 하겠다. 미국 북장

---

**63** 딱 한 번 『아이생활』에 「(새해선물, 웃어른들이 주시는 말씀)기회를 붙들라」(1933.1)라는 글을 남겼다. 그러나 조선주일학교연합회장을 역임하고 피득(彼得)의 『동화연구법』에 서문을 썼으며, 『긔도의 사랑』(조선야소교서회)을 번역하는 등 많은 활약을 하였다.

로회 선교사로 「(본지 창간 만7주년 기념축사)진심으로 축하하오」(1933.3)를 쓴 경신학교장 군예빈(君芮彬: Koons, Edwin Wade), 「지상동물원(전10회)」(1933.3~1934.1)을 집필한 미 남장로교의 김아각(金雅各: Cumming, Daniel James), 영국의 어린이신문을 주문하여 기부한 캐나다 장로회의 마구례(馬具禮) 선교사 부인(McRae, Edith Frances Sutherland), 호주 선교사로 「(본지 창간 만7주년 기념축사)억천만년토록」(1933.3)을 쓴 동래 일신여학교장 미희(郿喜: McPhee, Ida), 「(창간 10주년 기념 축사)'굴'과 같은 굳은 마음」(1936.3)을 쓴 <대영성서공회(大英聖書公會)> 총무 민휴(閔休: Miller, Hugh), 「최초의 조선 부인 선교사」(1932.2)를 쓴 반우거의 부인(Bonwick, C. Amy Jones), 이화유치원장으로 「(본지 창간 6주년기념 축사)영원한 발전을」(1932.3)과 『동화세계 1, 2』(조선야소교서회, 1925, 1928), 『어린이 낙원』(종교교육협의회, 1928; 이화보육학교, 1934), 『유희 창가집』(이화유치원, 1930) 등을 쓴 미국 감리회의 부래운(富來雲: Brownlee, Charlotte Georgia), 「(절제란)나는 알골의 왕이다」(1934.5)를 쓴 미국 감리회의 부우락(扶宇樂: Block, Berneta), 미 감리회 선교사로 「(아가차지)백년을 살랴면-색조이 그림이야기책」(1932.10~12; 1933.1) 등 '아가차지'란에 자주 글을 쓴 평양 숭덕(崇德)학교장 사월(史越: Sauer, Charles August), 「(동화)방향을 아지 못하는 작은 톡기」(1933.1)를 쓴 미 북장로회 선교사 소안론(蘇安論: Swallen, William L.)과 그의 딸로 「(동화)서리 선녀들의 왕 은관(銀冠)」(1933.9) 등을 쓴 평양 숭의(崇義)여학교장 소안엽(蘇安燁: Swallen, Olivette R.), 「(본지 창간 만7주년 기념축사)일곱살 아이처럼 귀염성있게」(1933.3) 등 여러 편의 축사를 남긴 미 감리회 선교사이자 이전(梨專) 교장 아편설라(亞扁薛羅: Appenzeller, Alice Rebecca), 「(창간 10주년 기념축사)꾸준한 사랑」(1936.3)을 쓴 배재(培材)고보 교장 아편설라(亞扁薛羅: Appenzeller, Henry Dodge), 「(본지 창간 만7주년 기념축사)찬란한 광채가 되소서」(1933.3)를 쓴 미 남감리회 선교사이자 개성(開城) 호수돈(好壽敦)여고보 교장 예길수〔芮吉秀, 혹은 만길수(萬吉秀: Lillian E. Nichols)〕, 「(각계 선진으로부터 의미 깊은 축하 말씀)남의 말 안 듣다가 범 보고 사흘 앓았소」(1936.3)를 쓴 스웨덴 구세군 참령 옥거흠〔玉居欽: Akerholm, Natilda(Bonkvist)〕 여사, 미 남감리회 여선교사로 「크리쓰마쓰 전날밤」(1932.12)을 쓴 호수돈여고보 교장 왕래(王來: Wagner, Ellasue Canter), 미 장로회 선교사로 「(창간 10주년 기념 축사)이런 골란 저런 고생」(1936.3)을 쓴 연희전문 교장 원한경, 미 북장로회의 선교사로 「(9주년기념 축사)진리의 샘, 생명의 샘」(1935.3) 등을 쓰고 『아이동무』의 발행인이자 평양 숭실학교(崇實學校) 교장이었던 윤산온, 미 장로회 선교사로 「(각계 선진 선생으로부터 의미 깊은 축하 말씀)많이 컸구나」(1936.3)를 쓴 전주(全州) 신흥(新興)학교장 인돈(印敦: Linton, William Alderman), 미 감리회 선교사로 「(본지 창간 만7주년 기념축사)풍부한 내용을」(1933.3)을 쓴 이화여고보 교장 최치(崔峙: Church, Marie), 캐나다 선교사로 「만왕의 왕을 찬송하자」(1929.3)를 쓴 『기독신보』 사장 하리영(河鯉泳: Hardie, Robert A.), 미 감리회 여선교사로 <조선여자기독교절제회연합회> 활동을 하고 관련 동화를 여러 편 쓴 허길래(許吉來: Howard, Clara), 미 북장로회 선교사로 「(본지 창간 만7주년 기념 축사)창간 7주년을 축하하면서」(1933.3)를 쓴 대구 계성학교장 현거선(玄居善: Henderson, Harold H.) 등이 있다. 이 외에도 미국 북장로회의 곽안련과 나부열, 미 감리회 선교사로 <연합회>의 총무를 맡아 『아이생활』 발간에 공헌한 예시약한 등이 『아이생활』 지면에서 볼 수 있는 선교사들의 면면이다.

독자는 잡지 존립의 근거다. 독자들과의 소통을 위한 공간과 독자들의 투고 공간인 독자문예란이 대표적인 독자란이다. 먼저 『아이생활』의 독자 소통 공간에 대해 살펴보자.

독자들과의 소통은 잡지사와 독자의 소통과 독자 서로 간의 소통이 동시에 이루어졌다. '자유논단'은 독자들의 자유로운 의견 개진의 공간이었는데 창간호부터 46호까지(1930.1) 이어졌다. 비슷한 성격의 '독자구락부'는 48호(1930.3)부터 127호(1936.9-10합호)까지 이어졌고, '독자통신'은 48호(1930.3)부터 54호(1930.9)까지 이어졌다. '참새학교'(1937.1~1938.6-7합호)와 '우리면회실'(1938.9-10합호~1944.1)도 독자들의 공간이기는 마찬가지이다. 독자들이 궁금한 점을 기자에게 질문하는 형식의 '독자와 기자'(1930.3~1937.3), '똑똑실'(1943.12)도 있어 여러 가지 방법으로 독자와 소통하려고 노력하였다. 『어린이』의 '독자담화실', 『신소년』의 '독자담화실', '담화실', '독자통신', '자유담화실', 『별나라』의 '별님의 모임' 등과 유사한 공간이다.

'소과대학(笑科大學)'(1926.4~1942.6), '깔깔대학'(1932.5~1936.9-10합호), '소화(笑話)'(1926.3~1941.6), '우스운 이야기'(1939.8~1941.3), '쌀쌀소학교(笑學校)'(1941.3), '소화대학(笑話大學)'(1941.9-10합호~1942.8) 등은 우스개 이야기를 담은 곳인데, 『어린이』의 '깔깔박사', '깔깔 소학교(笑學校)', 『신소년』의 '소화(笑話)', '소과대학(笑科大學)', 『별나라』의 '기묘무궁대학(奇妙無窮大學)' 등과 비슷한 난(欄)이다.

'아이 벽신문'(1933.3~1936.5)과 '월간 거북이 신문'(1935.5~10), '천리경(千里鏡)'(1937.5~11), '애국 소신문' 등은 이런저런 소식과 필자들의 동정을 알리는 역할을 하였다. 『어린이』의 '어린이 신문', '어린이 소신문', 『신소년』의 '신소년 소신문', 『별나라』의 '별나라 신문' 등과 같은 성격의 공간이다.

'지상토론회', '독자 송년감', '설문란' 등은 독자의 참여를 유도하는 공간이다. 구체적으로 「독자구락부-『아이생활』 백호 특집을 읽고」(1934.9), 「아이생활 발전책」(1934.11), 「조선 어린이들의 용기 진흥책」(1934.12), 「독자 모험 실화-지상 좌담」(1935.1), 「독자모험 실화-모험하던 이야기」(1935.2), 과거 여름방학을 효과적으로 보낸 경험과 금년은 어떻게 보낼 것인가를 묻는 설문(1936.7), 「독자 송년감」(1933.12; 1934.12) 등이 있다. 독자가 참여한 것은 아니나 독자들의 관심을 끌기 위한 특집이 다양하게 마련되었다. 「여러 선생님께서 새해에 드리는 말슴」(1937.1), 「사모치우는 어머니 생각」(1937.5), 「세계적 위인들의 소년시대」(1937.6), 「(설문)유년시대 추억」(1937.6), 「세계 여(女)위인 열전」(1940.7) 등은 유명인사나 『아이생활』의 주요 필자들을 통해 독자들의 관심을 끌려고 한 것이었다.

독자들의 사진을 실어준 것도 독자와의 소통을 도모한 것이다. '애독자 면영', '애독자 사진첩'이 그것인데, 『어린이』의 '독자 사진첩', '씩씩하고 참된 소년이 됩시다', 『신소년』의 '애독자 사진', 『별나라』의 '독자 사진첩', '금수강산의 우리 별님들', '별나라의 용사들' 등과 유사하다.

독자란은 잡지사와 독자들 간의 소통뿐만 아니라 독자 상호간의 연락 창구로도 활용되었다. 안부를 묻고 문예단체를 결성하기도 하는 등 여러 가지 활동으로 이어졌다. 발표욕과 명예욕이 앞섰던 소년문사들의 표절 작품이 자주 실렸는데, 독자란은 표절을 적발하는 비평적 기능도 상당 부분 담당했다.[64] 이는 비단 『아이생활』에만 국한되는 것은 아니다. 다른 잡지들도 유사한 이름으로 이런 난(欄)을 마련했고, 『매일신보』의 '동무소식'도 같은 역할을 했다.

독자들의 가장 큰 관심은 아무래도 독자문예란에 작품을 싣는 것이다. 당시의 소년문사들은 너나없이 문예작품을 짓고 발표하는 데 관심이 집중되어 있었다. "기미년 이래 문예운동이 한참 발흥될 째에는 '에'

---

**64** 류덕제, 「일제강점기 아동문학의 표절 양상과 원인」, 『한국 현실주의 아동문학 연구』, 청동거울, 2017, 120~226쪽 참조.

'의'와 '을' '를'의 분별만 할 줄 아는 이면 전부 문예운동자로 자처"[65]한다는 말이 결코 과장이 아니라 할 만했다. 아동문학의 출발기에 매체의 지면은 상당 부분 독자들이 채웠다. 우후죽순 생겨난 잡지의 지면을 메울 작가가 많지 않은 탓도 있었지만, 독자들의 명예욕과 발표욕이 한몫한 까닭도 있다. 우리보다 아동문학의 출발이 빨랐던 일본도 초창기에 독자들의 지면 참여가 많았다. 그런 잡지를 일컬어 도쇼잣시(投書雜誌)라 했는데, 1887년 부인계몽지 『以良都女(いらつめ)』를 시작으로, 1888년 창간된 아동잡지 『少年園(しょうねんえん)』 등이 투고란을 주로 한 잡지였다. 1918년 창간된 『赤い鳥(あかいとり)』는 아동들을 위한 투고란을 마련해, 요다 준이치(与田準一), 쓰보타 조지(坪田讓治), 니이미 난키치(新美南吉), 쓰카하라 겐지로(塚原健二郎), 히라쓰카 다케지(平塚武二) 등의 우수한 신인을 다수 배출하였다.[66]

『아이생활』도 다른 잡지와 마찬가지로 '독자투고'를 독려하고 매호 독자들의 작품을 가려 실었다. 동요·동시는 '어린 가단', 작문은 '어린 문단'이란 이름으로 1930년 1월호까지 독자 작품을 싣다가, '노래'와 '글월', '독자 문예', '동요'(입선동요, 독자동요 등) 등의 이름으로 이어지다가, 일제 말기에 이르러 '동요, 민요, 소패(小唄)'라는 이름으로 바뀌었다.

독자문예란에는 고선자가 있어 작품을 선발하고 '선후감'이란 평가를 남겼다. 고장환(1926년 11월호~1930년 1월호), 전영택(1928년 4월호), 송관범(1928년 4월호, 1929년 2월호), 이은상(1930년 3월호~1930년 7월호), 윤석중(尹石重)(1932년 10월호~1933년 12월호), 박용철(朴龍喆)(1934년 1월호~1937년 7월호 / 10주년 기념 현상당선 작품: 1936년 5월호~6월호), 이헌구(李軒求)(1937년 9월

65    최영택, 「소년문예운동 방지론(2)」, 『중외일보』, 1927. 4. 19.

66    小田切進, 「投書雜誌」, 小学館, 『日本大百科全書(ニッポニカ)』 참조.

호~1940년 3월호), 윤복진(尹福鎭)(1940년 7월호~1943년 1월호), 김영일(金英一)(1943년 7-8월 합호~1943년 9월호), 김성태(金聖泰)(1941년 6월호) 등이 고선자로 활동하였다. 이 기간 외에도 꾸준하게 독자작품이 실렸는데 문면에 고선자의 이름이 밝혀져 있지 않은 것도 많다. 고선자의 '선후감'은 뭉뚱그려 제시되기도 하고 개별 작품에 촌평 형식으로 덧붙여져 있는 경우도 있었다. 고긴빗(高長煥)의 「가단 선후감」(1929.3)과 윤복진의 「선후감」(1940.9-10합호; 1941.4; 1942.1; 1942.5) 등이 보인다. '선후감'이란 독자들의 투고 작품을 고선하고 그 소감을 밝힌 것인데 일종의 비평이다. 고선자는 고선 과정을 통해 미래의 작가를 발굴하게 되고, 독자들은 '선후감'을 보고 작품 창작의 기준으로 삼았을 것이다. 그러나 선후감이 충분하게 제공되지 않았고 따라서 독자들에게 크게 도움이 된 것 같지 않다. 이는 비단 『아이생활』뿐만 아니라 다른 잡지들도 대동소이하다.

'동요작법'은 창작 방법에 목마른 독자, 곧 소년문사들에게 직접 동요 창작의 이론과 실제를 가르쳐주고자 한 것이다. 『아이생활』에는 의령(宜寧) 김태영의 「동요를 쓰실려는 분들의게(전5회)」(1927.10~1928.3)와 광주(光州) 설강학인(雪崗學人=김태오)의 「현대동요 연구(전6회)」(1932.7~12)와 같은 동요작법을 실어 독자들에게 창작의 지침을 주고자 하였다. 메이지(明治)대학을 졸업한 남석종(南夕鍾=南應孫)은 도쿄에 있을 때부터 연재한 '아동문학 강좌'(1934.9~1935.11)를 귀국해서까지 이어갔다.[67] 전체 8회를 연재했는데, '○○란 무엇인가'란 형식으로 '문학', '동요', '아동자유시', '작문', '동화', '동극', '소설' 등을 다룬 문학개론류의 글과, 끝으로 조선의 문사와 문학잡지에 대해 알렸다. 연재를 마치고 바로 이

---

**67** 「거북이신문」(『아이생활』, 1935년 6월호, 41쪽.)에 "금춘(今春) 동경(東京) 명치(明治)대학을 졸업하신 남석종 씨는 지난 4월 20일에 동경서 돌아오시어 (중략) 종차(從此)로 아동문학 강좌에 계속 집필"이라 하였다.

어 「1935년 조선 아동문학 회고-부(附) 과거의 조선 아동문학을 돌봄」(1935.12)을 썼는데, 아동문학의 사적(史的) 전개과정을 개괄적으로 살핀 후 1935년도의 아동문학 활동을 다루었다.

주요한의 '동요월평'(동요감상, 동요작법평)(1930.11~1932.7)은 여러 잡지의 동요 작품을 대상으로 한 비평이다. 소년문사들에게 동요를 이해하게 하고 창작의 일정한 지침이 되었을 것으로 보인다. 홍은성과 김태오는 각각 「조선동요의 당면 임무」와 「동요운동의 당면 임무」(이상 1931.4)를 실어 이론비평으로서 동요의 역할을 점검했다. 홍은성과 김태오는 아동문학 분야에서 왕성한 비평활동을 하던 터라 독자들에게 미친 영향이 컸을 것이다.

좋은 작품을 쓰자면 모범이 될 만한 작품을 많이 읽어야 한다. 박용철(朴龍喆)의 「명작세계동요집 색동저고리」(1932.2~1933.12)는 이러한 관점에서 서구와 일본 작가의 작품을 소개한 것이다. 영국의 로세티(Rossetti, Dante Gabriel), 스티븐슨(Stevenson, Robert Louis Balfour), 블레이크(Blake, William), 데라메어(De la Mare, Walter John), 데이비스(Davis, William Henry), 프랑스의 위고(Hugo, Victor Marie), 라디게(Radiguet, Raymond), 자코브(Jacob, Max), 스피르(Spire, André), 미국의 콩클링(Conkling, Hilda), 러시아의 초르니(Chorny, Sasha) 그리고 일본의 시마키 아카히코(島木赤彦), 스스키다 규킨(薄田泣菫), 사이조 야소(西條八十), 가토 마사오(加藤まさお), 요시다 겐지로(吉田絃二郎), 가네코 미스즈(金子みすゞ), 기타하라 하쿠슈(北原白秋), 지노 마사코(茅野雅子), 모모타 소지(百田宗治), 오가와 미메이(小川未明), 시로토리 세이고(白鳥省吾), 야나기사와 겐(柳澤健) 등의 작품이 소개되었다. 이은상은 「조선 아동문학(전6회)」(1931.8~1932.5)이란 제목으로 이규보(李奎報), 길재(吉再), 진각국사(眞覺國寺), 정몽주(鄭夢周), 안동장씨(安東張氏), 박죽서(朴竹西), 박인로(朴仁老) 등의 작품을 통해 동요의 모습을 찾아 보여주었다. 전래동요에 대해서는 1930년 3월호부터 '옛날 창가'를 투고해 달라고 요청해, 3월호부터 8월호까지 여러 지역의 전래 동요를 게재하였고, 김삼엽(金三葉=강승한)은 '조선 전래동요'(1936.9-10합 호~12)를 2회에 걸쳐 찾아 실었다.

'학생작품 전람회'란 이름으로 학교나 소년문예단체의 작품을 실어 준 것도 독자의 확보와 무관하지 않은 것이다. 소개된 곳은 태화여자관 (泰和女子舘)(1930.11), 평양 숭현(崇賢)여학교(1931.1), 용강(龍岡) 동촌(東村) 영길학원(英吉學院)(1931.2), 평양 숭덕(崇德)학교(1931.4), 함흥(咸興) 중하리 (中荷里) 여자 야학원(1931.5), 화천(華川) 광동학교(光東學校), 평양 창동소 년척후대(倉洞少年斥候隊)(1931.6), 대동군(大同郡) 부산면(斧山面) 중리(中里) 숭봉(崇奉)학원(1931.7), 진남포(鎭南浦) 삼숭(三崇)보통학교(1931.8), 중국 (中國) 훈춘현(琿春縣) 동구(東溝) 동흥진(東興鎭) 동흥학교(東興學校)(1931.9), 홍천(洪川) <농군사(農軍社)>(1931.11) 등이다.

'아가차지'[68](1930.3~1939)난은 김동길(金東吉=날파람=은방울=금잔디=새파 람), 김태오, 이성락(李成洛), 주요섭(餘心=平心=주먹), 한가람(李軒求), 임원 호, 임홍은, 임동은, 반우거, 사월(史越: Sauer, Charles August) 등이 맡았다. '아가차지'는 유년란인데 이는 『어린이』, 『신소년』, 『별나라』에도 '유년 페지'나 '유년독본'이란 이름으로 지면이 할애되었다. 유년 잡지를 따 로 발행하고 소년잡지에는 유년용 글을 싣지 않는 것이 좋겠다는 홍은 성(洪銀星)의 지적이 있었지만[69] 실천되지는 않았다. '유년'이 곧 '소년'이 되므로 미래독자를 위한 잡지 편집으로 생각하면 되겠다.

---

**68** '애기차지', '어린이페지', '아가페지', '아가얘기', '애기얘기', '애기노래', '어린이동화', '유년소설', '애기그림책', '노래·이야기(노래와 이야기)', '유년동요', '유년동화' 등의 이름 이 있다.

**69** 홍은성, 「소년운동의 이론과 실제(2, 3)」, 『중외일보』, 1928. 1. 16~17.

『아이생활』의 독자이자 독자문예란을 채운 필자들의 숫자는 발행 기간만큼이나 많다. 당시 독자문예란에 다투어 투고하던 소년문사들은 일종의 경향성을 찾을 수 있다. 첫째, 제2차 방향전환 이후 『신소년』과 『별나라』에는 주로 계급주의 아동문학을 지향하는 이들이 몰렸다. 당시 계급주의 아동문학은 대세라 할 만해, 방정환이 죽은 뒤 신영철(申瑩澈)이 편집하던 1931년 10월부터 1932년 9월까지는 『어린이』도 계급주의적 경향이 뚜렷하게 나타난다. 『별나라』와 『신소년』을 따르는 소년문사들은 『아이생활』에 작품을 발표하는 것을 두고 "박쥐식 투고"[70] 또는 "박쥐식 프로 아동예술운동자"[71]로 매도하기까지 하였다. 둘째, 기독교의 영향을 받은 독자들은 『아이생활』에 많이 몰렸다. 박헌영(朴憲永)은 선교사들의 포교를 두고 "영토확장의 제국주의의 수족이 되고 자본주의적 국가옹호의 무기"라면서, 조선의 경우 "남조선보다는 북선(北鮮)에 기독교 세력이 근거가 깊흔 현상"[72]이라 하였다. 기독교 선교단체는 '전략적 요충지의 선교기지'로 7 군데를 꼽았는데,[73] 경성, 부산, 대구를 제하면 나머지 4 군데가 평양, 함경남도 원산(元山), 평안북도 선천(宣川), 황해도 재령(載寧) 등으로 모두 '북선'이다. 평양의 숭실(崇實)학교, 숭덕(崇德)학교, 숭의(崇義)여학교와 진남포의 삼숭학교(三崇學校), 원산의 영생(永生)학교, 선천의 신성(信聖)학교, 재령의 명신학교(明新學校) 등은 모두 선교사들이 세운 학교다. 『아이생활』의 독자란에는 이들 학교 출신

---

**70**　박병도, 「(수신국)맹인적 비평은 그만두라」, 『별나라』, 1932년 2-3월 합호, 28쪽.

**71**　호인(虎人), 「아동예술 시평」, 『신소년』, 1932년 8월호, 14쪽. '호인'은 송완순(宋完淳)이다.

**72**　박헌영, 「(반기독교운동에 관하야)역사상으로 본 기독교의 내면」, 『개벽』 제63호, 1925년 11월호, 67쪽과 70쪽.

**73**　Harry A. Rhodes(최재건 역), 『미국 북장로교 한국선교회사』, 연세대학교출판부, 2009, 103~237쪽 참조.

의 소년문사들이 상대적으로 많이 투고하였다. 『아이생활』 독자의 도별 통계를 보면, 경기도(경성)가 가장 많고 다음으로 평남, 평북, 황해도, 경북, 전남, 함남의 순이다.(연감, 18쪽.) 경성과 대구, 전남도 많지만 이는 다른 잡지에도 공통되는 현상이어서, 『아이생활』에 '북선' 지방 소년 문사들이 더 많이 투고하였다는 것은 하나의 특징으로 언급할 만하다. 한국 기독교에서 1907년 1월에 있었던 평양대부흥회는 한국 교회가 질적으로 도약하는 계기를 마련했다고 평가한다.[74] 이는 평양을 위시해 '북선' 지역과 기독교의 밀접한 관계를 읽을 수 있게 한다. 1941년 『아이생활』이 재정적으로 어려움에 처하자 <아이생활후원회>를 결성하자고 주창하고 나선 이세보(李世保)[75]는 함경남도 흥남(興南) 사람인데, 1943년 7-8월 합호에 실린 17명의 후원회원 중 9명이 '북선'(만주 포함) 지역이고, 마지막 호인 1944년 1월호에서 밝힌 후원회의 특별회원[76] 7명은 모두 '북선' 사람이었는데(6쪽), 『아이생활』의 종교적 배경과 무관하지 않다고 봐야 할 것이다.

## 3. 『아이생활』의 민족주의적 측면과 친일의 길

앞에서 살펴보았듯이 『아이생활』은 기독교의 문서선교의 일환으로 발간된 아동 잡지다. 따라서 종교적인 색채의 글이 매호 다수 실렸다. 다

---

74  가스펠서브, 『교회용어 사전』 참조.

75  「우리 면회실」, 『아이생활』, 1941년 4월호, 30쪽.

76  '아이생활후원회'는 처음 연 1원 찬조자를 기준으로 결성하려고 하였으나, 이후 '정회원'과 '특별회원'으로 나누었다. '정회원'은 연 2원 이상, '특별회원'은 연 5원 이상 찬조자를 회원자격으로 하였다.(「우리면회실」, 『아이생활』, 1941년 4월호, 30쪽과, 「아이생활후원회 소식」, 『아이생활』, 1943년 6월호, 7쪽.)

른 한편 『아이생활』에는 조선의 역사, 위인, 한글 등 민족주의적 색채의 글들도 오랜 기간 많이 실렸다.

먼저 권두화(卷頭畵)로 '한배 단군상'을 한 면 전체를 할애해 수록하기도 하였다.(1931년 1월호) 우리 민족의 시조(始祖)인 단군(檀君)에 관한 화보는 당시 엄격한 검열하에서 수록 자체가 쉬운 일이 아니었다. 더구나 1년 전에는 "당국에 뎌촉되는 사건"(1929년 1월호, 43쪽.)이 있어 13쪽이나 삭제당하였는데 여기에 「새해를 맞고 무근해를 도라보면서-한배검님께 대한 나의 참회」가 포함되었던 터라 다시 단군상 수록을 시도하는 것 자체가 일종의 용기를 필요로 하는 것이었다. 이어서 김윤경의 「한글독본 제이과 단군(檀君)」(1931년 2월호, 2~3쪽.)을 실었다. '한배'란 대종교(大倧敎)에서 '단군'을 높여 부르는 말인지라, 기독교의 시각에서만 보면 쉽게 납득할 수 없지만, 조선 민족의 시조라는 관점에서 수록한 것이 아닌가 싶다. 이때 편집인은 정인과였고 주간은 주요섭이었다.

1931년 7월호에는 이순신(李舜臣) 특집도 실었다. 주요섭이 가사(3절)를 붙이고 현제명(玄濟明)이 곡을 붙인 악보 <이순신 어른>」(2~3쪽)과, 「조선을 구원한 이충무공-어른의 무덤이 경매 될 번」(4쪽), 「충무공 리순신의 무덤(사진)」(5쪽), 이광수의 「리순신의 유적을 차자서(거북선, 세계에서 제일 처음 생긴 철갑선 사진)」(6~10쪽), 김윤경의 「충무공 이순신의 인격」(11~21쪽) 등으로 구성하였다. 이광수는 1931년 6월부터 장편소설 『이순신』을 『동아일보』에 연재하기 위해 사전 취재한 「충무공 유적 순례(전 14회)」(『동아일보』, 1931.5.21~6.10)와 「고금도(古今島)에서-충무공 유적순례를 마치고」(1931.6.11)를 실었는데, 위의 글은 아동 잡지에 맞게 윤문한 것이다.[77] 이러한 특집은 예사롭지 않다. 다른 잡지에도 최진순(崔瑨淳)의

---

**77** 최명표, 『『아이생활』 연구」, 『한국아동문학연구』 제24호, 한국아동문학학회, 2013.5,

「단군 조선 이야기」(『어린이』, 1932년 1월호), 고봉(孤峯) 양재응(梁在應)의 「동해수(東海水) 깁흔 물과 이순신 어룬」(『별나라』, 1930년 7월호) 등이 없지 않으나 단발성 기사에 그쳤다. 심지어 『신소년』에는 "지금 살아 잇는 사람도 먹고 살 수가 업서 야단인데 어느 여가에 그런 데다 돈을 쓰고 할 것인가?"라며 이순신 유적 보존을 위해 근로 대중이 돈을 내어서는 안 된다고 주장하는 글을 싣기도 하였다.[78] 반면 『아이생활』은 본격적인 특집 편성을 했다는 점에서 이례적이다. 조선의 어린이들에게 민족의 시조를 알린 점에서 '단군'도 중요하지만, 이순신은 임진왜란 때 우리나라를 지킨 장군에 대해 많은 지면을 할애한 것은 사장이자 편집인 정인과의 민족의식이 반영된 결과라 하겠다.

이어서, 1905년 을사늑약 체결의 부당함을 알리고자 1907년 7월 네덜란드 헤이그에서 열린 만국평화회의에 참석코자 하였으나 여의치 않아 분사한 이준(李儁) 열사의 부인에 관해 강승한(康承翰)이 「고 이준(李儁) 씨 부인 이일정(李一貞) 여사의 일생」(1935년 6월호, 42~43쪽.)을 싣는가 하면, 1935년 12월호에 손기정(孫基禎)의 「마라손 세계기록을 내기까지」(46~47쪽)를, 1936년 9-10월 임시호에는 손기정에 관한 화보[「기뻐하는 손기정 군의 가정」(6쪽), 「텝을 끊는 손 군」(7쪽)]와 정인과의 사설 「마라손 왕 손기정」(10~11쪽), C기자의 「1936년 8월 9일 올림픽대회에 마라손 왕 된 우리 손기정 언니(오빠)-마라손 제패, 1착 손기정, 3착 남승룡 기(記)」(40~45쪽) 등을 싣고 있다. 손기정을 두고 "우리 조선이 낳은 반도의 청년 손기정(孫基禎) 언니"(42쪽)라 하였다. 이 시기에 발간된 『소년』에는 '나

---

19쪽.

**78** 푸로·메스, 「무엇 때문에 이순신 유적보존회에 돈을 내엿느냐」, 『신소년』, 1932년 2월호, 13쪽.

의 소년시대'와 '나의 고학시대'란 특집 중에 여러 사람의 회고 중 하나로 손기정의 글이 실렸을 뿐이다. 『아이생활』은 1936년 12월호에도 사진 화보로 「손기정 언니와 남승룡 언니」(7쪽)를 거듭해 싣고 있다. "세계 마라손 왕 손기정 언니 특집호인 9월호가 통채로 발매정지"[79]가 된 후 9-10월 합호를 임시호로 발행하면서 손기정 특집을 다시 편성했다는 점은 예사로운 일이 아니다. 이순신도 그렇지만, 이준 열사와 손기정은 일제에 대한 반감을 저변에 깔고 있어 연달아 기사나 특집으로 편성하는 것은 편집자의 용기라 할 만하다. 원고를 책으로 매어 도경찰부 고등과와 총독부 경무국 도서과에서 사전 검열을 받고 사후에는 납본까지 해야 해, "그 고통을 말하면 한이 없다."[80]고 할 지경의 혹독한 검열제도가 있었기 때문이다.

한글에 대한 관심도 적지 않다. 『어린이』에는 신명균(申明均)의 한글맞춤법 등 한글 관련 글이 다수 실렸고, 『별나라』에는 <조선어학회> 김병제(金炳濟)의 「우리말과 글」이 연재되었으며, 『신소년』에는 신명균의 「조선어 강좌」가 연재되었다. 『아이생활』에는 이윤재의 한글 독본 연재와 한글맞춤법 관련 글, '한글 목사'란 별명이 붙었던 강병주(白南)의 「한글받침법」 연재, 「한글 원고 쓰는 법」 그리고 설인(雪人)의 「(한글강

---

**79** 정인과, 「(사설)본지 창간 11주년을 맞으면서」, 『아이생활』, 1937년 3월호, 27쪽.
「아이생활 9월호 압수」(『매일신보』, 1936.9.3) "9월 1일 발행인 『아이생활』 제11권 제9호 9월호는 사정에 의하야 당국으로부터 압수처분을 밧은 바 9월 림시호와 10월호를 합하야 느저도 9월 하순에 곳 발행되도록 동사 간부에서는 편즙 준비에 분주한 중이다."

**80** 일기자, 「(상식)잡지가 한번 나오자면-이러한 길을 밟어야 한다」, 『신소년』, 1933년 8월호, 40쪽.
경무국 고등경찰과 도서계가 맡고 있던 총독부 검열 업무는 1926년 4월 도서과가 설치되어 식민지 출판물에 대한 검열이 체계화되었다. 정근식·최경희, 「도서과의 설치와 일제 식민지출판경찰의 체계화」, 검열연구회 편, 『식민지 검열』, 소명출판, 2011, 64~136쪽 참조.

좌)표준철자 바로쓰기」 등이 연재되었다. 김윤경의 「우리 활자의 내력」
(1929년 3월호)과 「(조선역사독본)훈민정음」도 한글의 우수성을 알리려는
노력의 일환이었다.

이 외에도 김윤경의 '조선 역사 독본'이란 제목 아래 우리 역사에 대
해 44가지 주제로 60회가 넘는 연재(1931년 1월호~1937년 5월호)를 하여 어
린이들에게 조선의 역사를 알리려 애썼다. 단군에서부터 아관파천에 이
르기까지 역사적으로 주요한 항목을 망라하였는데, 이 가운데 임진왜
란, 을미사변(3회), 아관파천 등은 일본의 입장에서 껄끄러운 것임에도
수록하였다. 유광렬(柳光烈)은 우리 역사와 야사에서 찾은 우리 민족의
정서를 알리려고 노력하였는데, 그중 「행주산성의 하루놀이」(1932년 8월
호), 「민중의 사절, 안용복(安龍福)의 활약」(1932년 9월호~12월호), 「풍신수
길의 죽음」(1933년 5월호), 「천강 홍의대장 곽재우(郭再祐)」(1934년 9월호),
「바위가 업고 가서 일본왕이 된 연오랑-원래 신라사람으로」(1934년 11월
호) 등은 일제의 시각에서 볼 때 편치 않은 내용이 포함되어 있음에도 오
랜 시간 연재하여 어린이들의 민족 정서를 일깨웠다고 하겠다. 역사와
인물을 통해 은연중 민족의식을 일깨우려는 노력은 여기서 그치지 않았
다. 정병순(鄭炳淳)은 「조선사개관(전13회)」(1926년 11월호~1927년 12월호)을
연재하였고, 정신(貞信)여학교 교사 김원근(金瑗根)은 단오, 세시(歲時)뿐
만 아니라 '이달의 선인(先人)' 또는 '유년 천재'라는 주제로 김시습(金時
習), 사임당(師任堂) 신씨, 박엽(朴燁), 이항복(李恒福), 길재(吉再), 김효성(金
孝誠), 유형원(柳馨遠), 신항(申沆), 황희(黃喜), 정엽(鄭碟), 신계화(申啓華),
김정(金淨), 김계휘(金繼輝), 양예수(楊禮壽), 이해룡(李海龍) 등 우리나라의
뛰어난 인물을 살펴봄으로써 식민지 조선 어린이들의 기개를 드높이려
고 노력하였다. 중앙(中央)고보 이윤재도 서경덕(徐敬德), 김덕령(金德齡),
허생원 등의 이야기를 '한글독본' 형식으로 연재(1929년 1월호~12월호)하

였고, 「조선 지리독본」(1934년 1월호~9월호)을 통해 조선 땅에 대한 정보를 제공하였으며, 한글학자로서 「한글맞춤법」(1934년 1월호)을 알리려고 한 것도 민족의식의 발로라고 할 것이다.

잡지에 나타난 이러한 모습은 정인과의 민족주의 사상과 무관하지 않다. 안창호의 <흥사단>과 <수양동우회> 정신에다, 1928년 예루살렘 국제선교대회에서 "각국의 기독교가 독립적 자주정신을 고조하도록 한 것"[81]과 자신의 민족주의에 대한 이해가 부합하였고, 1932년 자신이 조선 대표로 참석한 제11회 세계주일학교대회(리우데자네이루)에서 논의된 기독교 민족주의 사상이 결합한 것으로 보인다.[82] 그러나 『아이생활』이 『어린이』나 『신소년』, 『별나라』 등에서 볼 수 있는 식민지 민족 현실을 담아낸 작품을 수록했는가 하는 질문 앞에서 떳떳하지 못한 것은 분명하다. 기독교가 가진 국제사회의 연대와 그들의 대리인인 선교사들이 어느 정도 뒷배를 봐준 데다[83] 정인과 등의 기독교 민족주의 사상이 결합하였지만, 민족 모순과 계급 모순이 중첩된 식민지 현실에 눈을 감은 것은 분명한 사실이다.

민족주의적 색채가 상당했던 『아이생활』은 일제 말기로 접어들면서 노골적인 친일 색채가 잡지 문면에 그대로 드러나게 된다. 그 배경은 두 가지로 나누어 볼 수 있다. 하나는 일련의 황민화정책이 이어지면서 조선을 전시동원 체제에 편입하고자 한 일제 총독부의 출판물에 대한 압박 때문이다. 다른 하나는 『아이생활』을 주관했던 사장 정인과와 편집자 한석원 그리고 이사장 장홍범이 변절하여 친일 행각을 보이는 것과

81  최봉칙, 「정인과론」, 『사해공론』 제2권 제6호, 1936년 6월호, 131쪽.

82  최영근, 「정인과의 기독교 민족주의 연구」, 『교회사학』 제9권 제1호, 한국기독교회사학회, 2010, 129~160쪽 참조.

83  위의 글, 150쪽.

관련된다.[84] 『아이생활』 발행에 가장 영향력이 컸던 정인과를 보자. 그는 1919년 미국 유학을 마치고 안창호(安昌浩)를 수행해 상해 임시정부로 가 의정원 의원, 교통위원장에 피선되고, 외무차장에 발탁되기에 이른다. 1920년 임정을 떠나 다시 미국 유학을 마치고 1924년 11월 말경 귀국하게 된다. 이보다 앞서 1913년에는 안창호가 조직한 <흥사단>에 가입하였고 이후 <수양동우회> 활동으로 이어진다.[85] <수양동우회> 사건 후 동우회원들이 성명서를 발표하고 사상전향자의 단체인 <대동민우회(大同民友會)>에 가입할 때도,[86] 1938년 12월 조선 기독교 대표들이 이세신궁(伊勢神宮)을 참배할 때와 1939년 8월 <국민정신총동원조선예수교연맹> 결성식에도 정인과는 참석하지 않았지만,[87] <동우회> 사건 재판 도중 변절하고 친일의 길로 나아간다.[88] 수많은 사설을 쓰고, 몇 편

---

84   기독교 교단의 관점에서 『아이생활』 편집진의 친일을 살핀 박영지의 논문을 참조할 수 있다. 「태평양 전쟁기 『아이생활』의 친일 변화 과정에 대한 연구-기독교 교단과 『아이생활』 편집진의 전향을 중심으로」(『아동청소년문학연구』 제26호, 2020.6)

85   민경배, 『정인과와 그 시대』, 한국교회사학연구원, 2002, 5~22쪽 참조.
「'수양동우' 사건 확대, 이광수 등 7명을 인치-취조에 따라 검거는 광범위」(『동아일보』 1937.6.9)에 따르면, 조선장로교종교교육부 총무 정인과에게 미국 선교부 명의로 거액의 돈을 부쳐 오게 되자 종로경찰서에서 선교비가 아니라 "미국에 거주하는 조선인 단체에서 모종의 목적으로 부친 것이라는 혐의"로 정인과와 <전조선면려청년회> 총무 이대위를 검거하고 이어 이광수, 박현환(朴玄環), 김윤경, 신윤국(申允局), 한승인(韓昇寅) 등을 취조하였는데, 이들이 모두 <수양동우회>의 중요 멤버라 사건이 확대될 것이라 하였다.

86   「원(元) 동우회원 등 성명서를 발표」(『조선일보』 1938.7.2)에 18명의 성명서 참가자가 나오는데, 그중 『아이생활』 지면에 자주 이름이 등장했던 사람은 갈홍기(葛弘基), 김여식, 김여제(金輿濟), 전영택, 이묘묵, 박태화(朴泰華), 최봉칙, 현제명, 홍난파(洪蘭坡) 등이다.

87   민경배, 앞의 책, 167~170쪽 참조. 실제는 구속 중이라 참석할 수 없었다고 해야 맞다. (박영지, 「태평양 전쟁기 『아이생활』의 친일 변화 과정에 대한 연구」, 273쪽.)

88   김희만, 「정인과」, 『한국민족문화대백과사전』, 한국학중앙연구원 참조.

의 동화를 썼지만 특별히 친일적인 내용을 담은 적이 없던 정인과는 『아이생활』 지면에서 볼 수 있는 마지막 짧은 글 「이해도 저물어 갑니다」(1940.12)와 더불어 민족의식도 저물어 결국 "유다의 직계"[89]로 전락해 갔다. "새로운 체재 밑"에서 국가를 위해 충성을 다할 수 있도록 씩씩하게 자라나 "해군이면 동향대장같이 영웅이면 이등 공과 같이 훌륭한 인물"이 되라는 당부의 내용이다. '동향'은 해군 대장 도고 헤이하치로(東鄕平八郎)를, '이등 공'은 이토 히로부미(伊藤博文)를 가리킨다. 이 시기 목사 정인과의 모습은 다음 글에서 확인할 수 있다.

> (1) 근본적 개혁의 제일성 - 국가비상시국에 대처한 장로회총회는 이 비국체적(非國體的)인 구미(歐米) 의존주의에서 이탈하야 일본적 기독교 건설의 제일보로 사변초 국체명징(國體明徵)의 운동으로 신사참배(神社參拜)의 정신을 고조할 시에 총회 하에 잇는 지방노회에 싸라 혹여 문제가 잇섯슴으로 소화(昭和) 13년 9월 제27회 평양에서 열린 총회석상에서 국민으로 신사참배에 나아감은 당연한 의무인 동시에 신경(信經)에 타당한 경구를 설명하야 만장일치로 신사참배를 결의하엿고 그 익년 소화 14년 9월 신의주(新義州)에서 열린 제28에 총회석상에서는 <국민정신총동원 조선야소교장로회총회연맹> 결성식을 거행하고 포교사무와 병(竝)히 상설 사무소를 경성(京城)에 치(置)하야 총회하에 잇는 26노회연맹 조직의 지령을 발(發)하고 동시에 각 노회하에 40만 신도를 포괄한 3천여 세

---

**89** 고원섭 편, 「'(유다'의 제자인 친일 목사들)'유다'의 직계 정인과」, 『반민자 죄상기』, 백엽문화사, 1949, 131~133쪽.

포교회에 애국반(愛國班)을 조직케 하엿다.[90] (밑줄 필자)

    종교적으로는 신사참배와 일본적 기독교라는 일제의 요구에 굴복하였고, 그 앞잡이 역할을 한 단체를 결성하였을 뿐만 아니라, 전시체제하에서 조선인의 생활을 감시·통제하기 위해 만든 '애국반' 조직에 신도들을 내몰았다. 「사장의 3의자」(1935.6, 39쪽.)에는 정인과가 아이생활사 사장, 종교시보사 사장, 장로회총회종교교육부 총무로 기독교계의 중책을 도맡고 있음을 보여준다. 모자가 크면 앞이 안 보이는 법이다. 권한이 큰 만큼 일제의 회유와 압박 또한 더불어 컸을 것이다. 정인과의 친일을 두고 장로교총회를 수호하기 위한 것이었다는 평가가 있다.[91] 하나 일제 말기의 『아이생활』을 두고 보면 지키고자 했던 하나님마저 사라지고 "종교화된 군국주의 국가권력"[92]의 구호가 난무하고 있는 것을 발견할 수 있다.

    정인과 등의 변절과 조선총독부의 압박이 『아이생활』에 어떻게 영향을 끼치고 있는지 살펴보자. 1938년 3월호는 『아이생활』의 창간 12주년 기념호이다. '간부의 면영'이라 하여 사진을 실었는데, 사장인 정인과가 포함된 것은 당연한 일이었다. 이 시기에 정인과는 <수양동우회> 사건으로 기소되어 재판을 받고 있었다. 이를 빌미로 1938년 경성종로경찰서장이 경기도경찰부장에게 「잡지 아이생활사에 관한 건」(1938.5.3)과 「기독교 잡지 아이생활의 동정에 관한 건」(1938.7.1)을 보고

---

**90** 덕천인과(德川仁果), 「(종교계의 임전체제 5)일본적 기독교로서-익찬일로(翼贊一路)의 신출발(2)」, 『매일신보』, 1941.9.4. '덕천인과'는 정인과의 창씨명이다.

**91** 민경배, 앞의 책, 172~194쪽 참조.

**92** 최영근, 앞의 글, 150쪽.

하였다.[93] 전자는 1937년 5월 <수양동우회> 사건에 연루된 정인과, 주간 전영택, 이윤재 등이 예심에 계류되어 있는데도 정인과를 발행인으로 경영하고 있어 경고한즉 편법으로 미국인 안대선을 발행인으로 하여 속간 중인데[94] 1938년 3월 12주년 기념호에 사장 정인과, 이윤재, 전영택 등의 사진을 게재한 점을 발견하고 현재 책임자인 주간 강병주와 최봉칙, 임홍은을 취조하였다는 내용이다. 조사 결과 강병주는 실제 관여하지 않아 석방하고 최봉칙과 임홍은(林鴻恩)은 민족주의 의식이 농후해 이들을 계속 취조하고 있다는 것을 보고하고 있다. 후자는 전자와 같은 사정으로 민족의식이 농후한 잡지를 폐지하도록 할 예정이며, 저번부터 기독교의 일본화 운동에 헌신적 노력을 하고 있는 장홍범과 김우현(金禹鉉)에게 장차 황국신민의 본분에 맞게 경영하도록 편집방침을 개선하게 하였다는 것이다. 그러면서 1938년 7월호 권두에 '황국신민의 서사'와 일본 국가(國歌)인 '기미가요(君ガ代)', 중국 북부〔北支〕에 있는 황군(皇軍) 사진 또는 군신(軍神) 노기 대장(乃木大將)의 전기 등을 실어 전체적으로 면목을 일신하도록 하였다는 내용이다.

1938년 6-7월 합호에는 위에서 말한 내용이 고스란히 반영되어 있다. 표지 다음 장에 '皇國臣民ノ誓詞(1), (2)'가 게시되고 일본어 발음을 한글로 후리가나(振り仮名)처럼 달아놓았다. '황국신민의 서사'는 이때 『아이생활』 지면에 처음 실렸고, 이후 1939년 1월호부터 매호마다 실리

---

**93** 「思想에 關한 情報9 雜誌子供ノ生活社ニ關スル件」(京城鍾路警察署長, 1938.5.3)과 「思想에 關한 情報9 基督敎雜誌兒童生活ノ動靜ニ關スル件」(京城鍾路警察署長, 1938.7.1) 한국사데이터베이스 참조.

**94** 판권지를 보면, 1937년 6월호까지 발행인은 허대전이고 7월호부터 안대선이 발행인을 맡고 있다. 정인과는 편집인이었는데 1938년 3월호부터 강병주로 바뀌었다. 정인과를 발행인이라 한 일제 당국의 문서는 『아이생활』이 실질적으로 정인과 체제임을 방증하는 것이라 하겠다.

게 된다.[95] 두 쪽의 목차 다음에 하야시 히로모리(林廣守)가 작곡한 악보와 함께 '기미가요'를, 그다음 장에 '질거운 점심밥'이란 제목으로 들판에 앉아 점심을 먹는 황군 사진을 싣고 있다. '사장 장홍범'의 「아이 주일을 맞어」라는 '머리말'에는 천황폐하가 미성년 금연금주법을 실시하였으니 "찬송하고 감사하며 만세를 불를 일"(9쪽)이라는 내용의 찬양이 들어 있다.

1939년에 접어들면서부터 『아이생활』 신년호는 일제 당국의 총후(銃後) 체제에 발맞춰 노골적인 친일의 색채를 지면에 반영한다. '聖壽萬歲 天皇陛下, 皇太子殿下, 皇后陛下'라 하여 사진을 싣고 그 밑에 '황국신민의 서사(1, 2)'를 게재하였다. 이뿐만 아니라 주간 임원호(任元鎬)의 「(사설)총후의 신년」을 첫머리에 싣고 있다. 이어 주간(최봉칙)의 「기원절(紀元節)」과 「총후에 피는 꽃」(이상 1939.2), 황군 위문, 헌금〔赤誠〕, 지원병에 관한 글이 매호 등장한다. Y기자의 「겁 많고 데생긴 적기(敵機)야 똑바로 덤벼라-난주(蘭州)를 드리친 청산군조(靑山軍曹)의 일기」(1939.4), 「손가락을 뎅겅 잘라 혈서로 지원병 자원」(1939.5), 「(지나사변 진충미담)적기(敵機)를 게다로 차버려」(1939.8) 등 일제의 지원병 제도에 발맞추고 전쟁 미담으로 지면을 채우기 시작하였다. 1940년에 접어들면 이러한 편집 기조는 더욱 노골화하고 분량도 많아진다. 전 주간 최봉칙은 「새날의 당부」(1940.1)에서 이른바 '대동아공영권'을 앞장서 부르짖으며, 일본의 중국 침략을 정당화하고 있다. 무공이 뛰어난 군인에게 수여되는 긴시 훈장을 앞세워 지원병을 부추기는 '편집실'의 「(충국미담)긴시훈장(金鵄勳章)은 애아(愛兒)에게」, 「(전선미담)육탄, 적진을 점령하고 만세를 부르

---

**95** '皇國臣民ノ誓詞'는 1937년 10월부터 강요되었는데, YMCA 월간지 『청년』은 1937년 11월호부터, 『기독신문』은 1938. 8. 16일 자부터 싣기 시작하였다.

짖는 지원병, 허 일병의 씩씩한 무훈」, 각종 소식을 전하는 '애국소신문' 난에는 황군에게 보내는 위문대(慰問袋), 지원병이 되기 위해 혈서를 쓴 소년공, 헌금 이야기로 도배가 된다. '성전에 바친 두 몸!', '장(張) 통역의 빛나는 전사', '통역 부인의 장렬한 최후', '충칭(重慶) 공습', '황군 유족 위안', '국민총력' 등 온통 전선(戰線)의 소식을 전함으로써 아동잡지의 독자들에게 총후의 자세를 요구하는 내용 일변도다. 잡지의 군데군데에 '전시 국민생활 강조'를 실었는데 그 내용을 보면, '생활 쇄신, 물자절약, 저축실행, 방공·방첩, 근로봉사, 건강장려' 등을 강조하는 것이고, 또 '총후보국 강조'도 매호 빠짐없이 싣고 있는데 그 내용은 '총력실천, 물자절약, 저축실행, 아침의 요배(遙拜), 정오의 묵도(默禱)'이다. 식민지 조선의 제2세 국민(소국민)에게 총후보국을 강조하고 천황을 향해 요배와 묵도를 하도록 요구하였다.

> 총후라는 말은 넓이 씌워져서 그 뜻을 모르는 사람이 하나도 없게 되었습니다. 처음에는 제일선에서 싸우는 병정들이 뒤에 있는 부대의 전우들을 '총후의 사람'들이라고 불러왔었지만 지금은 국민 전체를 '총후의 사람'이라고 불르게 되었습니다. 즉 <u>전쟁이란 병정들만이 하는 것이 아니라 우리 국민 전체가 하는 것</u>이라는 것을 알게 한 것입니다.[96] (밑줄 필자)

본래 '총후'는 '전선'의 상대어지만 '전쟁이란 병정들만이 하는 것이 아니라 우리 국민 전체가 하는 것'이란 말에서 보듯, 전후방이 따로 없고 전 국가와 전 국민을 전쟁 체제에 편입하고자 한 것이다. 「황군 장병

---

**96**　「(시국뉴스)총후」, 『아이생활』, 1940년 7월호, 5쪽.

께 감사를 들임」과 「지원병의 각오」(이상 1941.1), 「동전을 바치라-육군
기념일에 1전 헌금 운동」(1941.3)과 같이 지원병과 헌금을 독려하였다.

1941년에 접어들면서 전시하에서 국민을 결집하고 동원하기 위한
목적성 노래가 실리기 시작한다. 그간 『아이생활』에는 다른 잡지와 마
찬가지로 동요에 곡보(曲譜)를 붙여 수록하였으나, 이 시기부터는 사라
지고 선동적 노래로 대체된다.

<국민총력조선연맹>이 추천하고 시인 사토 소노스케(佐藤總之助)
가 작사한 <애국반의 노래(愛國班の唄)>(1941.4)가 시작이다. <국민총력
조선연맹>은 <대정익찬회(大政翼贊會)>의 조선판이다. <대정익찬회>
는 1940년 10월부터 고노에 후미마로(近衛文麿) 내각의 신체제운동(新
體制運動) 추진을 목표로 한 전체주의적 관제 국민 통합 조직이다.[97] 조선
의 경우 정치적 권리가 부재하므로 '대정익찬회 조선지부'가 아닌 <국
민총력조선연맹>이 된 것이다. 1938년 7월 7일 <국민정신총동원조선연
맹>(국민총력조선연맹의 전신)이 조직되면서 식민지 조선인을 감시 통제하고
대륙침략에 조직적으로 동원하기 위해 만든 것이 '애국반(愛國班)'이다. 아
동청소년에게 주입하는 도구로 『아이생활』이 동원되었음에도 이 노래만
으로 부족했던지 시국독본으로 「애국반」(1941.9-10 합호)을 다시 싣고 있다.
<우미유카바(海行カバ)>(1941.6)는 『만요슈(萬葉集)』의 일절로 1937년 노부
토키 기요시(信時潔)가 작곡한 노래인데, 당초 비상시 국민의 자각을 바라
는 의도였으나 태평양전쟁 말기에는 '옥쇄'나 전사자의 소식을 전하는 뉴
스의 테마음악으로 사용되어 조가(弔歌)의 색채가 있는 것이었다.[98] 이 외
에도 노리스기 요시히사(乘杉嘉壽)가 작사한 <국기게양의 노래(國旗揭揚の

---

97　木坂順一郎, 「大政翼贊會」, 『日本大百科全書(ニッポニカ)』, 小学館 참조.

98　小川乃倫子, 「信時潔」, 『日本大百科全書(ニッポニカ)』, 小学館 참조.

歌)>(1941.7-8 합호), <출정병사를 보내는 노래(出征兵士を送る歌)>(1942.1), 해군군악대가 작곡한 <대동아 결전의 노래(大東亞決戰の歌)>(1942.1), <대정익찬회>·<대일본흥아동맹>이 짓고 <일본방송협회>가 선정한 <흥아대행진곡 아시아의 힘(興亞大行進曲 アジアの力)>(1942.3), <대정익찬회>가 제정한 <대조봉대일의 노래(大詔奉戴日の歌)>(1942.5), 청소년들의 전쟁 수행 국책을 목적으로 결성된 <대일본청소년단(大日本靑少年團)>[99]이 제정한 <세기의 젊은이(世紀の若人)>(1942.6)와 <대일본청소년단가(大日本靑少年團歌)>(1943.3), 육군성 선정 노래 <태평양행진곡(太平洋行進曲)>(1942.7), 군사보호원·육군성·해군성이 제정한 <국민진군가(國民進軍歌)>(1942.8)와 <소국민 진군가(少國民進軍歌)>(1943.1), <우리 소년대(わが少年隊)>, <개선(凱旋)>(이상 1942.9), <지켜라, 넓은 하늘(護れ大空)>(1942.10), 문부성이 검정한 <소국민 애국가(少國民愛國歌)>(1943.3) 등이 더 있다. 이와 같은 노래는 특별한 의식을 위해 단체가 부르는 형식인데, 단합, 분발, 세뇌를 노리고 전시 동원 체제를 다잡기 위해 국책(國策)으로 보급했던 것을 『아이생활』이 고스란히 따라야 했던 것이다.

1942년 1월 2일 내각총리대신 도조 히데키(東條英機)는 "대동아전쟁(大東亞戰爭) 종국(終局)의 목적완수에 정신(挺身)하야써 성지(聖旨)에 봉응(奉應)"[100]하라는 요지의 '내각 고유(內閣告諭)'를 발표하면서 1939년 9월 1일부터 시행했던 흥아봉공일(興亞奉公日)을 폐지하고 1942년부터 매달 8일 대조봉대일(大詔奉戴日)을 실시하게 하였다. <국민총력조선연

---

**99** 1931년 1월, <대일본연합청년단(大日本連合青年団)>, <대일본연합여자청년단(大日本連合女子青年団)>, <대일본소년단연맹(大日本少年団連盟)>, <제국소년단협회(帝国少年団協会)> 등 4개 단체를 통합하여 문부대신의 통할하에 둔 단체다. 『ブリタニカ国際大百科事典 小項目事典』 참조.

**100** 「내각고유 발포」, 『매일신보』 1942.1.3.

맹>에서 제정한 '대조봉대일 운영에 관한 건'을 보면, 국민총력의 노래 또는 애국반의 노래 방송, 국기 게양, 국가(기미가요) 합창, 궁성요배, 묵도, 강화(講和) 방송, 황국신민의 서사 제송(齊頌), 만세봉창 등의 순서로 이어진다. 국책 기념일을 만들어 강조하는 것은 천황과 황실을 떠받들어야 전시 동원 체제라는 국가 파시즘의 수행에 도움이 된다고 보았던 것이다. 1940년 총력전 체제를 부르짖으며 고노에 후미마로 내각은 '신체제운동'을 추진하기 위해 <대정익찬회>를 조직하였고, 조선에는 그에 상응하는 <국민총력조선연맹(國民總力朝鮮聯盟)>을 두었다. 이에 발맞춰 『아이생활』에는 「신체제란 무엇인가」(1941.7-8 합호)와 같은 논설을 실었던 것이다. 전쟁을 위한 국민총동원이란 국책을 위해 이 시기의 『아이생활』은 도조 히데키 총리의 「훌륭한 일본인이 되어라-대전하의 전국 소년소녀에게(よい日本人たれ-大戦下の全國少年少女諸君へ)」(1942.1)를 싣고, 미나미 지로(南次郎) 총독의 「天地의 恩, 父母의 恩: 軍神九柱의 公表를 읽고서」[101](1942.6)와 같은 자살특공대를 찬양하는 글로 지면을 장식하는 것이 전혀 놀라운 것이 아니었다.

사이토 류(齋藤瀏)의 시 「군신을 배례하다(軍神を拜す)」(1942.6), 해군대장 야마모토 에이스케(山本英輔)의 「5월 27일은 해군 기념일, 러일전쟁과 도고 원수(五月二十七日は海軍紀念日, 日露戰爭と東鄕元帥)」(1943.4-5월 합호), 아베 스에오(安倍季雄)의 「(감격실화)일등병의 순사(一等卒の殉死)」와 「3 원수(元帥) 약력: 나가노(永野) 원수, 데라우치(寺內) 원수, 스기야마(杉

---

**101** 미나미 지로 총독의 글은 한글로 되어 있는데, 아마도 내용 전달에 방점을 둔 것으로 보인다. '軍神九柱'는 1941년 12월 8일 진주만 공격에 참가한 일본 해군의 특수잠항정 5척의 승조원으로 전사한 9명의 해군 군인을 가리킨다. 미나미 지로는 "진주만의 옥(玉)으로 쇄신보국한 군신구주(軍神九柱)는 다 효자"였고, "이같이 나라의 은혜를 몸에 깊이 색이고 천지의 은혜를 깨다러서 장렬무비의 전사(戰死)까지 힘써 할 것"(9쪽)이라며 이른바 '자살특공대'의 행동을 찬양·선동하였다.

山) 원수」(이상 1943.7-8 합호) 등 군인과 작가들의 글이 줄을 잇는다.

여기에 동조하는 조선인의 글이 없을 리 없었다. 1940년 11월호부터 "본지 발전의 재출발"[102] 기대를 받고 옛 주간 한석원이 편집 겸 발행인으로 오게 되었다. 주간 한석원(큰샘)은 「(대동아전쟁중에) 새봄을 맞으며-반도소년소녀들에게」(1942.1), 「대조봉대일」(1942.3), 징병제에 맞춰 쓴 「육군 장교가 되는 길」(1942.9), 「일진함상(日進艦上)의 피로 물드린 가포(歌布)-야마모토 제독(山本提督)의 청년시대」(1942.10), 「노기 장군과 영식(令息)의 전사」(1942.11), 「봉축 기원절」(1943.2), 「봉축 천장절(天長節)」(1943.4-5 합호), 「아 야마모토 원수(噫 山本元帥)」(1943.6), 「육군 기념일: 러일전쟁(日露戰爭)의 성업(聖業)을 다시 추모」(1943.3)와 같은 논설을 여럿 썼다. 1943년 12월에는 창씨명 '西原錫源' 명의로 「송년사(送年の辭)」를 일본어로 썼는데, "본사는 새해에도 이 위대한 국가의 목적에 따르며 또한 내선일체의 전면구현에 익찬하여 반도인의 완전한 황민화에 한결같은 마음으로 매진할 각오"[103]라며 일제의 민족말살 정책에 적극 동조하였다. 건국기념일인 기겐세쓰(紀元節), 천황 탄생일 덴초세쓰(天長節)를 받들어 축하하고, 전국민을 통합 관리하기 위해 제정한 대조봉대일을 알리고 군신을 찬양하는 데 앞장섰다. 군신은 큰 무공을 세우고 전사한 군인의 존칭이다. 군인의 무훈에 서사를 덧입혀 신으로 추앙하면서 국민들을 전시 체제에 동원하려고 한 것이다. 노기 마레스케(乃木希典)는 러일전쟁에서 활약한 육군 장군인데 자신을 신임하던 메이지(明治) 천황이 죽자 장례일에 자택에서 부인과 함께 자결한 인물이다. 도고 헤이

---

102 사장 정인과, 「(사설)본지 발전의 재출발-옛 주간 한석원 씨를 재영(再迎)하면서」, 『아이생활』, 1940년 11월호, 7쪽.

103 主幹 西原錫源, 「(社說)送年の辭」, 『아이생활』, 1943년 12월호, 3쪽.

하치로(東鄕平八郎)는 러시아 발틱함대를 쓰시마 섬(對馬島) 인근에서 격퇴하여 러일전쟁에서 일본의 승리를 결정한 해군 대장이다. 둘은 "해군의 도고, 육군의 노기(海軍の東鄕, 陸軍の乃木)"[104]라고 불릴 정도로 당시 일본군의 최고봉으로 일컬어졌다. 나가노 오사미(永野修身)는 야마모토 이소로쿠(山本五十六)와 함께 태평양전쟁 당시 진주만 공습을 함께 했고, 데라우치 마사다케(寺內正毅)는 청일전쟁 때 무공을 세운 후 조선총독이 되어 무단정치를 시행한 인물이며, 스기야마 하지메(杉山元)는 중일전쟁을 전면화하고 태평양전쟁을 개시한 인물이다. 야마모토 이소로쿠는 1943년 4월 솔로몬제도 상공에서 비행기 격추로 전사한 인물인데 실시간이다시피 『아이생활』 지면에 오른 것이다.[105]

시국에 발맞춰 잡지 편집방향이 정해지자 수록 작품도 거기에 영합하는 친일적인 내용이 많았다. 원고모집을 할 때 "작품은 시국에 순응하야 건재명랑(健在明朗)하야 할 것"[106]이란 주의가 붙었다. 대표적인 작품을 골라 보면, 김영일(金英一)의 시 「나아가자 반도소년아」(1942.9), 「애국기 소국민호」(1942.12), 장시욱(張時郁)의 시 「대일본의 소년」[107](1943.1),

---

**104**  「乃木希典」, 『ブリタニカ国際大百科事典 小項目事典』 참조.

**105**  윤춘병의 「한국 교회 기독교교육의 개척자 한석원 목사」(『교육교회』 제151권, 장로회신학대학교 기독교교육연구원, 1988)는 한석원의 친일 행각에 대해서는 일절 언급이 없다.

**106**  「소국민문단' 원고모집」, 『아이생활』 1943년 9월호, 36쪽.

**107**  이 시는 김영일(金英一)의 시로 표기되어 있으나, "(正誤)신년호 3혈(頁)에 「대일본의 소년」의 작자는 장시욱(張時郁) 씨임을 정오(正誤)합니다. 편집부 백"(『아이생활』 제18권 제3호, 1943년 3월호, 34쪽.)이라 하여 작자가 장시욱임을 밝혔다. 김화선의 「대동아공영권의 전쟁동원론과 병사의 탄생—일제말기 친일 아동문학 작품을 중심으로」(『인문학연구』 제31권 제2호, 충남대학교인문과학연구소, 2004.12, 23~24쪽.)와 박금숙의 「일제강점기 아이생활의 이중어 기능 양상 연구—1941~1944년 아이생활을 중심으로」(『동화와번역』 제30호, 건국대학교 동화와번역연구소, 2015.12, 137쪽.) 그리고 『친일인명사전 1』 '김영일'(488쪽) 항에도 김영일의 작품으로 오인하였다.

향촌훈(香村薰)의 「태양이 말하기를: 대동아전쟁 필승」(1943.3)과 시, 「바다야! 물새야!: 야마모토 이소로쿠 대장 영령(山本五十六大將 榮靈) 앞에」(1943.7-8 합호)와 동화 「할미꽃」(1943.7-8합호, 10), 남부웅(南富雄)의 동화 「비행기」(1943.7-8합호), 함처식(咸處植)의 동화 「울지 않는 눈사람」과 장동근(大河東根)의 「(아동극)옵바가 출정하신 뒤(1막): 대동아 선전 제2년을 축(祝)하며」(이상 1943.3), 최병화(朝山秉和)의 동화 「꿈에 보는 얼굴(夢に見る顏)」[108](1943.10, 12), 임인수(林仁洙)의 동화 「가을하늘」, 이종성(國本鍾星)의 「군가가 울리는 거리(軍歌の鳴る街)」, 김산정부(金山政夫)의 「지원병(志願兵)」(이상 1943.11), 아동휘(亞東輝)의 「나가자-제2주년 대조봉대일의 아침(進ぬ-第二週年大詔奉戴日の朝)」(1943.12), 천성촌(天城村)의 「해군(海軍)」(1944.1), 송창일(宋昌一)의 「소국민훈화」(1942.3~11) 등 셀 수 없이 많다. 송창일은 연재물을 묶어 『소국민훈화집』이란 단행본으로 발간하였는데, 아이생활사 주간 한석원이 서문(序)을 써 "대동아전쟁하의 소국민"[109]을 만드는 데 큰 역할을 해 주기를 바란다고 하였다. '영부야!'라며 자신의 아들을 호명해 훈화를 하는 식인데, 『아이생활』 지면에만도 임영빈, 임

---

**108** 이 작품은 「꿈에 보는 얼굴(전4회)(미완)」(『소년』, 1940년 9월호~12월호)을 일본어로 바꾸면서 등장인물의 이름과 내용도 상당 부분 고쳤다. 작품 중에 '내선일체', '징병제', '황민화' 등을 강조하고 있다.

**109** 송창일, 『소국민훈화집』, 아이생활사, 1943, 1쪽.
아이생활사에서는 『소국민훈화집』 '출판예고'에서 "바야흐로 대동아전쟁이 지터졌다. (중략) 대동아공영권의 맹주로써 또는 지도자로써의 교육이 요구"(『아이생활』 1942년 9월호, 29쪽.)된다고 하였고, 출판 후 광고에서는 "본서는 전시하의 소국민을 좀 더 바르게 참되게 굳세게 기르며 지도하기 위한 의도하에 본사가 가진 희생을 다 받처 봉사적 정신 밑에서 발간한 시대적 양서"(『아이생활』 1943년 12월호, 15쪽.)라고 하였다. 이를 통해서 볼 때 당시 아이생활사는 일제의 전시하 황민화 정책에 적극 동조하고 있다는 것을 알 수 있다.

인수(林仁洙), 김창훈 등의 서평[110]과 광고[111]가 줄을 이었다. 목차를 보면 「황군의 은혜」, 「위문대」, 「대조봉대일」, 「일본도(日本刀) 이야기」, 「노기 대장」 등 전시하 국책에 부응하는 내용이 반복된다.

지면은 1941년에 접어들면서 일본어가 나타나더니 점차 그 분량은 많아졌고,[112] 집필자도 일본인의 수가 늘어났다. 총후 소국민을 위해 '소년 제군에게 바라는 것(少年諸君に望みたきこと)'은 아예 일본인이 도맡다시피 하였는데, 고관이나 유명 문인들이 다수 포함되었다. 시게미쓰 마모루(重光葵), 다카야마 초규(高山樗牛), 정한론과 대동아공영론을 주장한 메이지유신의 정신적 지도자인 요시다 쇼인(吉田松陰), 나쓰메 소세키(夏目漱石), 구니키다 돗포(國木田獨步), 쓰보우치 쇼요(坪內逍遙) 등이다.

『아이생활』의 친일적인 내용을 문학사적 관점에서 긍정할 수는 없다. 다만 비교 대상을 통해 당대의 사정을 확인해 볼 필요가 있다. 일제 말기에 발행된 『소년』(1937.4~1940.12)에도 시국에 영합하는 내용이 넘쳐난다. 1938년 8월호의 '가스미가우라(霞ヶ浦) 해군항공대'를 '바다의 아

---

**110** 임영빈, 「송창일 씨의 『소국민훈화집(少國民訓話集)』을 읽고」, 『아이생활』, 1943년 4-5월 합호; 임인수(林仁洙), 「아동의 명심보감─송창일의 『소국민훈화집』 독후감」, 『아이생활』, 1943년 7-8월 합호; 김창훈, 「송창일 저 『소국민훈화집』 독후감」, 『아이생활』, 1943년 7-8월 합호.

**111** 연재 도중인 1942년 9월호부터 출판 예고를 한 다음, 1943년 1월호부터 폐간 때까지 광고가 이어졌다.

**112** 「우리 면회실」(『아이생활』, 1943년 10월호, 22쪽.)에 '아이생활사후원회 김창훈' 명의로 "물론 앞으로는 국어보급의 의미에 있어서도 내용은 점진적으로 국문판이 될 것을 믿고 또 믿어주기를 바라는 바다."라고 하였다. '국어', '국문'은 일본어이다. 1930년대 초반부터 독자이던 임인수는 "태평양전쟁 끝 무렵에 가서는 국판 30페지의 잡지를 절반 이상 일어로 메꾸고 말았"(임인수, 「잡지 『아이생활』과 그 시대」, 『사상계』 제165호, 1967년 1월호, 198쪽.)다고 했다.

라와시(荒鷲)'[113]로 추켜세우는 '소년 항공병' 화보를 시작으로, '(화보)히틀러 유겐트'(1938.11), '(화보)황태자·제2황자 양(兩) 전하', '(전승 화보)개가 천리(凱歌千里)'가 실리고, 발행사인 조선일보사출판부 명의로 '전승(戰勝)의 신년'과 '황국신민의 서사', '소년 총후미담'과 '전선미담', '연말연시 총후보국강조주간'(이상 1939.1) 등을 싣고 있다. '전승의 신년'은 중일전쟁에서 연전연승한 황군에게 고마움을 갖는 제2세 국민이 되어 달라는 당부의 내용이고, '소년 총후미담'은 소학교 학생들의 위문주머니(慰問袋), 국방헌금, 병정 위문금을 낸 이야기를 미담으로 소개한 것이며, '총후보국 강조 주간'은 『아이생활』에서 보았던 내용과 같다. 이후 화보와 전선미담을 알리는 내용이 점차 늘어나고, 전선의 소식을 매호 화보와 기사로 알리면서 지원병을 유도하였고, 황실 소식을 통해 충성을 유도하며, '소년 총후미담'을 연재하면서 모집까지 해 참여를 독려하였다. 구체적인 내용 중 일부를 보이면, 「조선 지원병의 혁혁한 무훈」(1939.12), 「지원병의 맹분전(猛奮戰)」(1940.1), 「소국민의 적성(赤誠)」(1940.2), '봉축 황기(皇紀) 2600년' 특집(1940.3), 「지나사변 뉴스」, 「지나사변 3주년」, 「공습의 두려움에 떠는 충칭(重慶)」(이상 1940.7), 「고노에(近衛) 내각의 진용-신내각 일람표」, 「군용기의 헌납」, 「사변 3년간의 헌금」(1940.9), 「시정(施政) 30주년을 당하여」(1940.10), 「(전선뉴스)황군 당당히 불인(佛印)에 진주」(1940.11) 등이다. 황실 소식과 신체제운동을 전개했던 고노에 내각 소식을 통해 국가에 대한 충성을 유도하고, 헌금 및 헌납 소식, 충칭 공격과 프랑스령 인도차이나(佛印) 점령 등 전쟁 소식을 알리는 것은 『아이생활』과 크게 다를 바 없다. 편집부(주간 金永壽) 명의의 「시

---

**113** '荒鷲'는 '사나운 독수리'라는 뜻인데, 비유적으로는 '하늘의 용사, 용감한 비행사'라는 뜻이다.

정(施政) 30주년을 당하여」를 보면 이상과 같은 내용을 잡지에 실은 편집자의 의중이 압축적으로 드러난다.

> (전략)우리는 삼십 년 전 즉 명치 사십삼년 팔월 이십이일부터 황국신민이 된 것입니다.
> 도리켜 보건댄 그동안 만 삼십 년간의 역대 총독은 모두 우리의 행복을 위하여 진력한 결과 오늘날과 같이 산업과 교육이 발달 되어 실로 살기 좋은 세상이 되었습니다. 우리는 더욱더욱 황국신민의 길을 닦거서 지대하옵신 황은(皇恩)에 대하여 그 만분의 일이라도 보답함이 없어서는 안 될 것입니다.(53쪽) (밑줄 필자)

'명치 사십삼년 팔월 이십이일'은 1910년 8월 22일로 이완용과 조선통감 데라우치 마사타케(寺內正毅)가 '한국 병합에 관한 조약(韓国併合ニ関スル條約)'을 조인한 날이다. 그로부터 30년이 지나 '살기 좋은 세상'이 되었으니 '황국신민'으로서 일본 천황에게 보답해야 한다는 내용이다.

해방 후 <조선문학가동맹>이 주최한 전국문학자대회에서 박세영(朴世永)은 일제강점기 아동문학을 되돌아보고 앞으로의 방향을 제시하면서 다음과 같이 말했다.

> 그러나 객관적 정세의 이같이 극악한 조건 밑에서도 아동문학은 일시 정돈(停頓) 상태에 빠졌슬지언정 저 국민문학(國民文學)에의 협력한 일이 없었다는 것은 하여간 그 경향(傾向)의 여하를 불구하고 아동을 대상으로 한 것만치 그중에서도 양심적이었다는 것은 결코 과소평가해서는 않 될 일로 생각한다.[114] (밑줄 필자)

---

114 박세영, 「조선아동문학의 현상과 금후 방향」, 『건설기의 조선문학』, 조선문학가동맹

일제강점기 동화작가 노양근(盧良根)은 소년소설을 평가하는 자리에서, 작중인물이 "린컨, 나폴레온, 이등박문(흥! 이등박문도 위인이든가? 평자) 등등의 위인"[115]이 되고자 하였다는 표현을 한 바 있다. '평자'는 노양근인데 식민지 검열 체제에서 이토 히로부미를 멸시하는 듯한 표현을 하는 것은 위험한 일이다. 최서해(崔曙海)의 「고국」을 두고 "24년의 어두운 시절에 비록 한마디일망정 의병(義兵)이란 말을 사용하고 있는 것은 그의 큰 용기"[116]라고 평가한 김현에 견주어 볼 만한 표현이다. 일제강점기 아동문학 작가나 작품이 일반문학에 비해 상대적으로 친일의 폭과 깊이가 덜했다는 점에서 박세영의 평가는 일리가 있다. 그렇다고 박세영의 말을 곧이곧대로 받아들이기에는 앞에서 살펴보았듯이 아동문학도 친일문학 논의에서 결코 자유롭지 못하다. 현실 인식도 없이 낙천주의에 빠졌다고 비판받았던[117] 『소년』은 일정 기간 『아이생활』과 같은 상황에 놓였고 친일 아동문학의 길을 여실히 보여주었다. 『아이생활』과는 비교가 안 될 정도의 혹독한 검열을 받았던 『별나라』나 『신소년』이 또는 『어린이』가 일제 말기까지 살아 있었다면 박세영의 주장이 확인될까 묻는 것은 대체역사(alternative history)의 영역일 것이다.

중앙집행위원회서기국, 1946, 101쪽.

**115** 노양근, 「『어린이』잡지 반년간 소년소설 총평(속)」, 『어린이』, 1932년 7월호, 38쪽.

**116** 김현, 「최서해 혹은 빈민의 절규」, 김윤식·김현, 『한국문학사』, 민음사, 1973, 163쪽.

**117** 송완순, 「아동문학의 천사주의-과거의 사적(史的) 일면에 관한 비망초(備望草)」, 『아동문화』 제1집, 동지사아동원, 1948년 11월호, 30쪽.

## Ⅲ. 맺음말

『아이생활』은 일제강점기를 관통하다시피 오랜 기간 발행된 아동문학 잡지이다.

발행을 주도한 사람들은 1925년 제2회 조선주일학교대회를 마친 후 회합에서 창간 발기회를 연 정인과, 한석원, 장홍범, 강병주, 김우석, 석근옥 등 조선인 목사들이다. 이를 가능하게 도와준 선교사들로는 허대전, 곽안련 등이 있었다. 창간 비용은 발기인들이 사우들로부터 주금을 모금해 해결하기로 하였다. 그러나 재정적인 문제가 해결되지 않자, 1927년 10월 제6회 <연합회> 총회에서 『아이생활』 발행을 <연합회>에 인계하기로 하였고, 1929년 10월 제8회 <연합회> 총회에서 <서회>의 도움을 받기 위해 총무 반우거와 교섭하였다. 이즈음 안식년을 맞은 반우거는 캐나다와 미국의 선교회로부터 조선의 아동문화 사업을 위한 후원금을 약속받아 왔는데, 새로운 잡지를 간행하지 않고 『아이생활』을 개선하는 쪽으로 방향을 잡았다. 1936년 10월경에 이르러 <연합회>와 <서회>는 경영상 발생한 부족금 분담 후원과 지금까지 해오던 후원도 하지 않기로 하였다. 아이생활사는 다시 창립이사들로부터 주금을 모금하고, 장로회종교교육부로부터 출채, 뉴욕부인회와 캐나다선교회의 직접 후원 조율을 통해 난국을 타개해 나갔다. 그러나 일제의 신사참배 등에 저항한 선교사들이 강제출국하게 되어 재정적인 어려움을 겪게 되자, 1941년 <아이생활후원회>가 결성되어 난관을 헤쳐나가고자 하였다.

발행 기간이 긴 만큼 『아이생활』은 독자 발굴의 공적이 크다. 고장환, 전영택, 송관범, 이은상, 윤석중, 박용철, 이헌구, 윤복진, 김영일 등 당대의 이름 있는 작가들이 고선을 맡아 독자들의 창작에 도움을 주고 새로운 작가 발굴에 기여하였다. 김태영과 김태오의 동요작법은 독자들에게 창작의 방법을, 주요한과 남석종 등의 비평은 작품을 보는 안목을 키워주었다. 때마다 저명인사들과 선교사들이 축사를 남겼는데, 저명인사들의 상당수는 목사나 신자인 기독교계 인사들이었다. 『아이생활』의 발간 이유가 문서선교라는 종교적 목적에 있었기 때문에 당연한 결과였다. 문인들 중에 다른 아동문학 잡지보다 <해외문학파>와 <극예술연구회> 쪽 인사들의 참여가 상대적으로 많았는데, 이념적 방향성과 더불어 당시 <극예술연구회> 활동을 하였던 최봉칙이 가교 역할을 한 것으로 짐작된다.

독자투고란에는 다른 잡지보다 상대적으로 '북선(北鮮)' 지방 소년문사들의 투고가 많았다. 이는 기독교가 북조선에 선교기지를 많이 두었고, 교육선교의 일환으로 세운 학교 졸업생이 다수 참여한 까닭으로 해석된다.

『아이생활』의 실질적인 주관은 시종일관 정인과가 한 것으로 보인다. 그의 기독교민족주의는 『아이생활』 지면에 그대로 반영되었다. 다른 잡지가 불허가, 삭제, 압수, 발매정지를 당한 주된 이유가 민족주의와 계급주의적 내용 때문이었는데, 민족주의적인 측면에서 다른 잡지보다 오히려 강한 색채를 드러냈다. 그 배경에는 기독교와 선교사들의 존재가 음양으로 뒷배가 되었던 것으로 보인다. 그러나 민족모순과 계급모순이 중첩된 식민지 현실을 의도적으로 외면한 것도 『아이생활』의 수명이 연장된 배경인 것은 분명한 사실이다.

1937년 <수양동우회> 사건으로 재판을 받게 된 정인과의 사진을 실은 것을 빌미로 일제 당국은 『아이생활』에 직접적인 압박을 가해 왔고, 재판 도중 변절하여 친일을 길을 걷게 된 정인과의 모습은 고스란히 『아이생활』의 지면에 반영된다. 지면에는 점차 군국주의 파시즘의 모습이 노골적으로 드러나게 되었고 국어(일본어) 상용의 흔적이 확대되었다.

동시대에 발간된 『소년』이나 다른 일반문학 잡지도 이와 다를 바 없어 『아이생활』만이 유독 혹은 더 친일의 길을 걸었다고 할 수는 없다. 하나 민족문학의 관점에서 보자면, 차라리 1938년 '본지 폐간사'를 남기고 발행을 중단한 『가톨릭소년』과 같이 과감하게 붓을 꺾었더라면 치욕은 면했을 거라는 아쉬움이 남는다. 가시적인 교회의 보존 방편으로 친일의 길을 걸었다는 견해도 있으나, 태평양전쟁 이후 『아이생활』 지면엔 그들이 원했던 하나님마저 사라지고 군국주의 찬가와 국책 홍보 구호가 지면을 뒤덮었을 뿐이라 정인과와 장홍범, 한석원은 어떤 생각이었을지 궁금하다.

# 참고문헌

## 1. 자료

『개벽(開闢)』, 『경향신문』, 『고려시보』, 『대조(大潮)』, 『동광(東光)』, 『동아일보(東亞日報)』, 『매일신문』, 『매일신보(每日申報)』, 『문예광(文藝狂)』, 『문화전선(文化戰線)』, 『민보(民報)』, 『민주신보(民主新報)』, 『별나라』, 『부인(婦人)』, 『비판(批判)』, 『사상계(思想界)』, 『새동무』, 『새벗』, 『새싹』, 『소년계』, 소년세계, 『소년운동(少年運動)』, 『소년조선(少年朝鮮)』, 『소년(少年)』(조선일보사), 『시대일보(時代日報)』, 『신가정(新家庭)』, 『신건설(新建設)』, 『신문예(新文藝)』(新朝鮮), 『신문학(新文學)』, 『신생(新生)』, 『신세대(新世代)』, 『신소년(新少年)』, 『신시단(新詩壇)』, 『아동문학(兒童文學)』, 『아동문화(兒童文化)』, 『아동(兒童)』, 『아이생활』(아희생활), 『어린이』, 『여성공론(女性公論)』, 『영남일보』, 『영화연극(映畵演劇)』, 『예술운동(藝術運動)』, 『우리문학』, 『음악과 시』, 『인문평론(人文評論)』, 『인민과학(人民科學)』, 『인민예술(人民藝術)』, 『인민평론(人民評論)』, 『인민(人民)』, 『자유신문』, 『조선문단』, 『조선문학』, 『조선시단(朝鮮詩壇)』, 『조선일보』, 『조선중앙일보』, 『조선지광(朝鮮之光)』, 『중앙신문』, 『중앙일보』, 『중외일보』, 『청과집(靑顆集)』, 『한글』, 『현대과학(現代科學)』, 『현대일보(現代日報)』, 『협동(協同)』, 조선프로레타리아문학동맹의 전단지(1945.9.17)

## 2. 논문

강정구, 「1930년대 초반의 황순원 동요·동시에 나타난 순수성 고찰」, 『한국아동문학연구』 제30호, 한국아동문학학회, 2016.5.

강정구, 「1930년대 황순원의 초기문학에 나타난 순수성 고찰」, 『비평문학』 제62호, 한국비평문학회, 2016.12.

강정구, 김종회, 「1930년대의 황순원 동요·동시와 그 영향─순수문학의 기원과 형성을 중심으로」, 『한국아동문학연구』 제31호, 한국아동문학학회, 2016.12.

강희근, 「시 전문지 『신시단』에 대하여」, 『경남문화연구』 제6호, 경상대학교 경남문화연구소, 1983.12.

고원섭 편, 「('유다'의 제자인 친일 목사들)'유다'의 직계 정인과」, 『반민자 죄상기』, 백엽문화사, 1949.

권영민, 「새로 찾은 황순원 선생의 초기 작품들」, 『문학사상』 제453호, 2010년 7월호.

권영민, 「황순원 선생의 습작시대 - 새로 찾은 황순원 선생의 초기 작품들」, 『2011 제8회 황순원문학제 세미나』, 2011.

김경희, 「연성흠의 '동화구연 방법의 이론과실제'」, 『국문학연구』 제21호, 국문학회, 2010.5.

김광식, 「식민지기 재조 일본인의 구연동화 활용과 전개 양상」, 『열상고전연구』 제58호, 2017.8.

김동선, 「황고집의 미학, 황순원 가문」, 오생근 엮음, 『황순원연구』, 문학과지성사, 1993.

김민수, 「조선어학회의 창립과 그 연혁」, 『주시경학보』 제5집, 1990.7.

김선풍, 「경사조선어연구부편(京師朝鮮語硏究部編)『민요집』에 대하여(기 1, 2)」, 『한국민요학』 제4호~제5호, 1996.11~1997.11.

김용직, 「식민지 체제하 시인의 제자리 찾기」, 여태천, 박광현 편저, 『춘파박재청문학전집』, 서정시학, 2010.

김용희, 「황순원 소년소설의 아동문학사적 의미」, 『한국아동문학연구』 제37호, 2019.12.

김윤식, 「광복 후의 문화운동 연구 - 인민민주주의 민족문학운동을 중심으로」, 『국사관논총(國史館論叢)』 제25집, 1991.9.

김제곤, 「1920~30년대 번역동요 동시 앤솔러지에 대한 고찰」, 『아동청소년문학연구』 제13호, 2013.12.

김종헌, 「해방기 동시의 담론 연구」, 대구대학교 대학원 박사학위논문, 2005.2.

김종헌, 「일제강점기 아동문학가 엄필진과 『조선동요집』 연구」, 『우리말글』 제83호, 2019.12.

김종회, 「소설가 황순원 초기 작품 4편 - 동요·소년시·수필 등, 작품세계 밝혀 엿볼 수 있어」, 『문학과사회』 제92호, 2010년 겨울호.

김종회, 「황순원 선생 1930년대 전반 작품 대량 발굴, 전란 이후 작품도 수 편」, 『2011년 제8회 황순원문학제 세미나』, 2011.

김주성, 「황순원 습작기 시 작품의 가치」, 『2013년 제10회 황순원문학제 세미나』, 2013.

김진태, 「동지적인 결합으로 - 아동문예지 운동(어린이운동 회고 - 대구를 중심으로)」, 『매일신문』, 1955.5.1.

김춘식, 「황순원의 초기 시작 활동과 재일조선인 아나키즘」, 『한국문학연구』 제50집, 동국대학교 한국문학연구소, 2016.4.

김현, 「최서해 혹은 빈민의 절규」, 김윤식·김현, 『한국문학사』, 민음사, 1973.

김호일, 「일제하 민립대학 설립운동에 대한 일고찰」, 『중앙사론』 제1호, 한국중앙사학회, 1972.12.

김화선, 「한국 근대 아동문학의 형성과정 연구」, 충남대학교 대학원 국어국문학과 박사학위 논문, 2002.2.

김화선, 「대동아공영권의 전쟁동원론과 병사의 탄생－일제말기 친일 아동문학 작품을 중심으로」, 『인문학연구』 제31권 제2호, 충남대학교인문과학연구소, 2004.12.

김희주, 「진주지역의 사회주의운동과 조선공산당 재건운동」, 『동국사학』 제61권, 동국역사문화연구소, 2016.12.

노승욱, 「황순원 문학 연구」, 서울대학교 대학원 문학박사 학위논문, 2010.2.

류덕제, 「대구지역 아동문학 연구」, 『아동청소년문학연구』 제10호, 한국아동청소년문학회, 2012.6.

류덕제, 「일제강점기 계급주의 아동문학의 방향전환론과 작품적 대응양상 연구－『별나라』와 『신소년』을 중심으로」, 『문학교육학』 제43호, 한국문학교육학회, 2014.4.

류덕제, 「1930년대 계급주의 아동문학론의 전개 양상과 의미」, 『한국아동문학연구』 제26호, 한국아동문학학회, 2014.5.

류덕제, 「윤복진의 아동문학과 월북」, 『아동청소년문학연구』 제17호, 한국아동청소년문학학회, 2015.12.

류덕제, 「일제강점기 아동문학가의 필명 고찰」, 『아동청소년문학연구』 제19호, 한국아동청소년문학학회, 2016.12.

류덕제, 「황순원의 아동문학 연구」, 『국어교육연구』 제65호, 국어교육학회, 2017.10.

류덕제, 「일제강점기 아동문학의 표절 양상과 원인」, 『한국 현실주의 아동문학 연구』, 청동거울, 2017.

류덕제, 「황순원의 소년소설 '추억' 연구」, 『국어교육연구』 제74호, 국어교육학회, 2020.10.

목진숙, 「권환 연구」, 창원대학교 대학원 석사학위논문, 1993.2.

박경수, 「카프(KAPF) 농민시 연구」, 『우암사려(牛岩斯黎)』 제5호, 부산외국어대학교 국어국문학과, 1995.

박경수, 「일제강점기 진주지역 소년문예운동과 진주새힘사 연구」, 『우리문학연구』 제35집, 우리문학회, 2012.2.

박금숙, 「일제강점기 아이생활의 이중어 기능 양상 연구－1941~1944년 아이생활을 중심으로」, 『동화와번역』 제30호, 건국대학교 동화와번역연구소, 2015.12.

박수연, 「모던과 향토의 공동체－황순원의 동요와 초기 시에 대해」, 『비평문학』 제55호, 한국비평문학회, 2015.

박영석, 「대종교의 민족의식과 항일 민족독립운동(상,하)」, 『한국학보』 제9권 제2~3호, 1983.6~9.

박영지, 「어린이 잡지 『아이생활』의 창간 주도세력 연구-『아이생활』 발간에 참여한 미국 기독교선교사 집단을 중심으로」, 『아동청소년문학연구』 제24집, 2019.6.

박용규 역, 「곽안련 선교사 60년 회고록(Memories of Sixty Years)」, 『신학지남』 제238호, 1993.12.

박용규, 「일제시대 한글운동에서의 신명균의 위상」, 『민족문학사연구』 제38권, 민족문학사학회, 2008.12.

박정선, 「『신소년』의 독자담화실의 특성과 기능」, 『어문학』 제128호, 한국어문학회, 2015.6.

박정선, 「근대 소년잡지 『신소년』의 독자투고제도 연구」, 『국어교육연구』 제60호, 국어교육학회, 2016.2.

박주혜, 「연성흠의 아동문학 연구」, 『아동청소년문학연구』 제28호, 한국아동청소년문학학회, 2021.6.

박태일, 「이주홍의 초기 아동문학과 『신소년』」, 『현대문학이론연구』 제18호, 현대문학이론학회, 2002.1.

박태일, 「1930년대 한국 계급주의 소년소설과 『소년소설육인집』」, 『현대문학이론연구』 제49권, 현대문학이론학회, 2012.6.

송하춘, 「문을 열고자 두드리는 사람에게 왜 노크하냐고 묻는 어리석음에 대하여」, 『작가세계』 제24호, 1995.2.

양정필, 「1930년대 개성지역 신진 엘리트 연구-『고려시보』 동인의 사회문화운동을 중심으로」, 『역사와 현실』 제63호, 한국역사연구회, 2007.3.

여태천, 박광현 편저, 『춘파 박재청 문학전집』, 서정시학, 2010.

오영섭, 「1930년대 전반 홍천(洪川)의 십자가당 사건과 기독교 사회주의」, 『한국민족운동사연구』 제33호, 한국민족운동사학회, 2002.12.

오영식, 「『아이생활』 목차 정리」, 『근대서지』 제20호, 근대서지학회, 2019.12.

오타케 기요미(大竹聖美), 「근대 한일 아동문화교육 관계사 연구(1895~1945)」, 연세대학교 교육학박사학위논문, 2002.8.

우윤중, 「민립대학 설립운동의 주체와 성격-민립대학기성준비회를 중심으로」, 성균관대학교 사학과 석사논문, 2016.2.

원종찬, 「일제강점기의 동요·동시론 연구: 한국적 특성에 관한 고찰」, 『한국아동문학연구』

제20호, 한국아동문학학회, 2011. 5.

원종찬, 「(원종찬의 한국 아동문학사 탐방(4)중도와 겸허로 이룬 좌우합작: 1920년대 아동잡지 『신소년』」, 『창비어린이』 제12호, 2014. 6.

원종찬, 「『신소년』과 조선어학회」, 『아동청소년문학연구』 제15호, 한국아동청소년문학학회, 2014. 12.

윤석중, 「한국동요문학소사」, 『예술논문집』 제29집, 대한민국예술원, 1990.

윤춘병, 「한국 교회 기독교교육의 개척자 한석원 목사」, 『교육교회』 제151권, 장로회신학대학교 기독교교육연구원, 1988. 1.

이병선, 「백헌 이중건 선생의 행적」, 『일본을 바로 알자』, 아세아문화사, 2003.

이상정, 「구세군사관학교 100년사」, 『구세군사관학교 100주년 기념논문집 2』, 구세군사관학교, 2010.

이애숙, 「일제 말기 반파시즘 인민전선론-경성콤그룹을 중심으로」, 『한국사연구』 제126호, 한국사연구회, 2004. 9.

이장렬, 「권환 문학 연구」, 경남대학교 박사학위논문, 2004. 2.

이진오, 「『분류동업자도서목록』(1939)의 발행과 중앙인서관의 역할」, 『근대서지』 제20호, 2019. 12.

이헌구, 「환산(桓山)과 신명균: 영원한 기억」, 『사상계』 제13권 제1호, 1965. 1.

임동권, 「엄필진 저 조선동요집 해설」, 『한국민속학』 제8호, 한국민속학회, 1975. 12.

임성규, 「해방 직후의 아동문학 운동 연구-좌익 문학 단체의 계몽 기획과 그 의미」, 『동화와 번역』 제15호, 동화와번역연구소, 2008. 6.

임성규, 「근대 아동문학 비평의 현실 인식과 비평사적 함의-아동문학 비평가 송완순을 중심으로」, 『인문과학연구』 제10호, 대구가톨릭대학교 인문과학연구소, 2008. 12.

임인수, 「잡지 『아이생활』과 그 시대」, 『사상계』 제165호, 1967. 1.

장만호, 「민족주의 아동잡지 『신소년』 연구: 동심주의와 계급주의의 경계를 넘어서」, 『한국학연구』 제43호, 고려대학교 한국학연구소, 2012. 12.

장문석, 「김태준과 연안행」, 『인문논총』 제73권 제2호, 서울대학교 인문학연구원, 2016. 5.

전계영, 「20세기 전반기 민요집 편찬 목적 및 체재에 대한 고찰-조선동요집, 언문조선구전민요집, 조선민요선을 중심으로」, 『어문론총』 제70호, 한국문학과언어학회, 2016. 12.

전병호, 「근당 최창남의 아동문학 연구」, 『한국아동문학연구』 제36호, 한국아동문학학회, 2019. 6.

정경호, 「대구 3·1만세운동을 주도한 민족지도자 이만집 목사의 자주적 민족신앙 연구」, 『신학과 목회』 제25호, 영남신학대학교, 2006.4.

정수현, 「황순원 단편소설의 동심의식 연구」, 연세대학교 대학원 국어국문학과 박사학위 논문, 2004.2.

정영진, 「월북 입북 납북 재북 문인 행적기」, 『다리』, 1989.10.

정영진, 「동요시인 윤복진의 반전극」, 『현대문학』 제454호, 1992.10.

조동길, 「공주의 근대문예지 『백웅(白熊)』 연구」, 『한국언어문학』 제77집, 한국언어문학회, 2011.6.

조동길, 「근대문예지 백웅(白熊) 연구-제2호의 내용을 중심으로」, 『새국어교육』 제96호, 한국국어교육학회, 2013.9.

조두섭, 「낮꿈꾸기의 비애, 윤복술」, 이강언, 조두섭 편, 『대구경북 근대문인 연구』, 태학사, 1999.

조은숙, 「식민지시기 '동화회(童話會)' 연구-공동체적 독서에서 독서의 공동체로」, 『민족문화연구』 제45호, 고려대학교민족문화연구원, 2006.12.

조은숙, 「신소년」, 『한국근대문학해제집 IV』, 국립중앙도서관, 2018.

조재수, 「백헌 이중건 선생을 기리며」, 『한글새소식』 제450호, 2010.2.

최경봉, 「일제강점기 조선어학회 활동의 역사적 의미-『해방전후사의 재인식』에 나타난 인식 태도를 비판하며」, 『민족문학사연구』 31, 2006.8.

최명표, 「『아이생활』 연구」, 『한국아동문학연구』 제24호, 한국아동문학회, 2013.5.

최미선, 「『신소년』의 서사특성과 작가의 경향 분석」, 『한국아동문학연구』 제27호, 한국아동문학회, 2014.12.

최미선, 「황순원 소년소설과 경계성의 의미 고찰」, 『한국문학논총』 제81집, 한국문학회, 2019.4.

최배은, 「황순원의 첫 작품 '추억' 연구」, 『한국어와 문화』 제12집, 숙명여자대학교 한국어문화연구소, 2012.8.

최배은, 「한국 근대 청소년소설의 형성과 이념 연구」, 숙명여자대학교 대학원 박사학위논문, 2013.2.

최배은, 「신명균의 글쓰기와 국문의 현대화-한글 표기와 문체를 중심으로」, 『우리말글』 제81호, 2019.6.

최성윤, 「해방기 좌익문학단체의 성격과 '민족문학론'의 전개」, 『국어문학』 제58집, 국어문학회, 2015.2.

최영근, 「정인과의 기독교 민족주의 연구」, 『교회사학』 제9권 제1호, 한국기독교회사학회, 2010.8.

최윤정, 「북으로 간 동요시인, 윤복진」, 『한국아동문학연구』 제17호, 한국아동문학학회, 2009.12.

하동호, 「현대문학 전적(典籍)의 서지고(書誌攷) - 1919~45년을 중심으로」, 『한국근대문학의 서지연구』, 깊은샘, 1981.

하지연, 「한말 한서 남궁억(韓西南宮檍)의 정치·언론 활동 연구」, 『이화사학연구』 제31호, 이화사학연구소, 2004.12.

홍승표, 「일제하 한국 기독교 출판동향 연구 - '조선예수교서회'를 중심으로」, 연세대학교 신학과 박사학위논문, 2015.8.

황순원, 「말과 삶과 자유」, 황순원 외, 『(황순원 고희기념집)말과 삶과 자유』, 문학과지성사, 1985.

## 3. 저서

강신명 편, 『아동가요곡선삼백곡(집)』, 평양: 농민출판사, 1936 / 1938 / 1940.

검열연구회, 『식민지 검열, 제도·텍스트·실천』, 소명출판, 2011.

경희대학교 한국아동문학연구센터 편, 『별나라를 차저간 소녀 1,2,3,4』, 국학자료원, 2012.

경희대학교 한국아동문학연구센터 편, 『어린이의 꿈 1,2,3』, 국학자료원, 2012.

고원섭 편, 『반민자 죄상기』, 백엽문화사, 1949.

고정옥, 『조선민요연구: 원시예술로서의 민요 일반과 서민문학으로서의 조선 민요』, 수선사, 1949.

권영민, 『해방 직후의 민족문학운동 연구』, 서울대학교출판부, 1986.

권영민, 『월북문인연구』, 문학사상사, 1989.

권영민, 『한국계급문학운동사』, 문예출판사, 1998.

권영민, 『한국현대문학대사전』, 서울대학교출판부, 2004.

권영민, 『한국계급문학운동연구』, 서울대학교출판문화원, 2014.

김기주 편, 『조선신동요선집』, 평양: 동광서점, 1932.

김사엽·최상수·방종현 공편, 『조선민요집성』, 정음사, 1948.

김선기, 『일본을 바로 알자』, 아세아문화사, 2003.

김선풍 편, 『한국민요자료총서(전8권)』, 계명문화사, 1991.

김소운 편, 『구전민요선』, 박문서관, 1939.

김소운 편, 『구전동요선』, 박문서관, 1940.

김승태, 박혜진 편, 『내한 선교사 총람: 1884-1984』, 한국기독교역사연구소, 1996.

김윤식, 『한국 근대문학사상 비판』, 일지사, 1978.

김현식, 정선태 편, 『'삐라'로 듣는 해방 직후의 목소리』, 소명출판, 2011.

단대출판부 편, 『빼앗긴 책-1930년대 무명 항일시선집』, 단대출판부, 1981.

도종환, 『정순철 평전』, 충청북도·옥천군·정순철기념사업회, 2011.

류덕제, 『한국 현실주의 아동문학 연구』, 청동거울, 2017.

류덕제, 『한국현대아동문학비평론 연구』, 역락, 2021.

류덕제, 『한국아동문학비평사를 위하여』, 보고사, 2021.

류덕제 편, 『한국아동문학비평사 자료집(전8권)』, 보고사, 2019~2022.

류희정, 『1920년대 아동문학집(1,2)』, 평양: 문학예술종합출판사, 1993~1994.

류희정, 『1930년대 아동문학 작품집(1,2)』, 평양: 문학예술출판사, 2005.

문한별, 『검열, 실종된 작품과 문학사의 복원』, 고려대학교 민족문화연구원, 2017.

박경수, 『아동문학의 도전과 지역맥락』, 국학자료원, 2010.

박광현, 『고리고개에서 추리(醜李)골까지』, 세기문화사, 2005.

박기혁 편, 『(비평 부 감상동요집)색진주』, 활문사, 1933.

박진영 편, 『번역가의 머리말』, 소명출판, 2022.

박찬모 역, 『맑스 엥겔스 예술론』, 건설출판사, 1946.

박태일, 『한국 지역문학 연구』, 소명출판, 2019.

박태준, 『박태준동요작곡집』, 음악사, 1949.

방응모 편, 『조선아동문학집』, 조선일보사출판부, 1938.

성경린·장사훈 공편, 『조선의 민요』, 국제음악문화사, 1949.

송영, 『해방 전의 조선 아동문학』, 평양: 교육도서출판사, 1956.

송창일, 『소국민훈화집』, 아이생활사, 1943.

신명균, 『(푸로레타리아 동요집)불별』, 중앙인서관, 1931.

심의린, 『실연동화(實演童話)(제1집)』, 이문당, 1928.

엄필진 편, 『조선동요집』, 창문사, 1924.

여태천, 박광현 편저, 『춘파 박재청 문학전집』, 서정시학, 2010.

연성흠 편저, 『세계명작동화보옥집』, 이문당, 1929.

염희경, 『소파 방정환과 근대 아동문학』, 도서출판 경진, 2014.

오생근 엮음, 『황순원 연구-황순원전집 12』, 문학과지성사, 1993.

오타게 기요미(大竹聖美), 『근대 한·일 아동문화와 문학 관계사 1895~1945』, 청운, 2005.

오타케 기요미(大竹聖美), 『한일 아동문학 관계사 서설』, 청운, 2006.

원종찬, 『아동문학과 비평정신』, 창작과비평사, 2001.

원종찬, 『북한의 아동문학-주체문학에 이르는 도정』, 청동거울, 2012.

원종찬, 『한국 아동문학의 계보와 정전』, 청동거울, 2018.

윤복진, 『동요곡보집』, 대구: 복명유치원하기보모강습회, 1929.

윤복진, 박태준, 『(윤복진·박태준 동요작곡 제1집)중중쩨쩨중』(중중때때중), 대구: 무영당서점, 1931.

윤복진, 『물새발자옥』, 교문사, 1939.

윤복진 편, 『초등용가요곡집』, 대구: 파랑새사, 1946.

윤석중, 『어린이와 한평생』, 범양사출판부, 1985.

이병기, 『가람일기』, 신구문화사, 1974.

이수남, 『대구문단 이야기』, 대구: 고문당, 2008.

이재철, 『한국현대아동문학사』, 일지사, 1978.

이재철, 『세계아동문학사전』, 계몽사, 1989.

이재철, 『한국아동문학작가론』, 개문사, 1992.

임화 편, 『조선민요선』, 학예사, 1939.

임화, 『문학의 논리』, 학예사, 1940.

전순동 편, 『근당 최창남의 아동문학 50선』, 엘엠피서원, 2019.

정삼현 편, 『아기네동산』, 아이생활사, 1938.

정순철, 『(동요곡집)갈닙피리 제1집』, 문화서관, 1929.

정순철, 『(동요집)참새의 노래』, 동덕여자고등보통학교, 1932.

정창원 편, 『동요집』, 남해: 삼지사, 1928.

정태병, 『조선동요선집 1』, 신성문화사, 1946.

조선동요연구협회 편, 『조선동요선집』, 박문서관, 1929.

조선문학가동맹중앙집행위원회서기국 편,『건설기의 조선문학』, 백양당, 1946.

조선일보 편집국 편,『조선일보 학예기사 색인(1920~1940)』, 조선일보사, 1989.

채택룡,『채택룡문집』, 연변인민출판사, 2000.

최경봉,『우리말의 탄생』, 책과함께, 2019.

최덕교,『한국잡지백년(전3권)』, 현암사, 2004.

최동현, 임명진 편저,『유성기 음반 가사집 5』, 민속원, 2005.

최명표,『한국 근대소년문예운동사』, 도서출판 경진, 2012.

최시한 외,『항일 문화운동가 신명균』, 한국학중앙연구원출판부, 2021.

콤아카데미문학부 편, 백효원 역,『문학의 본질』, 신학사, 1947.

탐손 저, 강병주 필기,『신선동화법(新撰童話法)』, 조선야소교장로회총회 종교교육부, 1934.

편집실 엮음,『분단자료집 - 1945년~1948년 자료 모음』, 도서출판 한백사, 1989.

피득(彼得),『동화연구법』, 조선주일학교연합회, 1927.

한정호 편,『서덕출전집』, 도서출판 경진, 2010.

홍난파,『조선동요백곡집 상편』, 연악회, 1929.

홍난파,『조선동요백곡집 하편』, 연악회, 1930.

황석우 편,『청년시인백인집』, 조선시단사, 1929.

황순원,『황순원전집 11 - 시선집』, 문학과지성사, 1985.

황순원문학관 황순원문학연구센터,『황순원 초기문학 발굴작품집』, 2011.


Rhodes, Harry A.(최재건 역),『미국 북장로교 한국선교회사』, 연세대학교출판부, 2009.


高橋亨,『朝鮮の物語集』, 東京: 日韓書房, 1910

高木敏雄,『新日本教育昔噺』, 東京: 敬文館, 1917.

金素雲 譯著,『朝鮮民謠集』, 東京: 泰文館, 1929.

金素雲 譯編,『朝鮮童謠選』, 東京: 岩波書店, 1933.

金素雲 譯編,『朝鮮民謠選』, 東京: 岩波書店, 1933.

金素雲,『諺文朝鮮口傳民謠集』, 東京: 第一書房, 1933.

内山憲尚,『日本口演童話史』, 東京: 文化書房博文社, 1972.

大阪国際児童文學館 編,『日本児童文学大事典(전3권)』, 東京: 大日本図書株式會社, 1994.

蘆谷蘆村,『永遠の子どもアンダアゼン』, 東京: コスモス書院, 1925.

木村小舟,『少年文學史, 明治篇(上巻, 下巻, 別巻)』, 東京: 童話春秋社, 1942~43.

三輪環,『伝説の朝鮮』, 東京: 博文館, 1919.

森正藏,『轉落の歷史: 第二次世界大戰の眞相』, 東京: 鱒書房, 1948.〔森正藏(김수향 역),『전락의 역사』, 모던출판사, 1950〕

岸邊福雄,『お伽噺仕方の理論と實際』, 東京: 明治の家庭社出版, 1909.

巖谷季雄,『我が五十年』, 東京: 東亞堂, 1920.

田島泰秀,『溫突夜話』, 京城: 敎育普成株式會社, 1923.

朝鮮總督府,『朝鮮童話集』, 京城: 大阪屋號書店, 1924.

中村亮平,『朝鮮童話集』, 東京: 富山房, 1926.

# 출처

「송완순의 아동문학론」(「송완순의 아동문학론 연구」, 『동화와 번역』 제31호, 2016.6)

「김춘강의 아동문학」(「김춘강의 아동문학 연구」, 『아동청소년문학연구』 제21호, 2017.12)

「황순원의 아동문학」(「황순원의 아동문학 연구」, 『국어교육연구』 제65호, 2017.10)

「황순원의 소년소설 '추억'」(「황순원의 소년소설 '추억' 연구」, 『국어교육연구』 제74호, 2020.10)

「유재형의 아동문학」(「일제강점기 유재형의 아동문학 연구」, 『국어교육연구』 제69호, 2019.2)

「김기주의 『조선신동요선집』」(「김기주의 『조선신동요선집』 연구」, 『아동청소년문학연구』 제23호, 2018.12)

「연성흠의 동화구연론」(「연성흠의 동화구연론과 의미」, 『국어교육연구』 제77호, 2021.10)

「엄필진의 『조선동요집』」(「엄필진의 『조선동요집』과 아동문학사적 의미」, 『어문학』 제149호, 2020.9)

「『신소년』의 발간 배경」(「『신소년』의 발간 배경 연구」, 『아동청소년문학연구』 제31호, 2022.12)

「한국 근대 아동문학과 『아이생활』」(「한국 근대 아동문학과 『아이생활』」, 『근대서지』 제24호, 2021.12)

# 찾아보기